KB175495

겨세황비

傾世皇妃

3

경세황비

倾世皇妃

3

오정옥 吳静玉 장편소설 · 문은주 옮김

새파란상상

경세황비
傾世皇妃
3

차례

십일 년 전의 꿈이여

\

첫만남처럼
계속
달콤할 수 있다면

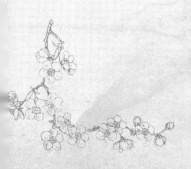

사랑의 아픔 잊고 지낸 칠 일

양심전에서 지낸 지도 꼬박 열흘이 지났다. 모란과 심완은 황제의 분부에 따라 내 곁을 잠시도 떠나지 않았다. 역시나 그녀들은 기우의 명령에 따르고 있었다.

예전에 모란이 기우의 얼굴을 몰래 어루만지며 깊은 연모의 정이 담긴 눈빛으로 그를 바라보던 일이 떠올랐다. 심완에게 시를 짓는 법을 가르쳤던 일도, 그녀가 나를 위해 정성껏 매화차를 끓여 주던 일도 생각났다. 심완은 진심으로 나를 위해 매일 매화차를 준비해 주었던 것인데, 한명의 거짓말에 속아 나는 그녀를 경계하고 심지어 도망치기 위해 그녀에게 독을 쓰기까지 했었다.

지금, 내 앞에 서 있는 모란과 심완은 은근한 경계심이 담긴 눈빛으로 나를 바라보고 있었다. 예전의 평범한 얼굴과 전혀 다른 얼굴 탓에 나는 그들에게 더 이상 그들이 아는 체 황비가 아니었다.

기우는 왜 나를 이곳에 억지로 붙잡아 놓았을까? 내 뱃속에는 연성의 아이가 있다. 설령 그가 받아들일 수 있다 해도 나는 받아들일 수가 없다.

제왕인 그에게 있어 자신의 여인이 다른 이의 아이를 갖고 있다는 것은 무척이나 고통스러운 일일 것이다. 비록 지금은 그가 받아들일 수 있을지 모르나 그의 마음속에 박힌 바늘은 영원히 사라지지 않을 것이 틀림없었다. 그가 대로라도 하는 날에는 순식간에 이 아이는 부장품이 될지도 모를 일이었다. 제왕의 마음은 예측하기 어려운 법, 하물며 눈앞에 있는 이는 기우이다. 권력을 위해서라면 무슨 것이든 할 수 있는 기우 말이다.

지난 며칠 동안 나는 입덧이 점점 심해져 음식을 삼킬 수도 없었고, 느끼한 음식을 보면 심하게 헛구역질과 구토를 하였다. 어의는 나의 몸이 워낙 약해서 입덧 증세가 심한 것이라고 했다. 기우는 매일같이 양심전으로 돌아오면 나를 위해 오매탕 酸梅湯[1]을 준비하도록 했다. 나는 마시고 싶은 것을 참고 단 한 모금도 입에 대지 않았을 뿐 아니라 그와는 단 한 마디도 나누지 않았다.

---

1 예로부터 주로 북경 지역에서 더운 여름을 시원하게 나기 위해 만들어 마셨던 음료로서, 매실을 주 재료로 그 외에 산사, 계피, 감초, 설탕 등을 넣어 끓인 후 차갑게 식혀 만든다.

"이봐요. 당신은 좋고 나쁜 것도 구별 못해요? 내 평생 폐하께서 그 어떤 여인에게도 이렇게까지 마음 쓰시는 것을 보지 못했어요."

모란은 자신의 신분을 잊은 듯, 내가 다시 오매탕을 밀어내자 분노를 참지 못하고 소리를 질렀다.

나는 아무 말도 하지 않고 그녀가 화를 내도록 내버려 두었다.

"모란아."

모란이 너무 과했다고 느꼈는지 심완이 급히 그녀를 제지했다.

"주인님께 방자하게 굴면 안 돼."

"주인은 무슨! 내 주인님은 오직 폐하뿐이셔. 저 여자 뱃속에 있는 아기가 어디서 왔는지도 모르잖아. 출신도 불분명한 여자가 제멋대로 궁에 들어와 주인 행세를 하려고 하다니!"

모란의 목소리는 점점 높아졌으나 나는 여전히 냉정한 모습으로 바라보기만 하였다.

"폐하!"

심완이 갑자기 낮은 목소리로 외치며 모란의 목소리를 멈추게 하였고, 모란 역시 고개를 숙이며 말했다.

"폐하!"

대전으로 들어선 기우는 비록 담담한 표정이었으나 그에게서는 희미한 분노가 느껴졌다.

"그녀의 뱃속에 있는 아기의 아비가 누구이든, 그녀는 여전히 너희들의 주인이다."

"예."

모란과 심완이 이구동성으로 답했다. 그러나 나는 모란의 가슴이 오르락내리락하는 것을 보았고, 그녀가 억지로 분노를 참고 있는 것을 알 수 있었다. 그녀의 표정에 드러난 것은 질투였다. 모란은 기우를 깊이 사모하고 있었다.

기우는 손을 내저어 그녀들을 물러가게 하고, 내 곁으로 걸어오며 한 모금도 마시지 않은 오매탕을 바라보았다.

"지난 며칠 동안 아무것도 먹지 않았다고 들었소."

그는 내 맞은편에 앉아 그윽한 눈빛으로 나를 주시했다.

"아기를 위해서라도 자신의 몸을 소중히 여겨야 하오."

나는 대답하지 않고 창밖으로 보이는, 창공을 가르며 날고 있는 기러기를 바라보았다. 그것은 자유였다. 내게 자유란 이처럼 바라보기만 할 뿐, 가까이할 수 없는 것이로구나.

"그대를 이곳에 가두어 그대가 나를 탓하고 있는 것을 알고 있소."

기우의 말이 기러기의 울음소리와 함께 들려왔다.

"미안하오. 나는 진심으로 그대를 내 곁에 두고 싶소."

"저를 보내 주세요."

나는 지난 며칠간 수없이 반복한 말을 다시 반복했다. 그러나 나는 알고 있다. 그는 나를 보내 주지 않을 것이다. 그가 나를 보내 줄 거였다면 수일 전, 애초에 나의 정신을 잃게 하여 양심전에 가두지도 않았을 것이다.

"칠 일이오. 때가 되면 떠나든 남든 그대의 뜻대로 하시오."

칠 일?

왜 칠 일인가? 그는 무엇을 하려는 것인가? 설마 또 다른 계획이 있는 것인가? 나를 이용하여 연성과 맞서려는 것인가, 아니면 자신의 황권을 견고히 하려는 것인가?

마치 나의 의혹을 꿰뚫어 보기라도 한 듯, 그가 옅은 쓸쓸함을 드러냈다.

"나는 그저 그대에게 보상해 주려는 것이오. 오직 그뿐이오."

소매가 바람에 날리고, 드넓은 수면은 안개와 하늘의 자색 구름으로 이어져 있었다. 배의 난간은 안개에 뒤덮여 있었고, 꾀꼬리는 지저귀고, 꽃은 곱게 피어 있었다.

나와 기우는 작은 배에 마주 앉아 있었다. 그가 노를 저을 때마다 호수의 수면에 잔잔한 물결이 먼 곳으로 퍼져 나갔고, 졸졸 물이 흐르는 소리가 들렸다.

어제, 나는 그의 '칠 일'을 승낙했다. 고작 이레, 눈 깜빡할 새 지나갈 것이다. 나는 그저 그때가 되었을 때, 그가 약속을 지켜 나를 정말 보내 주길 바랄 뿐이다.

그는 나를 양심전 뒤에 있는 고요한 호수로 이끌었다. 애처롭고 처량하며 황량하여 인적이라고는 없는 곳이었다. 그런데 그가 나를 이끌고 배에 태웠다. 이상한 생각이 들었으나 나는 그 이유를 묻지 않았다.

작열하는 태양이 우리 몸을 비추자 바짝 마른 더위가 느껴졌다. 노를 젓는 그의 이마에서 땀이 배어 나오고 있었다. 나는 그의 땀방울을 닦아 주고 싶은 충동을 느꼈지만, 그렇게 하지 않았다. 지금은 예전과 달랐다. 그리고 나와 그는 다시는 예전으로 돌아갈 수 없었다.

드디어 우리는 호수 건너편에 도착하였다. 그는 내 손을 잡은 채 다른 손으로 전방을 가리켰다.

"복아, 여기가 우리가 이레 동안 지낼 곳이오."

그가 가리키는 곳을 바라보니 빽빽한 숲 한가운데에 대나무로 지은 집이 우뚝 솟아 있었다.

나는 몹시 의아했다. 이 황량한 곳에 어찌 마치 다른 세상처럼 대나무 집이 숨겨져 있을까?

"그대가 평범한 삶을 동경하는 것을 알고 있소. 그래서 두 해전, 비밀리에 이곳을 보수하게 했다오. 그대에게 깜짝 선물을 하려 했었지. 그러나 이곳이 완성되기 전에 그대가 떠났소."

그와 나는 대나무 집으로 이어지는 고운 문양의 돌계단을 걸었다. 나의 눈은 쉬지 않고 주변의 모든 것을 좇았다.

사방은 담홍색과 진녹색으로 물들어 있었고, 따스한 기운의 향내가 풍겨 왔으며, 수양버들이 삐쭉삐쭉 자라고 있었다.

누가 이곳을 좋아하지 않을 수 있을까? 이곳이 정말 그가 나를 위해 지은 곳이란 말인가?

"칠 일, 그동안은 오직 나와 그대뿐이오."

그의 말에 발걸음이 절로 멈추었고, 마음속에서 괴로움과 슬픔이 솟구쳐 눈가가 촉촉해졌다.

'나와 그대', 예전의 나는 오직 나와 그만이 있을 먼 훗날의 그날을 얼마나 꿈꾸었던가. 그것은 내 생애 가장 행복한 날이 될 것이었다. 지금, 그는 그 사치를 내게 이루어 주려 하는가? 그것이 정말 가능하다면 나는 아무 미련 없이 연성의 곁으로 돌아갈 수 있을 것이다.

"황제인 당신이 어찌 이레나 조정 일에 관여하지 않으실 수 있겠어요?"

목멘 소리로 묻는 나의 시야는 이미 눈물로 흐려져 있었다.

"조정의 일은 형님이 대신 처리해 주실 것이오."

형님? 납란기호? 그들이 드디어 화해한 것인가?

나는 기우를 위해 진심으로 기뻤다. 이제 그는 더 이상 홀로 고군분투하지 않아도 되는 것이다. 그에게는 가족이 있는 것이다. 그의 큰형이…….

우리는 집 안으로 들어섰다. 내부는 상당히 고아하였고, 들풀의 향내를 담은 신선한 향기가 났다. 이것은……, 자유의 향기였다.

나는 그의 손을 단단히 붙잡았다.

"장생전, 왜 그녀에게 주셨어요?"

그는 멍해졌다가 고개를 기울여 나를 바라보았는데 그 눈 속에는 반짝이는 웃음이 담겨 있었다. 나는 그 순간 묻지 말아야 할 것을 물었다는 것을 깨닫고 난처해하며 시선을 피했다.

"처음 만났을 때, 그녀는 노래를 부르고 있었소. 나는 그녀를 그대로 착각하고 이성을 잃었었다오. 그 후, 나는 그날 그녀의 출현이 마치 계획되어 있었던 것 같다는 생각이 들었소. 그래서 비밀리에 그녀를 조사하고 그녀의 일거일동을 감시했소. 그리고 그녀의 신분이 모두 가짜이고, 그녀가 욱나라에서 보낸 첩자라는 것을 알게 됐지. 그래서 나는 그녀에게 더욱 잘해 주었소. 그녀가 경계심을 버리게 해서 그녀가 원하는 것이 무엇인지 알아내기 위해서였소."

말하는 내내 그의 표정은 유난히 즐거워 보였고, 얼굴에는 미소가 걸려 있었다.

그의 말을 들은 후, 나는 어처구니없게도 안도의 한숨을 내쉬었고, 가슴속을 억누르고 있던 것이 한순간에 사라지는 것을 느꼈다. 나는 또다시 물었다.

"그날, 하나라에는 왜 그녀를 데리고 가셨어요?"

"그대가 어찌 아는 거요?"

그는 얼이 빠진 듯 미간을 찌푸리며 나를 바라보았으나 결국 모든 것을 깨달은 듯했다.

"설마 그 세 가족이⋯⋯. 그 부인이 그대였군!"

그의 표정을 보자 웃음이 터져 나왔다. 나는 고개를 끄덕여 시인했다.

그가 나를 자신의 품으로 이끌고는 거칠게 끌어안았다.

"알아봤어야 했는데⋯⋯."

그가 내 귓가에 대고 속삭였다.

"그 해, 그대의 부황과 모후의 기일이 곧 다가온다는 것이 불현듯 떠올랐고, 홀로 떠도는 그대가 혹여 그분들을 만나러 가지 않을까 싶어 나 역시 그곳으로 향하였던 것이오. 그런데 그대를 알아보지 못하다니……. 그때 그대를 알아보았다면 모든 것이 달라졌을 텐데……."

나는 그의 어깨에 얼굴을 파묻고 심호흡을 하며 그의 옷자락에 배어 있는 용연향龍涎香[2]을 맡았다. 눈물이 그의 용포를 적셨다.

그는 정말로 나를 찾아왔던 것인가? 만약 그가 소사운에게 장생전을 주지 않았다면, 만약 그가 소사운과 함께 하나라에 오지 않았다면, 내가 어찌 또다시 그의 마음을 오해하였겠는가? 어찌 희의 거짓말을 믿고 연성의 사랑을 받아들였겠는가?

"만약 한 명의 거짓말만 아니었다면 저는 결코 떠나야겠다는 생각을 하지 않았을 거예요. 당신이 한 번, 또 한 번 저를 이용할 때에도 저는 어떻게든 당신을 용서할 수 있는 이유를 찾아내어 저 자신을 설득했지요. 그러나 사향, 그 일만은……. 당신도 아시지요? 제가 얼마나 우리의 아기를 원했었는지요. 그런데 당신은 제게서 어머니가 될 권리를 빼앗으셨던 거예요. 제가 회임했다는 것을 알았을 때, 그제야 저는 제 몸에 사향이 없다는 것을 알게 되었지요. 그 후로 저의 계획은 모두 엉망이 되고 말았어요."

나의 목소리는 떨리고 있었고, 눈물은 여전히 그의 용포 위로 떨어지고 있었다.

"결국 가장 어리석은 사람은 저였어요. 제 자신이 이렇게 증

---

2 향유고래의 수컷 창자에서 추출하는 대표적인 동물성 향료로서, 다양한 향수에 쓰이며 값이 매우 비싸다.

오스러운 것은 처음이에요."

기우의 몸이 경미하게 떨리는 것이 느껴졌다. 그의 양손이 나를 위로하며 나의 등을 토닥여 주었다.

"미안하오. 다 내 탓이오. 그대에게 신뢰를 주지 못한 내 탓이오."

우리는 더 이상 아무 말도 하지 않고, 그저 서로를 가만히 끌어안고 있었다. 그 순간, 나의 마음은 모순되고 혼란스러웠다. 나는 그와 영원히 함께하고 싶었다. 그러나 나의 이성과 양심이 내게 말하고 있었다. 안 된다. 연성에게도, 아이에게도 불공평한 일이다. 결국 나는 마음먹었다, 이 이레 동안 가장 행복한 시간을 보내기로, 가장 행복한 기억만을 갖고 떠나기로.

드디어 마음을 정리하고 나는 천천히 그의 품에서 빠져나와 눈가의 눈물자국을 닦아 냈다.

"오랫동안 아무도 청소를 하지 않았나 봐요. 먼지가 이렇게 쌓이다니……. 이곳에서 이레나 머물려면 청소부터 해야겠어요."

우리는 곧바로 청소를 시작했다, 한 사람은 물을 길어 오고, 다른 한 사람은 정리를 했다. 그리 크지 않은 집인데도 막상 청소를 하려니 몹시 힘이 들었다. 결국 붉은 노을이 파란 하늘을 삼켜 버린 후에야 땀을 비 오듯 쏟은 우리는 드디어 집 청소를 끝낼 수 있었다.

지난 며칠, 우리는 무척 다정하게 지냈다. 마치 서로를 존경하는 부부 같았다. 비록 지금의 상황과는 어울리지 않을지 모르나 그것이 나의 마음을 가장 잘 표현하는 말이었다. 지난 며칠 동안 우리는 평범하게 서로를 대하였고, 그것이 내게 편안함을 안겨 주었다. 예전에 그와 함께할 때, 나는 그가 도대체 무슨 생각을 하고 있는지 알 수 없었는데 지금은 그때와는 달랐다. 억눌려 있던 마음 대신 편안함과 안락함이 찾아왔다.

호수 건너편에서 매일 식사를 가져다주는 이를 제외하고 우리를 방해하는 사람은 아무도 없었다. 심지어 그의 곁을 지키는 시위 하나 없었고, 마치 세상에 나와 그뿐인 것 같았다.

식사를 마친 후, 우리는 어깨를 나란히 한 채 집 앞 대나무 계단에 앉아 칠흑 같은 밤하늘을 올려다보았다. 밝은 달도 없었고 반짝이는 별도 없었다. 마치 금방이라도 폭풍우가 쏟아질 것 같았고, 공기는 답답했다. 모기가 계속해서 귓가를 날아다니며 윙윙거려서 기우의 손은 내 주변에 있는 모기를 잡느라 저녁 내내 잠시도 쉴 새가 없었다.

나는 웃으며 그의 행동을 바라보다가 놀리듯이 말했다.

"직접 모기를 잡다니……. 분명 평생 이런 일은 처음 해 보시죠, 폐하?"

그는 여전히 손을 멈추지 않고 말했다.

"이것이 바로 백성들의 삶이로군."

나는 감격하여 결국 참지 못하고 물었다.

"고되세요?"

"고되오."

그가 하던 동작을 멈추고 매우 진지하게 나의 물음에 답했다.

"그러나 이 고됨이 내게 한 가지를 깨닫게 해 주었소. 놀랍게도 행복은 이렇게 쉽게 얻을 수 있다는 것을 말이오."

"그래요. 간혹 행복이란 그저 손을 내밀기만 하면 붙잡을 수 있고, 허리를 숙이기만 하면 주울 수 있는 것이에요. 그러나 어떤 사람들은 죽어도 손을 내밀거나 허리를 숙이지 않지요."

나는 그에게서 시선을 거두고, 고개를 들어 어두운 밤하늘을 바라보았다.

그가 손을 뻗어 하늘을 향하고 있던 내 얼굴을 자기 쪽으로 돌리고 그의 다정한 두 눈을 마주보게 했다. 나는 돌연 도망치고 싶은 충동이 일었다. 그의 부드러움 속에 다시 빠져들 것 같아 두려웠다. 그 때, 그의 뜨거운 입술이 내 입술을 덮었다. 나의 고개가 점점 젖혀지자 그가 손을 뻗어 내 머리를 고정시켰다. 촉촉한 입맞춤이 이어질수록 나는 더욱 깊이 빠져들었다.

그의 격렬하지만 부드러운 입맞춤에 나는 나 자신을 잊고 결국 그의 입맞춤을 받아들였다. 그의 따뜻한 손바닥이 옷을 사이에 두고 나의 희고 보드라운 가슴을 어루만졌고, 나의 두 손은 그의 목을 강하게 껴안았다. 나의 입에서 터져 나온 낮은 신음 소리가 그의 열정을 더욱 타오르게 한 듯했다. 더욱 깊고 격렬해진 그의 입맞춤은 나의 호흡마저 앗아 가려는 듯했다.

그가 천천히 내 옷의 매듭을 풀려 할 때, 갑자기 메스꺼운 느낌이 솟구쳤다. 나는 재빨리 그를 밀치고, 다른 쪽으로 얼굴을 돌려 계속해서 헛구역질을 했다. 그는 곧바로 내 등을 쓰다 듬어 주며, 입덧으로 고생하는 나를 위로해 주었다. 등을 돌리고 있어도 여전히 가다듬어지지 않은 그의 호흡 소리가 들려와 조금 전의 장면이 떠올랐다.

만약 입덧으로 내가 그를 밀쳐내지 않았다면 나는 아마도……, 분명 돌이킬 수 없는 상황을 맞았을 것이다.

잠시 후, 헛구역질이 멈추자 그가 걱정스러워하며 물었다.

"괜찮아졌소?"

나는 그를 바라보지 않고 곧바로 대나무 계단에서 몸을 일으켜 방 안으로 들어가려 했다. 그러나 그가 나의 손을 붙잡았다.

"복아, 나는 그 아이를 우리의 아이로 여길 것이오. 나를 믿어 주시오."

천천히 눈을 감자 머릿속에 수없이 많은 연성의 얼굴이 스쳐 갔다.

"그대를 믿소. 나는 그대가 돌아오기만을 기다리겠소."

나의 마음은 더 이상 복잡하지 않았다. 나는 두 눈을 뜨고 침착하게 말했다.

"하지만, 저는 그럴 수 없습니다."

이 순간 그의 표정이 어떠한지 나는 보지 않았다. 나는 그의 손에서 나의 손을 빼내고는 몸을 돌려 방 안으로 들어갔다. 기우는 홀로 대나무 계단에 남아 있었다. 여름 곤충이 우는 소리가 마치 이 순간의 처량함과 구슬픔을 노래하고 있는 듯했다.

다음 날, 나는 동이 트기 전에 잠에서 깨어났다. 말리꽃의 향기가 풍겨 왔기 때문이다. 갑자기 심완이 나를 위해 매일 매화차를 만들어 주던 것이 떠올랐다. 어쩌면 매화차를 만든 방법대로 말리꽃차를 만들 수도 있으리라. 나는 기우를 위해 차 한 잔을 준비해 주고 싶었다. 그러고 보니 나는 지금까지 그를 위해 단 한 번도 차를 우려 준 적이 없었던 것 같았다.

나무 문을 밀어 열고 바깥을 보니 대나무 계단에서 두 팔로 무릎을 끌어안고 앉아 있는 기우가 보였다. 그는 무릎 사이에 머리를 깊게 파묻은 채 두 눈을 감고 있었다. 설마 밤새도록 방에 들어가지 않은 것인가?

나는 곧바로 그를 흔들어 깨웠다.

"기우, 일어나세요."

그가 천천히 고개를 들고 흐릿한 두 눈을 떴다. 그의 눈빛은 아득하고 초점이 없었다. 그는 마치……, 아이 같았다.

"무슨 일이오?"

그는 상황 판단이 안 되는 듯, 여전히 자신의 깊은 생각 속에 빠져 있었다.

그의 눈이 희미하게 충혈되어 있는 것을 보고 내가 다급히 물었다.

"설마 밤새 여기 계셨던 거예요? 안에 들어가서 조금 더 주무실래요?"

"괜찮소."

그의 흐릿하던 눈빛이 점차 다정해졌다. 또한 평소처럼 깊고 날카롭게 반짝였다. 나는 실망스러웠다. 언제나 한순간뿐이었다. 깨어나면 그는 또다시 사람들에게 경외감을 불러일으키는 제왕이 되었다.

"왜 밖에서 주무신 거예요?"

"생각을 좀 하다 보니 나도 모르게 잠이 들었소."

"폐하께 아침 문안 드리옵니다."

언제 왔는지 서 환관이 두 명의 환관들을 데리고 나타나 기우를 향해 정중하게 예를 갖춰 인사를 올렸다.

"폐하께서 분부하신 대로 매화 묘목 두 그루를 준비해 왔습니다."

"거기에 두어라. 너희들은 물러가고."

기우는 옷매무새를 가다듬으며 대나무 계단에서 몸을 일으켰고, 냉담한 눈빛으로 그들을 바라보았다.

서 환관은 두 환관에게 매화 묘목을 내려놓으라는 눈짓을 하고 또다시 공손하게 말을 이었다.

"폐하, 이미 나흘이나 조회에 나오시지 않아 조정 대신들 사이에 의견이 분분합니다."

"짐이 나흘 동안 조회에 나타나지 않았다고 해서 조정에 큰 혼란이 일어날 것이라고는 생각하지 않는다. 게다가 짐은 이미 조정의 일을 예친왕禮親王에게 맡겨 놓았다."

기우의 목소리는 다소 차가웠다. 나는 날카로운 기우의 옆

모습을 바라보았다.

예친왕은 기호일 것이다. 그는 이미 조정으로 돌아와 기우를 돕기로 한 것인가? 그렇다면 기우는 더 이상 외롭지 않을 것이다. 그에게는 형이 있지 않은가. 내가 예전에 알던 기호라면 분명 좋은 형이 되어 줄 것이다. 형제끼리 어깨를 나란히 하고 함께 싸운다면, 그렇다면 나 역시 안심할 수 있으리라.

"폐하, 요 며칠 소 귀인마마께서 폐하를 뵙겠다며 소란을 피우고 계십니다. 대황자가 연일 울음을 그치지 않는다면서 말입니다."

서 환관이 말을 이었다.

"어의에게 대황자를 진료하라고 해라. 됐다. 물러가거라."

기우의 눈빛에 은근히 귀찮은 기색이 비쳤다.

"예."

서 환관은 기우의 기색을 읽어 내고, 눈치 빠르게 말을 마치고는 종종걸음으로 물러갔다.

그들이 점점 멀어지는 모습을 보며, 나는 손에 들고 있던 도자기 병을 꼭 쥐며 물었다.

"소 귀인이 대황자를 낳았나요? 그렇다면 왜 그녀를 더 높은 지위로 봉하지……."

"그녀는 욱나라에서 보낸 첩자요. 짐이 그녀에게 귀인이라는 신분을 준 것만도 이미 파격적이지. 그녀는 더 높은 지위에 오르려거나 자신의 아이를 왕이나 태자로 봉하려는 헛된 생각을 해서는 안 되오."

그의 말에는 무정함과 냉정함이 가득 서려 있었다. 그는 소사운을 고작 그 정도로만 여기고 있었던 것이다. 그에게 여인이란 이용 가치가 사라지면 언제든 내쳐도 되는 이들인 것인가?

운주와 온정야, 윤정과 소사운, 그들 모두 기우가 총애했던 여인들이었으나 이용 가치가 사라진 후, 그들의 말로는 모두 똑같았다.

나는 기우에게 내가 특별하다고 생각하지 않았다. 그것은 나 역시 그에게 이용당했기 때문이고, 그가 나를 밀쳐 낸 적이 있기 때문이다.

나는 그가 이 이야기를 하고 싶어 하지 않는 걸 느끼고 화제를 돌렸다. 나는 바닥에 놓여 있는 두 그루의 매화 묘목을 가리켰다.

"저 묘목들로 무엇을 하시려고요? 심으시려는 건 아니죠?"

그의 얼굴이 나의 질문에 다정해졌다.

"그대가 맞혔소."

그는 두 그루의 매화 묘목을 향해 걸어가서는 그것을 집어 들었다.

"삽과 호미를 챙겨서 나를 따라오시오."

나는 그의 말대로 방 안으로 들어가 삽과 호미를 챙겨 풀이 무성한 곳으로 향하는 그의 뒤를 따라갔다. 우리는 비옥하고 묘목을 심기에 적당한 곳을 골라 묘목을 심기 시작했고 약 반나절이 지나서야 매화 묘목 심기를 마칠 수 있었다.

나는 지칠 대로 지쳐 허리조차 제대로 펼 수 없을 정도여서 부드러운 수풀 위에 기진맥진한 모습으로 웅크리고 앉았다. 여름날의 아침 바람이 유난히 시원하게 느껴졌다.

지금의 나의 몸은 과도한 운동을 버텨 내지 못했고, 쉽게 피로감을 느꼈다. 이는 내 몸 안의 독이 완전히 제거되지 않았기 때문일 수도 있고 혹은 내 뱃속에 품고 있는 아기 때문일 수도 있었다.

삽에 의지하여 서 있는 기우는 얼굴과 옷, 손에 진흙이 가득하여 몰골이 말이 아니었다. 그러나 천성적인 제왕의 기세는 그것으로도 가려지지 않았다.

그가 나를 내려다보며 물었다.

"그대 생각에 이 두 그루의 매화 묘목이 언제쯤 다 자라서 희고 보드라운 매화꽃을 피울 것 같소?"

나는 고개를 갸웃거리며 생각하다가 말했다.

"사오륙칠 년 정도요."

확실히 몇 년이 지나야 다 자랄지 알 수 없어서 나는 많은 숫자를 토해 냈다.

그는 어쩔 수 없다는 듯 말했다.

"그럼 사오륙칠 년 후, 나와 함께 다시 이곳에 와서 보겠소?"

나는 조용히 고개를 숙인 채 아무 말도 하지 않았다. 사오육칠 년, 불가능하다. 나는 반드시 연성의 곁으로 돌아가야 한다. 나는 이 매화나무가 커 가는 모습을 그저 사오륙칠 일밖에 보지 못할 것이다.

그는 삽을 내려놓더니 나와 어깨를 나란히 하고 끝없이 푸른 수풀 속을 향해 나아갔다.

"복아, 나는 예전에 그대를 이용하여 그대에게 준 상처를 보상해 주고 싶을 뿐이오. 나는 최선을 다하여 그대에게 내가 줄 수 있는 모든 것을 줄 것이오. 아직도 나를 용서하지 못하겠소?"

"사실……, 저는 이미 당신을 용서했어요."

진심이었다. 도대체 언제부터 그가 내게 준 상처를 잊었는지는 나 역시 알 수 없었다. 함께 지낸 이 며칠 동안인가? 아니면 그가 내게 사향을 쓰지 않았다는 것을 알았을 때인가? 아니면 그를 완전히 떠나기로 결심했던 그 순간인가?

"나는 그대가 내 곁에 남기를 바라오."

나는 내 배를 어루만졌다.

"바로 여기에, 곧 태어날 작은 생명이 있습니다. 아이에게는 어머니가 필요하고, 그보다 더 아버지가 필요해요."

그는 무거운 한숨을 내뱉고 더 이상 말을 잇지 않았다. 나는 바닥의 진흙을 만지작거리며 말했다.

"지난 며칠간 제게 참 잘해 주셨어요. 당신과 함께 평범하게 지내는, 제가 원하던 바로 그런 생활이었지요. 비록 짧은 며칠뿐이었지만요. 그러나 저는 두려워요. 당신과 있으면 저는 바보처럼 멍청해져서 당신에게 이용당해 버리지요. 말씀해 주세요. 이번에도 또 저를 이용하고 계신 건가요?"

그가 반문했다.

"나는 진정으로 그대가 남기를 바라오. 그것도 이용하는 것이오?"

산들바람이 천천히 옷 안으로 파고들었고, 성긴 수풀이 가득 펼쳐져 있었다. 우리는 서로를 마주한 채 아무 말도 하지 않았다.

엿새째 날, 한바탕 천둥 번개가 쳐서 나는 잠에서 깨어났다. 연일 계속되던 후덥지근한 날씨의 끝이 보였다. 사흘이나 걸렸지만 결국 비가 쏟아지기 시작했다. 나는 침대에서 내려와 폭우가 방 안으로 무정하게 들이치지 않도록 활짝 열려 있는 창문을 닫았다. 그리고 다시 침대에 누웠으나 어찌 된 일인지 다시 잠을 이룰 수가 없었다. 나는 두 눈을 감고 창밖에서 들려오는 빗소리에 귀를 기울였다.

참으로 빨랐다. 오늘이 벌써 엿새째 날이었다. 그리고 내일은 마지막 하루였다. 이렇게 끝나는 것인가?

불현듯 며칠 전에 심은 매화가 떠올랐다. 어린 매화가 이렇게 큰비를 견딜 수 있을까? 나는 침대에서 뛰어 내려와 우산 하나를 들고 밖으로 달려나갈 준비를 했다. 그러나 문을 열려던 그때, 나의 발걸음은 멈추어 버리고 말았다.

시끄러운 빗소리에 섞여 희미하게 말소리가 들려왔다. 살며시 바깥을 바라보니 집 앞 처마 밑에 두 사람이 서 있었다. 한 사람은 기우였고, 또 한 사람은……. 한참을 바라본 후에야 나는 그가 누구인지 알아볼 수 있었다. 그는 소경꿍 장군이었다.

"폐하, 지금 욱나라와 하나라가 연합하여 우리를 공격하고 있으며, 명의후는 이미 며칠 전에 전선으로 떠나 격전을 벌이고 있습니다. 지금 같은 시기에 폐하께서는 조정을 지키며 높고 낮은 이들의 마음을 단단히 잡아 주셔야지, 어찌 이곳에서 사랑놀음만 하고 계시는 겁니까!"

소경굉은 황제를 조금도 두려워하지 않는 듯 소리소리마다 질책을 잇고 있었다.

"짐에게도 생각이 있다."

낮고 무거운 목소리에서 그의 기분을 알 수는 없었다.

"전황은 어떠한가?"

"적군의 실력이 상당합니다. 신이 명의후에게로 가서 작은 도움이라도 되고 싶습니다. 그래야 승산이 조금 더 커질 것입니다."

소경굉은 조급해하며 출병하라는 성지를 기다렸다.

"며칠 더 기다리게, 짐이 그대와 함께 갈 테니."

"예? 폐하께서도 욱나라 황제처럼 친정을 하시겠다는 말씀이십니까? 너무 위험합니다! 신은 절대 그런 위험을 감수할 수 없습니다."

"짐은 욱나라와 하나라가 연합한 것을 두려워하지 않는다. 두 나라는 갑자기 연합하였으니 군대 역시 조금도 준비되어 있지 않았을 것이다. 게다가 두 군의 병사들 역시 호흡이 잘 맞지 않겠지."

기우는 세심히 분석하여 말했다.

"폐하께서 이미 결정하셨다면 신은 목숨을 걸고 그 뒤를 따르겠습니다."

나는 조용히 방으로 돌아와 대나무 문을 조심스레 닫고 그들의 대화를 떠올렸다.

전쟁이 드디어 시작된 것인가? 연성이 직접 출정했다니……. 황제가 친정을 하다니, 만약 그에게 무슨 일이라도 생기면 어쩌려는 것인가? 전쟁은 이미 며칠 전에 시작된 듯한데 기우는 놀랍게도 조금도 긴장한 기색을 보이지 않았고, 태연히 내 곁을 지켰으며, 조정의 일은 조금도 입 밖에 내지 않았다. 그만큼 그는 자신이 있는 것인가? 그러나 상대는 욱나라와 하나라의 연합이지 않은가.

나는 지금 기우를 걱정하고 있는 것인가? 기우의 적수는 연성이 아닌가! 내 아이의 부친이 아닌가! 그런데 나는 어찌 그를 걱정하고 있단 말인가! 도대체 언제부터 나의 마음이 이토록 모순투성이가 된 것일까?

심장이 세차게 뛰어, 나는 하마터면 손에 들고 있던 종이우산을 떨어뜨릴 뻔했다.

하루 남았다. 오직 하루뿐이다. 나는 연성의 곁으로 돌아갈 것이고, 누가 이기고 누가 지든 상관없이 그와 어깨를 나란히 하고 전쟁을 치를 것이다.

나는 우산을 내려놓고 침대 위에 가만히 누웠다. 흙이 섞인 풀 냄새가 창문의 작은 틈새를 통해 풍겨 왔다. 몸을 돌려 누우며 두 눈을 감자 피비린내 나는 끔찍한 장면들이 머릿속을 스쳐 지나갔다. 이마와 등에서 식은땀이 쉬지 않고 배어 나왔다.

나는 끊임없이 자신에게 되뇌었다, 이번 전쟁은 피할 수 없는 것이라고……

똑똑똑!

조용히 문을 두드리는 소리가 나의 생각을 어지럽혔다.

"복아."

기우의 목소리였다. 침대에서 내려와 문을 열자 여전한 표정의 기우가 보였다. 나 역시 평소의 표정을 유지하며 물었다.

"이렇게 늦었는데 왜 아직도 주무시지 않으셨어요?"

"비가 너무 많이 내려서 며칠 전에 심은 매화가 폭우에 묻혀 버릴까 걱정이 되었소. 그러면 우리의 노력이 모두 헛수고가 되잖소."

나는 깜짝 놀랐다. 그가 이토록 세심한 사람이었다니……. 지금의 그는 예전의 그와 정말 다른 듯했다. 어쩌면 지금의 그에게는 제왕이라는 신분의 속박이 없기 때문일지도 모른다. 그래서 이렇게 조용히 내 곁을 지키며, 진심으로 이 감정을 소중히 여기고 있는 것이리라. 그러나 일곱 날은 금세 지나갈 것이고, 이 순간은 마치 우담화가 시들 듯 순식간에 사라질 것이다. 마음은 아프겠지만 내게는 가장 아름다운 추억으로 남으리라.

"그렇네요. 저는 잊고 있었어요."

나는 마치 방금 깨어난 듯 몽롱한 눈빛을 연기하며 자신의 머리를 가볍게 두드렸고, 방 안으로 달려가 우산을 집어 들었다.

"어서 가요. 가서 매화를 살펴보아요. 저는 진심으로 사오륙 칠 년 후에 그 매화가 잘 커서 매화나무가 되길 바라요."

깊은 밤, 세찬 비바람 속에 번개가 하늘을 밝혔고, 안개에 뒤덮인 버드나무 숲 옆 호수는 반사된 빛에 반짝이며 거세게 출렁이고 있었다.

매화를 심어 놓은 곳까지 달려가 보니, 가늘고 약한 매화 묘목 하나는 이미 비바람에 부러져 있었고, 다른 한 그루는 뿌리가 흙 밖으로 그 모습을 드러내고 있었다. 나는 급히 다가가 묘목을 바로 세우고 다시 심었다. 옷에는 빗물이 스며들었고, 신발은 진흙이 가득 묻고 물웅덩이에 빠져 흠뻑 젖었다.

기우는 매화 묘목 옆에 몸을 숙인 채 내가 젖지 않도록 우산을 받쳐 주었다. 그의 몸은 우산 밖으로 나와 있어서 빗물에 그의 담황색 홑옷이 모두 젖었고, 빗방울이 주렴처럼 그의 이마 위에서 흘러내렸다.

손톱에 진흙이 잔뜩 끼도록 한참을 노력한 끝에 마침내 나는 매화 묘목을 다시 심을 수 있었다. 나는 소매 끝으로 이마의 땀과 빗물을 닦아 내고 미소를 지으며 안도의 한숨을 내쉬었다.

"당신이 저를 깨워서 다행이에요. 하마터면 우리의 노력이 모두 헛수고가 될 뻔했어요."

기우는 나를 그윽이 바라보았으나 아무 말도 하지 않았다. 나는 그의 눈빛 속에 담긴 감정을 읽어 낼 수 없었다. 그는 손에 빗물을 받아 내 오른쪽 뺨을 닦아 주었다.

"지저분하기는."

나는 억지웃음을 지으며 종이우산을 그의 쪽으로 살짝 밀었다.

"우리 참 바보 같아요. 왜 우산을 하나만 가져왔을까요?"

그 역시 나를 따라 웃음 지었다.

"이것이 바로 행복이겠지."

"기우, 앞으로 매년 이곳에 와서 이 매화를 봐 주세요."

나는 두 그루의 매화 묘목을 가리키며 진지하게 말했다.

"그러겠소."

그가 진지하게 고개를 끄덕이고 말을 이었다.

"사실 그대에게 묻고 싶은 것이 아주 많다오. 오늘, 내게 대답해 주겠소? 우리가 처음 만났던 날을 기억하오? 나는 그대에게 거래를 제안했고, 그대는 조금의 망설임도 없이 승낙했었소. 그때, 나는 그대가 증오심 때문에 승낙한 것이라고 생각했었지. 그러나 일 년 후, 그대가 입궁하였을 때 깨달았소. 그대에게는 복수할 생각이 조금도 없었소. 그렇다면 애초에 왜 나와 약속한 것이오? 왜 나를 도우려 한 것이오?"

"만약……, 당신을 위해서였다면 믿으시겠어요?"

이제는, 나조차도 믿을 수 없는 말이었다. 예전의 나는 어찌 그리도 어리석었을까? 겨우 몇 번밖에 본 적 없는 남자를 위해 복수를 포기하고, 입궁하여 그를 돕는 것을 선택하다니!

"어쩌면 처음 보았을 때, 당신의 다정한 미소가 제 마음에 스며들었던 것 같아요. 아니면 당신과 지낸 짧은 며칠 동안, 당신의 고독이 저를 당신의 곁으로 이끌었을지도 모르죠. 당신이 더 이상 외롭지 않도록이오."

그의 당혹스러워하는 눈빛이 반짝이며 내가 단 한 번도 보지 못했던 빛을 발했다. 그가 천천히 입을 열었다.

"복아. 어쩌면 우리는 같은 종류의 사람인지도 모르겠소. 고독하고 이기적인 사람⋯⋯."

그는 지금 자신이 이기적이라고 인정하는 것인가? 게다가 나까지 끌어들여서?

또다시 그의 말에 즐거운 웃음이 터져 나왔다.

"그래요. 우리는 둘 다 이기적이에요. 당신은 황위를 위해, 저는 나라를 되찾기 위해 자신도 모르는 사이에 타인과 자신에게 상처를 줬지요."

큰비가 내리는 소리에 우리의 목소리가 묻혀 유난히 희미하게 들려왔다. 나는 손을 뻗어 그의 이마에 맺힌 빗방울을 닦아 주었다.

"당신과 두완의 대혼식 날⋯⋯, 당신은 남월루로 달려와 제게 말하셨죠. 모든 계획을 취소하겠노라고. 그때의 저는 꿈 같은 이야기를 듣고 있다고 생각했어요. 그토록 황위를 원했던 당신이, 저를 위해 황위를 포기하겠다고 하셨으니까요."

나는 그의 이마 위의 빗방울을 닦아 준 후, 손을 거두어 손가락 끝으로 빗방울을 머금고 있는 매화 나뭇가지와 줄기를 만지작거렸다.

"그렇다면 어째서 나와 함께 부황과 맞서지 않고 그렇게 떠난 것이오? 만약 그대가 떠나지 않았다면……, 모든 것은 지금과는 달랐을 것이오."

그의 목소리에는 안타까움과 책망이 담겨 있었다.

"저는 당신이 황제가 된다면 분명 훌륭한 황제가 되어 천하를 안정되게 하리라 생각했어요. 그러나 선황의 책략 속에 또 다른 책략이 있으리라고는 생각지 못했지요. 만약 제가 그것을 깨달았더라면, 어쩌면……, 그가 저를 죽이려 한다 해도 결코 떠나지 않았을 거예요."

그가 미간을 찌푸리고 깊은 생각에 빠져 있는 모습을 보면서 나는 깨달음의 미소를 지었다.

"모두 지난 일이에요. 우리는 이제 예전으로 돌아갈 수 없어요. 지나간 일은 그냥 흘려 보내도록 해요. 어때요?"

또다시 침묵이 찾아왔다. 요 며칠, 우리 사이에는 한창 이야기를 나누다가 돌연 침묵이 찾아오는 일이 잦았다.

빽빽이 내리는 비는 마치 흩날리는 실처럼 흘러내려 우리 몸의 절반을 적셨지만 두 그루의 매화 묘목은 우리 사이에서 잘 보호받고 있었다. 이 묘목들은 나와 그가 직접 심은 것이며, 우리 두 사람에게 속한 유일한 것이었다. 나는 이것을 항상 기억할 것이다.

칠 일은 바람처럼 빠르게 흘러갔다. 나는 아쉬움을 느끼며 그와 함께 작은 배 위에 올랐다.

맑고 투명한 초록 물결 위로 희미한 연무가 끼어 있었다. 호수는 비현실적인 고요함을 띠고 있었으며, 초록 빛깔의 수면에 붉은 석양이 비치고 있었다. 이 칠 일의 시간은 내 인생에서 가장 즐거운 시간이었다. 결국에는 나 자신을 아프게 할 수도 있지만 미련은 없었다.

돌아오는 짧은 시간 동안, 그는 내게 단 한마디만을 했다.

"복아, 그대가 여전히 나를 사랑하고 있다는 것을 알고 있소, 내가 여전히 그대를 사랑하고 있는 것처럼."

나는 무슨 말을 해야 할지 몰라 그저 호수 면을 응시할 뿐이었다. 수면에 비친 우리의 모습을 바라보며 잠시 넋을 놓고 있던 나는 한참이 지난 후에야 입을 열었다.

"정말로 저를 보내 주시는 건가요?"

어제 밤새도록 생각해 보았지만 나는 그가 나를 쉬이 보내 줄 것 같지 않았다. 나는 그에게 여전히 상당한 이용 가치가 있기 때문이다. 만약 나와 뱃속에 있는 아기로 연성을 위협한다면……. 그는 나를 이용할 것인가?

만약 내가 그라면 나 역시 이용하는 쪽을 선택할 것이다. 그것은 그의 천하를 안정되게 하는 대사大事와 관련된 일이기 때문이다. 그렇기에 설령 그가 나를 정말 이용하려 한다 해도 나는 그를 비난할 수 없으리라.

"내가 직접 그대를 그에게 데려다 줄 것이오."

그의 목소리는 이상할 만큼 단호했다.

나는 그가 무엇을 하려는지 더 이상 추측하지 않았다. 그저 미소를 지으며 물속에 손을 집어넣고 차가운 느낌을 만끽했다. 그러고 있으니 마음이 차차 편안해졌다.

건너편에 가까워졌을 때, 소경쾡과 기호가 맞은편 기슭에 묵묵히 서 있는 것이 보였다.

나는 깨달았다. 이제 모든 것이 끝났다. 이제, 그는 기나라의 황제이고 나는 욱나라의 진비이다. 나는 그저 그가 나를 또다시 실망시키지 않기만을 바랐다. 나는 그에게 또다시 이용당하게 될까 봐 너무나도 두려웠다.

연성은 슬프게 떠나가고

　황량한 변경, 높은 성벽이 끝없이 이어져 있었고 호각 소리가 쉬지 않고 울려 퍼지고 있었다. 공기 중에는 전쟁의 긴장된 기운이 가득 서려 있었다.

　나는 기우의 대군을 따라 양군이 대치하고 있는 전장에 도착했다. 기나라 주 장막으로 들어서니 그곳에 한명이 있었다. 그는 계속된 출정으로 예전보다 훨씬 수척했고, 눈은 심하게 충혈되어 있었다.

　전투는 이미 열흘이나 계속되었으나 양군의 실력이 비슷하여 부상자와 사망자 수도 비슷하다고 했다. 전황은 장기전에 돌입하여 어느 쪽이 오래 버티느냐에 따라 어느 쪽이 승리할지 결정될 것이었다.

　"욱나라는 어찌 하나라와 연합하게 된 것인가?"

기우는 주 장막의 상석으로 성큼성큼 걸어가 앉더니 분포도를 집어 들고 한참 동안 관찰했다. 주먹을 쥐고 탁자를 툭툭 두드리는 것이 깊은 생각에 빠진 듯했다.

장막 안에 침묵이 깔렸다. 장수들은 아무 말도 하지 않았고, 나는 소경굉의 경계하는 눈빛을 받았다. 그들은 나를 경계하여 아무 말도 하지 않고 있었던 것이다. 나는 살짝 미소 지으며 휘장을 걷고 밖으로 나왔다.

우뚝 솟은 바위산 절벽에는 운무가 자욱했고, 두꺼운 구름이 천지를 뒤덮고 있었다. 바다의 파도는 끓어오르는 듯했고, 산은 요동치고 있었다. 사방에 피비린내가 가득했다. 나는 군 장막 밖의 산 끝자락에 올라 산과 강에 즐비한 주검들을 내려다보았다. 저들 모두가 하나하나의 생명이 아닌가!

군의 명령은 번개와 같이 신속하게 전군으로 전달되었고 관군의 명성과 사기는 천지의 구석구석까지 울려 퍼졌으나 전쟁은 온 가족을 뿔뿔이 흩어지게 했고 백성들에게서 먹고 입을 것을 빼앗았다.

기나라 군대는 지리적 우세를 점하고 있었다. 그들은 높은 산꼭대기에 위치하여 적군의 움직임이 한눈에 보였고, 높은 곳에서 굽어본다는 것만으로 심리적으로도 유리하였다. 그렇기에 양군은 오랫동안 전쟁을 지속하며 어느 한쪽도 섣불리 공격하지 못하고 있었다. 자칫하다가는 양쪽 모두 회복하지 못할 만큼 큰 피해를 입을 수도 있기 때문이었다. 아마도 욱나라와 하나라가 연합을 한 것은 자국을 지키기 위한 어쩔 수 없는 선택이었을 것이다. 그러니 만약 자위가 목적이라면 문제가 되지 않을 것이나, 결국 관건은 기우가 욱나라를 멸하려는 마음이 얼마나 강렬한지였다.

갑자기 지난 일들이 하나하나 떠오르고, 처음으로 나라를 되찾겠다는 나의 신념에 회의가 들기 시작했다. 둘째 숙부가 부황의 황위를 빼앗았을 때, 감천궁甘泉宮은 피로 물들었다. 지금 나는 나라를 되찾으려 한다. 그렇다면 또 다른 처참한 살육이 있을 테고, 또다시 피가 강을 이룰 것이다. 내가 정말 나라를 찾는다면, 둘째 숙부는 어찌 처리해야 할까? 죽여야 할까, 살려야 할까? 그의 자녀들이 나를 증오하지는 않을까? 만약 그들도 나처럼 시시각각 자신의 부황을 위해 복수를 꿈꾼다면 이 전쟁은 도대체 언제까지 계속될 것인가? 이 원한은 도대체 언제나 사라질 것인가?

혹시 내가 잘못한 것은 아닐까? 내가 지금껏 품어 왔던 증오가 나 자신의 마음을 볼 수 없게 한 것 같았다. 나의 사욕을 위해 온 백성들을 영원히 돌아올 수 없는 곳으로 이끌다니! 예전의 복아 공주는 도대체 어디로 간 것인가? 그녀가 좇던 것은 그저 평범한 생활이 아니었던가? 언제부터 증오가 그녀의 순수함을 죽여 버린 것인가?

연성, 제가 약속을 지키지 않아서 분노하고 계세요? 저는 그저 이 전쟁이 빨리 끝나기를, 당신이 이 위기를 무사히 넘기시기를 바라고 있어요. 우리가 다시 만날 때 당신이 제 해명을 들을 수 있으시기를 바라고 있어요.

"부황, 모후, 또다시 나라 수복을 포기한 저를 용서해 주세요."

휘몰아치는 바람 소리에 맞추어, 나는 하늘을 마주하고 한마디를 내뱉었다.

"저는 나라 수복을 원치 않고, 백성들이 도탄에 빠지는 것을 원치 않으며, 피비린내 나는 살육을 원치 않습니다. 어쩌면 부황과 모후께서는 제가 나약하다고 여기실지도, 제가 과하게 자비롭다고 여기실지도 모릅니다. 그러나 그들 한 명 한 명 모두가 소중한 생명입니다. 그들 모두가 그들의 어미가 열 달 동안 뱃속에 품어서 낳은 자식들입니다. 게다가……, 지금껏 저는 둘째 숙부가 좋은 황제가 아니라는 말을 들어 본 적이 없으며, 하나라 백성들의 원망 섞인 말도 들어 본 적이 없습니다. 둘째 숙부는 하나라를 잘 다스리고 있습니다. 그의 잘못이라면 황제를 죽이고 황위를 찬탈한 것이지요. 마치 당 태종이 형제를 죽이고 황위를 찬탈한 것처럼요. 비록 멸시받을 행동이었으나 그는 공을 세워 자신의 잘못을 만회하였습니다. 그는 역사상 유례가 없는 성세盛世인 정관의 치[貞觀之治][3]를 이룩하였지요."

"드디어 증오를 버린 것이오?"

한명의 탄복한 목소리가 들려왔다.

나는 고개를 돌려 철갑을 두르고 은빛 투구를 쓴 한명이 여유롭게 걸어오는 모습을 바라보았다. 전황에 대한 논의가 어찌

---

3 정관은 당 태종 이세민(627~649년)의 연호이며, 정관의 치는 당 태종의 재위기간 동안의 훌륭한 정치를 뜻한다.

이리도 빨리 끝났을까?

"나는 그대가 했던 말을 아직도 기억하고 있소. '도대체 누가 여자는 나라를 위해 힘을 보태고, 충성할 수 없다 하였습니까? 세상의 모든 여인이 다 달기와 같이 아첨을 일삼고 조정을 어지럽히지는 않습니다. 저 반옥이라면 당 태종이 매우 존경하여 스승처럼 대하였다던 장손 황후가 될 것입니다!' 그때, 나는 그대를 지금까지 만났던 어떤 여인보다도 대범한 이라고 생각했고, 나도 모르게 그대를 더욱 주목하게 되었다오."

잠시 후, 나와 마주보는 지점에 도착하자 그제야 그가 발걸음을 멈추었다. 며칠 동안 이어진 출정은 그를 더욱더 지쳐 보이게 했다. 나는 어떤 표정으로 그를 마주해야 할지 알 수가 없었다.

그가 계속해서 흥미진진하게 말을 이었다.

"지난 몇 년간 나는 줄곧 소위 '위대한 사랑'이라고 하는 것에 대해 고민했소. 그런데 조금 전, 그대의 말을 듣고 나서야 그 진정한 의미를 이해할 수 있게 되었소. 위대한 사랑은 난국을 탄식하고 백성을 가엾이 여기는 것도 아니고, 천하를 통일하는 것도 아니며, 주인에게 충성을 다하는 것도 아니오. 위대한 사랑이란 마음속의 증오를 버리고 천하의 백성과 신하가 하나의 마음이 되는 것이고, 위대한 사랑이란 고통 속에서도 하지 말아야 할 일의 진정한 의의를 찾는 것이오. 지금의 그대는 그것을 해냈소."

"마치 제가 구세주인 양 띄우지 마세요. 저는 수없이 많은 잘못을 했어요."

"잘못을 알면서도 여전히 뉘우치지 않는 것이 잘못이오."

그는 한참 동안 침묵하며 나의 아랫배에 눈을 고정하고 있다가 말했다.

"뱃속에 있는 아기, 바로 그 아기가 그대로 하여금 이 모든 것을 깨닫게 한 것이오?"

"그래요. 저는 항상 아기를 갖고 싶었어요. 기우와의 아기를……. 그러나 저는 그와의 아기를 가질 수 없는 운명이지요."

나는 쓸쓸하게 웃음 지었고, 고개를 돌려 운무가 자욱이 깔린 정경을 바라보았다. 이렇게 황량하다니…….

"여전히 폐하를 마음에 품고 있는 것이 보이는데, 왜 남지 않는 것이오?"

"조금 전 위대한 사랑에 대해 말했지요? 그 사랑에는 책임감이 따르는 거예요. 그래서 저는 그렇게 이기적으로 행동할 수도, 다른 사람의 감정을 모른 체할 수도 없어요."

군영의 수비는 삼엄하였고, 군대의 기세는 점점 거세져 갔다. 한명은 앞으로 한 걸음 걸어 나와서 나와 함께 하늘을 올려다보았다. 참매가 공중을 날며 큰 소리로 울부짖고 있었다.

"그대도 알겠지만 폐하께서 그대를 혼절시키고 궁에 가둔 것은 그대를 이용하여 연성을 견제하고 그에게서 항복을 받아내기 위함이었소. 그런데 조금 전, 폐하는 그대를 돌려보내겠다고 말씀하셨소. 지난 며칠간 무슨 일이 있었기에 폐하께서 처음의 생각을 바꾸신 건지 알 수가 없구려."

거친 바람에 그의 목소리가 흩어져 나는 귀를 쫑긋 세우고 경청해야만 했다.

그가 말을 이었다.

"폐하를 그렇게 바꿀 수 있는 이는 오직 그대뿐이오. 나는 지금에야 깨달았소. 사향, 그 일은 내가 잘못한 일이었소."

한명의 한 마디 한 마디를 들으며 나는 마음이 마치 텅 비어 가는 것만 같았다.

정말로, 그는 나를 이용하려고 했구나. 그런데 왜 그 계획을 포기하려는 것일까? 그에게 천하가 더 이상 중요하지 않게 된 것인가? 그게 아니면 그에게 승리의 확신이 있기 때문인가?

"아직 그 일을 마음에 두고 계셨던 건가요? 저는 그대를 탓하지 않아요."

나는 침착하고 진심이 담긴 목소리로 말했다.

"저는 그저 어서 연성의 곁으로 돌아가기를 바랄 뿐이에요. 이제는 전쟁을 멈출 수 없어요. 연성의 진비로서, 저는 반드시 그의 곁을 지켜야만 해요."

높은 나무는 마치 구름에 닿을 듯하였고, 새파란 하늘에는 무지개가 걸려 있었다. 한명이 입을 열어 무슨 말을 하려는데 기우의 목소리가 바람을 타고 내 귓가에 들려왔다.

"그렇게도 그의 곁으로 돌아가고 싶소?"

순간 나는 몸이 경직되었으나 이내 평정을 되찾고 몸을 돌려 미소 지으며 말했다.

"저를 연성의 곁으로 보내 주겠다고 하셨잖아요? 약속을 지키셔야지요."

그가 어쩔 수 없다는 듯이 웃었다.

"이미 척후병을 보내어 오늘 밤 자시[4], 연운파連雲坡에서 만나자고 편지를 보냈소. 내 직접 그대를 그에게 데려다 주겠소."

나는 당혹스러워하며 그를 바라보았다. 마음속에 경계심이 생겼다.

"왜 당신이 직접 저를 데려가시죠? 저 혼자서도 갈 수 있어요."

"나는 직접 연성을 만나고 싶소. 그대는 분명 나의 여자였으니……."

그는 한참을 서 있었다. 강한 바람이 흙을 날려 모래바람이 아스라이 불어왔다.

"만약 내가 그대를 이용하려 했다면 곧바로 그대를 이용해 욱나라를 내놓으라고 그를 위협했을 것이오. 나는 그대와 뱃속의 아기가 그에게 그 정도의 가치가 있다고 믿소."

조금의 속임수도 없는 듯한 그의 눈을 보며 나는 그를 믿기로 했다. 지난 이레 동안 그가 내게 진실한 자신을 보여 주었기 때문이다.

황혼의 하늘 빛깔은 어둡고 무거웠다. 높은 산맥은 모습을 감추었고 저 멀리 바라보이는 정경은 한없이 처량했다. 기우는

---

4 밤 11시~1시.

나와 한 필의 말을 함께 타기를 원했으나 나는 이를 거절했다. 나는 그와 과도하게 친밀한 행동을 하고 싶지 않았고, 더욱이 연성에게 그 모습을 보이고 싶지 않았다. 전에는 존재하지 않았던 감정이었다.

이번에 기우는 오직 한명만을 데리고 길을 나섰고, 우리의 뒤로 정병들이 따르고 있었다. 나는 혹시나 그가 위험해지지 않을까 걱정하지 않을 수 없었다.

만약 연성이 그곳에 미리 수많은 군사를 숨겨 놓고 그를 포위하면 어찌한단 말인가? 혹은 기우가 사람을 숨겨 놓았다면?

나는 불안하여 말 위에서 계속 뒤를 돌아보며 혹시 비밀리에 우리의 뒤를 따르고 있는 군대가 있지는 않은지 확인하려 했다.

내가 계속해서 뒤를 돌아보는 것을 보고 기우가 물었다.

"무엇을 보고 있는 것이오?"

나는 다급히 시선을 거두고 전방을 주시했다. 어두워진 고독한 밤을 바라보니 밝은 달이 길을 환히 비추고 있었다.

"아무것도 아니에요."

한명은 곁눈질을 하지도, 말을 하지도 않고 내 곁을 바짝 따랐다. 길고 긴 길은 유난히 고요하였고, 뒤를 따라오는 정병들의 발소리와 말굽 소리만이 들려올 뿐, 어느 누구도 말을 하지 않았다.

연운파가 가까워질수록 내 마음은 점점 무거워졌다. 준마의 말발굽 소리가 나의 마음을 바닥까지 가라앉게 했다.

백마의 목 부근의 부드럽고 가는 털을 쓰다듬는 나의 머릿속은 흐리멍덩했다. 이 멀고 먼 길도 끝이 보이고 있었다. 불빛이 반짝이고 있는 전방에는 이미 수많은 이들과 말들이 주둔해 있었다.

가장 먼저 눈에 들어온 이는 연성이었다. 말고삐를 붙잡고 있는 그의 눈은 나에게 고정되어 있었다. 그러나 나는 연성의 곁에서 조금도 떨어지지 않고 있는 희의 모습은 미처 보지 못했다.

차가운 희의 눈빛과 마주치자 나는 불안해졌고 두려움을 느꼈다.

우리와 그들의 거리가 한 장丈[5] 정도가 되자 우리는 걸음을 멈추었다.

"욱나라의 주군은 참 일찍도 오셨구려. 오래 기다리셨소?"

기우가 비웃는 듯한 목소리로 연성을 향해 크게 소리쳤다.

연성은 시종 나를 바라보고 있었다.

"그대, 드디어 돌아왔구려."

담담하지만 깊은 의미를 담고 있는 그의 말이 높지도 낮지도 않은 목소리로 들려왔다.

나를 향해 던진 그의 첫마디에 나는 깜짝 놀랐다. 그는 나를 계속 기다린 것인가? 내가 약속을 지키지 않은 것을 탓하지 않는 것인가?

---

5 길이를 재는 단위로서, 1장은 10척이며, 약 3.3미터이다.

"네."

나는 무겁게 대답하고 말에서 내려 그를 향해 달려가려 했다. 하지만 곧바로 뒤따라 말에서 내린 기우가 내 팔을 단단히 붙잡고 내가 앞으로 나아가지 못하게 했다.

"연성, 만약 짐이 복아를 이용하여 그대에게 그대의 강산을 포기하라고 위협한다면 그리하겠는가?"

기우가 나의 팔을 힘껏 움켜쥐자 고통이 뼛속까지 번지는 것만 같았다. 나는 고통을 힘겹게 견디며 연성을 바라보았다. 나는 지금 기우가 무정함을 연기하고 있다는 것을 알고 있었다. 그는 자신의 약점을 결코 상대방에게 드러내지 않았다.

"납란기우, 그대는 역시 타고난 제왕이로군. 그렇소. 나는 그대에게 비할 바가 못 되오. 그대는 이미 정을 끊고 사랑을 버렸소. 자신의 권력을 견고히 하기 위해서라면 모든 것을 버릴 수 있는 사람이지. 나는 그렇게 할 수 없소. 나는 결코 권력을 위해 내 형제, 가족, 여인, 아이를 희생시키지 않을 것이오!"

연성이 말고삐를 느슨히 풀어 한 발자국 가까이 다가왔다.

"그렇기에, 나는 소중한 사람을 위해 기꺼이 모든 것을 포기할 수 있소. 설령 그것이 이 황위라고 할지라도……."

그의 말을 들은 기우의 비웃음이 담긴 냉소가 점차 오만한 웃음으로 변해 갔다.

"정情과 의義를 소중히 여기는 사람이로군. 그러니 복아의 마음을 가질 수 있었겠지."

그의 표독한 말이 나를 몸서리치게 만들었다. 그의 웃음소리가 돌연 잦아들고 다시 엄숙한 어조의 목소리가 이어졌다.

"복아를 이용해 황위를 포기하라고 위협할 만큼 나를 한심한 자로 여기는가? 잘 들어라. 나는 너와 전쟁터에서 승부를 가릴 날을 기대하고 있다."

나의 팔을 단단히 붙잡고 있던 그의 손이 느슨해졌고, 나의 고통도 조금씩 사라져 갔다.

그가 다시 말을 이었다.

"복아는 나 납란기우가 유일하게 소중히 여기는 여인이다. 연성 너는……, 그녀와 함께할 자격이 있다."

연성은 시종 나에게 고정하고 있던 시선을 옮겨 기우를 바라보며 미소 지었다.

"이제 보니 그대도 진실한 감정을 드러낼 줄 아는 사람이었군."

이때의 기우는 이미 나의 팔을 완전히 풀어준 상태였다.

"가시오."

그는 더 이상 내게 시선을 주지 않고 등을 돌렸다. 나는 고개를 돌려 그의 뒷모습을 응시하며 숨을 깊이 들이마셨다. 그리고 이를 악물고 몸을 돌려 연성을 향해 걸어갔다. 발걸음은 천근이나 되는 듯 무거웠고, 머리는 살짝 어지러웠다. 조금 전의 입덧 증상 때문일 것이다. 몇 걸음을 채 걷지 않았을 때, 나는 돌연 발걸음을 멈추었다.

언제나 다정하던 연성의 안색이 오늘따라 어두웠고, 바람이 그의 머리카락을 흩날려 그의 눈을 가리고 있었다. 내가 더 이상 앞으로 나아가지 않자 그가 발걸음을 내딛어 내게 다가왔다.

한 걸음 한 걸음 그가 내게 다가오는 모습을 바라보며, 나는 결심했다.

지금 이 순간부터, 나는 진비이다. 내 마음속에는 오직 연성만을 담을 것이고, 반드시 아내로서의 책임과 어머니로서의 책임을 다할 것이다.

맞은편의 횃불이 비추어 아플 정도로 눈이 시렸다. 다시 발걸음을 내딛어 앞으로 걸어 나가려는데 전방의 칠흑 같은 어둠 속에서 몇 가닥의 은색 빛이 날아왔다. 순간, 연윤이 나를 활로 쏘아 죽이려던 때가 떠올랐다. 첫 번째로 떠오른 것은 화살이었고, 두 번째로 떠오른 것은 기우였다.

나는 급히 몸을 돌려 여전히 나를 등지고 있는 기우를 향해 소리쳤다.

"피해요!"

나는 그를 향해 달리기 시작했다.

나의 목소리를 듣고 고개를 돌려 나를 바라보는 그의 눈빛에는 은근한 고통이 담겨 있었다. 그는 무슨 일이 발생한 것인지 여전히 깨닫지 못하고 있는 듯했다. 나는 그와 몇 발자국 떨어지지 않은 곳에서 발걸음을 멈추고 온몸으로 그의 앞을 막았다. 모든 것이……, 이제 끝나겠지.

그때, 한명이 말에서 뛰어내려 나를 향해 달려왔다.

"피해!"

죽을힘을 다해 나를 향해 소리치는 그의 얼굴은 백지장처럼 창백했다.

나는 곧 화살에 맞을 거라 생각했으나 아무 고통도 느껴지지 않았고, 나를 향해 달려오던 한명도 돌연 발걸음을 멈추었다. 나를 바라보던 기우의 먹먹한 눈빛도 다른 곳을 향하고 있었다. 그와 한명은 같은 곳을 바라보고 있었다. 바로 내 뒤쪽을……

나는 얼이 빠져 감히 뒤를 돌아볼 엄두를 내지 못했다. 가장 보고 싶지 않은 모습을 보게 될까 봐 두려웠다.

"형님!"

처절함이 담긴 희의 목소리였다.

갑자기 기우의 뒤로 수많은 군대가 나타났다. 군대를 이끌고 있는 이는 소경굉이었다. 분노에 찬 그는 칠흑 같은 어둠 가운데에서 달려 나와 크게 소리쳤다.

"약속을 지키지 않는 소인배! 감히 몰래 숨어 폐하에게 화살을 쏘다니!"

나는 눈앞에 펼쳐진 광경에 정신이 번쩍 들어, 홀연히 고개를 돌리고 몇 발자국 떨어진 곳에 있는 연성을 바라보았다. 그가 내 뒤를 막아서고 있었다. 나는 입을 열었으나 단 한 마디도 말이 되어 나오지 않았다.

연성이 미소를 지으며 말했다.

"복아, 나는 알고 있었소, 그대의 마음속에는 오직 납란기우뿐이라는 것을."

말을 마친 그는 차가운 풀밭으로 그대로 쓰러지고 말았다.

희는 손에 들고 있던 황금 활을 연성의 뒤편에 내려놓고, 도저히 믿을 수 없다는 눈빛으로 연성을 바라보았다. 그리고 다시 증오에 찬 눈으로 나를 노려본 후, 그 시선을 기우에게로 옮겼다.

이제 보니 희와 소경꿩 모두 어두운 곳에 숨어 자신의 황제를 보호하고 있었다. 다른 점이 있다면 희는 기우를 향해 몰래 화살을 쏘았다는 것뿐이었다.

양군의 병사들이 암흑 속에서 밀물처럼 쏟아져 나왔다. 전투를 알리는 북이 울리고 봉화가 올라갔으며, 소경꿩이 연희를 향해 손에 들고 있던 대검을 휘둘렀다. 양국 병사들이 생사를 건 교전을 시작하였고, 앞장서서 진격하던 병사들은 죽음을 맞이했다. 그들의 피가 연성의 눈같이 새하얀 옷에 튀었다.

나는 살육의 현장은 개의치 않고 연성을 향해 달려가 온 힘을 다해 그를 일으키려 했다. 그러나 나는 그의 무게를 버티지 못하고 바닥으로 함께 고꾸라지고 말았다. 나의 손바닥은 끈적해졌고, 피비린내가 코끝을 자극했다. 나는 부들부들 떨면서 내 양손의 피를 멍하니 바라보았다.

연성의 등에는 위아래로 세 발의 화살이 꽂혀 있었고, 그곳에서는 보는 이에게 두려움을 자아내는 검은 빛깔의 피가 흘러나오고 있었다.

"연희……, 이 나쁜 놈! 화살에 독을 바르다니!"

나는 소경꿩과 교전을 벌이고 있는 연희를 향해 미친 듯이 소리를 질렀다. 그는 잠시 이쪽을 바라보다가 하마터면 소경꾕의 검에 내리 찍힐 뻔했다.

"노하지 마시오. 아이에게······, 좋지 않소."

연성은 힘없이 손을 내밀어 하염없이 흘러내리는 내 눈물을 닦아 주었다. 그러나 그가 닦아 주면 닦아 줄수록 내 눈물은 더욱 거세게 흘러나왔다.

"이곳에 오기 전, 나는 모든 준비를 마쳤다오. 이미 황위를 희에게 물려준다는 유조도 남겼소······. 만약 운이 좋아 그대와 함께 살아서 돌아갈 수 있다면, 그대와 함께 그대가 원하던 삶을 살려 했소······. 평범한 삶, 세상을 등진 그런 삶을······."

그는 미소를 지었으나 그 미소는 무력했고 입술은 청색으로 변해 가고 있었다. 중독되었음이 분명했다.

나는 힘을 내어 입을 열었다. 나는 그에게 말하고 싶었다. 정말로 그에게 말하고 싶었다. 미안하다고, 제발 나를 용서해 달라고······. 그러나 여전히 나는 아무 소리도 낼 수 없었다.

그는 온 힘을 다해 몸을 움직여 자신의 얼굴을 내 배에 가져다 댔다. 그리고 양손으로 힘없이 내 허리를 끌어안았다.

"이 녀석은 우리의 아이요."

그의 목소리는 너무나도 희미하여 마치 지금 당장이라도 숨을 거둘 것만 같았다. 나는 엄청난 두려움을 느끼고 있었다.

"연희, 어서 와서 당신 형을 구해 줘요! 내 이렇게 빌 테니 어서 빨리 구해 줘요!"

나는 드디어 목소리를 터뜨렸고, 엎드린 채 그를 향해 울며 소리쳤다.

연희는 신의다. 그의 독은 오직 그만이 해독할 수 있다. 그라면 해독할 수 있을 것이다.

희는 소경꾕과 교전을 벌이면서도 걱정스러운 모습으로 계속해서 뒤를 돌아보고 있었다.

"우선 나의 형님부터 구하게 해 주시오. 형님을 구한 후 그대와 다시 겨루겠소."

시종 그를 놓아주지 않으려는 소경꾕을 노려보며 외치는 그의 목소리에는 분노가 서려 있었다. 지금의 그에게는 교전을 벌일 마음이 조금도 남아 있지 않았다.

"죄를 지었으면 살 생각을 말아라!"

결정적인 검을 날리려는 듯 소경꾕은 차가운 웃음을 지으며 그에게 점점 다가갔다.

나는 이 형국을 보자마자 다시 연성을 바라보았다. 더 이상은 견디지 못할 것 같아 보이는 그는 여전히 얼굴에 미소를 짓고 있었다. 보기만 해도 빠져들 듯한 미소였다.

그가 낮은 목소리로 말했다.

"아기가 나를 '아버지'라고 부르는 소리가 들리오. 아기가 나를 부르고 있소."

그의 목소리에는 흥분이 섞여 있었다.

가슴이 뒤틀리는 듯한 고통이 전해졌고, 내 머릿속에 한 가지 생각이 스치고 지나갔다.

독을 빨아내자! 그러면 그를 구할 수 있을지도 모른다. 그가 살아날 수도 있다. 마음을 굳게 먹고 내가 그의 등에 꽂혀 있는 화살 하나를 뽑아내자 연성의 입에서 고통스러운 소리가 터져 나왔다. 나는 몸을 숙여 상처에 입을 대고 피를 빨아들였다. 입 안에 피비린내가 번져 갈 때 한명이 나를 거칠게 잡아당겼다.

"지금 무엇 하는 거요!"

"내버려 둬요."

나는 그의 팔을 뿌리치고, 눈물이 글썽한 눈으로 그를 바라보았다.

"나는 연성이 죽도록 내버려 둘 수 없어요. 그는 절대로 죽으면 안 돼요!"

"독이 이미 오장육부까지 퍼졌소. 그의 인중을 보시오. 검은 기운이 퍼진 것은 죽음의 징조요!"

그는 내가 똑똑히 보도록 연성의 얼굴을 가리켰다.

"만약 그대가 그를 위해 독을 빨아들인다면 그대의 목숨을 헛되이 희생하는 것이 될 것이오! 그리고 그대 아이의 목숨도!"

나는 점점 검게 변해 가는 연성의 얼굴을 멍하니 바라보았다. 여전히 믿을 수가 없었다…….

연성의 입에서 검은 피가 쏟아져 나왔고, 입가로 번진 피가 흘러내려 푸른 풀 위로 떨어졌다.

흐리고 멍하던 그의 눈빛이 점점 엄숙하고 진지해지더니 그가 자신의 의식을 강하게 붙잡으며 내게 말했다.

"복아……, 미안하오. 내가 그대를 속였소! 사실 나는 그대를 단 한 번도……, 진정으로 사랑한 적이 없소. 내가 사랑한 것은……, 오직 그대의 아름다운 얼굴뿐이었소……. 내가 사랑한 것은 공주라는 그대의 신분이었소……. 내가 사랑한 것은 매화 숲에서 봉무구천鳳舞九天을 추던 그대였소."

그의 말을 듣자 미소와 함께 눈물이 솟구쳤다. 나는 고개를 끄덕이며 말했다.

"알아요. 저도 당신이 저를 사랑하지 않으시는 걸 알아요."

"나는 이런 남자이니……, 나를 위해 슬퍼하거나 눈물 흘릴 필요 없소. 내게 빚을 졌다고 생각하지 마시오……. 가서 그대가 원하던……, 삶을……."

그는 마지막 말을 끝내지 못하고 눈을 감았다. 그의 몸이 내 몸을 짓눌렀다. 유난히 무겁게 느껴졌다.

나는 그의 품에 안겨 따뜻하던 그의 몸이 천천히 차갑고 딱딱해지는 것을 느끼고 있었다.

기우를 위해 내가 죽으려 했는데, 연성이 나를 위해 죽다니…….

"하하하하……."

웃음을 멈출 수가 없었다.

정작 죽어야 할 사람은 나였다. 언제나 나였다.

연성, 당신은 도대체 어떻게 된 남자인가요? 죽음을 앞두고도 내가 마음 편히 살아갈 수 있도록 거짓말을 하다니. 내가 슬프지 않도록, 죄책감을 갖지 않도록, 나를 사랑하지 않는다고 말하다니…….

만약 저를 사랑하지 않았다면 어찌 하나라에서 저를 보호하느라 그 단검들을 혼자 맞으셨던 건가요? 만약 저를 사랑하지 않았다면 어찌 매화 숲에서 제 모습을 바라보고 계셨던 건가요? 만약 저를 사랑하지 않았다면 어찌 목숨조차 아끼지 않고 이 세 발의 독화살을 막아 주신 건가요?

당신은 이렇게 저를 사랑하지 않으신 건가요? 당신은 이렇게 저를 사랑하지 않으신 거군요.

"아아아……!"

나의 비통해하는 고함 소리가 사람들을 놀라게 했다.

연희의 대검이 번쩍 빛을 발하며 소경꿍을 향해 치명적인 공격을 가했다. 상황이 불리함을 눈치 챈 한명이 몸을 날려 허리춤에 꽂혀 있던 검을 뽑아 들었고, 빛을 발하는 은색 빛이 번쩍이는 불꽃을 뿜어내며 연희의 검을 막아 냈다.

검을 거둔 연희의 눈가에는 눈물이 맺혀 있었으나 그는 끝까지 눈물을 흘리지 않았다.

"납란기우, 천하는 결국 통일되어야 한다. 그리고 너의 숙원은 네가 모든 적을 물리치고 통일을 하는 것이겠지."

그의 눈빛에는 지금껏 보지 못했던 냉혹함과 잔혹함이 담겨 있었다. 지금의 그는 예전보다 더욱 차가워 보였다.

기우는 그를 무심히 바라보았고, 두 사람 사이의 기이한 분위기가 더욱 짙어졌다. 주변의 교전이 그들 둘 사이의 엄숙한 분위기를 더욱 부각시키고 있는 듯했다.

연희가 다시 입을 열었다.

"이 연희가 살아 있는 한 너 납란기우는 결코 삼국을 통일하지 못할 것이다!"

기우는 그의 말을 듣고 냉소를 지었다.

"천하를 두고 나와 겨루겠다고? 우선 오늘 네가 이곳을 벗어날 수 있는지부터 보자."

"고작 그 한심한 군대로 나를 막을 수 있겠느냐?"

주변을 훑어보는 그의 발아래에 또 다른 병사 하나가 쓰러지며 그의 자색 신발을 붉은 선혈로 물들였다. 그는 한 발로 그 사병을 차 버리고는 나를 향해 걸어왔다.

나는 한 걸음 한 걸음 다가오는 그를 멍하니 바라보았다. 그가 다가올 때마다 음습한 기운과 슬픔이 주변을 가득 물들이고 있었다. 그는 연성의 곁에 한쪽 무릎을 꿇고는 피에 젖은 손을 연성의 이마 위에 올렸다.

"형님, 겨우 여자 하나를 위해서라니……. 그만한 가치가 있습니까?"

나는 두 눈을 빤히 뜨고 희가 내 품에서 연성의 시체를 빼앗아 가는 것을 바라만 보고 있었다.

몸을 일으키며 나를 바라보는, 유난히 진지하고 복잡한 그의 눈빛에는 깊은 증오가 담겨 있었다.

"내 앞을 막는 자, 죽을 것이다!"

연희는 한 손으로 연성을 붙잡고, 또 다른 손으로는 장검을 휘둘러 양쪽의 사병들을 미친 듯이 죽여 댔다. 선홍빛의 피가 그들의 몸을 물들였으나 여전히 연희의 미친 듯한 살육은 멈추지 않았다.

그는 미쳤다. 그는 미쳐 버렸다!

나는 멍하니 바닥에 앉아 연희가 그들의 몸을 베는 모습을 바라보고 있었다. 구역질 나는 피비린내가 코끝을 자극했고, 오심이 솟구쳤으며, 머리는 무거웠다. 마치 요동치는 구름 위에 있는 듯한 느낌이 들더니 결국 나는 지옥으로 거칠게 떨어져 버리고 말았다.

의식을 다시 되찾았을 때, 나는 군 장막 안에 누워 있었다.

나는 어두운 남색의 장막 안을 멍하니 바라보았다. 아무도 없었고, 고요함은 현실이 아닌 것처럼 느껴졌다.

'복아, 사랑하오. 이 강산과 그대를 바꾸라 하여도 나는 결코 그대를 포기하지 않을 것이오. 그 누구도 내게서 그대를 데려갈 수 없소.'

'사실, 그대를 멀리서 볼 수 있는 것만으로 족했소.'

'복아, 이 생을 그대와 함께 보낼 수만 있다면 여한이 없을 것이오.'

'아기가 나를 '아버지'라고 부르는 소리가 들리오. 아기가 나를 부르고 있소.'

잠시 후, 나는 경직된 몸을 움직여 배를 살며시 어루만졌다.

아가야, 네가 정말 아버지를 불렀니? 하지만 네가 태어나기도 전에 아버지는 너를 떠났구나. 이 어미를 탓하니? 이 어미가 네 아버지를 돌아가시게 했단다!

만약 내가 바보같이 기우를 위해 그 세 발의 화살을 막아서지 않았다면 연성은 나를 구하기 위해 죽지 않았을 것이다. 만약 그날, 내가 그렇게 제멋대로 돌아가 답을 찾으려 하지 않았다면 나는 기우에게 붙잡히지도 않았을 것이다. 만약 내가 복수에 눈이 멀지 않았다면 이기적으로 연성을 찾아가지도 않았을 것이다.

그렇다. 바로 내가 화근이다. 어디를 가든 누군가 목숨을 잃는다. 부황과 모후도 돌아가셨고, 운주도 죽었고, 기성도 죽었다. 혁빙과 온정야도 죽었고, 이제는 연성마저 죽어 버렸다…….

눈물이 하염없이 흘러내려 이불을 적셨다. 뜨거운 여름날에 나는 놀랍게도 한기를 느끼고 있었다. 멍하니 침상에서 일어난 나는 얼빠진 모습으로 탁자를 향해 걸어가 토끼털 붓 하나를 들었다. 화리목 붓대의 중간을 잡은 손이 경미하게 떨리고 있었다. 나는 종이 위에 추도사를 쓰기 시작했다.

요사이 슬픈 일은 끊임이 없는데, 그 누가 온 밤을 새어 가며 내 긴 이야기를 들어 줄까? 그저 창가에서 눈물 흘리며, 일찍 돌아온 기러기와 첫 울음 터뜨린 꾀꼬리를 바라볼 수밖에.

당초 연모하던 남편의 넓고 깊은 사랑 느꼈으나, 사랑하는 그의 죽음에 허무함 느끼고 있으니, 지금 나의 마음은 그대의 깊은 사랑 저버리고 있는 듯하다. 불현듯 그대가 돌아왔다고 착각하니, 옻나무 등불 위로 바람 불어오고, 나는 멍하니 하늘의 별을 세고 있다.

추도사를 다 쓸 때쯤 피비린내가 코끝을 찔러 왔다. 참지 못하고 기침을 터뜨리자 검붉은 피가 뿜어져 나와 내가 조금 전에 완성한 사를 붉게 물들었다. 손에 들고 있던 붓을 힘없이 탁자 위로 떨어뜨리고, 나는 소매로 종이 위의 피를 정신없이 닦아내기 시작했다. 그러나 온 힘을 다해 닦아 내면 닦아 낼수록 피가 더욱 크게 번져 얇은 종이는 처참한 지경이었다.

피, 연성의 몸을 물들이던 피와 참으로 닮아 있었다. 나는 이것을 깨끗하게 닦아 내고 싶었다. 깨끗해지면 더 이상의 아쉬움도 남지 않을 것 같았다.

군 장막 안으로 들어온 기우는 이 광경을 보고 빠른 걸음으로 내게 다가와 나를 자신의 품에 꼭 안았다.

"복아!"

나는 그의 품에서 발버둥쳤다. 더 이상은 기우에게 기댈 수 없었다.

그는 이미 내 남편이 아니다. 내 남편은 연성이고, 나는 진비이다! 나는 진비이다! 연성은 나를 위해 목숨을 버렸는데, 내가 어찌 다른 사람 품에 안길 수 있단 말인가! 그렇게 되면 나는 나 자신을 혐오하게 될 것이다.

나는 온 힘을 다해 그의 품에서 빠져나왔다.

"건드리지 말아요!"

기우는 분노하며 내게 소리를 질렀다.

"그대는 피를 토했소. 쉬어야 한단 말이오!"

그가 한 걸음 다가오자 나는 한 걸음 물러서서 그와 세 발자국의 거리를 유지했다.

"싫어요."

나는 소매로 입가의 피를 닦아 내며 단호하게 고개를 가로 저었다.

"그대의 아기를 원치 않소? 계속 이렇게 지내다가는 그대의 몸이 허약해져서 조만간 당신의 아기는 유산되고 말 것이오. 연성은 이미 세상을 떠났고, 그대와 그 사이에는 오직 이 아이만이 남았소. 설마 이 아이를 원치 않는 것이오? 그렇다면 참 잘되었소. 내게도 이 아이는 눈엣가시이니! 갑시다. 내 그대를 위해 이 아이를 떼어 낼 방법을 찾아보겠소!"

그가 나의 손목을 잡아 끌었다. 마치 정말로 나를 끌고 나가 내 아이를 떼어 내려는 듯했다.

나는 곧바로 탁자를 붙잡고 죽을 힘을 다해 끌어안았다. 그가 정말 내 아기를 죽일까 봐 두려웠다.

기우가 무거운 한숨을 내뱉으며 내 손목을 풀어 주었다.

"아기를 그렇게나 소중히 여긴다면 자신의 몸부터 제대로 챙기시오. 그대와 그의 아기잖소."

그의 다정한 말을 듣자 나의 격해졌던 마음도 편안해졌다. 나는 몸을 힘없이 웅크려 탁자 위에 엎드렸다. 눈물이 탁자 위로 한 방울 한 방울 떨어져 종이를 적셨다.

"우리 함께 집으로 돌아가는 게 어떻겠소?"

그는 더 이상 나를 건드리지 않고 내 곁에 한참 동안 서 있었다.

"집?"

내게 아직 돌아갈 집이 있던가?

"기나라, 소봉궁."

"싫어요. 전 가지 않겠어요."

"그대의 몸은 너무나도 약하오. 만약 외지를 떠돌다가는 그대의 아기도 지켜내지 못할 뿐만 아니라 그대의 생명조차 보전하기 힘들 것이오."

한 글자 한 글자 말을 잇는 기우의 어조는 무척 단호했고, 결코 거절을 허용치 않는 위엄이 서려 있었다.

"정말 모르겠소. 도대체 몸이 왜 이렇게 약해진 것이오? 내가 그대에게 쓴 독은 이미 해독약을 먹지 않았소? 설마 그 독이 완전히 사라지지 않은 것이오?"

나는 탁자 위에 머리를 기대었다.

"제 스스로 복용한 독이니 당신과는 상관없어요."

나는 마음을 가라앉히고 한참 동안 깊은 생각에 빠졌다.

그의 말이 맞다. 아기를 위해서라도 나는 내 몸을 추슬러야 한다. 더 이상 내키는 대로 일을 처리해서도, 비통함에 빠져 있어서도 안 된다. 나는 반드시 기운을 차릴 것이고, 반드시 내 손으로 나와 연성의 아기를 잘 키워 낼 것이다!

"아직도……, 전쟁 중인가요?"

"아니오. 집으로 돌아갑시다."

내가 진정된 것을 보고 기우는 그제야 내게 다가와 탁자에서 내 몸을 일으켜 조심스레 침대까지 부축해 주었다.

"만약 정말로 전쟁을 시작한다면 분명 양군에 엄청난 피해가 있을 것이오. 이는 내게도 아무런 도움이 되지 않소. 지금은 그저 그들의 세력을 와해시켜야 한다는 생각뿐이오."

조정의 일을 이야기할 때면 그의 표정은 보는 이를 탄복하게 하였고, 온몸에서 제왕의 위엄이 가득 뿜어져 나왔다. 이런 그의 매력 때문에 운주는 기꺼이 그를 위해 독이 있는 음식을 먹었던 것이리라. 이 뛰어난 남자에게 나는 어울리지도, 감히 어울릴 수도 없을뿐더러 더욱이 지금의 내게는 그와 어울릴 자격도 없었다.

슬픈 웃음이 흘러나왔다. 나는 지친 몸과 마음으로 이불 속으로 파고들었다. 생각이 흩어지기 시작했다. 나는 정말 기우의 후궁으로 돌아가야 할까? 그 후궁으로 나는 다시 돌아갈 수 있을까? 그래, 정말 돌아가야만 한다면 나는 반드시 참고 견디며 최대한 나 자신을 드러내지 않을 것이다. 그래야만 나의 아기를, 나 자신을 지킬 수 있을 것이다.

기우는 그날, 약속대로 모든 장수들에게 회군을 명했다. 황사 바람이 세차게 불어왔고, 나는 먼 곳을 바라보며 궁을 향해 떠났다.

이곳에서 나는 내 눈앞에서 죽어 가는 연성을 보아야 했다. 나를 위해 죽는 그의 모습을……. 그리고 이제 나는 또다시 기우의 음험한 후궁으로 돌아가고 있었다. 그곳에서 나는 어떻게 지내야 할까? 욱나라는 또 어떻게 될까? 그들의 황제가 서거하였으니 욱나라는 분명 큰 혼란을 겪게 될 것이다.

'이미 황위를 희에게 물려준다는 유조도 남겼소.'

연성의 말이 귓가에 맴돌았다.

희에게 황위를 물려준다……. 떠날 때의 연희의 눈빛은 실로 두려운 것이었다.

나는 희가 무정한 사람이라는 것을 알고 있다. 그는 그에게 단 세 명의 소중한 사람이 있다고 말했었다. 첫 번째는 그의 모친, 두 번째는 그의 부친, 세 번째는 연성이었다. 이제 이 세 사람이 모두 세상을 달리했으니, 이 세상에 그는 무엇 하나 거리낄 것이 없을 것이다. 그가 만약 욱나라의 황위에 오른다면 어떤 모습이 펼쳐질 것인가? 욱나라는 유례없는 성세를 이룰 것인가, 아니면 극심한 고통에 빠지게 될 것인가?

기우, 당신의 지혜로, 당신의 냉정함으로 희와 맞설 수 있나요?

갑자기 희가 또 다른 기우가 될 것이라는 생각이 들었다. 그들은 둘 다 외로운 이들이기 때문이다. 그들은……, 몹시 닮았다.

소봉궁으로 돌아오다

소봉궁.

나는 기우에게 이끌려 소봉궁으로 돌아왔다. 하지만 이번에는 궁중 사람들의 수군거림과 후궁 비빈들의 끝없는 불만을 불러일으켰다. 그 가운데 소사운이 가장 유별났다. 나와 기우가 소봉궁 안으로 들어서기도 전에 소사운이 노기등등하게 궁녀들을 이끌고 우리를 향해 빠른 걸음으로 걸어왔다. 소박한 진녹색 옷이 그녀를 청아하게 보이게 했고, 과도한 장식품 없이 고운 얼굴에 약간의 분칠만을 한 그녀는 더욱 단아하고 탈속적으로 보였다. 이것 역시 기우가 그녀를 특별하게 대하는 이유 중 하나이리라.

"폐하, 소봉궁은 설 언니가 머물던 곳입니다. 그런데 어찌 출신조차 알 수 없는 여인을 이곳에 머물게 하십니까?"

그녀는 발걸음을 채 멈추지도 않고 우리를 향해 소리를 높였다. 심지어 기우에게 인사조차 올리지 않았다. 이것만으로도 후궁에서의 그녀의 지위를 알 수 있었다.

기우의 아름다운 눈을 바라보고 있는 소사운을 보고 있자니 우습다는 생각이 들었다. 그녀가 이곳을 찾아온 것은 정녕 '설 언니'를 위해서일까, 아니면 자신의 지위를 위해서일까?

그녀는 시종 내게 단 한 번도 눈길을 주지 않았다. 마치 나를 무척이나 멸시하는 듯했다.

기우는 그녀의 방자함에도 노하지 않았고, 그저 담담히 그녀의 눈을 바라볼 뿐이었다.

"소란 피우지 말아라."

"폐하, 제가 소란을 피운다고 하시는 건가요? 폐하께서는 지금까지 소봉궁을 폐하시고 그 누구도 출입하지 못하도록 하셨습니다. 이로써 설 언니를 향한 폐하의 깊은 마음을 알 수 있었지요. 그런데 지금 이 여인에게 소봉궁을 하사하시다니……. 저는 설 언니를 위해 의분을 느끼고 있습니다."

점점 높아지는 소사운의 목소리는 새들이 지저귀는 소리와 화음을 이루는 듯했다.

'설 언니'를 위해서라는 그녀의 가짜 원망의 말이 나는 어찌된 일인지 거슬리지가 않았다. 아마도 그녀의 달콤한 목소리가 마치 산골짜기에서 지저귀는 종달새의 노랫소리 같기 때문일 것이다. 만약 그녀에게 '설 언니'가 바로 지금 그녀 앞에 서 있다고 말한다면 그녀는 어떤 반응을 보일까? 이 생각을 하니 나는 웃음을 참을 수가 없었다.

나의 웃음소리가 소사운의 주의를 끌었고, 그녀는 버들잎 같은 눈썹을 찌푸리며 나를 위아래로 훑어보았다. 그 안에는 어느 정도의 경고가 담겨 있었다.

"우스운가 보지?"

결코 그녀의 쌀쌀한 태도 때문은 아니었지만 나의 웃음소리는 잦아들었다.

"소 귀인과 그 설 언니라는 분은 자매의 연이 깊으신가 보군요."

"당연하지. 나는 설 언니를 나의 친언니처럼 여기고 있다."

소사운은 말을 마친 후, 또다시 시선을 기우에게로 고정했다.

"폐하, 이 여인은 출신도 불분명하고 품계도 없으니 소봉궁에 머무는 것은 적절하지 않습니다."

이때 기우가 내 손을 붙잡았다. 따뜻한 느낌이 내 손바닥으로 전해졌다.

"그녀는 모든 이들의 주인이다."

"주인? 폐하께서 그녀를 봉하신 것입니까?"

그녀는 경악하여 믿지 못하겠다는 기색을 담고 물었다.

나는 한숨을 내쉬며 이어질 기우의 말을 잘라 냈다.

"폐하의 말씀은 앞으로 제가 이 소봉궁의 진 주인辰主人이라는 것입니다."

돌연 기우가 잡고 있던 나의 손을 놓았고, 손바닥의 따뜻함은 우담화처럼 순식간에 사라져 버렸다. 나는 슬펐으나 여전히 미소를 거두지 않았다.

소사운은 의심스러워하며 나를 바라보았고, 우습다는 듯이 다시 한 번 반복하여 말했다.

"진 주인?"

기우가 한 발자국 앞으로 나아가 이번에는 소사운의 손을 잡았다.

"그래. 앞으로 그녀는 소봉궁의 진 주인이다."

그의 목소리가 돌연 다정하게 변했다. 그래, 장생전에서 그녀를 바라보던 기우의 눈빛은 바로 이것이었다. 참으로 다정하여 나조차 진짜와 가짜를 구분할 수 없게 했던 그 눈빛이었다.

소사운은 기우의 눈빛을 받자마자 여인 특유의 애교 넘치고 수줍어하는 표정을 드러냈고, 차분해진 목소리로 말했다.

"주인은 몇 품의 지위인가요?"

기우는 웃음 지으며 그녀의 이마를 살짝 튕겼다.

"소봉궁에서 가장 높은 지위이다."

그녀는 아프다는 소리를 내며 자신의 이마를 어루만졌다.

"그저 소봉궁에서만요?"

"그래."

나는 기우의 다정함으로 소사운의 노기가 점점 사그라지고 그 대신 만족과 달콤함이 찾아오는 모습을 바라보았다. 이것이 기우의 수단인가? 어쩌면 소사운과 기우는 지금까지 이렇게 지내 왔으리라.

"됐다. 짐은 그대와 함께 장생전으로 가서 우리 환煥이를 봐야겠다."

그는 소사운을 자신의 품 안으로 이끌었고, 뒤이어 모란과 심완에게 말했다.

"진 주인을 소봉궁으로 모시고 가서 잘 보살펴 드려라."

"예, 폐하."

두 사람이 한목소리로 대답했다.

소사운과 기우의 멀어져 가는 뒷모습을 바라보며, 나의 얼굴에서 결국 웃음이 사라졌다. 뜨거운 태양의 강렬한 햇살에 나는 눈을 제대로 뜨지 못했다. 내가 본 것은 소사운과 기우의 달콤한 뒷모습이었다. 정말로……, 질투가 났다.

자조 섞인 미소를 지으며 나는 몸을 돌려 소봉궁을 향해 걸었다.

소봉궁은 예전에 나와 기우가 함께 지내던 곳이었다. 그러나 이제 그는 장생전에서 소사운과 함께 지내리라.

웅장한 전당은 여전히 예전처럼 휘황찬란했다. 단지 오랫동안 사람이 머물지 않은 탓에 정리가 소홀해져 있고 색깔과 광택이 어두워지고 빛을 잃은 것이 달랐다. 궁문의 문턱을 넘어서니 궁문 양쪽에 여전히 기분 좋은 향기가 나는 화단이 자리하고 있었다. 안타까운 것은 잡초가 많이 자랐는데도 아무도 정리를 하지 않아 처량한 분위기를 자아낸다는 것이었다.

궁녀들은 예전에 나의 시중을 들던 이들 그대로였다. 정원을 가득 채우던 화초들도 여전히 빽빽이 우거져 있었다. 나는 화단 뒤의 작은 정원으로 걸어갔고, 그곳에 서서 곁에 있던 이들을 모두 물러가게 했다. 버들솜으로 가득한 곳에 서 있자 따뜻한 바람이 푸른 꽃받침을 어루만졌고 나는 편안함을 느꼈다. 고개를 돌려 봄바람을 향해 미소 지으며 나는 남 몰래 깊은 생각에 빠져들었다.

나는 감히 침궁 안으로 발걸음을 내딛을 수 없었다. 어쩌면 걱정이 되었는지도 모른다. 지금의 내가 무슨 자격으로 소봉궁에 머무른단 말인가? 안에는 기우와의 추억이 너무나도 많이 서려 있었다. 그러나 나는 내 아기를 위해 반드시 이곳에 머무를 것이고, 반드시 이 아기를 지켜낼 것이다. 그 누구도 내 아기를 해하게 두지 않을 것이다.

"진 주인님, 들어가지 않으십니까?"

언제 왔는지 뒤쪽에서 완미가 공손하고 조심스러운 목소리로 물었다. 그러나 그 목소리는 냉담했고 무척 딱딱했다.

"완미야, 우리가 헤어지고 두 해가 지나 이렇게 또 만났구나."

나는 고개를 돌리지 않은 채 손을 뻗어 흩날리고 있는 몇 개의 버들솜을 잡았다.

뒤쪽에서 깜짝 놀라 숨을 들이켜는 소리가 들려오더니 그녀가 나를 향해 가까이 다가왔다.

"당신은……?"

나는 사방을 둘러보고 주변에 아무도 없는 것을 확인한 후, 옅은 미소를 지으며 몸을 돌려 완미를 바라보았다.

"고작 두 해밖에 지나지 않았는데 나를 기억하지 못하는 것이냐?"

그녀의 입술은 가볍게 떨리고 있었고, 눈가는 촉촉해져 있었다. 무릎을 꿇고 바닥에 엎드려 절을 올리는 그녀는 흐느끼고 있었다.

"체 황비마마!"

나는 재빨리 소리를 내지 말라는 손짓을 하며 그녀에게 경고했다.

"지금의 나는 더 이상 체 황비가 아니란다."

그녀는 격해진 감정을 추스르려 노력했으나 눈가는 붉게 물들어 있었고 눈물을 힘겹게 참아 내고 있었다.

"어찌……, 어찌 돌아오신 것입니까?"

그녀를 일으키며 나는 차가워진 그녀의 두 손을 맞잡았다.

"완미야, 네가 나를 도와준 일을 나는 한시도 잊지 않고 있단다. 지금 이렇게 다시 돌아왔으나 여전히 내가 믿을 수 있는 사람은 오직 너뿐이구나. 그저 네가 예전처럼 나를 도와주기를 바랄 뿐이다. 권력을 빼앗기 위함도 아니고, 총애를 얻기 위함도 아니다. 나는 그저 이 아이를 지키고 싶을 뿐이란다."

"아기? 폐하의 아기입니까?"

완미의 눈이 내 아랫배에 고정되었고, 그녀의 반짝이는 눈이 특별한 빛을 발했다.

나는 그녀의 질문에 대답하지 않고 그저 옅은 미소만 지었다.

"이 아이는 내 목숨보다 소중한 아이란다. 나는 절대로 이 아이를 잃을 수 없다. 이 아기를 지키기 위해서 나의 양심을 버려야 한다면 나는 망설임 없이 나의 양심을 버릴 것이다."

완미는 영문을 알 수 없다는 눈빛으로 나를 바라보았으나 이내 고개를 끄덕이며 단호하게 말했다.

"두 해 전, 저는 제 모든 것을 걸고 주인님께서 떠나실 수 있도록 돕는 것을 선택했습니다. 지금도 당연히 모든 것을 불사하고 주인님께서 아기씨를 보호하실 수 있도록 돕겠습니다. 하지만……, 이 후궁에서 주인님께서 여전히 양심을 지키시고 선량함을 지키신다면 아기씨는 분명 안전하게 세상에 태어나실 수 없으실 것입니다. 그러니 주인님께서는 예전과는 달라지셔야 합니다."

"태후마마께서 납시셨습니다."

모란이 우리를 향해 한가롭게 걸어오며 크지고 작지도 않은 소리로 말했다. 그녀는 우리와 몇 발자국 떨어지지 않은 곳에서 발걸음을 멈추고, 나와 완미의 표정을 이상하다는 듯 바라보았다.

"진 주인님, 완미가 무슨 잘못이라도 했습니까?"

완미는 급히 자신의 눈가의 눈물을 훔치며 말했다.

"아무것도 아니야. 그저 진 주인님과……, 우리 언니가 많이 닮으셔서 내가 이성을 잃었을 뿐이야."

모란은 별 의심을 하지 않고 완미를 지나치며 내게 말했다.

"진 주인님, 태후마마께서 소봉궁에 와 계십니다. 가서 만나 뵐 준비를 하시겠습니까?"

태후마마?

나는 앞으로 한 발자국 나아갔다. 바닥에 가득 깔려 있는 버들솜을 밟자 미세한 소리가 났다.

"괜찮다. 곧장 가서 태후마마를 뵙겠다."

"하지만……."

나의 옷을 위아래로 훑어보는 모란의 표정에는 책망이 드러나 있었다.

"왜? 초라한 내 옷이 마음에 들지 않느냐?"

나는 눈을 치켜세우고 그녀를 바라보았다.

"아닙니다. 진 주인님께서는 무엇을 입으셔도 아름다우십니다."

모란은 곧바로 아부를 떨 듯 미소를 지었고, 내게 공손하게 길을 내주었다.

"진 주인님, 가시지요."

향 하나가 거의 다 탈 시간 동안, 나는 천천히 걸어 정전에 도착했다. 아름답고 격조 높은 대전에서는 옥 찻잔이 부딪히는 소리가 온 대전 안에 울려 퍼지고 있었다. 정중앙에 있는 대형 금빛 화로에서 천천히 피어오른 향이 대전 안에 가득 퍼져 마치 선경 같은 분위기를 자아내고 있었다.

나는 고개를 들고 안으로 들어섰고, 금빛 화로를 지나 예전의 아름다움을 조금도 잃지 않은 태후의 고운 눈을 마주했다. 그녀는 위엄이 서린 모습으로 나를 바라보았으나 이내 깜짝 놀란 기색을 드러내며 손에 들고 만지작거리던 찻잔을 내려놓았다. 의자에서 몸을 일으킨 그녀는 믿을 수 없다는 눈빛으로 나를 바라보았다.

나를 자세히 살피는 그녀와 마주하고도 나는 조금도 불편한 느낌이 들지 않았다. 나는 예를 갖춰 인사를 올렸다.

"태후마마께 인사 올립니다."

"반옥?"

그녀가 입을 열어 나를 부르더니 곧이어 모든 것을 이해했다는 듯 미소를 지으며 반복해서 고개를 끄덕였다.

"그런 것이었군, 그런 것이었어."

그녀는 같은 말만을 반복하고 있었다.

"태후마마께서 어인 일로 소봉궁까지 행차하셨는지요?"

나는 침착한 목소리로 물었다.

"원래는 너에게 할 말이 많았으나 이렇게 너를 보니 갑자기 그 많은 말들을 할 필요가 없어졌구나."

그녀는 몇 걸음을 물러서서 의자 위에 우아하게 앉아 다시 한 손으로 탁자 위의 찻잔을 만지작거렸다.

"나는 네가 총명한 아이라는 것을 알고 있다."

나는 주변에 계속 서 있는 궁녀들을 바라보았다. 갑자기 그들이 불편하게 느껴졌다.

"과찬이십니다. 궁녀들을 물리고 이야기를 나누어도 되겠는지요?"

그녀는 이해한다는 듯한 미소를 지으며 손을 내저어 사람들을 물러가게 했다. 그러나 나는 완미만은 자리에 남겼다. 그녀를 신뢰하기 때문이었다.

"태후마마께서는 원래 신첩을 마마의 편으로 이끌거나 경고를 하고 싶으셨던 것이지요?”

나는 그 외에 그녀가 나를 찾아올 이유를 찾을 수 없었다.

“목적이 무엇이건 더 이상은 중요하지 않다, 후궁은 이제 네 세상이니.”

완미는 그녀의 말을 이해할 수 없어 우리 둘 사이를 번갈아 바쁘게 시선을 옮겼다.

“태후마마의 과찬이십니다. 저는 후궁을 다스리시는 분은 언제나 태후마마이시라고 여기고 있습니다.”

이는 겸손의 말이 아니었다. 그녀의 세력은 이미 후궁을 넘어 조정에까지 미치고 있었다. 금릉의 금위군을 손아귀에 넣고 있는 한명은 그녀의 큰 버팀목이었다. 기우가 그들을 죽일 생각을 하지만 않는다면 그 누구도 그들을 건드릴 수 없을 것이다.

“아니다, 아니야. 너를 보고 깨달았다. 더 이상 내가 후궁을 다스릴 수 없다는 걸 말이다. 후궁을 뒤흔들기 위해서는 오직 황제의 마음만 얻으면 되지. 황제야말로 너의 가장 큰 버팀목이다.”

“태후마마, 저는 후궁을 뒤흔들고 싶지 않습니다. 저는 이 뱃속에 있는 아기가 무사히 태어나기만을 바랄 뿐입니다. 태후마마께는 분명 제 아기를 지켜 주실 능력이 있으시지요?”

믿을 수 없다는 듯 나를 바라보는 그녀의 눈빛 속에는 한 가닥의 의아함이 담겨 있었다.

“누구의 아이냐?”

“누구의 아이인지는 중요하지 않습니다. 저는 이 아기가 태어날 수 있기를 바랄 뿐입니다. 마마께서는 저를 잘 이해하시지요? 제가 마마와는 결코 권력을 두고 다투지 않을 것이라고 말했으니 저는 반드시 그렇게 할 것입니다. 그러나 누구라도 제 아이를 해하려 한다면, 저는 그를 결코 용서하지 않을 것입니다!"

나의 목소리는 놀랍도록 단호하여 나조차 이런 나 자신이 낯설게 느껴질 정도였다.

아이는 내가 살아가는 유일한 희망이었고, 나는 아이를 보호해야 한다는 것만을 생각했다. 그것은 내가 이 아이를 깊이 사랑하기 때문이고, 연성에게 너무나 많은 것을 빚졌기 때문이었다. 내가 그에게 보상할 수 있는 방법은 이 아이에게 내 모든 사랑을 쏟아붓고, 내가 줄 수 있는 모든 것을 주는 것밖에 없었다.

태후와의 대화는 무척 순조로웠다. 우리 둘 다 원하는 바를 조금도 숨김없이 드러냈기 때문이다. 내가 원하는 것은 아이였고, 그녀가 원하는 것은 권력이었다. 우리 둘 사이에는 그 어떤 충돌도 없었다. 그녀에게는 내 아이를 해할 이유가 없었고, 나에게는 그녀가 심혈을 기울여 지켜 내고 있는 권력을 빼앗을 이유가 없었다.

나와 함께 그곳을 나왔을 때, 완미는 식은땀을 잔뜩 흘리며 쉬지 않고 말하였다.

"깜짝 놀랐습니다. 깜짝 놀랐습니다."

"태후마마가 무섭니?"

"오직 마마만이 감히 태후마마와 그렇게 말씀하실 수 있으실 겁니다. 일 년 전, 폐하의 아기를 가진 소 귀인이 기세등등하여 태후마마 앞에서 말대답을 하였지요. 태후마마는 바로 그 자리에서 소 귀인의 뺨을 여러 번 때리셨습니다. 소 귀인이 바닥에 쓰러질 때까지 때리셔서 하마터면 유산이 될 뻔했었습니다. 조금 전, 태후마마를 대하시는 마마의 태도를 보고, 저는 태후마마께서 달려 나오셔서 마마의 뺨을 내리치실까 봐 얼마나 두려웠는지 모릅니다. 그렇게 되면 마마의 아기는……."

당시의 상황을 이야기하는 완미는 여전히 가슴이 두근거리는 듯, 목소리가 경미하게 떨리고 있었다.

나는 그저 웃고 넘길 뿐, 대답하지 않고 그저 묻기만 했다.

"소 귀인은 언제나 그렇게 안하무인이었니?"

그 순간, 내가 소봉궁에 머물지 못하도록 기우 앞에서 간교한 꾀를 부리던 그녀의 모습과 서로를 향한 그들의 마음이 또다시 떠올랐다.

"네. 폐하께서 그녀를 몹시 총애하고 계시니까요. 사람들조차 불가사의하게 여길 정도입니다."

탄식을 금치 못하며 완미의 시선이 허공을 떠다녔다. 마치 소사운을 소중히 대하던 기우의 모습을 떠올리고 있는 듯했다.

나는 감정을 드러내지 않은 채 그녀의 말을 들으며, 웃는 얼굴 그대로 고개를 숙이고 조용히 앞을 향해 걸어갔다. 그리고 또다시 물었다.

"요새 조정에 무슨 큰일은 없느냐?"

"그다지 큰일은 없습니다. 그저 과거시험에서 장원을 한 이가 황제께서 직접 뽑으신 사람이라고 하는데 올해 열여섯 살의 소년이라고 합니다. 무공과 학식이 뛰어나고 외모도 수려하여 수많은 관원들이 칭찬을 아끼지 않으며 앞으로 큰일을 해낼 것이라고 말한다더군요."

"열여섯에 문무 장원? 이름이 무엇이라고 하더냐?"

"전모천展慕天이라고 합니다."

내가 발걸음을 갑자기 멈춰서 하마터면 내 뒤를 따라오던 완미가 나와 부딪칠 뻔했다.

"왜 그러십니까?"

"전모천?"

이 이름……, 어디선가 들은 것 같았다. 왜 이리 귀에 익단 말인가? 분명 어디선가 들어본 이름이었다.

늦은 밤, 자신을 이李 어의라고 소개한 이가 소봉궁으로 찾아와 나의 맥을 짚어 주고, 앞으로 나의 병세에 대해 자신이 모든 책임을 지게 될 것이라 말했다. 그는 약 마흔 정도로 보였고, 작은 눈과 작은 코를 가지고 있었으며, 수염이 얼굴의 절반을 덮고 있었다.

나의 맥을 짚던 그의 얼굴에 걱정스러움이 드러났다. 그의 표정이 변하는 것을 보고 나는 심장이 제멋대로 뛰기 시작했다. 자신의 몸을 이토록 진지하게 걱정하기는 처음이었다.

나는 다급하게 물었다.

"어떤가? 무사히 출산할 수 있겠나?"

이 어의는 붉은 실을 거두어 그것을 둘둘 감았다. 그의 표정은 어두웠다.

"진 주인님, 주인님의 몸에는 독이 있었습니다. 그 후, 누군가의 치료로 대부분의 독은 제거되었지요."

나는 내 손목을 거두어들이며 남몰래 이 어의에게 감탄했다. 기우가 직접 부른 어의인 만큼 그는 분명 뛰어난 솜씨를 지니고 있었다.

"그래. 이 어의의 말이 맞네."

"안타까운 것은 독이 아직 완전히 제거되지 않았다는 것입니다. 감히 진 주인님께 여쭙겠습니다. 예전에 어떤 약을 드셨기에 몸에 쌓여 있던 독을 그토록 빨리 제거할 수 있으셨는지요?"

그의 미간은 다소 풀렸으나 여전히 근심이 드리워져 있었다. 설마 나의 병이 정말 그 정도로 심각하단 말인가?

"어떤 의원이 처방해 준 냉향빙화차冷香冰花茶를 매일 마셨는데, 자세한 약방은 나 역시 잘 알지 못하네."

"그런 차는 처음 들어보는군요."

그는 눈을 떨구고는 소리 없이 탄식을 내뱉었다.

"미천한 신이 최선을 다해 진 주인님의 병을 고쳐 보겠습니다. 앞으로 제가 써 드리는 약방문대로 약을 챙겨 드셔야 합니다. 아기를 지키시기 위해서는 결코 화를 내셔서도, 뛰셔도, 피로하셔도 안 된다는 것을 기억하십시오. 기분이 좋지 않으실 때는 잠깐 한적한 곳을 걸으며 따뜻한 바람을 쏘이시면 기분이 좋아지실 것입니다."

나는 진지하게 그의 한 마디 한 마디를 가슴속에 새겨 넣었다.

"이 어의, 앞으로 자네가 고생을 해 주어야겠네. 하루 빨리 내 몸속의 독이 제거되어 편안히 출산을 준비할 수 있도록 말이네."

이 어의가 약상자를 정리하며 말했다.

"최선을 다하겠습니다. 앞으로 매일 아침과 낮, 저녁에 사람을 시켜 약을 보내 드리겠습니다. 진 주인님께서 아기의 생명을 지키시고 싶으시다면……, 반드시 드셔야 합니다."

나는 다시금 고개를 끄덕였고, 이 어의를 직접 침궁 밖까지 배웅했다. 그가 끝없는 어둠 속으로 사라지고 나서야 나는 시종 거두지 못했던 시선을 거두었다.

궁문 옆에 살며시 기대어 서자 완미가 다가와서 나를 부축해 주었다.

"주인님, 주무시겠습니까?"

"나가서 좀 걷고 싶구나."

나는 이마 위의 식은땀을 닦아 내고, 그녀에게 기대어 밖으로 걸어 나갔다.

검은 밤이 천지의 새 지저귀는 소리를 덮자 뭇 산의 새들은 휴식을 취했다. 옅은 안개가 머리카락을 적셨고 대나무 숲에서는 은은한 향기가 풍겨 오고 있었다.

소봉궁에서 한참을 거닌 나는 다소 피곤함을 느끼고 완미에게 침궁으로 돌아가자고 말하려다가 갑자기 두완과 윤정이 떠올라 물었다.

"두완과 윤정은 지금 어디에서 지내고 있느냐?"

"예전에 선대 황후께서 지내시던 벽지궁碧遲宮입니다."

돌연 마음이 동한 나는 완미에게 벽지궁으로 가자고 말했다. 그녀는 주저했지만 결국 나를 벽지궁으로 이끌었다.

길은 참으로 길었다. 몇 년이 흐른 후, 벽지궁에 다시 오니 두 황후가 죽기 전에 보였던 그 깊은 원한의 눈빛이 다시 떠올랐다. 끝없이 이어지는 심연처럼 어두운 길을 걷고 있자니 춥지 않은데도 한기가 절로 느껴졌다. 지금의 벽지궁은 그때보다 더욱 낡았고, 무너진 처마 밑에는 곧 떨어질 것만 같은 기와 조각이 자리하고 있었다. 주변에는 가시지 않은 썩은 내와 습한 곰팡이 냄새가 가득했다.

설마 두완과 윤정이 이렇게 불결한 곳에서 지내고 있단 말인가? 기우, 그녀들 역시 한때는 당신의 아내였거늘, 당신이 총애하던 여인이었거늘, 어찌 이토록 무정하게 그녀들을 이곳에 버려두고 조금의 관심도 기울이지 않는 것인가? 생각해 보면 윤정이야말로 가장 억울한 사람이었다. 당시 육 소의의 유산은 기우 홀로 계획한 것이었다. 그는 그것으로 황후를 공격하였고, 그 죄를 윤정에게 뒤집어씌웠다. 도대체 누가 자신을 해하였는지 어쩌면 그녀는 아직도 알지 못하리라.

문은 살짝 닫혀 있었고, 사방의 거미줄이 불어오는 바람에 흔들리고 있었다. 완미는 손을 뻗어 거미줄을 걷어 내며 문을 밀어 열었다.

끼익 하는 문이 열리는 소리가 울리자 갑자기 검은 그림자가 앞으로 달려 나왔다. 그 처절함 속에는 흥분이 섞여 있었다.

"폐하, 드디어 저를 데리러 오셨군요!"

나도 모르게 몸서리가 쳐졌다. 놀란 완미는 뒷걸음질 쳐 내 뒤로 몸을 숨겼고, 손가락 하나를 뻗어 그 그림자를 가리켰다.

"주인님, 귀……, 귀신입니다!"

나는 한 걸음씩 문턱을 넘어서서 그 검은 그림자를 응시했다.

옷은 남루하였고, 머리카락은 마구 헝클어졌으며, 얼굴에는 땟물이 흐르고 있었다. 흥분을 담은 눈빛으로 우리를 살피는 그녀의 얼굴이 환한 달빛에 고스란히 드러났다. 그녀는 윤정이었다.

나는 눈앞의 이 사람이 예전의 그 도도하던 윤정이라는 사실을 믿을 수 없었다. 냉궁에 들어온 사람은 모두 이렇게 변해 버리는 것인가?

앞으로 나아가 그녀에게 말을 걸려는데 또 다른 그림자가 뛰어나와 윤정 앞을 막아섰다. 두완이었다.

윤정의 흉한 몰골에 비하면 그녀는 비교적 정상적인 모습이었다.

"폐하는 어디 계시느냐?"

그녀는 사방을 한참 동안 두리번거렸으나 그가 없는 것을 확인하고는 시선을 거두었다. 그러고는 매섭게 윤정을 노려보았다.

"꿈을 꾼 것이냐? 폐하가 어찌 이곳에 오시겠느냐!"

"폐하는 저를 사랑하십니다. 저를 이곳에 계속 내버려 두실 리 없어요. 폐하는 분명, 분명 저를 데리러 오실 거예요……."

그녀가 중얼거렸다. 여전히 자신이 영원히 이 냉궁에 갇히게 되었다는 사실을 받아들일 수 없는 듯했다.

"하하, 이 세상에 아직도 납란기우에게 진심을 다하는 여인이 있구나!"

두완은 하늘을 바라보며 큰 소리로 웃기 시작했다.

"너희들은 어찌 하나같이 그토록 어리석은 것이냐? 납란기우는 마음이 없는 사람이니, 당연히 사랑도 없단 말이다. 그런데 어리석게도 그를 그토록 사랑하다니, 불길을 향해 날아드는 나방과 다름없지. 그의 눈에는 오직 권력, 황위만이 있을 뿐이다. 그는 눈에 비치는 모든 이들을 이용하려고만 하지. 나는 너희 여인들이 참으로 가엾구나. 역시 우리 기호 오라버니가 최고지……. 기호 오라버니가 최고야."

두완은 웃으며 눈물을 흘렸다. 마치 자신의 기억 속에 빠져든 것 같았다.

두완은 지금까지도 기호를 잊지 못하고 있는 듯했다. 어쩌면 그는 그녀의 첫사랑이었을 것이다. 그것이야말로 그녀의 가슴에 아로새겨진 사랑이었으리라.

두완의 말을 들은 윤정은 몇 발자국 뒷걸음질 쳐 힘없이 붉은 기둥에 몸을 기대었다.

두완은 시선을 내게 고정하더니 갑자기 공포에 질려 외쳤다.

"너, 너……, 너는 죽지 않았느냐?"

"마마께서는 여전히 저를 기억하고 계시군요."

나는 그녀의 흥분한 모습을 차분히 마주하였다. 공포에 질려 있던 완미도 점차 평정심을 되찾고 내 뒤에서 나와 섰다.

"누구에게 들었는지는 기억나지 않지만 너와 원 부인이 몹시 닮았다고 하였지. 누구에게 들었는지는 기억나지 않지만 납란기우가 가장 사랑하는 이는 너라고 하였지. 누구에게 들었는지는 기억나지 않지만 네가 세상에서 가장 가여운 여인이라고 하였지."

두완이 내게 한 걸음 더 가까이 걸어왔다.

"너를 보니 갑자기 나 자신이 전혀 불쌍하게 느껴지지 않는구나."

나는 곧바로 물었다.

"그 말은 누구에게 들으신 것입니까?"

"잊었구나…… 잊었어."

그녀는 웃음 지었다.

"알고 싶으냐? 알고 싶다면 기호 오라버니를 이곳으로 모셔 오너라. 나는 그분을 만나고 싶구나."

나는 그녀의 진지한 표정을 바라보며 웃음 지었다.

"좋습니다. 제가 왕야와 만날 수 있도록 해 드리지요. 그러면 저에게 반드시 알려 주셔야 합니다. 도대체 누가 그대에게 그 이야기를 해 주었는지요."

두완은 기묘한 미소를 지으며 나의 눈을 바라보았다. 마치 나의 눈 속 가장 깊은 곳을 보고 있는 듯했다.

"그렇게 할 것이다. 네가 나와 기호 오라버니를 만나게만 해 준다면…….

그 때, 윤정이 돌연 내게 달려들었고, 상황이 심상치 않음을 간파한 완미가 급히 내 앞을 막아섰다.

"뭐 하시는 겁니까?"

윤정이 내게 다가오는 모습을 보니 그녀의 눈에는 분노가 서려 있었다.

두완이 앞으로 걸어 나와 윤정의 머리카락을 호되게 움켜잡았다.

"더러운 계집, 무슨 짓을 하려는 것이냐? 그녀는 아직 내게 이용할 가치가 있단 말이다!"

"당신이 방금 폐하께서 가장 사랑하는 이가 바로 저 여자라고 했잖아요……. 저 여자라고 했잖아요!"

윤정이 미친 듯이 소리를 질렀다. 그 목소리가 참으로 처절하여 고요한 벽지궁을 더욱 공포스럽게 만들고 있었다.

완미는 윤정을 몹시 두려워하며 나를 다급히 붙잡았다.

"주인님, 어서 궁으로 돌아가셔요. 어의가 마마께서는 놀라시면 안 된다고 하셨어요."

"두완, 기다리십시오. 때가 되면 제게 진실을 말씀해 주셔야 합니다."

나는 마지막으로 두완을 다시 한 번 바라본 후 완미와 함께 벽지궁을 떠났다.

벽지궁을 떠나는 우리의 뒤에서 여전히 윤정의 비명 소리가 들려왔다.

"칠랑은 나의 것, 나의 것이야! 나에게서 그를 빼앗을 생각은 하지 말란 말이야!"

윤정, 기우를 정말 그토록 사랑했던 것인가?

만약 자신을 냉궁으로 보낸 이가 기우라는 것을 안다면, 자신에게 죄를 뒤집어씌운 이가 바로 그 '칠랑'이라는 것을 알게 된다면, 그녀는 어떤 생각이 들 것인가?

다음 날, 아침 일찍 나는 모란에게 기호가 어디 있는지 물었고 그녀는 그가 어화원에서 기우와 함께 과거에 장원 급제한 이를 만나고 있다고 알려 주었다. 나는 그 익숙한 이름의 '전모천'뿐만 아니라 기호 또한 만날 수 있는 좋은 기회라는 생각이 들어, 잡히는 대로 아무 옷이나 걸치고 머리에는 간단히 비취빛 옥잠화 모양의 장식을 하고는 모란을 따라 어화원으로 향했다.

높은 버드나무는 곱게 치장한 미녀 같았고, 빗물이 지면을 적셨으며, 안개는 점점 흩어지고 있었다. 멀리서 내가 다가오는 모습을 발견한 서 환관이 기우에게 급히 이를 알리자 기우가 고개를 끄덕인 후 나를 바라보았다. 그러나 나의 시선이 향한 곳은 기우, 기호와 함께 원탁 앞에 앉아 있는 한 소년이었다. 천천히 곁으로 다가갈수록 소년의 모습이 더욱 또렷해졌다. 어찌 이토록 눈에 익을까?

"복아, 무슨 일이오?"

기우는 몸을 일으키며 나를 맞이했고 다정하게 나의 손을 잡았다. 나는 어색함을 느꼈다.

기우는 변덕스러운 사람이다. 어제는 내 앞에서 소사운에게 따뜻한 모습을 보이더니 오늘은 또 나를 이렇게 다정히 대하다니, 도대체 어떤 것이 진정한 그의 모습이란 말인가?

갑자기 기우와 작은 집에서 보낸 이레가 그리워졌다. 권력이 없을 때에는 모든 것이 종이와 같이 투명했거늘……

"장원이 겨우 열여섯 살이라는 말에 호기심을 참지 못하고 이렇게 찾아왔습니다."

시선을 다시 그에게 고정하자 또다시 설명할 수 없는 익숙함이 느껴졌다.

"듣자 하니 장원의 이름이 전모천이라고요?"

소년이 돌의자에서 몸을 일으키더니 손을 가슴에 대고 허리를 굽혀 내게 인사했다.

"그렇습니다."

그의 목소리를 들으니 기억이 샘물같이 솟아나기 시작했다.

'버들가지 나긋나긋 고우며, 석류 열매 소담스럽다. 석류 껍질 얇고 투명하며, 열매는 참으로 달콤하구나. ― 이 시의 뒷부분을 아는 사람?'

'제가 알아요! 이 시는 당나라 시인인 이상은의 〈석류石榴〉지요? 그 다음 구절은 이거예요. ― 그럼에도 왕모 선경에 심어진 복숭아나무 탐이 난다. 천년의 시간 변함없이 탐스러운 꽃과 열매 맺고 있지 않은가.'

나는 참을 수가 없어 입을 열었다.

"전모천, 그대의 부친께서 그대에게 그 이름을 지어 주신 데에는 특별한 뜻이 있었겠지요? 그대가 언젠가 조정에서 벼슬을 하고, 폐하를 직접 알현할 수 있게 되기를 간절히 바라시는 마음 말입니다."

그는 넋이 나간 듯 급히 고개를 들어 흔들이는 눈빛으로 나를 바라보더니 곧바로 다시 고개를 숙였다. 그는 어쩐지 실망하고 있는 듯했다.

정말 그 아이였다. 나는 그를 제대로 보았던 것이다. 확실히 인재였다. 열여섯일 뿐인데 벼슬을 하게 되다니, 그의 뛰어난 재주와 학식을 엿볼 수 있었다.

"주인님께 우스운 꼴을 보이고 말았습니다."

그는 공손하게 미소를 지었고, 목소리는 매우 침착했다.

"참, 어떤 시의 뒷부분이 잘 생각이 안 나는데, 장원께서 알려 주실 수 있는지요?"

"말씀하시지요."

"버들가지 나긋나긋 고우며, 석류 열매 소담스럽다. 석류껍질 얇고 투명하며, 열매는 참으로 달콤하구나."

이 말이 떨어지자마자 시종 고개를 숙이고 있던 그의 머리가 다시 위쪽을 향하였고 나를 한참 동안 멍하니 바라보며 아무 말도 하지 못했다.

기호가 웃음 지으며 입을 열었다.

"어찌 이 시가 장원을 쩔쩔매게 하는 것인가?"

"다음 구절은 '그럼에도 왕모 선경에 심어진 복숭아나무 탐이 난다. 천년의 시간 변함없이 탐스러운 꽃과 열매 맺고 있지 않은가.'입니다"

자신의 실례를 깨닫고 그가 곧바로 시선을 거두고 낮은 목소리로 답했다.

기우는 우리 둘 사이의 기묘한 분위기를 눈치 채지 못한 듯 내게 자리를 청했다.

네 사람이 서로를 마주보고 앉자 기호가 웃으며 말했다.

"반 아가씨께서 이렇게 다시 살아 돌아오실 줄은 생각지도 못하였습니다. 폐하께는 무척이나 행복한 일이겠지요."

나는 미소를 지을 뿐, 아무 말도 하지 않았다. 기우를 향한 나의 마음은 이제는 절대로 예전으로 돌아갈 수 없었다.

그렇게 잠시 앉아 있는데 누군가 소식을 전하러 왔다. 조정에 급한 일이 생겨 기우가 직접 처리를 해야 한다는 것이었다. 결국 기우는 급히 자리를 떴다.

그의 뒷모습은 여전히 도도하여 사람들이 쉽게 다가가지 못하게 했다. 그러나 그의 고독은 많이 사라져 있었다. 기호가 돌아와 그가 많이 위로를 받았기 때문일 것이다.

멍한 시선을 거두고 나는 탁자 위의 황금 쟁반에 담겨 있는 용안龍眼[6]을 집어 들었다. 껍질을 벗기니 눈처럼 희고 윤기 나

---

6 무환자나뭇과의 상록교목으로서 높이는 약 10m 정도이다. 동남아시아나 열대 아프리카에서 많이 자라며, 그 열매는 동그랗고 달콤하다. 말린 열매는 한방에서 강장제와 진정제 등으로 사용한다.

는 투명한 열매의 속살이 드러났다.

"예친왕께서는 두완이라는 여인을 아직 기억하시는지요?"

기호가 깜짝 놀라며 말했다.

"사촌동생은 냉궁에 있지요."

"그녀는 혼란스러워하며 냉궁에서 지내고 있습니다. 마음속으로 오직 왕야만을 그리면서요. 그녀는 왕야를 한 번이라도 다시 볼 수 있기를 바라고 있습니다. 아시겠지만 그녀의 사랑은 잠시도 변한 적이 없지요."

말을 마치고 용안을 입에 넣어 살짝 씹으니 시원하고 달콤한 느낌이 입안을 가득 채웠다.

"내 마음속에는 오직 소요뿐이오. 두완은 그저 사촌동생일 뿐이오."

소요를 언급하는 기호의 목소리는 유난히 진지하였고, 눈빛에는 다정함이 담겨 있었다.

"하지만 두완은 왕야께서 좋아하는 이는 자신이고, 왕야께서 소요를 아내로 맞이한 것은 선대 황후의 강요 때문이라고 생각하고 있습니다. 만약 그녀를 그 감정으로부터 벗어나게 해주고 싶다면 직접 그녀와 이야기하세요. 그래야만 그녀는 진정 제대로 살아갈 수 있을 거예요."

기호는 고개를 떨구고 두 손을 비비며 여전히 망설였다.

나는 말을 이었다.

"그래도 두완은 왕야의 사촌동생이에요. 게다가 왕야를 그렇게나 사랑하고 있잖아요."

그가 돌연 몸을 일으키자 황금 비단으로 만든 옷이 부딪히며 맑은 소리와 가벼운 바람을 만들어 냈다.

"소요와 함께 그녀를 만나러 가 보겠소."

그는 이 말을 남기고 떠났고, 먼지 섞인 흙냄새만이 남았다.

이제 어화원에는 나와 전모천, 두 사람만이 마주보고 앉아 있었으나 둘 다 입을 열지 않아 주변은 응결된 공기로 가득했다. 나는 입을 열지 않고 그가 먼저 입을 열기를 기다렸다.

나는 그가 나를 알아보았는지 아닌지 알 수 없었다. 그와 만났을 때의 나는 지금과 달리 평범한 모습이 아니었던가. 지금, 다시는 볼 수 없는 소녀의 얼굴을 그는 알아볼 수 있을 것인가?

드디어 그가 입을 열었다.

"주인님은……, 그때의 누님? 제게 평생 처음으로 복숭아를 먹게 해 준 그 누님?"

처음으로 먹은 복숭아?

나는 멍해졌다. 설마 그때 먹은 복숭아가 그가 처음 먹어 본 복숭아라는 것인가?

복숭아 하나가 그에게 그토록 선명한 기억을 남길 것이라고는 나는 생각지도 못했다.

후회 없이 떠난 두완

도성의 길 위로 진주같이 큼직한 뇌우가 쏟아지고 있었다. 바람이 맹렬한 기세로 불고, 비가 온 세상 만물 위로 떨어졌으며, 도성의 유리기와는 똑똑 소리를 내고 있었다. 여름이면 그렇듯 억수같이 쏟아지는 비는 예고 없이 찾아왔고 바람 속에는 축축한 흙냄새가 풍겼다.

나는 창가에 비스듬히 기대어 어제 전모천과 만났던 일을 떠올리고 있었다. 그는 예전의 그 앳됨 대신 온몸 가득 성숙함을 풍기고 있었다. 예전의 그는 나보다 한참이나 작았었는데 삼 년이란 세월이 흐른 지금은 나보다 훌쩍 커서 풍채도 당당했다. 궁 안의 사람들이 그가 앞으로 큰일을 해낼 거라고 말하는 것도 과언이 아니었다.

그는 내게 그의 집안 사정을 '고됨'이라는 한 단어로 형용했다. 그의 부친은 그를 서당에 보내는 데 수년간 모은 돈을 모두 사용하였고, 이 때문에 집에는 먹을 것도, 입을 것도 없었다고 한다. 그는 몇 번이고 공부를 포기하려 하였으나 그 이야기를 꺼낼 때마다 그의 부친은 몽둥이를 집어 들고 그를 호되게 때리며 소리쳤다고 한다.

"이 불효 막심한 놈! 이 아비는 네가 남보다 출중한 사람이 되기를 바라는 마음으로 집안에 얼마 없는 돈을 모두 털어 너를 서당에 보냈다. 네가 상경하여 과거를 보게 하기 위해서 유일하게 남은 한 묘畝[7]의 밭까지 지주에게 팔았건만 너는 지금 이 아비에게 공부를 하지 않겠다고 하는 것이냐?"

그 이야기를 듣고서야 나는 전모천이 어떤 어린 시절을 보냈는지 알 수 있었다. 그랬기에 그는 내가 준 복숭아 하나를 몇 년이나 가슴속에 담고 있었으리라.

더욱 생각지 못했던 것은 그때의 그 아이가 정말 문무 장원이 되어 출셋길로 접어들었다는 것이었다. 기우는 그를 무척 높이 평가하고 있는 것 같았다. 그렇지 않았다면 그를 어화원으로 초대하지도 않았을 것이다. 그의 앞날은 밝았다.

듣자 하니 어젯밤 기호는 소요를 데리고 두완을 만나고 갔다고 했다. 그러니 나는 임무를 완수한 것이다. 잠시 후, 이 비가 그치고 나면 나는 두완을 만나러 갈 것이다. 나는 그저 그녀가 약속을 지켜 그녀에게 그 말을 해 준 이가 누구인지 내게 알

---

7 30평의 논과 밭.

려 주길 바랄 뿐이다. 도대체 누가 그녀에게 그런 말을 한 걸까? 왜 그녀에게 알려 주었을까? 내가 의심이 많은 걸까? 오늘 밤에는 드디어 그 답을 알 수 있을 것이다.

비바람이 몰아치는 가운데 누군가 소리쳤다.

"황제 폐하 납시오."

기우가 왔다는 말을 듣자 궁 안의 궁녀와 환관들이 바삐 바닥에 무릎을 꿇으며 그를 맞이하였다. 나 역시 바람에 날려 흐트러진 머리를 정리하고 술 장식을 귀 뒤로 넘기며 궁을 나와 그를 맞이했다. 기우의 신발은 다소 젖어 있었으나 그는 크게 개의치 않는 듯 나를 향해 천천히 걸어왔다.

"몸은 좀 어떻소? 어의가 지어 준 약이 효과가 좀 있소?"

나는 대충 대답했다.

"네, 괜찮습니다."

사실 이 어의가 지어 준 약은 연희가 준비해 준 차에 비하면 그 효능이 실로 천지차이였다. 게다가 이 어의가 지어준 약은 너무 써서 목으로 넘기기조차 힘이 들었다. 매일 세 번 그렇게 쓴 약을 먹는다는 것은 일종의 고문이었다.

"응."

기우는 가볍게 한 마디를 하고 홀로 침대 위에 앉았다. 딱딱하게 굳은 그의 얼굴을 보니 언짢은 일이 있었던 것 같았으나 나는 묻지 않고 그가 먼저 말을 꺼내기를 기다렸다. 한참 동안 침묵을 지키던 그가 드디어 내게 옅은 미소를 지어 보였다.

"왜 그러오?"

그가 먼저 내게 이상하다는 듯 물으니 나는 우습다는 생각이 들어 그에게 말했다.

"그 말은 제가 여쭤봐야 할 것 같은데요."

오늘의 그는 확실히 뭔가 달라 보였다. 예전의 그는 무슨 일에 맞닥뜨리건 언제나 감정을 잘 숨겼었는데 오늘의 그는 그러지 못하는 것 같았다. 왜일까?

"욱나라의 연희가 황위에 오르고 하나라의 상운 공주湘雲公主를 황후로 봉하였소."

그는 말을 멈추고 잠시 깊은 생각을 하다가 다시 말을 이었다.

"하나라 황제는 신분을 낮추어 연희에게 자신을 신하라고 칭하였소."

확실히 골치 아픈 일이었고, 그 영향은 무시할 수 없는 것이었다. 연희는 분명 나의 신분을 둘째 숙부에게 알렸을 테고, 둘째 숙부는 내가 기우를 부추겨 하나라를 공격할까 두려워하고 있을 것이다.

신하로 신분을 낮추면서까지 나라를 지키고 보호하려 하다니……. 이제야 나는 둘째 숙부를 제대로 보게 되었다. 비록 부황의 자리를 빼앗아 황제가 되었으나 그는 하나라 백성들의 안위를 위해 기꺼이 굴욕을 받아들였다. 그는 확실히 훌륭한 황제이다.

"끔찍한 전쟁이 시작되겠군요."

나는 낯빛조차 바꾸지 않고 작은 목소리로 말했다.

"나는 최대한 빠른 시일 내에 욱나라를 점령할 생각이오. 연희는 연성보다 훨씬 두려운 사람이오."

가슴이 답답해져 나는 슬픈 모습으로 기우를 바라보았다.

"두 나라 간의 전쟁에 백성들은 무슨 죄인가요?"

"백성들에게 무슨 죄가 있느냐고? 만약 천하가 사분오열된다면 백성들은 더욱 모진 고통을 겪게 될 것이오. 잠시의 희생으로 천하를 평안하게 할 수 있소."

"그래요. 그 말을 부정하지는 않아요. 천하는 분명 통일되어야 해요. 하지만 더 좋은 방법이 있지 않을까요? 송宋 태조太祖는 사병 하나의 희생도 없이 황위에 올랐어요."[8]

"아녀자의 소견일 뿐이오."

그는 노기등등하여 이 한마디를 내뱉고는 몸을 돌렸다.

마음속의 기대가 천천히 사라져 갔다. 만약 이 말을 한 이가 소사운이었다면 그는 어떤 태도를 보였을까? 그가 침궁 문을 나서는 모습을 보며 나는 화를 참지 못하고 목소리를 높여 그에게 소리쳤다.

"저는 당신의 소 귀인처럼 환심을 살 줄도 모르고, 오직 있는 그대로 말할 뿐이에요. 그래요. 제 말이 듣고 싶지 않으시면 앞으로 다시는 저를 찾아오지 마세요."

---

8 서기 960년, 후주(後周)의 세종(世宗)이 세상을 떠나고 어린 공제(恭帝)가 황위에 오르자 어린 황제를 모시고 요 나라와 전쟁하는 것에 두려움을 느낀 조광윤(趙匡胤)의 부하들이 진교 근처에서 조광윤이 술에 잔뜩 취하도록 하고, 그가 취한 틈을 타 그에게 황포를 입혀 황제로 추대한 일. 이에 조광윤이 송 태조로 등극했다.

그가 돌연 발걸음을 멈추고 천천히 몸을 돌려 나를 바라보았다.

"알았소. 알았소. 내가 잘못했소."

그가 어쩔 수 없다는 듯 말했다. 그는 내게 걸어와서 나의 어깨를 어루만지며 작은 소리로 말했다.

"앞으로는 우리 다투지 맙시다. 그 이레처럼 사이좋게 지내는 게 어떻겠소?"

"불가능해요. 기우, 이곳으로 돌아오기 전에 제게 하셨던 말씀을 기억하세요? 제 아이가 세상에 안전하게 태어나면 제가 아이를 데리고 이곳을 떠날 수 있도록 해 주시겠다고 하셨지요. 약속은 꼭 지켜 주세요."

나는 그의 품에서 빠져나왔다.

"저는 이 후궁에 많은 여인들이 있고 그중에는 대단한 여인들이 많다는 것을 알고 있어요. 만약 제가 당신과 가까이 지낸다면, 당신의 과한 총애를 받게 된다면 저의 아기는……."

"내가 있으니 그 누구도 그대의 아기를 해할 수 없소."

"있어요."

"누구요?"

"소 귀인."

한 줄기 따스함이 흐르던 공기가 얼어붙었고 정적 속에 기우가 고개를 숙였다. 깊은 생각에 빠져 있는 것 같기도, 무엇인가 고민하고 있는 것 같기도 한 모습이었다. 설마……, 소사운이 그의 마음속에서 이미 중요한 자리를 차지하고 있는 것인가?

"그녀는 그러지 않을 것이오, 복아."

기우가 진지하게 나를 바라보며 매우 단호한 어조로 말했다.

그의 말에 나는 완전히 얼이 빠져 버렸다. 그는 정말 그토록……, 그녀를 믿는 것인가?

"그녀가 그러지 않을 거라는 걸 어찌 아세요?"

"내가 장담하오."

내가 장담하오.

그는 도대체 무엇을 근거로 그녀를 위해 장담한단 말인가? 그는 소사운을 그만큼이나 신뢰하는 것인가? 그렇다. 소사운은 지난 두 해 동안 그의 곁을 지켰다. 그녀를 향한 기우의 총애는 첩자인 그녀를 이용하기 위해서만은 아닐 것이다. 만약 그들의 감정이 이미 이 정도까지 와 있다면 나는 제삼자가 되는 것이다. 그렇다면, 당초 기우가 말한 소위 그 '칠 일'은 천하에 둘도 없는 우스갯소리였던 것이다. 또한 나의 아기를 자신의 친자식처럼 여기겠다는 말은 그가 이를 조금도 신경 쓰지 않기 때문일 것이다.

"복아, 그대……."

기우가 당황한 나의 표정을 보고 입을 열려는데 또 다른 소리가 그의 말을 막았다.

"폐하, 좋지 않은 소식입니다. 두 황후께서 목을 매어 자결하셨습니다."

심장이 쿵쿵 뛰기 시작했다. 두완이 목을 매어 자결했다고? 그녀가 자결을 선택했다고? 그러나 그녀는……, 그녀는 분명히 내게 약속하지 않았는가? 그 말을 그녀에게 한 이가 누구인지 내게 알려 주기로 하지 않았는가? 그런데 어찌 이렇게 죽어 버린 것인가?

나는 이 사실을 받아들일 수 없었다. 나는 기우를 신경 쓸 틈도 없이 빠른 걸음으로 침궁을 달려나가 빗속으로 뛰어들었다.

완미가 곧바로 나를 향해 소리쳤다.

"주인님, 어의께서 뛰시면 안 된다고 하셨습니다. 아기가 위험……, 주인님……."

완미의 말을 듣고 나는 달리던 발걸음을 멈추었다.

화를 내서도 안 되고, 뛰어서도 안 된다. 나는 마음속으로 나 자신을 타일렀다.

완미가 종이우산을 들고 와 거세게 쏟아지는 큰비를 막아 주었다. 하지만 나의 온몸은 이미 흠뻑 젖어 버렸고, 빗방울이 한 방울 두 방울 이마를 타고 내려와 뺨으로 흘러내리고 있었다. 저 멀리 침궁 문밖에서 꼼짝도 하지 않고 묵묵히 나의 모습을 바라보고 있는 그를 보자 전에 없던 해방감이 느껴졌다.

기우가 나와 아기를 지켜 줄 수 없다면, 그렇다면 나 혼자서라도 보호할 것이다. 나 스스로 보호할 것이다.

두완을 보기 위해 벽지궁으로 가려는데 비통한 얼굴의 기호가 소봉궁으로 들어오는 것이 보였다. 그의 손에는 새하얀 손수건이 들려 있었다. 나와 가까워지자 그가 발걸음을 멈추고 손을 내밀어 수가 놓인 손수건을 내게 건네주었다.

"어젯밤 내가 벽지궁을 떠날 때, 사촌동생이 그대에게 전해 달라고 한 것이오."

나는 그것을 받아 들고 손바닥 위에 펼쳐 보았다. 값비싸 보이는 눈부신 야명주였다. 나는 다시 수가 놓인 손수건을 보았다. 붉은 실로 몇 줄의 글자가 수 놓여 있었다.

반옥, 미안하다. 기호 오라버니를 만나기 위해 너에게 거짓말을 했다. 사실 그것은 모두 내가 사 년 전에 몰래 엿들은 이야기였다.

평범한 듯하나 그 안에 깊은 뜻이 숨겨져 있는 듯했다.

어찌 이럴 수 있는가? 두완은 왜 자결한 것인가? 내게 이 수가 놓인 손수건을 준 것은 이해할 수 있으나 이 야명주는 도대체 무엇이란 말인가? 내가 돈이 부족할까 봐? 이치에 맞지 않았다.

"어젯밤, 벽지궁을 떠날 때 그녀는 웃으며 나와 소요를 축복해 주었소. 참으로 행복하게 웃었는데……. 그녀는 정말로 모두 털어 버린 듯했소. 그런데 왜 죽음을 선택한 것일까?"

읊조리는 기호의 목소리가 큰비에 흩날리고 있었다.

기우가 나를 향해 다가왔다. 나는 그의 복잡한 표정을 읽어 낼 수 없었다. 고개를 숙이고 내 손에 들려 있는 수 놓인 손수건과 야명주를 바라보며 그는 한참 동안 침묵을 지키다가 기호를 바라보았다.

"두완이 정말 자결하였습니까?"

"검시관이 그녀의 상처를 검사해 보았습니다. 확실히 들보에 목을 매어 자결하였습니다."

탄식하는 기호의 어조에는 자책감이 담겨 있었다.

"어젯밤……, 그녀를 만나러 갈 때 소요를 데리고 가지 말았어야 했습니다. 그것이 그녀를 자극하여 죽을 생각을 하게 만든 것입니다."

"황릉에서 장례를 성대하게 치르도록 하십시오."

기우는 이 한마디만을 남기고 돌아갔다. 그는 우산도 받치지 않은 채 고독하게 빗속을 걸어갔고, 폭우가 그의 온몸을 적셨다. 나는 우산을 들고 그의 뒤를 쫓아가 그와 함께 이 길의 끝까지 함께 걷고 싶었으나 나는 내 마음의 충동을 억제할 수밖에 없었다.

지금 그의 곁에는 소사운이 있으니 내가 그의 곁에 있든 없든 그것은 더 이상 중요치 않았다. 지금 나에게는 연성의 혈육이 있다. 그러니 나는 더욱 그를 쫓아가면 안 된다. 절대로 그렇게 이기적이어서는 안 된다.

그날 밤, 나는 술시[9]가 될 때까지 두완이 내게 남긴 수 놓인

---

9 밤 7시~9시.

손수건과 야명주를 바라보고 있었다. 그러나 의혹은 여전히 풀리지 않았다. 수 놓인 손수건을 내게 준 것은 이해가 되었다. 그러나 이 야명주는……. 그녀는 도대체 왜 내게 야명주를 준 것일까? 정말 이상했다. 두완이 아무 이유 없이 내게 야명주를 주었을 리 없었다.

"수 놓인 손수건, 야명주, 수 놓인 손수건……."

나는 반복해서 읊조렸다. 이 물건들 사이에 과연 무슨 관계가 있는 것일까? 내가 의심이 너무 많은 것일까?

"주인님, 어찌 아직도 침소에 들지 않으셨습니까? 여전히 그 두 물건을 이리 보고 저리 보고 계시니 그것들에 무슨 문제라도 있는 건가요? 그저 손수건과 구슬이 아닌지요?"

완미가 대야 가득 깨끗한 물을 들고 들어오며 이상하다는 듯 물었다.

나는 못 들은 체하며 여전히 같은 말만 읊조리고 있었다.

수 놓인 손수건, 야명주, 수……, 명주, 수주繡珠?

나는 곧바로 의자에서 튀어 오르듯 몸을 일으켰다.

"수주! 설마 두완이 내게 말하려고 한 것이 수주란 말인가?"

고개를 돌리자 당황한 듯한 완미의 눈빛과 마주쳤다. 나는 그녀에게 달려가 그녀를 품에 안았다.

"완미야, 참으로 제때 와 주었구나."

그녀의 반응을 기다리지도 않고 나는 종종걸음으로 침궁을 나섰다.

태후를 찾아야 했다. 태후는 분명 알고 있을 것이다.

두완이 몰래 엿들은 그 말, 그것은 운주가 한 것인가? 그날, 태후가 운주를 태후전으로 불러 그녀에게 한참 동안 무언가 이야기했던 일이 떠올랐다. 운주는 그곳을 벗어나며 기절하였었다. 그녀들이 안에서 무슨 말을 했는지는 알 수 없었지만 태후와 운주의 관계가 심상치 않다는 것만은 알 수 있었다. 두완이 몰래 엿들은 것은 운주와 태후의 대화일 것이다.

사 년 전에 몰래 엿들은 이야기라……

사 년 전이라면 기우가 황위에 올랐던 때가 아닌가. 운주는 왜 태후에게 내 이야기를 한 것일까?

태후전으로 가는 길에 여러 가지를 떠올려 보고 다양한 가능성을 생각해 보았으나, 나는 여전히 답을 알 수 없었다. 당초 그녀들이 운주를 그렇게 급히 죽이지만 않았어도 아마도 나는 운주에게서 더 많은 것들을 알 수 있었을 것이다. 운주야, 도대체 너에게는 어떤 비밀이 더 있는 거니?

태후전에 도착하여 태후전의 궁녀에게 밖에서 뵙기를 청하라 이르니 그녀는 태후가 태후전에 계시지 않는다고 말했다.

나는 그녀를 찬찬히 살펴보았으나 그녀의 말이 진실인지 거짓인지 끝내 알아낼 수 없었다. 이렇게 늦은 시간에 태후는 도대체 어디를 갔단 말인가?

의혹을 품은 채 나는 내일 다시 찾아와 물어야겠다고 마음먹고 태후전을 나섰다. 그런데 고요한 수풀 사이를 지날 무렵, 들릴 듯 말 듯 희미한 울음소리가 들려왔다. 소름이 끼쳤다. 이렇게 인적 없는 곳에서 사람의 울음소리가 들리다니? 설마 귀신인가? 문득 자신이 무슨 생각을 하고 있는지 깨닫자 웃음이 났다. 이 세상에 귀신이 어디 있단 말인가?

나는 발소리를 죽이고 살금살금 수풀을 지나쳐 소리가 나는 곳으로 향했다. 오늘 밤은 달도 없이 겨우 몇 개의 별이 떠 있을 뿐이어서 희미하게 겨우 길이 보였다. 조심스레 소리가 나는 곳을 향해 나아가자 울음소리가 더욱 크게 들려왔고, 나의 호기심은 더욱 커져 갔다. 울음소리의 목소리가 내가 아는 사람의 것이었기 때문이다.

태후였다. 태후가 어찌 이곳에 숨어 홀로 울고 있단 말인가?

우거진 수풀 속으로 들어가 눈앞에 펼쳐진 광경을 본 순간, 나는 그대로 얼어붙고 말았다!

태후가 한명의 품에서 울고 있었다. 그리고 한명은 계속해서 그녀의 어깨를 토닥여 주고 있었다.

그 순간, 한명 역시 나를 발견하였다. 주변이 너무 어두워 그의 표정을 확인할 수는 없었으나 그가 무의식적으로 태후를 밀쳐 버리는 것은 보였다. 무척이나 빠른 속도였다. 마치 해서는 안 될 짓을 하다가 들킨 것처럼……

동생이 눈물 흘리는 누이를 위로해 주는 것은 지극히 자연스러운 일이다. 그런데 왜 그는 이곳에 숨어 몰래 태후를 위로한 것일까? 왜 나를 보자마자 자신의 누이를 힘껏 밀쳐 버린 것일까?

피어오르는 먹구름은 먹물을 쏟아 놓은 것 같았고, 바람과 함께 늦은 밤 조용히 찾아온 비는 이 날씨에 참으로 잘 어울렸다.

그들은 난감해하며 나를 바라보았다. 우리는 아무 말도 하지 않았고 가을 곤충들이 우는 소리만이 들려올 뿐이었다. 너무 놀란 탓에 나는 한참이 지난 후에야 정신을 차렸다. 지금의 이 상황은 기묘했다. 도대체 어찌된 일이란 말인가?

한명과 태후? 나는 아무리 생각해도 두 사람을 연관 지을 수가 없었다.

"반 아가씨, 무슨 일로 이 태후를 찾아왔느냐?"

먼저 실태를 수습한 이는 태후였다. 그녀는 눈물을 닦고 목을 가다듬으며 나를 향해 걸어왔다.

"아무 일도 아닙니다."

나는 웃으며 고개를 가로저었고, 어둠 속에 숨어 있는 한명을 다시 바라보았다. 그의 몸은 다소 경직되어 있었다.

"그럼 방해하지 않겠습니다."

나는 말을 마치고 몸을 돌렸다. 천천히 수풀을 밟을 때마다 바스락거리는 소리가 들려왔다.

아무도 나를 막지 않았으나 뒤를 따르는 발소리가 들려오자 나도 모르게 발걸음이 빨라졌다. 그러나 낮은 목소리가 내 발걸음을 멈추게 했다.

"반옥!"

그의 목소리에 발걸음을 멈추었으나 나는 돌아보지 않은 채 그 자리에 우두커니 서서 그의 말을 기다렸다. 그가 내 옆으로 걸어왔고 옅은 한숨 소리가 들려왔다.

"그렇소. 그녀는 나의 친누이가 아니오."

"제게 왜 그런 말씀을 하시는 거죠?"

나는 그가 말을 잇지 못하도록 곧바로 제지했다. 그들 사이의 일은 알고 싶지도 않았고, 더욱이 그들과 연루되고 싶지도 않았다. 이것은 분명 앞으로 수많은 목숨을 앗아 갈 수도 있는 비밀이라는 예감이 들었다.

"십삼 년 전, 우리 집은 변고를 겪게 되었으나 나는 운 좋게 겨우 목숨을 건질 수 있었소. 그녀가 나를 구해 주었기 때문이었소. 이 오랜 시간 동안 그녀는 내게 참으로 잘해 주었소."

한명이 개의치 않고 계속해서 말을 잇자 나는 다시 한 번 그의 말을 잘랐다.

"한명, 그대의 집안일은 알고 싶지 않아요!"

"그대가 이 일을 폐하께 말씀드리지 않았으면 하오. 이는 주군을 기만한 죄요. 내가 벌을 받는 것은 상관없으나 절대로 그녀가 연루되게 할 수는 없소. 나는 이미 그녀에게 너무 많은 빚을 졌소."

한명이 내게 이처럼 간곡히 부탁하는 것은 처음이었다. 이 것만으로도 보통 사람들은 상상조차 할 수 없는 그와 태후 사이의 '정'이 느껴졌다.

"저는 그대들의 일에는 조금도 관심 없어요. 그저 그대가 다시는 기우에게 상처 주지 않길 바랄 뿐이에요."

나는 그의 눈을 바라보았다. 그의 눈빛은 진실해 보였다.

나는 그의 말이 모두 진실이라고 믿었다. 그리고 깨달았다. 예전에 내가 설해의 신분으로 태후전에 궁녀로 들어갔을 때 그녀가 왜 나를 그토록 괴롭혔는지, 왜 한명과 가까이하지 말라고 경고하였는지, 왜 황제를 속이면서까지 한명과 함께 내게 거짓말을 한 것인지……. 태후는 자신의 '아우'를 사랑하고 있었던 것이다. 자신만의 독특한 방법으로 그를 보호하고 있었던 것이다.

사랑이란 이렇게 욕심이 없을 수도 있는 것이었다.

우리 두 사람은 돌연 마주보고 서서 침묵했다. 고요했다.

우리 사이에 더 이상 어떤 말도 남아 있지 않다고 생각했을 때, 한명이 갑자기 화제를 바꾸었다.

"양심전 뒤에 있는 대나무 집을 알고 있소?"

나는 깜짝 놀랐다.

"왜요?"

"요 며칠 폐하께서 매일 밤 그곳을 찾으셨다오."

"가서……, 무엇을 하시는데요?"

"요 며칠 큰비가 여러 번 내렸잖소. 폐하께서 말씀하시길 그곳에 그대와 함께 심은 매화가 있다고 하시더군."

우리가 직접 심은 두 그루의 매화를 위해 그가 매일 밤 그 집에 간다고?

그는 황제이다. 국사를 처리하는 것만으로도 정신이 없을 텐데, 어찌 그 두 그루의 매화에 그토록 마음을 쓴단 말인가?

나는 정신없이 양심전에 도착했다. 갑자기 기우가 너무나 그리웠으나 나는 안으로 들어가야 할지 말아야 할지 망설여졌다. 그렇게 배회하고 있는데 이 순간 가장 만나고 싶지 않은 사람과 마주치고 말았다. 소사운이었다.

옥 가마를 탄 그녀는 옅은 자색 비단옷을 입고 있었는데 살짝 불어오는 바람에 옷자락이 날리고 있었다. 귀밑머리에는 여덟 가지 정교한 보석으로 장식된 비녀가 꽂혀 있었고, 이마에는 옅은 자색의 문양이 그려져 있었다. 그녀에게서는 청순함 가운데 사랑스러움이 살짝 배어 나오고 있었다. 그녀가 고개를 숙여 품 안의 아기를 어르자 아기가 까르르 웃음을 터뜨렸다.

옥 가마가 양심전 밖에 멈춰 서자 소사운이 도도한 모습으로 옥 가마에서 내렸다. 그녀의 아기는 한 살 남짓한 남자아기였다. 아이의 희고 보드라워 보이는 양 뺨에는 홍조가 돌았고, 반짝이는 두 눈에는 총기가 어려 있었다. 바로 이 아기가 그들의 아기, 납란영환納蘭永煥이었다.

"누군가 했더니 진 주인이었군."

달콤한 미소를 지으며 아기의 등을 토닥이는 그녀는 충분히 한 사람의 어머니였다. 그 모습을 보며 나는 나도 모르게 아랫배를 어루만지고 있었다.

앞으로 칠 개월만 지나면 내 아기도 태어날 것이다. 그때가 되면 나 역시 어머니가 되는 것이다.

여기에 생각이 미치자 나의 얼굴에 미소가 번졌다. 그러나 그 때, 손바닥 하나가 나를 향해 매서운 기세로 날아왔고, 나는 곧바로 한 발자국 뒷걸음질 치며 그녀의 손목을 단단히 붙잡았다.

"소 귀인, 신분을 생각하십시오."

"조금 전 왜 웃은 것이냐? 내 아기를 비웃은 것이냐?"

그녀는 내 손을 뿌리치려 하였으나 나는 더욱 매섭게 붙잡고 그녀를 놓아주지 않았다.

"소 귀인은 다른 사람들이 비웃을까 봐 두려우신가요? 아니면 잘못한 일이라도 있나요?"

나는 조롱을 담은 한마디를 그녀를 겨냥해 내뱉었고, 그녀는 순간 정신이 흐트러진 듯했다. 그녀는 곧바로 양쪽의 시위들을 향해 소리쳤다.

"어서 가서 폐하를 모셔 와라!"

두 명의 시위들이 서로를 마주 본 후, 곧바로 몸을 돌려 양심전을 향해 달리기 시작했다. 그러나 나는 여전히 그녀의 손목을 놓아주지 않았고, 소사운은 어쩔 수 없이 한 팔로 아이를 지탱한 채 한 손은 내게 맡겨 두고 있었다. 그러나 표정만큼은 득의양양했다. 마치……, 기우가 자신을 도와줄 것이라고 확신하고 있는 듯했다.

나는 갑자기 자신이 없어졌다. 기우는 그녀를 특별하게 대하고 있었다. 지금처럼 나와 소사운이 충돌하였을 때, 그는 정말 내 편이 되어 줄 것인가?

나의 마음은 방황하기 시작했고, 그녀를 붙잡고 있던 힘은 점점 약해졌다.

내가 그녀를 놓아주려던 순간, 기우가 나타났다. 그의 눈빛이 우리 둘 사이를 오갔다. 나는 그의 생각을 헤아릴 수 없었다.

소사운은 기우가 나타난 것을 보고는 곧바로 가여운 모습을 연기하며 울먹이는 목소리로 예상치도 못했던 눈물을 뚝뚝 흘리기 시작했다.

"폐하……, 드디어 오셨군요. 진 주인이 저와 환이를 괴롭히고 있습니다."

나는 고개를 돌려 기우의 그윽한 눈빛과 마주하였으나 아무 말도 하지 않았다. 결국 나는 붙잡고 있던 소사운의 손을 살며시 놓아주었다. 나는 울지도 못했고 애교를 부리지도 못했다. 그러니 나는 질 수밖에 없었다.

"지금 당장 환이를 데리고 장생전으로 돌아가시오."

기우의 어조는 담담했으나 그 속에는 경고가 담겨 있었다.

"폐하? 분명히 그녀가……."

소사운은 돌연 울음 섞인 목소리를 멈추고 고개를 들어 기우를 바라보았다. 그녀의 곱던 화장은 눈물에 번져 매우 난처한 모습으로 변해 있었다.

"두 번 말하게 하지 마시오!"

그의 매서운 목소리가 더욱 높아졌고, 그녀를 노려보는 차가운 눈빛이 그녀를 두려움에 떨게 했다.

소사운은 두 팔로 품속의 아기를 단단히 끌어안은 채 아랫입술을 꼭 깨물었다. 숨길 수 없는 분노를 품은 눈빛이 우리 둘 사이를 수차례 오갔다.

"그럼……, 신첩은 물러가겠습니다."

그녀는 화가 나서 한쪽 발을 구르고는 몸을 돌려 옥 가마에 올라타고 유유히 떠나갔다.

나의 시선은 멀어지는 그녀의 모습을 좇고 있었다.

나는 기우가 아무것도 묻지 않고 나를 믿으리라고는, 게다가 그녀를 꾸짖어 내쫓을 것이라고는 생각지도 못했다. 나는 알 수가 없었다. 정말로 알 수가 없었다. 어제는 소사운을 믿을 수 있다고 장담하더니 오늘은 이토록 다른 태도를 보이니 나는 도대체 어찌해야 할지 알 수가 없었다. 도대체 그는 무슨 생각을 하고 있는 걸까? 도대체 무슨 꿍꿍이란 말인가?

"굳이 그녀와 맞서 화를 낼 필요가 있었소?"

기우의 목소리가 나의 생각을 깨뜨렸다. 그는 나의 등을 살짝 끌어안아 양심전으로 나를 이끌며 말했다.

"조금 전 제가 그대의 소 귀인과 대황자를 괴롭혔는데 화가 나지 않으세요?"

"그녀가 먼저 그대를 노하게 하지 않았다면 그대는 결코 싸움을 걸지 않았을 것이오."

기우는 낮은 소리로 웃음 지었고, 나의 표정은 딱딱하게 굳어 버렸다.

그는 나를 이해하고 있었다. 이렇게나 나를 이해하는 기우, 나는 도대체 어떤 표정으로 그와 마주해야 한단 말인가?

나와 그는 양심전의 화려한 돌계단을 올랐다. 여름 바람이 더위를 가시게 해 주었고, 전당은 크고 높았으며 유리기와가 반짝이고 있었다. 나는 고개를 들어 기우의 얼굴에 숨어 있는 초조함을 바라보았다. 그는 내게 할 말이 있는 듯했다.

역시나 그가 더없이 엄숙한 모습으로 나의 오른손을 들어 열 손가락 깍지를 끼우고 말했다.

"복아, 그대가 내게 말했었소. 내가 언제나 모든 일을 마음속에 담아 둔 채 그 누구와도 나누려 하지 않는다고 말이오. 지금 나는 소사운의 일을 그대에게 말하려 하오."

나는 유난히 낮고 묵직한 그의 목소리를 가만히 듣고 있었다. 그는 정말로 내게 모든 것을 말하려는 것인가? 그는 오랫동안 고민한 후, 내게 말해 주기로 결심한 듯했다. 그가 내게 모든 것을 숨김없이 말해 준다면 나는 기뻐해야 하는가, 슬퍼해야 하는가?

"이미 말했듯이 소사운은 욱나라의 첩자라오. 그러나, 욱나라의 첩자는 그녀 하나뿐이 아니오. 모든 첩자를 찾아내기 위해 나는 그녀를 조종해야만 하오."

그는 나의 손을 자신의 심장 위에 가져다 대며 말했다.

"여기에는 언제나 오직 그대뿐이었소!"

'첩자는 그녀 하나뿐이 아니오.'라는 말에 숨이 멈추었다가 손을 통해 전해지는 그의 심장 박동 소리에 내 심장도 다시 뛰게 된 것 같았다. 그 강렬한 느낌에 나는 어찌해야 할지 알 수가 없었다. 깊게 찌푸리고 있던 그의 미간이 점차 풀리고 미소가 더욱 짙어졌다.

"그날, 그대가 다급히 침궁을 달려 나가 빗속으로 뛰어 들어

가는 모습을 바라보며, 나는 그대가 또다시 내 곁을 떠나는 줄 알았소."

눈가에 눈물이 맺혀 눈앞의 그의 모습이 점차 흐릿해졌다. 나는 나지막이 물었다.

"우리의 매화……, 잘 있나요?"

그가 손끝으로 나의 뺨을 어루만지고 손을 들어 내 어깨 위의 머리카락을 쓰다듬으며 조용히 말했다.

"모두 무사하오. 나는 여전히 사오륙칠 년 후, 그대와 함께 매화를 보러 갈 수 있기를 바라고 있소."

그의 맑은 두 눈이 마치 아무리 봐도 전혀 질리지 않는다는 듯 나를 꼼꼼히 살폈다. 그리고 잠시 후, 그가 다시 말을 이었다.

"그대가 영원토록 내 곁에 있기를 진심으로 바라오."

"저는……."

나는 거절할 생각이었다. 그에게 희망을 주었다가 그가 약속을 지키지 않고 나를 억지로 이 황궁에 머물게 할까 봐 두려웠다. 목소리가 겨우 터져 나오려는 순간, 그가 한 손으로 내 입술을 누르고 내가 소리를 내지 못하도록 했다.

"칠 개월 후, 그대의 아기가 태어나면 그때 내게 답을 주시오."

장생전에서의 변고

나는 기우와 자시 삼각이 될 때까지 양심전에서 이야기를 나누었다. 기우는 내가 양심전에 남아 함께 침소에 들기를 바랐으나 나는 이를 완곡히 거절하였다.

"제가 이곳에 온 것은 당신의 비가 되기 위해서가 아니라 저의 아기를 보호하기 위해서입니다."

기우는 더 이상 아무 말도 하지 않고 시위들에게 자신의 가마로 내가 궁으로 안전하게 돌아갈 수 있게 하라고 명했다.

돌아오는 길 내내 나의 머릿속은 기우와 나누었던 이야기로 꽉 차 있었다. 그 가운데 가장 인상 깊었던 것은 역시 소사운에 관한 것이었다.

나는 그에게 물었다, 그녀를 총애하면서 왜 그녀를 봉하지 않느냐고, 그녀가 의심을 품는 게 두렵지 않으냐고. 기우의 대답은 믿을 수 없는 것이었다. 일 년 전, 소사운은 자신의 입으로 직접 자신의 정체를 밝혔다고 했다. 회임을 한 그녀는 기우에게 자신의 정체를 밝히고 아기의 목숨을 살려 달라고 애원했다고 했다. 기우는 아기를 살려 주었을 뿐 아니라 그녀의 정체도 문제 삼지 않았으며 오히려 그녀를 더욱 총애하였다. 그러자 소사운은 그 사랑에 빠져 헤어 나오지 못했고, 무슨 고된 일이든 기꺼이 받아들였다.

소사운은 기우를 사랑하고 있으며, 그녀의 아기는 더 깊이 사랑하고 있으리라. 그렇기에 자신의 정체를 밝히면서까지 기우에게 아기를 살려 달라고 간청했을 것이다.

그러나 기우는 소사운이 결코 그녀의 겉모습처럼 단순하지 않으며 사람들이 알지 못하는 수많은 비밀을 숨기고 있다고 말했다. 또한 그녀가 다른 첩자들에 대해 말하지 않는 것은 그만큼 그녀가 염려하고 있기 때문일 것이라고 말했다. 그래서 그는 그녀를 총애하여 그녀의 경계심을 흐트러뜨리고, 그녀가 기나라에 숨어 있는 첩자들을 털어놓게 할 계획이라고 했다.

많은 이야기를 들었으나 나는 기우에게 단 한마디를 남겼다.

"만약 정말로 그녀의 경계심을 흩트릴 생각이시면 황후의 지위는 그녀에게, 태자의 자리는 납란영환에게 주세요."

기우는 한마디로 거절했다.

"불가능하오."

나는 물었다.

"왜요? 첩자들을 일망타진하고 싶지 않으세요?"

그는 대답했다.

"황후의 자리는 내 그대에게 주겠다고 약속했잖소. 그대 외에는 그 누구도 헛된 꿈을 꿀 수 없소."

그런 약속, 나는 이미 대수롭지 않게 여기고 있었다. 그런데 그는 아직도 집착하고 있었던 것인가? 나는 혼란스러웠다. 정말 너무나도 혼란스러웠다. 나는 도대체 언제부터 사랑을 마주하며 이토록 혼란스러워하고, 결단을 내리지 못하게 되었을까? 이성은 이제 더 이상은 단 한 번의 실수도 용납할 수 없다고 말하고 있었다.

침궁으로 돌아온 내 눈에 가장 먼저 비친 이들은 야간 당직을 서고 있는 모란과 심완이었다. 내가 돌아온 것을 본 그녀들은 내게 인사를 올리고 공손한 태도로 나를 안으로 이끌었다.

"주인님, 오늘 밤에 소 귀인과 다툼이 있으셨다고요?"

모란은 언제나 호기심이 남달랐고, 뒤에서 남의 이야기를 하기 좋아했다.

"앞으로는 그녀를 조심하셔야 합니다. 겉만 보고 단순한 사람이라고 생각하지 마셔요. 그녀는 꿍꿍이가 있는 사람이라 분명 주인님께 불리한 일을 만들기 위한 방도를 짜내고 있을 것입니다."

침궁의 문턱을 넘어서다가 나는 홀연 발걸음을 멈추고 그녀를 차가운 눈으로 바라보며 말했다.

"모란아, 너도 들어보았겠지? 남의 이야기를 즐기는 사람은 분란 일으키길 좋아하는 사람이라는 말 말이다."

그녀는 곧바로 조용히 고개를 숙이고 아무 말도 하지 않았다. 나는 그녀의 표정을 볼 수 없었으나 보고 싶은 마음도 없었다. 침궁으로 들어선 나는 그녀들을 밖에 내버려 두고 육중한 문을 닫았다.

몇 발자국 걷지 않아, 나는 홀로 탁자에 기대어 앉아 있는 완미를 볼 수 있었다. 한 손으로 머리를 받치고 있는 그녀의 앞에는 약이 놓여 있었다.

나를 계속 기다리고 있었던 것인가? 내가 그녀의 곁으로 천천히 걸어가자 나의 발소리 때문인지 완미가 곧바로 잠에서 깨어났다.

"주인님, 돌아오셨군요."

그녀는 다소 정신이 없어 보였으나 곧바로 눈을 탁자 위의 약사발로 옮기고는 손을 뻗어 사발의 온도를 가늠해 보았다.

"아이고, 다 식어 버렸습니다. 바로 가서 약을 다시 데워 오겠습니다."

희미한 촛불에 비친 그녀의 옆얼굴을 바라본 순간, 나는 운주와 재회한 듯한 느낌이 들었다. 그녀 역시 깊은 밤, 약사발을 데우고 또 데우며 내가 돌아오기를 기다렸었다.

나는 곧바로 그녀의 손 안에서 약사발을 받으려고 손을 뻗었다.

"괜찮다. 날도 더우니 차가운 약을 마시는 것도 나쁘지 않단다."

완미가 황급히 손을 빼내며 말했다.

"몸이 좋지 않으실 때는 반드시 따뜻한 약을 드셔야 합니다. 잠시만 기다리셔요. 금방이면 됩니다."

그녀는 내가 다시 약을 가져갈까 두려운 듯, 재빨리 약사발을 들고 사라졌다.

나는 옅은 미소를 지으며 둥근 의자에 앉아 완미가 돌아오기를 기다리며 몸에 항상 지니고 다니는 야명주를 꺼내 보았다.

운주……, 운주와 태후는 어떤 관계일까? 혹시 운주는 한명과 관계가 있는 걸까? 만약 아무 관계도 없다면 그들이 도대체 왜 내 이야기를 했던 것일까? 운주는 그들과 가까웠던 걸까?

'아버님은 수많은 공을 세워 명성이 자자하셨던 심순沈詢 대장군이시지요. 육 년 전, 반역을 꾀했다는 이유로 황제 폐하에 의해 집안의 재산을 몰수당하고 온 집안 식구들이 참형을 당했지요.'

'십삼 년 전, 우리 집은 변고를 겪게 되었으나, 나는 운 좋게도 겨우 이 목숨을 건질 수 있었소. 그녀가 나를 구해 주었기 때문이오.'

육 년 전, 반역을 꾀하여 온 식구들이 참형을 당했다.

십삼 년 전, 집안에 변고가 닥쳤고 운 좋게 목숨을 건졌다.

칠 년 전 운주는 내게 말했다, 육 년 전에 온 식구들이 참형을 당했다고. 그리고 칠 년 후 한명은 내게 말했다, 십삼 년 전 집안에 변고가 있었다고. 시간이 어찌 이리도 딱 맞아떨어진단 말인가? 과연 우연일까? 아니면…….

'그 후, 저와 오라버니는 헤어지게 되었고, 오라버니를 찾기 위해 저는 유랑하며 남의 것을 훔치며 생계를 이어갔지요.'

오라버니!

머릿속에서 갑자기 한 줄기 빛이 스쳐 지나갔다. 설마 한명이 운주의 오라버니?

갑자기 문이 열려 나는 깜짝 놀라고 말았다. 완미가 약을 들고 들어오고 있었다. 그녀는 갓 데운 약이 넘치지 않도록 조심스럽게 들고 와 탁자 위에 내려놓았다.

"주인님, 어서 드셔요."

"수고가 많구나. 완미야, 내 시중을 들기가 만만치 않지?"

나는 약숟가락을 들고 입김을 불어 식힌 후 한 모금을 삼켰다. 오직 한 단어밖에 생각나지 않았다. 쓰다! 도대체 무슨 약이 이렇게 쓰단 말인가? 연희의 차가 정말로 그리웠다. 욱나라에서의 모든 것이……, 너무나도 그리웠다.

"그럴 리가요. 주인님은 제가 뵈었던 분들 중 가장 선한 주인님이십니다."

"선하다고?"

나는 자조 섞인 웃음을 지었다.

"됐다. 그만 물러가거라. 나는 이만 자야겠다."

나는 그녀를 물리고 약사발 안의 시커먼 약을 한 입 한 입 마셨다. 입안에 쓴맛이 가득 퍼졌다.

설마 나는 지금도 여전히 사람들에게 선한 인상을 준단 말인가? 만약 정말로 내가 아직 선하다면 내가 이 후궁에서 머무르는 것은 쉽지 않을 것이며, 더구나 이 아기를 지키기는 더욱 어려울 것이다. 게다가 지금의 기우는 나를 지켜줄 처지가 아니다. 그는 소사운 쪽을 처리해야 하기 때문이다. 만약 그가 나를 보호하려 하다가는 그의 계획이 헛수고가 될 것이기 때문이다.

나는 후궁의 모든 사람들이 내 뱃속에 있는 아기가 누구의 핏줄인지 추측하고 있음을 잘 알고 있었다. 기우는 해명하지 않았고 나 역시 해명하지 않았기에 근거 없는 소문이 온 세상을 떠돌고 있었다.

소사운, 나는 당분간 그녀를 건드리지 않을 것이다. 피할 수 있다면 피하리라.

다음 날, 나는 한 가지 소식을 듣게 되었다. 전모천이 시중 侍中으로 봉해져 늘 황제의 곁을 지키게 되었다는 것이었다. 시중은 상당한 관직이었다. 나는 기우가 전모천을 이토록 마음에 들어 할 줄은 몰랐다. 열여섯에 장원 급제를 하고 시중으로 봉해지다니, 분명 조정의 수많은 이들이 이 인사를 불만스럽게 여기고 있을 터였다. 전모천이 사방에서 가해 올 압력을 견딜 수 있을지 알 수 없었다.

오늘 아침, 나는 완미를 태후전으로 보내어 한명을 만나고 싶다는 말을 전하고 태후에게 '심수주沈綉珠'라는 세 글자를 전하게 했다. 역시나 한 시진도 지나지 않아 한명이 소봉궁으로 찾아왔다. 나는 주변을 물리고 탁자 병풍으로 우리 사이를 막고 그를 맞이했다. 다른 이들의 입에 오르내리는 것을 방지하기 위함이었다. 이렇게 해도 결국 누군가는 뒷말을 할 테지만 나는 크게 개의치 않았다. 후궁에서 내 뒷이야기가 나오지 않은 적이 있었던가?

"진 주인, 그대가 태후께 전한 '심수주'는 무슨 의미요?"

한명의 차가운 목소리가 병풍 건너편에서 전해져 왔다. 하지만 병풍에 가로막혀서 나는 그의 그림자만을 볼 수 있을 뿐 그의 표정을 확인할 수는 없었다.

"오늘 제가 묻고 싶은 것은 이것뿐이에요. 십삼 년 전의 변고, 그것은 심씨 집안의 변고인가요?"

"무슨 말을 하는 건지 모르겠소."

나는 아무 말 없이 손가락 끝으로 병풍을 어루만졌다.

"몇 년 전, 눈밭에서 저를 업고 걷던 그 길을 기억하세요? 제가 저의 본명을 알려 드린 건 제가 그대를 믿기 때문이었어요. 지금의 그대도 그때의 저처럼 진실을 알려 주실 수 있나요?"

병풍 건너편이 침묵에 휩싸였다. 나는 가만히 앉아 그가 내게 진실을 말해 주길 기다렸다. 비록 마음속으로는 이미 그 답을 짐작하고 있었으나 나는 그가 직접 내게 말해 주길 바랐다.

"이미 답을 알고 있는 것 같군. 그렇소. 내가 수주의 오라비인 심일서沈逸西요."

"운주와 헤어진 그날, 나는 한씨 집안 문밖에 쓰러졌고……, 그때 누이와 마주쳤소. 그녀는 황제의 명을 받고 양친을 방문

하러 집으로 돌아오는 길이었지. 그녀가 나를 구해 주었소. 누이는 원래 심성이 선량하여 그따위 다툼에는 결코 발을 들이고 싶어 하지 않는 사람이었소. 그러나 나를 돕기 위해 그 오랜 시간 동안 두 황후와 각축을 벌인 것이오."

"그날, 벽지궁에서 내가 두 황후를 죽였던 것을 기억하오? 사실, 그것은 내가 황제를 부추긴 것이었소. 우리 집안을 파괴하고 가족을 죽인 여인을 내가 직접 죽이고 싶었기 때문이었소. 두 황후는 도대체 무슨 자격으로 그토록 악한 짓을 많이 저지르고도 목숨을 연명한단 말이오?"

한명의 목소리는 점점 격해졌고, 나는 증오에 가득 찬 그의 말을 들으며 또다시 침묵했다. 알고 보니 두지희와 한 소의의 십 년간의 각축은 심씨 집안의 몰살이 야기한 것이었다. 나는 지금껏 한 소의를 야심만만한 여인이라고 여기고 있었는데 그녀의 행동에는 사실 이러한 이유가 숨겨져 있었던 것이다.

"정 부인의 회임이 알려졌던 그날 밤, 태후는 운주를 태후전으로 불러 이야기를 나누었지요. 제 기억에 그대 역시 그곳에 있었고요. 도대체 무슨 말을 했기에 운주가 궁을 나서자마자 혼절했던 건가요?"

나는 가슴속에 숨겨 둔 채 시종 답을 찾지 못했던 문제를 물었다.

"수주는 그때까지 내가 자신의 오라비라는 것을 알지 못했소. 그날 밤, 나는 모든 사실을 털어놓았지. 내 동생이 곧 황제의 다음 희생양이 될 것이라는 걸 알고 있었기 때문이오.

계속 말을 하지 않으면 다시는 기회가 없을 것 같아 두려웠소. 처음 그 이야기를 들었을 때만 해도 수주는 무척 침착했소. 침착하다 못해……, 마치 목석같았고 눈은 점점 빛을 잃어 갔소. 수주가 궁을 나서자마자 혼절할 것이라고는 전혀 생각지 못했소. 안에서 수주의 가냘픈 모습을 보고 한걸음에 달려가 일으켜 주고 싶었으나……, 나는 그렇게 할 수 없었소. 처음으로, 나 자신의 무능을 증오했지. 자신의 동생마저 보호할 수 없다니……."

그의 음성이 울먹이는 듯 다소 떨리고 있었다.

"폐하를 증오하세요?"

나는 가장 중요한 문제를 떠올렸다. 동생의 복수!

한명은 깊이 숨을 들이마시며 매우 단호하게 한마디를 내뱉었다.

"증오하지 않소!"

"왜 증오하지 않으세요?"

"그분이 황제이기 때문이오. 그분에게는 그분 나름대로의 고충이 있소. 만약 수주가 죽지 않았다면 우리가 죽었을 것이오."

이를 악문 채 한 마디 한 마디를 잇는 그는 마치 힘겹게 고통을 참고 있는 듯했다.

"그러니 나의 신분을 폐께 알리면 안 되오. 나의 신분이 밝혀지면 내가 폐하께서 모친을 죽이도록 종용했다는 의심을 살 것이오. 나를 위해 비밀을 지켜 줄 수 있겠소?"

"기우를 다치게 하지만 않는다면 그대의 비밀을 지키고 그대와 한편이 되겠어요."

나는 천천히 병풍 뒤에서 걸어 나와 눈물로 촉촉해진 그의 눈을 바라보며 약속했다.

해 질 녘, 넓은 하늘 위 쓸쓸한 구름과 자욱한 안개가 구름 위로 우뚝 솟은 산을 휘돌아 사라져 갔다. 무성하던 초목은 메마르고, 희미하게 드러난 무지개가 가을을 맞이했다.

가을 날씨는 비교적 답답하고 건조했다. 아기를 가진 탓인지 나는 날이 갈수록 우울해졌고, 솟아오른 아랫배를 보고 있으면 절로 걱정이 되었다. 나는 특별한 일이 있지 않는 한 결코 소봉궁을 나서지 않았다. 불의의 변고로 아기를 지킬 수 없게 될까 두려웠기 때문이다.

식사와 약은 완미가 매일 직접 준비해 주었고, 물건들 역시 오직 완미의 손만을 거쳤다. 모란과 심완의 손길이 닿은 물건은, 나는 조금도 건드리지 않았다. 의심이 너무 과한 것일지도 모르나 나는 내가 이렇게 줄곧 조심해 왔기에 나의 아기가 여전히 내 뱃속에서 무사히 자라고 있다고 생각했다.

이 어의가 내 맥을 짚어 보고 예정일이 정월 전후의 며칠이 될 것이라고 말했다. 날짜를 헤아려 보니 약 석 달 정도가 남아 있었다. 앞으로 석 달만 버티면 나의 아기는 무사히 태어날 것이다. 이름을 뭐라고 지으면 좋을까?

나는 머리를 괸 채 아기의 이름을 생각하기 시작했다. 창가 난간에 엎드려 멀리 있는 붉은 단풍을 바라보며 나는 한참 동안 깊은 생각에 빠져 있었다. 만약 남자아기라면……, 연억성連憶城, 여자아이라면……, 연승환連承歡.

"억성, 승환……."

두 이름을 번갈아 읊조리자 얼굴에 미소가 번졌고 기분이 좋아졌다.

"주인님, 장생전에서 또다시 사람을 보내어 주인님을 모셔 오라고 합니다."

완미가 숨을 몰아쉬며 침궁 안으로 들어섰다.

"벌써 다섯 번째입니다. 한 번 가 보시는 게 어떠신지요?"

나는 지치고 무력한 몸을 일으켜 완미를 향해 걸어갔다.

소사운은 다섯 번이나 사람을 보내어 나를 초대했다. 대체 무슨 속셈인 걸까? 어쨌든 나는 갈 수 없다. 분명 나의 아기를 해하려는 음모가 숨어 있을 테니 말이다.

"주인님, 무슨 걱정을 하고 계신지요?"

호흡이 편안해진 완미가 이해할 수 없다는 듯한 표정으로 나를 향해 걸어와 나의 팔을 조심스레 붙잡아 주었다.

"주인님, 저 역시 주인님께서 아기를 목숨처럼 소중히 여기신다는 것을 잘 알고 있습니다. 소 귀인이 주인님의 아기를 해할까 봐 걱정하신다는 것도요. 그러나 제 생각에는 소 귀인이 자기 처소에서 주인님의 아기를 해할 만큼 어리석지는 않을 듯 싶습니다."

"하지만 소 귀인이 나를 갑자기 부르는 것은 확실히 의심스러운 일이지. 나는 여전히 걱정이 되는구나. 내 아기를 걸고 도박을 할 수는 없지 않느냐?"

"사람들 말이 아기를 가진 여인은 의심이 하늘을 찌른다고 하던데, 오늘 저는 그 말뜻을 제대로 깨달았습니다."

완미가 농담을 하며 나를 놀렸다. 이 계집도 점점 방자해지는구나.

그러나 그녀의 말에도 분명 일리가 있었다. 사람들 앞에서 내게 독한 수단을 쓸 정도로 소사운이 어리석지는 않을 것이다. 혹시 내게 무슨 말을 하려는 것이 아닐까?

"그래, 소사운이 이렇게 여러 번 청하였으니 한 번은 가 보자꾸나."

장생전.

궁궐은 안개가 자욱하여 희미한 흰색으로 보였고, 고요한 작은 정원은 따뜻했다.

하늘 위의 구름은 태양빛에 붉게 물들었고, 따스한 날씨에 목화솜이 천천히 공중을 떠다녔다.

장생전에 도착하니 몇 명의 궁녀들만이 밖을 지키고 있었다. 그녀들은 나를 침궁으로 안내하여 그곳에서 소사운을 기다리라고 말했다. 한참을 기다려도 그녀는 보이지 않았고, 갑자기 휘장 뒤에서 큰 울음소리가 들려왔다. 소리를 좇아 가 보니 아직 돌도 채 되지 않은 납란영환이 정교한 황금빛 요람 안에서 목놓아 울고 있었다. 참으로 가련한 모습이었다.

나는 아기를 요람에서 꺼내어 안고 서툴게 아기의 등을 토닥이며 작은 목소리로 달래 주었다.

"환이 착하지? 울지 말아라. 너의 모비가 어찌 너를 이곳에 홀로 두고 갔을까?"

완미가 곁에서 가볍게 웃으며 말했다.

"가슴 아파하시는 주인님 좀 보셔요. 주인님은 분명 세상에서 가장 좋은 어머니가 되실 거예요."

나는 그녀의 농담에 답하지 않고, 마음 아파하며 품 안에 안겨 있는 연약한 아기를 얼렀다. 아기가 점차 울음을 그치고 눈물을 머금은 눈을 깜빡이며 나를 바라보았다. 그 순간, 나는 마음속 깊이 이 아기를 좋아하게 되었다. 비록 소사운이 낳은 아기이지만 말이다.

"완미야, 좀 보렴. 얼마나 예쁘게 생겼니? 영환이는 분명 미남이 될 거야."

나는 계속해서 아기를 어르며 말했다.

완미가 앞으로 다가와 손가락으로 아기의 부드러운 뺨을 어루만졌다. 그리고 또다시 아기의 입술을 만지작거렸다. 그녀가 미소를 지으며 말했다.

"주인님의 아기씨가 태어나시면 분명 이 아기씨보다 훨씬 잘생기실거예요."

아기가 갑자기 깔깔대며 웃기 시작했고 나 역시 그로 인해 즐거워졌다. 웃음소리가 사방에 가득 울렸다.

"환이를 내려놓아라!"

걱정이 담긴 날카로운 목소리가 우리의 웃음소리를 단숨에 잘랐다. 품속의 아기가 그 소리에 놀랐는지 또다시 큰 소리로 울기 시작했다.

고개를 돌려 보니 소사운이 빠른 걸음으로 다가오고 있었다. 소사운은 포대기에 싸여 있는 아기를 낚아채 아기를 위아래로 훑어보고 아기가 무사한 것을 확인한 후에야 경계심 가득한 눈빛으로 나를 노려보았다.

"정말 대단하구나. 다섯 번이나 청한 후에야 겨우 모습을 드러내다니."

"소 귀인께서는 무슨 이유로 저를 부르신 것인지요?"

힐끔 바라보니, 그녀는 오늘따라 유난히 고운 옷을 입고 요염하게 치장을 하고 있었는데 정수리 위에 고리 모양으로 머리를 올리고 진주와 비취로 장식하고 있었다. 분명 정성을 들여 치장한 모습이었다. 설마 일부러 이렇게 치장한 것인가?

"진 주인은 내게 상당히 경계심을 품고 있는 것 같구나."

그녀는 가볍게 몸을 움직여 아기를 어르고 있었지만 아기는 여전히 울음을 그치지 않았다.

"소 귀인께서 공연한 걱정을 하시는 겁니다."

나는 억울하다는 듯한 미소를 지으며 대답했다.

소사운은 곧바로 고개를 들고 무슨 말을 하려다가 갑자기 울음을 뚝 그친 아기를 보고 뒤편의 유모를 향해 큰 소리로 외쳤다.

"대황자가!"

그녀의 외침이 나의 시선을 재빨리 소사운의 품에 안겨 있는 아기의 얼굴로 향하게 했다. 아기의 얼굴 위에 검은빛이 점점 번져 가더니 순식간에 얼굴을 가득 덮어 버렸고, 물기 가득하던 아기의 눈이 서서히 감기고 있었다.

"어서……, 어서 어의를 불러라!"

소사운의 얼굴은 창백해졌다가 순식간에 잿빛으로 변해 가고 있었다.

장생전은 순식간에 혼란에 휩싸였다. 이 모든 상황이 예전에 내 손으로 정 부인의 아기의 목숨을 가져갔을 때와 너무나도 흡사했다.

어의와 기우는 거의 동시에 침궁에 도착했다.

어의가 아기를 살짝 바라본 후, 비통한 표정으로 고개를 가로저었다.

"폐하, 귀인마마, 시간을 되돌릴 수는 없습니다."

"뭐라고 하였느냐!"

소사운은 날카로운 비명을 질렀고, 그 처량한 목소리가 모든 사람들을 두렵게 만들었다.

"맹독입니다. 너무 빨리 퍼져 버렸습니다."

어의는 탄식을 내뱉었다.

소사운은 이내 대성통곡을 하기 시작했다. 그녀의 눈에서는 눈물이 쉬지 않고 흘러내렸고 그녀의 손은 점점 딱딱하게 굳어 가는 아기를 단단히 끌어안은 채 깊은 슬픔 속에서 헤어나오지 못하고 있었다.

이 광경을 바라보며 나는 모든 것을 깨달았다. 소사운이 나를 부른 것은 바로 이를 위해서였다.

자신의 친자식까지 희생하다니, 나는 소사운이 이렇게까지 할 줄은 생각지도 못했다. 지금, 모든 칼끝은 나를 향해 있었고 나에게는 당연히 해명할 방법이 없었다. 혐의를 벗기는 어려울 듯했다. 그러나 나는 다른 이들이 나를 믿을지 믿지 않을지는 상관없었다. 오직 기우가 나를 믿을 것인지만이 신경 쓰일 뿐이었다.

"저 여자예요……. 저 여자가 우리 환이를 죽였어요! 저 여자예요!"

소사운은 정신을 차리자 갑자기 안색이 변해서는 분노에 떨며 모든 혐의를 나에게 덮어씌웠다.

모두들 놀라움에 숨을 들이켰고 의혹으로 가득 찬 수백 개의 눈들이 나에게로 향했다. 심지어……, 기우마저도…….

이 모습을 본 완미가 쿵 소리를 내며 바닥에 꿇어 엎드려 기우를 향해 큰 소리로 고했다.

"아닙니다. 주인님께서 대황자를 안아 주시긴 하셨지만 결코 대황자께 독을 쓰지는 않으셨습니다! 폐하, 명철한 판단을 해 주시옵소서!"

기우가 주먹을 불끈 쥔 채 나를 향해 한 걸음 한 걸음 다가왔다. 온몸에서 차가운 기운을 발산하며 나와 한참 동안 눈을 마주하였으나 그는 한 마디 말도 하지 않았다.

"폐하……, 어서 오셔서 환이를 보셔요. 마지막 모습을……."

소사운이 낮은 목소리로 흐느끼며 기우를 불렀다. 그 소리에 곧바로 몸을 돌리는 그의 팔을, 내가 손을 뻗어 온 힘을 다해 붙잡았다.

"저는 이 일의 진상을 밝히고 싶어요."

"됐소!"

기우가 내 팔을 힘껏 뿌리치고, 고개조차 돌리지 않고 소사운을 향해 걸어갔다.

그가 갑자기 팔을 빼내리라고는, 게다가 그렇게 힘껏 뿌리치리라고는 생각지도 못했던 탓에 나는 중심을 잃고 뒤쪽으로 대단한 기세로 넘어지고 말았다. 나는 점점 나에게서 멀어져가는, 다급히 납란영환의 마지막 모습을 보러 가는 그의 모습을 바라보았다.

그때, 하반신에서 점점 고통이 느껴지더니 차가운 느낌이 아래쪽으로 흘러나왔다. 식은땀이 한 방울 한 방울 바닥으로 떨어졌고, 극심한 고통에 비명조차 나오지 않았다.

완미가 소리쳤다.

"주인님……, 피……, 피……!"

완미가 내게 달려와 나를 자신의 품에 안으며 눈물을 펑펑 흘렸다.

겨우 몇 발자국을 걸어갔던 기우는 소리를 듣고 돌연 고개를 돌렸고, 그 자리에 멍하니 얼어붙은 채 바닥에 쓰러져 있는 나를 바라보았다. 그는 넋이 나간 듯 한참 동안 아무 말도 하지 못했다.

132

나의 하반신을 타고 흘러내린 피가 점점 번져 나의 치마 끝이 검붉은 색으로 물들어 가는 것을 바라보며, 모든 이들이 예상치 못했던 광경에 놀라 얼이 빠져 있었다. 그저 눈만 휘둥그레 뜬 채 침묵을 지킬 뿐이었다.

"아기를……, 구해……, 나의 아기……."

꼼짝도 하지 않는 사람들을 보며 나는 절망에 빠진 채 온 힘을 다해 소리쳤다.

"납란기우……, 부탁이에요……. 나의 아기를……, 구해 줘요."

돌연 정신을 차린 그가 어의를 향해 고함쳤다.

"거기서 무엇 하는 것이냐! 어서 사람을 구해라! 어서 아기를 구해라!"

이성을 잃은 듯한 기우의 모습에 두려움을 느낀 어의가 손에 들고 있던 약상자를 바닥에 떨어뜨렸고 그 엄청난 소리가 다른 이들을 놀라게 했다. 사람들이 나를 다급히 일으켜 소사운의 침대로 옮겼고, 기우는 성큼성큼 걸어 그 뒤를 따라왔다. 나는 고개를 들어 미안함과 슬픔 그리고 자책으로 가득한 그의 두 눈을 바라보았다. 눈물이 하염없이 흘러내렸다.

이 남자……, 나 복아가 칠 년 동안 사랑한 남자, 이 남자……, 그를 위해서라면 그 어떤 희생도 기꺼이 감수할 수 있게 했던 남자, 이 남자……, 이렇게 한 번 또 한 번 나를 아프게 하는 남자…….

"폐하!"

소사운이 그 자리에서 기우를 향해 소리쳤다.

"폐하께서는……, 신첩을 원치 않으십니까? 환이도……, 폐하의 자식입니다!"

기우가 발걸음을 멈추고 고개를 돌려 얼굴이 잿빛으로 변한 아기를 바라보았다. 그러나 그는 다시 몸을 돌려 나를 향해 걸어왔다.

나는 소사운의 침대에 누운 채 어의가 나와 기우 앞에서 하는 말을 듣고 있었다. 아기에게는 희망이 없다는 말이었다.

나는 여전히 침착함을 유지한 채 기우의 옆얼굴을 멍하니 응시했다. 가슴이 너무나도 아팠다. 나는 후궁의 모든 비빈들을 경계했으나 기우만은 경계하지 않았다. 이것은 하늘의 뜻이리라. 하늘은 내게 나와 연성의 마지막 핏줄을 남겨 주지 않았다.

슬픈 모습으로 고개를 돌린 기우가 침대 위의 나를 바라보았을 때, 나는 울고 있었다.

"아세요? 한 시진 전, 저는 이 아이의 이름을 짓고 있었어요. 여자아이라면 납란승환이라고, 남자아이라면 납란억성이라고 부르려고 하였지요."

"납란?"

그가 믿을 수 없다는 듯 반문했다. 그의 눈이 붉어졌다.

"그래요. 당신이 말씀하셨잖아요, 이 아기를 친자식으로 여기고 아끼겠다고. 그래서 저는 이 아기와 함께 당신 곁에 머무르려고 했어요."

눈물은 실이 끊긴 진주처럼 하염없이 흘러내렸으나 나는 온몸의 고통을 힘겹게 참아 내며 말을 이었다.

"원래는 아기가 태어난 후에 말씀드리려고 했어요. 그런데……, 이 아이의 명이 이렇게 짧을 줄은……."

침대 곁으로 달려온 기우가 나를 자신의 품에 꼭 안으며 말했다.

"미안하오……. 미안하오. 고의가 아니었소."

그의 품에 기댄 채 나는 여전히 울음을 그칠 수 없었고, 그저 손을 뻗어 그를 안을 뿐이었다.

"당신을 탓하지 않아요……. 탓하지 않아요……."

"내 곁에 남아 줄 수 있겠소? 우리도 우리의 아기를 가질 수 있소. 우리의 아기를 납란승환, 납란억성이라고 부릅시다. 어떻소?"

그의 목소리는 점점 메었고 희미하게 떨리고 있었다.

나는 진지하게 말했다.

"네."

나는 반드시 이곳에 남을 것이다, 반드시!

깊은 밤이 되어 몸 상태가 조금 나아지자 나는 소봉궁으로 돌아왔다.

기우는 나와 함께 소봉궁으로 오려 하였으나 나는 그에게 장생전에 남아 소사운과 함께 있으라고 했다. 그는 주저하였지만 결국 나를 이기지 못하고 장생전에 남았다. 그러나 나는 알고 있었다. 비록 몸은 소사운 곁에 있어도 그의 마음은 내게 와 있었다.

조금 전 기우가 나를 따라오려는 것을 보고 나는 기우의 마음속에서 소사운이 차지한 위치가 어디쯤인지 확인할 수 있었다. 기우가 소사운을 진정으로 사랑했다면 자식을 잃은 그녀의 곁에 머물지 다른 남자의 아기를 가진 나를 따라나서려 하지는 않았을 것이다.

미안함도 좋고, 애잔함도 좋다. 나의 아기는 그의 손에 세상을 떠났다. 나는 그가 이 빚을 평생 기억하기를 바랐다.

그는 대황자의 죽음에 대해 그 누구에게도 죄를 묻지 않겠다고 말했다. 그는 정말 나를 의심하고 있는 것일까? 아니면 내가 모르는 또 다른 음모가 숨겨져 있는 것일까?

그날 밤, 나는 침상에서 또다시 피를 토했다. 시뻘건 피가 침상의 이불 위에 가득 튀어, 보는 이의 간담을 서늘하게 했다. 뜨거운 물을 들고 들어오던 완미는 이 광경을 보고는 두 손을 떨다가 결국 대야를 제대로 들고 있을 수조차 없어 쿵 소리를 내며 바닥에 떨어뜨리고 말았다. 물이 바닥을 흥건하게 적셨다.

"주인님……, 각혈을 하셨습니다."

그녀가 한걸음에 달려와 침상 아래 꿇어앉았다.

초조해하는 그녀의 모습을 바라보며, 나는 내 입가에 흘러내린 피를 흰 손수건으로 닦아 내는 그녀의 손을 단단히 붙잡았다.

"혹시 너……, 완미……, 너였느냐? 그 아기를 만진 이는 오직 너뿐이다……."

한바탕 울었던 듯 완미의 눈은 붉게 부어 있었다. 나의 질문을 듣고 그녀가 다시금 눈물을 흘렸다.

"죄송합니다……. 주인님, 주인님을 해할 생각은 없었습니다. 더욱이 주인님의 아기를……. 저는 정말 주인님을 해하려 한 것이 아니었습니다……."

그녀를 붙잡은 손이 떨리고 눈물이 눈가로 번져 갔다. 정말 완미가 했으리라고 생각하고 물은 것은 아니었다. 그토록 믿었건만 나를 이렇게 배신하다니…….

나는 차갑게 웃으며 말했다.

"내 잘못이다. 세상에 어떻게 제이의 운주가 있겠느냐?"

내가 어리석었다. 어리석게도 그녀를 제이의 운주로 여기다니, 완미는 완미일 뿐 그녀가 어찌 운주가 될 수 있단 말인가?

완미의 안색이 창백해졌다.

"저는 예전에도 지금도 주인님을 제 주인님으로 여기고 있습니다. 주인님을 해할 생각은 해본 적이 없습니다. 그러나……, 이번에는 저도 정말 어쩔 수가 없었습니다."

그녀의 손에 들려 있던 피 묻은 손수건이 침대 위로 떨어져 내렸다. 나는 그녀의 손목을 놓고 그것을 단단히 쥐었다.

"대황자가 죽었을 때……, 그 얼굴은 검은빛으로 가득했지. 나는 평생 잊지 못할 것이다. 그 모습은 연성이 죽기 전 모습과 똑같았다. 완미야, 그 독은 연희가 네게 준 것이겠지? 참으로 독하구나. 참으로 독해."

내 머릿속에는 대황자와 연성이 죽기 전, 바로 그 순간이 스쳐 지나가고 있었다. 얼굴 위의 모든 증상, 어찌 그토록 똑같을 수 있단 말인가?

"그들이 말하기를 주인님께서 너무 많은 것을 알고 계셔서 절대로 주인님을 폐하 곁에 둘 수 없다고 하였습니다. 그렇지 않으면 대사를 망치게 될 것이라고요. 그래서 대황자를 해한 죄를 주인님께 덮어씌워 폐하께서 주인님을 내쫓게 하라고 했습니다. 그런데 주인님의 아기에게 일이 생길 줄은 정말 몰랐습니다. 폐하께서는 어찌 주인님을 밀쳐……."

바닥에 엎드린 완미가 쉬지 않고 머리를 바닥에 쿵쿵 찧는 소리가 쉬지 않고 울려 내 귀를 자극했다. 그녀가 머리를 찧어서 생긴 이마의 상처에서 피가 흘러 관자놀이를 타고 뺨으로 흘러내렸다.

그녀의 모습을 보고 있자니 웃음이 터져 나왔고, 눈물이 흘러내려 가슴이 답답해졌다.

"알고 있느냐? 나는 열다섯에 아버지와 어머니를 잃는 고통을 겪었다. 스물둘에는 남편을 잃고 자식을 잃었지. 그런데 지금 내가 무엇을 위해 살아야 한단 말이냐? 이 네 가지 고통보다 더 큰 고통은 더 이상 없을 것이다."

나는 피 묻은 손수건을 들어 흘러내리는 눈물을 닦아 내며 말을 이었다.

"비록 나의 아기는 아니나 납란영환 역시 무고한 작은 생명이 아니냐? 강보에 싸인, 아무것도 모르는 어린아이를 너희는 어찌 그토록 잔인하게 해할 수 있단 말이냐? 아무리 배고픈 호랑이도 자기 자식은 잡아먹지 않는 법이거늘 소사운은 어미 된 자로서 어찌 자신의 자식에게 그런 짓을 한단 말이냐?"

몸을 웅크린 완미의 눈물이 바닥에 떨어져 웅덩이를 만들고 있었다.

"소사운은 저희가 자신의 아기를 해할 줄은 전혀 모르고 있었습니다. 상부에서 그녀에게 내린 명령은 오직 주인님을 장생전으로 모시라는 것이었고, 저희의 계획은 주인님을 출궁시키는 것이었습니다."

나는 유쾌하게 웃었다. 유쾌함이 내가 침대에서 몸을 일으키고 지탱할 수 있게 했다. 완미는 놀라서 나를 바라보았지만 그녀의 눈에서는 여전히 눈물이 흘러내리고 있었다. 나는 그녀의 눈 속에 담긴 진실함을 읽어 냈다. 그것은 거짓이기 힘든 걱정이었다. 나는 무릎을 굽혀 그녀와 시선을 마주했다.

"잘됐구나. 소사운은 나를 해하려다가 결국 자신의 아기까지 해하고 말았구나."

나는 웃음을 참을 수 없었으나 눈물이 계속해서 흘러내렸다.

"왜냐? 나도 너희가 기우를 제거하려 한다는 것을 알고 있었다. 나는 방해할 생각도 없었고, 그저 내 아기를 무사히 낳으려던 것뿐이었는데……. 아기를 낳으면 나는 이곳을 떠났을 텐데, 아주 멀리멀리 떠났을 텐데……. 어찌 너희는 나를 가만히 내버려 두지 않은 것이냐? 왜?"

나는 절규했다. 완미의 양어깨를 붙잡은 손은 쉬지 않고 요동치고 있었고, 나는 울면서 고함치고 있었다.

"죄송합니다……. 죄송합니다……."

완미는 죄송하다는 말을 반복하며 끊임없이 사과했다.

"고작 석 달이었다. 고작 석 달조차 기다리지 못했단 말이냐?"

나의 두 손이 그녀의 어깨 아래로 힘없이 떨어져 내렸다.

"너는 모를 것이다. 이미 사람 모습을 하고 있는 죽은 태아가 뱃속에서 끄집어내어지는 모습을 내 눈으로 직접 보았을 때의 기분을……. 그건 나의 아기였다!"

심완과 모란이 나의 울부짖는 소리를 들었는지 다급히 안으로 달려 들어왔다.

"주인님, 왜 그러셔요? 주인님!"

그녀들이 바닥에 쓰러져 있는 나를 일으켜 다시 침대에 눕혀 주었다. 나는 멍하니 비단 휘장을 응시하며 금침에 머리를 깊이 파묻었다. 눈물이 소리 없이 흘러내렸다.

나는 너무 나약했다. 언제나 주변을 살피며 망설이기만 했다.

"주인님, 아기는 다시 낳으시면 됩니다."

심완이 이불을 덮어 주며 위로의 말을 건넸다.

"소 귀인에게는 꿍꿍이가 있다고 하지 않았습니까. 주인님께서 조심성이 부족하셨습니다."

모란의 말에는 비난이 섞여 있었고, 심지어 재미있는 극이라도 보고 있는 듯한 태도가 감춰져 있었다.

나의 눈빛은 여전히 풀려 있었으나 나는 입을 열어 말했다.

"사람 해하는 것을 누가 못하겠느냐? 나도 할 수 있다. 그러나 나는 지금껏 사람의 본성은 선한 것이라고 믿고 있었다. 사람이 옳지 못한 일을 할 때에는 그만한 이유가 있고, 아무리 미운 사람에게도 동정의 여지는 있다고 여겼지. 그랬기에 나는 무슨 일을 하든 각박하게 처리하지 않았고, 상대방에게 퇴로를 남겨 주었다. 그런데, 결국 나의 인정에 돌아온 것이 무엇이냐?"

"주인님 말씀이 옳습니다. 사람의 본성은 선하지요. 그러나 악인은 결국 악인이라는 것을 아셔야 합니다. 악인들은 반드시 자신이 행한 악행에 책임을 져야 합니다."

심완이 여전히 바닥에 무릎을 꿇은 채 고통스러워하고 있는 완미를 일으키며 말했다.

"강인함을 배우셔야 합니다. 손끝에 인정을 두시면 강자가 되실 수 없습니다."

"모두 물러가거라."

나는 그저 조용히 홀로 있고 싶었다. 피곤했다. 정말이지 너무 피곤했다.

무사히 아기를 낳은 후, 나는 기우와의 칠 일을 아름다운 기억으로 간직한 채 분쟁이 끊이지 않는 이곳을 떠나려 했었다. 그러나 하늘은 이를 허락하지 않았고, 내가 칠 년 동안 사랑했던 남자가 내가 이 세상을 살아갈 유일한 희망을 앗아 가게 했다.

그는 왜 나의 해명조차 들으려 하지 않았을까? 왜 나를 그렇게 힘껏 밀친 것일까? 설마 그에게는 나의 몇 마디 말을 들을 시간조차 없었단 말인가?

기우, 나의 해명을 듣고 싶지 않다면, 그 무엇도 알고 싶지 않다면, 그렇다면 계속 그렇게 오해하도록 해요.

나의 아이로 당신의 아이를 가져갔으니 공평한 셈이지요?

다시 되찾은 총애

　날씨는 차갑고 한기가 옷 안으로 파고드는데 꽃향기가 풍겨
왔다. 궁은 이렇게 또다시 새하얀 마지막 달을 보내고 있었다.

　유산 이후, 시간은 나는 듯이 흘러 어느새 두 달이 지났다.

　기우는 장생전의 일에 대해 아무것도 추궁하지 않았고 언급
조차 하지 않았다. 나 역시 아무런 해명도 하지 않았고, 그저
소봉궁에서 조용히 몸조리에 전념했다. 기우는 매일같이 사람
을 보내어 수많은 보양식을 보내 주었고, 나는 그것을 모두 받
아들였다. 나는 반드시 건강해져야 했다. 몸이 건강해야만 다
시 일어설 수 있는 것이다.

　지난 두 달 사이에 나는 내가 살아가야 할 이유를 한 가지
찾아냈다. 복수였다. 내 뱃속에서 죽은 아기를 위해, 나는 나
를 해한 사람들에게 열 배로 그 빚을 갚을 것이다. 그 대상,

죄의 원흉은 바로 장생전에서 발생한 비극을 주도한 배후 세력이었다.

지난 몇 개월 동안 나는 마음을 가라앉히고 그날 장생전에서의 일을 되짚어 보았다. 그런데 이해할 수 없는 부분이 있었다. 희처럼 무서울 정도로 총명한 사람이 그날 장생전에서는 어찌 그런 뻔한 연극을 했단 말인가? 그는 기우를 바보로 여기고 있단 말인가? 게다가 당시 기우의 반응 역시 너무나도 즉각적이었다. 그토록 자명한 연극을 그가 깨닫지 못했을까? 그렇게 많은 사람들 앞에서 내가 어찌 그의 아기를 해할 수 있었겠는가? 그렇다면 그는 왜 나를 믿지 않는 척하였고, 심지어 흥분하여 나를 밀친 것일까? 설마 그 역시 연극을 했던 것일까? 그렇다면 왜 그토록 강하게 밀친 것일까? 고의인가 아니면 의도치 않게 그렇게 된 것인가? 나는 그저 그것이 고의가 아니길 바랄 뿐이었다. 그래야 그를 조금이나마 덜 미워할 수 있을 테니……

희가 주도한 이 연극의 목적은 무엇일까? 정말로 고작 나를 출궁시키기 위해서였을까? 영명한 그가 그런 어리석은 일을 할 리 없었다.

나는 두 가지 이유를 생각해 냈다. 첫째, 소사운의 아기를 죽이기 위해 나를 이용하여 사람들의 시선을 어지럽히는 것. 둘째, 완미의 말대로 내가 그들의 계획을 망칠 것을 우려해 내게 일종의 경고를 하기 위해서.

그러나 이 두 가지 모두 허점이 있었다. 소사운은 자신의 아기를 깊이 사랑했다. 그러니 아기를 해했다가는 소사운이 기우에게 모든 것을 밝힐 수도 있었다. 혹은 일종의 처벌이었던 걸까, 그녀가 기우를 사랑하게 된 것에 대한? 내게 경고를 하려 했다는 것도 의문이었다. 내가 어찌 그들의 계획에 영향을 줄수 있단 말인가? 나는 아무것도 모르고 있지 않은가.

황금 사자 모양의 향로는 향긋한 연기를 내뿜고 있었고, 궁은 고요하고 매우 추웠다. 홑겹의 옷을 입고 창문을 열자 뼛속까지 스며드는 한기가 온몸으로 번져 나갔다. 추웠다. 오늘 그렇게 춥더니 눈이 내리려는 것이었나 보다. 올해의 첫눈이 내리고 있었고, 내뿜는 호흡에 눈앞의 시선이 흐려졌다. 나는 양손을 내밀어 한 줌의 거위 털 같은 눈꽃을 받았다. 눈은 내 손바닥 위에 닿자마자 녹아 버리고 말았다.

'갑자기 오늘이 그대의 생일이라는 게 떠올랐다오. 그대가 보고 싶어 참을 수가 없었소. 그대는 잘 지내고 있는지……'

"한 해의 마지막 달, 매화가 만개하고 첫눈이 내리는 그날이 바로 제 생일이에요……. 지금은, 아무도 제 생일을 기억하지 못하네요."

나는 조용히 읊조리며 마른 나뭇가지와 처마 위에 쌓이는 눈꽃을 바라보았다. 새하얀 눈으로 뒤덮인 대지가 마음속 깊이 스며들었다.

멀리 눈밭 위에 서 있는 한 남자가 또다시 보이는 듯했다. 그는 그윽한 눈빛으로 나를 바라보며 기분 좋은 미소를 짓고 있었다.

연성, 저는 그대의 혈육조차 지켜 내지 못했어요. 그대는 분명 저를 탓하고 있겠죠?

"주인님."

눈을 잔뜩 맞은 완미가 침궁 안으로 들어와 말했다.

"병부시랑兵部侍郎 전 대인께서 폐하의 명을 받들어 어화원에서 여러 마마들을 위해 그림을 그려 드리고 계시는데 그림을 얼마나 잘 그리시는지 마치 살아 있는 사람 같답니다."

"전 대인?"

나는 창밖으로 내밀어 차가워진 손을 거두고는 고개를 돌려 완미를 바라보았다.

나는 여전히 그녀를 내 곁에 두고 있었다. 그녀의 눈에 비친 간절한 표정 때문이었을까? 나는 그녀에게 다시 한 번 기회를 주었다.

"열여섯에 문무 장원에 급제한 전모천 대인 말입니다."

"몇 개월 사이에 병부시랑이 되었다고?"

기우는 정말 그를 중히 여기는 듯했다. 병권을 전모천에게 넘겨주었다? 그렇다면 한 태후 쪽에서도 동의한 것인가?

"완미야, 우리도 어화원에 가 보자꾸나. 호기심이 생기는구나. 전 대인의 그림 솜씨가 네가 말한 대로 그토록 대단한지 말이다."

나는 완미에게 나를 단장하게 했다. 그러고 보니 오랫동안 이렇게 정성을 들여 치장을 하지 않았던 듯했다. 소라 모양의 눈썹먹을 어루만져 보니 어색한 느낌마저 들었다. 완미는 내 머리를 위로 올려 둥근 고리 모양으로 만들었고, 나는 반달 모양으로 눈썹을 옅게 그린 후 볼연지를 얼굴 위에 가볍게 발랐다. 옅고 우아한 화장이 나의 아름다움을 더욱 돋보이게 해 주었다.

때가 되었다.

"완미야, 내 유산에는 너에게도 책임이 있다."

나는 가볍게 미소 지으며 말하였으나 눈빛은 거울 속에 비치는 완미의 표정을 좇고 있었다.

옥 빗을 들고 있던 그녀의 손이 내 머리 위에서 굳어 버렸고 그녀는 당황한 듯한 표정을 지었다.

나는 말을 이었다.

"내 곁에 있는 모든 이들이 첩자이니 나의 행동은 모두 감시 당하고 있지. 믿을 사람이 단 하나도 없다니 참으로 비참하지 않느냐?"

"주인님의 말뜻을 잘 알겠습니다."

그녀의 손이 천천히 움직이더니 계속해서 내 머리를 손질해 주었다.

"저 역시 잘 알고 있습니다. 이 목숨을 주인님께서 주신 것이라는 것을요. 주인님께서 유산하신 그날, 폐하께 이 일을 바로 말씀하셨다면 저는 죽은 목숨이었겠지요. 저는 은혜를 입으면 보답하는 사람입니다. 주인님의 일, 저는 절대로 새어 나가지 않도록 할 것입니다."

"그래, 완미 너는 지금 이 순간 네가 했던 한 마디 한 마디를 반드시 기억해야 한다. 내 아기가 하늘에서 너를 보고 있으니 말이다."

아름다운 황금빛 건물 위에 꽃술 모양의 고드름이 매달려 있었다. 완미는 내가 눈에 맞지 않도록 우산을 받쳐 주었다. 추위를 막기 위해 은호 모피 옷을 걸친 내가 한 발자국씩 내디딜 때마다 토끼털 신발이 두껍게 쌓인 눈 위에 흔적을 남기며 사각사각 소리를 내었다.

저 멀리 어화원에서 비빈들의 웃음소리가 들려와 나는 눈을 들어 멀찌감치 있는 그들을 바라보았다. 어화원의 작은 정자에 대여섯 명의 비빈들이 전모천의 곁에 모여 그가 화판틀 위에 올려놓은 그림을 바라보며 쉬지 않고 웃음소리를 내고 있었다.

내가 정자 안으로 들어서자 작은 의자에 앉아 있던 전모천이 몸을 일으켜 공손히 인사를 올렸다.

"진 주인님."

"전 대인께서 이곳에서 비빈들의 그림을 그려 주고 계신다고 하여 대인께 그림 한 점을 부탁할까 하고 이렇게 찾아왔습니다."

나의 말이 끝나자 몇몇 비빈들이 나를 바라보았고, 나 역시 미소를 지으며 그들을 바라보았다.

"늘 도도하고 콧대 높은 진 주인도 이런 데 흥미가 있었군. 이렇게 떠들썩한 곳에 함께하겠다니 놀랐네."

등 부인이었다. 그녀의 품에는 한 살 정도의 아기가 안겨 있었는데, 아마도 기우의 첫 번째 딸인 납란강설納蘭絳雪일 것이다. 등 부인의 미모는 예전에 비해 많이 퇴색하였고, 몸에도 살집이 붙어 있었다. 아마도 아기를 낳은 탓이리라.

"등 부인께서는 농담도 잘하시는군요. 저는 고고하거나 콧대가 높지 않습니다. 그저 세상 사람들과 교제하기를 그리 좋아하지 않는 것뿐입니다."

나는 공손한 태도로 그녀를 향해 고개를 살짝 끄덕였고, 일그러진 그녀의 얼굴은 개의치 않고 미소를 지으며 전모천을 바라보았다.

"전 대인께서는 당연히 보통의 세상 사람이 아니시지요. 문무가 출중하시고 어린 나이에도 재기가 뛰어나시니 그 명성을 오랫동안 흠모하고 있었습니다."

전모천의 진지하던 표정이 점점 부드러워지더니 그의 얼굴에 봄바람 같은 미소가 번졌다.

"진 주인님의 과찬에 몸 둘 바를 모르겠습니다. 수개월 전에 유산을 하셨다고 들었는데 몸은……, 괜찮으신지요?"

그가 미소를 짓고 있던 표정을 굳히고 엄숙한 표정으로 물었다. 미간은 찌푸려져 있었고 눈에는 염려가 가득했다. 나는 곧바로 기분 좋은 미소를 지으며 지금 잘 지내고 있음을 드러냈다.

"전 대인의 염려 덕분에 괜찮습니다."

그제야 그의 미간이 풀렸다.

"앉으시지요. 지금부터 진 주인님을 위해 그림을 그려 드리겠습니다."

은호 모피 옷을 벗어 완미에게 건네주고 나는 자리에 단정하게 앉아 옅은 미소를 지으며 전모천을 마주 보았다. 그는 손에 붓을 쥔 채 나를 한참 동안 바라보더니 심호흡을 하고 붓을 움직이기 시작했다.

정자 안은 무척 조용하였고, 모든 이들은 가만히 서서 전모천이 윤곽을 그리는 모습만을 바라보았다. 같은 자세를 유지하다 보니 허리가 경직되고 양어깨가 몹시 시큰거렸으나 나는 움직이지 않고 그저 그림이 얼른 완성되기만을 바랐다.

한 시진 후, 전모천이 마지막 붓놀림을 끝냈고 주변에서 놀라움의 탄식 소리가 들려왔다. 그림이 성공적으로 완성되었음을 알아차리고 나는 그제야 양어깨에서 힘을 풀었다.

"전 대인, 편애가 심하시군요. 생동감이 넘치고 마치 살아 있는 듯한 진 주인의 그림을 좀 보셔요. 마치 그림 속에서 걸어 나올 것만 같아요. 이 기품을 좀 보아요!"

연 귀인은 앵두 같은 작은 입술을 삐쭉거리며 자신의 손에 들려 있는 그림을 펼쳐 비교하기 시작했다.

"이 그림도 아름답지만 저 그림과 비교하면 실로 천지 차이네요."

나는 흥미로워하며 그녀를 바라보았다. 후궁의 여인들은 자신을 다른 사람과 비교해 자신이 더 대단하기를 바랐고, 무슨 일이든 그 누구에게도 지고 싶어 하지 않았다.

잠시 후, 완미가 내게 모피 옷을 걸쳐 주자 나는 앞으로 나아가 전모천이 나를 위해 그려 준 그림을 보았다. 그림 속의 인물은 확실히 살아 있는 것처럼 생동감이 넘치고 있었다. 그러나 왜……, 또 다른 사람의 그림자가 느껴지는 것일까? 나는 다시 자세히 관찰하며 머릿속의 기억을 더듬어 보았다.

"진 주인님께서는 어떠십니까?"

전모천은 화려목 화판틀에서 그림을 꺼내어 직접 그것을 내 앞에 들어 보여 주었다.

그림 속에 숨겨져 있는 이는 놀랍게도 예전의 내 평범했던 얼굴, 바로 설해의 얼굴이었다. 그는 나를 기억하고 있는 것이다.

"전 대인, 수고가 많으셨습니다."

나는 그림을 받아 들고 그것을 잘 말아 쥐었다.

"저와 잠깐 다른 곳에서 이야기를 나누실 수 있으신지요?"

그는 놀라워하는 눈빛으로 나를 바라보더니 결국 고개를 끄덕이고 나와 함께 어화원의 깊숙한 곳을 향해 걸어갔다.

발소리가 사각사각 맑게 퍼져 갔고, 눈은 소리 없이 내리고 있었다.

나와 전모천은 황량한 곳에 들어섰다. 나는 완미에게 주변을 잘 지키다가 만약 누가 가까이 다가오면 재빨리 소식을 전하라고 명했다.

"진 주인님, 무슨 일로 저를 이곳으로 부르신 것인지요?"

그는 나와 한 걸음 정도의 거리를 유지한 채 매우 공손하게 물었다.

그는 자신의 분수를 잘 알고 있었다. 사방에 아무도 없을 때조차 여전히 신하 된 자로서의 예의를 지키는 그를 보니, 기우가 그를 그토록 신임하는 이유를 알 것 같았다.

"앞으로 주변에 아무도 없을 때는 삼 년 전처럼 나를 누이라고 부르렴."

우리 둘 모두 우산을 받치지 않았기에 분분히 날리는 눈꽃이 우리의 몸 위에 떨어져 한 층의 눈이 얇게 쌓여 가고 있었다.

전모천의 걸음은 여전했고 흔들림이 없었다. 그는 한참 동안 침묵한 후에야 입을 열었다.

"누이, 지금 이렇게 다시 만나고 보니 누이께서는 예전보다 아름다워지시고 성숙해지셨습니다."

"그리고 너는 출세를 하였고."

나는 자연스레 그의 말을 이었다.

"저는 누이가 궁녀로 강제로 입궁돼 가던 날을 기억하고 있습니다. 그때의 저는 더러운 조정을 증오하였지요. 심지어 과거도 다시는 보지 않으려 하였습니다. 그런 제가 계속 노력하고 조정의 벼슬을 바란 것은 누이를 구해 내야 한다는 생각 때문이었습니다. 누이가 지금처럼 미모가 뛰어나게 변하시고, 높은 지위에 있으실 줄은 생각지도 못했습니다."

실소를 금치 못하는 그의 모습은 무척 경직되어 있었고, 그의 어조에는 옅은 실망감이 배어 있었다.

"누이께서 잘 지내시는 것을 보고, 저는 벼슬을 그만두고 고향으로 돌아가려고 하였습니다. 그런데 수개월 전, 누이가 장생전에서 대황자를 모살하였고 누이의 복중 태아도 폐하에 의해 잃게 되셨다는 이야기를 들었습니다. 조정의 수많은 이들이 누이를 출궁시켜야 한다는 상소를 연일 올리는 것을 보고, 저는 굳은 마음을 먹고 폐하께서 하사하신 병부시랑의 관직을 받아들였습니다. 제가 권력을 손에 쥐어야 누이를 지켜 드릴 수 있을 것이라고 생각했습니다. 그렇지요?"

나는 발걸음을 멈추고 홀연히 고개를 돌려 그를 바라보았다.

"뭐라고?"

굳어 버린 나의 발걸음을 본 그의 발걸음 역시 멈추었고, 그가 몸을 굽히며 말했다.

"저는 누이께서 대황자를 해하셨다고 생각하지 않습니다. 누이께서 바보가 아닌 한 장생전에서 직접 일을 벌이실 리가 없지요."

"권력이라는 건 건드려서는 안 돼."

나는 조용히 그를 일깨웠다. 나는 그가 조정의 소용돌이에 휩쓸리게 될까 걱정스러웠다.

"권력이 있어야 지켜 주고 싶은 사람을 지킬 수 있지 않습니까?"

전모천은 나의 눈을 바라보지 않았고, 그 시선은 시종 눈밭을 배회하고 있었다.

"저의 부친은 지난번 난으로 돌아가셨습니다. 지금의 저는 오직 저 하나뿐이니 마음에 걸리는 것이 아무것도 없습니다.

그저 누이를 이곳에서 벗어나게 하는 것이 제 유일한 희망이었지요. 그런데 누이께서 후궁에 머무시길 원하시니, 이 동생은 반드시 이 조정의 권력을 장악할 것입니다."

그의 단호한 눈빛을 멍하니 바라보며 나는 깨달았다. 나는 그 눈빛을 본 적이 있었다, 그것은 한명의 눈빛이었다. 조금 전 전모천의 눈빛은 나를 보호해 주겠다고 말하였을 때의 한명의 눈빛과 조금도 다르지 않았다. 몸을 돌려 차가운 호수를 바라보니 내린 눈이 물에 닿자마자 녹고 있었다.

전모천이 홱 고개를 돌려 숲을 바라보았다.

"충분히 엿듣지 않았느냐!"

차갑고 거친 목소리가 떨어지자마자 그가 숲을 향해 날아올랐고 그곳에 몸을 숨긴 채 우리의 이야기를 듣고 있던 이를 붙잡았다. 완미였다.

완미의 얼굴은 경직되어 있었으나 그리 두려워하는 것 같지는 않았다. 그저 담담히 우리를 바라볼 뿐이었다.

"완미야, 네가 나를 실망시키는구나. 오늘 네게 기회를 주었는데 네가 또다시 나를 배신하리라고는 생각지도 못했구나."

나는 그 자리에 서서 꼼짝도 하지 않았고, 얼굴의 미소도 여전히 양 보조개에 걸려 있었다.

"내가 했던 말을 기억하느냐? 내 아기가 하늘에서 너를 보고 있다고 했지."

완미는 아랫입술을 꽉 깨문 채 아무 말도 하지 않았다. 나를 바라보는 그녀의 눈에서 두 눈 가득 담겨 있던 간절함은 더 이상 찾아볼 수 없었다. 그저 단호함을 지닌 냉정함뿐이었다. 이제 보니 예전의 그 충성은 모두 꾸며 낸 것이었다. 이 후궁에는 정말 단 한 사람도 믿을 수가 없었다. 누구라도 내 등에 칼을 꽂을 수 있는 것이다. 바로 이 순간의 완미처럼……

예전에는 상당히 그럴듯한 모습으로 진심으로 나를 주인으로 여기고 있다고, 자신은 은혜에 보답하는 사람이라고 하더니 그 모든 것이 거짓이었던 것이다. 그저 나의 경계심을 흐리기 위해 나를 계속 속여 왔던 것이다. 이것이 바로 황궁이겠지.

"어찌 처리할까요?"

전모천이 한 손으로 완미의 목을 거칠게 틀어쥐고 내게 물었다.

나는 초연히 몸을 돌려 망망한 호수를 바라보며 조금도 고민하지 않고 두 글자를 내뱉었다.

"익사!"

전모천은 조금도 주저하지 않고 완미를 끌어당겨 그녀의 상체를 호수 안으로 밀어 넣었다.

완미의 두 다리가 발버둥을 치고 두 손이 미친 듯이 호수 안에서 바둥거려 전모천의 몸에 물보라가 튀었다. 그러나 완미가 전모천의 힘을 이길 수는 없었다.

그 모습을 보고 있으니, 예전에 완미가 내게 해 주었던 모든 일들이 스쳐 가기 시작했다.

내가 도망칠 수 있게 도와준 것은 나를 진심으로 주인으로 여기고 있어서가 아니라 그녀가 희의 사람이기 때문이었다.

매일 밤, 내가 돌아오기를 기다렸던 것은 내 몸이 걱정되어서가 아니라 내 신임을 얻기 위해서였다.

그녀가 한 모든 일에는 다 목적이 있었다.

결국 바둥거리던 완미의 두 손이 서서히 멈추었고, 두 다리가 힘없이 흐느적거렸다. 전모천은 다시 한 번 힘을 주어 완미를 호수 안으로 던져 버린 후, 품에서 손수건 하나를 꺼내어 물에 젖은 손을 닦기 시작했다.

"궁녀 하나가 죽었다고 누이께 어떤 영향이 있지는 않겠지요?"

나는 옅은 미소를 지으며 물 위로 떠올라 이리저리 움직이고 있는 완미의 몸에서 시선을 거두었다.

"조심하지 않아 호수에 빠져 죽은 것을 전 대인도 직접 보셨지 않습니까?"

전모천이 웃었다.

"누이, 제가 언제나 곁에서 누이를 도와 드리겠습니다."

이어서 나와 전모천은 수많은 조정의 이야기를 나누었다.

그의 말에 의하면 지금의 조정은 한씨 집안의 천하이며, 예전의 두씨 집안과 몹시 비슷하다고 했다. 다른 점이라면 한씨 집안이 두씨 집안보다 훨씬 영리하여 칼끝을 숨길 줄 안다는 것이었다. 황제가 그를 지지하는 것은 한씨 집안을 견제하기 위함이며 권세가 독점되지 않도록 하기 위함임을 전모천 역시 잘 알고 있었다.

그래서 전모천이 이렇게 빨리 높은 관직에 오를 수 있었던 것이었다. 조정의 수많은 이들이 분명 그에게 아첨을 떨고 있을 것이다. 만약 정말 그가 한씨 집안과 권력 다툼을 시작한다면 그것을 좋은 일이라고만은 할 수 없을 듯했다.

떠나기 전, 전모천은 내 곁에 있는 수많은 첩자들에 대한 염려를 드러냈고 심사숙고 끝에 궁녀 하나를 내게 보내겠다고 말했다. 그는 이 궁녀가 놀라운 무공 실력을 갖추고 있을 뿐만 아니라 지혜롭고 충성스럽다고 했다. 나는 당연히 기쁘게 받아들이기로 했다. 또한 나는 그가 그려 준 그림을 황제에게 전해 주길 부탁하며 나를 위해 그림 위에 시 한 구절을 적어 달라고 부탁했다.

하염없이 흐르는 그리움의 피눈물 한 알 한 알 붉은 콩으로 맺었고,
슬픔은 봄날의 버드나무와 꽃처럼 온 누각을 에워싸며 피었구나.[10]

---

10 《홍루몽》의 지은이 조설근(曹雪芹)의 〈홍두사(紅豆詞)〉의 한 구절.

세상 모든 것은 변하고

그날 밤, 기우가 찾아왔다. 다시 만난 그는 무척 낯설었다. 그는 용포 위에 담비 외투를 걸치고 있었는데 그 위에 눈송이가 남아 있었다. 내가 얇은 옷 한 벌만을 입은 채 궁을 나와 자신을 맞이하는 것을 보고 그는 곧바로 자신의 모피 옷을 벗어 내게 걸쳐 주었다.

"이렇게 추운 날, 어찌 옷을 더 입지 않고 있는 것이오?"

그의 다소 무거운 담비 모피 옷을 걸치니 차가웠던 몸이 따뜻해졌다. 나는 그의 따스한 손을 꼭 잡은 채 그와 어깨를 나란히 하고 침궁 안으로 들어왔다.

"그럼 말씀해 보셔요. 이렇게 추운 날, 눈을 뚫고 여기에는 무슨 일로 오셨나요?"

"내가 오는 게 싫소? 그럼 내 돌아가리다."

"기우……."

정말로 돌아가려는 그를 보고 나는 곧바로 그의 팔을 붙잡았다.

"정말 가실 거예요?"

나의 표정을 본 그는 참지 못하고 옅은 미소를 지어 보였고 집게손가락으로 내 코끝을 살짝 그어 내렸다.

"바보 같기는!"

그는 사랑이 가득한 한마디를 내뱉으며 내 어깨를 감싸고 침궁 문턱을 넘어섰다.

"그대가 자식을 잃은 고통에서 벗어난 것을 보니 무척 기쁘오."

자식을 잃었다는 그의 말을 듣는 순간, 나의 미소는 곧 굳어 버렸으나 이내 옅은 미소를 지으며 그가 더 이상 '자식 잃은 이야기'를 꺼내지 않도록 아무 말이나 꺼냈다.

"전 대인이 전해 준 그림을 보셨어요? 전 대인은 정말 그림 솜씨가 놀라워요. 그 재기에 감탄이 절로 터져 나올 정도예요."

"전모천은 확실히 인재라오."

전모천의 이야기를 시작하자 기우의 얼굴에서 미소가 점차 사라지고 그는 영명한 표정으로 깊은 생각에 빠져들었다. 마치 무슨 방법이라도 강구하는 듯했다.

"하지만 그를 병부시랑 직위에 올리신 것은 조금 이른 듯해요. 조정의 대신들은 분명 불만을 품고 있을 거예요. 그들의 압력을 견디실 수 있겠어요?"

나는 기우가 내 어깨에 걸쳐 준 담비 모피 옷을 벗어 잘 내려놓고, 그가 손을 녹일 수 있도록 손화로를 건네주었다. 그는 그것을 받아 든 후 나를 자신의 품으로 이끌더니 두 손으로 나의 가는 허리를 단단히 감싸 안았다.

"만약 조정의 비난이 두려웠다면 그에게 병부시랑의 지위를 주지도 않았을 거요."

"그를 그토록 아끼세요? 조정에는 전 대인같이 총명한 이들이 적지 않을 텐데 왜 그만을 그토록 아끼시는 건가요?"

나는 조용히 그의 품에 기댄 채 고개를 들어 그의 옆모습을 바라보았다.

"그가 충분히 독하기 때문이오. 그는 큰일을 해낼 수 있는 사람이지."

기우는 나의 턱을 살짝 잡아 올리고 허리를 굽혀 입맞춤을 했다. 내게 거절의 뜻이 없음을 확인한 그는 내 입안으로 더 깊숙이 들어와 나의 입술과 입안을 누비며 혀로 장난을 치기 시작했다.

나는 그가 내 입술을 마음껏 탐색하도록 놔두고, 머릿속으로는 '그가 충분히 독하기 때문이오.'라는 그의 말을 되새기고 있었다. 전모천이 독하다는 것은 그가 완미를 죽일 때 직접 확인했다. 마치 그의 손안에 있는 것이 전혀 사람 목숨이 아닌 것 같았다. 기우 같았다. 그렇다. 그의 독함은 기우와 닮았다. 그렇기에 기우가 그를 그토록 중히 여기며 그에게 커다란 권세를 쥐여 준 것이리라. 그러나 기우가 그렇게 서둘러 전모천을 키우는 것은 단 하나의 이유 때문이었다. 바로 한씨 집안을 제압하는 것!

"무슨 생각을 하고 있소?"

기우의 목소리에는 노여움이 서려 있었고, 벌을 주듯 내 입술을 살짝 깨물었다. 나는 그제야 정신을 차리고 작은 목소리로 아프다는 소리를 내었다.

"나와 함께 있을 때, 다른 생각은 하지 마시오. 질투하게 된단 말이오."

그는 여전히 아쉬워하며 내 입술에서 떠나갔다.

나는 그에게 물려 아픔이 느껴지는 입술을 한 손으로 어루만지며, 성을 내며 말했다.

"제왕이라는 존귀한 지위에 있는데 질투를 하실 필요가 있나요?"

"존귀한 지위의 제왕 역시 사람이니, 역시 인간으로서의 즐거움을 느낀다오."

그의 손이 나의 아랫배 쪽으로 조심스레 움직였다.

"나의 가장 큰 꿈은 우리 둘의 아기를 갖는 것이오. 우리 세 가족……."

나의 눈빛이 어두워졌다. 우리 세 가족, 그와 천륜으로 이어질 수 있을까?

"저는 원치 않아요."

내 말을 듣자마자 그의 안색이 순식간에 굳었으나 나는 개의치 않고 말을 이었다.

"후궁, 비빈들의 마음이 음험하니 제 아기는 또 태어나기도 전에 뱃속에서 목숨을 잃게 될 거예요. 저는 더 이상 자식을 잃는 고통을 견뎌 낼 수 없어요."

내 말을 들은 그의 표정은 부드러워졌으나 역시 슬픔에 휩싸인 듯했다.

"짐이 황제라는 신분을 걸고 그대에게 약속하겠소. 그 누구도 그대의 아기를 해칠 수 없을 것이오. 짐이 반드시 그대의 아기가 무사히 태어날 수 있도록 할 것이오. 황자라면 그 아이가 바로 태자가 될 것이고, 공주라면 그 아이에게 내 한없는 사랑을 쏟을 것이오."

나는 미소 지으며 새끼손가락을 내밀었고, 그는 이상하다는 듯이 나의 행동을 바라보았다.

"말만 하면 소용이 없지요. 우리 손가락을 걸고 약속해요."

나의 어린아이 같은 말에 그는 이내 웃음을 터뜨렸다.

"스물이 넘었건만 그대는 여전히 어린아이 같군."

말은 그렇게 하면서도 그 역시 새끼손가락을 내밀었고 두 손가락을 걸어 약속했다.

그는 나를 안고 침궁 안쪽으로 깊숙이 들어갔다. 흩날리는 담황색의 휘장에 눈이 부셨다. 그의 몸에서 풍기는 옅은 용연향에 나는 깊은 생각에 빠져들었다. 그가 나를 푹신한 침상 위에 내려놓는 것이 느껴졌다.

그가 손가락으로 나의 얼굴을 어루만지며 물었다.

"괜찮소?"

나는 아무 말도 하지 않고 그의 목을 잡아당겨 그에게 입맞춤했다. 그의 입에서 옅은 신음 소리가 터져 나오더니 그가 맹렬한 기세로 나를 끌어안았다. 그는 어느새 이 순간을 주도하고 있었다. 짙은 정욕이 사방으로 번져 소나기처럼 내 생각을 잠식해 갔다. 참으로 갑작스레 찾아왔고, 실로 거침이 없었다.

어젯밤의 농염했던 정사로 인해 나는 정오가 되어서야 잠에서 깨어났다. 침상의 다른 쪽은 이미 차갑게 식어 있었고, 기우는 흔적조차 보이지 않았다. 아마 조회에 갔으리라. 그는 영명한 군주이니 결코 여색에 빠져 자신의 강산이 황폐화되도록 두지 않을 것이다.

이불로 나체의 몸을 단단히 감쌌으나 여전히 몹시 춥게 느껴졌다. 정말로 추웠다.

어젯밤 그가 내 귓가에 속삭였던 것 같다. 삼국을 통일한 후 나를 황후에 봉하겠다고. 하지만 지금은 무척 긴장된 시국이며 소사운도 자식을 잃어 그 배후의 세력이 누구인지 그녀가 실수로라도 털어놓을 가능성이 높으니 자신은 그녀에게 더 공을 들여야 한다고 말이다.

그제야 나는 깨달았다. 기우는 이미 사건의 진상을 알고 있었고, 대황자의 죽음이 연희가 배후에서 조종한 것임을 알고 있었다. 그리고 장생전에서 그가 나를 밀쳤던 것 역시 사람들에게 보이기 위한 한바탕 연극이었다. 그러나 그 연극은 너무나 진짜 같았다. 내 아이의 목숨마저도 연극에 이용될 정도로 진짜 같았다.

이때, 심완과 모란이 침궁 문을 열었다. 그들은 뜨거운 물을 들고 목욕통 근처로 걸어왔다.

"주인님, 어서 목욕하시고 옷을 갈아입으셔요. 점심을 드실 시간입니다."

나는 모란을 살짝 바라보았다. 그녀의 표정은 조심스러웠다.

소봉궁에서 내가 가장 주의하고 있는 이는 모란이었다. 그 것은 그녀가 기우를 사랑하고 있기 때문이었다. 가장 두려운 일은 곁에 독사가 있는 것이다. 사랑에 미쳐 언제 나를 물어 버릴지 알 수 없기 때문이다. 그때는 부처마저도 나를 살릴 수 없을 것이다. 나는 어떻게든 그녀를 소봉궁에서 내보내야 한다. 아니, 제거해 버려야 한다. 이 독사는 어디에 두어도 큰 우환이 될 것이 분명했다. 그녀가 점점 방자해지는 것을 계속 두고 볼 수는 없었다.

나는 몸을 일으켜 목욕통을 향해 걸어갔다. 내 눈에도 몸 위에 남아 있는 입맞춤의 흔적이 보였고, 모란의 눈에는 억지로 참고 있는 듯한 짙은 질투가 드러났다. 나는 그녀의 표정을 보지 못한 척하였으나 얼굴에는 타는 듯한 홍조가 번지고 있었다.

목욕통 안으로 들어가자 따뜻한 물이 온몸의 피로를 씻어 주었고, 눈을 감고 목욕통 안의 옅은 꽃향기를 맡자 나의 생각은 멀리 흩어지기 시작했다.

"조금 전, 화석花夕이라는 궁녀가 찾아왔습니다. 주인님께서 그녀에게 주인님의 시중을 들라 명하셨다고 하던데요?"

내 몸을 닦아 주던 심완의 목소리가 귓가로 전해져 왔다.

"화석?"

그녀의 이름을 반복하는 내 머릿속에 전모천이 했던 말이 스쳐 지나갔다. 믿을 수 있는 궁녀 하나를 보내어 나를 보호하도록 하겠다고 하더니, 바로 그녀인가?

"지금 어디 있느냐?"

"밖에서 기다리고 있습니다."

"안으로 들어오라 해라."

나는 두 눈을 뜨고, 작고 깜찍한 여인이 공손한 태도로 걸어 들어오는 것을 바라보았다.

그녀는 중앙에 무릎을 꿇으며 말했다.

"화석, 진 주인마마께 인사드립니다."

화석의 목소리는 작고 가늘었고 발걸음은 신중했다. 그녀가 전모천이 말한 고수라는 것이 믿기지 않았다. 바람만 불어도 쓰러질 것 같은 이 여인이 정말 나를 보호해 줄 수 있을까?

"화석아, 앞으로는 네가 완미가 하던 일을 하여라."

나는 두 손으로 물을 떠내어 천천히 흘려 보내며 말했다.

"완미의 불행은 나도 참 마음 아프지만 그로 인해 일손이 하나 줄게 되었단다. 너를 박대하지는 않을 테니 앞으로는 네가 더 잘해 주길 바란다."

"예, 반드시 완미보다 더 잘하도록 하겠습니다."

그날 밤, 나는 태후의 곁을 지키는 궁녀로부터 한마디 말을 전해 들었다. 태후전에서 함께 저녁 식사를 하자는 것이었다.

화석은 나를 정성껏 단장해 주었다. 나는 쪽진 머리에 진주와 비취 비녀를 꽂고, 얇은 흰색 풀솜실의 옷을 입고, 새하얀 여우털 외투를 걸쳤다.

내가 가는 눈을 맞으며 서둘러 도착하였을 때, 태후전에는 이미 여러 명이 자리하고 있었다. 등 부인은 그녀의 딸을 안은 채 태후와 작은 목소리로 진지한 대화를 나누고 있었고, 영월 공주와 한명은 어깨를 나란히 하고 앉아 있었다. 두 사람의 얼굴은 얼음장같이 차가워 조금도 부부처럼 보이지 않았다.

내가 온 것을 본 태후가 재빨리 얼굴 가득 미소를 지으며 말했다.

"진 주인이 왔구나. 진 주인은 도도하여 사람들과 교제하는 것을 좋아하지 않는다고 하기에 오지 않으면 어쩌나 걱정하였단다."

"태후마마께서 마음을 써서 초대해 주셨는데 어찌 오지 않을 수 있겠습니까?"

내가 담비 모피 옷을 벗자 화석은 급하지도 느리지도 않게 받아 품 안에 안은 채 나와 한 발자국 정도의 거리를 유지하고 섰다.

"모두 다 모였으니 이제 그만 앉도록 하지."

태후가 먼저 상석에 앉자 주변의 사람들이 자리에 앉았다. 등 부인과 나는 두 번째 자리에 앉았고, 한명과 영월은 세 번째 자리에 앉았다. 잠시 앉아 있었으나 그 누구도 젓가락을 들지 않았고, 분위기는 일시에 차갑게 변했다.

나는 탁자 위에 펼쳐진 산해진미를 바라보았다. 게살과 비둘기 요리, 동과와 조개관자 요리, 잘게 썬 새우와 오리 요리, 훈제한 돼지고기와 닭고기로 만든 탕, 새우를 갈아 만든 완자와 표고버섯으로 만든 요리, 새우튀김만두⋯⋯. 겨우 다섯 명일 뿐인데 이렇게 많은 요리를 준비하다니, 다 먹지 못하면 결국에는 낭비인 것을⋯⋯.

태후는 아무도 젓가락을 들지 않는 것을 보고는 먼저 젓가락을 집어 들었고, 의미심장한 눈빛으로 나를 바라보았다.

"진 주인, 어젯밤 승은을 입었다고 하던데 어찌 폐하로부터 그대를 책봉한다는 말이 없는 것이냐? 진 주인의 품계는 무엇이냐?"

그녀의 말을 들은 나는 미소를 지었고, 국자를 들어 훈제한 돼지고기와 닭고기로 만든 탕을 담으며 말했다.

"품계라는 것을, 저는 중요시 여기지 않습니다. 폐하의 총애만 있다면 책봉받지 못한다 한들 무슨 상관이 있겠습니까?"

영월 공주가 냉소를 터뜨렸다.

"진 주인께서는 참으로 호방하시군요. 만약 후궁의 모든 비빈들이 진 주인과 같다면 이 후궁이 지금처럼 엉망진창은 아닐 텐데 말입니다."

나는 소리 낮춰 웃으며 눈을 돌려 그녀의 차가운 미소를 바라보았다. 그녀의 얼굴에 드러난 얼룩덜룩한 흔적이 그녀의 노쇠함을 드러내고 있었고, 그녀에게서 예전의 아름답고 우아하던 자태는 더 이상 찾아볼 수 없었다. 아직도 명 태비와 기성의 죽음에서 벗어나지 못한 것일까? 기성을 떠올리니, 마음속에 죄책감이 다시 제멋대로 번져 갔다.

영월의 말을 들은 태후의 얼굴이 이내 어두워졌다. 당연했다. 후궁에 황후가 없으니 태후가 바로 후궁의 주인인데 만약 영월의 말대로 후궁이 엉망진창이라면 그것은 분명 태후의 책임이었다. 영월이 들으란 듯이 한 말은 분명 태후에 대한 도전이었다. 영월은 한씨 집안에 깊은 미움을 가지고 있는 듯했다.

"영월아, 네가 한가 저택에 오래 머물며 한참 동안 황궁에 발을 들이지 않아서인지 적절치 않은 말을 하는구나."

태후가 옥 젓가락을 내려놓는 둔탁한 소리가 탁자에 울렸다.

영월이 고운 미소를 지으며 말했다.

"영월이 황궁을 오가지 못하는 것을 알고 계셨으면서 뭐 하러 한명에게 저를 억지로 황궁에 입궁시키라 하셨습니까? 당신들 한가 사람들은 삼 년이나 저를 감금하시더니 지금은 또 대체 왜 저를 풀어 주신 건가요? 바로 저 진 주인 때문인가요? 제가 아무리 지난 몇 년간 세상일을 모르고 살았다 해도 눈이 멀지는 않았습니다. 저 진 주인은 반옥이지 않습니까!"

그녀의 말에 돌연 태후의 안색이 변했다. 태후가 대로하여 영월을 호되게 힐책하려 하였으나 그보다 먼저 한명이 몸을 일으키더니 손을 들어 영월의 뺨을 매섭게 내리쳤다.

눈앞에서 펼쳐진 광경과 영월이 한 말을, 나는 도저히 믿을 수가 없었다. 한명이 영월을 삼 년이나 감금한 데다 지금은 그녀를 때리기까지 하다니? 그들 사이가 어쩌다 이 지경에 이르렀단 말인가?

당초, 존중에 존중을 더하여 영월을 대하던 한명, 그리고 한명을 위해서라면 그 어떤 희생도 마다하지 않던 영월을 떠올려 보았다. 도대체 어쩌다가 이렇게 변한 것인가? 오늘 태후가 영월을 억지로 데려온 것은 또 무슨 이유란 말인가? 설마 그녀를 이용하여 기성에 대한 나의 죄책감을 되새기게 하려던 것인가?

한씨 집안……, 그들은 비밀을 너무 많이 감추고 있었다.

영월 공주……, 그래, 영월 공주와 단 둘이 만나 보아야 한다. 그녀는 분명 많은 것을 알고 있을 것이다. 어찌해야 영월을 만날 수 있을까? 그녀는 한명에게 감금되어 있지 않은가.

한명에게 뺨을 맞은 영월의 몰골은 말이 아니었다. 그녀의 귀밑머리는 엉망이 되어 귓가에서 흩날리고 있었고, 시뻘건 손바닥 자국이 그녀의 얼굴 위에 고스란히 남아 있었다. 그녀는 한 마디 말도 하지 못한 채 한명을 바라보며 꼼짝도 하지 않고, 한명은 영월의 손을 붙잡고는 그녀를 밖으로 끌어냈다.

"지금 당장 집으로 돌아가시오!"

그러고는 밖에 있는 시위들에게 그녀를 저택으로 데려가 가두라고 명했다.

지금 영월이 처한 처지와 운명을 보니 참으로 처량하고 염려스러웠다. 그녀는 한명의 곁에서 이런 나날을 보내고 있었단 말인가?

그 순간, 등 부인의 품에 안겨 있던 여자아이가 깜짝 놀라

시끄럽게 울었고 그 비통한 울음소리가 온 궁 안을 가득 채웠다. 태후는 자신의 이마를 어루만지며 낮게 소리쳤다.

"됐다. 울려면 네 침궁에 가서 울어라. 눈에 거슬리는구나."

등 부인은 당황한 표정으로 아기를 안은 채 태후전을 황급히 떠났다. 이제는 나와 태후, 한명만이 남아 있었다. 한명은 흰색 벽옥 탁자 앞에 경직된 모습으로 앉아 있었고, 나는 두 손을 다리 위에 올려놓고 그들의 말을 기다리고 있었다.

한명은 술잔을 들어 한입에 다 들이켜더니 탁자 위에 다시 무겁게 내려놓았다. 그는 기분이 무척 좋지 않아 보였다.

나는 곁눈질로 그를 계속 훑어보았다. 마음속에 의혹이 피어났다. 그는 몇 년 전에 내가 알던 그 한명과는 많이 달라져 있었다. 권력의 한가운데 있는 것과 관련이 있는 걸까? 권력이란 정말 사람을 이렇게나 변하게 하는 것인가?

태후는 피곤한 기색을 거두고 허리를 꼿꼿이 펴며 물었다.

"계속 후궁에 남아 있을 생각이냐?"

"그렇습니다."

"너는 나와 권력 다툼을 하지 않겠다고 말하지 않았느냐?"

그녀의 목소리는 점점 차가워지고 있었다.

나는 그녀의 냉담한 모습을 담담히 바라보았다.

"그것은 아기가 무사히 태어난다는 전제하에서였습니다. 그러나 태후께서는 그것을 해내시지 못하셨습니다."

"그 일로 나를 탓할 수는 없지. 폐하께서 직접 너의 아기를 죽이신 것이다. 네가 미워해야 할 사람이 있다면 그건 바로 폐

170

하이다."

나는 눈을 깜빡이며 당황한 듯 태후를 바라보았고, 이해할 수 없다는 듯이 물었다.

"제가 어찌 폐하를 미워할 수 있겠습니까? 그는 제 남편인 걸요."

"너는 거짓을 말하고 있다. 네 표정이 내게 말해 주고 있다. 너는 그를 미워하고 있다."

그녀의 눈빛은 마치 모든 것을 꿰뚫어 보고 있는 것처럼 그렇게 나를 바라보고 있었다.

"신첩은 태후마마께서 관상까지 보시는 줄은 몰랐습니다."

나는 미소를 지으며 유유히 몸을 일으켰다.

"신첩, 먼저 물러가 보겠습니다."

나는 태후의 윤허를 기다리지 않고 침궁 밖을 향해 걸어갔다. 그러나 몇 걸음을 채 걷지 않았을 때, 고개를 돌려 한명을 바라보았다.

"명의후께서 저를 데려다 주실 수 있으신지요?"

한명의 몸이 경직되었고, 그가 복잡한 눈빛으로 나를 바라보았다. 그는 태후를 바라본 후 몸을 일으켜 나를 배웅했다.

저녁의 하늘빛은 어두웠고 옅은 한기를 띠고 있었다. 가는 눈은 사방으로 흩날렸고 수면 아래로 얼음이 삼 척이나 얼어 있었다.

화석은 내 뒤에서 우산을 받쳐 주고 있었고, 분분히 날리는 눈꽃은 바람에 날리는 버들개지처럼 우산 위로 흩뿌려지고 있었다. 한명은 나와 함께 걸으며 앞으로 나아가고 있었다. 깊이가 다른 양쪽의 발자국이 구불구불한 길을 따라 길게 이어졌다.

한명은 길을 걷는 내내 한 마디도 하지 않았다. 그는 내가 하는 이야기를 그저 조용히 듣고만 있을 뿐이었다.

"갑자기 제가 아는 한명이 예전의 그 한명이 아니라는 걸 깨달았어요. 저를 지켜 주고 폐하에게 충성하던 한명은 이제 없네요. 지금의 한명은 권력을 지키고, 태후에게 충성하고 있어요."

그가 발걸음을 돌연 멈추었고, 나 역시 그를 따라 발걸음을 멈추었다.

그가 갑자기 화제를 내게로 옮겼다.

"폐하를 떠나시오. 그는 절대로 그대의 귀착점이 아니오."

"그가 제 귀착점인지 아닌지 어찌 아세요? 그대가 그예요? 그대가 저예요?"

나는 싱긋 미소를 지었다.

"그대는 언제나 제가 기우를 떠나기를 바라시네요. 그건 사심 때문인가요? 아니면 다른 속셈이 있으신 건가요?"

"어찌 추측해도 좋소. 마지막으로 말하겠소. 납란기우를 떠나시오."

그는 매우 진지하게 말을 마친 후, 한 걸음 뒤로 가서 내게 담담히 인사를 올렸다.

"예전에 내가 말했었소, 아무리 걷기 힘든 길도 내 그대와 함께 끝까지 걷겠노라고. 지금의 내가 그대를 데려다 줄 수 있는 곳은 여기까지요."

그의 엄숙하고 진지한 표정을 통해 나는 그의 의미를 알아챌 수 있었다. 그는 그의 누이를 보호하겠다는 것이리라. 나와는 영원히 같은 선상에 서 있을 수 없을 것이다. 앞으로는……, 각자의 주인을 위해 온 힘을 다하리라.

그가 천천히 몸을 돌리는 것을 바라보며 나는 심호흡을 하고 웃으며 말했다.

"한명, 나는 그대에게 목숨 하나를 빚졌어요. 그건 반드시 갚겠어요."

그의 발걸음은 멈추지 않았고, 무겁게 앞을 향해서만 걸어갔다. 눈꽃이 그의 머리 위로 흩날리는 것을 바라보자 서글픔과 아련함이 느껴졌다.

나와 한명은 결국 이 마지막 걸음까지 걷게 되었구나.

"주인님, 궁으로 돌아가시지요."

화석의 눈빛은 유난히 냉정했다. 마치 나와 한명의 대화에 조금도 영향을 받지 않은 듯했다. 나는 마음속으로 화석을 더욱 높이 평가하게 되었다. 전모천이 고른 자, 역시 평범하지 않구나.

"아니다, 장생전으로 가자꾸나."

사랑하는 자식을 잃은 소사운을 위로해야 할 때가 된 것 같았다. 이미 많은 날이 흘렀으나 그녀는 여전히 고통에서 헤어나오지 못하고 있다고 했다.

나는 코웃음을 치며 유유히 장생전을 향해 나아갔다.

죽은 장어로 제거한 모란

장생전.

등불은 다소 어두웠고, 큰 화로에서 피어오른 용뇌향이 난 방이 되는 곁방의 깊은 곳까지 천천히 퍼져 가고 있었다. 눈썹을 치키고 바라보니 소사운은 몸을 웅크린 채 침대에 기대어 있었고, 손에는 금침을 단단히 붙잡고 있었다. 그녀의 눈빛은 다소 흐려져 있었다.

나는 그곳에 있던 궁녀들을 모두 물리고, 소사운과 단둘이 남았다. 그녀는 나를 보자마자 나를 향해 소리를 질러 댔다.

"누가 너를 들어오게 하였느냐! 어서 꺼져 버리란 말이다!"

나는 화를 내지 않았고, 오히려 미소를 지으며 앞으로 걸어 나갔다.

"소 귀인께서는 어찌 그리 화를 내시는지요? 제가 또다시 그대의 대황자를 해할까 겁이 나십니까?"

내가 '대황자'를 언급하자 그녀의 얼굴은 더욱 창백해졌고 금방이라도 눈물이 흘러내릴 것만 같았다. 나는 침대 곁으로 걸어가 비단 손수건을 들어 그녀의 눈가에 맺혀 있는 눈물을 닦아 주었다.

"아, 깜빡했군요. 그대에게는 제게 또다시 해침을 당할 아기가 남아 있지 않다는 걸 말입니다."

소사운은 나를 매섭게 노려보더니 돌연 품 안에 있던 금침을 내게 집어 던지고 몸을 일으켜 나를 향해 달려들었다. 마치 내 목을 조르려는 듯했다. 내가 재빨리 몸을 피하자 그녀는 엄청난 기세로 침대에서 바닥으로 떨어지고 말았다.

나는 바닥에 자빠져 무력한 모습으로 녹초가 되어 있는 그녀를 차가운 눈으로 바라보았다.

그녀가 잠긴 목소리로 내게 조용히 물었다.

"왜? 도대체 왜 내 아기를 해한 것이냐……?"

"왜냐고? 왜 네 자신에게는 묻지 않는 것이냐?"

나는 몸을 숙이고 한 손으로 그녀의 턱을 움켜쥐어 그녀의 고개가 나를 향하게 했다.

"만약 네가 못된 속셈을 가지고 나를 해하려 하지 않았다면 어찌 네 아기가 죽었겠느냐?"

그녀의 눈빛이 나와 마주치자 극도로 부자연스러운 모습을 드러냈다.

"너……. 모든 것을 알고 있었다니……!"

그녀의 턱을 쥐고 있던 손에 더욱 힘을 주자 그녀가 고통의 소리를 내뱉었다.

"쯧쯧, 참으로 불쌍하구나. 지금 너의 모습은 마치 사람에게 붙잡힌 호랑이 같구나. 매일같이 자식을 잃은 고통에 빠져 허우적거리느니 정신을 차리는 게 낫지 않겠느냐? 왜 제 자식을 위해 복수할 생각을 하지 않는 것이냐?"

"복수?"

그녀는 작은 소리로 이 말을 반복하더니 당황한 듯 나와 마주하던 시선을 거두었다.

"안 된다……. 나는 이길 수 없다……."

그녀의 목소리는 점점 작아졌고, 결국 그 소리는 입술 사이로 사라지고 말았다.

"내게 말해 보아라. 너를 조종하고 있는 이가 누구냐? 이 황궁에서 도대체 누가 너와 한패인 것이냐?"

내가 그녀의 귓가에 대고 작은 소리로 묻자 그녀의 몸이 바들바들 떨렸다. 그러나 그녀는 단 한 마디도 하지 않았다.

나는 다시 말을 이었다.

"말해라. 폐하께서 분명 너를 대신해 나서 주실 것이다. 분명 너를 지켜 주실 것이다."

그녀의 눈빛이 몽롱해지며 점차 초점을 잃어 갔다. 그녀가 천천히 입을 열었다.

"한패인 이는……."

"동생!"

걱정이 가득한 목소리가 궁 밖에서 들려오자 소사운의 눈빛에 놀라움이 드러났고, 돌연 정신을 차리고는 말을 멈추었다.

나는 분해하며 우리를 향해 다급히 다가오는 양용계를 바라보았다. 조금만 일찍 오거나 늦게 올 것이지, 하필이면 지금 이때를 골라 오다니……. 조금만 늦게 왔어도 소사운이 입을 열었을 텐데!

"진 주인께서 이곳에는 무슨 일이신지요? 동생의 생각이 어지러운 틈을 타 그녀를 해하려고 하시는 건가요? 대황자를 해하시고도 부족해서 동생까지 해하시려는 건가요?"

양용계는 소사운에게 달려가 바닥 위의 그녀를 일으켰고, 그녀를 품 안에 안으며 위로해 주었다.

"만약 정말로 내가 그녀를 해하려고 했다면 그대가 들어왔을 때 그녀는 이미 시체가 되어 있었을 겁니다."

나의 입꼬리가 위로 향했다. 나는 천천히 몸을 일으키며 옷매무새를 정리했다.

"소 귀인, 다시 오겠습니다. 제가 조금 전 했던 말을 잘 기억하시길 바랍니다."

"기다려라!"

소사운이 떠나려던 나를 멈추게 했다.

"모든 것을 말해 주겠다. 대신, 한 가지 조건이 있다. 나는 황후가 되어야겠다."

장생전을 떠나는 나의 마음은 어지러웠고, 길을 걷는 내내 황후가 되어야겠다던 소사운의 말이 계속해서 떠올랐다.

그녀는 참으로 터무니없는 것을 요구했다. 황후가 되고 싶다고? 그 자리에 올라갈 목숨은 있을지 몰라도 그 자리에서 내려올 목숨은 없을까 걱정이구나.

황후가 되고 싶다고? 꿈도 꾸지 말아라!

나의 발걸음이 점점 무거워지자 화석이 영문을 알 수 없다는 듯 물었다.

"주인님, 이곳은 궁으로 돌아가는 길이 아닙니다."

"알고 있다."

나는 울적하게 한마디를 내뱉은 후, 차가운 공기를 가볍게 들이마셨다. 뱃속에 가득하던 뜨거운 열기가 사라지는 듯했다.

"우리, 폐하의 서재로 가자꾸나."

눈은 이미 그쳤고 사방에 걸려 있는 흐릿한 촛불에 비친 황궁은 온통 새하얀 모습이었다. 달콤하고 상쾌한 기운을 들이마시자 기분은 점점 밝아졌고, 답답하던 마음 역시 사라지는 듯했다.

여인이 가장 바라는 것은 '오직 한 사람의 마음을 얻어 그와 평생 헤어지지 않고 함께하는 것'이 아니던가. 그러나 나는 이를 바랐던 적이 없었다. 궁 안에서 '일편단심인 임'이란 헛된 꿈이기 때문이다. 일반 백성 가운데도 삼처사첩을 두는 이를 쉽게 찾을 수 있으니 하물며 제왕이면 어떠하랴? 후궁에는 아름다운 여인들이 넘쳐 나고, 나는 조금씩 늙어 가고 있었다. 기우의 마음이 어찌 내 곁에만 머물 수 있겠는가? 일찍이 내가 원했던 것은 결코 대단한 것이 아니었다. 그저 그의 마음속에 내가 있고, 그의 곁에 있는 내가 특별하기만 하면 되었다. 그러나 이것이 나를 너무나 힘들게 했다.

어느새 나는 황제의 서재에 도착했고, 마침 안에서 걸어 나오는 전모천과 마주쳤다. 그가 나를 향해 가볍게 인사를 올렸고 나는 작은 목소리로 이에 답했다.

"폐하의 기분이 좋지 않으시니 주인님께서는 말과 행동을 각별히 조심하셔야 할 듯싶습니다."

전모천은 들릴 듯 말 듯한 소리로 내게 주의를 주고는 떠나갔다.

나는 곧바로 화석에게 전모천을 배웅하라 명했다. 그녀가 그에게 나의 소식을 전해 주는 것도 좋으리라.

나의 명을 받은 서 환관은 안으로 들어가 기우에게 나의 방문을 알렸고, 잠시 후 밖으로 나온 그는 내게 안으로 들어가길 청하며 작은 목소리로 읊조렸다.

"처음에는 체 황비, 다음에는 소 귀인, 지금은 진 주인이라……."

아직 끝나지 않은 그의 말을 들은 나는 돌연 발걸음을 멈추고는 고개를 돌려 그를 바라보았다.

"그래서?"

서 환관은 매우 진지한 모습으로 허리를 굽히었다.

"진 주인님께서는 지금 가장 큰 총애를 받고 계신 후궁이십니다."

나는 그 뜻을 이해하였고, 소매를 들어 올려 입을 가리고 웃었다.

"서 환관의 말은 참으로 듣기 좋구나. 내 떠나기 전에 두둑이 보답하겠네."

나는 고개를 돌리고, 붉은 문턱을 넘어 안으로 들어갔다. 바닥에 가득 깔린 황금빛 벽돌이 거울같이 반짝이고 있었다.

얼굴에 가득하던 미소가 돌연 사라졌다. 다음에는 소 귀인이라고? 나는 코웃음을 치며 황금빛 용의 휘장을 바라보았으나 이내 잘 걸려 있는 그림 한 폭 앞에서 걸음을 멈추었다.

이 그림은 그날, 어화원에서 전모천이 나를 위해 그려 준 그림이 아닌가? 기우가 이 그림을 표구하여 걸어 놓았단 말인가?

촛불은 햇불처럼 매우 밝게 빛나고 있었고, 나는 앞을 향해 한 걸음씩 나아갔다. 그제야 그 그림이 내 눈앞에 또렷하게 드러났다. 우측 하단에 누군가가 한 행의 글을 적어 놓은 것이 보였다.

일찍이 바다를 보고 나니 시냇물은 물로 느껴지지 않고,
무산巫山의 구름이 아니면 구름처럼 느껴지지 않는구나.[11]

이 필적은 분명 기우의 것이었다.

---

11 당나라 시인 원진(元稹)의 〈이사오수(離思五首)〉중 한 구절로 이별을 노래하였다.

내가 깊은 생각에 빠져 있을 때, 그림자 하나가 나를 덮쳐오더니 누군가가 내 몸을 안았다.

"어찌 왔소?"

그의 숨결이 내 목덜미 부근을 스치자 소름이 돋았다.

"보고 싶어서요."

나의 얼굴에 다시금 미소가 번졌고, 나는 그의 품에 부드럽게 안기었다.

"전 대인이 여기에서 나가는 것을 보았어요."

"그와 조정의 일을 상의했다오."

그의 목소리는 낮고 묵직했으며 그 어떤 감정도 읽어 낼 수 없었다. 전모천의 말대로라면 지금 그의 기분은 좋지 않을 것이다. 그렇다면 그의 화를 더욱 돋우자.

"전 대인을 통해 한씨 집안 세력에 압력을 가하시려는 것 같더군요. 한명을 신임하지 않으시는 건가요?"

나는 슬쩍 그를 떠보았다.

"나는 언제나 그를 신임하고 있소. 그러나 한씨 집안의 세력은 이미 조정에 위협이 되고 있으니, 나 역시 어쩔 수 없이 그들 세력에 대항할 수밖에 없소."

나는 이해한다는 듯 고개를 끄덕이고, 그의 품 안에서 몸의 방향을 틀어 그의 허리를 가볍게 감싸 안았다.

"기우, 조금 전에 소 귀인을 보러 갔었어요. 기분이 몹시 안 좋아 보이더군요."

"몇 개월 동안 그녀는 나를 보면 울기만 할 뿐 무엇을 물어도 아무 말도 하지 않는다오. 지금은 그녀가 우는 모습을 보기만 해도 진절머리가 나오. 비밀을 알아내기 위해서가 아니라면 장생전에 발도 들이고 싶지 않소."

처음으로 그의 입을 통해 소사운에 대한 귀찮은 감정이 드러났다.

사실은 그랬구나. 소사운도 윤정처럼 그저 하나의 바둑돌에 불과할 뿐이었다. 그녀도 여기까지인 것이다.

"저는 그녀를 위로하는 척하며 그 배후에 있는 사람을 털어놓게 하려고 하였어요. 그런데 그녀가 말하길……."

나의 목소리는 적절한 때에 멈추었고, 기우는 급히 물었다.

"그녀가 뭐라고 하였소?"

"그녀가 말하길 배후에 있는 사람을 말할 수는 있으나 그 대신 자신이 황후가 되어야겠다고 했어요."

나는 흥미진진하게 말을 이으며 틈틈이 그의 표정을 관찰했다. 나의 말을 듣자 그의 얼굴에 걸려 있던 옅은 미소에 먹구름이 드리웠고 눈빛에는 섬뜩한 빛이 비추었다.

"그녀가 그렇게 말하였소?"

기우가 물었다.

나는 그의 품 안에서 고개를 끄덕였다.

"그래요. 만약 그녀가 황후의 지위에 오른다면, 어쩌면 그녀는 정말……."

나의 말이 채 끝나지 않았을 때, 그의 팔뚝이 단단해지는 것이 느껴졌고 차가운 몇 마디가 그의 입에서 흘러나왔다.

"헛된 꿈을 꾸고 있군!"

그의 말을 듣고 나는 웃기 시작했다.

"배후의 인물이 누구인지 알고 싶지 않으세요?"

"알고 싶소. 그러나 차라리 더 많은 시간을 들여서 직접 그 배후의 인물을 찾아내는 것이 낫소."

나는 티 나지 않게 그의 품에서 벗어나며 그의 말에 답했다.

"당신은 황제이시니 어떤 결정을 내려야 할지 잘 알고 계시겠지요. 저는 결코 당신의 결정에 관여하지 않겠어요."

나는 자연스레 시선을 그림 위로 고정시켰고, 손가락으로 그림을 어루만지며 한 뼘 한 뼘 아래로 내렸다.

"'일찍이 바다를 보고 나니 시냇물은 물로 느껴지지 않고, 무산의 구름이 아니면 구름처럼 느껴지지 않는구나.' 이 구절은 당신이 쓰신 건가요?"

그 역시 손을 뻗어 위쪽의 행을 어루만졌다.

하염없이 흐르는 그리움의 피눈물 한 알 한 알 붉은 콩으로 맺혔고,

슬픔은 봄날의 버드나무와 꽃처럼 온 누각을 에워싸며 피었구나.

갑자기 침묵이 찾아왔고 나는 그의 망설임을 느꼈다. 이 순간 그는 분명 소사운에게 황후의 자리를 주어야 하는지 아닌지를 고민하고 있을 것이다.

그의 답이 무엇이든 나는 상관없었다. 그것은 내가 이미 황후의 자리에 오를 것이라는 기대를 갖고 있지 않기 때문이었다. 그렇기에 기우가 어떤 결정을 내리든 나에게는 그 어떤 영향도 미치지 못할 것이다. 나는 그저 연희를 대신해 이 모든 것을 조종하고 있는 배후의 인물을 찾아내고 싶을 뿐이었다.

"아니오. 황후의 자리는 그대의 것이오. 오직 그대의 것이오!"

그의 말이 떨어지자 나의 손은 그림 위에서 굳어 버렸다. 나는 고개를 들어 그의 진지한 표정을 바라보았다. 그 순간 마음속의 씁쓸함이 점점 번져 갔다. 황후의 자리, 나는 단 한 번도 원한 적이 없었다.

지금 당신은 그녀를 확실히 이용할 수 있는 방법을 포기해 버리시는군요. 만약 진정으로 저를 위하신다면 애초에 왜 저를 이용하셨나요? 왜 우리 사이를 이 지경으로 만드셨나요? 도대체 이게 뭔가요? 당신의 마음속에서 저는 도대체 어떤 존재인가요?

나는 손을 뻗어 그의 손등을 어루만졌다.

"기우, 오랫동안 영월 공주를 보지 못했어요. 영월 공주를 입궁하게 하실 수 있나요? 그녀를 만나보고 싶어요."

"왜 갑자기 영월을 떠올리게 되었소?"

그는 손을 뒤집어 나의 손을 꼭 쥐며 조용히 물었다.

"기성이 떠올라서 그래요. 그의 죽음에는 저도 책임이 있으니까요. 저는 그녀에게 사과를 하고 싶어요."

"생각해 보니 나 역시 오랫동안 그녀를 만나지 못했소."

그는 잠시 고민한 후, 입을 열었다.

"좋소. 언제 한번 시간을 봐서 한명에게 영월 공주를 데리고 입궁하라 하겠소. 그리고 그대와 만나게 하겠소."

궁 안에 경사스러운 분위기가 점점 더해지고 있었다. 며칠만 지나면 섣달그믐이었고, 또 다른 넉넉한 한 해가 시작될 것이었다.

'상서로운 눈은 풍년의 징조'라는 말에 어울리게 지난 며칠은 엄청난 눈이 쉬지 않고 내리고 한기가 점차 짙어졌다. 정원은 이미 새하얗게 변해 있었고, 헐벗은 나무는 다소 처량하게 느껴졌다. 욱나라에서는 겨울에도 매화를 볼 수 있었는데, 이곳에서는 함박눈이 대단한 기세로 펑펑 내리는 모습과 은백색으로 뒤덮인 처량한 나뭇가지만을 볼 수 있을 뿐이었다.

장생전은 분명 매화가 만개했으리라. 나는 장생전에서 매화가 만개한 정경을 제대로 본 적이 없었다. 아마 지금 이 순간, 소사운은 매화나무 아래에 서서 그 아름다운 정경을 바라보고 있으리라.

소사운은 지난번 내가 소사운을 '위로'해 주러 그녀를 찾아갔던 날 이후 놀라울 정도로 예전의 모습을 되찾았고, 빼어나게 아름다운 모습으로 단장하고 틈나는 대로 양심전을 찾았다. 그녀를 향한 기우의 총애도 예전과 다름없었다.

궁 안의 사람들은 소봉궁과 장생전의 주인을 두고 소곤소곤

뒷이야기를 하며, 누가 폐하의 총애를 더 많이 받고 있는지, 누구에게 아첨을 해야 하는지에 대해 이야기를 나누었다. 물론 그들의 결론은 소사운이 더욱 총애를 받는다는 것이었다. 첫째는 기우가 여전히 장생전을 더욱 자주 찾기 때문이었고, 둘째는 내가 그저 '진 주인'일 뿐 그 어떤 품계도 받지 못했기 때문이었다.

그러나 지난번 소사운이 내게 황후 책봉에 대해 언급한 이후, 그 누구도 이 이야기는 다시 꺼내지 않았다. 소사운 역시 그저 내 입을 막기 위해서 꺼낸 말이었을지도 모른다. 내가 더 이상 첩자의 이야기를 추궁하지 않도록 하기 위해 아무렇게나 지껄인 말이었을 것이다. 소사운은 총명한 사람이니 첩자의 신분인 자신이 더 높은 자리를 차지할 수 없음을 똑똑히 알고 있을 것이기 때문이다. 또한 그녀는 그것을 기우에게 요구한 적도 없었다.

한씨 집안과 전모천은 조정에서 이미 두 개의 세력을 이루고 있었다. 반년 전, 기나라 국경에서 갑자기 조정을 위협하는 군대가 일어나자 기우는 그 자리에서 바로 전모천에게 군대를 이끌고 출병하도록 명했다. 전모천은 사람들의 기대를 저버리지 않았고, 겨우 열흘도 안 되는 시간 안에 그 무리를 멸하고 그 수장의 머리를 들고 돌아왔다. 황제는 매우 기뻐하며 그에게 일좌부저一座府邸라는 지위를 하사하였고, 양심전에서 그의 공로를 치하하는 연회를 베풀었다. 이를 통해 그를 향한 기우의 신임과 총애의 정도를 확인할 수 있었다. 그들의 관계는 이미 일반적인 군신 관계를 초월해 있었다.

　전모천이 공을 세우자마자 어린 나이에 높은 관직에 오른 그에게 향했던 의심 섞인 편견들은 순식간에 흔적도 없이 사라졌고, 모든 관리들이 그를 향해 아첨을 하기 시작했다. 후궁에서도 젊은 나이에 걸출한 업적을 세운 그를 믿을 수 없을 정도로 높이 평가하였으며, 심지어 심완과 모란까지도 시도 때도 없이 그를 언급했다.

　조정에서의 전모천의 세력이 날이 갈수록 그 기세를 더해 가는 것을 보며, 나는 기쁜 마음과 함께 걱정스러운 마음이 들었다. 한씨 집안에서도 기우가 전모천을 중용하는 이유가 자신들을 제압하기 위해서라는 걸 이미 알고 있을 것이고 분명 염려하고 있을 테지만 감히 보란 듯이 그와 맞서지는 못했다. 나는 그저 전모천이 이 시기에 자신에게 유리한 시간을 벌고, 그 시간을 이용하여 세력을 키우기를 바랄 뿐이었다. 그래야만 조정이 안정될 것이기 때문이다.

　"주인님, 영월 공주께서 뵙기를 청하십니다."

　화석이 높은 목소리로 알려 왔다.

　영월 공주가 왔다는 말을 듣자마자 나의 마음은 차분해졌다.

　"어서 모셔라."

　보름 정도가 지나서야 그녀가 드디어 도착한 것이다. 분명 한명은 계속 변명거리를 대며 기우의 부탁을 거절했을 테고, 더 이상 거절할 만한 그럴듯한 이유를 찾지 못해 내키지 않으면서도 그녀를 이곳으로 보낸 것이리라.

영월이 문턱을 넘어 나를 향해 걸어왔다. 그녀의 얼굴은 큰 병을 앓고 막 나은 듯 굉장히 창백하였고, 비틀거리는 발걸음은 제대로 걷지조차 못하고 있었다. 나는 걱정스러운 마음에 앞으로 다가가 그녀를 부축하려 했으나 그녀가 나를 뿌리쳤다.

"감히 네게 폐를 끼칠 수는 없지."

"공주께서는 어찌 제게 적의를 품고 계신지요?"

손을 거둔 나는 천천히 앉은 후, 갓 우린 대홍포차大紅袍茶 한 잔을 따랐다.

"반옥, 너는 몇 년 전에는 나의 어머니를 비탄에 빠지게 하였고, 그 후에는 내 부군의 사랑을 앗아 갔으며, 나의 오라버니인 진남왕이 옥에 갇혀 자결하게 했다. 그리고 마침내는 나의 어머니까지 억울한 죽음을 맞게 하였지. 내가 너에게 인자하고 선한 모습을 보여야 하느냐?"

그녀는 고개를 들고 웃기 시작했다 그 웃음 속에 맑은 눈물이 맺히더니 천천히 흘러내렸다.

찻잔을 들어 차를 마시려던 나는 손이 떨려 뜨거운 차를 손등에 쏟았으나 고통조차 느끼지 못했다. 그녀의 어머니를 비탄에 빠지게 했을 때의 내 얼굴은 지금의 얼굴과 같았으나 기성을 해하였을 때의 나는 설해의 얼굴을 하고 있었다. 그런데 어찌 그녀가 설해와 반옥이 같은 사람이라는 것을 알고 있단 말인가?

"어찌 아셨습니까?"

나는 손에 들고 있던 찻잔을 내려놓으며 차갑게 물었다.

"내가 어찌 알았냐고? 너는 한명이 왜 나를 삼 년이나 가두었다고 생각하느냐?"

그녀는 어색한 미소를 지으며 나를 향해 한 걸음씩 다가왔다.

"어쩌다가 내가 설해와 반옥이 같은 사람이라는 것을 알게 되자 한명은 나를 삼 년 동안 가두었다."

나는 경악하여 몸을 일으켜 그녀와 마주보고 섰다.

그녀는 계속해서 말을 이었다.

"한명은 나를 소봉궁으로 보내며 수없이 당부하였지. 절대로 네게 이 말을 해서는 안 된다고 말이다. 그렇지 않으면 나를 죽이겠다고 했다."

"그런데 왜 저에게 말씀하시는 겁니까?"

"그건 내가 죽음을 두려워하지 않기 때문이지."

나는 탁자 위의 손화로를 천천히 안으며 다시 의자에 앉았다. 손화로에는 다 타 버린 침향의 재가 담겨 있었고, 피어오르는 연기가 희미하게 흩날리며 편안한 향기를 사방으로 퍼뜨리고 있었다.

영월은 마치 예전의 공주로서의 자부심을 되찾은 듯했다. 고개를 꼿꼿이 든 그녀는 기품 있는 모습으로 나를 마주보고 앉아 경멸이 담긴 눈빛으로 나를 바라보았다.

나는 손화로를 단단히 품은 채 불안하고 초조해하면서 조금 전 영월이 한 말을 되새기고 있었다. 그 말인즉 태후 역시 나의 신분을 알고 있다는 것이었다.

영월이 삼 년 동안 감금되어 있었던 이유가 고작 반옥이 설해라는 사실을 알았기 때문이란 말인가? 고작 그것 때문에?

나는 천천히 물었다.

"그것 외에 또 무슨 비밀을 알고 계신가요?"

그녀는 조금 열려 있는 창을 통해 은백색의 정원을 바라보며 미소 지었다.

"내 대답이 만족스럽지 않았느냐?"

나는 기다란 부지깽이를 들어 손화로 안의 작은 숯을 헤집으며 거리낌없이 말했다.

"그저 너무 놀라워서 말입니다. 한명이 고작 그런 작은 일로 공주님을 삼 년이나 감금했다는 것이오."

그녀는 여전히 태연자약한 표정이었다.

"그렇다면 네 생각에는?"

"분명 공주님이 다른 비밀도 알고 계시겠지요."

내가 영월을 떠보려던 바로 그때, 누군가 외치는 소리가 들려왔다.

"소 귀인 마마 납시오."

늘씬한 몸매에 머리에 진주와 비취를 꽂은 소사운이 사뿐사뿐 걸어 들어왔다. 얼굴 가득 교만함과 오만함이 넘치는 그 모습은 얼마 전 내가 장생전에서 보았던 그 소 귀인과는 전혀 다른 사람 같아 보였다. 어쩌면 그날 내가 그녀를 찾아갔던 것이 그녀가 다시 기운을 차리게 만든 것일까?

190

나는 그녀가 기운을 되찾은 것이 다행으로 여겨졌다. 나 역시 발톱 없는 호랑이와는 맞서고 싶지 않았기 때문이다. 그것이야말로 얼마나 시시한 일인가.

"어머, 이분은……?"

소사운은 기세등등한 모습으로 안으로 들어온 후, 영월을 살짝 바라보며 물었다.

나는 매우 공손한 모습으로 소사운에게 그녀를 소개해 주었다.

"명의후의 부인 되시는 영월 공주이십니다."

"오, 영월 공주님이셨군요. 어쩐지 고귀하고 우아하신 데다 반짝거리는 두 눈에 생기가 도시는 것이 예사롭지 않으시더라니요."

나는 소사운이 쉴 새 없이 재잘거리며 칭찬을 잇는 모습을 차가운 시선으로 바라보았다.

두 눈을 멀쩡히 뜨고 헛소리를 하는 것은 소사운의 가장 뛰어난 재주였다. 영월의 종잇장처럼 창백한 얼굴과 빛을 잃은 눈을 보고 어찌 생기에 고귀함과 우아함을 연관 짓는단 말인가. 그러고 보니 그녀가 찾아온 이 시간이 참으로 공교로웠다. 영월 공주와 함께 있는 이 순간에 찾아오다니, 마치 특별한 목적이라도 있는 듯했다.

힐끗 바라보니, 영월 공주는 소사운의 체면은 조금도 신경 쓰지 않는 듯한 태도로 경멸하듯이 말했다.

"도대체 어떤 경우 없는 계집이 내 앞에서 신바람이 나서 말하는 게냐? 예의라고는 조금도 모르는구나."

소사운은 얼굴을 찡그렸으나 성질은 내지 못하고 그저 옅은 미소를 지을 뿐이었다.

"신첩은 당연히 영월 공주님처럼 고귀하지 못하지요."

나는 미소를 지으며 두 사람 사이의 드러나지 않는 갈등을 바라보았다.

영월의 성격은 예전 그대로였다. 예전에 내 얼굴에 매서운 기세로 차를 들이부을 때와 조금도 달라지지 않았다. 영월은 진솔했다. 사람을 대할 때, 좋고 싫은 것이 얼굴에 그대로 드러났다. 언제나 선량한 척 가장하고 있는 소사운보다야 훨씬 솔직했다. 그러나 그 솔직함이 그녀를 해한 것이리라.

소사운은 영월이 더 이상 아무 말도 하지 않자 고개를 돌려 자신이 찾아온 이유를 밝혔다.

"태후마마의 분부가 있으셨네. 나와 진 주인에게 올해 섣달 그믐 밤에 백관이 모인 연회 자리에서 함께 춤을 추라고 하셨어. 그 일로 상의를 하러 온 것이네."

"함께 춤을 추라고?"

나는 미간을 찌푸렸다. 도대체 무슨 뜻인가? 나와 소사운에게 함께 춤을 추라니?

영월은 하하 웃었고, 하찮다는 눈빛으로 소사운을 바라보았다.

"반옥의 봉무구천은 당시 정 부인의 회전춤마저 퇴색시켜 버렸는데 네가 무엇을 믿고 그녀와 함께 춤을 춘다는 것이냐?"

192

소사운은 표정을 굳히고 질겁한 표정으로 영월을 바라보았다.

"뭐라고 하셨습니까?"

"나는 이만 가야겠다, 한명이 나를 기다리고 있으니."

영월은 더 이상 아무 말도 하지 않고 우아하지만 창백한 미소를 지으며 소봉궁을 떠났다. 나와 소사운만이 남게 되자 갑자기 찾아온 침묵이 분위기를 무척 기묘하게 만들었다.

영월의 말은 무심코 내가 설해라는 사실을 드러내고 말았다. 게다가 소사운을 향한 그녀의 적의는 무척 이상했다. 설마 한명이 그녀에게 말하라고 시킨 것일까? 그렇다면 한명의 목적은 무엇인가?

"그대가……, 체 황비?"

소사운의 목소리가 경미하게 떨렸고, 흥분한 그녀가 한마디 말을 날카롭게 내뱉었다.

"설마 그대가 바로 그 복아?"

"어째서?"

나는 그녀가 도대체 왜 이렇게까지 흥분하는지 이해할 수 없었다. 연희가 그녀에게 내 신분을 말해 주지 않았다 해도 그녀가 이렇게 흥분할 이유는 없었다.

"그대가 바로 그 복아였군."

그녀는 천천히 두 눈을 감았다.

"내가 〈소영疏影〉이라는 노래를 불렀던 그날을 아직도 기억해. 폐하께서는 한걸음에 달려오셔서 나를 품 안에 꼭 안으시며 말씀하셨지. '복아, 드디어 돌아왔구려.'"

그녀의 눈가에서 눈물이 천천히 흘러내렸고, 잠시 후 그녀가 꼭 감고 있던 두 눈을 떴다.

"나는 그대를 향한 폐하의 마음이 그저 한때의 마음이라고, 그의 마음은 나에게 있다고 생각했어. 그런데 진 주인이 바로 그 복아라니……."

그녀의 비통한 표정을 보고 절망적인 어조를 들으며, 갑자기 몹시 두려운 생각이 들었다. 영월이 소사운 앞에서 엉겁결에 한 듯이 던진 의미심장한 말, 태후가 갑자기 나와 소사운에게 함께 춤을 추라고 한 것, 그리고 공교롭게도 소사운이 영월과 마주친 것…….

"폐하께서 사랑하는 사람은 그대인데 어찌 나에게 더 큰 총애를 주시는 걸까?"

그녀는 조용히 자문하더니 큰 소리로 웃기 시작했다.

"이제 보니 폐하께서는 내게서 배후의 인물을 알아내려던 것이었구나. 내 사랑을 이용하고 나를 속였어. 내게서 더 많은 정보를 알아내고 싶으셨던 거야. 폐하는 나를 사랑하신 적이 없었어! 모든 것이 거짓이었어. 다들 거짓말쟁이였어!"

그녀는 미친 듯이 고함을 질렀고 나를 손가락질하며 독하게 말했다.

"영원히 말해 주지 않겠다. 누가 배후인지 영원히 말하지 않을 거야!"

말을 마친 그녀가 궁 밖으로 달려 나가는 모습을 바라보며 나는 그 자리에 굳어 버린 채 미동도 하지 않았다. 지금 발생한 모든 일은 내게 확실한 답을 알려 주고 있었다.

태후! 태후의 목적은 오직 기우를 향한 소사운의 마음을 포기하게 하기 위함인가? 기우가 지금까지 그녀를 계속 속여 왔음을 그녀가 알게 하려는 것인가? 그렇게 되면 소사운은 분명 복수를 위해 배후의 인물을 밝히지 않을 것이다. 그것은 태후가 바로 배후의 인물이라고 말해 주는 것과 같지 않은가?

설마 한명과도 관련되어 있는 것인가? 아니, 한명이 그럴 리 없다. 그렇게 기우에게 충성을 다하던 그가 조정을 배신할 리 없다. 그렇다면 이유는 한 가지뿐이다.

한명은 태후 역시 연희의 사람이라는 것을 알게 되었고, 자신에게 은혜를 베푼 태후를 보호해야 했다. 그렇기에 나와는 단호하게 선을 긋고 자신의 권력과 자신의 누이를 보호하는 것을 선택한 것이다.

이 일을 기우에게 말해야 할까?

나는 두 손을 단단히 쥐었다. 머릿속에서 장생전의 장면이 스쳐 지나갔다. 배 밖으로 끌어내어지던 죽은 아기……

기우에게 말해야 한다. 나는 기우가 한 태후를 제거하도록 할 것이다. 내 아기의 목숨 값을 목숨으로 받아 낼 것이다!

'한명, 나는 그대에게 목숨 하나를 빚졌어요. 반드시 갚겠어요.'

하지만 나는 한명에게 빚이 있다. 그의 소중한 누이를 다치게 할 수는 없다.

아니다. 내가 빚을 진 이는 한명이다. 한 태후가 아니다.

나는 복잡한 마음으로 양심전을 향해 한 걸음씩 나아갔다. 무척이나 느린 속도로 걷고 있었고, 걷고 멈추기를 반복하고 있었다. 마음속의 혼란스러움 때문이었다.

어떻게 태후란 말인가? 태후가 왜 그런 일을 한단 말인가? 연희를 도와 기우에게 맞서다니……. 애초에 기우가 황위에 오를 때에 그녀의 공이 크지 않았는가?

그 때, 나의 발걸음이 멈추었다. 저 멀리 바라보니 한명과 영월이 나란히 서 있었고 그들의 시선은 시종 나의 몸에 고정되어 있었다. 나는 남몰래 긴장하며 마음속으로 약해져서는 안 된다고 되새겼다. 태후는 간접적으로 내 아기를 죽인 사람이다!

잠시 후, 그들에게 가까이 다가가는 나의 발걸음은 여전히 안정적이지 못했다. 한명이 내 앞에 무릎을 꿇는 것을 보고 나는 깜짝 놀라 뒷걸음질을 쳤다.

"뭐 하시는 겁니까?"

"부탁이오. 나의 누이를 놓아주시오."

그의 목소리는 더할 수 없이 간절하였고 심지어 애걸하는 기색을 애써 숨기고 있었다.

"무슨 말을 하시는 건지 모르겠습니다."

나는 시선을 옮기고 그를 바라보지 않은 채 차가운 목소리로 그의 말에 답했다.

196

"누이의 계략으로 그대를 속일 수 없다는 걸 알고 있소. 그대가 자신의 아기를 위해 복수를 하려는 건 당연한 일이오. 그러나 당초 누이의 계획은 대황자를 죽여 소사운이 더 이상 사랑에 허우적거리지 않도록 하고, 또한 그대를 출궁시키려는 것이었소."

그의 해명은 그날 완미가 했던 말과 같았다. 그러나 그 말이 진실인지 거짓인지는 알 수 없었다.

나는 한명의 얼굴에 시선을 고정했다.

"모든 것을 알고 계셨나요?"

영월 역시 내 앞에 쿵 소리를 내며 무릎을 꿇었다.

"나와 한명 사이에 이미 사랑은 없으나 그는 나의 남편이다. 그가 했던 모든 일은 그의 누이를 위한 것이니 네가 그를 놓아주길 바랄 뿐이다."

미소를 띤 채 내 시선은 두 사람 사이를 배회하고 있었다

"정말 제가 아기 때문에 태후의 일을 밝히는 거라고 생각하는 건가요? 그녀가 한 일은 대역죄입니다. 욱나라와 몰래 결탁하여 기나라의 강산을 해하려는 것, 그것은 결코 용서받지 못할 죄입니다."

한명은 돌연 침묵하였고, 주먹을 쥔 그의 손이 경미하게 떨리고 있었다. 나는 이 광경을 바라보며 그들 곁을 지나쳤고, 조금도 망설이지 않고 양심전을 향해 나아갔다. 그러나 채 몇 걸음 떼지 않았을 때, 한명이 돌연 나를 향해 소리쳤다.

"반옥, 내게 목숨 하나를 빚진 것을 기억하오? 나는 지금 당

장 그 빚을 돌려받길 바라오."

나는 더 이상 앞으로 나아갈 힘을 잃고 발을 멈추었다. 나는 쓸쓸한 미소를 띤 채 고개를 돌려 그를 바라보았다.

"무슨 부탁이든 들어줄 수 있지만 이 일만은 안 됩니다. 은혜는 그대에게 갚겠어요."

"누이를 놓아주시오. 그것이 내게 은혜를 갚는 것이오. 나는 그대가 지금 바로 그 은혜를 갚기를 바라오."

그의 목소리는 이상할 정도로 냉정하였고, 그 어조에는 결코 거절을 허락지 않겠다는 기세가 담겨 있었다. 갑자기 그의 말투가 다시 부드러워졌다.

"누이가 또다시 같은 죄를 짓지 않을 것임을 내가 보장하겠소. 이렇게 부탁하오. 누이에게 기회를 주시오."

말을 마친 후 그는 바닥을 향해 머리를 내리찧었고, 그의 이마에서 튄 피가 울퉁불퉁한 바닥에 작은 흔적을 만들어 내고 있었다. 끔찍한 광경이었다.

한명은 나를 협박하고 있었다. 역시 그는 나를 잘 알고 있었다. 나를 잘 알고 있기에 지금처럼 간절히 부탁하는 연극을 하고 있는 것이리라.

돌연 나는 모든 것을 이해하게 되었고, 마음속에 옅은 아픔과 깨달음이 번져 갔다. 나는 차가운 공기를 깊이 들이마신 후 고개를 끄덕였다.

"이제야 알겠군요. 결코 타인의 은혜를 받아들여서는 안 된다는 것을요. 결국은 갚아야 하니까요."

그의 몸이 살짝 흔들렸고, 그는 무슨 말을 하려는 듯 입을 열었지만 결국 내뱉지 못하고 삼켜 버렸다. 순식간에 느껴지는 씁쓸한 기분에 나는 고개를 들어 구름도 별로 없는 파란 하늘을 올려다보며 말했다.

"이제 그대와 나 사이에 빚은 없습니다. 만약 태후가 다시 한 번 잘못을 저지른다면 그때는 결코 오늘처럼 마음이 약해지지 않을 것입니다. 오늘 이후로는 서로의 일에 간섭하지 말고 각자의 길을 가도록 해요."

그날 밤, 또다시 내리는 폭설 속에 전모천이 몰래 나를 찾아왔다. 하늘빛이 어두워 지척도 분간할 수 없을 정도였으나 나는 침궁에 불을 켜지 않았다. 우리 둘은 흰색 벽옥 탁자 앞에서 서로를 마주보고 앉아 조정의 수많은 일들에 대한 이야기를 나누었다.

"한명을 주의해서 관찰해 다오."

나는 이번 한 태후의 행동을 상당히 수상해하고 있었다. 한 태후는 마치 자신이 배후의 인물이라고 일부러 내게 알려 준 것 같았다. 한 태후는 똑똑한 사람이다. 그런 사람이 이토록 뻔하게 일 처리를 할 리 없었다.

그는 의심스러워하며 나를 한참이나 바라보다가 무슨 말을 하려는 듯하다 멈추고, 하려는 듯하다가 멈추기를 반복했다. 나는 이상하게 여기며 그에게 물었다.

"왜 그러니?"

그는 한참 동안 고민한 후에야 겨우 입을 열었다.

"수개월 전, 폐하께서도 저에게 한명의 행동을 감시하라고 하셨습니다."

나는 갑자기 멍해졌다.

"폐하께서도 한명을 감시하라고 하셨다고? 그리고 또 다른 말씀은 없으셨니?"

"없으셨습니다."

전모천은 고개를 가로저은 후, 한숨을 내뱉었다.

"지난 몇 개월간 사람을 시켜 한씨 저택을 감시하고 있었으나 이상한 점은 조금도 발견하지 못했습니다. 그러나 오히려 이러한 고요함이 더욱 의심스럽습니다. 하인들도, 계집종들도 의심스럽고, 한명은 더더욱 의심스럽습니다. 그러나 도대체 어디가 의심스러우냐고 하면 설명할 수가 없습니다."

그가 손바닥으로 탁자를 가볍게 내리치자 가느다란 소리가 퍼졌고, 나의 심장도 두근두근 떨려 왔다.

설마 기우가 한명을 의심하고 있는 것인가? 만약 확신이 있다면 소사운을 지금까지 두고 보지는 않았을 것이다. 설마 정말로 소사운을 좋아하고 있는 것인가? 아니다. 기우의 눈에 비쳤던 그 질색하던 기색이 가짜일 리 없다.

기우를 찾아가서 분명히 물어봐야 한다. 아니다. 만약 아무 문제도 없는데 내가 성급히 물어보았다가는 어쩌면 한명을 다시는 되돌릴 수 없는 지경에 이르게 할 수도 있다. 먼저 상황을 확실하게 조사한 후에 물어봐야 한다. 결코 경솔해서는 안 된다.

"모천, 반드시 한명을 잘 조사해 줘. 무언가 알아내면 꼭 내게 먼저 알려 줘, 폐하 쪽은 잠시 보류해 두고."

전모천은 의아한 듯했으나 그럼에도 고개를 끄덕여 승낙을 표했다.

"폐하께서는 제가 이 일만 잘 처리하면 저를 병부상서兵部尚書로 봉하시겠다고 하셨습니다."

"직위가 높아지면 이익도 있지만 너무 빨리 오르면 추락할 때 충격 또한 더욱 큰 법이야. 조정에서는 항상 조심하고 그 누구도 쉽게 믿어서는 안 돼. 그들은 상황에 따라 태도를 바꾸는 관원들이니 말이야!"

나는 걱정을 담아 그에게 주의를 주었다.

"그중에서도 가장 조심해야 할 사람은 기우야. 그는 무서운 사람이야. 모든 일이 그의 손바닥 안에 있으니 결코 그를 배반하는 일을 해서는 안 돼. 그렇지 않으면 전모천이 열 명이라도 모두 그의 손에 죽게 될 거야."

"저도 잘 알고 있습니다. 폐하께서 저에게 한명을 조사하라 하셨으나 사실 제가 조사할 필요도 없는 일이었습니다. 그저 저의 충성심을 시험해 보시려던 것이지요. 누이께서는 폐하께서 비밀리에 정보 조직을 키우고 계신 것을 알고 계시는지요?"

내가 고개를 가로젓는 것을 보고 그가 가벼운 탄식을 내뱉었다.

"폐하께서는 정말 대단하십니다. 무슨 일을 처리하시든 놀라울 정도로 단호하고 신속하시지요. 폐하의 정보 조직은 저역시 조정의 소문으로만 들었을 뿐, 그것이 진짜인지 아닌지 확실치 않습니다."

나는 깊은 생각에 빠져들었다. 정보 조직? 근거 없는 소문은 아니겠지?

"모천, 지난번에 부친께서 난중에 돌아가셨다고 했는데 어찌 된 일인지 말해 줄 수 있니?"

나는 더 이상 기우에 대한 이야기를 하고 싶지 않아 화제를 바꾸었다. 또한 전모천에 대해 더 자세히 알고 싶기도 했다.

내가 자신의 부친 이야기를 꺼내자마자 전모천의 몸이 경직되었다. 방 안은 어둡고 불빛이 없었기에 그의 표정을 똑똑히 볼 수는 없었으나 그의 온몸에서 애통한 기운이 발산되고 있음을 분명히 느낄 수 있었다.

나는 그의 손등을 가볍게 두드렸다.

"모천, 대체 어찌 된 일인지 말해 봐."

"모두 조정의 썩어 빠진 관리들 때문입니다!"

그가 분노하여 탁자를 내리치자 둔탁한 소리가 울려 퍼졌다.

"관리들끼리는 서로 눈감아 준다는 옛말이 맞습니다. 그해는 가뭄이 들어 곡식 한 톨도 거두어 들일 수 없었지요. 조정에서는 빈민을 구제하기 위해 서른 척의 큰 배에 양식을 실어 보내었지만 탐관오리들은 그 곡식을 자신들이 차지하고 나누어 주지 않았습니다. 곡식을 원하면 돈을 내라고 하였지요. 게다가 곡식의 가격은 예전의 열 배나 되었습니다. 관리들에 대한 원성이 자자했고 백성들은 의분에 타올랐습니다. 우리는 폭동을 일으켜 탐관오리들을 공격했습니다. 그들은 궁지에 몰리게 되었지요. 우리는 곡식을 손에 넣고 잠시 배고픔을 해결할 수 있었습니다. 탐관오리들은 저희가 규범을 지키지 않고 그들이 곡식을 나누어 줄 때 폭동을 일으켜서 모든 곡식을 강탈해 갔다고 조정에 보고하였습니다. 조정에서는 아무 조사도 거치지 않고 병사들을 보내어 마을을 진압하였고, 결국 그 일로 수많은 사람이 죽고 다쳤지요. 그리고 저희 부친께서도 그 자리에서 돌아가셨습니다. 아버님은 임종 전에 그동안 힘들게 모은 백 냥의 은자를 제게 주시며 반드시 과거에 급제해야 한다고, 그래서 억울하게 죽은 백성들을 위해 정의를 구현해야 한다고 말씀하셨습니다. 그때 저는 조정을 증오하여 과거를 볼 마음이 전혀 없었습니다. 그러나 누이께서 여전히 그 지옥 같은 곳에 계실 것과 부친의 유언을 생각하고, 또한 뇌물을 받고 법을 어기는 탐관오리들을 떠올리고 마음을 바꾸었습니다. 다행히 입관한 지 얼마 되지 않은 저를 폐하께서 높이 평가해 주셨습니다. 일찍이 저는 그 소요의 책임이 온전히 황제에게 있다고 생각하였습니다. 그런데 폐하께서 그 폭동에 대해 전혀 모르고 계신다는 것을 깨달았을 때는 실로 경악하고 말았습니다. 또한 많은 날을 곁에서 지켜보며 폐하께서 훌륭한 황제라는 것을 깨달았지요. 비록 폐하는 독하신 분이시나 천하를 구제하고 싶어 하시지요. 폐하의 숙원은 삼국을 통일하여 사분오열된 나라들이 다시는 동란을 일으키지 않는 것입니다."

그의 이야기는 나를 침묵에 빠지게 했다. 관원들이 서로를 눈감아 주며 함께 못된 짓을 하는 것은 이전부터 흔한 일이었다. 그러나 이렇게 직접 이야기를 들으니 그 느낌이 참으로 달랐다. 전모천이 이토록 무정하고 잔혹하게 변한 것은 폭동과 부친의 억울한 죽음 때문이었다.

그리고 기우, 그는 훌륭한 황제이다. 나 역시 알고 있는 사실이며 결코 의심해 본 적도 없다. 그러나 그의 수단은 언제나 너무 강경하고 가혹했다. 삼국을 통일하려는 그때가 오면 분명 피가 강이 되어 흐를 것이다.

우리가 너무 큰 소리로 이야기를 했기 때문일까? 바깥의 모란이 조용히 문을 두드리는 소리가 들려왔다.

"주인님, 아직 주무시지 않으십니까?"

모란의 목소리를 듣자마자 나와 전모천은 곧바로 목소리를 낮추었다. 분명 조금 전, 전모천이 옛날 이야기를 하다 보니 자기도 모르게 목소리가 점점 커졌던 것이리라. 우리 둘은 숨을 죽인 채 어둠 속에서 사방으로 시선을 돌렸다.

밖에서 화석의 목소리가 들려왔다.

"참 의심도 많구나. 이렇게 늦었으니 당연히 침소에 드셨겠지."

"안 되겠어. 내가 들어가 봐야겠어."

모란은 의심이 생긴 듯했다.

화석이 목소리를 낮추며 말했다.

"조용히 해! 그렇게 큰 소리로 말하면 주인님께서 깨시잖아.

주인님께서 깨시면 너한테도 좋을 게 없어."

바깥의 소리는 조금씩 멀어졌고 나는 전모천과 함께 뒤쪽의 창문으로 발걸음을 옮겼다. 눈꽃이 여전히 깃털같이 분분히 날리고 있었다. 그가 몸을 돌려 밖으로 나가자 눈이 그의 몸 위로 떨어졌다.

"누이, 몸조심하십시오. 제가 또 찾아뵙겠습니다."

나는 고개를 끄덕였다.

"조정은 위험한 곳이니 항상 조심해야 해."

말을 마친 후, 나는 곧바로 그의 귓가에 대고 조용히 말했다.

"내일 어선방御膳房[12]에 가서 한 가지 일을 해 주렴."

나는 작은 목소리로 간단히 설명하였고 전모천은 아무것도 묻지 않고 고개를 끄덕였다.

나는 그의 처량한 뒷모습이 눈꽃 사이로 점점 사라지는 모습을 바라보다가 조심스레 창문을 닫은 후 푹신한 침대에 몸을 묻었다. 생각이 흩날리며 모란이 떠올랐다.

심완과 모란은 지금도 나의 일거수일투족을 감시하고 있었고, 특히 모란은 더욱 열심이었다. 매일 밤 나를 위해 야간 경비를 서지만 그 진정한 목적은 내게서 한 발자국도 떨어지지 않은 채 나를 감시하려는 것이 아닌가. 심지어 밤에도 이러한데 낮에는 내게서 눈조차 떼지 않았다. 나는 반드시 그녀를 제거해야 한다. 반드시……!

---

12 황궁의 주방

생각이 점점 흐려지고 눈꺼풀도 무거워지기 시작했다. 결국 나는 조용히 두 눈을 감고 깊은 잠에 빠져들었다.

다음 날, 나는 단색의 가벼운 옷을 걸친 채 화장대 앞에 앉아 있었고 화석이 상아 빗으로 내 머리를 빗겨 주고 있었다.

모란이 따뜻한 물을 들고 안으로 들어오며 말했다.

"주인님, 어젯밤에는 잘 주무셨어요?"

나는 거울에 비친 나의 모습을 바라보며 미소 지었다.

"아주 잘 잤단다."

"그렇다면 제가 의심이 많았던 것이군요. 어젯밤 주인님의 방 안에서 남자 목소리가 들리는 것 같았는데 분명 잘못 들은 모양입니다."

모란은 소리를 내지 않고 웃으며 대야를 조심스럽게 내려놓았다.

나는 나의 흑단 같은 머리카락을 차분히 어루만지며 말했다.

"모란, 너는 농담도 잘하는구나. 이 깊은 궁궐에 남자가 어디 있다고……."

화석은 침착하게 나의 머리를 빗겨 준 후 상아 빗을 화장함에 넣고 황금빛 옷장에서 연붉은 장미 빛깔의 옷과 다양한 새 문양의 치마를 꺼내었다.

"주인님, 어서 옷을 갈아입으시고 아침 식사를 드셔요."

나는 고개를 끄덕였다.

"모란아, 심완을 도와 아침 식사를 준비하렴. 여기는 화석이면 충분하다.”

“화석이는 주인님의 마음을 잘 헤아리나 봅니다. 주인님께서 잠시도 떨어뜨리지를 못하시니 말입니다. 저도 화석이에게 주인님을 어찌 모셔야 하는지 좀 배워야겠습니다.”

모란은 방자하게 웃고는 사뿐사뿐 방을 나섰다.

화석이 코웃음 치는 소리가 들려왔다.

“주인님 앞에서 저리도 오만하다니…….”

“어쩔 수 없구나. 이 주인은 품계도 없으니 말이다.”

나는 가볍게 웃으며 허리춤에 나비 모양 노리개를 걸었다.

“제가 모란이를 혼내겠습니다.”

그녀의 입술 끝이 위로 향한 모양이 웃는 것 같기도 아닌 것 같기도 했다.

“내게도 혼낼 방법이 있단다. 나는 내 곁에 결코 이토록 많은 첩자를 놔두지 않을 것이다. 반드시 내 세력을 키우고 말 것이야!”

옷을 다 입은 나는 몸을 돌려 침궁 밖으로 나갔다.

“참, 화석아. 책 한 권을 좀 찾아 주렴. 송나라 형관인 송자宋慈가 지은 《세원녹집洗冤錄集》[13]이라는 책이란다.”

정오, 함박눈이 여전히 펑펑 내리고 있었다. 주변의 오솔길

---

13 송대에 지어진 책으로, 중국 고대의 법의학 책이다. 1247년도에 편찬되었고 인체의 해부도, 검시를 통한 사망 원인, 자살과 타살의 각종 현상 및 각종 독극물과 해독 방법 등이 담겨 있다.

이 모두 눈에 덮여 궁 안의 사람들이 삽을 들고 치우고 있었고, 그들의 움직임이 분주해짐에 따라 덮여 있던 눈이 조금씩 깨끗하게 정리되고 있었다. 그제야 곧은 오솔길 역시 힘겹게 그 모습을 드러냈다. 저 멀리 바라보니 얼어붙은 길이 무척이나 미끄러워 보였다. 공기 중에는 꽃향기가 은은히 퍼져 있었고, 광활한 눈밭 위에 서 있는 소봉궁은 마치 옥과 같이 정결해 보였다.

기우는 조회를 마친 후 소봉궁으로 찾아왔다. 함박눈을 맞으며 소봉궁으로 다가오는 그의 모습을 보니 마음이 서글퍼져서 나는 주변 사람들을 모두 물러가게 한 후 그와 함께 창가에 앉아 눈을 보며 차를 마셨다.

"복아, 왜 그러오? 오늘은 생각이 딴 데 가 있는 것 같소."

그가 용정차를 들이켠 후 이마를 어루만지며 말했다. 마치 어젯밤 잠을 제대로 자지 못한 듯했다.

나는 창가에 놓인 푸르게 빛나는 잎사귀의 군자란을 가리키며 말했다.

"이 꽃은 당신을 닮았어요. 신중함을 지닌 채 고아하고 엄숙하며, 강인하고 꿋꿋하니 말이에요."

그는 담담하게 웃더니 나의 말을 이었다.

"또한 부귀와 길함, 번영과 넘치는 행복도 닮았소."

그의 눈빛 속에 서서히 드러나는 다정함을 바라보며 나의 마음은 흔들리고 있었다.

'부귀와 길함'은 나와 그의 고귀한 신분을, '번영'은 기나라의 강성함과 태평성대를, '넘치는 행복'은 지금 이 순간의 우리를 뜻하는 것인가? 지금 이 순간, 정말로 행복이 넘치고 있단 말인가? 그의 눈에는 지금 이 순간이 바로 행복이 넘치는 모습이었구나.

나는 손이 가는 대로 만개한 군자란을 꺾은 후, 손가락 사이에 끼우고 천천히 몇 바퀴 돌려 보았다.

"그러나 꽃은 언젠가는 지고 말지요."

그는 잠시 침묵하더니 나의 손에서 군자란을 가져가며 말했다.

"복아, 그대가 섭섭해하는 것을 알고 있소. 그대에게 품계조차 내리지 못하다니 말이오. 조만간……, 조만간……."

그의 목소리는 '조만간'이라는 말에서 멈춘 채 뒷말을 잇지 못했다.

나는 주위를 둘러보며 웃음 지었다.

"기우, 저는 항상 묻고 싶었어요. 소사운은 당신에게 대체 어떤 사람인가요?"

그는 깜짝 놀라 내 말의 의도를 생각하고 있는 듯했다. 그가 아무 말도 하지 않는 것을 보고 나는 다시 말을 이었다.

"제 앞에서는 무척 귀찮은 듯 행동하셨지만 당신은 그녀를 너그럽게 감싸고 계세요. 첩자라는 신분, 포악한 성격까지도요. 그녀를 신뢰하고, 그녀를 해한 적도 없으시죠. 저에게도 그렇게 대하신 적이 없으셨던 것 같아요."

나는 말을 잠시 멈춘 후, 다시 말을 이었다.

"당신은 적국에서 보낸 첩자를 당신의 침상에 머물게 하셨어요. 그녀가 마음만 먹으면 언제든지 당신을 해칠 수도 있는데 말이에요."

놀랍게도 내 말은 그의 가벼운 웃음을 이끌어 냈다. 나는 미간을 찌푸리며 화를 냈다.

"지금 웃음이 나오세요? 오늘 소사운에 대한 당신의 감정을 제대로 해명하지 않으실 거면 식사를 할 생각은 하지도 마세요!"

나의 말에 그의 웃음소리가 더욱 커졌고, 시원한 그 소리가 방 안을 가득 채웠다. 그는 나의 손을 끌어 나를 자신의 품으로 이끌었고, 나는 그에게 기대었다.

그가 나의 뺨에 입맞춤을 하고 말했다.

"그대는 내 걱정을 하고 있구려. 걱정 마시오. 내게는 아무 일도 없을 것이오."

나는 그의 품에 가만히 기대어 그의 이어질 말을 기다렸다. 나의 마음은 달관의 경지에 이르러 있었다.

"약 삼 년 전, 장생전에 두 명의 자객이 침입하였소. 만약 소사운과 한명이 아니었다면 나는 이미 그 자객의 칼 아래 죽었을 것이오. 그때, 나는 깨달았소. 자신을 보호해 줄 비밀 군대를 양성하는 게 얼마나 중요한지 말이오. 지난 두 해 동안 나는 자객들을 양성하여 세 개의 조직으로 나누었소."

장생전에서의 자객 이야기에 나는 깜짝 놀랐다. 그것은 장생전에서 그림을 훔치던 나와 연희가 아닌가.

"그 자객들 가운데 비밀 조직은 삼국의 정보를 수집하는 임무를 맡고 있소. 경호 조직은 내 주변에 숨어 내 안전을 책임지고 있으며, 야간 조직은 내 명령에 따라 암살과 추격을 맡고 있소. 경호 조직이 언제나 내 안전을 지켜 주고 있으니 누군가 나를 죽이려 한다면 먼저 그 자객들부터 모두 죽여야 하오. 그러니 고작 소사운 정도는 내게 조금의 위협도 되지 못한다오."

그는 마치 누군가 들을까 두려운 듯이 내 귓가에 우리 둘만이 들을 수 있는 목소리로 이 이야기를 들려주었다. 이것이 엄청난 비밀이라는 것을 나 역시 잘 알고 있었다. 이것은 황제의 최후의 비밀인 것이다. 그런데 그는 내게 말해 주었다. 그는 나를 절대적으로 신뢰하고 있는 것인가?

나는 그의 허리를 어루만지며 가볍게 웃음 지었다.

"그런데도 그녀에게 그렇게 잘해 주신다고요? 만약 그녀의 이용 가치가 없어지면 그녀를 죽이실 건가요?"

"그대는 내가 그녀를 죽이길 바라오?"

그는 대답 대신 반문했다. 마치……, 주저하고 있는 듯이…….

"만약 제가 그녀를 죽이라고 한다면 죽이실 건가요?"

"그대가 죽이라고 말한다면 죽일 것이오."

그의 말은 무척 단호하였으나 그 말의 진위 여부는 밝혀내기 어려웠기에 나는 그저 옅은 미소를 지을 뿐이었다.

"제가 어찌 그녀를 죽이라 하겠어요. 그녀는 당신을 사랑하고, 당신을 해할 생각은 단 한 번도 하지 않았는데 말이에요.

당신이 마귀도 아니고, 인정이라는 것이 있으니 저는 당신이 그녀를 죽이지 않으시리라 믿어요."

그의 몸이 다소 경직되었다. 그가 입을 열어 무슨 말을 하려는 그때 다른 목소리가 들려왔다.

"폐하, 주인님, 점심 식사가 준비되었습니다."

나는 곧바로 기우의 품에서 몸을 일으키고 창가로 다가가서 심완과 모란, 그리고 그 뒤를 따르고 있는 다섯 명의 궁녀들이 조심스레 음식을 들고 걸어오는 것을 보았다. 그들의 걸음걸이는 무척이나 느릿느릿했다. 마치 잠시라도 정신을 집중하지 않으면 바닥에 미끄러지게 될까 두려운 듯했다. 나는 그들에게 평범한 가정식을 준비하게 했다. 나와 기우 둘이 먹는 것뿐이니 음식을 낭비할 필요는 없었다.

"기우, 하루 종일 조정 일을 처리하시느라 배고프시지요?"

나는 그의 손을 잡고 화려목 탁자로 이끌어 앉혔다. 기우의 표정은 그다지 자연스럽지 않았는데 아마도 조금 전 내게 하려던 말을 심완에 의해 방해받았기 때문일 것이다.

심완과 모란이 그릇과 젓가락을 들고 독이 들었는지 확인하기 위해 음식을 먼저 시식하는 동안 기우는 나의 손을 붙잡고 말을 이었다.

"너무 걱정하지 마시오. 나는 그녀를 이용하는 것뿐이니……."

젓가락을 움직이던 모란의 손이 굳었다. 마치 조금 전 기우가 말한 '그녀'가 누구인지 생각하고 있는 것 같았다. 나는 곁

212

눈질로 그녀를 바라보았고, 그녀는 그제야 자신의 실수를 깨닫고는 재빨리 장어를 입속에 넣고 씹기 시작했다. 걱정스러웠던 나의 마음은 점차 편안해졌고 두 눈은 기우를 바라보았다.

"알고 있어요. 다 알아요."

기우는 안도의 한숨을 내쉬었다.

"먹읍시다."

그가 직접 나를 위해 옥 젓가락을 집어 내게 건네주었다.

나의 젓가락은 가장 먼저 삶은 인삼 장어 위에 머물렀다.

"이것은 장어 아니냐? 어찌 이리 비린 것을 올렸느냐?"

"제가 조금 전 먹어 보았는데 주방에서 이미 비린내를 제거하여 육질이 부드럽고 아주 맛이 좋습니다. 주인님께서도 드셔 보십시오."

모란이 공손하게 답했다.

그러나 기우가 코웃음을 치고 말했다.

"너희는 너희 주인의 몸이 좋지 않은 것을 모르느냐? 어의도 너무 느끼하고 비린 것을 금하라 하지 않았느냐? 너희는 시중을 어찌 드는 것이냐? 지금 당장 물리거라."

"폐하, 노기를 거두시옵소서. 소인, 죽어 마땅하옵니다."

모란은 그 자리에서 무릎을 꿇었고, 심완은 전전긍긍하며 장어 요리를 밖으로 내갔다.

"이것은 모두 어선방에서 만든 것이라 소인은 아무것도 모르옵니다."

"됐다."

나는 손을 내저어 상황을 정리했다.

점심 식사를 마치고 내가 기우를 배웅하는데 소식 하나가 전해져 왔다. 모란이 갑자기 죽었다는 것이었다.

부검의는 시체를 검사한 후 독을 먹고 죽은 것이라 말하였고, 기우는 대로하며 철저하게 조사하라고 명했다.

조사 결과 장어 요리에 쓰인 장어가 죽은 장어였다는 사실이 밝혀졌다. 그것을 먹은 모란은 복통이 그치지 않았고 결국 죽음에 이르게 된 것이다. 기우는 어선방의 책임자를 해고하고 장어 요리를 한 요리사에게 사약을 내렸다. 이 일은 이렇게 끝이 났다.

나는 탁자 앞에 앉아 화석이 구해 준 《세원녹집》을 들어 책장을 넘겼고, 미소를 지으며 그 장을 바라보았다.

장어가 죽은 후에는 피가 응고된다. 먹으면 중독되기 쉬우니 복용해서는 아니 된다.

나는 손가락 끝으로 그 글자들을 훑었다.

조금 전에는 심완이 장어를 시식할까 봐 조마조마했다. 그러나……, 심완이 그것을 먹고 모란 대신 죽는다 해도 그녀의 재수 없는 운명을 탓할 수밖에……. 누가 그녀들에게 첩자 노릇을 하라고 하였는가?

죽은 장어를 요리하여 주인에게 바친 것은 그저 어선방의 실수일 뿐이다. 그들은 내가 그것을 먹지 않은 것을 다행으로 여기고 있을 것이다. 그랬다면 또 다른 암살 음모로 의심받았을 테니 말이다. 게다가 모란은 일개 궁녀일 뿐인데 누가 보잘것없는 궁녀 하나를 위해 대담하게 조사를 하겠다고 나서겠는가?

모란의 죽음이 장어에 문제가 있었기 때문임이 밝혀지자 기우는 붙잡고 있던 조정 일을 곧바로 내려놓고 소봉궁으로 찾아와 내가 입을 열기도 전에 나를 품에 꼭 안아 주었다.

"그대에게 아무 일도 없어서 정말로 다행이오. 그대가 장어를 먹지 않아서 정말로 다행이오."

그의 목소리에는 진실함과 걱정이 담겨 있었고, 나는 감동하여 맑은 눈물만 흘릴 뿐이었다.

어리석은 기우, 위풍당당한 한 나라의 주군이면서 나에게 무슨 일이 벌어질까 이토록 두려워하다니…… 그러면서 예전에는 어찌 그리 독한 마음을 먹고 내게 독을 썼던 건가요?

모안화를 보며 탄식하다

섣달 그믐날 밤, 온 하늘에 가득하던 눈은 사흘을 내리 내린 끝에야 멈추었다. 수많은 스님들이 복을 기원하기 위해 양심전을 돌며 주야로 경문을 읊었고, 밤이 되어서야 양심전을 떠났다.

기우는 대전에 수많은 대신들을 초대하여 연회를 베풀었다. 이 섣달그믐의 연회에는 소경굉 대장군, 예친왕 기호와 왕비 소요, 명의후 한명 외에도 육부상서, 시랑, 시중 등이 자리했으며, 후궁에서는 한 태후, 등 부인, 육 소의, 연 귀인, 소 귀인이 자리했다. 이들은 명성이 자자한 조정의 대신들과 총애받는 후궁들이었다.

나는 소사운의 아랫자리에 앉아 있었으나 이 자리에 어울리지 않는다는 생각에 불편함을 느끼고 있었다. 나는 품계조차 없는 여인이 아닌가.

대전의 한쪽에서는 춤과 노래로 태평성대를 찬미하였고, 조정의 중신들은 함께 술잔을 기울이며 때때로 기우를 향해 절하면서 축하의 술을 바쳤다.

등 부인이 갑자기 흥이 났는지 미소를 지으며 맞은편에 앉아 있는 소요를 향해 작은 목소리로 말했다.

"왕비께서는 이름 높은 재녀才女라고 하시던데 마침 이곳에 과거에 장원을 한 이가 함께 있으니 두 분께서 재기를 겨루어 보시는 것이 어떨지요?"

등 부인의 말이 떨어지자 주변에 있는 이들이 모두 고개를 끄덕이며 동의하였고, 그들이 시를 짓도록 재촉했다.

고개를 살짝 돌린 소요가 기호를 바라보며 그의 의견을 묻자 그가 다정한 눈빛으로 그녀에게 시를 지어 보라는 뜻을 비추었다. 소요는 양쪽 보조개가 드러나는 고운 미소를 짓더니 돌연 눈빛을 달리하고 입을 열었다.

연꽃 따는 여인 푸른 버드나무 그림자 가득한 나루터에 있고,

푸른 버드나무 그림자 가득한 나루터에서 새 노래 부르는데,

새 노래 부르는 부드럽고 낭랑한 목소리 들려오니,

부드럽고 낭랑한 목소리로 노래하는 연꽃 따는 여인.[14]

그녀의 시가 끝나자 주변의 사람들이 모두 탄성을 발했다.

---

14 소식의 여동생 소소매(蘇小妹)의 시 〈채련인(採連人)〉이다.

나 역시 남 몰래 그녀의 재기에 탄복하고 있었다. 그녀의 시는 완벽하고 고아한 첩자시疊字詩[15]로, 화려한 미사여구는 없었지만 민간 여인들의 평범한 나날을 잘 담아냈으며 탈속의 분위기를 풍기고 있었다.

"전 대인, 그대의 차례입니다."

갑자기 주변의 관원들이 소란스러워졌고 나의 시선 역시 전모천에게 고정되었다. 그는 남다른 총명함을 지니고 있지 않은가.

그가 곧바로 소요의 시의 뒤를 이었다.

꽃놀이하고 돌아가니 말이 바람처럼 달리고,
말이 바람처럼 달리니 술기운 모두 사라졌다.
술기운 모두 사라지니 이미 저녁이었고,
이미 저녁이라 깨어나니 꽃놀이하고 돌아가는 길.[16]

대구가 참으로 잘 맞았다. 놀라울 정도로 잘 맞았다.

소요는 여인이 연꽃을 따며 부르는 노래에 대한 시를 지었고, 전모천은 남자가 말을 타고 꽃을 즐기는 시를 지었다. 둘 다 일반 백성들의 생활을 잘 담아내고 있었다. 이것이야말로 백성들의 생활이며, 내가 꿈꾸는 그런 삶이 아니던가.

---

15 시의 글자나 구 혹은 절을 반복하여 운율감과 시의 정감을 더해 주는 시이다. 첫 구절과 마지막 구절에 같은 단어나 구 혹은 절을 사용하여 완성감을 더 높여 주기도 한다.
16 송나라 시인 소식의 〈상화귀거(賞花歸去)〉로 역시 첩자시이다.

사방에서 갈채 소리가 터져 나왔고, 기우 역시 감탄의 모습을 드러냈다.

"전 대인과 왕비의 재기가 우열을 가리기 힘들 정도로구나."

기우는 잠시 생각한 후 다시 말을 이었다.

"전 대인은 처가 있느냐?"

전모천은 돌연 멍해졌으나 이어질 기우의 말을 알아차리고 침울하게 답했다.

"아직 아내를 맞이하지 않았습니다."

"그렇다면 짐이 혼인을 주관하려는데 어떤가?"

"폐하, 신은 아직……."

그는 곧바로 자리에서 일어나 거절의 뜻을 말하려는 듯했으나 내 눈빛을 보고는 끝내지 못한 말을 삼키었다.

"폐하의 명을 따르겠습니다."

기우는 날카로운 눈빛을 소경굉의 몸에 고정했다.

"소 장군, 그대에게 또 다른 여식이 있다지? 얼마 전에 결혼할 나이가 되었다고 하던데 짐이 그대의 여식을 전 대인과 맺어 주면 어떻겠소?"

소경굉 역시 자리에서 곧바로 일어났다.

"폐하, 전 대인은 어린 나이에도 재기가 출중하니 전 대인에 비하면 제 여식은 한참 부족하옵니다."

"소 장군, 폐하께서 맺어 주시는 혼인인데 사양하실 셈이오?"

태후의 위엄 있는 눈빛이 소경굉을 훑었다.

그는 고개를 숙이고 한참을 고민하더니 말했다.

"신……, 명을 받들겠습니다."

기우의 혼인 하사는 무척 돌발적이었으나 이는 분명 기우가 한참 동안 생각해 왔던 것이리라.

전모천이 세력을 키우고 있는 이 시기에 병권을 쥐고 있는 소경꾕의 딸을 기우가 그에게 주는 의미는 분명했다. 전모천의 세력에 힘을 더해 주겠다는 것이었다. 소씨 집안과 혼인을 맺게 되면 전모천은 더욱 위로 올라갈 수 있을 것이다. 나는 기우의 생각을 알아차렸고, 그렇기에 전모천에게 거절하지 말라는 뜻을 비춘 것이다.

게다가 만약 전모천이 거절한다면 이는 기우와 맞서겠다는 것을 분명히 드러내는 것과 다름없었다. 그런데도 기우가 앞으로 그를 신임할 것인가? 황제의 신임을 얻지 못한 신하는 평생 한직에나 머물 수밖에 없는 것이다. 나는 전모천이 한때의 감정으로 돌아올 수 없는 길을 걷게 되는 것을 원치 않았다.

섣달그믐의 연회는 혼인을 성사시키는 것으로 끝이 났다.

화석은 내 뒤편에서 나를 위해 등을 들고 따라왔다. 휘휘 부는 차가운 바람이 몸속으로 파고들었고 여전히 녹지 않은 눈에 신발이 젖은 탓에 발이 몹시 시려서 나는 어서 빨리 소봉궁에 도착하기를 간절히 바랐다. 그러면 차가운 눈에 젖은 신발과 버선을 벗고 화로에 두 발을 녹인 후 이불 속으로 들어갈 수 있을 테니 말이다.

"진 주인, 걷는 게 힘드신가?"

옥 가마를 타고 가던 소사운이 내 곁을 지나며 물었다. 그녀는 나른한 듯 몸을 비스듬히 기대고 나를 바라보고 있었다.

"아이참, 품계가 없으니 어쩔 수 없겠군. 그저 그대의 발이 고생하며 돌아가는 수밖에."

나는 빙그레 웃었다.

"그렇지요. 소 귀인께서는 총애를 받는 후궁이시고, 옥 가마는 신분의 상징이니까요."

내 말을 듣자 그녀가 득의양양하여 웃으며 말했다.

"알면 됐네."

"그러나 남자의 마음을 아십니까? '정실은 첩만 못하고, 첩은 불륜만 못하다.'고 하지요. 남자들은 새로운 것을 좋아하고, 옛것은 지겨워하는 법입니다. 하물며 폐하는 어떠시겠습니까? 그의 곁에는 수많은 여인들이 있고 삼 년에 한 번씩 후궁을 뽑으시니, 오가며 폐하의 곁에 머무르는 여인들의 수는 셀 수도 없지요. 그런데 어찌 폐하께서 한결같이 소 귀인만을 총애할 거라고 자신하십니까? 게다가 그대의 신분은……."

나는 돌연 말을 멈추고 점점 변해 가는 그녀의 얼굴을 관찰했다.

"그 뒷이야기는 굳이 계속하지 않아도 되겠지요? 소 귀인은 영리한 사람이니 말입니다."

"내가 그 비밀을 말하지 않는 이상, 폐하께서는 나를 건드리실 수 없으시네."

그녀의 손이 천천히 이마 위의 진주 장식을 스쳤고, 그녀는 유난히 청아하고 매력적인 미소를 지었다.

"폐하와 몇 년이나 함께 지냈으면서 여전히 그를 조금도 이 해하지 못하시는군요. 두 해가 넘었으니 그대가 계속해서 이 일을 질질 끈다면 폐하의 인내심도 곧 바닥이 날 것입니다."

나는 발걸음을 멈추지 않고 그녀의 옥 가마와 나란히 앞을 향해 걸으며 말했다.

"폐하께서는 나를 건드리실 수 없으시네."

그녀의 매혹적인 웃음소리가 적막한 밤 가운데 울려 퍼져 유난히 기묘한 분위기를 자아냈다.

이 순간 내 앞에 있는 그녀는 예전의 그녀와는 완전히 다른 사람이었다. 그녀가 드디어 내 앞에서 진면목을 드러낸 것이 다. 이게 바로 소사운인 것이다.

그녀는 도대체 무슨 근거로 기우가 자신을 건드릴 수 없다 고 확신하는 것일까? 그녀는 고작 배후의 인물에 대한 비밀 을 알고 있을 뿐이지 않은가? 저토록 오만 방자할 이유가 있 는가?

"복아 공주, 충고 하나 하지요. 몸을 낮추도록 하십시오. 혼 자 힘으로 복수를 하겠다니 참으로 허황된 생각이 아닐 수 없 습니다. 알아서 기나라를 떠나도록 하세요."

"죄송하지만 그대를 실망시킬 수밖에 없겠군요. 저는 이곳 에 남아 폐하의 아기를 낳을 것입니다."

나의 말에 그녀가 안색이 돌변하여 차가운 목소리로 말했다.

"그거야 그대에게 아기가 생겨야 말이지!"

"기대하시지요, 소 귀인."

내 아기는 이미 너희들에게 해침을 당했다. 내가 너희들에게 또다시 해침을 당할 정도로 어리석겠는가?

눈이 쌓여 있고 눈송이가 흩날리고 있었으며 짙은 꽃향기가 풍겨 왔다.

나와 소사운은 각각 다른 길로 발걸음을 옮겼다. 그녀와의 대화에는 강렬한 적의가 가득했다. 이것은 우리의 첫 번째 정면 충돌이었다. 어쩌면 나와 그녀의 전쟁은 이제 막 시작되었을지도 모른다. 나 역시 그녀와의 암투를 기대하고 있었다. 분명 흥미로울 것이다.

나와 화석이 회랑의 모퉁이를 돌았을 때, 바람을 맞으며 서 있는 한명이 보였다. 들보 위에 걸린 채 흔들리고 있는 등불은 그의 얼굴 반쪽을 비추며 깜빡이고 있었고, 그의 그림자는 아주 길게 늘어나 있었다.

나는 그에게 다가가 바람 속에서 그와 어깨를 나란히 하고 섰다. 칼처럼 매서운 바람이 얼굴을 아프게 스치고 있었다. 화석은 눈치 빠르게 모퉁이 끝으로 물러나, 우리에게 자리를 마련해 주었다.

"명의후, 저를 기다리고 계셨나요?"

나의 담담한 목소리가 차가운 바람과 함께 흩어졌다.

"그렇소."

"무슨 일이신가요?"

"누이의 일을 밝히지 않아 줘서 고맙소. 그날은, 미안했소.

나는 누이를 보호해야만 했소."

"하나 여쭤봐도 되나요?"

그가 고개를 끄덕이는 것을 보고 나는 입을 열었다.

"그대와 태후, 대체 어떤 사이인가요? 남매? 연인?"

한명의 몸이 경직되었다. 그가 새까만 하늘을 바라보던 시선을 거두고 나를 바라보았다.

"은인."

그의 대답을 들은 나는 이해했다는 뜻으로 고개를 끄덕였다.

"하나 더 여쭤도 되나요?"

그가 다시 고개를 끄덕이는 모습을 보고 나는 숨을 깊이 들이마신 후 그의 슬픈 눈을 바라보며 물었다.

"오 년 전, 제가 영수의에 의해 얼굴이 엉망이 되고 낭떠러지로 굴러 떨어졌을 때, 어떻게 저를 발견하고 구해 주신 건가요?"

그의 표정은 변하지 않았으나 그의 입은 열리지 않았다. 나는 옅은 미소를 지었다. 나의 눈은 그의 마음을 볼 수 있었다.

나는 한 번도 그에게 나를 어찌 구한 것이냐고 물은 적이 없었다. 가슴 아팠던 옛일을 떠올리고 싶지 않았기 때문이었다. 지금 내가 이렇게 묻는 것은 더 이상은 이 문제를 묻지 않을 수 없게 되었기 때문이었다. 그러나 나는 그가 내게 아무 말도 하지 않을 것이라고 여겼고, 그래서 다시 물었다.

"천하제일이라는 신의는 의술이 무척 뛰어나지만 사람을 쉽게 구해 주지 않는다고 들었어요. 그런데 그대는 놀랍게도 그를 찾아내어 제 얼굴을 바꿔 주셨지요. 정말로 대단해요."

그는 입을 열어 그저 한마디만을 했다.

"반옥, 더 이상 관여하지 마시오."

"저에게 관여하지 말라고요? 제게 제 아기의 죽음을 헛되게 하라는 건가요?"

나는 다소 격앙되어 목소리가 높아졌다. 아기 생각을 하자 눈가가 촉촉해졌다. 나는 힘겹게 눈물을 참고 억지미소를 지으며 목소리를 낮추어 말했다.

"그대는 아기를 향한 모친의 사랑을 이해하지 못해요. 기우가 사향을 썼다며 저를 속였을 때처럼요."

"그 일은 미안하오."

그의 목소리에는 큰 변화가 없었으나 나는 조롱을 담아 웃으며 말했다.

"다시는 미안하다고 하지 마세요. 우리 둘은 이제 서로에게 빚진 것이 없으니까요."

나는 곧 흘러내릴 듯한 눈물을 삼키며 고개를 돌리고 말했다.

"화석아, 궁으로 돌아가자."

"예."

화석이 좁은 보폭으로 나를 향해 달려왔다. 나는 한명을 다시 돌아보지 않고 무거운 발걸음을 내딛었다.

화석이 나의 옆모습을 바라보며 근심스러운 듯 물었다.

"주인님, 우셨어요?"

"아니다."

나는 단호하게 부정하며 나무에 쌓여 있는 새하얀 눈을 바라보았다. 쌓인 눈이 조금씩 녹는 소리가 듣기 좋았다.

"전 대인에게 전하여라, 소사운의 신분에 대해 알아봐 달라고."

잠시 후, 한명이 떠올라 나는 곧바로 덧붙였다.

"그리고 한명의 신분에 대해서도……."

소사운은 기우가 자신을 건드리지 않을 것이라고 어찌 그토록 확신하는 것인가? 어떻게?

한명, 수많은 비밀이 그와 관련되어 있는 듯했다. 정말로 그와 연관된 것일까? 아니, 믿을 수 없다. 한명은……, 좋은 사람이다. 적어도 나는 그렇게 생각하고 있었다.

정월 대보름날, 궁 안의 사람들은 분주히 오가며 가는 대나무와 붉은 종이로 등롱을 만들고 그것을 나뭇가지에 걸었다. 잠시 후 날이 어두워지면 등을 밝히고 소원을 빌 것이다. 어떤 이들은 종이배를 접고 그 안에 붉은 초를 넣었다. 이것은 물결을 따라 앞으로 나아갈 것이다. 궁 안의 사람들은 정월 대보름을 맞을 때마다 이런 것들을 만들어 자신들의 소망이 이루어지기를 바랐다. 일종의 마음의 위로인 셈이다.

어둠이 찾아오자 소봉궁은 아름다운 노을처럼 반짝이는 빛에 둘러싸였다. 고운 붉은 등불이 메마른 나무 위에서 밝은 빛을 발했다. 차가운 바람이 불어오자 등불이 흔들렸고, 등롱에 붙인 소원이 불어오는 바람에 나부꼈다.

나는 나무 아래에 서서 바람 속에서 발하는 빛을 느끼며, 나무 위에 걸려 있는 등롱을 바라보았다. 따스한 붉은 빛에 눈이 부셨다.

하나하나의 소원에 마음이 끌려, 나는 그것들을 집중하여 읽기 시작했다.

아버지, 어머니, 건강하세요? 보고 싶습니다.

하루 빨리 이 음험한 궁궐을 떠나 평범한 생활로 돌아가고 싶습니다.

수많은 소원을 읽어 보니 대부분의 소원이 부모를 그리워하고 황궁을 떠나기를 바라는 것임을 알 수 있었다. 물론 그 가운데에는 높은 지위에 오르기를 바라는 소원도 있었다.

사실 사람들이 바라는 것은 모두 다르다. 어떤 이들은 평범한 생활을 바라고, 어떤 이들은 부귀영화를 원한다. 이 둘은 언제나 존재해 왔다. 평범한 생활을 원한다면 생활 속의 각종 고통을 견뎌 내야 할 것이고, 부귀영화를 바란다면 인간의 본성을 잃고 홀로 고독함 속에서 지내게 될 것이다.

"주인님, 이것 좀 보셔요. 전 대인께서 주인님을 위해 모안화暮顔花[17]를 찾아 주셨어요."

화석이 파란 색깔의 꽃을 한 바구니 들고 나를 향해 걸어

---

17 중국 소설 속에 등장하는 전설 속의 꽃으로, 꽃이 핀 후 아주 짧은 시간 내에 시들어 버린다고 한다.

왔다.

"보셔요. 정말 아름다워요. 전 대인께서는 주인님께서 정월 대보름을 즐겁게 보내시길 바라며, 폐하를 위해 어서 아기를 가지시길 바란다고 하셨어요."

나는 씁쓸하게 웃으며 꽃에서 풍겨 나오는 강한 향기를 맡았다. 모안화라고 하는 꽃을 책에서 본 적은 있으나 직접 보는 것은 처음이었다. 예전에 전모천의 앞에서 아무 생각 없이 탄식하며 모안화의 꽃말이 마치 나와 기우의 사랑을 닮 았다고 말했었는데, 그가 그것을 기억하고 나를 위해 그토록 찾기 힘들다는 모안화를 찾아 보낸 것이다. 생각지도 못한 일이었다.

이 꽃은 하룻밤의 생명만을 가지고 있다고 했다. 그렇다면 오늘 밤이 이 꽃의 마지막 날이란 말인가? 우담화와 참으로 닮 았구나.

나는 손을 뻗어 꽃을 받은 후, 손가락 끝으로 자색 꽃잎을 조심스레 어루만졌다.

"전 대인께서 마음을 써 주셨구나."

그는 요새 소경굉의 작은딸 소월蘇月과의 혼인 준비를 하고 있을 것이다. 혼인 날짜는 이월의 초이렛날이라고 했다. 마침 나의 생일과 같은 날이었다. 기우가 직접 그 혼인의 주례를 맡 는다고 하던데, 가능하다면 나 역시 기우와 함께 가서 전모천 의 아내를 보고 싶었다. 그러나 만약 내가 먼저 말을 꺼낸다면 기우는 나와 그의 관계를 의심할 것이 뻔했다. 그러니 가장 좋은 방법은……, 그가 먼저 내게 이야기를 꺼내 주는 것이었다. 어찌해야 그가 먼저 이야기를 꺼내도록 할 수 있을까?

생각에 빠진 채로 맑고 푸른 호수를 건너 모안화를 발아래에 내려놓았다. 손을 뻗어 차가운 호수 안에 집어넣자 온 팔이 얼어붙는 듯했으나 이내 수온에 적응이 되었다. 주변에 잠시 멈춰 있던 작은 종이배들이 호수 중심을 향해 넘실거리며 나아가기 시작했다.

작은 돛단배들을 보니 지금 조정에서 논의하고 있다던 큰일이 떠올렸다. 한씨 집안이 중심이 되어 기우에게 황후를 책봉하라는 상소를 올리고 있고, 가장 우선적으로 추천된 이는 등 부인, 두 번째는 육 소의라고 했다. 자세한 소식은 나 역시 잘 알지 못했다. 며칠 동안 모천을 만나지 못했기 때문이다. 혼인을 준비하느라 무척 바쁜 듯했다.

"깊이 숨겨진 나의 번민과 사랑, 오직 하늘만이 알리라."

나는 슬픈 마음을 가득 담고 조용히 읊조렸다.

수년 전, 연성과 함께 공명등을 날리던 모습이 보이는 듯했다. 그의 소원은 나의 행복이었으나 행복은 나로부터 점점 멀어지고 있는 듯했다. 우리의 아기에게 그를 향한 미안한 마음을 보답하고 싶었다. 그렇게 하면 그 미안함이 조금은 줄어들 것 같았기 때문이다.

불현듯 호수 위에 다른 사람의 모습이 비쳤다. 언제부터인지 알 수 없으나 기우가 내 뒤에 서 있었다. 나는 깜짝 놀라 고개를 돌리고 그를 올려다보았다. 그의 눈빛은 깊고 어두웠다.

"무슨 생각을 하고 있기에 그대 곁에 이리 오래 서 있는데도 알아차리지 못하오?"

나는 이내 몸을 세웠으나 두 다리가 마비된 듯하여 제대로 서 있을 수가 없었다. 그가 나를 곧바로 붙잡아 주었다.

"조심하시오."

눈앞이 돌연 캄캄해졌고, 잠시 후에는 모든 생각이 사라져 버렸다. 나는 힘없이 그의 품에 기대어 감각이 사라진 이마를 흔들었다. 그는 걱정스러워하며 나의 이마를 어루만졌다.

"호숫가에 그리 오래 웅크리고 앉아 있으니 머리가 어지러운 걸 게요."

나는 칠 할의 미소와 삼 할의 애교를 보이며 그의 품으로 파고들었다.

"당신이 저와 함께 소원을 비시면 좋겠다고 생각하고 있었어요."

"내 이렇게 오지 않았소?"

나의 상태가 호전된 것을 본 그가 내 귀밑머리 쪽으로 손을 옮겼다.

"무슨 소원을 빌고 싶소?"

나는 잠시 곰곰이 생각한 후 입을 열었다.

"아이를 낳고 싶어요. 여자아이였으면 좋겠어요. 승환……, 승환이와 함께 우리 세 가족이 즐겁게 살고 싶어요."

그는 품에 안긴 나를 더욱 강하게 안으며 말했다.

"안 되오. 황자를 낳아야 하오. 그대는 앞으로 황후가 될 것이오. 황후가 황자를 낳지 못한다면 대신들의 의견이 분분할 것이오."

그의 목소리는 강경하였으나 나의 미소는 점차 서글퍼지다가 씁쓸한 웃음으로 바뀌었다.

"지금 대신들이 황후를 찾고 있잖아요."

그의 안색이 이내 어두워지고 일그러지더니 곧 폭발할 듯한 노기를 띠었다. 조금 전 그의 마음이 불편한 것 같아 보였던 것은 바로 황후를 봉하는 일 때문이었던 듯했다.

나는 곧바로 그에게 물었다.

"왜 그러세요?"

"한씨 집안이 점점 대담해지고 있소. 그들은 수많은 관원들을 동원하여 나에게 황후를 책봉하라고 압박하고 있소. 입만 열면 인의니 도리니 내세우고 있지. 등 부인? 결국에는 자신들의 권력을 위해 그녀를 천거하는 것이 아니오!"

그는 코웃음을 쳤다.

"후궁의 일을 태후에게 맡긴 지 너무 오래되었소. 이제 바로 잡아야 할 때가 되었소."

나는 그의 품에서 빠져나와 그를 향해 달콤한 미소를 지어 보였다.

"기우, 유쾌하지 않은 일은 떠올리지 말아요. 당신은 훌륭한 황제이니 이 천하를 잘 다스리실 것이고, 후궁 역시 바로잡을 수 있으실 거예요."

그의 안색이 점차 다정해지는 것을 바라보며 나는 몸을 숙여 모안화를 들었다.

"모안화를 보세요."

그는 나와 함께 웅크려 앉아 조심스레 꽃잎을 어루만졌다.

"매우 아름답소. 그래도 사람이 꽃보다 더욱 곱구려."

"거짓말쟁이."

옅은 미소를 짓고 있던 나는 의미심장하게 웃으며 물었다.

"모안화의 꽃말을 아세요?"

그의 눈동자가 흐려지는 것을 바라보며 나는 천천히 말했다.

"모안화의 꽃말은 '사랑을 위해 한순간 찬란히 피었다가 지다'예요. 우담화가 짧은 순간 아름답게 피었다가 사라지는 것과 같아요."

그의 미간이 점점 깊이 패었고, 그의 눈은 마치 나를 꿰뚫어 보는 것만 같았다.

"복아, 우리의 사랑은 절대로 한순간의 반짝임이 아니오."

나는 침묵했고, 한참이 지나서야 말했다.

"저도 그러길 바라요."

어두워진 내 표정을 본 그가 화제를 돌렸다.

"혹시 이월 초이렛날이 전모천의 대혼일이라는 것을 알고 있소?"

"얼핏 들었어요."

"왜 이월 초이렛날로 골랐는지 알고 있소?"

그 물음에 나는 깜짝 놀랐다. 설마…….

그가 내 두 손을 꼭 쥐고 온화한 미소를 지으며 말했다.

"이월 초이렛날은 그대의 생일이지 않소. 내 잊지 않았다오. 내가 직접 혼인의 주례를 볼 것이니 나와 함께 출궁합시다. 그대는 언제나 궁 밖의 자유로운 생활을 좋아하였잖소?"

나는 기뻐하며 그의 품에 매달려서 다급히 말했다.

"두말하기 없기예요."

조금 전 나는 어찌해야 기우가 먼저 나를 궁 밖으로 데려가 줄까 고민하고 있었는데 설마 그가 먼저 이월 초이렛날에 나와 함께 궁 밖으로 나갈 계획을 세워 놓고 있으리라고는 생각지도 못했다. 참으로 내게 마음을 쓰고 있구나.

발 옆에 놓인 자색 빛깔의 모안화가 그 순간 갑자기 천천히 시들기 시작했고, 나는 두 눈을 감았다. 꽃이 시들어 가는 모습을 보고 싶지 않았다.

모안화, 보잘것없는 존재, 겨우 하룻밤 찬란하게 피었다가 그 반짝임이 사라지면 바람결에 흩어지고 마는구나.

배후 인물의 비밀

전모천의 저택.

곳곳에 붉은 천과 비단이 걸려 있었고, 끝없이 오가는 관원들 탓에 문턱이 닳아 없어질 지경이었다. 옷을 잘 차려입고 손에 축하 선물을 든 이들이 저택의 정원에 가득했다. 이것은 조정에서의 현재 전모천의 위치를 그대로 보여주고 있었다. 더욱 중요한 것은 황제가 친히 납시었다는 것이었다. 위로는 제후, 아래로는 작은 벼슬아치까지 모든 이들이 찾아들었다. 그러나 초대를 받지 못한 대부분의 관원들은 기우의 도착과 동시에 시위들에 의해 저택 밖에서 저지당하여 안으로 들어오지도 못했다.

초봄의 보슬비가 부슬부슬 내리는 가운데 신랑신부가 붉은 융단을 밟으며 기우가 앉아 있는 곳을 향해 다가오고 있었다.

그들의 양쪽에서는 꽃을 든 어린아이들이 새빨간 장미를 뿌렸고, 꽃잎 하나하나가 그들의 머리와 목 주변으로 떨어졌다가 몇몇 꽃잎은 여전히 그곳에 남아 있고, 몇몇 꽃잎은 바닥으로 떨어졌다.

붉은 혼례복을 입은 전모천과 소월의 굳은 표정은 두 사람이 이 혼인을 원치 않는다는 것을 여실히 드러내고 있었다.

나는 소월을 꼼꼼히 살펴보았다. 머리에 쓴 육중하고 화려한 봉황관에서 이마 앞으로 내려뜨려진 진주와 비취가 그녀가 발을 옮길 때마다 낭랑한 소리를 내고 있었다. 그녀의 몸은 왜소하나 정교하였고, 얼굴은 세속적이지 않은 영민함을 풍기고 있었다. 그녀가 풍기는 분위기는 소요의 것과 다르지 않았다.

그들 둘이 우리 앞에 무릎을 꿇고 차를 올렸다. 전모천은 내 앞에서 시종 매우 차분한 모습이었고, 침착한 눈빛으로 공경을 담아 나와 기우를 바라보았다. 소월은 고개를 숙인 채 차를 올렸고, 우리와는 한순간도 눈을 마주치지 않았다.

혼례 의식은 "신방으로 입실!"이라는 말과 함께 끝이 났다. 나는 피곤함을 느끼고 의자에 기대어 있었고, 기우는 소경굉과 이야기를 나누고 있었다. 나를 향한 소경굉의 적의가 느껴져 나는 답답하다는 핑계를 대고 조용히 그곳을 벗어났다.

분분히 내리는 보슬비는 여전했고, 빗방울이 머리 위로 떨어지고 있었다. 차가운 보슬비는 내 뺨에 닿아 작은 물방울이 되었다.

고요한 작은 정원에 들어서자 익숙한 향기가 풍겨 왔다. 매화 향기였다. 나는 향기가 나는 곳을 찾기 시작했고 아름다운 작은 오솔길에 접어들었다. 그 순간, 수백 그루의 매화가 눈에 들어왔다. 겨울의 매화는 소리 없이 떨어지고 있었고, 나는 순식간에 과거로 돌아간 것만 같았다.

"누이."

어두운 얼굴을 한 전모천이 내 뒤편에 서 있었다. 대체 언제 나타난 것인지 알 수 없을 만큼 전혀 인기척을 느낄 수 없었다.

"저택 안에 이렇게 많은 매화가 있다니 깜짝 놀랐어."

나는 그의 기분이 상당히 좋지 않다는 것을 눈치챘다. 그는 이 혼인이 영 탐탁지 않은 것이다. 나 역시 그와 혼인에 대한 이야기를 나누는 것은 불편했기에 정원에 가득한 매화 이야기를 꺼내었다.

그는 고개를 끄덕이고, 마치 무슨 생각이 떠오른 듯 나를 보며 힘겹게 미소를 지었다.

"생신을 축하드립니다."

나는 멍해졌다. 그가 어찌 내 생일을 알았는지 이상했으나 정월 대보름날 기우가 내 생일을 언급했던 것이 떠올랐다. 분명 그때 동행했던 화석 역시 들었으리라.

나는 미소를 지었다.

"고맙구나."

그는 잠시 침묵했다.

"오늘이 누이의 생신이시니 이 동생이 소식 하나를 알려 드리겠습니다."

그는 주변에 아무도 없는 것을 확인한 후에야 입을 열었다.

"한명, 그가 천하제일 신의의 제자라고 합니다."

나는 얼이 빠지고 말았다.

천하제일 신의의 제자? 그래서 신의에게 내 얼굴을 바꿔 달라고 부탁할 수 있었던 것이로구나. 그들 사이에 그런 관계가 있었구나. 잠깐! 그가 천하제일 신의의 제자라면…….

전모천이 또다시 입을 열어 낮은 목소리로 말했다.

"천하제일 신의는 신비로운 노인이라고 불리기도 합니다. 그는 평생 오직 두 명의 제자를 두었는데 한 제자는 온 힘을 기울여 의술을, 또 다른 제자는 최선을 다해 무술을 익혔다고 합니다. 누이께서도 이미 짐작하셨겠지만 그중 하나는 한명이고, 다른 하나는 욱나라의 황제 연희입니다."

혼례가 끝난 후, 기우는 나에게 번화한 금릉성을 실컷 구경시켜 주려 하였으나 나는 몸이 좋지 않다는 핑계로 사양했다. 기우는 의심하지 않고 나를 급히 궁으로 데려와 어의에게 내 맥을 짚어 보게 하고, 어의가 지어 준 약을 직접 내 입에 한 모금씩 먹여 주었다. 그는 약사발의 바닥이 보일 때가 되어서야 나를 놓아주었고, 내가 편히 쉴 수 있도록 준비해 준 후 내일 다시 찾아오겠다는 말을 남기고 떠났다.

기우가 떠나자마자 나는 화석을 시켜 태후전에 가서 한명에게 금승전에서 만나자는 말을 전하라고 했다. 나는 입고 있던 비단옷을 벗고 걸치고 있던 진주와 비취도 빼놓은 후, 연꽃 무늬의 얇은 흰옷으로 갈아입었다. 또한 얼굴의 연지와 분은 맑은 물로 깨끗하게 지워 버렸다. 약 반 시진이 지나 날이 점점 어두워지고 나무 그림자가 흔들리기 시작하자 그제야 나는 금승전을 향해 발걸음을 옮겼다.

나는 아주 천천히 걸었다. 버들솜은 아련히 흩날리고 있었고, 멀리에서 두견새가 울고 있었다. 서글픈 새의 울음소리가 나의 마음을 호되게 때렸다.

금승전에 도착하니 어두운 달빛과 희미한 불빛에 비친 한명의 뒷모습이 보였고, 나는 그를 향해 조용히 걸어갔다. 나의 발소리를 듣고 그가 고개를 돌렸다.

나는 이미 빛을 잃은 대전 안을 눈으로 훑으며 옅은 미소를 지었다.

"제가 무슨 일로 그대를 이곳으로 불렀는지 아시겠어요?"

그는 아무 말도 하지 않았으나 나는 멈추지 않고 앞으로 나아갔다. 나의 발소리가 휑한 대전 안에 울려 퍼졌다.

"여기, 금승전은 기성이 그와 나 사이의 우정을 배반한 곳이에요. 그는 나를 술에 취하게 하고 내가 이야기를 털어놓게 하였지요. 그리고 결국 그는 그대의 동생인 운주를 희생양이 되도록 만들었어요."

그의 눈이 나의 움직임에 따라 움직이다가 내가 운주의 이야기를 꺼내자 음산한 기운을 띠었다. 나는 이를 알아챘고 동시에 웃음을 터뜨렸다.

"한명, 그대는 저에게 운주가 그대의 동생이라는 사실을 기우에게 말하지 못하게 하셨어요. 기우가 알게 되면 그대를 경계할까 봐 두려웠기 때문이었죠. 사실 그대는 기우를 계속 증오하고 계셨어요. 기우가 그대의 동생을 희생양으로 삼은 걸 증오했지요. 그래서 그대의 동문인 연희와 함께 기우에게 맞서기로 결정한 것이고요!"

"무슨 말인지 모르겠소."

그의 얼굴은 무표정했고 일말의 감정 변화도 드러나지 않았다.

"모르겠다고요? 저는 연성이 죽기 전에 그대가 제게 했던 말을 기억하고 있어요. '그의 독은 이미 오장육부로 퍼져 버렸소. 그의 인중을 보시오. 검은 기운이 퍼져 있지 않소. 이는 죽음의 징조요.' 그럼 여쭤보도록 하지요. 의술을 전혀 모르는 사람이 어찌 그런 말을 할 수 있지요? 듣기에는 평범하지만 알고 보면 깊은 의미가 있는 그런 말을요. 그리고 객잔에서 제가 심완에게 독을 썼을 때, 그대가 심완에게 해독약을 주자 그녀의 병세가 곧 안정되었지요. 저는 그대가 했던 말을 똑똑히 기억하고 있어요. '다행히 독의 양이 얼마 되지 않았습니다. 만약 그렇지 않았다면 그녀를 구할 수 없었을 겁니다.' 일개 무인이 약리藥理에 그토록 깊은 이해가 있을 수 있나요? 게다가 그때 제가 연희를 만났던 것은 결코 우연이 아니었어요. 음모가 준비되어 있었던 거지요."

그가 갑자기 웃기 시작했다.

"그대는 참 많은 것을 알고 있는 것 같군."

"한명, 입만 열면 제게 자신의 행복을 좇으라 했고, 입만 열면 모든 것이 다 저를 위해서라고 했지요. 하지만 그대와 연희는 이미 나를 욱나라로 보낼 계획을 세우고 있었어요. 그대는 여인에게 있어 아기가 얼마나 중요한지도 잘 알고 있었어요. 그대의 누이 역시 다른 사람의 해코지로 아기를 갖지 못하게 되었으니 말이에요. 그대는 저의 증오심을 이용하여 연성을 돕고, 제 미움을 이용하여 기우와 맞서려 하였어요. 그렇지 않나요?"

나의 목소리는 점점 높아져 텅 비고 어두운 대전을 스산한 분위기로 채우고 있었다.

결국 나의 발걸음이 그의 앞에서 멈추었다. 그의 웃음기는 더욱 깊어졌으나 여전히 그는 아무 말도 하지 않았다.

나는 자조의 웃음을 지으며 말했다.

"영수의가 제 얼굴을 망가뜨렸던 그때, 어떻게 저를 구해 주실 수 있었던 걸까요? 그대는 분명 수일 전 욱나라를 떠났었는데 어찌 욱나라에 다시 나타나신 걸까요? 오직 하나의 이유만이 가능하지요. 그대는 아직 남은 일이 있어 욱나라에 남아 돌아갈 날을 계속 미루고 계셨던 거예요. 왜 욱나라에 남아 계셨을까요? 잘 아는 바로 그 사람 때문이었을까요?"

"그대가 다 알고 있으니 나 역시 숨기지 않겠소."

그는 깊은 한숨을 내쉬었다. 마치 모든 번민을 담아 전부 뱉어 내려는 듯했다.

"일찍이 나는 진심으로 납란기우를 도와 그가 황위에 오르도록 했소. 그가 훌륭한 황제가 되리라 생각했기 때문이었지.
나는 그를 돕는 것을 선택했고, 그에게 충성을 다했소. 그런데
그는 수주를 이용하였소. 나의 유일한 가족을……."

그는 냉소를 머금었다.

"사실 세 왕의 대혼식 날, 나는 수주를 알아보았고 복수를
포기하고 수주와 멀리 떠나 평범한 나날을 보내려 하였소. 그
러나 수주가 떠나지 않겠다고 했지. 평생 동안 그대와 납란기
우 곁에 머물고 싶다고 했소. 사랑하는 남자와 사랑하는 언니
를 위해서였지. 그대 둘을 향한 수주의 감정은 내가 예상치 못
한 것이었소. 그래서 나는 남아서 계속 복수를 하기로 마음먹
었지."

그가 말을 이었다.

"태후전 밖에서 수주가 혼절했던 일을 기억하오? 그날 나와
태후는 그녀에게 '납란기성과 손을 잡고, 납란기우가 했던 모
든 일을 밝혀낼 것'이라고 말했소. 그러나 수주는 목숨을 걸고
서라도 납란기우를 지킬 것이라고 말하였소. 수주는 그를 그렇
게나 사랑했소. 그런데 그 후, 수주는 익명의 편지 때문에 몽
둥이에 맞아 죽음을 맞이했지. 애초에는 기성의 짓이라고 생각
했소. 그래서 납란기우에게 자신의 모후를 죽인 죄를 기성에게
덮어씌우라고 하였지. 우리 심씨 집안을 위한 복수와 수주를
위한 복수를 한번에 할 수 있으니 일거양득이었소. 나는 그렇
게 모든 일이 끝났다고 생각했소. 그런데 그날, 그대가 말했지.
그 익명의 편지를 전해 준 이가 납란기우 곁에 있는 환관이라

고! 그 순간부터 납란기우를 향한 복수의 마음이 내 마음속에서 자라나기 시작했소. 수주는 납란기우를 위해 그 모든 일을 했는데 납란기우가 수주에게 한 부끄러운 짓을 보시오. 그래서 나는 동문인 연희를 찾은 것이오."

그는 자조의 미소를 지으며 말을 이었다.

"그렇소. 내가 그대를 연성의 곁으로 보냈소. 그대의 증오를 이용해 연성을 도우려 했소. 그런데, 그대가 임신을 하였고 나의 거짓말은 무너지고 말았지. 나는 연희에게 연성을 설득하라고 거듭 부탁하였소. 그대를 결코 기나라로 보내지 말라고 말이오. 그러나 연성은 결국 그대를 보내 주었소. 그대를 사랑하는 마음에 한순간 약해진 연성이 우리의 계획을 망쳐 버렸지. 우리의 계획이 무엇이었는지 궁금하오? 우리는 두 나라가 전쟁을 시작하면 그대를 이용해 기우를 협박하려 했소. 기우의 마음을 어지럽게 하면 그는 자연스레 전쟁을 제대로 할 수 없게 되었겠지. 그러나 연성은 기어코 그대를 보내 주었소. 참으로……, '사랑'이란 사람을 뒤흔드는 것이더군."

그는 차분히 이야기를 하며 때때로 냉소와 자조의 웃음을 지었다.

나는 그의 입에서 나오는 이야기를 멍하니 듣고 있었다. 짐작하고는 있었으나 한명에게서 직접 진상을 듣자 마음이 놀라울 만큼 아팠다. 연희, 연성, 한명이 모두 함께 나를 속인 것이다. 무척이나 심혈을 기울인 음모였다. 육 년 전부터 시작된 음모, 이렇게 내가 밝혀냈으니 이제 나는 그들의 손에 죽게 되겠

242

구나.

갑자기 뒤쪽에서 빠른 걸음의 발소리가 들려왔고, 고개를 돌리자 비수를 손에 쥔 소사운이 나를 찌르기 위해 매서운 기세로 다가오는 것이 보였다. 한명이 한쪽 팔로 나를 감싸 안고, 한쪽 다리로 소사운의 손목을 차 버렸다. 비수가 날아가 바닥으로 떨어졌다.

소사운이 손목을 어루만지며 한명을 노려보았다.

"일찌감치 저 여자를 죽여 버리라고 했는데도 그렇게나 그녀를 보호하더니! 지금은 어떤가요? 저 여자가 모든 걸 알아 버렸는데도 여전히 그녀를 보호하는 건가요?"

"그 누구도 그녀를 건드릴 수 없소!"

한명은 이 한마디 말을 차갑게 뱉어 냈다.

나는 깜짝 놀라 고개를 돌리고 그의 단호한 표정을 바라보며, 그의 눈을 통해 그의 말이 진심인지 아니면 또 다른 뜻이 숨어 있는 것인지 알아내려 했다.

소사운이 큰 소리로 웃으며 손가락으로 한명을 가리키며 말했다.

"아직도 내가 납란기우의 거짓 사랑에서 헤어나오지 못하고 있다고 비웃는 건가요? 그러는 당신은요? 당신은 여인 때문에 지난 몇 년간의 계획을 엉망으로 만들지 않았나요? 하지만 그대가 나보다 더 불쌍해요. 나는 적어도 납란기우의 총애를 얻었고, 삼 년 동안 그와 달콤한 시간을 보냈어요. 그런데 당신은? 단 한 번도 그녀를 갖지 못했고 심지어……, 순간의 달콤함조차 없었지요."

미친 사람 같은 소사운의 얼굴 그리고 그녀의 비참해하는 표정을 바라보며, 나는 한명의 품에서 벗어나려 발버둥치며 작은 목소리로 내뱉었다.

"연사蓮思."

소사운의 표정이 돌연 멍해졌고 광기에 찬 웃음소리도 뚝 그쳤다. 그녀는 경악하여 나를 바라보기만 할 뿐, 아무 말도 하지 못했다.

나는 계속해서 말을 이었다.

"연사라고 부르는 것이 맞겠죠? 연희는 내게 이야기 하나를 들려 주었지만 그 이야기 안에 그의 여동생에 대한 이야기는 없었지요."

그녀는 몇 발자국을 뒷걸음쳤고 결국 바닥에 주저앉아 가벼운 웃음소리를 냈다.

"참으로 오랫동안……, 그 누구도 나를 연사라고 부르지 않았지. 연성 오라버니가 음산에서 대패했던 그때였던가? 육 년이 흘렀구나. 내가 고향을 등지고 기나라에 온 지도 꼬박 육 년이 되었어. 연희 오라버니는 내게 가짜 신분을 만들어 주며 납란기우와 가까워지길 바랐고, 또한 내가 그의 총애를 얻을 수 있기를 바랐지. 그렇게 되면 내가 그로부터 더욱 많은 정보를 알아낼 수 있을 테니까. 나는 너와 힘겹게 의자매를 맺었다. 너의 자태와 취향, 행동과 표정을 배우기 위해서였지. 납란기우는 너를 사랑하니 만약 내가 너와 조금이라도 비슷해지면 납란기우의 총애를 얻는 것은 식은 죽 먹기일 것이라고 생각했기 때문이었다. 결국 네가 도망치자 나는 기회를 얻게 되었다. 그날 밤, 나는 일부러 납란기우가 지나갈 만한 곳에서 너와 비슷한 목소리로 〈소영疏影〉이라는 노래를 불렀고, 그는 역시 나를 너로 오해하였지. 그날 밤, 나는 승은을 입었다."

그녀는 짧게 한숨을 쉬었다.

"그 후, 그는 내게 참 잘해 주었지. 장생전을 내게 하사하였고 언제나 나만을 총애했다. 나도 모르게 그의 다정함에 빠져들었고, 심지어 내가 첩자라는 것도 잊고 말았지. 나는 정탐을 하러 온 사람인데 어찌 연정을 품는단 말인가? 납란기우의 아기를 가진 후, 나는 첩자라는 신분을 포기하기로 했다. 나는 그에게 내가 욱나라의 첩자라고 고백했다. 나는 그와 오랫동안 서로 의지하고 지내길 바랐고, 그와의 아이를 원했다. 하지만 다른 첩자들의 정체는 끝내 말하지 못했다. 희 오라버니가 몇 년이나 준비해 온 계획을 내가 망쳐 버릴 수는 없었기 때문이지."

그녀가 다시 말을 이었다.

"네가 나타나자 나를 향한 납란기우의 총애는 더 이상 예전 같지 않았지. 하지만 그는 내가 원하는 것을 모두 해 주었어. 희 오라버니가 내게 경고하기 위해 완미를 이용해 내 아기를 죽였는데도 나는 일편단심으로 기우를 사랑했어. 아기는 다시 낳을 수 있으니까. 그러나 네가 복아라는 것을 알았을 때, 그제야 나는 깨달았다. 납란기우는 나를 한시도 사랑한 적이 없어. 그가 내게 해 준 모든 것은 가짜였지. 어쩌면……, 그는 내가 연사라는 것을 알고 있었을 수도 있어. 나를 곁에 둔 것은 오직 연희 오라버니를 견제하기 위해서였을지도 몰라. 정말로 우습구나, 나의 사랑이 이토록 비루한 것이었다니."

그녀의 자조하는 마지막 한마디가 나의 가슴을 아프게 했다. 기우는 연사의 진짜 신분을 알고 있었을 것이다. 그렇지 않았다면 결코 그녀에게 그토록 관대하지 않았을 것이다.

그렇다. 내가 돌아오는 바람에 그들의 계획은 확실히 엉망이 되고 말았다.

연사가 별안간 한명을 노려보았다.

"그대와 운주의 관계를 들켰을 때, 저 여자를 죽여 버리라고 했잖아요! 내 아기를 죽여서 저 여자를 출궁시키려고 하다니……. 흥! 생각지도 못했겠죠, 저 여자의 아기 역시 납란기우의 손에 죽고 말리라고는. 하하하! 희 오라버니가 그토록 원하던 아기였는데, 그대들의 어리석은 계획 때문에 죽고 말았지요!"

이상할 만큼 기괴한 웃음소리였고 광기가 어린 표정이었다.

나는 돌연 한명을 뚫어져라 바라보았다.

"이 모든 일을 조종해 왔던 배후의 인물이 바로 그대였군요."

이미 모든 것이 명백했으나 그럼에도 나는 직접 내 귀로 듣고 싶었다. 지금까지 단 한 번도 의심하지 않았던 한명이 제 입으로 직접 인정하는 것을 듣고 싶었다.

"그렇소."

대답은 분명했고 거리낌이 없었다.

"영월 공주가 제게 말한 그 모든 것, 그것 역시 그대가 계획한 것이었나요? 일부러 저의 시선을 태후에게로 옮기기 위해서?"

"누이의 생각이었소. 누이는 그대가 이미 우리를 의심하고 있고, 배후의 인물을 찾아내기 전에는 절대로 포기하지 않을 것임을 알고 있었소. 그래서 나 몰래 영월 공주를 시켜 그대에게 그런 말을 하게 했던 것이오. 그렇게 해서 모든 죄를 자신이 뒤집어쓰려 했던 것이지. 누이의 행동은 모두 나를 지키기 위해서였소. 참으로 어리석었지. 참으로 어리석었어. 누이는 나의 복수를 돕기 위해 후궁의 권력 다툼에 발을 들여놓았소. 선대 황후와의 목숨을 건 다툼은 끝이 없었소. 내 동생의 복수를 위해 누이는 첩자의 죄명도 마다하지 않았지. 그 모든 일이 다 나를 위한 것이었소. 그녀는 그 어떤 보답도 원한 적이 없었소. 그녀는 정말로 어리석은 사람이오."

나는 씁쓸한 미소를 금할 길이 없었는데, 우는 것보다 더 흉한 표정이었다.

나는 경악하고 있었다. 그날의 모든 것이 태후 혼자 생각해낸 것이라니! 이 모든 일을 한명이 한 것이 아니라는 것은 다행이었다. 그는 결코 무정한 사람이 아니었다. 그러나 증오는 정말 사람을 변하게 하는구나……. 참으로 무섭게 변하게 하는구나. 나 역시 그렇지 않은가? 원한 때문에 완미를 익사시켰고, 모란을 독살했다. 심지어 기우의 사랑을 이용하여, 그가 나를 밀쳐 나의 아기를 죽인 것에 대해 복수하려 했다.

"한명, 그녀를 죽여요! 이제 그녀가 모든 것을 알아 버렸으니 그녀를 살려 둘 수는 없어요."

연사가 돌연 감정을 추스르고 바닥에 떨어져 있던 비수를 집어 들어 한명에게 건넸다.

"그녀는 그대를 사랑하지 않아요. 한순간도 그대를 사랑한 적이 없으니 안타까울 것도 없어요."

비수를 건네받은 한명은 차가운 빛을 발하는 비수를 한참 동안 바라보다가 그 시선을 내게로 옮겼다. 망설임이 그의 얼굴 위에서 배회하고 있었다.

잠시 후, 그는 나의 오른쪽 손을 잡아끌더니 내 손바닥 위에 비수를 올려놓았다.

"차라리 내가 그대의 칼에 죽겠소. 억울하게 죽은 아기를 위해 복수하시오."

비수를 쥔 나의 두 손에는 차가움만이 느껴졌다. 손이 미세하게 떨렸다. 나는 손에서 힘을 풀었다가 다시 힘을 꽉 주어 그것을 쥐어 보았다.

그는 정말로 내가 자신을 죽이기를 원하는 것인가? 아니면 이 또한 또 다른 계략인가?

어찌해야 할지 알 수 없어 망설이고 있을 때, 박수소리가 대전 안을 울리며 귓가로 전해져 왔다. 우리 셋의 눈이 동시에 새까만 어둠에 휩싸여 있는 금승전 밖으로 향하였고, 암흑 속에서 반짝이는 검은 그림자가 우리를 향해 조금씩 가까워졌다.

"참으로 정교하고 뛰어난 계략이로구나. 훌륭하구나. 훌륭해!"

드디어 그림자가 암흑 속에서 걸어 나왔다. 쓸쓸한 달빛이 그의 몸을 비추었다. 기우였다. 그의 온몸에서는 차갑고 음험한 기운, 그리고 감출 수 없는 살기가 발산되고 있었다.

그가 이곳에 나타난 것에 놀란 이는 나뿐만이 아니었다. 한명과 연사 역시 경악하고 있었다.

그가 어떻게 이곳에 나타난 것인가? 설마 내가 한명을 만나러 오리라는 것을 알고 있었던 것인가? 설마 나와 전모천이 비밀스럽게 연락하고 있는 것을 알고 있었던 것인가?

기우는 우리와 열 발자국 정도 떨어진 곳에서 발걸음을 멈추었다.

"어찌 계속 말을 잇지 않는 것이냐?"

그의 말이 떨어지자 검은 옷을 입은 무표정한 자객 수십 명이 사방에서 나타나 우리를 단단히 둘러쌌다. 이들이 바로 기우가 말했던, 죽음도 두려워하지 않는다는 그 용맹한 자객들인가? 도대체 언제 소리도 없이 대전 주변에 숨어들었던 것일까? 그들의 몸과 발걸음으로 보아 그들 모두 최고의 고수들이 틀림없었다.

"한명, 네가 욱나라의 첩자일 줄은 정말 생각지도 못했구나."

그는 뒷짐을 진 채 한명을 노려보았다. 그의 깊은 두 눈은 무슨 생각을 하고 있는지 알 수가 없었다.

"내가 고작 첩자가 되기 위해 기나라에 왔다고 생각하느냐? 틀렸다. 나는 일부러 첩자에 대한 정보를 흘리고, 네가 그들을 처리하도록 했다. 너는 첩자들을 신경 쓰느라 욱나라 자체에 대해서는 소홀하게 될 것이고, 그사이 욱나라는 식량과 군사를 정비할 수 있는 시간을 갖게 될 테니까. 그런데, 이렇게 빨리 정체가 탄로날 줄은 몰랐구나!"

한명은 나를 지나쳐 기우와 약간의 거리를 두고 마주 섰다.

"네가 운주의 오라비일 줄은 몰랐다."

기우는 담담한 미소를 지으며 한명의 말에는 조금도 신경 쓰지 않고 말했다. 그저 걱정스러운 눈빛으로 나를 바라보며 내게 빨리 이곳을 벗어나라는 신호를 보내었다. 나는 그의 뜻을 받아들여 슬며시 이곳을 벗어나려 했다. 그때, 연사가 나를 붙잡더니 내 손에서 비수를 빼앗았다.

"납란기우!"

그녀가 칼끝으로 나의 목을 겨누고 기우를 향해 소리쳤다.

이 광경을 본 기우가 한 발자국 앞으로 걸어 나왔다.

"그녀를 놓아주어라!"

그의 목소리에는 짙은 경고가 담겨 있었다.

"놓아줄 것입니다. 그 전에 하나만 묻겠습니다."

연사는 나를 붙잡은 손에 더욱 힘을 주었다.

"말씀해 주십시오. 제가 연희의 동생이라는 것을 알고 계셨나요?"

"그렇다."

대답을 들은 연사는 잠시 침묵하였으나 이내 가벼운 웃음을 터뜨렸다. 그녀의 몸이 경미하게 떨리는 것이 느껴졌다.

"처음부터 끝까지 저를 이용하신 거군요. 단 한 번도 저를 진정으로 사랑하신 적이 없으셨던 거군요."

"그렇다. 네가 연사라는 사실을 알았을 때, 짐은 너를 평생 곁에 두고 인질로 삼으려고 했었다. 앞으로 양국간의 대립이 심화되었을 때, 너는 분명 아주 유리한 패가 될 것이 분명했기 때문이다. 그러나 네 배후에 더 큰 세력이 있다는 것을 알게 되었고 그 생각을 거두게 되었지."

기우의 시선이 천천히 나에게서 연사에게로 옮겨졌다.

"삼 년이라는 시간을 함께했는데 네게 아무런 감정도 없다면 거짓이겠지. 그러나 그것은 일종의 습관 같은 것이다. 습관이 되면 당연해지는 법이다."

역시나 그는 알고 있었다.

이제야 나는, 그날 내가 소사운이 내 아기를 해할 것이라는 말을 했을 때 기우가 왜 그녀는 그러지 않을 것이라고 장담할 수 있었는지 알게 되었다. 나의 아기는 연사에게는 외조카이기 때문이었다. 자신의 큰 오라버니의 아이를 어찌 매정하게 해할 수 있단 말인가.

기우의 입에서 소사운에게 감정을 갖고 있다는 이야기를 듣자 나는 오히려 다행이라는 생각이 들었다. 기우 역시 따뜻한 감정이 있는 사람인 것이다. 만약 그가 연사에 대해 그 어떤 감정도 없다고 말했다면 나는 그를 경멸하게 되었을 것이다. 자신을 위해 모든 것을 포기하고 많은 대가를 치른 여인과 삼 년을 함께 보내고도 한 가닥의 감정조차 주지 않고 잔인하게 이용한 것뿐이라면, 그것은 너무 서글픈 일이었다. 기우에게도 서글픈 일이고, 연사에게도 서글픈 일이며, 나에게는 더욱 서글픈 일인 것이다.

"습관?"

그녀의 목소리는 울먹거렸고, 호흡은 무거웠다.

"폐하가 제게 준 것이 독주라는 것을 알고 있었어요. 그렇지만, 저는 그것을 들이켰어요. 그래요. 저는 중독되었어요."

그녀의 차가운 눈물이 내 목으로 흘러 내리자 그 차가움이 뼛속까지 파고들었다.

그녀는 울고 있는가? 기우를 위해 울고 있는가? 일이 이 지경에 이르러서도 그녀는 여전히 그를 위해 눈물을 흘리는가? 기우를 향한 그녀의 사랑은 이토록 깊은 것이었다. 너무나 깊어 자신의 책임을 포기하였고, 너무나 깊어 자신이 받을 상처 역시 기꺼이 받아들였다.

한명이 천천히 몇 발자국을 뒷걸음질 치더니 나와 연사를 동시에 가로막으며 물었다.

"납란기우, 만약 오늘 내가 반옥의 목숨을 담보로 우리를 욱나라로 안전하게 보내 달라고 한다면 어쩌겠느냐?"

"너희들은 도망칠 수 없다."

기우의 차가운 목소리에는 그 어떤 감정도 담겨 있지 않았다.

"우리를 떠나게 해 줄 건지 아닌지만 대답해라."

한명이 조금의 동요도 없이 다시 물었다.

주변이 적막함에 빠져드는 것을 느끼며, 나는 기우의 표정을 보지 않고도 이 순간 그가 망설이고 있다는 것을 알 수 있었다. 그렇다. 그는 타고난 제왕이지만 결코 훌륭한 남편은 아니었다.

한명이 돌연 몸을 돌리더니 여전히 연사의 비수에 목을 내맡기고 있는 나를 물끄러미 바라보며 말했다.

"잘 보았소? 그는 망설이고 있소. 내가 그라면 나는 결코 망설이지 않을 것이오. 조금의 고민도 없이 나와 연사를 보내 주었을 것이오. 첩자는 놓아줘도 다시 잡을 수 있지만 사랑하는 이를 잃으면 결코 돌이킬 수 없기 때문이오."

그는 천천히 손을 뻗어 연사가 내 목에 겨누고 있던 비수를 가볍게 치웠다.

"사랑하는 여인의 목숨을 이용해 자신의 야심을 완성하는 일, 나 한명은 결코 할 수 없소."

나는 이 순간 기우의 표정을 보고 싶었으나 볼 수 없었다. 한명에 의해 시야가 가려져 있었기 때문이다. 사실 본다 한들 무엇이 달라지겠는가. 그는 이미 나를 충분히 이용하지 않았는가.

"그는 황제입니다. 황제는 반드시 일의 경중을 따져야 하지요. 저는 그를 이해할 수 있습니다."

담담하게 말했지만 나조차도 내 말의 진위를 구분할 수 없었다.

한명은 나를 잠시 응시한 후, 나를 밀쳐 내고 말했다.

"한명은 결코 여인의 생명을 담보로 목숨을 잇지 않소."

그의 미는 힘이 너무 세서 나는 몇 발자국이나 밀려난 후 비틀거리며 바닥으로 넘어질 뻔하다가 간신히 몸을 지탱했다. 수십 명의 고수들이 내가 안전하게 그들의 수중에서 벗어난 것을 보자마자 곧바로 그들을 치밀하게 에워쌌다.

나는 드디어 기우의 얼굴을 볼 수 있었다. 그는 힘겹게 무언가를 꾹 참고 있는 듯한 표정이었다.

나는 그의 수려한 얼굴을 이리저리 바라보며 그를 향해 한 걸음씩 다가갔다.

언제부터였을까, 내 기억 속의 그가 이토록 흐릿해진 것이?

기우가 소사운에게 일종의 습관과도 같은 감정을 가지고 있다고 말했을 때, 나는 가슴이 아프지 않았다. 나 역시 연성에게 그와 크게 다르지 않은 감정을 갖고 있었기 때문이다. 어쩌면 나의 감정도 그가 말한 '습관'과 같은 것이었을지도 모른다. 두 해 동안 밤낮으로 함께 지낸 그가 갑자기 떠나 버리자 마치 무엇인가 사라져 버린 것 같았고, 마음속이 텅 비어 버렸었다.

어렴풋이 뒤쪽에서 교전을 벌이는 소리가 들려와 나는 발걸음을 멈추었다. 그러나 감히 뒤를 돌아볼 수 없었다. 그것은 무척 잔혹한 장면일 것이 틀림없었기 때문이다. 한명, 그의 무공이 아무리 뛰어나다 한들 기우가 심혈을 기울여 훈련시킨 용맹한 무사들을 따돌리고 이곳을 벗어날 수는 없을 것이다.

마음이 약해진 것일까? 한명은 바로 장생전의 비극을 주도한 배후의 인물이다. 내 아기 역시 바로 그의 계획에 의해 죽은 것이다. 그는 죽어야 한다. 나의 아기를 해한 이는 반드시 죽어야 한다!

'눈밭에서 저를 업고 걷기 힘든 길을 걷던 그대를 잊을 수 없어요. 가장 비참했던 그 순간, 저를 보호해 주겠다고 한 그대를 잊을 수 없어요. 대혼식 날, 저를 꽃가마까지 업어 준 그대를 잊을 수 없어요. 더구나 제가 자신의 행복을 찾기 바라며 선의의 거짓말을 한 그대는 더욱 잊을 수 없어요.'

'기성을 해한 것은 제 평생 가장 후회스러운 일이에요. 그래서 저는 그대를 미워하지 않아요. 게다가 기성의 비극이 그대에게 벌어지는 것은 더욱 원치 않아요.'

안 된다! 그는 죽어서는 안 된다!

나는 돌연 정신을 차리고 기우를 멍하니 바라보았다. 하지만 그의 단호한 눈빛과 온몸의 살기가 내 입을 막았다. 나는 그에게 애원할 수 없었다.

나 역시 알고 있다. 조정에서 당파와 병권을 장악하고 있는 한명은 기우에게 커다란 위협이다. 오늘 밤 한명이 죽지 않는다면 내일의 한명은 자신이 장악한 권력을 이용해 기우에게 맞설 것이다. 한명이 죽어야만 황권을 지킬 수 있기에 기우는 반드시 그를 죽여야 하는 것이다. 바로 이 때문에 조금 전 한명의 위협에도 기우는 망설일 수밖에 없었을 것이다.

황권과 사랑, 그는 황권을 선택했다. 그런 그이기에 성공적인 제왕이 될 수 있었던 것이다. 반면 연성의 선택은 사랑이었다. 그래서 그는 실패할 수밖에 없었다. 그러나 연성의 실패는 연희가 일어설 수 있도록 했다. 기우와 연희, 앞으로 그들은 유방과 항우가 목숨을 걸고 싸웠던 것처럼 천하를 두고 싸우는 두 영웅이 될 것이다. 누가 유방이고 누가 항우가 될 것인가? 미래의 어느 날, 그 답이 있으리라.

나와 기우는 침묵한 채 서로를 마주 보고 서 있었다. 그의 눈빛에 서린 미안함을 나는 보지 못한 척했다.

더 이상 그를 믿으라고 나 자신을 설득할 수 없었다. 그가 강산이 아닌 미인을 원한다고? 아니다. 그는 상나라의 주왕이 아니고, 더욱이 나는 달기가 아니다. 그는 음란한 폭군도 아니고, 나는 천하를 미혹하지도 않을 것이다. 내가 원하는 것은 그저 내 아기를 위한 복수로 연성에 대한 죄책감을 지우는 것이다.

갑자기 교전 소리가 멈추었고, 나의 생각 역시 멈추었다. 사지가 경직된 채 어렵사리 고개를 돌려 뒤쪽을 바라보니 한 명의 몸에 여러 개의 칼이 꽂혀 있었다. 그의 온몸에 난 끔찍한 상처를 보니 부황이 떠올랐다. 그때의 부황 역시 무수히 많은 칼을 맞고 피를 한없이 흘리다가 결국에는 세상을 달리하고 말았었다.

나는 이미 바닥에 쓰러져 있는 한명을 향해 다가갔다. 한 걸음 한 걸음 옮길 때마다 심장이 쿵쿵 내려앉았다. 한명의 곁에 서 있던 연사의 온몸은 한명의 피로 붉게 물들어 있었다. 심지어 그녀의 얼굴에도 피의 흔적이 남아 있었다.

나는 한명의 앞에 무릎을 꿇었다. 뜨거운 눈물이 넘쳐흘러 바닥을 적셨다.

한명이 부들부들 떨며 피에 젖은 손을 들어 내 얼굴 위의 눈물을 닦아 주었다. 그의 눈동자에는 그의 감정이 숨김없이 드러나 있었다.

끊어질 듯한 목소리로 그가 웃으며 말했다.

"반옥, 나는……, 그대의 평범했던 얼굴이 좋았소……. 평범하고 깨끗했던 그 얼굴이……."

나는 그의 손을 피하지 않고 고개를 끄덕였다. 매우 힘껏 끄덕였다.

"도원에서 매달 만났던 것을 기억하오. 그대가 나를 위해 〈염노교念奴嬌〉를 불러 주던 것을 기억하오……. 그대를 업고 꽃가마에 오르던 것을 기억하오……. 그때, 내가 그대의 신랑이기를 얼마나 바랐었는지……. 사랑하는 아내를 맞으며……, 집으로 돌아가길……."

내 눈물을 닦아 주는 그의 손에서 점점 힘이 사라져 갔다. 그런데도 그는 온 힘을 다해 계속해서 내 눈물을 깨끗하게 닦아 주려 했다.

"내가 계속 그대를 반옥이라 부른 것은……, 내가 사랑한 이는 언제나 반옥이기 때문이었소."

갑자기 가슴이 죄여 와 나는 울음을 삼키며 한명을 바라보았다.

나 역시 그가 왜 나를 늘 '반옥'이라고 부르는지 알고 있었다. 나에게는 거짓 이름일 뿐이었고, 심지어 내가 반옥이었다는 것조차 잊을 정도였지만 그는 매번 나를 반옥이라 불러 나를 일깨워 주었다. 나는 반옥이었고, 기우를 위해 목숨을 아끼지 않고 이 궁에 들어온 사람이었다. 반옥……, 그녀는 더 이상 존재하지 않는다. 그럼에도 한명은 여전히 나를 일깨우고 있었다.

"한명!"

뒤쪽에서 날카롭지만 처량한 목소리가 들려왔다. 한명은 곧 감길 듯한 시선을 내 뒤쪽으로 옮기더니 한마디를 뱉어 냈다.

"누이……."

편안한 미소를 지은 채 그는 영원히 눈을 감았다.

한명이 이토록 편안하게 웃는 모습을 나는 단 한 번도 본 적이 없었던 듯했다. 어쩌면 그를 짓누르고 있던 복수라는 짐을 완전히 내려놓았기에 그는 이렇게 웃을 수 있는 것이 아닐까?

그런 건가요? 그대는 드디어 벗어났군요. 그러나 저는 여전히 바닥조차 알 수 없는 심연에 붙들려 이 족쇄를 어찌해도 떨쳐 낼 수가 없어요.

한명의 곁으로 와서 그의 마지막 모습을 보려는 태후를 시위들이 그 자리에서 단단히 붙잡았다.

"소 귀인과 태후를 끌고 가 옥에 가두어라."

기우는 느린 걸음으로 우리 쪽으로 걸어왔고, 연사는 꼼짝도 하지 않은 채 시위들이 쇠고랑으로 자신의 두 손을 묶도록 내버려 두었다.

연사가 기우를 노려보며 말했다.

"정말로 저를 옥에 가두실 건가요? 저는 이미 폐하의 습관이 되어 버렸는데 제가 갑자기 없어져도 괜찮으시겠어요?"

"그 어떤 습관도 끊을 수 있다."

그의 담담한 한마디가 연사를 지옥으로 이끌었다.

"짐에게 복아를 제외한 다른 여인들은 일말의 가치도 없다."

바닥에 꿇어앉아 있는 나에게로 향한 연사의 눈빛에는 부러움이 담겨 있었다.

나는 소리 없이 냉소를 짓고는 고개를 숙여 점점 창백하고 차가워지고 있는 한명의 얼굴을 바라보았다.

복아를 제외한 다른 여인들은 일말의 가치도 없다.

나는 그의 말을 영광으로 생각해야 할까? 아니, 나는 조금도 영광스럽지 않다. 오히려 서글프고 우스울 뿐이다.

"짐은 너를 죽이지 않을 것이다. 너는 연희의 친동생이니."

기우는 내 곁에서 발걸음을 멈췄고, 몸을 숙여 나를 일으켜 주었다.

"복아가 나를 도와 기나라에 숨어 있는 모든 첩자들을 찾아 냈으니 복아를 정일품 아 부인雅夫人으로 봉하겠다."

나는 기우가 이끄는 대로 일어섰으나 두 다리가 마비되어 그에게 기댈 수밖에 없었다. 그러나 그의 몸은 얼음처럼 차가웠고, 나는 온몸에 소름이 돋았다.

오늘 그가 소사운을 대한 것처럼 어느 날 그가 나를 그렇게 대하지 않으리란 법은 없다.

정말로, 그런 날이 올까?

매화는 비밀을 알고

　나는 기우가 오늘 밤 발생한 일들을 깔끔하게 마무리하는 것을 바라보다가 피로한 몸과 무거운 마음을 이끌고 그와 함께 소봉궁으로 돌아왔다. 비취색 화원에는 부드러운 바람이 불었으나 향기를 안고 온 바람을 붉은 휘장이 막아 내고 있었다.

　차가워진 양팔을 감싸 안고 나는 기우의 뒤를 따라 침궁의 높은 문지방을 넘었다. 침궁의 한기는 꽤 매서웠으나 그의 뒷모습이 나를 더욱 추위에 떨게 했다. 일순간, 그는 나와 결코 어울릴 수 없는 낯선 사람처럼 느껴졌다. 눈앞의 그가 정녕 내가 팔 년 동안 알아 온 그 기우가 맞단 말인가?

　"그대는 지금 분명 내가 그대의 입을 빌려 한명이 모든 것을 털어놓게 했다고 탓하고 있겠지? 또다시 그대를 이용했다고?"

　그는 나를 등진 채 침궁 중앙에 서서 고개를 들어 천장의 유리 구슬을 바라보고 있었다.

그와 세 발자국 떨어진 곳에 서서 나는 소리 없이 웃었다.

탓한다고? 지금의 내게 그를 탓할 자격이나 있는가? 그는 그 누구도 믿지 않았다. 심지어 나와도 언제나 일정 거리를 유지하고 있었다.

"말씀해 보세요. 나와 한명이 금승전에서 만날 것이라는 걸 어떻게 아셨어요?"

"심완이 나의 사람이라는 것은 그대도 알고 있었을 거요."

그는 곧바로 말을 이었다.

"그대에게 먼저 알리지 않았다고 나를 탓하지 말아 주시오. 그대와 한명 사이의 정을 나 역시 잘 알고 있소. 만약 이 일을 그대에게 미리 알렸다면 그대는 분명 마음이 약해졌을 거요."

이 얼마나 그럴듯한 말인가? 나를 이용한 책임을 그는 아주 간단하게 회피했다. 나는 앞으로 몇 발자국을 걸어 나가 그와 마주 보고 섰다.

"마치 다 저를 위해서였다는 것처럼 들리는군요."

나는 코웃음을 치며 그의 깊은 눈을 바라보았다.

"저를 이용해 제 벗을 제거한 것, 그것이 저를 위한 일인가요?"

"그가 그대를 벗으로 여겼소? 그대의 아기는 그가……."

그의 말이 채 끝나기도 전에 내가 흥분하여 그의 말을 자르고 끼어들었다.

"당신이셨어요! 납란기우, 제 아기를 해한 사람은 바로 당신이시라고요!"

서슬이 퍼런 나의 어조에 그는 멍해져서 잠시 동안 아무 말
도 잇지 못했다.

나는 계속해서 말을 이었다.

"한명은 단 한 번도 제 아기를 해하려는 생각을 한 적이 없
었어요. 그는 그저 당신이 저를 의심하게 하여 저를 출궁시키
려고 했던 거예요. 하지만 그는 당신만큼 총명하지 못했고, 더
욱이 당신만큼 무정하지 못했지요. 당신은 장생전에서 그 일이
벌어졌을 때 무언가 수상하다고 여겼고 그 자리에서도 그 일의
경중을 잘 알고 계셨어요. 그래서 일부러 저를 밀치셨던 거예
요. 그렇지 않나요?"

나는 지금껏 가슴속에 숨겨 둔 채 결코 드러내지 않았던 분
노를 단숨에 뱉어 냈다. 그저 나를 가만히 바라보고 있는 그의
온몸은 복잡한 감정에 에워싸여 있었다. 기우는 또다시 침묵하
였고, 방 안의 고요함은 놀라울 만큼 기이하게 느껴졌다. 잠시
후, 그가 자책과 미안함을 담아 내게 말했다.

"인정하오. 나는 그대를 일부러 밀쳤소. 그러나 아이를 잃게
될 것이라고는 생각지 못했소."

쓰라린 열기가 눈을 흐리게 하더니 눈가에 눈물이 핑 돌았
다. 그가 한 발자국 앞으로 걸어 나오자 나는 곧바로 한 발자국
을 뒤로 옮겼다.

"복아, 미안하오."

그는 어쩔 줄 몰라 하며 그 자리에 멈춰 섰다.

"우리의 아기가 생길 거요."

"정말 모르시는 건가요, 제가 연성에게 얼마나 많은 빚을 졌는지? 정말 모르시는 건가요, 그 아기가 제게 얼마나 중요했는지? 정말 모르시는 건가요, 연성에 대한 미안한 마음을 제가 그 아이에게 얼마나 쏟아부었는지? 정말 모르시는 건가요……, 그 아이는 제가 살아갈 수 있는 유일한 희망이었다는 것을?"

결국 참지 못한 눈물이 흘러나와 한 방울 한 방울 내 손바닥 위로 떨어졌다. 눈물은 얼음같이 차가웠다.

그가 떨리는 손을 뻗어 내 얼굴 위의 눈물을 닦아 주었다. 이번에는 나도 피하지 않았다. 격해진 마음을 가라앉힌 후 나는 억지웃음을 지어 냈다.

"기우, 매번 당신이 제게 하셨던 일들을 떠올릴 때마다 저는 당신을 미워하게 돼요. 하지만 당신은 제가 팔 년 동안 사랑한 남자예요! 지금 제게 아쉬운 건 우리 사이의 그 정뿐이에요."

"그대 역시 내가 팔 년 동안 사랑한 여인이오."

그는 매우 진지하게 이 한마디를 던지고 나를 그의 품으로 거세게 이끌었다.

"내가 보상하겠소."

또다시 이 한마디……. 언제였던가? 그는 내게 말했었다, 내게 보상해 주겠다고. 나의 아기를 죽인 것이 나에 대한 보상인가?

나는 손으로 그의 허리를 감싸 안은 채 그의 심장 박동 소리를 듣고 있었다.

"정말 제게 보상해 주고 싶으시면 제게 아기를 주세요. 저는 정말로 아기를 원해요. 남자아기여야겠죠? 그래야 제가 당신의 황후가 되고, 당신의 유일한 아내가 될 수 있을 테니 말이에요."

"나를 용서해 주는 거요?"

그가 믿을 수 없다는 듯이 물었다. 그는 손을 감싸 모으고 있었고 미세하게 몸이 떨리고 있었다.

"복아, 그대는 나의 황후가 될 것이오. 한씨 일가의 일이 마무리되면 나는 그대를 나의 유일한 아내, 나의 황후로 삼을 것이오."

"알고 계세요? 나와 전 대인은 예전부터 알던 사이예요."

나는 그를 떠보기 위해 지금까지 밝히지 않았던 이야기를 꺼냈다. 만약 내 추측이 틀리지 않았다면 기우는 이미 나와 전모천이 비밀리에 몇 번이나 만났던 것을 알고 있을 것이다.

전모천 혼자의 힘으로는 결코 한명과 연사의 진짜 신분을 밝혀내지 못했을 것이다. 그렇다면 가능성은 단 하나뿐이었다. 바로 기우의 사람이 비밀리에 그를 도왔던 것이리라. 전모천이 이 이야기를 내게 해 주었을 때 기우는 내가 한명을 찾아갈 것이라고 추측했을 것이고, 그랬기에 비밀조직원들이 미리 그곳에 숨어 있을 수 있었을 것이다.

그의 몸이 경직되었다가 이내 편안해졌다.

"알고 있소."

역시 그는 알고 있었다. 그렇다면 지금 그에게 솔직하게 밝혀 나에 대한 그의 의심을 없애야 한다. 나는 무척 놀란 척하며 말했다.

"알고 계셨다고요?"

"그렇소."

"나와 전모천은 꽤 오래전에 알게 되었어요. 영수의에게 얼굴을 잃었던 그때……."

마치 한담을 나누듯 나는 기우에게 당시 내가 어떻게 얼굴을 잃게 되었고, 어떻게 새 얼굴을 갖게 되었으며, 또 어떻게 전모천과 알게 되었는지에 대해 이야기했다. 또한 욱나라에서 연성이 내게 얼마나 잘해 주었는지도 말했다.

내가 이런 이야기를 하는 이유는, 첫째는 그에게 모든 것을 숨김없이 말하기 위해서였다. 어차피 나와 전모천의 관계를 기우에게 비밀로 한다는 것은 불가능하기 때문이었다. 둘째는 그가 죄책감을 느끼게 하기 위해서였다. 그에게 연성과 자신을 비교하여 자신이 나를 얼마나 끔찍하고 모질게 대하고 있는지 깨닫게 하기 위해서였다. 그가 내게 수많은 빚을 지고 있다는 생각을 하게 해야만 내가 이 후궁에서 살아남을 수 있을 것이기 때문이었다. 그래야만 내가 하고자 하는 일을 할 수 있기 때문이었다.

어젯밤, 한명이 죽고 한 태후와 소 귀인이 옥에 갇힌 일은 온 조정을 경악케 했다. 다음 날, 전모천은 병부상서로 등용되었고, 한명이 쥐고 있던 병권의 절반이 그에게 속하게 되었다. 남은 병권의 절반은 기우가 거두어들였다. 순식간에 벌어진 일에 조정 대신들이 상황을 어찌 받아들여야 할지 알지 못하는 사이, 이미 큰일은 모두 처리되어 그들이 정신을 차렸을 때에는 더 이상 돌이킬 수 없게 되었다. 한씨 집안의 남은 세력은 한순간에 머리 잃은 용의 무리로 전락하여 오합지졸의 꼴이 되고 말았다. 기우는 이 기회를 놓치지 않고 그들을 모두 제거해 버릴 것이다. 이것이 바로 기우가 일을 처리하는 방식이었다. 신속하고 단호하게, 그는 상대방의 약점을 확실히 꿰뚫었다. 모든 일이 마무리된 후에야 사람들은 문득 깨달았다. 이것이 바로 기우가 의도한 바였다는 것을.

소봉궁은 두 개의 성지를 받았다. 하나는 나를 정일품 아 부인으로 봉한다는 성지였고, 또 다른 하나는 심완을 고향으로 돌려보낸다는 성지였다.

심완을 고향으로 돌려보낸다는 성지는 나를 놀라게 했다. 심완은 겨우 스물넷이었다. 궁녀가 육 년이나 일찍 황궁을 떠나는 것은 불가능한 일이었다. 나를 감시하고 나의 일거수일투족을 기우에게 보고한 대가가 아니라면 말이다. 기우는 어제 그녀가 그의 첩자 노릇을 했다고 말했다. 그렇다면 심완은 나를 이용해 황궁을 떠날 기회를 얻은 것이다.

나는 냉소를 지었다. 황궁을 떠나겠다고? 어림도 없는 소리!

나를 이용해 황궁을 떠날 기회를 얻으려 하다니 내가 너를 놓아줄 것 같으냐?

나는 곧바로 화석에게 한 가지 일을 지시했다. 심완이 소봉 궁을 떠나기 전에 인적 없는 조용한 곳에 가서 그녀를 죽이라 는 것이었다. 그녀가 직접 죽이든 사방에 숨어 전모천의 명령 만을 기다리고 있는 그의 수하들을 통해 처리하든 심완이 이 황궁을 떠나지 못하게만 하면 되었다.

나는 창가의 난간을 단단히 붙잡은 채 옅은 향기를 풍기고 있는 꽃송이와 하늘의 뭉게구름, 빽빽하게 들어선 나무들을 바라보고 있었다. 약 한 시진 정도를 기다리자 화석이 차분한 걸음으로 돌아와서 내 귀에 대고 조용히 말했다.

"주인님, 잘 처리하였습니다."

나는 창가 난간에서 손을 떼고 몸을 돌려 탁자를 향해 걸어 가서 화석이 준비해 준 용정차를 한 모금 마시며 물었다.

"시체는?"

"마른 우물에 던졌습니다."

화석의 냉담한 한마디를 듣고 나는 마음을 놓았다.

"주인님……."

그녀는 다소 의혹에 찬 목소리로 나를 부른 후, 내 앞에서 손바닥을 펼쳐 보였다.

"그녀가 죽기 전, 몸부림을 치며 제게 건네준 것입니다."

나는 의아해하며 화석의 손에 들린 수수한 녹색 손수건을 바라보았다. 나는 한 손에는 찻잔을 들고, 다른 한 손으로 손수 건을 받았다. 손수건에는 빽빽하게 몇 행의 글자가 수 놓여져 있었다.

　광활한 하늘, 새하얀 눈으로 뒤덮인 숲.

　누워 새파란 하늘을 바라보니, 구름송이로 뒤덮여 있구나.

　가는 잎사귀 열리고, 꽃봉오리 하얀 목화솜을 드러내며,

　따뜻한 봄날의 늘어진 버들가지 녹색 그림자를 만드니,

　다음 봄날을 오래 기다려야 함을 아쉬워한다.

　물가의 아름다운 복숭아꽃, 담장 옆에 만개한 꽃은 봄을 맞

이하는 듯.

　저녁의 구름송이 바라보니 고요하고,

　요초瑤草는 녹색빛깔 옥처럼 아름답다.

　저 멀리 푸른 풀로 뒤덮인 무덤 보이니,

　이 순간 화려한 빛깔의 창과 비교되는구나.

　늦은 밤 풍겨 오는 꽃향기,

　내일 밤도 오늘 밤같이 상쾌하리라.

　이 시는……, 익숙했다.

　기억이 조금씩 떠오르기 시작했다. 그렇다. 이것은 심완이
나를 위해 지은 시였다. 그녀는 왜 이 시를 손수건 위에 수놓은
것일까? 그녀는 기우가 나를 감시하라고 보낸 사람이 아닌가?
그녀가 내게 잘했던 것은 모두 하루라도 빨리 이 피비린내 나
는 황궁을 떠나기 위해서가 아니던가? 그런데 왜 그녀는 이 글
자들을 손수건 위에 수놓은 것일까?

"그녀가 죽기 전, 다른 말은 하지 않았느냐?"

나는 돌연 정신을 차리고 황급히 물었다.

화석이 잠시 생각한 후에 말을 이었다.

"어렴풋이……, '황비'라고 말하는 것을 들었습니다."

손에서 힘이 풀려 손에 들고 있던 찻잔이 매서운 기세로 바닥 위로 떨어지고 말았다. 또 다른 손의 손수건 역시 바람결에 나부끼며 공중에서 몇 바퀴를 돈 후에 깨진 찻잔과 쏟아진 찻물과 함께 그곳에 자리했다.

황비?

설마 심완은 지금의 진 주인이 그때의 체 황비라는 것을 알고 있었던 것인가?

갈 길 잃은 비통한 마음

반년 후.

정자에서는 매미가 가야금처럼 낭랑한 소리로 울고 있었고, 바람을 실은 비가 푸른 산을 적시고 있었다.

나는 동궁의 깊고 한적한 요람산遙攬山에 올랐다. 그곳에는 뜬구름이 흩날리고 안개가 자욱이 깔려 있었다. 여름의 끝자락, 나는 옷섶 사이로 전해지는 따스한 바람을 느끼고, 두 눈을 감은 채 바람에 실린 빗방울이 나뭇잎 위로 떨어지는 소리를 듣고 있었다.

지금의 나는 정일품 아 부인이고, 후궁을 관장한 지도 이미 반년이 지났으며, 그 누구도 감히 나의 지위에 도전하지 못했다. 후궁에서는 황제가 나를 단단히 받쳐 주었고, 조정에서는 막강한 권력을 지닌 전모천이 나를 보호하고 있었기에 지금의 나는 권력과 권세 모두를 두 손에 움켜쥐고 있었다.

지난 반년 동안 후궁에서는 두 가지 큰일이 발생했다. 하나는 육 소의가 소리 소문 없이 실종된 일이었다. 궁 안에는 처녀 귀신이 한 짓이라는 소문이 흉흉하게 나돌았다. 그리고 다른 하나는 등 부인이 미쳐 버린 일이었다. 그녀는 이따금 발광을 하며 강설 공주絳雪公主를 학대하였고 황제는 분노하여 그녀를 벽지궁으로 보내 버렸다. 모든 상황이 황후의 자리에 어울리는 것이 나뿐임을 증명하고 있었다. 이제는 그저 전모천이 전쟁에서 승리하고 돌아오기만을 기다릴 뿐이었다.

석 달 전, 전모천은 황제의 명에 따라 욱나라와 전례가 없는 엄청난 규모의 전쟁을 시작했다. 수일 전 승전의 소식이 전해져 왔고, 전모천은 승리를 거두고 돌아오고 있다고 했다. 황제는 내게 전모천이 이번에 승리하고 돌아오면 그를 승상丞相으로 봉하겠다고 했었다. 그가 정말로 승리하였으니 황제가 했던 말은 곧 실현될 것이었다.

날짜를 계산해 보니 오늘이면 전모천이 도착할 듯했다. 화석의 말에 따르면 동궁의 요람산에 오르면 금릉의 정경을 한눈에 볼 수 있다고 했다. 이곳에서는 모천의 군대가 금릉성으로 들어오는 것을 볼 수 있었다. 나는 그를 조금이라도 빨리 보고 싶었다. 그가 아무 탈 없이 무사한 것을 봐야 마음을 놓을 수 있을 것 같았다.

전모천이 이번 출정에 자원했을 때, 나는 당연히 반대했었다. 그는 겨우 열일곱 살이고 전투 경험도 없는데 어찌 수많은 전쟁에서 살아남은 욱나라 장군들과 맞설 수 있단 말인가? 그러나 그는 나라의 흥망성쇠는 백성에게도 그 책임이 있다고, 나라를 지키기 위해서라면 목숨을 걸 만한 가치가 있다고 말했다. 한편으로는 그로 인해 그가 더 큰 권력을 쥐게 되면 내가 황후 자리에 오르는 데 그가 더욱 힘을 실어 줄 수 있기 때문이기도 했다. 조정에서는 소경굉을 중심으로 한 대신들이 나의 황후 책봉을 계속 반대하며 입만 열면 내가 화를 불러올 것이라고, 지금까지 자식이 없으니 천하의 어머니가 될 수 없다고 말하고 있었다.

반년 사이에 소씨 집안과 전씨 집안은 사돈에서 원수가 되었고, 조정은 두 개의 파로 갈리게 되었다. 한쪽은 나를 보호하였고, 한쪽은 나를 탄압하였다. 그러나 그들의 눈은 모두 나의 배에 단단히 고정되어 있었다. 그럼에도 지난 반년 동안 나의 배는 조금의 변화도 보이지 않았다.

사실 이미 반년 전, 나는 어의에게서 나의 몸이 이상할 정도로 허약한 데다 유산의 경험까지 겹쳐 더 이상 아기를 가질 수 없다는 말을 들었다. 그러나 나는 그에게 누구에게도 이 이야기를 알리지 말라고 당부하고, 또한 그가 이 말을 내뱉을 수 없게 만들었다.

탁탁탁……

고요한 산골짜기에 울려 퍼지는 공허한 소리에 나는 정신을 차렸다. 정신을 집중하고 경청하자 그 소리가 목탁 소리라는 것을 알 수 있었다. 마음속에서 의혹이 생겨났다. 이 황량하고 적막한 곳에서 어찌 목탁 소리가 들린단 말인가?

"화석아, 들었니?"

잘못 들은 것이 아닐까 싶어 나는 곁에 서 있는 화석에게 물었다.

"들었습니다."

화석이 고개를 끄덕이고는 나의 의혹을 알아채고 설명해 주었다.

"공명당空明堂에서 들려오는 목탁 소리입니다. 그곳에 거하시는 분은 명성이 자자하신 정혜靜慧 스님이신데 삼 년 전 폐하께서 그분을 궁으로 모시고 공명당을 하사하셨습니다."

"정혜 스님? 왜 그분을 입궁시키셨지?"

처음 듣는 이야기에 나는 의문을 느끼며 물었다.

"저 역시 모르겠습니다. 그저 폐하께서 한 달에 한 번은 그곳에 가시고, 한 번 가시면 하루를 꼬박 보내시고 오신다는 이야기만 들었습니다."

"우리 함께 가보자꾸나."

삼 할의 호기심과 칠 할의 의혹을 품은 채 나와 화석은 천천히 산을 내려왔다. 안개가 사방에 자욱한 푸른 산의 경관은 아름다웠다. 우리는 청아한 목탁 소리를 좇아 상당한 체력과 정신력을 소비한 후에야 공명당에 도착할 수 있었다. 공명당 밖은 잡초가 무성하여 황량해 보였다.

우리는 작은 정원에 들어섰다. 정원 안에는 새하얀 난초의 꽃봉오리가 따뜻한 햇살을 받고 있었고, 난화의 농염한 향기가 사방에 가득했다. 그 중간의 넓은 땅을 채소밭이 에워싸고 있었는데 푸른 채소들이 풍성하고 윤기가 돌았다. 울타리 밖에서는 많은 참새와 꾀꼬리들이 잔뜩 뿌려진 쌀알을 쪼아 먹고 있었다. 정원의 정경은 일반 백성들의 집과 다를 바가 없었다. 나는 갑자기 잔혹하고 피비린내 나는 후궁이 아닌 세상 밖 도원桃園에 와 있는 듯한 느낌이 들었다.

"보살님께서는 이곳에 어인 일로 오셨는지요?"

나이 든 여인의 목소리가 환희에 빠져 있던 나의 주의를 환기시켰고, 나는 소리가 나는 곳을 바라보았다. 예순은 되었을 듯한 비구니가 손에 염주를 쥔 채 자비로운 눈빛으로 나를 바라보고 있었다.

"스님이 정혜 스님이신가요?"

나는 앞으로 나아가며 공손하게 몸을 숙여 인사를 했다. 참으로 오랫동안 다른 이에게 이렇게 공손한 인사를 하지 않았던 것 같다. 후궁에서는 다른 이들이 내게 인사를 올리니 말이다.

어쩐지 그녀를 보자마자 나는 존경의 마음이 우러났다.

"그렇습니다. 보살께서는 뉘신지요? 이곳에는 어인 일이신지요?"

그녀는 시종 온화한 미소를 짓고 있었는데 실로 오랜만에 보는 진실한 미소였다. 후궁의 수많은 비빈들 가운데 내게 아첨을 하지 않는 이가 없었고, 모두들 나의 마음을 얻기 위한 미소를 짓고 있었다. 시간이 지나자 나는 어느새 그것이 미소라

274

고 여기고 있었다. 그러나 오늘 그녀를 만나고서야 나는 깨달 았다. 세상의 모든 미소 가운데 오직 그녀의 표정만이 미소라 고 일컬을 수 있었다. 참으로 깨끗한 미소였다.

"이분은 아 부인이십니다."

화석이 한 걸음 앞으로 나서며 나의 신분을 밝혔다.

조금의 변화도 없던 그녀의 얼굴에 놀라움의 기색이 드러났 다. 그녀는 나를 머리부터 발끝까지 훑어본 후, 미소 지으며 고 개를 끄덕였다.

"아 부인이셨군요."

"스님께서는 저를 아시는지요?"

그녀는 나의 질문에는 대답하지 않고 나를 공명당으로 안내 했다. 공명당 안에는 금으로 주조한 거대한 미륵보살상이 놓여 있었고, 불상 앞에는 향유가 바쳐져 있었으며, 희미하게 촛불 향기가 풍기고 있었다.

정혜 스님과 나는 미륵보살상 앞의 담황색 방석 위에 가부 좌를 틀고 마주 앉았고, 화석은 밖을 지켰다.

공명당 안은 이상할 만큼 고요했으나 나를 두렵게 하지는 않았다. 지난 반년 동안, 침궁에 홀로 있을 때면 나는 누군가 나를 죽일 듯이 노려보고 있다는 느낌을 받았다. 그래서 나는 화석을 언제나 내 곁에 두었고, 쉴 새 없이 내게 이야기를 하 도록 했다. 사방이 고요해지면 터무니없는 생각을 하게 되었기 때문이다.

"부인이 공명당에 발을 들이신 순간 미간을 잔뜩 찌푸리고 계시던 것을 보면 마음속에 많은 생각이 있으신 것을 알 수 있습니다. 또한 시종 주먹을 단단히 쥐고 계시는 것을 보면 마음이 불안하고 두려움이 가득하다는 것을 알 수 있지요."

그녀의 말을 들은 후에야 나는 내가 주먹을 단단히 쥐고 있다는 것을 깨닫고 황급히 풀었다. 어색한 미소를 짓고 보니, 미소를 짓고 있던 미륵보살상이 갑자기 성난 눈으로 나를 쏘아보며 살기등등한 모습으로 나를 노려보고 있었다. 나는 몸서리를 쳤고 심장박동이 점점 빨라졌다.

"미륵보살님이……, 왜 저를 죽일 듯이 노려보고 계신 건가요?"

나는 두려워하며 물었다.

"보살님, 눈을 감으시지요."

그녀는 내 질문에는 대답하지 않고 말했다. 나는 마치 귀신에게 홀린 것처럼 두 눈을 감고 귓속으로 전해지는 목탁 소리를 들었다.

"제게 말씀해 보시지요. 가장 먼저 보이는 이가 누구입니까?"

"육 소의."

나는 나지막이 말했다.

머릿속에 나타난 것은, 그날 밤 내가 삼 척의 하얀 비단으로 그녀의 목을 직접 졸라 죽인 후 심완을 처리했던 마른 우물에 던져 버리는 장면이었다.

"지금, 또 누가 보이십니까?"

"등 부인."

장면이 바뀌고 돌연 벽지궁 안에서 억울하다며 처절하게 울부짖는 등 부인의 모습이 떠올랐다. 나는 등 부인의 궁녀들을 매수하여 그녀가 마시는 차 안에 환영산幻靈散을 넣게 했다. 그것을 마시면 환각이 보이게 되는데, 그 때문에 그녀는 두 살짜리 강설 공주를 여러 차례 끔찍하게 때렸던 것이다.

　　"어째서 그분들이 생각나십니까?"

　　"제가 그들을 해하였습니다."

　　"왜 해하셨습니까?"

　　"동생의 복수였습니다. 황후, 정 부인, 등 부인, 육 소의, 이 네 사람이 제 동생을 호되게 매질하여 죽였기에 저는 그녀를 위해 복수를 했습니다."

　　몇 년 전, 편무각 안에서의 피비린내 나는 장면이 또다시 머릿속에 떠올랐다. 내가 무릎을 꿇고 그녀들에게 운주를 살려 달라고 애원하던 모습, 그녀들의 차가웠던 조롱, 그리고 피 묻은 손수건……

　　"부인, 즐거웠던 일을 생각해 보십시오."

　　"없습니다."

　　"부인의 소망은 무엇입니까?"

　　"없습니다."

　　"이제 눈을 뜨셔도 됩니다."

　　나는 재빨리 눈을 떴다. 소매로 이마를 닦아 내자 소매가 땀으로 흠뻑 젖었다. 나는 숨을 헐떡이며 마음을 다스렸다. 놀랍게도 조금 전의 일이 조금도 생각나지 않았다.

"정혜 스님, 조금 전 제가 무슨 말을 했나요?"

그녀는 웃기만 할 뿐 아무 말도 하지 않고 손을 들어 미륵보살을 가리켰다.

"보십시오."

그녀가 가리키는 곳을 바라보니 조금 전의 살기등등한 미륵보살은 간곳없고 자비롭고 선한 얼굴의 미륵보살이 기쁨으로 가득 찬 모습으로 나를 바라보며 미소 짓고 있었다.

"어찌 된 일이지요?"

마음속의 공포가 점차 가라앉은 내가 소리 내어 물었다.

"심마心魔 때문입니다."

그녀의 손은 쉬지 않고 염주를 만지작거리고 있었고, 표정은 유난히 편안해 보였다.

"삼 년 전, 폐하께서 처음 이곳에 오셨을 때가 기억나는군요. 그때 폐하께서도 보살님과 똑같은 말씀을 하셨지요. 미륵보살님이 어찌 저렇게 살기등등하냐고요. 폐하 역시 보살님처럼 심마가 들었던 까닭이었지요."

"심마란 무엇인지요?"

"증오, 욕심, 망념, 집념이 보살님의 본성을 잃게 하고 보살님이 욕망과 야심을 갖게 하였습니다. 그러나 보살님의 마음속 깊은 곳에서는 여전히 괴로워하고 계시지요. 보살님은 두려워하고, 미혹되었고, 당황하고 계십니다. 이 둘이 서로 배척하며 심마를 만들어 낸 것입니다."

그녀는 내 생각을 꿰뚫어본 듯이 말했다. 그녀의 말을 들으며 나는 어느새 주먹을 더욱 단단히 쥐고 있었고, 이마에서는 식은땀이 배어 나오고 있었다.

"어찌해야 심마를 없앨 수 있습니까?"

"잡념을 없애고, 증오를 버리고, 다시는 미혹되거나 두려워하지 말아야 합니다. 그래야만 진정한 자신이 될 수 있습니다."

"증오를 버리라고요?"

나는 차갑게 웃었다. 말은 쉬우나 그것이 말처럼 쉽게 버릴 수 있는 것이란 일인가?

"불가능합니다. 절대로 불가능합니다."

그녀는 조용히 탄식했고 한참 동안 침묵했다.

"보살님, 지금까지 후회되는 일이 있으신지요?"

그녀가 '후회'라는 두 글자를 꺼내자 갑자기 머릿속에 기성과 함께 반딧불이를 잡던 때가 떠올랐다. 나는 슬픈 목소리로 고개를 끄덕였다.

"있습니다. 저는 그를 가장 좋은 벗으로 여겼었지요. 그는 언제나 저를 즐겁게 해 주었고, 웃게 해 주었으며, 이해해 주었습니다. 저는 그를 신뢰하였으나 그는 저를 배반하였지요. 그는 제 동생을 해하였고 저는 그를 미워하였습니다. 저는 그에게 죄를 덮어씌웠고 결국 그는 죽었습니다. 바로 제 눈앞에서 죽었지요. 그 순간, 미움은 연기처럼 사라졌고 남은 것은 뼈저린 회한뿐이었습니다. 지금까지도 마찬가지입니다. 그가 죽은 후, 그 누구도 저를 '계집'이라고 부르지 않지요."

"지금도 미워하는 사람이 있으신가요?"

"있습니다."

나는 조용히 고개를 숙였고, 단단히 주먹을 쥐고 있던 손을 천천히 풀었다.

"그는 제가 가장 사랑하는 사람이지만 제게 가장 깊은 상처를 주었습니다. 저는 그를 이해할 수 없습니다. 저를 사랑한다면서 왜 자신의 목적을 위해 저를 이용하는 걸까요? 제 몸이 좋지 않다는 것을 잘 알고 있으면서 그는 저를 밀쳐 제가 아기를 유산하게 했습니다. 그런데도 그가 저를 사랑한다고 할 수 있나요? 사랑이라는 이름으로 상처 주고 이용하는 그것이 정말 사랑인가요?"

"그래서 보살님은 어떻게 복수하고 싶으십니까?"

"그가 말했었습니다. 제가 원한다면 강산의 절반을 제게 떼어 주어 제가 즐겁게 지낼 수 있도록 해 주겠다고요. 그가 한 말이니 그 약속을 지켜야지요. 그렇지 않나요? 지금의 저는 그의 강산이 좋고 그 강산을 즐기고 싶습니다."

나는 조롱의 미소를 띠고 말했다.

"그의 강산 절반을 가져가서 다 즐기신 후에는요? 아기를 위해 복수하시려는지요? 그러면 기쁘시겠습니까?"

그녀의 손이 갑자기 내 양손을 단단히 붙잡았다. 따뜻했다. 마치 나의 얼음 같은 마음도 따뜻해지는 것 같았다.

"부인, 알고 계십니까? 이 말씀을 시작하시면서 부인의 눈빛은 흐려지시고 복잡해지셨습니다. 부인마마의 마음도 이처럼 힘들어하고 계시는 것입니다. 후회로부터 교훈을 얻으시고 절대로 같은 잘못을 저지르지 마십시오. 인간 세상에서 사랑하는 두 사람이 서로를 증오하고 이용하는 것보다 더 고통스러운 일은 없습니다. 이 굴곡지고 복잡한 길을, 부인께서는 정녕 피비린내가 나는 방법으로 지나려 하십니까? 일찍이 갖가지 시련을 견디며 지켜 왔던 사랑을 죽이시겠다고요? 그 사랑을 죽이신 후에는요? 보살님께서는 예전과 같이 후회하시고 자책하시게 될 것입니다. 그것이 보살님께서 원하시는 것인지요? 타인을 아프게 하면 자신 역시 아프게 되는 것이 아닌지요?"

그녀의 입술이 열리고 닫히는 것을 멍하니 바라보며 나의 두 손은 다시금 주먹을 쥐고 있었다.

"아니요. 저는 그를 용서할 수 없습니다. 그 때문에 저는 평생 아기를 가질 수 없게 되었습니다. 영원토록 어머니가 될 수 있는 기회를 잃었습니다."

그녀의 눈빛에 연민이 드러났고 나를 잡고 있던 손에 힘이 더해졌다.

"어찌 증오의 마음을 가슴속에 묻어 두고 계십니까? 어찌 너그러이 용서하려는 시도를 하지 않으십니까? 그래야만 원래의 자신을 찾으실 수 있습니다. 그래야만 모든 것을 내려놓으실 수 있습니다."

"저는 그를 용서해야 할 이유를 찾지 못하겠습니다."

나는 살짝 소리 내어 웃었으나 그 웃음소리는 내가 듣기에도 씁쓸하게 느껴졌다. 이것이 웃음이란 말인가?

"부인께서도 아시다시피 지금은 사방에서 난이 일어나고, 기나라와 욱나라 양국의 대립이 점점 심각해져 양국이 병립할 수 없게 되었습니다. 전쟁은 일촉즉발의 상황이지요. 그런데 부인께서는 기나라의 위기를 모른 체하시고 복수를 위해 세상을 혼란스럽게 만들고 강산의 절반을 망치려고 하십니다. 이것이 기나라에 얼마나 큰 위협이 될지 알고 계시는지요? 기나라의 백성들은 무고합니다. 부인께서는 박애가 무엇인지 알고 계실 것입니다."

나는 깜짝 놀라 방석에서 튀어 오르듯 몸을 일으켰다.

"말씀이 지나치시군요. 제가 무슨 능력으로 기나라를 무너뜨리겠습니까? 폐하는 영명한 주군이시며, 총명하시고 능력 또한 뛰어나십니다. 가치가 있는 것이라면 그것이 무엇이든 서슴지 않고 이용하실 수 있는 분이십니다. 그런데도 폐하가 욱나라를 못 이길까 봐 걱정하십니까?"

"부인께서는 폐하에게 매우 심한 편견이 있으신 듯합니다."

그녀를 담담히 바라보는 나의 마음속에 일말의 경계심이 생겨났다.

"정혜 스님께서는 출가하신 분이니 쓸데없는 말을 많이 하지는 않으시리라 믿습니다. 오늘 제가 스님과 한 말을 사방에 퍼뜨리지는 않으시겠지요?"

나는 소매에 묻은 먼지를 털어 낸 후 다시 소매의 매무새를 고쳤다. 그녀의 진심 어린 눈빛을 바라보자 걱정스러웠던 마음이 점차 가시기 시작했다. 나는 몸을 돌려 공명당 밖으로 향했다.

"부인, 시간이 나시면 다시 공명당을 찾아 주십시오. 제가 부인마마의 심마를 제거해 드리겠습니다."

뒤편에서 그녀의 목소리가 들려왔으나 나는 발걸음을 멈추지 않았다. 치마 끝자락에서 먼지 냄새가 올라와 코를 자극하고 있었다.

나 역시 알 수 없었다. 처음 본 사람에게 어째서 마음속에 숨겨 두었던 이야기들을 한 것인지. 그녀의 진실한 미소 때문이리라. 그것이 그녀에게 이야기를 털어놓도록 이끈 것이리라. 그런데 이야기를 하고 나니, 마음은 한결 편안해졌고 예전처럼 힘들거나 두렵지도 않았다.

무거운 마음을 안고 공명당을 떠난 후, 나는 동궁 안의 회랑을 천천히 거닐었다. 수많은 모퉁이를 돌고도 나는 여전히 동궁의 회랑에 있었고, 어디로 향해야 할지 알 수가 없었다. 마치 소봉궁으로 돌아가는 길을 잊어버린 것만 같았다.

나는 발걸음을 멈추고 머릿속이 백지장이 되어 버린 채 회랑의 붉은 돌기둥을 죽일 듯이 노려보았다. 조금 전, 정혜 스님이 한 말이 머릿속에 깊이 박혀 내 마음을 때리고 있었다.

나는 끊임없이 자문하고 있었다. 만약 내가 기우의 강산의 절반을 엉망으로 만든다면 나는 과연 즐거울 것인가?

모르겠다. 내가 아는 것은 나는 그가 밉다는 것뿐이다. 나를 속인 그가 밉고, 나를 이용한 그가 밉고, 나의 아기를 해한 그가 밉다. 그러니 나는 그에게 복수할 것이다. 나는 이 강산이 그에게 가장 중요한 것이라는 것을 알고 있다. 그러니 나는 그의 가장 소중한 것을 망가뜨릴 것이다. 그가 나의 가장 소중한 것을 망가뜨린 것처럼……

지난 반년 동안 나는 황후로 등극하기 위해 내 세력을 키워 왔다. 그렇게 더 많은 힘을 키워야 기우와 맞설 수 있을 것이기 때문이다. 그러나 정혜 스님은 그것이 나의 사욕을 위해 기나라 백성들을 모른 척하는 것이라 말했다. 그렇다. 욱나라와 기나라의 전쟁은 코앞에 닥쳤고, 나는 이 혼란을 틈타 나의 세력을 더욱 키우고 나에게 불리한 조정의 대신들을 제거하려고 했다. 그러나 그것이 기나라를 어지럽게 하고 기나라 백성들을 깊은 수렁에 빠뜨리는 일임을, 나는 미처 생각하지 못했다.

설마 내가 복수에 눈이 멀어 있는 것인가? 언제부터 나는 나라와 백성을 재앙에 빠뜨리는 '화근'이 되어 버린 것인가?

처음으로 나는 지난 반년 동안 내가 해 온 모든 일에 의문을 갖기 시작했다. 정말로 잘못한 것인가? 내가, 정말로 잘못한 것인가? 아니다. 나는 잘못이 없다. 나의 아기가 죽어야만 했단 말인가?

"부인마마……."

화석이 그 자리에 멍하니 서 있는 나를 바라보며 작은 목소리로 불렀다.

나는 정신을 차리고 나의 실태를 깨달았다. 나는 급히 어지러운 마음을 추스르고 어깨 위에 걸친 하얀 비단옷의 매무새를 가다듬며 소봉궁으로 돌아가려 했다. 그러나 몇 발자국도 채 떼지 않았을 때, 회랑 모퉁이 반대쪽에서 비밀스럽게 나누는 이야기가 들려왔다.

"이번에 전모천이 전쟁에서 승리를 하여 폐하께서 무척이나 기쁘신 듯합니다. 서 환관 말이 폐하께서 그에게 승상 자리를 주시려고 하신다더군요."

나지막하고 가느다란 여인의 목소리가 들릴 듯 말 듯 전해져 왔다.

"만약 그가 승상 자리에 앉게 되면 전씨 집안은 막강한 권력을 지니게 되겠군. 아 부인에게도 분명 큰 힘이 될 테니 아 부인이 황후의 자리에 앉는 것도 시간 문제일 게야."

또 다른 여인의 침착한 목소리 역시 들려왔다.

그중 한 사람의 목소리가 양용계라는 것을 알고 나의 입꼬리가 살짝 올라갔다. 천천히 모퉁이를 향해 걸으며 나는 그들의 이어지는 말을 경청했다.

"황후? 흥!"

그녀가 코웃음 치는 소리가 들렸다.

"폐하의 아기부터 가져야지요. 아기를 가져도 황자를 낳으리란 보장이 없으니 아 부인이 황후의 자리에 오르려면 아직 멀었습니다."

"하지만 폐하의 총애가 깊으시니 폐하께서 아 부인이 아기를 낳을 때까지 기다리지 않고 황후로 봉하실 거네."

양용계가 초조한 듯 목소리를 높였다.

"지금도 아 부인은 후궁을 독점하고 있고, 조정에서는 전모천이 그 뒤를 받쳐 주고 있습니다. 만약 아 부인이 황후까지 된다면 우리에게 좋을 날은 없을 것입니다. 반드시 아 부인이 황후가 되는 것을 막아야 합니다."

"걱정하지 말게. 아 부인과 전모천은 매우 가깝고 남몰래 자주 만나고 있다네. 이 일을 크게 부풀리면 돼. 예를 들어 아 부인과 전모천이 간통……."

나는 그녀들이 나와 전모천에 대해 하는 이야기를 매우 흥미롭게 들으며 그녀들이 여전히 자신들의 묘책에 득의양양해 있을 때 모퉁이를 돌아 나갔다. 눈앞에 아름다운 두 눈과 고운 피부의 연 귀인과 미소를 머금고 있는 우아한 양 미인楊美人이 나타났다.

나는 한가로이 발걸음을 내딛으며 감정이 드러나지 않는 목소리로 말했다.

"타인을 해하기 위한 계략을 세울 때는 주변에 사람이 없는지 확인해 보는 것이 좋지."

두 사람의 얼굴 위에서 미소가 사라졌다. 고개를 돌려 그녀들을 향해 사뿐사뿐 다가가는 나를 바라보는 그녀들의 얼굴은 창백하게 변해 있었다. 한참이 지난 후에야 정신을 차린 그들이 쿵 소리가 나도록 바닥에 무릎을 꿇고는 바들바들 떨며 말했다.

"신첩, 아 부인께 인사 올립니다."

"이런 대단한 인사를 내가 감히 받을 수 있겠나?"

나는 평소와 다름없는 목소리로 말하며 그녀들에게로 다가

갔다. 나는 눈을 내리깔고 식은땀을 줄줄 흘리고 있는 두 사람을 바라보았다.

"조금 전에 뭐라고 했지? 누구와 전 대인이 간통이라고?"

"신첩이 함부로 지껄였습니다……."

연 귀인의 온몸이 바들바들 떨리기 시작했다. 마치 눈앞에 있는 나를 승냥이나 이리 혹은 맹호보다도 무서운 이로 여기는 듯했다.

나의 얼굴에 위엄이 서렸다.

"함부로 지껄였다고? 네가 무슨 자격으로 그따위 말을 함부로 지껄인단 말이냐?"

순간 높아진 목소리가 고요한 회랑에 울려 퍼졌다.

"화석아, 따귀를 때려라."

"예, 부인마마."

화석이 곧바로 앞으로 나아가 연 귀인의 뺨을 매섭게 내리쳤다. 맑은 따귀 소리와 함께 연 귀인의 몸이 한쪽으로 기울어지고 오른쪽으로 급히 쏠리더니 결국 붉은 돌기둥에 이마를 찧었다. 둔탁한 소리가 사방으로 퍼져 나갔고 양용계의 비명이 끝없이 울려 퍼졌다.

나는 눈썹을 찌푸리고 연 귀인의 이마와 부딪힌 돌기둥 위에 튄 혈흔과 아래로 천천히 흘러내리는 선혈이 새하얀 바닥을 새빨갛게 물들이는 모습을 바라보았다. 가슴이 서늘해졌다.

연 귀인은 우르르 달라붙은 궁녀들에게 이끌려 침궁으로 돌아갔으나 나는 그 뒤를 따르지 않았다. 그녀의 상처가 어떤지 걱정이 되지도 않았다. 자업자득이었다. 나와 전모천의 관계를 간통이라고 매도하다니⋯⋯.

그렇다. 나의 마음은 이미 이토록 차갑게 변해 버렸고, 더 이상 그 어떤 일도 내 마음을 졸이게 하지 못했다. 아니, 어쩌면 있을 수도⋯⋯. 나의 동생 모천. 조금 전 나와 전모천의 관계를 간통으로 소문내려는 연 귀인의 음모를 들었을 때, 나는 심장이 제멋대로 뛰었고 그 여파가 나에게 그리고 그에게 어떤 영향이 미칠 것인지 감히 상상조차 할 수 없었다.

아무리 결백하다 한들 수많은 사람들의 입을 어찌 막을 수 있겠는가? 소문이 퍼지게 되면 자연스레 믿게 되는 이들도 생길 것이다. 이 궁궐의 음모와 권력 다툼이 어떤 것인지 나는 알고 있었다. 이곳에서 오랫동안 살아남기 위해서는 다른 사람이 살아남지 못하게 해야 한다. 모천이 막 전쟁에서 공을 세우고 돌아오는 이때, 무슨 소란이라도 일어나면 기우가 어떤 일을 벌일지 나는 몹시 걱정스러웠다.

깊은 밤, 화석이 소식 하나를 가져왔다. 연 귀인의 부상은 큰 문제가 없고, 기우가 직접 그녀를 보러 갔다는 것이었다.

직접 연 귀인을 보러 갔다고? 그렇다면 연 귀인은 분명 그 앞에서 온갖 말을 보태어 나를 깎아내렸을 것이고, 내 추측이 틀리지 않는다면 그는 분명 조만간 소봉궁으로 찾아올 것이다.

"황제 폐하 납시오."

역시 나의 추측이 맞았다. 그를 맞이하기 위해 몸을 일으키던 나는 아직 제대로 서지도 못하고 눈앞의 사람이 누구인지 제대로 확인조차 못했을 때 그로부터 한마디 질문을 듣게 되었다.

"연 귀인이 대체 무슨 잘못을 했기에 그대를 그토록 노하게 한 것이오? 그녀를 붙잡고 돌기둥에 머리를 찧다니?"

억지로 참고 있는 듯한 그의 목소리에는 숨길 수 있는 노기가 드러나 있었다.

나는 알고 있다. 그는 나를 용인容忍하고 있었다. 나는 도대체 언제쯤 그의 한계가 드러날지 궁금했다. 나는 기다리고 있었다. 도대체 언제쯤, 그가 더 이상 나를 용인할 수 없게 될 것인가?

그녀를 붙잡고 돌기둥에 머리를 찧어? 헛웃음이 나왔다. 말을 참 잘도 꾸며 내는구나. 입으로는 그녀를 이길 사람이 없겠다.

나는 가벼운 미소를 지으며 그의 질문에 어찌 대답해야 할지 생각했다. 그녀가 제멋대로 내게 덮어씌운 죄를 인정해야 할까, 아니면 그녀가 꾸민 나와 전모천의 간통 이야기를 해야 할까? 후자를 선택해야 할 것이다. 그래야만 그 누구도 감히 이 일을 크게 만들 수 없을 것이다.

내가 입을 열려는데 그가 얼굴에 차가운 기색을 띠고 냉담하게 나를 바라보며 혼란스러운 듯 입을 열었다.

"복아, 짐의 용인을 후궁들을 능욕할 수 있는 무기로 여기지 마시오."

열려 있던 나의 입술은 그의 이 한마디에 다시 닫혔고 손발은 차가워졌다.

이 말은, 나를 향한 경고인가?

그는 나의 얼굴을 바라보다가 잠시 아쉬워하더니 몸을 돌려 떠나려 했다.

나는 낮은 목소리로 그를 붙잡았다.

"기우, 이제는 더 이상 저를 용인하지 않으시겠다는 건가요?"

그는 그 자리에 멈추었으나 고개를 돌리지는 않았다. 나는 그의 뒷모습을 자세히 살피며 그의 말을 기다렸다. 한참을 침묵한 후, 그가 탄식을 내뱉었다.

"용인이 아니오. 나는 줄곧 마음을 다하여 그대를 사랑하고 있소. 그대를 내 인생의 가장 중요한 사람으로서 사랑하고 있소."

말을 마친 그는 더 이상 머무르지 않고 문턱을 넘어섰다.

나는 곧바로 그를 몇 걸음 쫓다가 문턱 앞에서 멈추어 서서, 힘없이 궁문에 기대어 멀어지는 그의 결연하고 도도한 뒷모습을 바라보았다. 향이 다 타고 바람이 소리를 내며 불었으며 어두운 하늘은 새까만 구름에 덮여 있었다. 나의 마음은 온갖 감정이 뒤섞여 너무나도 서글펐다.

기우, 그대의 말은 여전히 감동적이네요.

지금에 와서, 우리의 사랑에 무엇이 남아 있나요? 단지 빚과 원한뿐이에요.

속세를 떠나며 사랑이 끝나다

열흘 후, 병부상서 전모천은 승상으로 봉해졌고 조정의 권력을 손에 쥐었다.

그리고 오늘, 수일간의 논쟁과 황제의 단호함으로 드디어 나를 황후로 책봉하는 성지와 금인자수가 소봉궁에 도착했다. 성지가 도착한 것을 본 궁 안의 궁녀들은 환하게 웃으며 침궁 안으로 달려 들어와 내게 밖으로 나가 성지를 받으시라고 청했다.

생각만큼 기쁘지 않았다. 내 뒤편에 꿇어앉아 내게 성지를 받기를 청하는 수많은 궁녀들을 모른 체하고 나는 그저 구리거울 화장대 앞에 앉아 머리를 손질했다.

봉황 장식 관에 아름다운 술을 단 면사포, 정교한 비취, 황금 봉황 비녀. 나는 거울 속에 비친 얼굴을 바라보다가 돌연 손에 쥐고 있던 옥 빗을 바닥에 집어 던졌다. 뒤쪽에 있던 궁녀들이 모두 전전긍긍하며 바닥에 엎드리자 화석이 입을 열었다.

"부인마마, 서 환관이 밖에서 마마께서 성지를 받으시길 기다리고 계십니다."

나는 날카로운 눈빛으로 이미 두 조각으로 깨져 버린 옥 빗을 바라보고, 다시 바닥에 엎드려 있는 궁녀들을 바라보며 냉소를 터뜨렸다. 기우가 분노하며 소봉궁을 떠난 지도 꼬박 열흘이 되었다. 그는 소봉궁에 다시 발을 들이지 않았고, 나 역시 그를 찾아가지 않았다.

지금, 그가 내게 황후로 봉하는 성지와 금인자수를 보낸 것은 무엇을 의미하는가? 책임? 약속? 죄책감? 나는 밖으로 나가 성지를 받아야 한다. 지난 반년 동안, 나는 이날만을 기다려 왔다. 그런데 오늘 그것이 도착하자 나는 약해졌다. 심지어 나 자신이 매우 비열하게 느껴졌고 나의 수단이 무척 저열하게 여겨졌다. 지금의 나는 예전에 나를 이용하던 기우와 다를 바가 없었다.

언제부터 변하기 시작했을까? 공명당에서 돌아온 이후, 나는 물러서기 시작했다.

매일 밤낮을 가리지 않고 정혜 스님이 했던 말이 떠올랐고, 밤이 되면 편안히 잠을 잘 수가 없었다. 눈을 감기만 하면 나에게 해를 입은 이들이 머릿속에 떠올랐다.

완미, 모란, 심완, 등 부인, 육 소의, 그들은 하루도 거르지 않고 내 머릿속을 헤집고 다니며 옛일을 떠올리게 했다.

나는 어찌 내 손으로 이 많은 사람들을 해하였을까? 이것이 정녕 나란 말인가? 마음은 독하고 수단은 악랄하며, 잔혹하고 무정하며, 복수에 눈이 멀어 자신의 마음까지 기만하고, 두 손에 선혈을 잔뜩 묻힌 채 피로 얼룩진 빚을 어깨에 짊어지고 있는 내가 예전의 그 복아 공주란 말인가? 지금의 내게서 순수하고 자유를 갈망하며 천하의 백성을 염려하던 모습은 더 이상 찾아볼 수 없었다. 지금의 내게는 그저 권력을 좇고 복수를 맹세한 사악한 여인의 모습뿐이었다.

이것이 내가 원하던 것인가? 복수에 인간의 본성을 잃고, 심지어 인간으로서의 기본적인 원칙조차 포기해 버린 이 모습이?

'그의 강산 절반을 가져가서 다 즐기신 후에는요? 아기를 위해 복수하시려는지요? 그러면 기쁘시겠습니까?'

'증오의 마음을 항상 가슴에 묻어 두실 필요가 있으신지요? 어찌 너그러이 용서하는 마음을 시도해 보지 않으시는지요? 그래야만 원래의 자신을 찾으실 수 있습니다. 그래야만 모든 것을 내려놓으실 수 있습니다.'

'그런데 부인께서는 기나라의 위기를 모른 체하시고 복수를 위해 세상을 혼란스럽게 만들고 강산의 절반을 망치려고 하십니다. 이것이 기나라에 얼마나 큰 위협이 될지 알고 계시는지요? 기나라의 백성들은 무고합니다. 부인께서는 박애가 무엇인지 알고 계실 것입니다.'

"부인마마!"

화석이 다시 나를 불렀다.

나는 깜짝 놀라며 귀에 걸려 있던 정교한 귀걸이를 빼냈다.

너무 빨리 잡아당기는 바람에 귀에 고통이 느껴졌지만 나는 개의치 않고 자색 봉황관 역시 내려놓았다. 봉황관을 벗으니 구름처럼 올린 검은 머리카락이 순식간에 허리까지 흘러내렸다. 마지막으로 몸에 걸치고 있던 봉황 무늬가 가득한 거추장스러운 황후복을 발밑에 벗어 두고, 가볍고 얇은 흰색 옷만을 입었다.

화석이 내 모습을 보고 크게 놀라며 말했다.

"부인마마, 무엇을 하시는 겁니까?"

나는 대답하지 않고 궁녀들을 지나쳐 깨끗한 물이 담겨 있는 대야를 향해 걸어갔다. 그러고는 뼈를 에는 듯이 차가운 물을 손바닥 가득 담아 얼굴 위에 뿌렸다. 깨끗한 물이 나의 두꺼운 화장을 씻어 내자 나는 편안함을 느꼈다.

물에 비친 나의 모습을 바라보며 나는 미소 짓고 있었다. 나는 참으로 오랫동안 이렇게 편안하게 웃지 못했었다.

"부인, 시간이 나시면 다시 공명당을 찾아 주십시오. 제가 부인마마의 심마를 제거해 드리겠습니다."

정혜 스님을 만나야 한다. 만나서 나의 심마를 없애야 한다. 나는 매일 밤 시달리는 악몽으로 인해 점점 수척해지고 있었고 더 이상 무력함을 견딜 수 없었다. 나의 정신도 예전 같지 않았다. 이런 생활이 계속되다가 나의 정신이 정말로 부서져 버릴까 봐 두려웠다.

나는 담황색의 소박한 옷을 입고, 화장도 하지 않고, 머리카락이 어깨 위에서 제멋대로 흩날리게 내버려 둔 채 아무도 따르지 못하게 하고 홀로 공명당을 찾았다. 공명당은 이전에 왔을 때와 같은 모습이었다. 여전히 향냄새가 가득 퍼져 있고 사방을 영회하는 흰 연기가 겹겹이 에워싸고 있어 마치 선경에 들어선 것만 같았다. 텅 빈 전당을 바라보니 정혜 스님은 그곳에 없었다. 나는 전당 안으로 들어가 그녀를 기다렸다.

나는 시선을 옮기며 공명당의 전당을 둘러보았고, 마지막으로 미륵보살상에 시선을 두었다. 미륵보살상은 예전보다 더 온화하고 친절해 보였다.

나는 앞으로 몇 발자국 나아가 치마를 살짝 걷고 방석 위에 무릎을 꿇었다. 두 손을 합장하고 두 눈을 감은 채 눈앞의 미륵보살상을 향해 공손히 세 번 머리를 조아렸을 때 편안한 발소리가 들려왔다. 나는 두 눈을 천천히 뜨고 정혜 스님을 바라보았다. 전당 안쪽의 황색 비단천을 걷고 걸어 나온 그녀는 오른손에 염주를 든 채 사람을 안심시키는 미소를 짓고 있었다.

"오셨습니까?"

나를 향해 예의상의 간단한 인사를 차리는 그녀의 표정은 마치 내가 올 것을 예상하고 있었던 것 같았다.

"정혜 스님, 제 심마를 없애 주십시오."

나는 여전히 방석 위에 꿇어앉아 그녀를 향해 그윽한 시선을 고정한 채 간절히 부탁했다.

그녀는 나와 같이 방석 위에 꿇어앉은 후 미륵보살을 바라보고 공손하게 세 번 절한 후에야 몸을 고정시켰다. 그녀가 말을 이었다.

"심마를 제거하시려면 먼저 마음속에 엉킨 것을 풀어야 합니다. 제게 지금 이 순간 무슨 생각을 하고 계신지 말씀해 주실 수 있으십니까?"

"오늘 저를 황후로 봉한다는 성지가 왔습니다. 제가 오랫동안 기다려 왔던 것인데, 그것이 조금도 기쁘지가 않았습니다. 그 순간, 정혜 스님의 말씀이 떠올랐고 알 수 없는 슬픔이 밀려왔습니다."

"어떤 슬픔이었나요?"

"모르겠습니다. 그저 마음이 무척 아팠습니다. 일찍이 그 어떤 희생도 감내할 수 있었던 사랑은 이제는 오직 냉담함만이 남았습니다. 그는 더 이상 저를 사랑하지 않고, 남은 것이라고는 빚과 죄책감뿐입니다. 저는 단호하게 앞으로 나아가야 한다고 끊임없이 스스로를 일깨웠고 영원히 뒤를 돌아보지 않을 생각이었습니다. 그러나 오늘 저는 약해졌고 어처구니없게도 더 이상 앞으로 나아갈 수가 없었습니다. 그 모순 속에서 정혜 스님이 떠올랐습니다. 스님, 부디 제 마음속의 엉킨 실타래를 풀어 주십시오."

나의 목소리에는 그 어떤 흔들림도 없었다. 나 역시 내가 왜 이곳에 있는지 알 수 없었다. 어쩌면 애초에 공명당에 발을 들여놓지 말았어야 했는지도 모른다. 그녀에게 다른 이들이 절대 알아서는 안 되는, 그 많은 이야기들을 하지 말았어야 했는지도 모른다.

"제가 부인마마의 마음속에 엉킨 실타래를 풀어 드리겠습니다. 그러나 그 결과는 부인마마께서 용감히 견뎌 내셔야 합니다."

처음의 담담하던 그녀의 어조는 진지하고 엄숙하게 변해 있었다.

의미심장한 그녀의 말을 듣고 나는 머뭇거렸다. 하지만 결국 고개를 끄덕이며 답했다.

"견뎌 낼 수 있습니다."

한참이 지난 후, 그녀가 숨을 깊이 들이마시고 이야기를 시작했다.

"부인마마께서 자신을 아 부인이라고 소개하셨을 때, 사실 저는 깜짝 놀랐습니다. 부인마마께서는 제가 어찌 마마를 알고 있는지 궁금해 하셨지요. 사실 폐하께서는 매달 공명당을 찾아오실 때면 나라와 조정 이야기를 제외하고는 복아라는 여인에 대한 이야기를 가장 많이 하셨습니다. 그래서 저는 오래전부터 마마에 대해 알고 있었습니다. 폐하께서 제게 처음으로 부인마마의 이야기를 하신 것은 삼 년 전이었습니다. 나라와 조정을 위해서, 이 나라 백성들의 평안을 위해서 자신이 사랑하는 여인을 희생시켜야만 한다고 하셨지요. 그래야만 위대한 사랑을 완성할 수 있다고 말입니다. 그 위대한 사랑이란 천하의 백성을 사랑하는 것이었지요. 천하를 통일하기 위해서는 우선 안정된 조정을 만들어야 하나, 당시 조정은 두 승상의 손아귀 안에 있었지요. 그때, 폐하께서는 황위에 갓 오르신 터라 수동적이실 수밖에 없었고, 손에 쥐고 계시던 병권도 그리 견고하지 못했습니다. 폐하께서는 두 승상 일가를 제거할 힘이 턱없이 부족하셨기에 대책을 궁리하셔야 했습니다. 폐하께 필요한 것은 시간이었지요. 그들을 하나씩 제거하는 것 외에 다른 방법은 없었습니다. 폐하께서 가장 먼저 제거하려고 마음먹은 이는 두 황후였고, 이에 독한 마음을 먹고 부인마마를 이용하셨던 것입니다."

그녀는 계속해서 말을 이었다.

"그 이야기를 하시던 폐하께서는 뜨거운 눈물을 흘리시며 이레 밤낮을 꼬박 부처님 앞에 꿇어앉아 부인마마께 했던 모든 일에 대해 쉬지 않고 참회하셨습니다. 높디높은 제왕의 자리에 앉아 계시는 폐하의 그런 모습을 보고 감동하여 저는 황궁의 공명당으로 들어오기로 결심했지요. 저는 폐하의 심마를 제거해 드리고 싶었습니다. 폐하께서는 권력의 한가운데 자리하시며 본성을 잃고 사람들에게 참으로 잔인한 일들을 저지르셨지요. 그러나 그분은 제왕이십니다. 그 허무와 갈등은 보통 사람들은 결코 알 수 없는 것이지요."

나는 마음이 흔들렸다. 그가 그 일 때문에 불상 앞에서 이레 밤낮이나 꿇어앉아 있었다는 말인가? 나는 모르고 있었다. 그 누구도 내게 그런 이야기를 해 주지 않았기 때문이다. 무력했던 몸이 점점 굳어지며 멍하니 한 장면이 눈앞에 떠올랐다. 이레 밤낮 동안이나 꿇어앉아 참회했단 말인가?

정혜 스님은 차분하게 나를 바라보며 내가 정신을 추스를 만한 시간이 지난 후 다시 말을 이었다.

"지난 삼 년간 저는 매달 폐하께 불경을 들려 드리며 그분이 잔인한 본성을 버리고 관용을 배우시도록 하였습니다. 황제에게 포용의 마음이 없다면 제왕의 자리에 있을 자격이 없기 때문이지요. 폐하는 이해력이 뛰어나셔서 불경의 가르침도 금세 깨달으셨고, 그렇기에 자신의 친형을 찾으러 가셨던 것입니다. 그것은 폐하께서 깨달은 포용의 마음이었지요. 약 일 년 전, 폐하는 몹시 혼란스러워하셨습니다. 폐하께서 자신의 손으로 부인마마의 아기를 해하셨기 때문이었지요. 그날 밤, 폐하의 눈은 시뻘겋게 충혈되어 있으셨고, 제게 계속해서 말씀하셨지요. 고의가 아니었다고, 진심으로 마마의 아기를 친자식으로 여기려 했다고 말입니다. 마마께서 팔을 그토록 세게 붙잡을지 생각지 못하셨고 자신의 힘이 마마를 바닥으로 밀치게 될 줄은 더더욱 생각지 못하셨다고 말입니다. 폐하를 그토록 혼란스럽게 할 수 있는 이는 오직 부인마마뿐일 것입니다."

나의 손은 쉬지 않고 힘을 주고 풀기를 반복하였고, 머릿속에는 그녀의 말이 끊임없이 반복되고 있었다. 나는 나에 대한 그의 죄책감을 잘 알고 있었다. 잘 알고 있었기에 나는 그 죄책감을 이용하여 후궁을 마음대로 휘둘렀고, 그럼에도 기우는 나를 용서했던 것이다. 과연 지금의 나와 예전의 기우가 무엇이 다르단 말인가?

나는 조용히 웃음 지었다.

"고의가 아니었다는 한마디로 모든 책임을 벗을 수 있나요?

저는 어머니가 될 수도, 저를 기쁘게 해 줄 아이가 있을 수도 있었어요. 그러나 바로 그 때문에 저는 불임이 되었고 영원토록 어머니가 될 수 있는 기회를 잃고 말았어요."

정혜 스님은 깜짝 놀란 듯했고 태연하던 눈빛에 연민이 가득 찼다.

"부인께서는 불임이십니까?"

나는 자조하듯 미소 지었다.

"참으로 가엾지요?"

그녀는 길고 긴 한숨을 내쉬고 깊은 생각에 잠긴 듯이 장막을 바라보더니 잠시 후 고개를 끄덕였다.

"여인에게 있어 아이도 없고, 사랑하는 이도 없으며, 가족도 없고, 게다가 믿을 수 있는 이도 없다는 것은 참으로 슬픈 일이지요. 저는 이제야 알게 되었습니다. 부인마마의 마음에 어찌 그리도 깊은 미움이 있는지 말입니다."

나는 서글픈 모습으로 고개를 숙이고 깍지를 낀 열 손가락에 힘을 준 채 정혜 스님의 한마디 탄식을 들을 뿐이었다.

"아미타불!"

그녀가 방석에서 몸을 일으키고 내 주위를 한 바퀴 돌았다.

"설령 그렇다 해도 저는 부인마마께서 백성들을 생각해 주시기를 바랍니다. 사욕을 위해 나라를 망친다면 분명 끝없는 자책의 심연에 빠지게 될 것입니다. 부인마마께서는 증오 속에서 자신을 잃으셨습니다. 저는 부인마마의 본성이 선량하다고 믿습니다. 그렇지 않다면 폐하께서 그토록 마마를 가엾게 여기시지는 않으시겠지요."

눈을 감자 머릿속에 또다시 나를 놀래며 잠 못 이루게 하는 장면이 떠올랐다.

부황, 모후, 오라버니, 운주, 기성, 혁빙, 온정야, 연성, 심완, 완미, 모란, 한명, 육 소의, 등 부인, 한 태후, 연사……, 모두의 얼굴이 하나씩 나타났다가 순식간에 사라졌다.

나는 재빨리 두 눈을 떴다. 이마의 식은땀이 볼 위로 흘러내리는 것이 느껴졌다.

"정혜 스님, 말씀해 주세요. 제가 어찌해야 합니까?"

그녀는 한참을 침묵하며 망설이는 듯하였더니 결국 입을 열었다.

"속세의 인연을 끊고, 인간 세상을 담담히 여기십시오."

나는 순간 멍해졌고, 두 손이 갑자기 덜덜 떨려 왔다.

"스님, 뭐라고 하셨는지요?"

결국 나는 다시 한 번 되물었다.

"그렇게 해야만 부인마마께서 짐을 내려놓으실 수 있습니다."

그녀는 나에게 공손히 큰절을 올리며 말했다.

"부인께서 감수하셔야 할 일입니다. 천하를 위해서입니다."

나는 경직된 몸을 천천히 일으키고, 슬픈 눈빛으로 우습다는 듯 그녀를 바라보았다.

"제가 왜 천하를 안정시키기 위해 희생해야 합니까?"

나는 몸을 돌려 뒤도 돌아보지 않고 발걸음을 옮겼다.

나는 꼬불꼬불한 오솔길을 배회하며 푸른 버드나무와 하늘 위로 천천히 솟아오르는 연기, 일렁이는 물결을 바라보았다. 흩날리는 버들솜이 내 머리 위로 떨어지고 있었다. 나는 손을 뻗어 그 버들솜을 받았다. 그때 갑자기 떠오른 생각에 나의 발걸음이 멈추었다.

'속세의 인연을 끊고, 인간 세상을 담담히 여기십시오.'

정혜 스님이 어찌 내게 그런 대담한 말을 할 수 있단 말인가? 기우다. 분명 그가 정혜 스님이 내게 이 말을 하게 한 것이다. 천하를 위해서라는 그럴듯한 명분을 내세웠으나 사실 그 역시 기우, 자신의 욕심을 위한 것이었다. 다른 이의 입을 빌려 내가 모든 것을 포기하도록 만들려는 것이다.

그가 어떻게 내게 이럴 수 있단 말인가? 만약 이것이 정말 기우의 목적이라면 나는 더더욱 포기하지 않을 것이다.

나는 손안의 버들솜을 매섭게 던져 버리고는 몸을 돌려 공명당으로 향했다. 나의 추측이 틀리지 않았다면 지금쯤 기우는 분명 공명당에 있을 것이다. 그는 장막 뒤에 숨어 모든 것을 듣고 있었을 것이다. 그가 모든 것을 다 들었다면 더 이상 고민할 것은 없다. 내가 직접 해결해야만 하는 일도 있는 것이다.

나는 살금살금 걸어 공명당의 작은 정원으로 다시 돌아왔다. 나의 추측대로 안에서 이야기 소리가 어렴풋이 들려왔고, 나는 공명당 밖의 돌기둥 뒤에 숨어 안에서 들려오는 소리에 귀를 기울였다. 역시 기우와 정혜 스님의 목소리인 것을 확인하고 나의 마음은 점점 더 밑바닥으로 가라앉았다. 나는 생각지도 못했다. 이것 역시 또 다른 계략이었다니……. 납란기우, 나는 또다시 그에게 속았구나.

나는 힘없이 차가운 돌기둥에 기대어 자조 섞인 미소를 지었다. 기우와 맞설 수 있다고 자부하다니, 나 복아는 세상에서 가장 어리석은 여인이다. 나는 역시 그를 이길 수 없었다.

"속세의 인연을 끊고, 인간 세상을 담담히 여기라니요? 어찌 그녀에게 그런 말을 한 것이오?"

기우의 목소리에는 짙은 분노가 담겨 있었다.

"심사숙고하여 한 말입니다. 폐하, 이 비구니는 아 부인의 마음을 읽었습니다. 아 부인의 마음에는 사람들에게 받은 상처의 흔적이 끝도 없이 많습니다. 이것만이 그녀의 유일한 살길입니다. 만약 그렇게 하지 않는다면 아 부인은 심마를 영원히 내려놓지 못할 것이고, 심마에게 괴롭힘을 당하다가 삶에 대한 의지를 잃게 될 것입니다."

정혜 스님은 무척이나 진지했다.

"폐하께서도 폐하에 대한 아 부인의 증오가 깊은 것을 아시겠지요? 그런데도 마음 놓고 아 부인을 베개맡에 두실 수 있으시겠습니까?"

"정혜 스님, 틀렸소. 사실 나는 모든 것을 알고 있었소."

그는 길고 긴 탄식을 내뱉었다.

"나는 오래전부터 나에 대한 복아의 증오를 알고 있었소. 그녀가 죽은 장어로 모란을 죽인 그날 알게 되었지, 그녀의 원한이 여전히 존재한다는 것을."

나는 몸서리를 쳤다. 모란을 해한 이가 나라는 것을 알고 있었다고? 그가 알고 있었다고? 갑자기 그날 기우가 나를 단단히 끌어안은 채 초조해하며 했던 말이 떠올랐다.

'그대에게 아무 일도 없어서 정말로 다행이오. 그대가 장어를 먹지 않아서 정말로 다행이오.'

"심완, 육 소의, 등 부인, 그녀가 그들에게 한 일에 대해 나는 아무것도 캐묻지 않았소. 나는 그녀에게 빚이 있기 때문이오. 그녀가 평생 아기를 가질 수 없게 된 것은 내가 그녀에게 준 가장 큰 상처요. 평생 갚지 못할 것이오. 그러나 내가 그녀를 황후로 봉한 것은 그녀에 대한 빚 때문만이 아니라 한 남자로서 한 여인에게 한 약속이기 때문이오. 나는 사랑과 포용으로 그녀의 증오를 누그러뜨리고 싶고, 내가 가진 모든 것을 그녀에게 주고 싶소. 나는 그저 그녀가 두 번 다시 나를 그녀의 마음에 들이지 않을까 봐 걱정스러울 뿐이오."

기우의 목소리는 다소 메어 있었다.

"폐하, 지금은 천하가 어지러운 때입니다. 폐하께서 남녀 간의 연정에 마음을 쓰셔서는 안 됩니다. 천하를 위해 포기하십시오."

정혜 스님의 목소리에는 초조함이 담겨 있었다.

"폐하께서는 훌륭한 주군이십니다. 폐하는 천하를 돌보셔야 합니다. 폐하는 천하를 통일하셔야 합니다. 백성들은 계속

된 전쟁을 견딜 수 없습니다. 천하가 사분오열되어서도 아니
됩니다."

"나는 후회하고 있소."

"무엇을 후회하십니까?"

"황위를 찬탈한 것. 예전에는 황위란 영원히 포기할 수 없는
꿈이라 생각했었소. 그러나 이제 나는 지쳤소. 황위에 앉기 위
해 나는 부황과 모후를 시해하고 형제를 죽였으며 가장 지키고
싶었던 여인을 이용하였소. 고작 이 황위를 견고히 하기 위해
서 말이오. 황위를 위해 나는 너무 많은 것을 희생하였소. 심지
어……, 사랑하는 이조차 나에게 원한을 품고 있소."

기우의 목소리는 거세게 내리는 소나기처럼 맹렬해지더니
마침내는 고함을 지르고 있었다.

"이 모든 것이 고작 황위 때문이었소! 고작 이 황위 때문이
었소! 얼마나 이 황위를 버리고 싶었는지, 얼마나 복아와 함
께 아득히 먼 곳으로 떠나고 싶었는지, 얼마나 하늘 위의 부
부 같은 나날을 보내고 싶었는지 모르오. 그러나 나는 그럴
수 없었소. 나는 황제이기 때문이오. 기나라를 버릴 수는 없
기 때문이오."

"저는 알고 있습니다. 폐하께서는 훌륭한 황제이십니다."

믿을 수 없는 이야기에 나는 손으로 입을 막았다. 그는 처음
부터 모든 것을 알고 있었다.

'짐의 용인을 후궁들을 능욕할 수 있는 무기로 여기지 마
시오.'

그가 내게 그런 말을 한 것은 모든 것을 알고 있었기 때문이었다. 그는 내가 후궁에서 저지른 모든 일을 알고 있으면서도 나를 용서해 왔던 것이다.

눈물을 참을 수가 없었다. 흐르는 눈물이 나의 뺨을 뜨겁게 달구고 손등 위로 떨어졌다.

그는 다 알고 있었으면서도 내 곁에 있었다. 그는 내가 기나라에 해가 될 것을 알면서도 나를 곁에 두었다. 심지어 나를 황후로 봉하려 했다. 황후 책봉……, 그것은 오직 한 여자를 향한 한 남자의 약속이기 때문이었던 것인가?

'내 반드시 그대에게, 누구나 인정하는 나 납란기우의 아내라는 신분을 갖게 하겠소.'

'존귀한 지위의 제왕 역시 사람이며, 역시 인간으로서의 즐거움을 느낀다오.'

입을 막고 있던 손을 살며시 아래로 떨어뜨리고, 나는 돌기둥 뒤에서 걸어 나와 눈물을 머금은 채 울먹이며 물었다.

"그 말씀을, 왜 제게 더 일찍 해 주지 않으셨어요?"

고개를 돌려 나를 바라보는 두 사람의 눈빛에는 놀라움이 담겨 있었다. 기우를 향해 한 걸음 한 걸음 나아가는 나의 얼굴에서는 눈물이 하염없이 떨어지고 있었다. 나는 흐릿해진 눈빛으로 눈가에 눈물이 맺혀 있는 기우를 멍하니 바라보았다.

"만약 당신이 제게 직접 얘기해 주셨다면 어쩌면 당신을 덜 미워할 수도 있었을 텐데……. 하지만 당신은 단 한 번도 제게 말씀해 주지 않으셨어요. 단 한 번도……."

"복아……."

감정이 북받치는지 그가 조용히 웅얼거렸다. 그의 눈가에 가득한 눈물이 소리 없이 흘러내렸다.

"아미타불."

정혜 스님은 염주를 단단히 쥐고 있었다.

"폐하와 부인마마 사이에는 풀기 힘든 오해가 참으로 많은 듯합니다. 사랑하는 이들이 마음을 활짝 열지 못하고, 깊은 밤 마주 앉아 긴 이야기도 나누지 못한다면 그것은 참으로 슬픈 일이지요."

그녀는 탄식을 이었다.

"오늘 이곳에서 두 분이 마음을 열고 마음속 이야기를 모두 털어놓으실 수 있으시길 바랍니다."

그녀는 허리를 깊이 숙여 인사를 올린 후, 몸을 돌려 전당을 떠났다.

전당 안에는 나와 기우만이 남았고, 우리는 가만히 서로를 마주 보았다. 수없이 많은 말을 하고 싶었으나 어디에서부터 시작해야 할지 알 수가 없었다.

푸른 물결은 거울처럼 투명했고, 석양은 수면 위에서 빛났으며, 호수 위로 꽃잎이 떨어지고 있었다.

나와 그는 다시 호수에서 배를 타고 있었다. 불처럼 타오르는 노을이 우리의 몸을 비추어 몸 반쪽을 붉게 물들였다. 그는 언제나 나와 함께 이곳을 다시 찾아 어깨를 나란히 하고 우리가 직접 심은 매화를 보고 싶었다고 말했다. 나의 마음은 슬프고 서글퍼졌다. 머릿속에 그 이레의 평범한 생활이 떠올랐다. 오직 그 짧았던 이레만이 진정으로 즐거웠던 때였다.

호수 위, 기우는 노를 젓지 않고 꼼짝하지 않고 앉아 있었다. 불어오는 바람에 만들어진 둥근 물결이 멀리 퍼져 나갔다. 우리 둘은 고개를 숙이고 물 위에 비친 그림자를 바라보았다. 반 시진이 지났으나 우리는 여전히 아무 말도 하지 않았다. 늦여름의 따뜻한 바람이 서서히 불어왔고, 우리의 작은 배는 호수 위를 배회할 뿐 여전히 건너편에는 도착하지 못하고 있었다.

"정혜 스님의 말이 맞아요. 만약 사랑하는 사람들이 마음을 터놓지 못하고, 깊은 밤 서로를 마주 보고 긴 이야기도 나누지 못한다면 그것은 참으로 슬픈 일이지요. 곰곰이 생각해 보면 우리는 단 한 번도 진정으로 마음을 나눈 적이 없었어요. 예전에 저는 제 자신이 실패했다고 생각했었어요. 진정으로 그대의 마음에 들어섰던 적이 없었으니까요. 그러나 저는 깨달았죠. 그대는 방어선을 갖추고 있고, 그 방어선은 그 누구도 넘어설 수 없다는 것을요. 저를 포함해서 말이에요."

먼저 입을 연 사람은 나였다. 언제나 내가 먼저였다. 그는 단 한 번도 먼저 나와 마음을 나누려 하지 않았다. 내가 그를 추궁할 때를 제외하고는……. 그는 영원히 수동적인 사람이었다.

"나는 그대가 모두 알고 있다고 생각했소."

그는 물 위의 그림자를 보던 눈을 나에게로 옮겨 내 눈을 똑바로 바라보았다. 그의 목소리에는 옅은 씁쓸함이 담겨 있었다.

"그래요. 저는 다 알고 있었어요."

나는 우습다는 듯 고개를 끄덕였다. 그의 말이 맞다. 나는 다 알고 있었다.

"하지만 저는 당신이 직접 말씀해 주시길 기다리고 있었어요."

나는 손을 힘껏 휘둘러 수면의 평온함을 흐트러뜨리고 우리 두 사람의 그림자를 부숴 버렸다. 물보라가 일어 나의 소매와 머리카락이 젖었다.

"그때, 제가 욱나라로 떠난 것은 당신이 저를 이용하셨기 때문이었어요. 당신에게 다시 붙잡혀 올 줄은 생각지도 못했지요. 당신은 이레 동안의 평범한 생활로 저를 이곳에 붙잡아 두려 하셨지만 저는 이곳에 남지 않았어요. 연성의 아기를 갖고 있었기 때문만은 아니었어요. 연성에게 갖고 있던 깊은 죄책감 때문만도 아니었고요. 그보다 더 중요한 이유가 있었어요."

나는 말을 잠시 멈춘 후, 다시 말을 이었다.

"그 칠 일, 당신은 정말로 제게 잘해 주셨지요. 하지만 그것이 저를 더욱 먼 곳으로 밀어냈어요. 그 이레 동안 저는 계속 기다렸어요. 황릉에서 독을 쓴 일을 제게 직접 해명하시기를 기다렸지요. 그러나 당신은 단 한 마디도 꺼내지 않으셨지요. 그것은 당신이 여전히 저를 믿지 못하신다는 뜻이었어요."

그의 몸에 수많은 물방울이 튀었고, 그의 얼굴 위에서 물방울이 흘러내렸다. 그러나 그는 그것을 닦지도 않고, 그저 내 말을 진지하게 경청하고 있었다. 그러다가 침착하고 신중하게 내게 한마디를 남겼다.

"해명할 필요가 없다고 생각했소. 그대가 다 이해할 줄 알았소."

"그래요. 저는 다 이해했어요."

가슴이 아파 왔고 화가 치밀어 올랐다. 나는 수면의 물결을 거세게 내리쳐 갓 되찾은 호수의 평온을 다시 흩트려 놓았다. 온몸이 물방울에 젖었지만 나는 흥분하여 그를 향해 고함을 질렀다.

"매번 저를 이용한 후 당신이 고작 하신다는 말은 '미안하오. 내가 보상하겠소.'라는 말뿐이죠. 당신은 모르세요. 제게 그 말이 얼마나 모욕적인지 말이에요. 제가 보상을 원한다고 생각하세요? 아니에요. 제가 원하는 것은 해명이에요. 당신이 직접 말씀해 주시는 고충을 듣고 싶단 말이에요. 말씀해 주시지 않아도 알고 있지만 저는 당신이 직접 해 주시는 말씀을 듣고 싶단 말이에요!"

"그럼 왜 묻지 않았소?"

그의 얼굴 위로 천천히 아득함과 슬픔 그리고 이해할 수 없다는 듯한 표정이 떠올랐다.

"왜 묻지 않았냐고요? 도대체 제가 어떤 얼굴로 사랑하는 남자를 추궁하길 바라시는 건가요?"

웅크리고 앉아 있던 나는 배 위에서 몸을 일으키고 여전히 가만히 앉아 있는 그를 내려다보았다.

"그럼 여쭤 보지요. 무슨 독한 마음을 먹고 제게 독을 쓰신 건가요? 입을 열 때마다 사랑한다고 말하던 남자가 어떻게 황권을 견고히 하기 위해 저를 이용하실 수 있었던 건가요? 말씀해 주세요. 사랑이면 그 모든 것을 견뎌 낼 수 있나요? 저는 공주예요. 제게 마지막 한 줌의 자존심을 남겨 주실 수는 없으셨어요?"

쓰라린 눈물이 눈가로 배어 나왔고 눈앞이 흐릿해졌다. 더 이상 그의 표정이 보이지 않았다. 매우 희미했다.

입을 열려는 듯한 그의 말을 자르고 나는 슬퍼하며 말을 이었다.

"그날 장생전에서 발생한 변고, 저는 당신이 저를 일부러 밀치신 것을 알고 있었어요. 당신 역시 제가 이미 알고 있었다는 것을 알고 계셨겠지요. 그러나 당신은 아무 해명도 하지 않으셨고 또다시 '미안하오. 내가 보상해 주겠소.'라는 말씀뿐이셨어요. 그래요. 당신의 보상은 제가 황후가 되게 해 주는 것이었지요. 당신은 제게 또다시 모욕을 주셨어요. 제 아기가 고작 황후 자리와 바꿀 수 있는 것인가요? 당신도 알고 계시듯이 저는 황후 자리를 대단하게 여겨 본 적이 없어요."

눈물이 소리 없이 흘러내렸다. 눈물의 흔적이 번져 갔고, 나의 목소리는 말을 하면 할수록 떨리고 있었다.

"조금 전, 공명당에서 들었던 말이야말로 제가 지금까지 당신에게서 직접 듣기를 원했던 말이었어요. 만약 그 말을 반년 전에 제게 직접 해 주셨다면 어쩌면……, 당신을 향한 저의 증오는 지금처럼 깊지 않았을 것이고, 저는 살고 싶지 않을 정도로 고통스럽지도 않았을 것이며, 다시는 돌아갈 수 없는 길을 걷지도 않았을 거예요.”

기우가 천천히 몸을 일으켜 나를 마주 보았다. 그의 얼굴 위에 고통과 자책이 드러났고, 그의 눈가 역시 붉어져 있었다. 그는 한순간에 늙어 버린 것 같았고, 세상 풍파를 다 겪은 것 같았다.

그가 물었다.

“만약 지금 그대에게 말해 준다면 너무 늦었소?”

그의 간절한 표정이 나를 멍하게 했다. 신뢰와 단호함이 드러나 있는 그의 표정은 예전의 한성왕의 모습이었다. 창문을 넘어 들어온 그는 내게 말했었다.

‘모든 계획을 중지하겠소.’

그렇다. 그것은 실로 오랜만에 보는 표정이었다. 황위에 오른 후 그가 두 번 다시 내게 보여 주지 않았던 그 표정을 지금 이렇게 다시 보니 마음속에서 거세게 출렁이는 물결을 멈출 수가 없었다.

나는 아랫입술을 꽉 깨물고, 아직 마르지 않은 손으로 주먹을 단단히 쥐었다. 눈앞의 그를 노려보며 한참 동안 아무 말도 하지 않던 나는 혀끝으로 진한 피비린내를 느낀 후에야 아랫입술을 꽉 깨물고 있던 이에서 힘을 뺐다.

고개를 들어 하늘을 바라보니 기러기가 날고 있었다. 나는 나지막이 읊조렸다.

소유했을 때는 몰랐으나 잃고서야 그 소중함을 깨달았으니, 지금은 그저 비통함을 느낄 뿐이다.

남몰래 통한의 눈물방울 흘리니, 눈앞에 펼쳐진 봄날의 정경 모두 변해 버렸다.

옛 이별의 그때 다시 만날 수 없음을 알고 있었으나, 그래도 다시 만나자는 거짓 약속을 하였구나.

이별 후의 내 마음 찢긴 배꽃같이 떨어지니, 새벽달 같은 내 몸은 시간과 함께 무겁게 가라앉는다.[18]

사방에는 넘실거리는 물소리만이 남아 있었다. 하늘은 점점 어두워지고, 바람은 점차 거세졌다. 그제야 우리의 작은 배는 건너편에 도착했다. 그가 먼저 육지에 올라 나를 육지로 끌어주기 위해 나를 향해 탄탄하고 긴 손을 뻗었다. 나는 그의 손을 한참 동안 바라본 후에야 나의 손을 그에게 내밀었다. 우리 둘의 손은 매우 차가웠고, 손을 마주 잡자 그 차가움에 뼈가 에이는 듯했다.

무성한 잡초를 밟으며 나아가자 또렷한 흙냄새와 풀냄새가 코를 자극했다. 얼어붙어 있던 기분도 점차 편안해졌고 경직되

---

18 청나라 강희제 때 문인 납란성덕(納蘭性德)의 〈채상자(采桑子)〉이다. 채상자는 사(詞)를 짓는 방식 중 하나다.

어 있던 발걸음도 점차 자연스러워졌다. 우리는 우리의 칠 일 간의 추억이 담겨 있는 대나무 집을 향해 한 걸음 한 걸음 다가 가고 있었다. 밤바람이 우리 몸을 때려 옷소매를 말아 올리고 옷자락을 휘날리게 했다. 그는 나의 발걸음에 맞춰 천천히 나 아가며 먹구름에 가려져 있다가 이제야 끝자락을 드러낸 밝은 달을 바라보았다. 목 주변으로 흘러내린 그의 검은 머리카락이 불어오는 바람에 흩날리고 있었다. 그가 나의 손을 꼭 쥐었다.

"지금에서야 그때의 잘못을 깨달았다면 너무 늦은 것이오?"

내가 아무 말도 하지 않자 그는 씁쓸한 미소를 지었고, 그의 그런 모습을 바라보는 내 마음도 조금씩 아파 왔다. 나는 입술 을 움직여 목이 멘 소리로 말했다.

"늦지 않았어요."

그가 옅은 미소를 짓자 그제야 굳어 있던 얼굴이 편안해 졌다.

"운주가 죽은 그날부터 이야기하리다."

그가 빠르지도 느리지도 않은 목소리로 내게 이야기를 들려 주기 시작했다.

"운주에게 죄를 뒤집어씌우는 것은 나 역시 원치 않는 일이 었소. 그러나 다른 방법이 없었지. 기성은 너무 많은 것을 알고 있었소. 그때, 기성이 그대의 얼굴을 바꿔 준 신의를 찾아다니 고, 그 일과 심씨 집안 딸의 죄목으로 나와 맞서려 한다는 것을 알게 되었지. 그대도 알 것이오. 나는 기성을 제거하지 않을 수 없었소. 그래서 나는 그대를 감옥에 보내어 그가 죽을 수밖에 없도록 만들었소."

그는 이어서 두씨 집안에 대해 말했다.

"두씨 집안은 조정의 화근이었소. 후궁은 두완이 틀어쥐고 있었고, 조정은 두 승상이 장악하고 있었지. 무척 위협적인 일이었고, 나는 두씨 집안을 억누르기 위해서는 두완부터 처리해야 한다고 생각했소. 사실 나는 정 부인을 이용하여 두완과 맞서려고 했었소. 그러나 그녀가 혁빙과 부정한 관계를 맺고 사생아까지 갖게 되면서 나의 계획은 물거품이 되어 버렸소. 일이 그렇게 되자 두완을 몹시 증오하고 그녀와 맞설 수 있을 만큼 지혜로운 여인을 다시 찾을 만한 시간이 부족했소. 그래서 어쩔 수 없이 나는 그대를 선택했소. 운주의 죽음으로 인해 그대는 두완에 대한 증오가 깊었으니까. 나는 순풍에 돛을 달기 위해 황릉에서 독을 써 두완을 향한 그대의 증오에 불을 붙였소. 그것은 그대에게 더 큰 총애를 줄 수 있는 명분이 생기는 일이기도 했지. 그리고 그대가 정 부인과 혁빙의 간통을 발견하도록 만들었소. 그러나 그대가 그들에게 온정을 베풀 줄은 꿈에도 생각지 못했소. 그 순간, 나는 복아는 역시 복아라는 것을 알게 되었지. 그대의 마음은 그리 독하지 못하였소. 마침 그날, 그대는 내게 운정이라는 여인을 소개시켜 주었고, 그녀는 높은 기질과 뛰어난 지혜를 갖고 있었소. 그보다 중요한 것은 그녀가 몹시 독한 마음을 지니고 있다는 것이었소. 그래서 나는 그녀를 택했소. 그대를 더 이상 이용하고 싶지 않았기에 나는 그대를 멀리했고, 그 후에는 그대를 찾지 않았던 것이오."

그는 장생전의 비극에 대해 설명했다.

"장생전에서 대황자가 비참하게 죽고 소 귀인이 자신의 아기를 죽인 이가 그대라고 딱 잘라 단언하였을 때, 나는 이것 역시 또 다른 음모라는 것을 깨달았소. 그대가 이 일을 제대로 조사해야 한다고 내게 말했을 때, 나는 어떻게든 그대가 더 이상 말을 잇지 못하도록 해야 했다오. 그렇지 않으면 내가 지금까지 연사에게 쏟은 노력이 모두 물거품이 될 것이기 때문이었소. 그래서 나는 분노한 척하며 그대를 밀쳤던 것이오. 그러나 그로 인해 그대가 유산하게 될 줄은 생각지도 못하였소. 그 순간, 나는 깨달았지. 우리 사이가 더 이상 되돌릴 수 없게 되었다는 것을 말이오. 모란의 죽음을 계기로 나는 깨달았소. 나를 향한 그대의 증오와 후궁을 향한 그대의 증오를 말이오. 나는 밤낮을 가리지 않고 자책하였고, 지난 몇 년간 내가 그대에게 했던 모든 일을 떠올렸소. 그것은 참으로 비열한 짓이었소. 나는 가장 보호해 주고 싶었던 여인을 한 번 또 한 번 이용하여 만신창이로 만들었지. 그대가 나를 증오하는 것은 당연한 것이었소. 그대에게 보상해 주기 위해 나는 그대가 한 모든 일을 모른 척하였소. 그 모든 것은 내가 그대에게 진 빚 때문이었지. 그대가 나의 천하를 망치려 한다 해도 나는 그대를 탓하지 않았을 것이오."

그는 한숨을 내쉬었다.

"지난 반년 동안 나는 매일 자정이면 악몽에서 깨어났고, 지난 몇 년 동안 내가 저질러 온 모든 일을 되돌아보지 않을 수 없었소. 이 모든 것은 황위를 견고히 하고 조정을 안정시키기 위함이었소. 이 황위야말로 악의 근원이었지. 황위는 나에게 돌이킬 수 없는 수많은 잘못을 저지르게 하였소. 내가 이것을 얼마나 버리고 싶어 했는지 모를 것이오. 그러나 이성은 내게 그럴 수 없다고 말하고 있었소. 그 많은 사람들의 피를 흘리고 견고히 한 황위를 버린다면 그것이야말로 어리석고 무능한 군주겠지. 천하의 백성들이 나를 어찌 보겠소? 나는 기나라에 책임이 있으므로 이기적일 수밖에 없었소."

그에게서 몇 가지 일에 대한 분명한 해명을 듣자 마음속에 엉켜 있던 실타래가 천천히 풀리는 느낌이 들었다. 나는 그의 해명을 참으로 오랫동안 기다려 왔다. 이렇게 오늘, 그가 내게 직접 해명하는 것을 들으니 수많은 원한이 사라지는 듯했다.

"바로 제가 듣고 싶었던 말이에요. 그러나 당신은 단 한 번도 언급하지 않으셨지요. 그래서 저는 당신을 증오했고, 그 증오를 품은 채 돌아올 수 없는 길을 걷게 되었어요."

"아직도 나를 증오하오?"

"모르겠어요. 그러나 정혜 스님의 말씀이 옳아요. 지금은 기나라와 욱나라의 전쟁이 코앞에 닥쳐 있으니 제 고집대로 당신의 천하를 망가뜨릴 수는 없어요. 백성들에게 무슨 죄가 있겠어요?"

나를 붙잡고 있던 그의 손이 다소 떨리는 것이 느껴졌다. 나는 힘을 더하여 그의 손을 꼭 쥐었다. 덤불숲을 지나자 놀란 반딧불이들이 날아올라 하늘 위를 선회하였다. 그 순간 가슴이 두근거렸다. 마치 팔 년 전의 그때로 돌아간 것 같았다. 나는 그의 손을 놓고 손을 뻗어 몇몇 반딧불이들이 내 손바닥 위에 머물게 했다. 그러고는 미소를 지은 채 맞은편의 기우를 바라보았다. 몇 마리의 반딧불이가 그의 머리 끝에 앉아 있어서 그의 두 눈은 반짝이는 빛을 가득 발하고 있었다. 그리고 그의 눈 속 가장 깊은 곳에는 내가 담겨 있었다.

"사랑하는 이들이 첫 만남처럼 계속 달콤할 수 있다면 어찌 오늘의 이별이 있겠는가?"[19]

조용히 읊은 후 두 손을 힘껏 휘두르자 내 손바닥 위에 머무르고 있던 반딧불이들이 재빨리 날아가 버렸다. 내가 제자리에서 한 바퀴를 살짝 돌자 내 머리카락이 춤사위에 흩날렸다.

"기우, 당신을 위해 다시 한 번 봉무구천을 추겠어요. 지난 반년 동안 저를 용인해 주셔서 고마워요."

그가 눈빛에 깊은 다정함을 담고 고개를 끄덕여 승낙을 표했다. 나는 몇 발자국을 뒷걸음질 쳐 더욱 많은 반딧불이들을 놀라게 했다. 녹색 빛이 우리 두 사람을 에워싸서 우리는 마치 선경에 있는 것만 같았다.

나는 훨훨 날아오르는 기러기처럼 두 팔을 활짝 벌려 천천히 돌렸고, 오른쪽 발끝을 축으로 삼아 몸을 가볍게 회전시켰다. 담황색의 얇은 치마는 꽃술처럼 사방으로 퍼져서 마치 한 가닥씩 솟아오르는 듯했다. 화려한 무의를 입고 있지도, 정교

---

19 청나라 문인 납란성덕의 〈목란화(木蘭花)〉의 한 구절.

318

한 장신구를 달고 있지도 않았기에 모든 것이 단순하고 깨끗했다.

봉무구천, 나는 일평생 이 춤을 단 세 번 추었다. 첫 번째는 복향궁에서, 두 번째는 원한을 갚기 위해 양심전에서, 그리고 지금, 오늘의 이 춤이 세 번째이자 마지막이 될 것이다.

나는 빠른 속도로 춤을 추다가 가벼운 발걸음으로 연이어 세 번 공중 위로 날아올랐다. 마치 태어났을 때부터 추었던 춤처럼 모든 동작이 완벽하게 연결되었다. 나는 몇 번이나 그의 부드럽고 그윽한 눈빛에 눈을 맞추며 아름다운 자태로 그의 눈빛에 답했다. 순간, 나는 마치 그를 처음 만났던 때로 돌아간 것만 같았다. 그는 내게 말했었다.

'그대가 복아 공주인가? 우리 거래를 하는 게 어떻겠소?'

첫 만남처럼 계속 달콤할 수 있다면…….

우리에게는 적절하지 않은 말이다. 우리의 첫 만남은 거래였다.

살짝 가빠진 숨을 몰아쉬며 춤을 끝냈다. 다소 불안하게 착지하는 나를 그가 두 팔로 단단히 안아 주었다. 그는 나를 자신의 품으로 강하게 끌어당겼다. 그의 목멘 소리가 머리 위에서 전해져 왔다.

"복아, 앞으로는 그대에게 모든 것을 이야기할 테니 다시는 나를 미워하지 마시오. 그렇게 해 줄 수 있겠소?"

차분하면서도 힘이 넘치는 그의 심장 박동 소리를 들으며 나는 고개를 끄덕였다.

"좋아요. 앞으로는 서로를 괴롭히지 말도록 해요."

"정말이오?"

그는 격해진 감정을 추스르지 못하고 소리치며, 나를 떼어내어 날카로운 눈빛으로 바라보았다. 나의 눈을 통해 내 말이 진실인지 아닌지 확인하려는 듯했다. 나는 미소를 지으며 곧은 눈빛으로 그에게 말했다, 내가 말한 모든 것이 진실이라고.

내가 증오를 버리기로 한 것은 기우의 솔직함과 포용 때문만은 아니었다. 그보다는 천하의 백성들 때문이었다. 기나라와 욱나라는 조만간 전쟁을 시작할 것이고, 두 나라가 통일된다면 어느 나라가 이기든 천하의 백성들에게는 좋은 일이었다. 개인의 욕심을 위해 천하를 혼란에 빠뜨려서는 안 된다. 어떤 것은 대의를 위해 포기해야만 하는 것이다.

그날 밤, 그는 나를 이끌고 우리가 심은 매화 나무를 보러 갔다. 일 년간 햇볕을 쬐고 비를 맞은 매화는 씩씩하게 자라고 있었다. 기우는 내게 앞으로 매년 함께 이곳에 와 매화 나무가 커 가는 것을 보자고 말했다.

매미가 시끄럽게 우는 깊은 밤, 우리는 대나무 집에서 서로를 끌어안고 잠이 들었다. 그의 팔을 베고 누운 나는 머릿속에 수없이 많은 추억들이 가득해서 밤새도록 한숨도 자지 못하였다.

첫 만남, 그가 나를 부드럽게 안아 말 위로 올려 주었을 때 나는 이미 그의 그윽하고 다정한 눈빛에 매료되었다.

그의 대혼식 날, 모든 것을 제쳐 두고 내 방으로 달려온 그는 말했었다. 만약 황위와 나를 바꿔야 한다면 그는 황위 따위 원치 않는다고…….

달라진 얼굴로 그와 다시 만났을 때, 그는 말했다. 그대와의 이 사랑, 생사를 함께할 것이며, 이번 생은 물론이고 다음 생에서도 그대와 함께함을 결코 후회하지 않을 것이라고…….

우리의 대혼식 날 밤, 그가 말했다. 사랑한다고…….

그 후, 우리의 사랑은 완전히 달라져 버렸다. 그는 무정하게 내게 독을 썼고, 우리 사이에 유일하게 남아 있던 사랑마저 이용했다. 그것은 배반이었다! 용서는 할 수 있을지라도 예전의 순수했던 사랑은 이미 세월의 얼룩에 훼손되어 버렸고 상처투성이가 되어 버렸다. 나에게는 더 이상 이 사랑을 견딜 힘이 남아 있지 않았다.

기우의 품에 기대어 수없이 자문했다. 나와 그는 예전으로 돌아갈 수 있을까?

답은 언제나 같았다. 불가능!

그렇다. 이미 순수함을 잃은 사랑은 그 사랑이 아무리 깊다해도 두 사람 사이에 보이지 않는 장벽이 늘 존재하게 된다. 그 장벽의 이름은 바로 '기만'이다. 지난 반년, 매번 그와 함께 있을 때마다 내가 떠올린 것은 사랑이 아니라 기만이었다. 그는 또 무슨 속셈일까? 설마 또 다른 음모를 꾸미고 있는 것인가? 반복되는 의심에 나는 이미 지쳐 있었다.

그와 나 사이에 존재하는 또 다른 치명적인 장벽은 바로 내 아기와 연성이었다. 내 아기를 해한 남자와 함께 행복하게 지내다는 것이 나를 괴롭혔다. 아기가 용서하지 않을 것이며, 연성은 더더욱 용서하지 않을 것이다.

정혜 스님의 말씀이 옳다. 마음속의 잡념을 버리고, 증오를 버리고, 다시는 미혹되거나 두려워하지 말아야 한다. 그래야만 진정한 나 자신으로 돌아갈 수 있다.

이 사랑이 이미 내게서 멀어져 가고 있다면 굳이 이 사랑을 힘겹게 붙들고 있을 필요가 있는가? 이제 우리에게 이 감정은 그와 나의 몸과 마음을 지치게 할 뿐이고, 모순과 고통 속으로 더욱 깊이 빠져들게 할 뿐이다.

아침 이슬을 머금은 차가운 바람이 창문을 통해 들어오자 나는 몸서리를 쳤다. 나는 멍하니 잿빛 하늘을 바라보고 다시 고개를 돌려 기우의 또렷한 얼굴을 바라보았다. 그는 조용히 잠들어 있었고, 얼굴 위에는 옅은 미소가 드리워져 있었다. 그와 한 침대에서 잠을 잔 지 꽤 되었지만 잠든 그가 이토록 편안한 미소를 짓고 있는 모습을 보는 것은 처음이었다.

나는 참지 못하고 손을 뻗어 그의 얼굴을 살짝 어루만졌고, 그가 살짝 움직이자 곧바로 손을 거두어들였다. 그가 잠에서 깰까 봐 걱정스러웠지만 다행히 그는 곧바로 다시 깊은 잠에 빠졌다. 그 모습을 보니 나의 얼굴에도 달콤한 미소가 번졌다.

가면을 쓰지 않은 그의 편안한 미소를 매일 보고 싶었다. 하지만 그럴 수 없다는 것을 나는 잘 알고 있었다. 우리 사이에는 장애물이 너무 많았다.

마음속에 남은 아쉬움은 영원한 그리움이 될 것이다. 나에게도 그에게도 나쁘지 않으리라.

생각이 여기에 미치자 나는 살그머니 침대에서 내려와 신발을 신고 조심스레 대나무 문 쪽으로 걸어가 문을 열었다. 최대한 조심했는데도 희미한 소리가 방 안에 울렸다. 나는 고개를 돌려 여전히 침대에 편안히 누워 있는 기우를 바라보았다. 여전히 달콤하게 자고 있었다.

나는 그를 그윽이 바라보며 작은 목소리로 말했다.

"기우, 반드시 훌륭한 황제가 되셔야 해요."

나는 조금의 미련도 없이 몸을 돌리고 대나무 집을 나왔다.

밖에는 가랑비가 흩날리고 있었고, 하늘은 유난히 어두웠다. 얼굴과 머리가 빗방울에 젖었으나 나는 발걸음을 멈추지 않고 이슬이 가득한 수풀을 지났다. 수많은 이파리들이 나의 뺨을 스쳐 은근한 고통이 느껴졌다.

호숫가에 도착하자 나는 노를 집어 들고 배에 올랐다. 한기로 뒤덮인 호수 위에 안개가 새하얗게 떠올라 눈이 부셨다. 작은 배는 조금씩 호수의 중심을 향해 움직였고, 나는 고개를 돌려 나와 기우 두 사람이 함께했던 호숫가의 대나무 집을 바라보았다.

앞으로 두 그루의 매화 나무는 매년 당신이 와서 봐 주세요. 복아는 다시는 당신과 함께할 수 없어요. 당신은 훌륭한 황제예요. 천하를 통일하든 하지 못하든 상관없이, 당신은 제게 언제나 훌륭한 황제예요. 천하를 잘 다스리시고, 다시는 심마에 흔들리지 마세요. 비록 나와 당신은 다른 곳에 떨어져 있겠지만, 그대 건강하셔야 해요. 건강하세요.

속세의 인연을 끊고, 인간 세상을 담담히 여겨라.

그렇다. 내 마음속의 증오와 미혹을 제거하려면 나는 반드시 속세와의 인연을 끊고 인간 세상을 담담히 여겨야 한다.

"복아! 가지 마시오!"

바람에 흩날려 온 소리가 다시 내 생각을 깨트렸다. 나는 깜짝 놀라 호숫가에서 나를 초조하게 부르고 있는 기우를 바라보았다. 마음이 아련하게 아파 왔다.

그는 쫓아 나와서는 안 되었다. 그에게는 막중한 책임이 있으니 그는 더 이상 사사로운 남녀 간의 연정에 연연해서는 안 된다. 나는 그의 발목을 잡지 않을 것이다. 그는 반드시 그의 길을 가야 한다. 예전에 내게 독한 마음을 먹었던 것처럼, 이번에도 그는 다시 한 번 독한 마음을 먹어야 한다.

그를 향해 손을 흔들며 작별을 고하는 나의 얼굴에는 시종 미소가 떠올라 있었다. 그에게 결코 슬퍼하는 모습을 보이고 싶지 않았다. 작은 배가 넘실거리며 멀어질수록 반대편 호숫가에 서 있는 그의 모습 역시 시야에서 점점 흐려졌다. 나는 천천히 몸을 돌리고, 건너편을 향해 더욱 힘차게 노를 저었다.

끊임없이 이어지는 "복아!"라는 외침이 차가운 바람과 비를 타고 나의 얼굴을 적셨다. 얼굴 위로 흐르는 것이 눈물인지 빗물인지, 나는 구분할 수 없었다. 한 방울 한 방울 흐르는 그것이 마음을 아프게 했다.

*

　납란기우.

　복아와 꼭 끌어안고 대나무 침대에 누웠다. 비록 눈은 감고 있었으나 한숨도 자지 못했고, 복아 역시 한숨도 자지 못하는 듯했다. 나는 지난 팔 년간 벌어진 수많은 일들을 떠올렸다.

　내 손으로 모후를 냉궁으로 보낸 일, 태자였던 형을 황궁에서 쫓아낸 일, 서서히 효과를 보이는 독을 이용해 부황을 독살한 일, 황위를 견고하게 하기 위해 충심을 다했던 운주를 내친 일, 한명이 모후를 죽인 죄를 기성에게 덮어씌운 일, 사람을 시켜 명 태비를 익사시킨 일, 복아를 이용해 두완을 제거하려고 한 일…… 나는 수없이 많은 잔혹한 일을 저질렀다. 이것이 정말 내가 원했던 것인가?

　복아, 그대는 정말 내가 그대에게 저질렀던 일을 용서할 수 있겠소? 내가 그대의 아기를 죽인 일을 정말 마음속에서 지울 수 있겠소?

　갑자기 차갑고 떨리는 두 손이 내 미간을 어루만지는 게 느껴져 나는 숨도 쉬지 못하다가 곧 침착함을 되찾았다. 돌연 그녀가 손을 거두었고, 주변의 고요함이 나를 두렵게 했다. 이 고요함은 처음으로……, 내게 그녀를 잃게 될 거라는 생각이 들게 했다.

한참이 지난 후, 복아의 조용한 탄식 소리가 들려왔다. 너무나 작은 소리여서 정말로 그녀가 탄식을 한 것인지조차 의심스러웠다.

그녀가 조심스레 침대에서 벗어나 대나무 문을 열었다. 나는 시종 눈을 뜨지 않고 그녀를 잡아야 할지 말아야 할지 망설이고 있었다. 만약 나를 떠나는 것이 그녀의 선택이라면, 그렇게 해서 그녀가 행복할 수 있다면……, 그렇다면 나는 그녀를 놓아주어야 한다.

그런데 내 마음은 왜 이렇게 아픈 걸까?

"기우, 반드시 훌륭한 황제가 되셔야 해요."

그녀가 작은 목소리로 말했다.

나는 돌연 눈을 뜨고 침대에서 벌떡 일어나서 여전히 활짝 열려 있는 대나무 문을 바라보았다. 나의 머릿속은 텅 비어 버렸다.

그녀는 떠나려 하는가? 그녀는 정말 떠나려 하는가?

그녀는 내가 훌륭한 황제가 되길 바라고 있다. 그러나 그녀는 모른다. 나는 좋은 남편도 되고 싶고, 예전에 그녀에게 주었던 고통도 보상해 주고 싶다. 가능하다면 나는 이 황위 따위 내던져 버리고 싶다. 황위를 찬탈한 대가로 이토록 많은 것을 잃게 되리란 것을 조금이라도 일찍 알았다면 나는 결코 이 황위를 선택하지 않았을 것이다.

그녀는 언제나 자유를 원했다. 나는 그녀를 처음 본 순간부터 그녀가 황궁에 어울리지 않는다는 것을 알았다. 그녀에게는 산과 강이 어울렸다. 그런 그녀를, 바로 내가 이 피비린내 나는 권력 다툼의 한가운데로 억지로 끌고 들어왔고, 천진난만했던 그녀를 세속적으로 변하게 만들었다.

나는 그녀가 떠나도록 놓아주어야 한다. 그녀가 벗어나게 해 주어야 한다. 그러나……, 미련이 남는다. 너무나 미련이 남는다. 놓아줄 수 없다!

나는 신발조차 신지 않고 그녀를 쫓기 시작했다. 머릿속에는 단 한 가지 생각뿐이었다.

지금 그녀를 놓아주면 평생 후회할 것이다!

호숫가에 도착하자 배를 타고 내게서 점점 멀어져 가는 복아의 모습이 보였다. 서서히 불어오는 차가운 바람이 나의 몸을 때리고 있었다.

나는 복아가 공명당으로 가려 한다는 것을 알고 있다. 정혜 스님은 복아가 모든 것에서 벗어날 수 있는 유일한 방법은 속세의 인연을 끊는 것뿐이라고 말했다. 하지만 나는 포기할 수 없고, 놓아줄 수도 없다.

"복아! 가지 마시오!"

내가 외치는 소리에 그녀가 나를 바라보았다. 하지만 그녀는 아무 말도 하지 않고 그저 내게 손을 흔들 뿐이었다. 그녀의 표정이 제대로 보이지는 않았으나 마치……, 나를 향해 미소 짓고 있는 것 같았다.

한참이 지난 후, 그녀는 몸을 돌리고 내게 처량한 뒷모습만을 남긴 채 천천히 반대쪽 호숫가를 향해 나아갔다. 나는 계속해서 그녀의 이름을 불렀으나 그녀는 끝내 고개를 돌리지 않았고, 의연한 모습으로 맞은편 기슭에 도착했다.

가면 안 되오. 가면 안 되오.

나는 호수로 몸을 던져 온 힘을 다해 건너편 기슭을 향해 헤엄쳐 나갔다. 얼음장 같은 호숫물과 방울방울 떨어지는 보슬비가 나의 눈을 촉촉히 적셨다.

스물일곱 해, 내 인생에 이토록 두려웠던 적은 없었다. 이제 와서야 나는 복아가 내게 얼마나 중요한 사람인지 깨달았다. 그것은 내가 힘겹게 지켜 온 황위를 초월하는 것이었다.

나는 순식간에 건너편 기슭까지 헤엄쳐 온 후, 잠시도 쉬지 않고 지치고 젖은 몸을 이끌고 공명당을 향해 달리기 시작했다.

내가 도착하였을 때, 공명당의 문은 단단히 닫혀 있었다. 나는 온 힘을 다해 육중한 붉은 문을 두드렸고, 숨을 몰아쉬며 크게 소리쳤다.

"복아, 나오시오! 내 그대에게 할말이 있소!"

얼마나 두드렸는지 알 수 없을 정도로 한참을 두드려도 공명당 안에서는 그 어떤 반응도 없었다. 나는 붉은 문에 힘없이 이마를 대고 두 주먹을 불끈 쥔 채 마음속의 격정을 누그러뜨리려고 노력했다.

"복아, 짐이 부탁하겠소. 내가 부탁하겠소……. 부탁이니 나와서 나와 만나 주시오. 할말이 있소……."

큰비가 쉬지 않고 내 몸을 때렸고, 빗방울이 한 방울 한 방울 이마로 흘러내렸다. 나는 내가 울고 있는 것인지 아닌지 알 수가 없었다. 그저 눈가가 시큰하게 느껴질 뿐이었다. 참으로 아팠다.

끼익!

문이 천천히 열리자 나는 기쁜 마음에 고개를 들었다. 그러나 눈앞에 있는 사람은 복아가 아닌 정혜 스님이었다. 그녀는 양손에 한 움큼의 검고 긴 머리카락을 든 채 나를 향해 예를 갖춰 인사를 올렸고, 나는 분노하여 그녀를 노려보았다.

"복아는 짐의 아 부인이오. 그대에게는 그녀의 머리를 자를 자격이 없소. 그대가 무슨 자격으로 그녀의 머리를 잘랐단 말이오!"

그녀에게 이토록 불경하게 대하는 것은 처음이었다.

"폐하, 제가 부인의 머리를 자른 것이 아닙니다. 이 절반의 검은 머리카락은 부인마마께서 직접 자르시고 제게 건네주신 것입니다. 부인마마께서는 머리를 자르시고 정을 잘라 내겠다고 말씀하셨습니다."

나는 부들부들 떨며 그녀의 손에 들려 있는 절반의 머리카락을 받아 들었다. 나의 시선은 그녀의 머리카락에서 떠나지 못하다가 정혜 스님을 지나쳐 그녀의 뒤편 내당으로 향했다. 복아는 나를 등진 채 합장을 하고 미륵보살 앞에 꿇어앉아 있었고, 아름다운 검은 머리카락의 절반이 사라져 있었다.

그녀의 마음은 이토록 단호하단 말인가?

"복아……."

나는 목멘 소리로 그녀를 불렀으나 그녀는 고개를 돌리지도 않고 미륵보살 앞에서 차분한 모습으로 둔탁한 소리를 울리며 고두를 했다.

　"돌아가십시오. 이미 머리를 잘랐으니 폐하와의 인연도 여기서 끝이 났습니다. 다시는 매달리지 마십시오."

　복아의 목소리는 매우 침착했고 조금의 감정도 담겨 있지 않았다. 정말로 속세를 떠나 불문에 입문하기로 결심한 듯했다.

　나는 그녀의 뒷모습을 하염없이 바라보았다.

　"그대는 정말로 팔 년의 감정을 지울 수 있겠소?"

　"그렇습니다."

　조금의 망설임도 없는 단호한 말에 숨이 막혀 나는 도저히 편안하게 숨을 쉴 수가 없었다.

　"그대가 평범한 삶을 원한다는 것을 알고 있소."

　나는 잠시 말을 멈추고 마음속으로 매우 큰 결정을 내렸다.

　"그대가 말만 하면 나는 모든 것을 포기하고 그대와 멀리 떠나겠소."

　복아의 몸이 딱딱하게 굳는 것이 보였다. 정혜 스님 역시 도저히 믿을 수 없다는 시선으로 나를 바라보더니 돌연 무릎을 꿇었다.

　"폐하! 충동적으로 결정하셔서는 아니 되옵니다!"

　복아의 몸에서 힘이 빠지더니 그녀가 웃으며 말했다.

　"폐하, 제가 폐하께 모든 것을 포기하라고 말씀드리지 않으리라는 것을 알고 계시지 않습니까? 폐하의 말씀은 저를 난처하게 하시려는 것이 아닙니까?"

"나는 진심이오!"

"아닙니다. 충동입니다. 폐하께서는 황위를 포기하실 수 없습니다. 폐하는 천하의 제왕이시니, 여인을 위해 강산을 포기하는 것은 당신이 할 만한 일이 아닙니다. 당신이 지금 하신 말씀은 그저 저를 곁에 두기 위함이지요. 할 수 있는 모든 방법으로 저를 곁에 두기 위함입니다. 만약 제가 정말로 그러겠다고 하면 당신은 분명 후회하실 것입니다. 폐하는 평범함에 속하지 않고, 천하에 속하기 때문이지요. 그러니 이제 떠나 주십시오. 가질 것은 갖고 버릴 것은 버리는 것이 제왕이 진정으로 해야 할 일입니다. 오늘 제가 머리를 자른 것은 모든 것과 끝을 낸 것입니다. 증오, 사랑, 앞으로 이런 것들은 더 이상 저와 아무런 관계가 없는 것들입니다."

멍하니 그녀의 한 마디 한 마디를 듣는 동안 내 마음은 형용할 수 없는 씁쓸함으로 채워지고 있었다.

어쩌면……, 그녀의 말이 옳을지도 모른다. 황위와 사랑, 나는 황위를 포기할 수 없다. 만약 내가 그저 평범한 왕야였다면 나는 분명 이 순간 아무 망설임 없이 왕의 자리를 포기하였을 것이다. 그러나 나는 황제이다. 나의 허무함과 씁쓸함은 오직 나만이 알고 있다. 나는 이 나라에 책임이 있고, 나의 백성들에게 책임이 있다.

"폐하께서는 '소유하였을 때는 알지 못하였으나 잃은 후에야 그 소중함을 깨닫게 된다.'라는 말을 들어보셨지요? 지금은 포기하십시오. 몇 년이 지난 후 이 일을 돌이켜 보시면 그저 별것 아닌 일로 여겨지실 것입니다."

복아가 여전히 나를 등진 채 맑은 목소리로 말했다.

나는 힘없이 몇 발자국을 뒷걸음질 쳤고, 나의 발은 얼음같이 차가운 진흙 속에 빠지고 말았다. 나는 차가운 웃음을 터뜨렸다.

"좋소. 좋아. 그대를 놓아주겠소. 짐은 그대를 놓아주겠소……."

나는 돌연 몸을 돌리고 큰비가 몰아치는 한가운데로 몸을 던져 공명당을 떠났다.

미륵보살을 마주하고 앉은 채 두 눈을 감고 있는 복아는 여전히 불상 앞에 무릎을 꿇고 앉아 있었다. 그러나 합장한 그녀의 두 손은 미세하게 떨리고 있었고 한 방울의 눈물이 눈가로 흘러내렸다.

집념, 원한, 망념, 증오, 애념……, 오늘 그녀는 드디어 모든 것을 내려놓을 수 있게 되었다.

십일 년 전의
꿈이여

차가운 빗속에서 흘린 슬픈 눈물

원우元祐 오년 칠월 초, 욱나라가 기나라를 도발했다. 욱나라 군대가 변방에서 깃발을 내걸고 북을 치고 고함을 지르며 위세를 떨치자 기 선제宣帝는 크게 노하여 소경굉 대장군에게 군대를 이끌고 나가도록 명하였다.

원우 오년 시월 중순, 욱나라와 기나라의 교전이 시작된 지 수일이 지났다. 양군 모두 군사력이 상당하여 전투가 치열해지자 양측에 무수히 많은 부상자와 사망자가 발생하였고 피가 강을 이루었다.

원우 오년 십이월 초, 기나라와 욱나라의 전쟁은 계속되었고, 난을 피할 수 있는 곳은 없었다. 백성들은 편안한 생활을 꿈꿀 수 없었고, 거리 곳곳에 널브러진 낙엽은 유난히 스산했다.

원우 육년 정월 초, 기나라 황제는 삼 년에 한 번 있는 과거

시험을 취소하고, 신중하고 조심스럽게 국사를 처리하였다. 또한 여색을 멀리하고, 어진 신하를 가까이하였다.

원우 육년 사월 말, 전황이 긴박해지자 기나라 황제가 수십만 정예군을 직접 이끌고 전장으로 출정하여 병사들의 사기가 크게 고무되었다. 승전보가 이어졌고, 기나라 황제는 승리를 안고 조정으로 돌아왔다.

원우 육년 팔월 중순, 연이어 출정하였으나 수많은 이들이 부상을 당하고 죽음을 맞았다. 나라 전체에 흰 깃발이 펄럭였고, 온 나라가 슬픔에 빠졌다. 온 들판에 장송곡이 이어졌다.

내가 공명당에서 지낸 지도 벌써 일 년하고도 석 달이 지났다. 나는 정혜 스님의 속가제자가 되었고 스님은 나에게 '정심靜心'이라는 법명을 지어 주셨다. 내 마음은 이름처럼 고요했다. 지난 일 년 사이에 심마는 정혜 스님 덕에 자취를 감추었고, 나는 더 이상 속세에 대한 미련도 없었다.

그날 이후, 기우는 두 번 다시 공명당에 발을 들이지 않았고 정혜 스님을 찾지도 않았다. 혼란스러운 전황 탓에 그 역시 눈코 뜰 새 없이 바쁜 듯했다. 게다가 나에 대한 실망도 있으리라. 그는 정말로 나를 놓아주려는 듯했다. 나는 기쁘고 안심이 되었다. 그가 정말 모든 것을 털어 버린 것 같아 나의 죄책감도 한결 덜어졌다.

반면 화석과 전모천은 나를 보기 위해 공명당을 자주 찾아왔다. 그러나 나는 문을 걸어 잠그고 그들을 만나지 않았다. 진정 속세와의 연을 끊으려면 속세의 사람들과 그 어떤 관계도 맺어서는 안 된다. 그렇게 하지 않고서 어찌 마음을 가라앉히고 심마를 제거할 수 있겠는가?

나는 기우가 천하를 통일하면 남은 머리카락을 마저 자르겠다고 정혜 스님에게 약속하였다. 목 주변의 머리카락을 어루만지자 차가우면서도 부드러운 느낌이 손바닥에 느껴졌다. 일 년여 전 잘려 나간 머리카락 자리에 또다시 머리카락이 자라나 있었다.

정혜 스님은 일 년이 지나서야 내게 조정의 일을 언급하기 시작했다. 그 즈음에야 나의 마음이 충분히 편안해졌기 때문이었다. 그녀가 내게 속세의 일을 언급하는데도 나는 예전처럼 충동이나 염려를 느끼지 않았다. 어쩌면 이것이야말로 불가에서 말하는 진정한 경지, '비워내기'이리라.

정말 모든 것을 비워 낼 수 있을까 자문한 적도 있었지만, 나는 예전의 상처를 아픔 없이 담담하게 떠올렸다. 그저 빙긋 웃으며 마치 연극을 보듯 바라볼 수 있었다.

기러기는 희미한 뜬구름이 덮인 하늘 위를 날고, 피어오르는 푸른 연기가 산등성이를 에두른 산은 아래가 보이지 않아 마치 허공에 떠 있는 것 같았다. 하늘 끝에서 너울거리는 구름은 하늘의 절반을 붉게 물들였고, 환상처럼 반짝이는 다양한 빛깔의 노을은 가을날을 더욱 처량하게 보이게 했다.

오늘은 나라를 위해 죽은 이들을 위한 날이다. 나와 정혜 스님은 함께 요람산에 올라 금릉성의 처참한 광경을 내려다보았다. 정혜 스님이 하염없이 눈물을 흘리며 말했다.

"나라의 전쟁에 백성들이 무슨 죄가 있단 말인가."

"스님께서는 여전히 속세를 달관하지 못하신 듯합니다. 아직도 천하를 근심하는 마음이 있으시니 말입니다."

염주를 만지작거리며 나는 얼굴 위에 옅은 미소를 지은 채 탄식하였다.

세상풍파를 드러낸 정혜 스님의 얼굴에 눈물 자국이 여전히 남아 있었으나 그녀는 그것을 닦아 내지 않고 번지도록 내버려 두었다.

"정심아, 너는 나를 탓하느냐?"

"스님, 어찌 그런 말씀을 하시는지요?"

나는 이해가 되지 않아 의아스러워하는 눈빛으로 그녀를 바라보았다.

"네가 공명전에 처음 발을 들이고 아 부인이라고 자신을 소개하였을 때, 이 비구니는 너를 출가시키려고 마음먹었단다. 내 욕심 때문이었지. 나는 네가 폐하를 떠나기를 바랐단다. 심지어……, 나는 너를 처음 본 순간 네가 나라에 재앙을 가져올 화근이라고 확신하였었다."

그녀는 두 눈 가득 부끄러운 기색을 띠고 고개를 숙인 채 손 안의 염주를 바라보며 말을 이었다.

"너와 이토록 오랜 시간을 함께 지낸 지금에야 이 스승은 깨달았단다. 그때, 천하의 대의를 위해 네가 불교에 귀의하도록 종용한 것은 확실히 잘못이었다. 너는 지혜롭고 본성이 선량하니, 이 스승이 너를 조금만 이끌어 주고 네 마음속의 엉킨 실타래를 풀어 준다면 분명 천하의 어머니로서 황제를 돕는 훌륭한 황후가 될 수 있을 것이다."

나는 싱긋 미소를 지었다.

"스님, 제가 증오심에서 벗어난 후에도 여전히 황후의 자리를 원하리라 생각하십니까? 아닙니다. 저는 단 한 번도 진정으로 황후 자리를 원해 본 적이 없습니다. 제가 원하는 것은 그저 평범한 생활과 순결한 사랑입니다. 폐하는 제게 평범한 생활을 주실 수 없고, 순결한 사랑은 더더욱 주실 수 없습니다. 그러니 저와 폐하는 결국 떨어져 지내며 서로를 그리워할 수밖에 없습니다. 비록 아쉬운 사랑이지만 아쉬움 역시 아름다운 것이지요. 그렇지 않습니까?"

"네가 정말로 비워 냈구나."

그녀는 시종 숙이고 있던 고개를 들고 반짝이는 눈물을 머금은 채 이상할 만큼 냉정한 나의 눈을 바라보았다.

"정심아, 지금은 나라가 위태로운 시기이다. 기나라가 망하거나 욱나라가 멸하게 될 것이다."

"스님께서는 기나라가 승리하길 바라시겠지요."

"너는 그렇지 않느냐?"

"기나라의 백성으로서는 물론 기나라가 천하를 제패하면 좋겠지요. 기우가 천하를 통일한다면 기나라 백성들도 자연스레 다시는 비참한 현실에 처하지 않을 수 있을 테니까요. 그러나 스님, 스님께서는 욱나라의 황제가 훌륭한 황제가 아니라고 말씀하실 수 있으신지요? 구 년 전의 욱나라는 기나라에 비하면 그저 군사력이 다소 우세한 아주 작은 나라였습니다. 그러나 연희가 황위에 오른 후, 단 이 년 만에 하나라를 병탄하고 기나라에 필적할 정도의 군사력을 갖추게 되었습니다. 욱나라의 황제가 훌륭한 황제가 아니라면 어찌 욱나라가 종전에 없던 성세를 누리고 있겠습니까? 스님께서는 연희가 천하를 통일하면 기우보다 못할 것이라고 감히 말씀하실 수 있으신지요?"

정혜 스님의 깊은 눈빛이 나에게 고정되었다. 마치 나를 꿰뚫어 보려는 듯한 그 눈빛의 변화는 읽어 내기가 어려웠다. 한참이 지난 후 그녀가 시선을 거두고 말했다.

"네가 이 스승보다 세상을 보는 눈이 넓구나."

그녀는 긴 한숨을 내쉰 후, 앞을 향해 몇 발자국 나아가 애처로운 거리를 응시하였다. 거리에는 더 이상 노는 아이들도 없었고, 소리치며 물건을 파는 행상인들도 없었다. 이것이야말로 전쟁이 세상 백성들에게 남긴 상흔이리라.

"이 스승이 욱나라 황제를 조금도 이해하지 못하고 있는 것일 수도 있지. 네 말처럼 어쩌면 그가 기나라 황제보다 천하를 더 잘 다스릴 수도 있을 것이다. 그러나……, 나는 천하를 통일한 후 백성들에게 안락함을 가져다줄 수 있는 이는 오직 납란 기우뿐이라고 여기고 있단다."

그녀의 확신에 찬 말과 단호한 눈빛이 나를 깊이 감동시켰다. 정혜 스님이 기우를 몹시 아끼고 있음을 나 역시 잘 알고 있었다. 그녀는 심지어 그를 자신의 자식처럼 아끼고 있었다.

기우는 원망스러운 사람이지만 또한 고독한 사람이기도 했다. 그의 반평생 동안 그에게 즐거움이라는 것은 거의 없었고, 그의 숙원은 오직 천하의 통일뿐이었다. 아마도 부모를 시해하고 황위를 찬탈했다는 회한 때문이리라. 그는 자신이 훌륭한 황제였음을 땅에 묻힌 부황과 모후에게 증명해야 했다. 그래야 언젠가 세상을 떠났을 때 구천에서 자신이 죽인 부모를 볼 면목이 있을 테니 말이다.

연희, 그 역시 제왕의 자질을 갖추고 있다. 그러나 그것은 원한으로 인해 생겨난 것이었다.

그가 천하를 통일하려는 것은 연성을 위한 복수를 위해서이고, 기나라를 멸하기 위함이며, 나와 기우를 죽이기 위해서이다. 이것만 보더라도 그의 도량은 기우만큼 넓지 않았다. 그가 천하를 통일하려는 것은 오직 증오 때문이지만 기우는 천하를 위해서였다.

명주실처럼 내리는 가을비는 보슬보슬 끝없이 이어지고 있었다.

온 하늘에 가득한 비가 메마른 지면을 적셨고, 짙은 흙냄새가 콧가에 가득했다. 손을 뻗어 빗방울을 받으니 그 차가운 느낌이 손바닥 위에 감돌았다.

비바람이 희미해지자 먼 발치에서 사람 그림자가 점차 가까이 다가오는 것이 보였다. 그 사람을 가만히 응시하고 있다 보니 마침내 빗속의 사람이 누구인지 알아볼 수 있었다. 소요였다. 그녀는 품속에 남자아이 하나를 안고 있었는데 대략 일곱 살 정도로 보였다. 아이는 외모가 영준하였고, 총기가 가득한 눈으로 사방을 둘러보고 있었다. 나는 무척 의아했다. 설마 나를 보러 온 것인가? 지금의 나는 이미 속세를 벗어난 사람이거늘 그녀는 무슨 목적으로 나를 찾아왔단 말인가?

불길한 예감이 들었다. 나와 소요는 구 년 전 태자비를 간택할 때 안면이 있는 사이일 뿐 거의 왕래가 없었다. 그녀의 방문은 나의 생각을 어지럽혔다. 도대체 무슨 일이 벌어진 것인가?

품 안의 아이를 내려놓는 소요의 눈빛에는 대갓집 규수가 응당 갖추어야 할 그런 미소가 담겨 있었으나 그 눈의 가장 깊숙한 곳에는 한 가닥 근심과 갈등이 숨겨져 있었다.

나는 공손하게 몸을 숙여 인사를 올렸다.

"왕비께서 이곳에는 무슨 일로 찾아오셨는지요?"

"그대와 천하의 분쟁에 대해 이야기를 나누려고 왔습니다."

소요는 자애로움이 가득한 눈으로 이이를 바라보며 아이의 이마를 어루만지고 있었다. 그러나 나는 그녀가 나를 똑바로 쳐다보지 못하는 것이 마치 무엇인가를 숨기고 있는 것처럼 보였다.

"지금의 저는 이미 불가에 귀의한 몸이니 천하의 일은 더 이상 저와는 관계가 없습니다."

나는 고개를 숙인 채 조용히 웃음 지으며 소요의 뜻밖의 말에 대해서는 더 이상 묻지 않았다.

"천하의 일이 관여하지 않겠다고 해서 관여하지 않을 수 있는 것이겠습니까?"

소요는 불당 안으로 들어와 사방을 살피며 말했다.

"이 세상의 사랑과 인연이 그대가 버리겠다고 해서 버릴 수 있는 것은 아니지요."

의미심장한 그녀의 말에 나 역시 더 이상 말을 빙빙 돌리지 않기로 했다.

"왕비마마, 하실 말씀이 있으시면 바로 하시지요."

그녀는 몸을 살짝 굽히고는 아이의 얼굴에 남아 있는 빗방울을 닦아 주었다.

"역범亦凡아, 안에 들어가서 정혜 스님과 이야기를 나누고 있으렴. 나는 숙모와 나눌 이야기가 있단다."

"네."

아이가 고개를 끄덕이고 발끝을 들어 그녀의 뺨에 입맞춤한 후, 공명당의 내당을 향해 뛰어갔다. 그들 모자의 모습을 바라보고 있자니 얼굴에 미소가 떠올랐다. 세상에서 가장 순수하고 사심 없는 감정이 바로 모자간의 사랑일 것이다. 나는 소요가 부러웠다. 그녀에게는 그녀를 사랑하는 남편이 있고, 이렇게 귀여운 아들이 있다. 내 인생에 이들을 얻을 수 있다면 나는 죽어도 여한이 없을 것이다.

소요는 안으로 쏜살같이 달려 들어가는 납란역범에게서 천천히 시선을 거두었다.

"아 부인."

그녀의 '아 부인'이라는 한 마디에 돌연 가슴이 철렁했다. 지난 몇 년간의 일들이 하나하나 눈앞에 펼쳐지며 마음이 어지러

워졌다. 소요는 분명 내게 아주 중요한 말을 하려는 것이다. 그
것도……, 오직 나에게만 할 수 있는 이야기일 테다.

"왕비마마, '아 부인'은 더 이상 존재하지 않사오니 다시는
저를 그렇게 부르지 말아 주십시오."

소요가 한참 동안 나를 멍하니 바라보았다. 그녀의 눈 속에
는 마치 말을 해야 할지 말아야 할지 망설이고 있는 듯한 고민
과 갈등이 똑똑히 드러났다.

"제가 이곳에 온 것은 당신에게 두 가지 일을 부탁하기 위해
서입니다."

그녀의 말에 내당을 돌며 걷고 있던 나는 결국 방석 위에 무
릎을 꿇고 앉아 그녀의 이어질 말을 조용히 기다렸다.

"전 승상을 설득해 주십시오. 더 이상 저의 부친과 맞서지
말아 달라고요. 나라가 욱나라와 대치하고 있는 이때에 조정의
중신들이 서로 적대적이면 기나라에 이로울 것이 없습니다."

그녀 역시 앞으로 걸어 나와 또 다른 방석 위에 천천히 무릎
을 꿇고 앉더니 두 손으로 합장을 하고 미륵보살에게 절을 올
렸다.

"제게 무슨 덕과 능력이 있어 전 승상을 막을 수 있겠습니까?"

나는 옅은 미소를 짓고는 말을 이으려는 그녀의 말을 급히
막았다.

"왕비마마, 두 번째 일을 말씀하시지요."

그녀의 아름다운 눈빛이 주변을 좇다가 나의 몸에 가볍게
내려앉았다.

"알고 계신지 모르겠으나 일찍이 한 태후는 남몰래 모은 거액의 돈을 욱나라로 보냈었습니다. 그 덕분에 지금 욱나라는 전쟁 준비가 모두 되어 있지만 기나라는 그렇지 못합니다. 계속되는 전쟁으로 병사들의 심신은 지쳐 있고, 국고는 날로 비어 가고 있습니다."

"왕비마마의 말씀은……?"

"지금 전방에서 욱나라를 진두지휘하고 있는 이는 납란기운입니다. 당신이 그곳에 가서 시간을 벌어 주셨으면 합니다. 잠깐의 숨을 돌릴 시간만 있으면 기나라는 이 전쟁에서 승리할 수 있습니다."

"그것은 폐하의 뜻입니까?"

"아닙니다. 폐하께서는 이 일에 대해 전혀 모르고 계십니다. 이는 제 부친의 뜻입니다."

소요의 목소리가 점점 작아지고 힘을 잃어 갈수록 나의 웃음소리는 점점 커져 갔다.

불교에 귀의하고 속세에 달관하였어도, 그렇게 해도 나는 여전히 고요함을 얻을 수 없는 것인가? 아직도 천하의 분쟁 속으로 나를 끌어들이려 하는가? 한 해가 넘게 이어진 고요함은 도대체 무엇이란 말인가? 비애? 웃음거리?

"부친? 예전에 왕비마마의 부친께서는 조정의 모든 관리들 앞에서 제가 화의 근원이라고, 나라와 백성들에게 재앙을 가져 올 것이라고 말씀하셨지요. 그런데 지금, 왕비마마의 부친께서 제게 부탁을 하게 하셨다고요? 우습군요. 도대체 무슨 자신감이시랍니까?"

"부친께서는 결코 쉽게 고개를 숙이는 분이 아니십니다. 그러나 지금은 천하의 대의를 위해 당신께 부탁을 드리는 것입니다. 기나라 백성들의 안위가 모두 부인의 손에 달려 있습니다. 당신과 기운의 모친이 무척 닮았다고 하더군요. 또한 당신은 일찍이 욱나라 선황의 비이셨지요. 만약 당신이 나서 주기만 아시면 분명……."

"대의를 위해 여인의 자존심 따위는 희생되어도 된다는 말씀이십니까?"

손에 힘을 주자 손에 쥐고 있던 염주의 실이 끊어졌다. 염주알이 한 알 한 알 자극적인 소리를 내며 바닥에 떨어져 바닥을 굴렀다.

소요의 얼굴에 동요가 드러났고, 눈가가 물기로 촉촉해졌다.

"기호에게서 당신 이야기를 들었습니다. 당신이 가련한 사람이라는 것을 저도 알고 있고, 그래서 공명당에 들어서기 전에 주저하였지요. 저 역시 당신의 고요한 생활을 방해하고 싶지 않았으니까요. 그러나 다른 방법이 없었습니다. 천하는 반드시 통일되어야 합니다."

"천하 통일이 도대체 저와 무슨 상관이 있다는 겁니까?"

나는 있는 힘껏 방석에서 튀어 오르듯 일어섰다. 안색은 창백했고 손발이 점점 차가워지고 있었다.

"저는 부인이 대의명분을 아는 여인이라고 생각하였는데……. 당신의 마음이 이토록 얼음장 같을 줄은 몰랐습니다."

그녀의 말이 나를 미친 듯이 웃게 만들었다. 어느새 눈물이 흘러내리고 있었다.

"대의명분? 그것이 여인 하나에게 기대어 나라를 지키는 것인 줄은 몰랐습니다."

"아 부인⋯⋯."

"제게 부탁하시려거든 왕비마마의 부친께 직접 와서 부탁하시라고 하세요."

나는 순식간에 웃음을 멈추고 엄한 눈빛으로 소요를 바라보았다.

"위풍당당한 대장군께서 자신의 딸을 시켜 이런 말을 하게 하다니, 우습지 않습니까?"

소요는 정신이 혼미한 듯 겨우 몸을 지탱하고 있었고, 안색은 몹시 창백했다. 어쩔 수 없이 나를 찾아와 부탁한 탓인 듯, 그녀는 죄책감이 커 보였다.

"가십시오. 왕비마마의 부친께 직접 저를 찾아오시라고 하세요."

곧바로 몸을 돌려 휘장을 걷고 내당 안으로 들어가니 정혜 스님이 복잡한 시선으로 나를 바라보고 있었다.

한 쌍의 작은 손이 나의 치마를 잡고 흔들었다.

"숙모님, 어머니와 싸우지 마셔요."

고개를 숙여 납란역범을 바라보니 가슴이 뜨거워지고 눈물이 흘러내렸다.

"싸운 게 아니란다. 어서 어머니께 가 보렴."

납란역범은 총명한 눈으로 나를 한참 동안 바라보다가 말했다.

"숙모님, 울지 마셔요."

그러고는 내당을 뛰어나갔다.

납란역범의 울지 말라는 한마디에 오히려 눈물이 제멋대로 흘러내렸다. 나는 결국 정혜 스님의 품에 안겨 엉엉 울고 말았다.

"세상 사람들은 어찌 이리도 이기적이란 말입니까……."

정혜 스님은 아무 말도 없이 나의 등을 가볍게 토닥여 주었다. 마치 골똘히 생각에 빠져 있는 것 같았다.

어둠이 내리깔릴 때까지 정혜 스님과 나는 아무 말 없이 전당 안에서 가부좌를 틀고 앉아 있었다. 비는 여전히 어지럽게 바닥을 때리고 있었다.

"왕비마마와 하는 이야기를 모두 들었단다. 어찌할 생각이냐?"

정혜 스님이 결국 참지 못하고 입을 열었다.

"스님께서는 제가 어찌하면 좋겠습니까?"

나는 몸을 숙여 염주 알을 하나하나 주우며, 목소리에 그 어떤 감정도 담지 않은 채 물었다.

"우리에게는 분명 네게 어떤 선택을 하라고 강요할 권리가 없다. 그러나 이 스승은 천하를 위해 한마디를 하고 싶구나. 나는 네가 대의를 생각하길 바란다."

나는 차가운 미소를 지었다. 이미 그녀가 어떤 말을 할지 예상하고 있었기 때문이다. 현실은 현실이다. 결국 나는 운명의 농간으로부터 벗어날 수 없는 것이다.

손의 움직임을 멈추지 않고 나는 염주 알 하나하나를 손바닥에 담으며 말했다.

"제가 말씀드렸었지요. 만약 연희가 천하의 황제가 된다 해도 기우보다 부족하지 않을 것이라고요."

정혜 스님의 목소리가 돌연 힘을 잃고, 탄식 소리가 끝없이 흘러나왔다.

"너는 폐하의 비이니 너의 마음은 분명 폐하께 향해 있을 것이다."

"스님, 잘못 말씀하셨습니다. 지금의 저는 속세와 연을 끊은 불제자일 뿐입니다."

"아직 머리를 깎지 않았으니 너는 여전히 아 부인이다."

손에 꼭 쥐고 있던 염주 알이 바닥으로 떨어졌다. 나는 정혜 스님의 눈을 마주 보았다.

"정혜 스님, 저는 스님께서 일찍이 저를 화의 근원이라 여기시고 불가에 귀의하게 하셨던 것을 탓하지 않았습니다. 어쨌든 저는 분명 수많은 잘못을 저질렀으니까요. 그러나 지금 스님께서는 천하를 위한다는 명목으로 저를 속세로 밀어내려고 하시고 심지어 제가 불제자가 아니라고까지 말씀하시니, 이런 모순이 또 어디 있습니까? 제가 스님을 미워하게 되기를 바라십니까?"

나는 재빨리 몸을 일으키고 공명당을 뛰쳐나갔다.

채 몇 발자국을 떼지 못했을 무렵, 저 멀리 빗속에 서 있는 양 귀밑머리가 희끗희끗한 노인이 보였다. 소경꿍이 아니면 또 누구겠는가? 그가 정말로 나를 찾아온 것이다. 내게 부탁을 하러 온 것인가?

"아 부인, 예전에 신이 마마께 적대적으로 행동했던 것을 사죄드립니다."

비가 그의 몸에 파고들고 그의 눈을 더욱 흐릿하게 해서 나는 그의 진정한 의도를 읽어 낼 수 없었다.

"사죄? 그것이 용서를 구하는 자의 태도입니까?"

나는 눈썹을 치켜세우고 웃음 지으며, 쉬지 않고 떨어지는 빗물을 사이에 두고 그를 바라보았다. 소매 안에 숨긴 주먹 쥔 손이 떨리고 있었다.

그는 내 말이 끝나자마자 조금도 주저하지 않고 질퍽한 물웅덩이 위에 무릎을 꿇었다.

"신, 아 부인께 용서를 구합니다."

나는 몸을 꼿꼿이 세우고 그를 바라보았다.

그들은 내게 빚이 있다. 빚은 반드시 갚아야 하는 것이다. 그가 무릎을 꿇었다고 내가 피해야 할 이유는 조금도 없었다.

"좋습니다. 사죄를 받아들이지요."

"그럼 승낙하시는 것입니까?"

그가 기대에 찬 눈으로 나를 바라보았다.

나는 더욱 환한 미소를 지으며 말했다.

"승낙한다고는 하지 않았습니다. 사죄는 장군께서 원해서

하신 것이잖습니까?"

"너!"

그의 안색이 돌연 분노로 변하였으나 그는 거센 분노를 힘겹게 억누르고 말했다.

"아 부인, 마마께서는 선한 분이시니……."

"제 기억에 소 장군께서는 매우 진지하고 엄숙한 태도로 제가 화근이라고 말씀하셨지요. 만약 제가 계속 폐하 곁에 있으면 기나라를 망하게 할 것이라고요. 그런데 오늘은 어찌 제가 선한 사람이 되었는지요? 소 장군께서는 참 빨리도 변하십니다."

"당시 신은 부인에게 편견이 있었습니다. 신, 이제는 잘못을 깨달았습니다. 그때의 일은 이만 잊으시고 천하 백성들을 위한 일을 해 주십시오. 그렇게만 해 주신다면 기나라 백성들 모두가 부인마마의 은혜를 마음속 깊이 새길 것입니다."

그는 감정이 격해져 고함을 치듯 말하더니 결국에는 나를 향해 큰 소리가 날 정도로 고두를 하였다.

"기나라 백성들을 봐서라도 부인마마께서 작은 도움을 주시길 바랍니다."

작은 도움?

그의 눈에는 한 여인이 자존심을 버리고 적국으로 가서 시간을 달라고 애걸하는 것이 작은 도움이란 말인가? 그래, 전국시대戰國時代 이후 남자들의 눈에 비친 여인들이란 쓸모없는 존재이거나 재앙의 불씨였다. 남자들은 천하를 위해서라면 비천

한 여인을 희생시키는 것쯤은 당연하게 여겼다. 이런 것이 여인의 비애인가? 여인은 정말 남자만 못하단 말인가?

"미안하지만, 저는 천하 만민의 추대를 받을 의향이 없습니다."

입만 열면 천하를 위해서라고 떠들며 타인에게 생명과 자존심을 희생하라고 강요하는 것이야말로 가장 꼴 보기 싫은 일이다.

"부인!"

내가 자리를 뜨려고 하자 그가 곧바로 나를 향해 소리쳤다.

"폐하께서는 마마의 사랑하는 남편이십니다. 폐하의 가장 큰 염원이 천하를 통일하시는 것인데, 마마께서는 폐하를 위해 지금껏 그 어떤 희생도 하지 않으셨잖습니까!"

"내가 그를 위해 그 어떤 희생도 하지 않았다고?"

나는 발걸음을 멈추고 소경굉을 바라보았다. 나의 말은 마치 혼잣말을 하는 것 같기도 혹은 그를 힐책하는 것 같기도 했다. 내가 정말 그를 위해 아무 희생도 하지 않았단 말인가? 하하, 이제 보니 나는 그를 위해 아무 희생도 하지 않았던 것으로구나.

"부인……."

"됐습니다. 당신들의 말대로 하지요. 그대들이 시키는 대로 하지요."

나의 목소리는 점점 작아졌고 힘을 잃어 갔다.

내가 기우를 위해 하는 마지막 일이라고 치자. 공명당에서 지낸들 세상일에 담을 쌓고 멍하니 남은 삶을 보내는 것뿐일 테니 이 기회에 백성들의 우러름이라도 받자. 내가 더 이상 버리지 못할 게 뭐가 있겠는가? 비록 나에 대한 연희의 증오를 알고 있고, 그곳에 가면 다시는 돌아올 수 없으리라는 것을, 목숨을 잃게 될 것이라는 것을 알고 있다 해도…….

"제가 이 일을 승낙한 것은 천하 백성을 위해서가 아니니 백성들이 나를 우러러볼 필요는 없습니다. 그렇다고 기우를 위한 것은 더더욱 아니니 기우가 죄책감을 느낄 필요도 없습니다. 저는 저 자신을 위해서 가는 것입니다. 제가……, 모든 것을 버릴 수 있기를 바라기 때문입니다."

나는 서글프게 고개를 돌리고 공명당 안으로 들어섰다. 더 이상 눈물은 흐르지 않았다.

이것으로 나는 나에게, 천하에, 백성들에게, 기우에게 더 이상 빚진 것이 없다. 이번 결정을……, 지난 반년 동안 후궁을 어지럽힌 것에 대한 보상이라고 생각하자.

나는 기운이 내게 주었던 봉혈옥을 천천히 꺼내 보았다. 결국 이렇게 쓰이는구나.

복아는 실패자이다. 목적을 이루기 위해 한 사람의 모친의 신표까지 이용하다니, 참으로 비참하구나.

아름다운 정경을 보기 위해 초가집에 오니, 가을바람이 소나무와 대나무 숲을 흔들고, 가을비가 어린 풀을 적시고 있었다.

공명당 뒤뜰에 있는 대나무 숲의 초가집 처마에서 빗물이 뚝뚝 떨어지고 있었다. 큰비는 갓 그쳤고, 공기 중에는 사람을 편안하게 하는 청량한 향기가 가득하였다.

나와 전모천은 서로를 마주한 채 초가집에 앉아 있었다. 우리를 향해 불어온 바람과 안개가 우리의 옷자락을 말아 올리고 머리를 헝클어뜨렸다. 초가집 밖을 지키고 있는 화석의 눈은 사방을 좇으며 혹시나 누가 엿듣고 있지는 않은지 확인하느라 바쁘게 움직이고 있었다.

나는 익숙한 손놀림으로 전모천에게 우전차 한 잔을 따라서 건네주었다. 그러나 그는 차를 마시지 않고 손끝으로 찻잔을 단단히 쥐고만 있었다.

그가 미간을 좁히고 무슨 말인가를 하려다가 멈추는 것을 보고 내가 먼저 입을 열었다.

"모천, 오래간만이야. 잘 지냈어?"

"잘 지냅니다."

그가 냉랭한 한마디를 던지고 내게 너무 냉담하게 대했다고 생각했는지 말을 이었다.

"소월이 회임한 지 벌써 육 개월입니다. 저는 곧 부친이 되지요."

"축하해."

나는 진심으로 기뻐하며 말했다.

"지금도 소경꾕 장군과 대립하고 있어?"

"그 소 노인네는 사람의 분통이 터지게 합니다. 생각은 낡아 빠졌고 졸렬하며, 입만 열면 인의와 도리에 대해 쉬지 않고 떠

들어 댑니다. 모두 탁상공론인 것을…….”

소경굉을 언급하자마자 그의 안색이 변하더니 그의 입에서 쉴 새 없이 불만이 터져 나왔다. 요사이 소가와 전가의 골이 얼마나 깊은지 알 수 있었다.

나는 웃음을 머금고 그를 바라보며 진지하게 물었다.

“소 장군이 정말 그렇게 부족해?”

그는 깊이 생각한 후 고개를 가로저었다.

“사실 전장에서의 그는 여전히 영명한 장수입니다. 생각이 분명하고 병력을 과감히 이용하지요. 하지만 고집불통에 생각이 지나치게 구태의연합니다.”

“모천, 소 장군과 화해할 생각은 없니? 천하 백성들을 위해, 네 부인을 위해, 또 앞으로 태어날 아이를 위해……. 두 집안은 사돈간이잖아.”

나는 천천히 본론으로 들어갔다.

“누이께서 이번에 저를 만나신 이유가 그것인가요? 이해가 되지 않는군요. 불교에 귀의하신 누이께서 어찌 또 조정의 일에 관여하시는지요?”

그의 미간이 더욱 깊어졌고, 어조에는 추궁과 함께 어리둥절함이 담겨 있었다.

“동생, 그보다 먼저 현재의 기나라와 욱나라 형세에 대해 이야기해 주겠어?”

내가 두 나라의 형세에 대해 묻자 그는 희미하게 한숨을 내쉬었고, 눈빛에는 처량함이 드러났다.

"양국의 상황은 매우 심각합니다. 전쟁이 시작된 지도 거의 두 해가 되어 가니 양국 백성들 모두 도탄에 빠져 있지요. 저는 그저 이 전쟁이 빨리 끝나기를 바랄 뿐입니다."

"기나라와 욱나라 중 어느 나라에 승산이 있다고 보니?"

나는 전모천을 떠보았다. 소요의 말이 진짜인지 알고 싶었다.

"지금은……, 기나라가 열세입니다. 아시다시피 전쟁에는 군량미가 필요한데 전쟁을 쉬지 않으니 숨을 돌릴 시간이 전혀 없어 국고가 점점 비어 가고 있습니다. 원래대로라면 욱나라 역시 기나라처럼 군량미를 조달할 수 없어야 하나, 한 태후가 기나라에서 모은 재산을 욱나라로 보냈던 것이 있어 그들의 국고는 넉넉합니다. 이대로 전쟁을 이어 간다면 기나라는 분명 지고 말 것입니다."

그는 걱정스러운 눈빛으로 쉬지 않고 주변을 살피다가 결국 내 몸에 시선을 고정하고 담담히 웃으며 위로의 말을 전했다.

"두려워 마십시오. 기나라에는 백전백승의 폐하가 계십니다. 기나라는 분명 이 위기를 이겨 낼 것입니다."

소요의 말은 모두 진실이었다. 기나라의 국고는 정말로 바닥이 나고 있었다. 군대를 움직이기 전에 군량미부터 먼저 준비해 놓아야 한다는 말은 틀린 말이 아니다. 군량미조차 살 돈이 없는 나라는 전쟁에 분명히 지게 되어 있는 것이다. 기우가 아무리 총명하다 할지라도 그런 상황이라면 이 전쟁에서 이길 수는 없을 것이다.

"동생, 기나라의 형세가 위태롭다는 걸 알면서 어찌 사사로운 감정으로, 소 대장군과 연합하여 기나라를 지키려 하지 않는 거야? 소 대장군은 전쟁에서 군대를 지휘하는 능력이 뛰어나고, 동생은 뛰어난 두뇌와 군을 통솔하는 능력을 가지고 있어. 만약 두 사람이 손을 잡는다면 철통같은 수비를 할 수 있을 것이니, 그 누구도 그대들을 이길 수 없을 것이야."

그가 씁쓸한 미소를 지었다.

"저 역시 그러려고 했지요. 그러나 저와 소 노인네는 눈만 마주치면 어긋나는 데다 저는 그의 고집불통인 생각을 받아들일 수가 없습니다."

"장수는 정의를 위해 목숨을 바치는 것조차 아까워하지 않는 법이야. 네가 한 발만 양보하면 되는 일이야. 조정의 모든 사람들이 한마음으로 단결해야 서로 염려 없이 긴밀한 협력을 할 수 있어. 너와 소씨 집안의 원한은 여기서 잠시 접어놓고, 천하가 통일된 후 다시 그 시비를 가려도 늦지 않아."

나는 차 한 잔을 따라 입가에 대고 그것을 살짝 불어 식힌 후 잔을 비웠다.

"동생은 사리가 밝으니 개인의 원한과 천하의 대의 가운데 무엇이 더 중요한지 잘 알 거라 생각해."

전모천의 눈빛이 갑자기 어두워지더니 찻잔 안의 차를 한참 동안 바라보았다. 나의 말에 대해 생각하고 있는 듯했다.

나 역시 그와 함께 침묵하였다.

"모천, 정말로 기우가 연희보다 천하를 통일하는 데 더 적합하다고 생각해?"

"참 이상한 걸 물으십니다."

그는 영문을 알 수 없다는 눈빛으로 나를 힐끔 바라보았다.

"당연히 폐하께서 더 적합하시지요."

나는 자조하며 웃었다.

"그렇지."

기나라 백성으로서 그 누가 자신의 군주가 천하를 통일하는 걸 원치 않겠는가? 나의 질문은 정말로 매우 이상한 것이었다.

"모천, 네가 신중하게 결정해 주길 바라. 이는 분명……, 천하 대의를 위한 일이니 말이야."

지금의 나는 천하 대의를 말하고 있었다. 이 얼마나 우스운 가? '천하 대의'라는 이 네 글자는 이토록 쉽게 내뱉을 수 있는 것이었다.

모천과 화석이 떠난 후, 니는 홀로 공명당에 꿇어앉아 눈을 감고 염불을 하였다. 어쩌면, 이것이 내가 마지막으로 드리는 예불일지도 몰랐다. 이제, 내가 기나라에 진 빚을 갚을 때가 되었다.

지난 며칠 동안 발생한 일은 나에게 하나의 이치를 깨닫게 하였다. 절대로 다른 사람에게 감정의 빚을 지면 안 된다. 언젠가는 두 배로 되돌려 줘야 하기 때문이다. 그리고 결코 죄를 지어서는 안 된다. 과거의 죄업을 갑절로 갚아야 하기 때문이다.

기우와 나는 한 세상에 있으나 세상의 양 끝자락에서 서로를 그리워하고 있다.

부모와 나는 골육지친이나 하늘에 가로막혀 만날 수가 없다. 아기와 나는 한 몸이었으나 아기는 내 뱃속에서 비참하게 죽고 말았다.

연성과 나는 서로 공경하고 사랑하였으나 그는 서글프게도 세상을 떠났다.

지금의 나는 이미 홀몸이니, 천하를 위해 일을 좀 한다 한들 어떠하겠는가. 연희는 비록 두려운 사람이지만 의협심이 있는 사람이다. 연성을 향한 그의 형제간의 우애는 나를 깊이 감동시켰다. 그러나 연성이 나 때문에 죽었으니, 내가 만약 육나라로 간다면 그는 내게 복수를 하려 할 것이다. 그러나 나는 그 어떤 원망도 품지 않을 것이다.

만약 나 하나의 희생으로 천하에 평안을 가져올 수 있다면, 죽는다 한들 무슨 여한이 있겠는가? 단지 나의 희생이 그의 무기가 될 수도 있다는 것이 걱정스러울 뿐이다. 연희의 성격과 증오로 보건대 그가 이 호기를 놓칠 리 없다. 나의 무기는 오직 봉혈옥뿐, 나는 납란기운에게 기댈 수밖에 없다……. 그럴 수밖에 없다.

"부인마마, 군복이 준비되었습니다. 날이 어두워졌으니 근위병들이 부인마마를 알아보기 힘든 틈을 타서 어서 떠나시지요."

정혜 스님이 두 손으로 한 벌의 은색 투구와 갑옷을 내 앞에 바치고 서 있었다.

목탁을 두드리던 손을 멈추고 손에 쥐고 있던 염주를 내려

놓은 후 나는 몸을 일으켜 투구와 갑옷을 받아 들었다. 정혜 스님은 감히 나의 눈을 바라보지 못하고 조심스레 나의 시선을 피하였다.

"봉궐문 근처에서 소 장군의 부하가 마마를 기다리고 있을 것입니다. 마마께서는 영패를 갖고 계시니 소 장군의 부하를 따라 황궁을 안전하게 떠나실 수 있을 것이고, 황궁을 나서시면 세 명의 고수가 마마께서 욱나라에 도착하실 때까지 호위할 것입니다. 제가 속일 수 있는 한 최대한 폐하를 속여 보겠습니다. 그러나 언젠가는 부인마마께서 떠나신 일이 드러나고 말 것이고 그때는 소 장군께서 난처해지시겠지요. 주군을 속인 벌을 크게 받게 되실 것입니다."

정혜 스님이 쉬지 않고 말을 잇는 동안 내 얼굴 위에는 그 어떠한 표정도 드러나지 않았다. 나는 그저 마음속으로 냉소를 지었다.

정혜 스님의 말에는 소경굉에 대한 염려가 담겨 있었다. 그러나 그녀는 눈앞의 내가 욱나라에 도착한 후 위험에 처할 것에 대해서는 전혀 걱정하지 않고 있었다. 세상 사람들이 모두 이러한 것인가?

만약 선택할 수만 있다면 다음 세상에서는 여자가 아닌 남자로 태어나리라. 그러면 나라를 재앙에 빠뜨릴 여인이라는 말을 듣지 않아도 될 테고, 남자들이 운운하는 천하를 위해 여인의 자존심을 팔지 않아도 될 테니 말이다.

형제를 기억하게 한 봉혈옥

한 달 후.

전모천은 공명당 밖에서 한참 동안 망설이고 있었다. 누이는 여전히 그를 만나 주지 않았고, 정혜 스님은 매번 문밖에서 그를 막으며 누이가 그 누구도 만나고 싶어 하지 않고 세상일에는 더 이상 관여하고 싶어 하지 않으니 다시는 공명당에 찾아오지 말아 달라고 부탁하였다.

그는 이상하다고 생각했다. 지난번에는 누이가 먼저 그를 공명당으로 불러 소경굉과의 괴리를 메우라고 설득하고, 심지어 전세에 대해서 묻지 않았는가. 그는 누이의 눈 속에 담긴 근심을 똑똑히 보았다. 만약 그녀가 세상일에 더 이상 관여하고 싶어 하지 않는다면 왜 그랬던 것일까?

생각하면 생각할수록 그날의 누이가 이상하게 여겨졌다. 누이의 눈빛 속에는 단호함과 갈등이 담겨 있었다. 그랬기에 그는 지난 한 달 동안 갖은 방법을 다 동원하여 누이를 만나 무슨 고충이 있는지 물어보려고 했던 것이다. 그러나 그녀는 그를 만나 주지 않았다.

설마 무슨 일이 벌어진 것인가?

여기에 생각이 미친 그는 경공을 이용해 처마 위로 날아올랐고, 순식간에 공명당의 뒤뜰에 내려섰다. 뒤뜰은 고요했고, 가을날의 시원한 바람이 땅의 먼지를 일으켜 코를 자극했다.

그는 손을 내저어 눈앞의 먼지를 흩트리고, 후당後堂으로 슬그머니 들어가 주변을 살펴보았다. 놀랍게도 후당에는 아무도 없었다!

아무것도 없는 텅 빈 후당을 바라보며 그의 마음속에 불길한 예감이 스쳐 지나갔다.

설마……, 누이는 지난 한 달 동안 내내 공명당에 없었던 것인가? 여기에 없다면 누이는 어디로 간 것인가? 정혜 스님은 왜 그를 속인 것인가?

갑자기 수천 개의 의문이 머릿속으로 파고들었고, 그는 두 주먹을 불끈 쥐고 분노에 차서 공명당 정당의 휘장을 걷어 냈다.

미륵보살 앞에서 염불을 하고 있던 정혜 스님은 갑자기 들려온 발소리에 깜짝 놀란 듯했다. 그녀는 몹시 분노한 듯한 눈앞의 전모천을 바라보며 처음에는 무척 의아한 표정을 짓다가 곧 평정을 되찾았다.

"늙은 비구니, 내 누이는 어디 있느냐?"

전모천의 분노가 담긴 목소리가 굽이굽이 퍼져 적막한 정당 안을 가득 채웠다.

"결국 이날이 오고야 말았군요."

긴 탄식을 내뱉는 정혜 스님의 눈빛이 다소 흐릿해졌다.

"늙은 비구니, 내 누이는 대체 어디 있느냐? 내 누이를 어디로 보낸 것이냐?"

침착한 표정의 그녀를 보자 전모천은 노기가 머리 끝까지 치솟아 성큼성큼 걸어가 그녀의 목을 졸랐다.

얼마나 힘을 주었는지 그의 손에 핏줄이 돋아났다. 그의 눈빛에는 그녀를 죽이고자 하는 섬뜩한 빛이 서려 있었다.

정혜 스님은 그에게서 벗어나려는 기미가 조금도 없었다.

한 달 전 복아를 떠나 보냈을 때, 그녀는 이미 죽을 준비를 마친 상태였다. 오늘 이렇게 전모천의 손에 죽게 된다면 오히려 복아에 대한 죄책감을 일부라도 덜 수 있을 것 같았다. 복아를 떠나 보낸 후, 그녀는 매일 밤 잠을 제대로 이룰 수 없었고 한없는 죄책감에 시달려야 했다.

한 명의 여인으로서 그녀 역시 그 모욕감을 잘 알고 있었다. 게다가 복아는 자부심이 강한 여인이 아닌가. 그런 그녀에게 다시는 돌아올 수 없는 길을 선택하게 한 것은 그녀를 견디기 힘들게 했을 것이다. 그녀와 소 장군은 이기적이었다. 복아를 육나라로 보낸다 해도 이 전쟁을 끝낼 수 없을 뿐만 아니라 어쩌면 그녀가 목숨을 잃을지도 모른다는 것을 똑똑히 알고 있었다. 그러나 다른 방법이 없었다. 설령 한 가닥의 희망이라 할지라도 그들은 포기할 수 없었다.

전모천은 천천히 손을 풀고, 곧 숨이 끊길 것 같은 무력한 정혜 스님의 멱살을 잡았다.

"늙은 비구니, 나는 너를 폐하께 데려가서 네가 폐하 앞에서 어찌 해명을 하는지 볼 것이다."

황제의 서재, 소경굉은 한쪽 무릎을 꿇고 있었으나 눈빛은 단호했다. 정혜 스님은 전모천에 의해 바닥에 내팽개쳐진 채 양손으로 힘겹게 몸을 지탱하고 있었다. 전모천은 유난히 냉랭한 눈빛으로 눈 한 번 깜빡이지 않고 두 사람을 노려보았다. 그럴 수만 있다면 그는 조금의 망설임도 없이 두 사람을 죽여 버릴 것만 같았다.

기우는 책상 앞 의자에 힘없이 기대어 앉아 있었고, 두 눈은 매우 충혈되어 있었다. 며칠 동안 잠을 자지 못한 듯했고, 아래 턱에 새로 난 수염으로 인해 더욱 초췌하고 지쳐 보였다. 그는 거울같이 맑아 반짝반짝 빛을 발하는 유리 바닥을 눈 한 번 깜빡이지 않고 바라보았다. 귓가에는 소경굉과 정혜 스님이 하는 말이 끝없이 울리고 있었다.

"폐하, 제가 부인을 육나라에 가도록 종용했습니다."

"폐하, 신이 아 부인을 내몬 것입니다. 저를 죽이시든 토막 내시든 달게 받겠습니다."

귀신같이 두려운 소리가 한 번 또 한 번 그의 귓가에서 반복되어 그의 심신은 찢기는 듯 고통스러웠다. 정혜 스님, 그는 그녀를 어머니처럼 여기며 존경하였고, 소경굉은 그가 가장 믿는 신하였다. 그들 두 사람이 한패가 되어 복아가 이 전쟁을 진정시킬 것이라는 헛된 생각을 품고 그녀를 욱나라로 보내 버렸다.

모두 그의 잘못이었다. 애초에 그가 공명당으로 사람을 보내지 않고 그녀를 감시하지 않았던 것은 오직 복아에게 평화로운 날들, 그녀가 원하던 생활을 할 수 있도록 해 주고 싶었기 때문이었다. 또한 이렇게 세상 사람들이 그녀를 방해하지 않길 바랐기 때문이었다. 그런데 그런 그의 결정이 어처구니없게도 이런 결과를 낳은 것이다. 그는 사람을 보내어 공명당을 감시했어야 했다.

복아, 내가 그대에게 또다시 잔인한 칼을 꽂았구려.

"으악!"

기우는 돌연 미친 듯이 울부짖으며 의자에서 튀어 오르듯 일어나 책상을 뒤엎었다.

상소문, 서적, 벼루 등 거의 모든 물건이 소경굉과 정혜 스님의 몸 위로 떨어졌으나 두 사람은 피하지 않았고 마치 목석처럼 그 자리에서 꼼짝도 하지 않았다.

"너희는 한 여인이 연희의 진공을 막을 수 있을 것이라고 생각하느냐? 연희는 짐을 증오할 뿐만 아니라 복아를 더욱 증오한단 말이다!"

그의 눈빛에는 비통함과 분노가 담겨 있었고, 목소리는 떨리고 있었다.

"복아가 도대체 무슨 잘못을 했기에 너희들은 그녀를 다시는 돌아올 수 없는 길로 떠밀었단 말이냐! 그녀는 그저 한 명의 여인일 뿐이다. 평범하기 그지없는 여인이란 말이다. 그녀가 원한 것이라고는 그저 조용한 생활뿐이었는데, 너희들은 그녀의 그 소망마저 들어줄 수 없었던 것이냐?"

소경굉은 눈앞의 황제를 똑바로 바라보았다. 지금의 황제는 더 이상 그가 지금껏 알던 냉정하고 명철한 황제가 아니었다. 이토록 감정이 격해진 황제의 모습은 처음이었다. 그는 기우같은 황제가 여인 때문에 이성을 잃을 것이라고는 결코 생각해 본 적이 없었다.

소경굉이 매우 차분하게 말했다.

"폐하, 만약 신의 여식이 원 부인과 몹시 닮았다면, 또한 욱나라 황제 친형의 후궁이었다면 신은 역시 아무 주저함 없이 제 여식을 욱나라로 보냈을 것입니다. 성공을 하든 못하든 한 가닥 희망이라도 있다면 신은 분명 시도해 보았을 것입니다. 그것은 대의, 천하의 대의, 온 백성을 위한 일이기 때문입니다."

"네 이놈! 소경굉, 참으로 대단하구나!"

기우는 살의를 담은 눈빛으로 그를 노려보았다.

"천하의 대의가 여인 하나의 희생으로 완성될 수 있다는 말이냐?"

그가 고개를 들어 크게 웃자 그 소리가 서재를 가득 채웠고 사람들은 전율을 느꼈다. 심지어 문밖을 지키고 있던 시위조차 두려움을 느끼고 전전긍긍하며 굳게 닫힌 서재의 문을 바라보았다. 그는 안에서 무슨 일이 벌어졌기에 황제의 감정이 이토록 격해졌는지 의아해했다. 서재 안에서 칼집에서 장검을 빼는 듯한 소리가 쨍강 하고 들려왔다.

기우는 섬뜩한 빛을 발하는 검을 손에 단단히 쥐고 있었고, 차가움을 띤 빛은 사람들을 향해 곧바로 다가왔다.

"네가 짐의 복아를 죽음의 길로 몰아넣었으니 짐 역시 너를 죽여 버리겠다!"

기우의 두 눈이 분노로 붉어졌고, 그가 검을 들고 소경굉에게 다가갔다.

상황이 좋지 않음을 본 전모천은 깊은 생각을 할 겨를도 없이 소경굉의 몸을 막아서며 그 앞에 무릎을 꿇고 두 손으로 기우의 검 끝을 단단히 움켜쥐었다. 전모천의 손에서 흐른 피가 천천히 떨어져 번져 갔고 온 바닥이 피로 흥건해졌다.

"폐하, 소 장군을 죽이시면 안 됩니다. 그가 한 일은……, 폐하와 기나라, 그리고 천하를 위한 것이었습니다. 그가 아무리 많은 잘못을 했다 할지라도 그를 죽이셔서는 안 됩니다. 지금 기나라와 욱나라의 형세가 이토록 긴박한데, 만약 폐하께서 소 장군마저 죽이신다면 분명 조정에 큰 혼란이 벌어질 것이며 욱나라는 더욱 파죽지세로 쳐들어올 것입니다. 그렇게 되면 되돌이킬 수 없게 됩니다."

그는 자신이 소경굉을 위해 황제 앞에서 무릎을 꿇고 간청하게 될 것이라고는 전혀 생각해 본 적도 없었다. 그 역시 마음속으로는 소경굉을 갈가리 찢어 죽이고 싶었다. 그러나 그는 그렇게 이기적으로 행동할 수 없었다. 그 역시 기나라의 안위를 생각해야 했다.

어쩌면 그 자극적인 선혈에 흔들린 것일까? 거의 미쳐 버린 것 같던 기우가 점차 이성을 되찾고, 손에 들고 있던 검을 천천히 내리더니 결국 바닥에 떨어뜨렸다. 그의 눈은 점차 촉촉해졌고, 그의 발은 계속해서 뒷걸음질을 치고 있었다.

"꺼져라······. 모두 꺼져 버려라."

흐느끼는 황제의 목소리를 들으며, 세 사람은 천천히 고개를 숙인 채 서재를 나왔다.

어깨를 나란히 한 채 세 사람은 서재 밖에 서 있었다. 창공에는 어스름한 구름이 떠 있었고, 바람이 소리를 내며 불어오고 있었다. 그들은 모두 생각에 잠겨 있었다.

"전 승상이 나를 위해 간청을 하리라고는 생각지도 못했네."

소경굉은 전모천의 손바닥을 힐끔 바라보았다. 피는 멈출 생각이 없는 듯 여전히 하염없이 흘러나오고 있었다.

전모천은 코웃음을 쳤다.

"장군을 위해 간청했다고 생각하십니까? 장군께서 여전히 기나라에 쓸모 있는 사람이 아니었다면 제가 가장 먼저 검을 들어 죽여 버렸을 것입니다."

소경굉은 전모천의 말에 노하지 않았고, 오히려 큰 소리로 웃으며 말했다.

"지금껏 나는 전 승상이 공과 사를 구분 못하고 권력을 독점하여 조정을 어지럽히려는 줄만 알았는데, 오늘에서야 전 승상 역시 조정을 위해 마음을 쓰고 있음을 깨달았네."

정혜 스님이 넓은 소매에서 긴 천을 뜯어내어 전모천의 상처를 싸매 주려 하였으나 전모천이 거절하며 말했다.

　"늙은 비구니, 위선은 그만 부리시오. 만약 내 누이가 욱나라에서 정말 무슨 일이라도 당한다면 그대를 함께 매장시키고 말 것이오!"

　정혜 스님은 확신에 찬 미소를 지으며 말했다.

　"하나 이 비구니 생각에 부인께는 아무 일도 없을 것 같습니다. 욱나라에는 기운이 있으니까요!"

　이 말은 전모천을 일깨워 그의 마음속 근심을 사라지게 해 주었다. 만약 기운이 마음을 굳게 먹고 누이를 보호하려 한다면 누이는 분명 이 위기를 무사히 넘길 수 있을 것이다. 그것도 그럴 것이 지금의 기운은 병권을 손에 쥐고 있어, 기나라를 공격하는 데 없어서는 안 될 훌륭한 장수이기 때문이다. 게다가 오직 그만이 기나라의 모든 노선과 군사 배치에 익숙했다. 욱나라가 이처럼 기나라를 공격할 수 있는 것은 모두 기운이 있기 때문이었다.

　누이가 욱나라에서 평안 무사할 수 있기를, 기운이 정말 누이를 지켜줄 수 있기를…….

　비가 그치자 새벽의 한기가 더하였고, 떨어진 꽃은 바람결에 흔적도 없이 사라졌다. 시원한 바람이 물결 위로 불어왔고, 밝은 달은 화려하고 고운 배를 비추고 있었다.

　나는 신분이 발각되지 않기 위해 한참이나 길을 돌아 욱나라로 향하였다. 길은 험하였고 시간은 쏜살같이 흘러 어느새 보름이 지났다. 지금 우리는 이미 기나라의 변방을 지나 욱나라로 들어섰고, 소경굉의 시위들은 길을 오는 내내 나를 빈틈없이 감시하였다. 그들이 부주의한 틈을 타서 내가 도망이라도 칠까 두려운 듯했다. 그것이 나를 쓴웃음 짓게 만들었다. 만약 내가 도망치려 했다면 애초에 욱나라에 가겠다고 약속조차 하지 않았을 것이다.

마차의 바퀴가 지나는 곳마다 칼과 창이 스쳐 간 얼룩덜룩한 흔적이 남아 있었고, 피의 흔적은 빗물에 침식되어 옅은 다홍빛을 띠고 있었다. 가는 곳마다 일찍이 전쟁이 치열하였던 곳이기도, 연일 대규모의 교전이 있던 곳이기도 했으며, 전쟁의 북소리가 울리던 무덤이기도 했다. 발걸음이 지나가는 곳마다 붉은 피와 시체가 쌓여 있었다.

전쟁은 잔혹한 것이다. 전쟁은 얼마나 많은 행복한 가정을 파괴하고, 얼마나 많은 이들의 목숨을 앗아 가는가.

그러나 비록 이 전쟁이 수많은 가족을 뿔뿔이 흩어지게 했지만, 지금의 잔혹함이 있어야만 앞으로의 평온이 있을 것이다. 기우가 옳다. 천하는 통일되어야 한다. 나와 같은 아녀자의 온정으로는 안 되는 일이 있는 것이다. 어떤 일은 피로서만 해결할 수 있는 것이다.

내가 복아 공주였던 시절, 깊은 궁 안에서만 지내며 세상의 어려움을 알지 못했던 시절, 내 어릴 적의 꿈은 아무 근심 걱정 없이 공주로서 평생 동안 부황과 모후 곁에서 지내는 것이었다.

그때의 나는 참으로 천진했고, 내가 하나라를 위해 무엇을 할 수 있는지에 대해서는 생각해 본 적도 없었다. 부황이 내 동의 없이 나를 연성에게 시집보내려 했을 때, 나는 크게 화를 냈고 심지어 부황을 미워하기까지 했었다. 그때의 나는 아직 어려서 나라를 기나라에 뺏길까 두려워하는 부황의 마음을 헤아리지 못했다. 나는 제멋대로 굴었고 부황의 근심에 대해서는 생각하지 않았었다.

근 십여 년간, 나는 욱나라와 기나라 사이에서 방황하였다. 두 나라를 오가는 것을 반복하였으나, 지나고 보니 그런 어려움은 사실 아무것도 아니었다. 내가 이토록 굳세게 살아남을 수 있었던 것은 그 고됨이 있었기 때문이었다. 만약 그런 경험이 없었다면, 어쩌면 나는 여전히 천진난만한 공주일 것이고 영원히 타인의 날개 아래에서 지내며 심지어 나 자신마저 잃어버렸을 것이다.

지금의 나는 더 이상 부황과 모후가 참혹하게 살해당한 것을 원망하지 않으며, 기우가 우리의 사랑을 이용한 것을 원망하지 않는다. 또한 내가 아기를 낳을 수 없게 된 것 역시 원망하지 않는다. 나는 이미 부황과 모후의 한없는 사랑을 받았었고, 기우의 후회 없는 희생을 얻었었다. 그러나 아기……, 어쩌면 그것이 이 세상에서의 나의 유일한 아쉬움일 것이다.

몸과 마음을 다하여 나라에 충성한 악비岳飛[20]의 고상한 절개

---

20 남송 초기의 학자. 서예가였으며 무장(武將)이었다. 그는 깊은 애국심을 지닌 뛰어난 군사전략가였으나 간신인 진회(秦檜)에 의해 억울한 죽음을 맞이했다.

를 세상 사람들은 '나라를 중시하고, 자신의 생사를 중요시 여기지 않았다. 잃어버린 나라를 되찾는 것을 가장 중요한 일로 여기고, 자신의 이익과 손해를 중요시 여기지 않으며, 한족과 여진의 차이를 구분하고, 나라 사이의 원한을 기억하였다. 그러나 자신이 죽음의 화를 입게 될 것은 알지 못하였다.'라는 말로 끝없이 칭찬하였다. 비록 악비의 몸과 마음을 다한 충성에는 비할 바가 못 되나 적어도 지금의 내게는 기나라를 위해 할 수 있는 일이 있다. 욱나라에서 죽는다 한들 어떠하랴. 나는 노력하지 않았는가.

"부인, 전방이 욱나라 군대가 주둔하고 있는 군영입니다."

바쁘게 마차를 몰던 시위의 목소리가 밖에서 희미하게 전해져 왔다. 나는 눈을 들어 멀리 바라보았다. 치열한 전장에서는 연기가 피어오르고, 가을바람이 변경의 차가운 수면 위로 불어왔다.

변경을 지키고 있던 사병이 손에 긴 창을 쥐고 우리 마차의 길을 막아섰다.

"게 섰거라. 너희들은 누구냐?"

휘장을 걷어 내자 황사가 자욱한 거센 바람이 소매로 파고들었다. 나는 손에 쥐고 있던 봉혈옥을 사병에게 건네주었다.

"어르신, 저희는 보고할 일이 있어 납란기운 총사령관을 뵈러 왔습니다. 이 옥을 건네주시면 알아보실 것입니다."

사병은 옥을 받아 들고 한참 동안 관찰하다가 망설이며 나를 바라보았다. 그러고는 이내 경계하듯 물었다.

"너희들은 남쪽에서 왔는데, 기나라 사람이냐?"

나는 그의 눈빛에 스친 의심의 빛을 읽어 내고는 엄한 목소리로 말하였다.

"우리가 어느 나라 사람이건 중요한 것은 지금 우리가 매우 중요한 군사 정보를 너희 총사령관에게 알려야 한다는 것이다. 만약 네가 계속 지체하여 시기를 놓쳐 버린다면 네 머리도 지키기 어려울 줄 알아라."

나의 매서운 눈빛에 그는 깜짝 놀라더니 다른 사병의 귓가에 몇 마디를 한 후 장막을 향해 쏜살같이 달려갔다.

약 일 각의 시간이 지난 후, 그 시위가 다급히 달려왔다.

"아가씨, 총사령관님께서 군 장막 안으로 들어오시랍니다. 그러나 뒤에 있는 시위들은 들어갈 수 없습니다."

나는 고개를 끄덕이고, 고개를 돌려 지난 보름 동안 나와 함께한 이들을 바라보았다. 그리고 옅은 미소를 지으며 그들에게 말하였다.

"그대들은 이미 나를 욱나라 군영까지 바래다주었다. 임무를 완수하였으니 기나라로 돌아가거라. 가서 소경꿩 장군에게 알려라, 복아의 목숨은 욱나라에 맡긴 셈이며 그가 바라는 대로 나 역시 최선을 다하겠노라고."

그들은 주먹 쥔 손을 다른 손으로 감싸 가슴 앞까지 끌어올린 후, 한 다리로 무릎을 꿇고 매우 간절하게 한마디를 뱉어냈다.

"감사하옵니다, 부인마마."

그들은 마차에 올라타 나는 듯이 떠나갔다. 마차는 거세게 먼지를 일으키며 점점 멀어져 갔고, 결국에는 보이지 않게 되었다. 나는 몸을 돌려 군영 안으로 들어갔다. 이제 그 일을 마주해야 할 때가 되었다.

총사령관의 주 장막은 어두컴컴하였고, 다소 음산한 분위기로 채워져 있었다. 나는 중앙에 서서, 눈을 감고 가만히 앉아 있는 기운을 바라보았다. 그는 내가 이곳에 들어온 후에도 아무 말도 하지 않고 시종 두 눈을 꼭 감고 있었다. 마치 나와 만나길 원치 않는 듯했다. 어쩌면 그는 내가 이곳에 온 목적을 이미 알고 있으리라.

그가 아무 말도 하지 않는다면 나 역시 아무 말도 하지 않을 것이다. 나는 부탁을 하러 온 사람이니 자세를 낮춰야 한다.

그렇게 한 시진이 지난 후, 그가 드디어 심호흡을 하며 두 눈을 떴다. 그의 눈에는 예전의 슬픔과 우울함 대신 기나긴 전쟁으로 단련되고 세상 풍파를 이겨 낸 의연함이 담겨 있었다. 전쟁은 정말로 사람을 변하게 하는구나.

"그대가 온 목적을 알고 있소."

그는 손에 단단히 쥐고 있던 봉혈옥을 탁자 위에 올려놓았다.

"만약 이 봉혈옥이 아니었다면 나는 결코 그대를 만나지 않았을 것이오."

그의 무거운 목소리가 내 귀를 파고들었다. 나는 아무 말 없이 그의 이어질 말을 기다렸다.

"이렇게까지 할 만한 가치가 있소? 그대가 납란기우를 위해 그토록 많은 일을 했으나 돌아온 것이 무엇이오? 결국 그는 그대를 욱나라로 떠밀고, 여인을 이용해 간청해 보려는 헛된 생각을 하고 있지 않소?"

기운이 조롱하듯 웃었다.

"만약 지금 그대의 곁에 연성의 아기가 있다면, 어쩌면 연희는 그대에게 살길을 남겨 주었을 수도 있소. 그러나 안타깝게도 그대와 연성의 아기는 기우의 손에 죽어 버렸소."

나는 멍해졌고, 안색은 창백해졌다.

"아이의 죽음은 하늘이 내린 벌이었으니 그 누구도 탓할 수 없어요."

"일이 이렇게까지 되었는데도 그대는 아직도 정신을 못 차리고 기우를 위해 말하는 것이오?"

그의 표정이 격해졌다.

"만약 기우만 아니었다면 민敏 역시 죽지 않았을 거요!"

"민 언니가……, 죽었어요?"

나는 청천벽력 같은 소식에 멍해졌다. 찰나의 순간, 내 머릿속에서는 욱나라에서 나를 대하던 납란민의 배려와 가르침이 스쳐 지나갔다. 그때의 염려와 기쁨이 여전히 내 마음속에 깊이 새겨져 있는데…….

"두 해 전, 하나라에서 병사하였소."

납란민의 이야기를 꺼내자 기운의 눈빛에 괴로움의 기색이 드러났다.

"모든 것이 납란기우 때문이오. 그가 만약 부황을 살해하지 않았다면 내가 어찌 그와 황위를 다투었겠소? 민 역시 타향에서 고향을 그리워하며 그렇게 외로이 죽지 않았을 것이오. 우울함이 마음의 병이 되었소."

머릿속의 공백이 점차 사라지고, 나는 마음속의 슬픔으로부터 편안해졌다.

"어찌 무턱대고 기우만 탓하시는 건가요? 선황이 기우에게 한 짓은 어쩌고요? 어릴 적부터 그에게 자신의 모후와 형을 미워하도록 부추기고 심지어 태자의 자리를 주겠다고 약속까지 했었어요. 기우가 그것을 정말 해내자 납란헌운은 그에게 또 무엇을 주었나요? 속임수와 배신이었어요. 그가 태자로 삼으려던 이는 그대 납란기운이었어요. 어릴 적부터 기우의 모친은 그를 냉담하게 대하였고, 시간이 흐른 후 자신이 존경하던 부친마저 자신을 속였다는 걸 알았을 때 그가 어떻게 느꼈을지, 짐작조차 하실 수 있나요?"

"나는 황위를 원했던 적이 없었소. 심지어 부황에게 황위를 원치 않는다고 말한 적도 있었지. 나는 기우와 겨루지 않았을 거요. 그런데 도대체 그는 왜 그런 거요? 부황은 그의 부친이기도 하오. 어찌 그토록 독하게 마음먹고 그를 독살하였단 말이오!"

"그대의 부황이 사랑한 아들은 그대뿐이었고, 그에게 다른 아들들은 조금의 가치도 없었어요. 그는 그대를 위해 기우를 이용했어요. 그 많은 일들이 모두 그대에게 황위를 물려주기 위해서였지요. 그대가 원하지 않는다고 그렇게 될 수 있는 일이 아니었어요. 그가 그대를 태자로 삼으려 한 이상 그것을 막는 사람은 모두 죽어야 했고 기우는 그중에서도 가장 큰 위협이었지요. 만약 기우가 먼저 행동을 취하지 않았다면, 그는 분명 납란헌운의 손에 죽고 말았을 거예요. 설마 생각해 보신 적도 없는 건가요? 그대는 그저 맹목적으로 모든 책임을 기우에게 떠넘기고 그대의 부황이 기우에게 무슨 짓을 했는지에 대해서는 생각조차 하지 않으시잖요!"

기운의 조롱 섞인 가벼운 웃음이 귓가에 들려왔다. 붉어진 그의 눈가와 촉촉해진 눈을 바라보며 나는 그제야 조금 전 나의 말이 너무 과했음을 깨달았다.

"기운, 미안해요. 저는 그대 역시 어릴 적부터 외롭게 컸다는 것을 알고 있어요."

결국 그는 참았던 눈물을 흘리며 마치 어린아이같이 여린 모습으로 나를 바라보았다. 그는 눈앞에 있는 나를 마치 자신의 모친을 보듯 바라보았다. 그의 눈물이 한 방울 한 방울 탁자 위로 떨어졌다.

"어마마마……."

그가 나를 바라보며 내뱉은 '어마마마'라는 말이 나의 마음을 쓰라리게 했고, 조금 전 내 말이 너무 심했다는 생각이 더욱 들게 했다. 나는 원 부인과 몹시도 닮은 얼굴로 그를 질책한 것이 아닌가.

"기운, 미안해요."

나는 다시 한 번 사과했다.

"나는 어렸을 때부터 동생들이 자신들의 어머니에게 기대어 짓는 행복하고 달콤한 미소가 너무나 질투 났소. 그럴 때마다 나는 유모에게 왜 나는 어머니가 없느냐고 물었지. 유모는 언제나 슬픈 모습으로 고개를 숙인 채 아무 말도 하지 않았소. 그러던 어느 날, 부황이 말씀하셨소. 모비는 황후에 의해 돌아가신 것이며, 그 복수를 해야 한다고, 또한 내가 안전하게 성인이 되게 하려면 내게 많은 사랑을 주실 수 없다고 하셨소. 부황은 내가 강해야 한다고 하셨고, 부황이 모비의 복수를 할 때까지 기다려 달라고 말씀하셨소."

그의 손가락은 봉혈옥을 조심스레 어루만지고 있었고, 그의 눈빛 속에는 깊은 감정이 담겨 있었다.

"지금껏 내가 어디를 가건 나와 함께한 것은 이 봉혈옥이 아니면 모비의 초상화였소. 비록 나는 모비를 뵙진 못했으니 언제나 모비께서 내 곁에 계시며 늘 나와 함께한다고 느끼고 있소."

"그 긴 시간 동안 나는 부황께서 모비를 위해 복수하실 날만을 기다려 왔고, 모비를 위한 복수가 끝나기만 하면 나 역시 안심하고 남은 생을 살 수 있을 것이라 생각했소. 그대가 나타나기 전까지만 해도……. 그 얼굴이 나의 모비가 아니라면 또 누구란 말이오? 그대는 분명 당초 부황이 왜 그대를 떠나보내기만 하고 죽이지 않았는지 이상하게 여겼겠지. 사실 그것은 나와 한 약속 때문이었소. 부황은 동궁 세력과 모든 장애물을 제거한 후 그대를 찾아와서 나의 왕비로 삼아 주겠다고 하셨소. 그것은 보상이었소. 모비를 위한 보상이자 나를 위한 보상이었지."

"설사 부황께서 그의 다른 여인들과 아들들에게는 잔혹하고 무정하셨더라도 모비와 내게는 사랑이 있으셨소. 부황이 아무리 많은 잘못을 저지르셨어도 내 마음속에서 그는 언제나 좋은 아버지이며, 나의 모비를 깊이 사랑한 훌륭한 아버지셨소. 이 세상에서 나를 사랑한 이는 오직 부황뿐이었소. 그런데 왜 납란기우는 부황을 죽인 것이오? 부황은 그의 아버지이기도 하건만……. 부황이 비록 그를 이용했다지만……."

여기까지 말을 마친 납란기운의 목소리는 울먹이고 있었고, 봉혈옥을 단단히 쥐고 있는 그의 손은 새하얗게 변해 핏기라고는 조금도 없었다.

제왕의 집안에 태어난 황자들은 모두 자신만의 비애를 갖고 있으니, 나는 누가 옳고 그른지 섣불리 판단해서는 안 되는 것이었다. 오직 기우의 입장만을 생각하고 납란헌운의 행동을 평가해서는 안 되는 것이었다. 납란헌운의 입장에서 보면 자신이 사랑한 여인을 위한 복수도, 납란기운에게 황위를 넘겨주는 것도 전혀 잘못이 아니었다.

잘못된 것은 단지 그들이 잘못된 방법으로 자신의 가족에게 상처를 주었다는 것이었다.

제왕의 가족이란 참으로 무정한 것, 이 말의 숨겨진 의미는 바로 여기에 있었다.

나는 앞으로 몇 발자국 나아가, 손수건을 들어 기운의 얼굴 위에 흐르는 눈물을 닦아 주었다. 그리고 손끝으로 그의 이마와 머리카락을 어루만져 주었다. 마치 모친이 자신의 아이를 위로하듯이…….

기운은 떨리는 몸을 가만히 나의 품에 기대었다. 마치 상처받은 후 자신만의 장소를 찾아온 아이 같았다.

"어마마마……."

그가 감정에 북받친 한마디를 내뱉었다.

그의 등을 두드리는 나의 목소리 역시 울먹이고 있었다.

"어마마마는 여기 있단다. 슬픈 일은 모두 말해 버리고 울어 버리렴. 모두 다 금세 지나갈 것이야."

"어마마마, 운이는 어마마마가 정말 그립습니다. 스물아홉 해가 지났습니다. 어찌 어마마마는 저를 세상에 홀로 버려두신 겁니까? 어마마마는 이미 하늘에서 부황과 만나셨겠지요. 저도 어마마마, 부황과 함께 있고 싶습니다. 그저……, 부황의 복수를 아직 마치지 못해 갈 수가 없습니다. 아직 갈 수가 없습니다……."

이어지는 한 마디 한 마디가 나의 마음을 때렸고, 나 역시 나의 부황과 모후를 떠올렸다.

어마마마, 그때 제게 하나라를 위해 복수하라고 하지만 않으셨어도 저는 부황과 모후를 따랐을 것이며, 지난 십여 년의 구차한 삶도 살아오지 않았을 것입니다.

어마마마, 그때 저를 데려가셨다면 저는 여전히 천진난만한 복아로 남아 있었을 것입니다.

　나는 군 장막에 누워 눈 한 번 깜빡이지 않고 천장을 바라보고 있었고, 거센 바람 소리가 귓가에서 으르렁대고 있었다. 바깥에서는 교전을 벌이는 희미한 소리와 통곡 소리가 들려왔다. 이 순간, 나는 눈을 감을 수가 없었다. 그것이 살육의 소리라는 것을 알고 있었기 때문이다. 연일 이어지는 호각 소리와 전장의 북소리가 널리 퍼져 하늘 높은 곳까지 뒤흔들고 있었다.

　정오 무렵, 사병 하나가 소식을 전해 왔다. 기나라 군대가 바람 같은 속도로 욱나라 변방을 향해 돌진해 오고 있으며, 그 군사들이 네 길로 나뉘어 욱나라 군대를 포위하려 한다는 것이었다. 욱나라가 조금이라도 조심하지 않으면 사면초가의 처지에 처하게 될 판국이었다.

　소식을 들은 기운은 곧바로 투구와 갑옷을 입고 긴 창을 들었고, 군대를 재정비하여 전장으로 나섰다. 나는 군 장막 안에 묵묵히 선 채 점점 멀어지는 그의 뒷모습을 바라보았다. 힘차고 강인한 그의 모습에는 단호함이 서려 있었다.

　처음으로 나는 자신이 비열하게 느껴졌다. 소위 기나라의 책임이라는 것을 지고 욱나라의 군 장막에 찾아와 기운에게 애걸하여 연희에게 군사를 돌려보내 달라는 부탁을 하게 되다니……

　그것이 불가능하다는 것은 알고 있었다. 이토록 좋은 기회가 눈앞에 있는데 연희가 포기할 이유는 없었다. 지금은 그저 누가 이 전쟁에서 오래 버티느냐를 겨루고 있는 것이다. 이는 그저 오래 버티기의 전쟁이었다.

그러나 기나라는 버텨 낼 수 없다. 돈과 식량이 없으니 그들은 분명 지고 말 것이다.

얼마나 누워 있었는지, 더 이상 참을 수가 없어서 나는 침대에서 내려왔다. 밖으로 나가 도대체 상황이 어떻게 돌아가는지 보고 싶었다. 휘장을 걷으니 온 하늘에 거세게 인 황사가 군대 전체를 덮고 있었고, 빛나는 달빛 아래 붉은 사령기가 높이 나부끼고 있는 모습이 보였다. 그것은 승리의 깃발이었다. 그들이 승리하고 돌아왔다.

욱나라가 승리하였는가?

기운은 말에서 내렸으나 표정에서 승리의 기쁨을 찾을 수는 없었다. 나는 그를 마중 나가 그의 은빛 투구를 받아 들며 물었다.

"승리하셨나요?"

"그렇소."

그는 담담히 한 마디로 답하며 휘장을 걷고 장막 안으로 들어갔다.

나는 재빨리 그의 뒤를 쫓았다.

"왜 기뻐하지 않으세요?"

그가 가만히 그 자리에 섰다. 나를 등진 그의 뒷모습이 처량해 보였다.

"내가 살육한 것은……, 나의 백성이오."

나는 멍해졌다.

"매번 교전을 마친 후 바닥에 가득한 시체들을 볼 때마다 나는 늘 스스로에게 말하오. 그들은 내 백성들, 기나라의 백성들이라고……. 그런데 나는 욱나라를 도와 나의 가족들을……, 죽이고 있소."

나는 투구를 품 안에 꼭 끌어안고 그가 기나라의 군사들을 '가족'이라고 일컫는 것을 들으며 마치 가슴이 찢기는 듯한 느낌을 받았다.

"그대도 가족을 죽이고 싶지 않으시잖아요? 그런데 왜 멈추지 않으시는 건가요?"

"멈출 수 없소. 나는 부황을 위해 복수해야 하오."

그는 품속에서 봉혈옥을 꺼내더니 몸을 돌려 내게 내밀었다.

"갖고 있으시오. 나는 기우를 가만두지 않을 것이오. 그가 죽지 않는다면 내가 죽게 될 것이오."

나는 그것을 받는 대신 조용히 읊조렸다.

"형제인데 어째서 서로 싸우는 건가요?"

"참으로 우스운 말이군. 기우가 언제 나를 형제로 여긴 적이 있었소?"

"기우는 그대에게 기회를 주었었어요. 예전에 기성에게 기회를 주었던 것처럼요."

나는 투구를 탁자 위에 올려놓고 계속 말을 이었다.

"기우는 기성이 반역의 마음을 품고 있다는 것을 알고 있었어요. 하지만 그를 제거하지 않았을 뿐만 아니라 오히려 영월

공주를 한명에게 시집보냈지요. 기우가 자신의 형을 제거하길
원치 않는다는 것을 알게 하기 위해서요. 그러나 기성은 물러
서지 않았고, 오히려 한 걸음 한 걸음씩 바짝 다가왔지요. 심지
어 운주를 해하여 죽게 만들었어요. 기우도 방법이 없었어요.
어쩔 수 없이 기성을 죽음으로 몰고 갈 수밖에 없었어요. 그대
기운도 마찬가지예요. 그는 이미 그대의 손에 유조가 있다는
것을 알고 있었는데, 어찌 그대보다 먼저 기성을 제거했겠어
요? 설마 기성의 위협이 그대보다 컸겠어요? 아니에요. 그대
가 그때까지 본분을 지키며 반역의 뜻을 비추지 않았기 때문이
에요. 그래서 기우는 그대에게 맞서지 않았어요. 기우의 이런
행동들이 형제간의 우애를 위한 것이 아니면 무엇인가요? 만
약 그대들이 그의 목을 조이지만 않았다면 그가 어찌 그대들을
그리 대했겠어요?"

그가 서글퍼하며 고개를 숙였다.

"사실……, 그것은 나 역시 알고 있소. 그래서 나 역시 망설
이고 갈등하였소. 그러나 기우가 부황에게 한 짓은……."

"저는 정말 더 이상 기우를 위해 말하고 싶지 않아요. 그것
이 오히려 제가 사심이 있다고 생각하게 할 테니까요. 그러나
저는 그대에게 기우의 입장에서 한 번만 생각해 봐 달라고 부
탁드리고 싶어요. 납란헌운이 기우에게 한 짓을요."

그날 밤, 기운은 한숨도 자지 않았고 손에 긴 창을 쥐고 장
막 밖에 부는 늦가을의 찬 바람을 오랫동안 맞고 서 있었다.
장막 안은 등불을 밝혀 눈이 부실 정도였다. 나는 몸을 틀어,

쉴 새 없이 불어오는 거센 바람 탓에 흔들리고 있는 장막을 바라보았다. 그리고 기운의 그림자가 희미하게 내 시선으로 들어왔다.

제왕의 자식으로 태어난 이들은 모두 평생 고독하게 살아야 하는 운명인가? 영원토록 갈등을 억누르고 힘겹게 발버둥치며 살아가야 하는 것인가? 기운도 그렇고, 기성도 그랬으며, 기우 역시 마찬가지이다.

세상 사람들은 제왕의 자손인 그들을 부러워한다. 그들이 궁 안에서 호화로운 생활을 하고, 더없는 영예와 권력을 쥘 수 있기 때문일 것이다. 그러나 세상 사람들은 황궁 안에서의 권력 다툼이 얼마나 두려운 것이며, 조금만 조심하지 않아도 타인이 쳐 놓은 덫에 걸려 다시는 돌아올 수 없는 길을 가게 된다는 것을 생각이나 해 보았을까? 황위를 차지하기 위한 형제간의 다툼은 어디서든지 찾아볼 수 있다. 그러나 그 고통은 오직 그것을 경험한 사람만이 알 수 있는 것이다.

역사책에서 황위 다툼의 잔혹함을 보았을 때, 나는 그것을 믿지 않았다. 그러나 지난 십 년간 나는 이 피비린내 나는 다툼을 목도하였고, 나 역시 그 음모의 소용돌이에서 헤어 나오지 못하고 있다.

모든 사람에게는 슬픈 과거가 있고, 우리는 그 슬픔을 통해 성장해 간다. 나는 여전히 '인간의 본성은 선하다.'라는 말을 믿는다. 그 누구도 누군가를 해하려는 생각을 가지고 태어나지는 않고, 모든 것은 상황과 환경으로 인한 것일 뿐이다. 마치

아 부인이었던 내가, 조정 사람들의 눈에 조정의 기강을 무너뜨리려는 화근으로 비췄던 것처럼 말이다. 그 역시 당시의 상황으로 인한 것이었다. 그래서 지금 나는 원한을 버리고, 마음을 열어 이 모든 것을 받아들이기로 하였다

기우, 지금쯤 복아가 기나라를 떠났다는 것을 알게 되었겠지요? 당신은 어떤 마음인가요?

이른 아침의 첫 번째 새벽빛이 하늘을 뚫고 내 눈 위로 환히 비춰 왔을 때, 기운이 휘장을 걷고 들어왔다. 그의 두 눈은 잔뜩 충혈되어 있었다.

"우리……, 욱나라로 돌아갑시다."

그가 잠긴 목소리로 토해 낸 말에 나는 깜짝 놀라 침대에서 몸을 벌떡 일으켰다.

"욱나라로 돌아가자고요?"

그가 힘겹게 미소를 지어 보였다.

"연희를 만나 그에게 직접 그대의 생각을 전하시오. 내가 그대에게 해 줄 수 있는 것은 이것뿐이오."

그가 침대 곁으로 천천히 다가와 손에 쥐고 있던 봉혈옥을 내 손에 건네주었다.

"이 옥을 잘 간직하여 기념으로 삼으시오."

손바닥 위에 놓인 봉혈옥에서 따스한 기운이 전해졌다. 어젯밤……, 그는 계속 갈등했으리라.

"그대도 알다시피 연희는 기우보다도 그대를 더욱 증오하고 있소. 돌아가게 되면 길보다는 흉이 많을 것이오. 내가 할 수

있는 한 최대한 그대를 지켜 주겠으나 그 이상의 일은 그대 스스로 헤쳐 나갈 수밖에 없소."

그는 자신의 이마를 어루만지며 몸을 돌리더니 장막을 나가 군대를 정비하였다.

나는 침대 위에 앉아 한 마디도 하지 못했다. 그저 장막 밖으로 사라져 가는 그의 뒷모습을 조용히 바라볼 뿐이었다.

나는 원 부인과 닮은 얼굴로 태어난 것을 기뻐해야 하는 것인가? 그렇지 않았다면 이번 여정에서 이 한 가닥 기회마저도 얻지 못했을 테니?

기운은 믿을 만한 부장군에게 군영을 맡기고, 소규모의 군대만을 이끌고 나와 함께 길을 나섰다. 오히려 내가 마음이 약해졌다.

정말 연희에게 부탁을 해야 하는 것일까?

연희는 이번 전쟁을 위해 심혈을 기울였고, 막대한 돈을 들이부었으며, 심지어 자신의 여동생까지 희생시켰다. 사실 연희에게 무슨 잘못이 있단 말인가? 자신의 큰형을 위해 복수하는 것이, 그가 천하를 통일하려는 것이 잘못이란 말인가? 어째서 나는 그에게 이 좋은 기회를 포기하라고 해야 하는 것인가? 만약 내가 연희라면 결코 여인의 간청 때문에 이를 포기하지 않을 것이다.

나는 어떻게 기우를 위해 간청의 말을 꺼내야 할까? 어떻게 해야 연희가 자신의 큰형을 해한 여인이 자신의 큰형을 해한 남자를 놓아 달라는 부탁을 들어줄 것인가?

봉궐전에서 맺은 생사의 약속

욱나라 봉궐전.

높은 궁 밖의 병풍같이 아름다운 산, 깊은 밤 궁 안에 장식된 알록달록한 대들보, 철저한 수비를 위한 초소들, 회미하나 쌀쌀한 안개가 차가워 보이는 달빛을 휘감고 있는 듯했다. 회랑에는 등불이 밝게 비추고, 바람에 흔들리는 촛불 사이로 사람 그림자가 바쁘게 오가고 있었다.

겹겹의 궁이 자리한 이곳에 다시 들어서니 예전에 연성과 함께 지내던 기억이 한꺼번에 몰려왔다.

나와 연성은 손을 잡고 어깨를 나란히 한 채 끝없이 이어진 이 회랑을 걸었었다. 나에게 온 마음을 다하였던 그의 배려와 세상에 둘도 없을 그의 다정함이 마치 눈앞에 펼쳐지는 것만 같았다. 그가 여전히 나를 떠나지 않았고, 그저 잠시 떨어져 있는 것처럼 느껴졌다.

나는 단 한 번도 연성을 향한 나의 감정과 책임을 부정한 적이 없다. 그저 나를 향한 그의 사랑이 그를 향한 나의 감정보다 훨씬 크고 깊었기에 그와 나 사이는 균형이 맞지 않았고 한쪽이 다른 한쪽에게 빚을 질 수밖에 없었다.

나는 내 평생을 걸고 그의 아기를 통해 연성의 사랑에 보답하려 했었다. 이 세상에서 그만큼 내게 잘해 주는 남자는 두 번 다시 찾을 수 없을 것이다. 그와 함께 있을 때면 그가 나를 이용하지는 않을까 걱정할 필요도 없었고, 그가 나의 손을 놓고 홀로 떠나 버리지는 않을까 근심할 필요도 없었다. 또한 그가 나를 성난 눈으로 쏘아본 후, 결국에는 붙잡을 수 없는 그림자만을 남겨 줄 것이라는 염려도 하지 않을 수 있었다.

그러나 연성은 나를 위해 죽었고, 하늘은 나와 그의 사이에 빚이 영원히 남도록 예정해 두었다. 영원히 갚을 수도 없고, 복잡하게 얽혀 버린 빚이다.

"총사령관님, 지금은 들어가지 않으시는 게 좋습니다. 폐하와 황후마마께서……."

봉궐전 밖을 지키던 환관이 무척 난처해하며 우리의 길을 막아섰다.

기운이 놀란 눈빛으로 단단히 닫힌 붉은 문을 바라보았다.

"또 다투시느냐?"

"예."

환관이 멋쩍은 웃음을 지었다.

"오늘 폐하께서 후궁을 들이시자 황후마마께서 달려오셔서 추궁을……."

기운이 이해했다는 듯 미소를 지었다. 이미 익숙한 일인 듯 했다.

"그럼 나는 밖에서 기다리지."

말이 떨어지자마자 누군가가 붉은 문을 힘껏 열고 나왔다. 불어온 바람에 우리의 옷자락이 나풀거렸고, 희미한 흙냄새가 코를 찔렀다. 밖으로 나온 이는 꽃처럼 아름다운 여인이었는데 그 얼굴에는 옅은 분노와 억울함이 드러나 있었다. 아름다운 얼굴에 맺힌 눈물 방울이 사람들의 마음을 설레게 할 정도였다. 바닥에 닿은 장밋빛 봉황 옷과 화려한 장신구로 온몸을 치장한 그녀는 연희의 황후이자 나의 사촌동생인 상운 공주였다.

나의 존재를 알아챈 그녀가 촉촉한 눈으로 기운을 바라보더니 그의 뒤편에 서 있는 나를 훑어보았다. 그녀의 표정이 갑지기 날카롭게 변하였다.

"총사령관께서 언제부터 폐하께 미녀 바치기를 즐기셨습니까? 보아하니 스물도 넘겼을 듯한데요. 폐하의 취향은 매우 까다로우신데 이렇게 나이 든 여인을 폐하께 바치다니 폐하께서 진노하실까 두렵지 않으십니까?"

기운은 아무런 해명도 없이 그저 공손히 그녀를 향해 인사를 올릴 뿐이었다.

"다른 용건이 없으시면 저는 폐하를 먼저 찾아뵙겠습니다."

그는 그녀의 노여움은 조금도 개의치 않은 채 나를 이끌고 봉궐전으로 들어갔다.

봉궐전에 들어서는 나의 등 뒤로 싸늘한 시선이 느껴졌다. 분명 상운이리라. 예상 밖이었다. 연희가 저 질투 넘치는 여인을 황후로 세웠을 줄이야.

봉궐전 안은 모퉁이마다 가득한 등불이 반짝이며 흔들리고 있었다. 우리의 발소리는 사방으로 퍼져 갔고, 한 걸음 한 걸음 나아갈 때마다 나의 심장은 점점 거세게 뛰었다. 마치 잘못이라도 저지른 것같이 연희를 향한 알 수 없는 죄책감이 번져 가고 있었다.

"신 납란기운, 폐하를 알현하옵니다."

기운이 주먹 쥔 손을 다른 손으로 감싸 쥐고 한쪽 무릎을 꿇었다. 나 역시 고개를 들지 못하고 기운과 함께 무릎을 꿇었다.

"납란기운, 너는 네 멋대로 직무를 이탈한 죄를 알고 있느냐?"

입을 열자마자 추궁하는 연희의 목소리에는 조금 전 황후와의 다툼 탓인지 은근한 분노가 담겨 있었다.

"신은 그저 폐하께 옛 벗을 데려왔을 뿐입니다. 폐하를 뵙고 청할 일이 있다고 합니다."

"옛 벗?"

공허한 발걸음이 점점 가까워지는 것이 느껴졌다. 심장이 매우 거세게 뛰고 있었고, 무형의 압력이 가슴을 억누르고 있었다.

기운이 잠시 머뭇거린 후 말하였다.

"하나라의 복아 공주입니다."

연희의 발걸음이 굳어 버렸고, 봉궐전 안의 공기가 순식간에 얼어붙었다. 주변을 가득 채운 기이한 분위기에 나는 흔들리는 눈빛으로 오직 황금빛 바닥만을 주시하고 있었다.

한참 후, 연희의 목소리가 들려왔다.

"됐다. 너는 그만 물러가거라."

"명을 받들겠습니다."

기운은 떠나기 전, 불안한 듯 나를 힐끔 바라보았다. 마치 이 순간 나를 불구덩이 속에 홀로 놔두고 떠난다고 생각하는 듯했다. 나 역시 희미한 피비린내를 맡고 있었다.

잠시 후, 기운이 떠나자 봉궐전 안은 더욱 고요해졌고 심지어 숨소리마저 매우 무겁게 느껴졌다. 짙은 적막이 처음의 초조함을 어색함으로 바꾸어 놓았다.

연희는 아무 말 없이 내 앞에 서 있었다. 그가 아무 말도 하지 않았으므로 나 역시 아무 말도 하지 않았다. 그저 머리만 푹 숙이고 있을 뿐이었다. 그 순간, 나는 이곳에 온 목적마저 잊고 있었다.

"나를 따라오시오."

한참 후에야 그는 이 한마디를 내뱉고 나의 반응을 기다리지도 않은 채 걷기 시작했다.

나는 무릎의 고통을 힘겹게 참으며 그를 따라 봉궐전의 안쪽으로 걸어갔다. 담황색 비단천이 사방에 걸려 있었는데 마치 춤을 추는 희미한 연기처럼 서서히 나부끼고 있었다. 연희의 넉넉한 용포가 바닥을 스칠 때마다 희미한 소리를 냈고, 기린 모양의 큰 정에서는 푸른 연기가 하늘거리며 퍼지며 침향나무의 향을 옅게 풍기고 있었다.

이곳은 침궁, 예전에 연성이 머물던 곳이었다. 이곳에서의 수없이 많은 추억이 갑자기 되살아났다.

연희는 화리목을 조각해 만든 황제의 침대 근처로 걸어갔다. 몸을 굽혀 침대를 세 번 힘껏 두드리자 황금과 옥으로 장식된 벽면에서 갑자기 돌문이 활짝 열렸다.

밀실!

연희는 고개조차 돌리지 않고 안으로 걸어 들어갔고, 나는 믿을 수 없어 하며 그를 따라 안으로 들어갔다.

밀실 안은 어둡고 추워서 나는 한참 동안 양손을 비벼야 했다. 나의 시선이 주변의 모든 것을 좇다가 위패를 발견하고 멈추었다. 나는 그 자리에 얼어붙었다.

위패에는 '욱툟 세종世宗 연성의 위패'라고 쓰여 있었다. 연희는 이렇게나 연성을 마음에 두고 있구나. 연성을 위해 이곳에 위패를 준비하다니……

연희는 위패 앞으로 걸어가 향 세 개를 뽑아 불을 붙였고, 경건하고 정성스럽게 세 번 절을 올린 후 재로 가득한 위패 앞 화로에 향을 꽂았다. 그러자 옅은 연기가 하늘하늘 솟아올랐다.

"형님에게 절을 올리지 않을 셈이오?"

넋을 놓고 있던 나는 그의 말을 듣고서야 정신을 차리고, 향 세 개에 불을 붙인 후 무릎을 꿇고 눈물 맺힌 눈으로 위패를 바라보았다.

"연성, 미안해요. 정말로 미안해요."

"당연히 미안해야지. 만약 그날 그대가 기우를 위해 그 세 발의 독화살을 막으려 하지 않았다면 형님께서 어찌 그대를 지키기 위해 그 세 발의 독화살로 목숨을 잃으셨겠소!"

그가 돌연 몸을 숙여 한 손으로 나의 목을 강하게 조르기 시작했다. 그 눈빛에는 사람을 두려움에 떨게 하는 살기가 가득했다.

나는 호흡이 점점 힘들어져 손에 쥔 세 개의 향을 단단히 움켜쥐었다. 연희의 말이 지금껏 떠올리고 싶지 않던 그때를 떠올리게 해서 나는 하염없이 눈물을 흘렸다. 연성이 죽은 그 순간의 기억은 나의 가슴속 가장 깊은 곳에 숨겨져 있었고, 감히 떠올릴 수조차 없는 것이었다.

연희……, 만약 나를 죽이려거든 죽여요. 저 역시 그 어떤 원망도 없어요. 이 생명은 연성의 것이니 당신이 다시 가져가려 한다면 그것 역시 합당한 일이지요.

내가 질식하기 직전에야 연희는 손의 힘을 풀었다. 나는 풀려나자마자 곧바로 차가운 공기를 들이마셨다.

"왜 진실을 밝히겠다고 고집을 부려 한명을 찾아갔소? 왜 진실을 알고도 돌아오지 않은 것이오? 만약 그대가 돌아왔다면……, 형님께서 어찌 돌아가셨겠소? 어찌 그대를 찾기 위해 기나라로 친히 출정하셨겠소?"

그의 표정은 고통에 차 있었고, 두 주먹은 단단히 쥐여 핏줄이 드러나 있었다.

"저는 연성에게 약속했었어요. 반드시 돌아오겠다고요. 돌아오지 않으려 했던 것이 아니에요. 기우가 저를 붙잡아 두어서 어쩔 수 없었어요."

연희는 나를 힐끔 바라보며 차가운 웃음을 지었다. 그는 평정을 되찾아 가고 있었다.

"이토록 위험한 시기에 욱나라로 온 이유는 무엇이오?"

"그건……, 그건……."

내가 어찌 입을 열어야 할지 망설이고 있는데 그가 웃기 시작했다. 그의 웃음소리로는 그의 의도를 헤아릴 수 없었다. 그가 자연스레 나의 말을 이었다.

"내가 전쟁을 멈추게 하기 위함이겠지. 기나라가 숨을 고를 수 있도록 하기 위해서 말이오. 그렇지 않소?"

"그래요. 저는 그대가 공평하기를 바라요. 실력으로만 본다면 그대는 결코 기우의 적수가 되지 못해요. 그대는 그저 자신의 나라에 검을 겨누고 있는 기운과 한 태후가 비밀리에 욱나라로 보내온 돈에 기대고 있을 뿐이에요. 제왕으로서 그대가 사용한 수단은……."

그가 거친 목소리로 나의 말을 잘라 버렸다.

"소위 수단이라는 것에 대해서는 내 앞에서 다시는 언급하지 마시오. 기우가 이용한 수단이 나보다 낫소? 나는 적어도 자신의 여인을 이용해 황위를 견고히 하지는 않았소. 복아 공주, 그대는 평생 기우에게 이용당했으면서도 여전히 정신을 차리지 못하고 지금은 자신의 자존심도 버리고 욱나라로 찾아와 나에게 애걸하고 있소."

그의 거친 말을 듣자 노기가 치밀어 올라 나는 그를 질책했다.

"그래요. 그대는 자신의 여인을 이용하지는 않았지요. 그러나 그대는 자신의 여동생을 기나라로 보내었고, 심지어 사람을 보내어 친동생의 아들을 죽이도록 했어요. 그대도 기우에 비해 나은 것이 하나도 없어요."

"그러니 그대도 제왕이 마땅히 갖추어야 할 덕목으로 내게 간청하지 마시오. 제왕이라면 이용할 수 있는 모든 것을 이용해야만 하오."

이용할 수 있는 모든 것을 이용해야만 한다.

나는 마음속으로 그의 말을 반복하고 있었다. 제왕으로서 연희는 충분히 독하였고, 기우와 비교해도 더하면 디했지 못하지는 않았다. 또한 지금 기우의 증오심은 연희의 증오심에 비하면 아무것도 아니었다. 그것은 기우가 모후가 자신을 사랑했다는 걸 알았기 때문이고, 친형의 용서를 얻었기 때문이었다. 이 모든 것이 기우로 하여금 이 세상에도 여전히 가족의 사랑이라는 것이 존재한다는 것을 깨닫게 하였고, 또한 그는 정혜 스님을 통해 지난 몇 년 동안 심마를 제거하고 관용과 포용을 배울 수 있었다.

그러나 연희는 어릴 적으로 사람들의 멸시와 천대를 받으며 살아왔고, 한없는 억울함을 견뎌야만 했으며, 큰 부인은 그의 모친을 직접 우물에 밀어 넣어 죽여 버렸다. 이러한 경험이 연희의 마음을 차갑게 만들었으나 그는 연성을 위해 큰 부인에게 복수하지 않았다. 그것은 그가 연성을 진심으로 큰형으로 생각하였으며 더욱이 연성의 은혜에 감사했기 때문이었다. 그러나 이 세상에 유일했던 그의 가족은 그의 곁을 떠나 버렸을 뿐만 아니라 그 죽음은 자신의 화살 때문이었다. 이러한 고통이 지금의 연희를 만들었다.

기우는 암흑의 모퉁이에서 천천히 빛을 찾았으나 연희는 빛 가운데에서 천천히 자신의 본성을 잃어 갔다.

갑자기 우리 두 사람은 침묵하였다. 마치 누군가 내 몸에서 모든 힘을 빨아들인 듯 힘이 빠져 나는 얼음같이 차가운 바닥에 힘없이 쓰러졌고, 오직 두 손으로 온 힘을 다해 내 몸을 지탱하고 있었다.

한참 후, 연희가 조용히 물었다.

"마음이 아프오?"

갑자기 날아온 그의 말에 나는 곧바로 반응할 수 없었다. 나는 눈을 돌려 옆에서 몸을 숙이고 있는 그를 바라보았다.

"뭐라고요?"

그가 음흉하게 웃었다.

"원래는 그저 연사의 아기를 죽여 그대를 출궁시키려던 것이었는데, 그때의 변고로 형님의 아이마저 잃게 될 줄은 생각지도 못했소. 아이가 죽어서 마음이 아프오? 아니, 그대는 기뻐했을 거요. 아이가 없어져 부담 없이 납란기우의 곁에서 당당히 머물 수 있게 되었을 테니까. 그렇지 않소?"

나는 그의 생각이 우스웠다.

"그대는 저를 그렇게 생각하고 있었나요?"

그는 나의 말을 무시하고, 조금도 개의치 않고 계속 말을 이었다.

"내가 그대에게 뭐라고 했었는지 기억하오? 만약 그대가 내 형님을 다치게 한다면 나는 절대 그대를 용서하지 않을 것이라고 했었지."

"기억하고 있어요. 그래서 저는 이번에 죽을 각오를 하고 왔어요."

"기우를 위해 죽을 각오를 했다고?"

나는 옅은 미소를 지으며 그 말을 부정하였다.

"틀렸어요. 기우를 위해서가 아니라 천하를 위해서예요."

"천하? 참으로 대단한 구실이로군."

그의 목소리에는 몇 가닥 비웃음이 담겨 있었고, 공기 중에는 이상할 정도로 뒤틀린 위엄이 번져 가고 있었다.

나는 그의 조롱을 신경 쓰지 않았다.

"연희, 그대가 천하를 얻으려는 건 무엇을 위해서인가요?"

"형님의 복수를 하기 위해서이지. 납란기우를 내 발로 밟아 버릴 것이오."

이 말을 하는 순간, 그의 음험함과 난폭함이 고스란히 드러났다.

"그대는 원한 때문에 천하를 얻으려 하고 있어요. 만약 이 천하가 정말 그대 손에 들어온다면 그대가 첫 번째로 하고 싶은 일은 무엇인가요? 기우를 죽이는 건가요?"

나는 가볍게 웃었고, 그의 눈을 똑바로 바라보며 말을 이었다.

"오랜 전란 탓에 백성들의 고통은 이루 말할 수 없어요. 그대가 천하를 통일한 후 첫 번째로 하고 싶은 일이 천하를 안정시키는 것이 아닌 복수라니, 그대는 정말 자신이 황제가 될 자격이 있다고 생각하세요?"

내 말을 들은 그가 한참 후에 물었다.

"기우, 그는 자격이 있소?"

"그래요. 그는 황위를 자랑스럽게 얻지는 않았어요. 또한 전에는 그 역시 증오 때문에 천하를 얻으려고 하였지요. 그러나 지금의 그는 더 이상 복수를 위해 황위를 차지하려던 그 사람이 아니에요. 그가 말했어요. 이 천하는 너무나 오랫동안 사분오열되어 있었으니 반드시 통일되어야 한다고요. 그러니 이 전쟁 역시 피할 수 없으며, 오직 선혈로써 이 모든 것을 해결할 수밖에 없다고요. 비록 그 과정에서 수많은 피를 흘리게 될 테고 수없이 많은 사람들이 죽겠지만 그것 역시 어쩔 수 없는 것이며, 반년에 한 번 작은 전쟁, 일 년에 한 번 큰 전쟁이 나는 것에 비하면 차라리 한 번에 피를 다 흘려보내는 것이 낫다고요."

"모든 말이 여전히 납란기우를 위해서로군. 그대는 납란기우 외의 다른 사람은 보이지도 않소?"

그가 갑자기 나의 양어깨를 붙잡아, 나는 미간을 찌푸리며 한 마디 신음 소리만을 내뱉었다.

"저는 사실을 말씀드렸을 뿐이에요."

나는 엄청난 고통을 참으며 말하였다.

"만약 그대가 천하를 잘 돌볼 수 있다면 저는 결코 기우를 위해 말하지 않을 거예요. 그대 역시……, 기우보다 부족하지 않다고 생각하니까요."

그는 단단히 붙잡고 있는 내 어깨에서 여전히 손을 풀지 않은 채 차갑게 웃기 시작하더니 결국에는 미친 듯이 웃어 댔다. 그 웃음소리가 마치 어두운 밤의 귀신처럼 밀실 안을 가득 채우고 메아리쳤다.

한참이 지난 후에야 안정을 되찾은 그가 날카로운 눈빛으로 나를 노려보았다.

"복아, 그대는 영원히 진비이며 영원히 욱나라 사람이오. 욱나라가 천하를 통일한다면 그대 역시 욱나라와 함께 살 것이며, 만약 욱나라가 기나라에 멸망한다면 그대 역시 욱나라와 함께 매장될 것이오."

연희는 나를 봉궐전에서 끌고 나왔는데 그 모습이 다소 가련해 보였다. 계속 밖을 지키고 있던 기운은 우리가 나오는 것을 보자마자 한쪽으로 물러났다.

"폐하를 알현하옵니다."

"기운, 지금 당장 돌아가 변방을 지키라. 그대가 직무를 이탈한 죄는 다음에 묻겠다."

연희는 나를 끌고 나온 후, 마치 물건을 버리듯 두 시위들에게 나를 내던지며 냉담히 말하였다.

"진비를 소양궁으로 모셔 가서 잘 지키거라."

기운은 연희의 행동을 이해할 수 없는 듯 곤혹스러워하며 입을 열었다.

"폐하……."

연희가 한마디로 그의 말을 잘라 버렸다.

"기운, 그대는 오늘 밤 당장 군영으로 돌아가라. 만약 총사령관이 군영을 비운 것을 기나라 군대가 알게 되면 우리 군은 분명 무척 위험한 지경에 이르게 될 것이다."

기운의 눈빛을 마주 보며 나는 조용히 고개를 가로저었다. 더 이상 말을 잇지 말라는 뜻이었다. 연희의 마음은 그 누구도 바꿀 수 없었다.

"예."

기운은 공손하게 작별을 고한 후, 단호하게 어둠 속으로 걸어 들어갔다.

떠나기 전, 나를 바라보던 그의 눈빛에는 망설임과 갈등이 드러나 있었다. 분명 그 역시 연희에게 기나라가 숨을 고를 수 있는 기회를 달라고 간청하고 싶었을 것이다. 그러나 그는 시종 입을 열지 않았다. 우리는 이 순간 연희의 단호함을 잘 알고 있었고, 그가 이 좋은 기회를 포기하지 않을 것임을 잘 알고 있었다.

"진비마마, 가시지요."

두 시위들은 공손하였으나 무척 강경하였다.

나는 연희를 돌아보지 않은 채 그들을 따라 끝없이 이어진 회랑으로 발걸음을 내딛었다.

망망히 떠 있는 안개가 누각과 궁을 겹겹이 에두르고 있었고, 고독한 바람이 나뭇가지 위에 남아 있는 나뭇잎을 떨어뜨렸다. 낙엽들이 바람결에 휘날려 마른 풀들 사이로 떨어졌고, 구름은 달을 가렸으며, 별은 성글었다. 나는 다시금 소양궁에 발을 들여놓았다.

연성과 마지막으로 작별했던 곳이 소양궁이었다. 그날은 무척 큰비가 내렸지만 연성은 여전히 소양궁을 찾아 주었고, 나의 우전차가 마시고 싶다고 했었다. 나는 그에게 기나라에서 돌아온 후에는 매일 우전차를 끓여 주겠다고 약속했었다. 그날이 마지막 잔이 될 줄은 생각지도 못하였다.

만약 연성이 그때 그 자리에서 내가 회임한 사실을 안다고 밝혔다면, 어쩌면 모든 것이 달라졌으리라.

그러나 그는 그러지 않았다. 그는 단 한 번도 내게 엄한 얼굴을 보이지 않았고, 나에게 한 마디 심한 말도 하지 않았다. 이 세상에서 연성보다 내게 잘해 준 사람은 없을 것이다. 나는 스스로에게 얼마나 자주 물었던가, 왜 연성을 사랑하지 않느냐고? 나는 결국 끝까지 그 답은 얻을 수 없었다.

연성을 향한 마음은 언제나 두근거림보다는 감동이었다.

내가 소양궁에 들어섰을 때, 밖으로 나와 나를 맞이한 이들은 난란과 유초였다. 침착하게 인사를 올리는 그녀들에게서 반가움은 찾아볼 수 없었다.

"진비마마."

나와 그들 사이의 거리가 한순간에 멀어진 듯했다. 예전에 나는 난란, 유초와 마음이 잘 맞아 언제나 많은 이야기를 나누었었다. 그녀들의 냉담함을 본 순간, 나는 그녀들이 나를 미워하고 탓하고 있음을 깨달았다. 내가 연성을 죽게 했기 때문일 것이다.

그녀들은 내 머리를 빗겨 주고, 따뜻한 물을 준비하여 세수를 시켜 주었으며, 마지막에는 등불을 끄고 밖을 지켰다.

칠흑같이 어두운 방에 혼자 있자니 더욱 춥고 고독했다. 연성과 함께 잠을 자던 침대였다. 금침에 여전히 그의 향기가 남아 있는 것만 같았다. 그렇게나 익숙했다.

나는 몸을 덮고 있는 이불을 단단히 끌어안고 눈물을 흘리며 마음속으로 미안하다는 말을 수없이 반복했다.

밤은 점점 깊어졌다. 반쯤 열린 창문으로 차가운 바람이 불어와 새하얀 휘장이 흩날렸다. 그때 문을 여는 희미한 소리가 들리고, 한 사람의 그림자가 안으로 들어왔다. 침궁 안은 순식간에 기이한 분위기에 빠져들었다.

발소리를 죽이고 침상 곁으로 살금살금 다가오는 그림자가 보였다.

누구일까? 설마 자객인가? 그럴 리가 없다. 소양궁의 안팎은 연희가 보낸 시위들이 단단히 포위하고 있는데, 도대체 어떤 대단한 자객이 당당하게 침궁 문을 열고 들어와 암살을 한

단 말인가? 나는 두 손으로 이불을 단단히 움켜쥐고, 숨을 죽인 채 그림자의 정체를 파악하려고 노력했다. 그러나 주변은 너무 어두웠고, 달빛조차 먹구름에 가려 있었다. 그 순간, 나는 번쩍이는 가냘픈 빛이 나의 눈앞을 스쳐 지나가는 것을 보았다. 그것은 칼날에 반사된 빛이었다.

나는 곧바로 침상에서 튀어 올라 침대 곁의 사람을 향해 육중한 이불을 던졌다. 자객은 재빨리 몸을 움직여 그것을 피했고, 매서운 기세로 나의 목에 비수를 겨누었다. 나는 침대에서 몸을 굴려 겨우 몸을 피했으나 한 움큼의 머리카락이 날카로운 비수에 잘려 나갔다. 나는 금침을 들어 재빨리 다시 자객의 칼을 막아 냈다.

나는 자객의 반응을 기다리지도 않고 곧바로 밖을 향해 소리쳤다.

"여봐라. 여기 자객이 있다!"

고요함은 두려울 정도였고, 등에서 배어 나온 식은땀으로 나의 잠옷은 축축했다.

"유초야, 당장 그만둬!"

난란이 가장 먼저 침궁 안으로 달려 들어와 나를 죽이려 하는 이를 향해 큰 소리로 고함을 쳤다.

유초? 나는 난란이 소리친 이름에 넋을 잃고는 멍하니 눈앞의 검은 그림자를 바라보았다. 어찌 유초일 수가 있는가? 그녀가……, 나를 죽이려 한다고?

내가 넋을 놓고 있는 사이, 유초가 비수를 들어 나의 심장을 찔러 왔다. 이번에는 나의 반응이 너무 느렸다. 비록 피하기는 했으나 팔뚝이 심하게 베였고, 고통이 오른팔에 번져 갔다. 피비린내가 사방을 채우고, 역겨움에 구역질이 치밀었다. 그러나 그런 것에 신경 쓸 틈이 없었다.

나는 맨발로 침대 아래로 뛰어내렸다. 유초는 죽일 듯한 기세로 나의 팔을 붙잡아 내가 도망치지 못하게 하고 비수를 쥔 또 다른 손을 나에게로 뻗었다. 나는 재빨리 비수를 쥐고 있는 그녀의 손목을 붙잡았고, 우리는 서로 뒤엉켜 몸싸움을 시작했다. 침궁의 탁자와 의자가 넘어지고 도자기가 쨍그랑 소리를 내며 떨어져 깨졌다.

난란은 도움을 주지는 못하고, 그저 밖을 향해 소리를 지를 뿐이었다.

"여봐라! 여봐라!"

마침내 횃불을 든 한 무리의 시위들이 다가와 제정신이 아닌 듯한 유초를 제압했다.

붉은 초를 밝히자 침궁이 환해졌고 반짝이는 불빛이 유초의 비틀린 얼굴을 가감 없이 드러냈다. 그녀의 눈에는 예전의 맑고 깨끗함 대신 분노와 음험함이 서려 있었다. 그녀는 원한에 찬 눈빛으로 나를 노려보았다.

나는 피가 나는 팔뚝을 누르고 있었으나 선혈은 멈추지 않고 나의 새하얀 잠옷을 붉은빛으로 물들였다. 이마의 땀 역시 쉬지 않고 흘러내렸다.

"유초야, 왜 나를 죽이려 했느냐?"

"당신은 죽어야 하니까. 당신이 폐하를 돌아가시게 만들었어. 바로 당신이!"

그녀는 양팔이 시위에게 붙들려 있는데도 여전히 몸부림을 멈추지 않았다.

미친 듯이 날뛰고 울부짖는 그녀의 소리를 듣고, 비통하여 죽고 싶어 하는 그녀의 모습을 보면서도 나는 단 한 마디도 할 수 없었다. 유초는 연성을 위해 나를 죽이려 했던 것이다. 이 모든 것이 연성을 위한 것이었다. 연성을 향한 유초의 소리 없이 인내하는 사랑을 이미 알고 있던 바이지만, 오늘 나에 대한 그녀의 증오를 보니 연성을 향한 그녀의 사랑이 어느 정도였는지 확인할 수 있었다.

"예전에는 당신과 폐하가 하늘이 맺어 준 천생연분이라고 생각했었다. 두 사람이 함께 있을 때면 타고난 한 쌍처럼 참으로 잘 어울렸지. 당신이 장 부장군에게 채찍질당하여 온몸이 만신창이가 되었던 날을 기억해. 어의마저 방법이 없다고 했을 때, 폐하의 눈에 비쳤던 고통의 눈물을 보고 난 깨달았지. 폐하의 사랑이 얼마나 깊은지, 일개 종일 뿐인 내게는 주인님과 경쟁할 자격조차 없다는 것을…… 그때부터 나는 폐하를 향한 사모의 마음을 끊어 냈다."

그녀는 숨을 몰아쉬었다.

"그 후, 당신은 또다시 도망쳤지. 비록 폐하는 아무 말씀도 하지 않으셨지만 나는 폐하의 슬픔을 느낄 수 있었어. 당신이 진비가 된 후, 나는 충성을 다해 당신을 보살폈고 진심으로 나의 주인으로 생각했지. 당신은 폐하의 진실한 사랑이었으니까. 그러나 당신은 결국 또다시 폐하의 곁을 떠났고, 폐하께서 친히 출정하도록 만들더니 결국은 당신을 대신해 돌아가시게 만들었어. 당신은 항상 폐하를 해하고, 아프고 슬프게 하였어. 왜……, 폐하처럼 훌륭하신 분을 소중히 여기지 않았던 거지? 왜 매번 그를 해한 것이냐? 알고 있느냐? 폐하가 슬퍼하시면 나는 가슴을 칼로 매섭게 그어 내리는 것처럼 아팠어."

감정이 격해진 유초는 말을 끝내지 못하였고, 슬픔이 극에 달하여 온 얼굴에 눈물이 가득했다.

나는 의자 위에 힘없이 털썩 주저앉은 채 그녀의 질책을 한 마디 한 마디 모두 듣고 있었다. 그녀의 말투에는 연성을 향한 하염없는 사랑이 가득했다. 나는 단 한 마디도 내뱉을 수가 없었다.

연희가 도착하였다. 그는 차가운 눈빛으로 부상을 입은 나와 유초를 훑어보고 멍하니 서 있는 시위들을 향해 말했다.

"진비가 이런 부상을 입었는데 너희들은 거기 멍하게 서서 무엇 하는 것이냐? 어서 어의를 불러라."

눈앞의 광경을 멍하니 바라보던 시위들은 그제야 정신을 차리고 어의를 부르기 위해 다급히 침궁을 나섰다.

연희가 유초의 몸에 눈을 고정하고 냉랭하게 몇 마디를 뱉어 냈다.

"진비를 암살하려 하다니……. 죽을 때까지 쳐라!"

"유초는 연성을 위해 복수한 것이니 죄가 없어요."

나의 말이 유초와 연희의 시선을 사로잡았다. 나는 놀란 듯한 연희의 눈빛을 마주 보았다.

"아닌가요, 폐하?"

침궁은 긴 침묵에 빠져들었고, 연희가 입꼬리를 올리고 웃을 듯 말 듯한 표정을 지었다.

"유초를 사형수 감옥에 가두어라."

결국 유초는 수많은 시위들에게 에워싸인 채 끌려나갔다. 곧 도착한 어의는 나의 상처를 소독하고 약을 바른 후 흰 천으로 잘 싸매 주었다. 또 약을 몇 첩 지어 주며 내게 반드시 마셔야 한다고 당부하였다.

연희가 사람들을 물리자 침궁에는 오직 우리 두 사람만이 남게 되었다.

또다시 그와 남았다. 매번 그와 단둘이 있을 때면 나는 무형의 압박을 느꼈고, 가슴이 억눌린 듯 숨을 제대로 쉴 수가 없었다.

그가 돌연 나를 향해 손을 뻗어서 나는 깜짝 놀라 의자 뒤로 몸을 옮기고 경계의 시선으로 그를 바라보았다.

나의 반응을 보고 그가 웃음을 터뜨렸다.

"그저 그대의 맥을 짚어 보려던 것뿐이오."

말을 마친 그가 나의 손을 잡아 끌고 맥을 짚었다. 잠시 후 그가 미간을 찌푸리며 말했다.

"회임이 불가능하게 된 것이오?"

내가 아무 말도 하지 않자 그가 의자를 끌고 와서 나를 마주

보고 앉았다.

"그대가 다시 아이를 낳을 수 있게 해 줄 수 있소."

나는 짧은 웃음소리를 낸 후 그의 뒷말을 잘라 버렸다.

"이번에는 제가 또 무슨 일을 해야 하는 건가요? 그대는 지금도 제가 어머니가 될 수 있는지 없는지 따위를 신경 쓴다고 생각하세요? 당신은 저를 증오하고, 죽이고 싶으신 게 아닌가요? 제가 아기를 가질 수 없는 것을 알았으니 무척이나 기쁘시겠군요."

그의 눈빛이 반짝였다. 마치 무엇인가 참는 듯하더니, 한참 후 그가 자조하는 미소를 지으며 품 안에서 황금빛 비단을 꺼냈다.

"만약 이것만 아니었다면 나는 벌써 그대를 죽여 버렸을 거요."

나는 그가 손에 단단히 쥐고 있는 비단을 바라보았다. 거기에는 무언가 쓰여 있는 것 같았다. 내가 그것을 읽어 내려 애쓰는 모습을 본 연희가 나에게 그것을 던져 주었고, 나는 그것을 두 손으로 재빨리 받아 들었다. 황급히 펼쳐 보니 그것은 연성의 글씨였다.

이번 출정은 흉함이 많고 길함이 적다. 만약 이 형이 돌아오지 못하게 된다면 반드시 이 형을 대신하여 진비와 아기를 잘 보살펴 다오.

"그렇소 나는 그대를 증오하고, 죽이고 싶소. 그러나 또한 내게는 그대를 보살펴야 할 책임이 있소. 말해 보시오. 나는 형님의 말씀에 따라 그대를 보살펴야겠소, 아니면 형님의 복수를 위해 그대를 죽여야겠소?"

그가 갑자기 난폭한 모습으로 돌변하였다.

이 순간 내 머릿속은 텅 비어 더 이상 무슨 말을 해야 할지 알 수 없었다. 연성은 이렇게까지 내게 마음을 써 준 것이다.

"나는 형님의 말씀을 단 한 번도 어겨 본 적이 없고, 이번에도 예외가 아니오. 내가 그대를 죽일 수 없다면 나는 형님이 말씀하신 대로 그대를 보살필 것이오. 그대는 여전히 욱나라의 진비이고, 나를 제외한 그 누구도 그대를 건드릴 수 없소."

겨울에도 매화는 꽃을 피우고

유초의 암살 시도 후, 보름 동안 연희는 소양궁을 찾지 않았다. 현재 천하는 분쟁 중이고, 전쟁은 여전히 긴박한 상황이며, 처리해야 할 국사는 끝도 없을 텐데 그가 어찌 한가하게 나를 보러 오겠는가. 게다가 그 역시 나를 만나고 싶지 않을 것이다. 매번 그와 이야기를 나눌 때면 언제나 한 가지 화제로 돌아왔기 때문이다. 바로 연성이었다.

강경한 태도로 기나라를 제압하려는 연희를 보니, 내가 이번에 욱나라를 찾아온 것이 헛수고였다는 것을 알 수 있었다. 연희를 탓할 수는 없다. 연희가 아닌 누구라 해도 포기하지 않을 일이었다.

나는 침궁에 갇혀 있었고, 내가 한 발자국 움직일 때마다 난란이 나와 함께 움직였다. 또한 지척에서 수많은 시위들이 뒤따랐다. 나는 마치 궁 안에 갇힌 죄인같이 그 어떤 자유도 없었다.

연희가 나를 죽이지 않은 것만으로도 다행으로 여겨야 할 것이다. 욱나라로 향하며 나는 최악의 경우 이 여행의 결과가 죽음일 것이라 생각했고, 연희가 어떤 수단으로 나를 고통스럽게 죽일 것인지에 대해서까지 생각했었다. 그러나 연성의 한마디 유언 덕분에 나는 생각지도 못하게 멀쩡히 살아 있는 것이다.

연성, 당신은 정말 세상에서 가장 어리석은 바보예요. 대체 복아의 어디가 당신의 사랑을 받을 만한가요? 심지어 그대의 목숨까지 잃게 만들었는데…….

아직 초겨울인데 올해는 눈이 매우 일찍 찾아온 것 같았다. 기나라에 있을 때는 동지가 지난 후에야 눈이 내렸었는데, 아마도 북방과 남방의 기후 차 때문이리라.

바람이 불자 나무는 바스락거리는 소리를 내며 흰 눈이 흩날리는 성곽 위에 외로이 서 있었고, 눈바람이 들어 올린 마른 나뭇잎들은 눈보라처럼 나의 시선을 흐리게 했다. 마른 나뭇가지는 은색으로 뒤덮인 투명한 얼음으로 장식되어 있고, 한 송이 한 송이 날리는 흰 눈은 바람결에 춤을 추며 떨어지고 있었다. 지금쯤 변경에 있는 장수들은 이 혹독한 추위를 견디며 전쟁을 치르고 있을 것이다. 천하를 통일하기 위해 희생되어야 하는, 그 많은 생명이 가련하기만 했다.

나는 다시 창밖의 향설해를 바라보았다. 거센 눈과 바람에도 매화는 피었고 시들어 떨어졌다. 매화는 눈 속에서 도도하게 꽃을 피웠고, 흩날리는 눈 속에서 그 빛깔과 광택은 더욱 부드럽고 가녀려 보였다.

'그대를 처음 보았을 때를 기억하고 있소. 그대는 하나라 황궁의 눈 덮인 매화 숲에서 마치 하늘을 날 듯 춤을 추고 있었지. 춤추는 모습이 온 세상에 울려퍼지는 음악같이, 하늘 아래 흩날리는 눈꽃같이 아름다웠소. 구름을 걷고 있는 듯한 모습이 마치 선녀 같아 나의 마음을 뒤흔들었지.'

연성에게 이 말을 들었을 때 나는 그를 경박하다 여겼고, 그의 감정이 나의 표면적인 모습만을 보고 생겨난 것이라고 생각했다. 그리고 외모만을 보고 시작된 사랑은 오래가지 못할 것이라고 여겼었다.

그러나 이후 나는 깨달았다. 그 마음이 그의 마음속에서 사랑이 되었다는 것을……. 헌신적이고, 심지어 자신의 목숨마저 버릴 수 있는 사랑으로…….

저 멀리에서 얇은 옷을 입은 남자 하나가 눈 내리는 매화 가운데에서 천천히 걸어오고 있었다. 욱나라에 온 이후 어찌 연성만이 떠오르는 걸까? 잠을 잘 때도, 길을 걸을 때도, 심지어 매화를 감상할 때도 연성의 그림자가 보였다. 사람은 옛 곳에 다시 오면 안 된다. 그렇게 되면 정신이 무너지고 말 테니…….

그러나 연성을 다시 만난 나의 얼굴에는 미소가 떠올라 있었다. 나는 아스라한 눈보라 속에서 조금씩 다가오는 그림자를 눈을 동그랗게 뜨고 바라보았다. 어느 순간, 나의 얼굴이 굳어지고 말았다. 연희였다.

미간을 찌푸린 그가 환하게 웃는 나를 보고는 발걸음을 멈추고 내게 물었다.

"왜 그렇게 환히 웃고 있는 것이오?"

나의 얼굴에서 미소가 서서히 사라지고, 나는 난처한 기색으로 시선을 거두었다.

"아무것도 아니에요. 소양궁에는 무슨 일이신지요?"

나는 다급히 화제를 옮겼다.

"모르겠소. 걷다 보니 이곳까지 오게 되었소."

"고민이 있으신 듯하군요. 전황은 어떠한가요?"

지금 나의 가장 큰 관심사는 역시 전황이었다. 지금도 나는 여전히 기나라가 승리하기를 바라고 있었다. 연희는 여전히 복수에 눈이 멀어 있기 때문이었다. 나의 사심이라고 해도 좋다. 나는 진심으로 기우가 패하지 않기를 바란다. 그러나 지금 상황에서 만약 연희가 전쟁을 길게 끈다면 기우의 패배는 거의 확정된 것이나 다름없었다.

연희는 침향목 탁자 앞으로 걸어가 김이 모락모락 나는 용정차 한 잔을 따랐다.

"다를 것 없소. 별로 진전이 없다오."

"정말 장기전을 생각하시는 건가요? 군사들의 몸과 마음을 고통스럽게 하고, 백성들이 힘겹게 거둔 양식을 낭비하게 되는데도요?"

"장기전으로 가지 않는다면 욱나라는 분명 기나라에 패하고 말 것이오. 기나라와 욱나라의 군사력은 비슷하지만 욱나라 군사들 중 절반은 하나라에서 영입된 이들이오. 이 짧은 몇 년 사이에 군사들의 마음이 하나가 될 수는 없소. 기나라에 비해 분명 취약한 부분이오. 그래서 나는 장기전을 할 수밖에 없는 거요."

오늘 연희의 어조는 예전보다 훨씬 차분했고, 더 이상 나를 조롱하지도 않았으며, 연성의 죽음에 대한 이야기를 꺼내지도 않았다.

"장기전을 하게 되면 백성들을 혹사시키고 재물도 허비하게 돼요. 두 해 동안의 연이은 전쟁에 백성들의 심신은 이미 지쳐 있어요."

그는 가볍게 웃으며 찻잔을 들어 차를 한 모금 들이켰다. 차의 향기를 음미하고 있는 듯한 모습으로 그가 말했다.

"이길 수만 있다면 어떠한 대가를 치르든 나는 상관없소."

그는 정말로 복수에 눈이 멀어 있었다. 연희가 황제의 재목일지는 모르나 백성들의 생사조차 신경 쓰지 않는 사람이 천하를 통일한다면 분명 천하의 백성들은 고통받게 될 것이다.

"일단 기나라 백성들의 삶에 대해서는 이야기하지 않겠어요. 우선은 그대와 지금의 욱나라에 대해 몇 마디 하지요."

그가 나의 말을 끊지 않는 것을 확인하고, 나는 계속해서 말했다.

"기운이 저를 욱나라로 데려다 주던 그 며칠간의 여정에는, 포대기 안에서 울며 먹을 것을 재촉하는 아기가 있었고, 연로

한 노인이 있었으며, 남편과 몇 년째 떨어져 독수공방하고 있
는 여인이 있었어요. 그들이 무엇으로 연명하는지 아세요? 풀
뿌리와 나무껍질이에요. 그것들을 물에 끓여 먹고 있지요. 그
런데 백성들과 동떨어진 곳에 계신, 고귀하신 황제 폐하께서는
어떠신가요? 비단옷을 입고 진귀한 음식을 드시고 계시지요.
그런 그대가 어찌 백성들의 고통을 알 수 있겠어요? 장기전?
말은 쉽지요. 그대를 도와 천하통일이라는 그 네 글자를 완성
할 이들은 눈보라를 맞으며 변방을 지키는 장수들이에요. 그런
데 그대는 무얼 하고 계시죠? 여전히 궁 안에서 황후와, 비를
들이느니 마느니 하며 끝없이 다투고만 계시지요. 가슴에 손을
얹고 자문해 보세요. 당신은 황제로서 천하 백성들을 위한 책
임을 다하고 계시나요?"

나의 말에 그가 흔들렸는지 아닌지는 알 수 없으나, 그는 들
고 있던 찻잔이 기울어져 차가 흐르는 것도 알아채지 못하고
있었다. 그는 한참이 지난 후에야 조용히 입을 열었다.

"내가 왜 황제가 되었는지 그대는 분명 잘 알고 있을 거요."

"더 이상 연성을 핑곗거리로 삼지 말아요. 잘못한 것은 잘못
한 거예요."

나는 조심스레 창문을 닫았다. 차가운 바람은 더 이상 침궁
으로 들어올 수 없었다.

"더 이상 기나라에 숨을 고를 시간을 달라고는 하지 않겠어
요. 하지만 그대가 욱나라 백성들을 생각해 주길 바라요. 속전
속결로 끝내세요."

그가 조용히 반복하였다.

"속전속결?"

"언제나 자신만만하던 연희가 설마 기나라와의 정면승부가 두려우신 건가요? 설령 그대가 패한다 해도 전쟁터에서 죽는다면 가치 있는 일이 될 거예요. 사서史書에는 그대의 위대한 공적이 기록될 것이며, 백성들의 안위를 생각지 않고 완고히 전쟁을 지연하여 승리를 거두었다고 기록되지도 않을 거예요. 게다가 그대가 지지 않으실 수도 있잖아요!"

"끝까지 납란기우를 위하는군."

"연희, 그대는 언제나 제 본의를 왜곡하는군요. 그대는 연성을 제외하고는 이 세상의 누구도 믿지 않지요? 수년 전의 기우처럼, 수년 전의 저처럼 말이에요. 그렇게 사는 건 너무 피곤해요."

내가 말을 마친 순간, 침궁 밖에서 들려온 낭랑한 목소리가 온 침궁 안에 넘실댔다.

"둘째 숙부, 둘째 숙부! 눈이 와요!"

그 목소리를 들은 연희의 얼굴에 옅은 미소가 떠올랐다. 곧이어 한 소녀가 유모의 손에 이끌려 침궁 안으로 콩콩콩 달려와 연희의 품에 왈칵 안겼다. 연희가 그녀를 품에 안으며 말했다.

"초설初雪아, 여기는 어찌 온 것이냐?"

"둘째 숙부, 눈이 와요. 저랑 같이 나가서 놀아요."

아이는 문어처럼 연희의 품에 딱 달라붙은 채 참으로 즐겁게 웃었다. 양 뺨의 깊은 보조개가 아이가 이야기할 때마다 유난히 돋보였다. 지금도 이토록 사랑스러우니, 더 자라면 분명 아름다운 여인이 될 것이 분명했다.

단단하고 큰 손바닥으로 아이의 이마를 가볍게 어루만지는 연희의 눈에는 사랑이 가득했다.

"모비와 함께 가서 노는 게 어떠냐?"

그 순간, 이 상황을 미처 이해하지 못하고 있는 내게 시선을 옮기며 연희가 말했다.

"모비母妃?"

"모비?"

나와 아이가 동시에 같은 목소리를 내자 두 목소리가 조화롭게 어우러졌다.

"그래. 이분은 네 부황의 부인이시니 너의 모비시지."

연희는 아이의 희고 보드라운 뺨을 어루만지며 다정한 목소리로 말했다. 이런 연희의 모습은 처음 보는 것이었다. 참으로……, 자상한 부친처럼 보였다.

아이의 생기로 빛나는 눈빛이 내 얼굴로 옮겨지더니 초롱초롱한 커다란 눈이 나를 훑어보았다. 마치 나를 자세히 관찰하는 듯했다. 잠시 후, 아이가 앳된 목소리로 조용히 말하였다.

"모비……."

이 아이가……, 연성의 아이? 이 아이가 나를 모비라고 부르고 있다.

연희는 품 속의 아이를 내게 넘겨주었고, 나는 재빨리 아이를 받았다. 아이를 안자 나의 두 손이 경미하게 떨려 왔다.

"참 착하구나."

나는 참지 못하고 그녀의 뺨에 입맞춤을 해 주었다.

아이는 깔깔거리며 웃더니, 몸을 내밀어 나의 얼굴에도 입맞춤을 해 주었다.

"모비는 참 예뻐요."

우리 두 사람을 그윽한 눈빛으로 바라보고 있는 연희는 더 이상 냉정하지도 음험하지도 않았다. 그는 부드러운 미소를 짓고 있었다. 그 순간의 우리 세 사람은 참으로 따뜻하고 화목하여 마치 한가족 같았다. 그러나 우리는 우리 세 사람이 매우 복잡한 관계로 얽혀 있다는 것을, 또한 영원히 한가족이 될 수 없다는 것을 알고 있었다.

연희가 말했다.

"이 아이는 형님의 유일한 아이요. 삼 년 전 겨울, 첫눈이 내리던 날 태어나 난빈蘭嬪이 초설初雪이라고 이름을 지었소."

난빈의 아이? 그러고 보니 내가 욱나라를 떠난 지도 벌써 삼 년이나 흘렀구나.

연성의 유일한 아이가 이 순간 내 품에 있었다. 나는 연성에게 보상할 방법을 찾은 것 같았다. 초설……

그 후, 초설은 매일 소양궁으로 찾아왔고, 그녀의 즐거운 노랫소리와 웃음소리가 처량하고 적막하던 궁 안을 채우기 시작했다. 초설은 나를 무척 따랐다. 내 품에서 내가 들려주는 이야기를 듣기 좋아했고, 동요 부르기를 좋아했으며, 나를 '모비'라고 부르고 또 불렀다. 마치 아무리 불러도 전혀 질리지 않는다는 듯이 불렀다.

초설과 함께하는 요즘은 즐거웠다. 나의 친자식은 아니지만 나는 초설을 나의 친자식처럼 소중히 여겼다.

초설이 자주 오니 연희 역시 소양궁을 자주 찾았다. 그는 초설을 몹시 아꼈다. 분명 연성을 향한 마음이 초설에게까지 이어진 것일 테다. 그는 초설을 자신의 친자식처럼 여기고 있었다.

연희의 말에 의하면 초설의 모친인 난빈은 아기를 낳고 이름을 지어 준 후 자결했다고 했다. 그녀는 기나라에서 보낸 첩자였으니 죽을 수밖에 다른 방법이 없었을 것이다.

난빈을 언급하자 나는 연사가 떠올랐다. 그녀는 아직도 옥에 갇혀 있을까? 사실 나는 연사가 밉지 않았다. 그저 불쌍할 뿐이었다. 그녀는 친오라버니에게 이용당하고, 자신의 자식마저 친오라버니에 의해 죽었으며, 그녀의 사랑은 정당한 대가를 받지 못하였다.

나는 연희에게 어떻게 자신의 친동생을 기나라로 보낼 생각을 했느냐고 물은 적이 있었다. 그는 담담하게 입꼬리를 살짝 올리고 말했다. 친동생 외에는 믿을 수 없었다고. 그러나 친동생마저 자신을 배신할 줄은 몰랐다고. 한명을 통해 그녀에게 여러 번 경고하였으나 그녀는 여전히 정신을 차리지 못했고, 결국 그녀를 벌하기 위해 그녀의 아기를 죽인 것이라고 했다. 그는 자신의 여동생마저 자신을 배신하였는데, 이 세상의 누구를 또다시 믿을 수 있겠느냐고 말하였다.

아마도 지금의 연희는 그 누구도 믿지 못하고 있을 것이다.

광활한 대지에는 서리가 가득 내려앉아 있었고, 흰 눈이 연일 내리고 있었다. 폭설은 보름 동안 내리고 그치기를 반복하여 소양궁은 은백색으로 뒤덮여 있었다. 차가운 겨울은 황궁을 새하얗게 물들였고, 붉은 매화는 추위를 견뎌 내며 온 하늘을 덮은 눈 속에서 꼿꼿이 서 있었다. 깨끗한 향기가 풍겨 왔고, 끝없이 이어져 있는 붉은 대문이 보였다.

나는 초설을 안고 궁 앞 회랑에 선 채 분분히 내리고 있는 눈꽃이 바닥으로 떨어지는 모습을 바라보고 있었다. 나와 초설의 호흡은 마치 사방으로 흩어지는 옅은 안개 같았다.

초설이 두 손으로 나의 목을 두르고 내 귓가에 대고 조심스레 물었다.

"모비, 초설의 친어마마마가 누구신지 아세요? 왜 저는 친어마마마가 안 계세요? 둘째 숙부와 유모는 물어봐도 알려 주지 않아요."

그녀는 마치 누군가 들을까 봐 두려운 듯이 앳된 목소리를 낮추고 말했다.

나는 서글픈 얼굴로 그녀의 양팔을 모으며 말하였다.

"초설아, 내가 바로 너의 모비란다. 너의 친어마마마란다."

연희가 초설에게 난빈의 일을 알려 주지 않은 것은 옳은 판단이었다. 아직 세 살도 되지 않은 초설이 그런 것까지 감당할 필요는 없었다. 만약 가능하다면 나는 영원히 그녀의 친어머니가 되고 싶었다. 만약 내게 그때까지 살 수 있는 수명이 남아 있다면⋯⋯.

"진비, 언제부터 초설의 친어미가 되었지요?"

눈바람과 더불어 매서운 목소리가 들려왔다. 상운 황후가 수많은 궁녀들을 대동하고 나를 향해 천천히 걸어오고 있었다. 푸른색 주름과 네 마리의 용이 어우러져 있는 무늬의 은색 족제비 모피옷 위로 눈꽃이 떨어지고 있었고, 뱀 형상의 비녀가 빛을 발하는 봉황관 위에 꽂혀 있었다. 그녀가 발걸음을 뗄 때마다 낭랑한 소리가 울려 퍼졌다.

나는 초설을 안은 채 몇 발자국 뒷걸음질 쳤다. 그녀가 무언가 트집을 잡으려 한다는 것이 느껴졌다.

초설이 내 귓가에 대고 작은 목소리로 말하였다.

"저 사람은 무척 사나워요."

"사촌언니라고 불러야 할까요? 여전히 살아 있을 줄은 몰랐네요."

그녀의 양손은 눈처럼 새하얀 여우털 덮개에 감춰져 있었는데, 그녀는 여전히 눈밭에 선 채 회랑 안으로 들어오지 않았다. 함박눈을 사이에 두고 우리는 서로를 마주 보고 있었다. 마치 그 순간 시간이 정지된 것처럼 느껴졌다.

상운은 황금빛 우산을 쓰고 있었으나 몇몇 눈꽃이 그 안까지 날아 들어가 그녀의 속눈썹 위에 앉아 있었다. 그녀의 긴 속눈썹이 움직일 때마다 그녀의 눈에서 빛이 나는 것 같았다. 엷게 분칠한 얼굴과 앵두 같은 작은 입술이 어우러진 모습이 분명 누군가 정성껏 치장해 준 듯했다. 상운은 분명 무척 아름다운 여인이었다. 특히 봉황 옷은 그녀를 더욱 고귀하게 보이게 하였고, 황후로서의 풍모를 완연하게 하였다.

잠시 후, 내가 먼저 정적을 깨뜨렸다.

"황후마마께서 소양궁에는 무슨 일이신지요?"

"그저 호기심이 일었을 뿐이에요. 진비가 초설에게 그토록 잘하니 다른 이들의 의심을 살 수밖에요."

그녀가 손을 내밀어 어깨 위의 눈꽃을 털어 내며 말했다.

"초설은 어릴 적 모친을 여의었고 저 역시 슬하에 자식이 없으니 자연스레 제가 초설에게 사랑을 준 것뿐인데, 그것에 어찌 속셈이 있을 수 있단 말입니까?"

그녀의 감정에 경미한 기복이 드러났다.

"폐하께서 초설을 목숨처럼 소중히 여기고 계신다는 것을 똑똑히 알고 있겠지요? 저 아이가 원하는 것이라면 폐하께서는 아무리 찾기 힘든 것이라도 반드시 찾아내라고 명하시지요."

나는 담담히 그녀의 매서운 눈빛에 답하였다.

"그래서 어떻다는 것입니까?"

그녀는 콧방귀를 뀌었다.

"초설을 이용해 폐하의 마음을 얻으려 하다니, 정말 대단하군요."

"황후마마의 오해이십니다. 저에 대한 폐하의 감정은 그저 책임감일 뿐입니다."

"책임감? 요새 폐하께서 소양궁을 매일 찾고 계세요. 황후전에도 그렇게 열심히 발걸음하지 않으시는 폐하께서요. 납

란기우의 비로서, 연성의 비로서, 폐하의 형수로서 부끄러움
도 모르고 어찌 그런 천박한 방법으로 폐하를 꼬이는 거죠?
복아 언니가 남자들을 꼬이는 데 재주가 있는 것을 내가 모를
까 봐요!"

한순간 노기가 폭발한 그녀에게서 황후의 자태는 완전히 사
라져 버렸다. 그녀는 표독한 눈빛으로 나를 노려보았다.

초설이 갑자기 나의 품에서 뛰어내리더니 그녀에게 달려가
서 그녀를 힘껏 밀어 버렸다.

"모비를 욕하지 말아요!"

안타깝게도 초설의 힘은 너무나 약해서 상운을 밀어뜨릴 수
없었을 뿐만 아니라 오히려 자기가 바닥 위로 호되게 넘어지고
말았다.

나는 재빨리 나아가 초설을 안아 올렸다.

"황후마마, 마마는 천하의 어머니인 황후이십니다. 체통은
생각지도 않으시고 많은 아랫것들 앞에서 저잣거리의 아낙네
처럼 사람을 욕하시니, 이는 분명 신분에 어긋나는 일입니다."

상운이 한 발자국 앞으로 걸어 나와 나를 향해 손가락질하
며 말했다.

"내가 신분에 어긋나? 체면을 잃은 것은 언니겠죠. 지금 욱
나라에는 선황의 진비가 시동생을 꼬였다는 소문이 자자해요.
듣고 있기가 힘들 정도지요. 언니가 체면을 잃는 것은 상관없
으나 폐하께서는 존귀한 제왕이신데 어찌 언니와 함께 체면을
잃으실 수 있단 말이에요!"

그녀의 말을 들은 나는 경악했다. 그런 소문이 나돈단 말인가?

최근 연희가 소양궁에 자주 찾아왔고 한 번 오면 몇 시진 동안 앉아 있다 가기는 했지만 매번 초설이 함께 있었고 나와는 그저 가끔 바둑을 두고 세상일에 대해 이야기를 나눌 뿐, 대부분의 시간은 초설과 놀아 주었다. 그런데 세상 사람들은 어찌 나와 연희의 사이를 오해하고 시동생을 꾀어냈다는 그런 소문을 퍼뜨린단 말인가?

오늘 나는 유언비어가 얼마나 두려운 것인지 그 진정한 의미를 깨달았다.

"둘째 숙부!"

초설이 돌연 큰 소리로 외치고 멀지 않은 곳을 향해 달려갔다.

나와 상운이 동시에 고개를 돌려 소양궁의 붉은 문에서 그리 멀지 않은 곳에 얼음 조각처럼 서 있는 연희를 바라보았다. 그의 검은 머리카락과 황금빛 용포 위에 쌓인 수많은 눈꽃을 보니 그가 한참 동안 그곳에 서 있었다는 것을 알 수 있었다.

초설이 그의 품으로 달려들며 큰 소리로 울기 시작했다.

"둘째 숙부, 황후마마가 모비를 괴롭히고, 초설을 괴롭혀요. 숙부가 우리 대신 혼내 주세요."

초설이 애간장이 끊어질 듯 우는 소리가 눈보라가 휘날리는 소리와 뒤섞여 참으로 구슬프게 들렸다.

연희는 초설을 품 안에 안고 차가운 눈빛으로 상운을 노려보며 크지도 작지도 않은 목소리로 말하였다.

"꺼지시오!"

상운의 안색이 창백해졌다.

"폐하, 신첩은 폐하를 위해서였습니다."

"짐이 꺼지라고 하지 않았소!"

또다시 터져 나온 난폭한 말이 그녀의 말을 완강히 막아 버렸다.

궁녀들 앞에서 연희에게 모욕을 당한 그녀는 표정을 수습하지 못한 채 수치와 분노에 찬 표정으로 소양궁을 나섰다.

연희가 초설을 안은 채 나를 향해 천천히 걸어왔다. 초설의 비통한 울음소리도 거의 잦아들어 있었다. 그녀는 연희의 품에 기대어 나를 향해 미소 지었으나 눈가에 맺힌 눈물방울이 마음을 아프게 하였다.

연희가 내 앞에서 발걸음을 멈추었다.

"상운의 성미가 원래 저렇다오."

"황후의 말이 맞습니다. 앞으로는 소양궁에 찾아오지 마세요. 비록 우리는 결백하지만 소문이 돌고 있습니다."

나는 연희를 향해 미소를 지어 보이고, 연희와 그의 품 안에 안긴 초설을 바라보며 천천히 뒷걸음질 쳐서 침궁 안으로 들어갔다. 그렇게 단단히 닫은 궁문이 나와 바깥의 연희와 초설을 가로막았다.

초설은 연희의 목에 팔을 두른 채 단단히 닫히는 붉은 문을 바라보며, 초롱초롱한 눈을 깜빡이며 물었다.

"둘째 숙부, 모비가 왜 화가 나셨어요?"

연희는 아무 말 없이 그저 초설을 사랑스럽다는 듯 바라보며 미소 지었다. 그의 눈에는 다정함이 담겨 있었다. 오직 초설을 바라볼 때만 드러나는 것이었다. 그는 초설을 자신의 친자식으로 여기고 있었다. 그것은 초설이 연성의 아이이기 때문만은 아니었다. 그보다는 그녀가 사랑스럽고, 천진하며, 순진무구한 미소를 지니고 있기 때문이었다.

"모비가 화가 나셨어요. 어떡해요? 만약 모비가 다시는 우리를 보지 않으려고 하시면 어쩌죠?"

초설이 연희의 팔을 잡아 끌었다. 여린 목소리가 눈보라에 흩어져 마치 겨울날의 가장 순수한 자연의 소리처럼 들렸다.

초설의 이마 위에 앉은 눈꽃을 털어 주며 그가 물었다.

"초설이는 어찌해야 할 것 같니?"

초설은 총기가 가득한 눈을 굴리며 곧바로 연희의 품에서 내려왔다.

"둘째 숙부, 우리 눈사람으로 모비를 기쁘게 해 드리는 게 어때요? 초설이 눈사람, 모비 눈사람, 둘째 숙부 눈사람."

연희는 멍해졌다. 초설이 그런 생각을 해낸 것이 놀라웠고, 그 역시 기대가 되었기에 미소를 머금고 고개를 끄덕였다.

"그래, 둘째 숙부도 너와 함께 만드마."

겨울날의 눈은 완연하고, 시린 바람은 여전했다. 꽃이 핀 나뭇가지는 하늘거렸고, 붉은 매화는 흩뿌려지고 있었다.

온통 새하얀 눈에 싸인 소양궁에서 크고 작은 두 사람의 그림자가 바삐 눈사람을 만들고 있었다. 두 사람의 발자국이 온 바닥에 엇갈려 찍혔고, 아이의 낭랑한 웃음소리가 남자의 얼음같이 차가운 마음을 천천히 녹였다. 이렇게 가슴 따뜻한 정경이건만 무엇인가가 부족한 듯 보였다. 그것은……, 어머니였다. 그것이 채워져야만 진정 한가족 같아 보이리라.

얼마나 시간이 지났는지 마침내 눈사람 세 개가 완성되었을 즈음, 초설의 하얗고 보드라운 작은 손은 이미 새빨갛게 얼어 있었다. 그러나 그녀는 찬란하게 웃으며, 가장 작은 눈사람을 가리키며 말했다.

"이게 초설이에요."

그녀가 이번에는 가장 큰 눈사람을 가리키며 말했다.

"이건 둘째 숙부."

마지막으로 중간에 있는 눈사람을 가리키던 초설이 한참이나 입을 떼지 못했다. 이상하게 여긴 연희가 고개를 돌려 초설을 바라보니 초설의 눈가에 눈물이 맺혀 있었다. 그 가련한 모습이 그를 의아하게 만들었다.

"초설아, 왜 그러니?"

"이것은……, 제 어마마마예요."

울먹이며 힘겹게 말을 뱉어 내는 초설의 눈물이 바닥 위로 뚝뚝 떨어졌다. 그녀가 연희의 품으로 달려들며 말하였다.

"초설은 지금까지 제가 불쌍하다고 생각했었어요. 아바마마도 없고, 어마마마도 없으니까요. 그런데 이제야 깨달았어요. 둘째 숙부가 제 아바마마이고, 모비가 제 어마마마예요. 그렇죠?"

연희의 몸이 돌연 경직되었다. 자신의 품에 안겨 슬프게 울고 있는 꼬마아이를 바라보자 마음속 가장 깊은 곳이 마치 무언가에 의해 잡아당겨지는 듯한 느낌이 들었다. 그것은 그의 마음속의 가장 연약한 부분, 갈망이었다.

이 순간 초설의 마음을 그가 어찌 모르겠는가? 그 역시 초설처럼 모친의 사랑을 갈망했었다. 부친, 모친과 함께 한가족이 화기애애하게 지낼 수 있기를 바랐었다. 그러나 그에게 그것은 사치였고, 부친과 모친 사이에는 언제나 큰 부인이 자리하고 있었다. 만약 큰 부인만 없었다면 자신 역시 그토록 많은 것을 견뎌 내지 않아도 되었을 것이다.

목형여穆馨如, 그녀가 어머니를 죽였다! 바로 그녀가!

순식간에 연희의 눈빛이 독해졌고, 무거워졌으며, 슬퍼졌다. 연성 때문에 억눌러 왔던 증오가 한순간 솟아올라 그의 온 마음을 가득 채웠다.

"둘째 숙부, 아파요!"

초설의 작은 외침이 이성을 잃은 연희의 정신을 일깨웠고, 그는 그제야 자신이 품 안의 초설을 두 팔로 옥죄고 있었다는 것을 깨달았다. 그녀는 하마터면 질식할 뻔했던 것이다.

연희는 곧바로 팔에서 힘을 빼고 초설을 안아 주었다.

"초설아, 둘째 숙부는 해야 할 일이 있단다."

초설이 어리둥절하여 물었다.

"무슨 일?"

눈 속을 향해 앞으로 나아가는 남자는 마치 소녀의 말을 듣지 못한 듯 조용히 읊조렸다.

"그 일을 반드시 해야 한다. 반드시 해야 한다……."

그의 눈에 비친 결연함에는 복수의 빛이 담겨 있었고, 그것이 그의 눈을 가렸다. 그 누구도 이 순간의 그의 결정을 막을 수는 없었다.

어쩌면 연희는 처음부터 증오와 함께 성장했을지도, 일생을 원한 속에 살아 그것으로부터 스스로는 벗어날 수 없을지도 몰랐다.

밝은 달은 외롭고 슬퍼 보였고, 궁궐 안의 산들바람은 얇은 옷을 춤추게 했다. 차가운 기운과 함께 바람이 촛불을 흔들리게 했고, 향냄새가 온 궁궐을 가득 채우고 있었다.

황제의 곁을 지키는 장 환관은 태후전의 텅 빈 회랑을 걷고 있었다. 회랑을 지키던 궁녀들은 이미 온갖 이유로 모두 물러가 있었다. 삐걱 소리를 내며 장 환관이 태후의 침궁 문을 열었다. 침궁 안은 무척 어두웠다. 오직 등불 하나가 칠흑 같은 어둠 속에 밝혀져 있을 뿐이었고, 흩날리는 얇은 천이 사방을 더욱 처량하고 적막하게 보이게 하였다.

태후는 흰옷을 입은 채 침대 머리맡에 가만히 앉아 있었다. 미약한 등불이 깜빡이며 그녀의 얼굴을 비추었고, 그녀의 허무한 눈빛은 시종 그 등불만을 응시하고 있었다.

오늘 밤, 궁녀들이 갑자기 모두 사라지자 그녀는 무엇인가 잘못되었다는 것을 느끼고 있었다. 역시, 그녀의 추측은 틀리지 않았다.

장 환관이 공손하게 몸을 숙이며 말하였다.

"폐하의 명을 받들어 태후마마께 한 가지 물건과 말씀을 올립니다."

태후가 그의 몸으로 시선을 옮기고 침착하게 한숨을 내쉬었다.

"이날이 결국은 오고야 말았구나."

연성이 죽고 연희가 황위를 계승한 후, 그녀는 지난 삼 년 동안 한시도 마음을 놓을 수 없었고 매일 밤 악몽에 놀라 잠에서 깨곤 했다. 연희를 마주할 때면 언제나 오래전 이수李秀를 해하였던 그때가 떠올랐고, 연희의 눈빛은 언제든 자신을 죽일 것만 같았다. 지난 삼 년은 그녀에게 그야말로 악몽과도 같았다.

"폐하께서 말씀하시길 '목숨은 언젠가는 갚아야 하는 것'이라고 하셨습니다."

말을 마친 그가 소매 안에서 황제가 그에게 친히 건네준 작은 도자기 병을 꺼내어 태후를 향해 천천히 걸어갔다.

"이 약을 드시면 기침을 멈추실 수 없게 되시며 결국에는 피를 토하고 돌아가시게 됩니다. 내일, 세상 사람들은 태후마마께서 연로하시고 병이 깊으셔서 돌아가셨다고 알게 될 것이며, 폐하께서는 장례를 후하게 치러 주실 것입니다."

그녀는 차갑게 웃으며 매서운 눈빛으로 그의 손 안에 있는 작은 도자기 병을 바라보았다.

"그래서 내가 그에게 감사라도 해야 한단 말이냐?"

잠시의 침묵이 흐른 뒤, 그녀가 조금의 망설임도 없이 약병을 빼앗아 한입에 모두 마셔 버렸다.

이날이 오리란 것을, 그녀는 이미 예감하고 있었다. 그저 삼 년이 늦어졌을 뿐이다. 연희의 말이 옳다. 목숨이란 언젠가는 갚아야 하는 것이다. 게다가 그녀는 이미 이 세상에 그 어떤 미련도 남아 있지 않았다. 오랫동안 옥에 갇혀 있는 연윤은 이미 사람도 아니고 귀신도 아닌 상태였고, 연성은 일찌감치 세상을 떠났으니 그녀는 이 화려한 세상에 조금의 미련도 남아 있지 않았다. 모든 것을 버리고 갈 수 있으니, 이것 역시 일종의 안락함이리라.

"연성아, 모후가 너를 만나러 가마……."

깊은 밤에 찾아온 깨달음

깊은 밤, 나는 바깥의 시끄러운 소리에 잠에서 깨었다. 직감적으로 매우 큰일이 발생했음을 알 수 있었다. 나는 침대에서 튀어 오르듯 일어나 얇은 옷 하나를 걸치고 궁문을 열었다. 사방의 궁녀와 환관들이 큰눈을 맞으며 어두운 밤 속을 바쁘게 오가고 있었는데 그들의 초조한 표정이 등불 아래 유난히 또렷이 드러나 있었다.

나는 궁녀 하나를 붙잡고 물었다.

"무슨 일이기에 이토록 허둥대는 것이냐?"

궁녀가 숨을 고르며 말했다.

"태후마마께서 병사하셨습니다."

태후가 병사했다고?

멍해진 나는 한참이 지난 후에야 정신을 차렸다. 어찌 이리

짧은 시간 안에 병사할 수 있단 말인가? 이 순간 연희는 분명 무척이나 기쁘겠지?

시선을 돌리자 함박눈 사이로 세 개의 눈사람이 보였다. 나는 옷섶을 여미며 눈보라 사이로 걸어 들어갔다. 얼음같이 차가운 눈꽃이 날카로운 소리를 내며 나의 몸을 때렸으나 추위는 조금도 느껴지지 않았다. 어둠 속에서 나는 궁녀들이 손에 들고 있는 흐릿한 등불에 비친 세 개의 눈사람을 바라보았다.

나는 웅크려 앉아 손끝으로 차가운 눈사람을 어루만졌다. 얼굴 위로 미소가 번져 갔다. 초설 그 녀석이 이 눈사람들을 만들었을 것이다. 가장 작은 것은 분명 초설일 테고, 그 뒤의 두 눈사람은……, 상상 속의 부친과 모친인 것인가? 비록 난빈과 연성을 닮지는 않았지만…….

"건강하시던 태후마마께서 어찌 갑자기 병사하셨다니?"

"어의의 말로는 태후마마께서 갑자기 병에 걸리신 거라 선혀 예상하지 못했대."

"그래도 오늘 밤은 확실히 뭔가 이상해. 태후전의 궁녀들은 모두 보이지 않고……."

"쉿! 그런 말은 함부로 하는 게 아니야. 어의가 병사라고 하면 병사인 거야."

그들의 대화가 나의 주의를 끌었다. 나는 고개를 들고 내 뒤에서 천천히 걸어가며 조용히 이야기를 나누고 있는 몇몇 궁녀들을 바라보았다.

설마 태후의 죽음이 누군가에 의한 것이란 말인가? 설마 연희? 아니다. 만약 그가 태후를 제거하려 했다면 어찌 삼 년이나 지난 지금에야 손을 썼겠는가?

"폐하를 알현하옵니다!"

조용히 속삭이던 궁녀들이 깜짝 놀라 외치며 곧바로 얼음장 같은 눈밭 위에 무릎을 꿇고 전전긍긍하며 고개를 숙였다. 그녀들은 자신들이 조금 전 한 말을 황제가 들었을까 두려워하고 있었다.

나는 연희를 바라보았다. 연희는 바람에 옷자락을 흩날리며 서 있었는데 그 모습이 참으로 멋스러워 보였다. 새하얀 눈이 머리 위에 쌓여 마치 서리가 머리카락에 물들어 있는 것만 같았다.

그는 어찌 다시 이곳을 찾아온 것인가? 정오에 분명 그에게 다시는 찾아오지 말라고 말하였건만…….

기나라에서 화의 근원이라고 손가락질 받는 것이 너무나도 싫었었는데, 욱나라에서도 나는 여전히 화의 근원이라고 손가락질 받고 있었다. 그러나 그는 황제이며, 사람들에게 조롱을 받아서는 안 되는 사람이다. 비록 나와 연희의 사이가 결코 사람들이 말하는 것처럼 그런 부끄러운 사이가 아니라도 말이다.

연희는 손을 내저어 그녀들을 물리고, 눈을 맞으며 다소 울적한 얼굴로 나와 어깨를 나란히 하고 웅크려 앉았다. 그러고는 두 손으로 새하얀 눈을 모아 손바닥에 쥐고 그것을 한참 동안 멍하니 바라보았다.

그가 아무 말도 하지 않아, 내가 먼저 입을 열었다.

"태후마마께서 돌아가셨는데 어찌 이곳을 찾아오셨습니까?"

"태후는 내가 사람을 보내어 죽인 것이오."

그는 굉장히 침착하였고, 마치 자신과는 전혀 관계 없는 일이라는 듯이 이야기했다.

"그대가 보기에 이 세 개의 눈사람들이 한가족처럼 보이오?"

그가 태후를 죽였다는 사실에 놀라서 내가 한참 동안이나 아무 말도 하지 못하자 그가 화제를 바꾸어 물었다.

나는 제대로 된 반응조차 하지 못한 채 그저 고개만 끄덕이며 대답했다.

"그렇게 보여요."

연희의 몸이 딱딱하게 굳었다. 그는 고개를 돌려 복잡한 시선으로 나를 한참이나 바라보며 아무 말도 하지 않았다.

나를 바라보는 그의 기묘한 눈빛에 나는 어색함을 느끼고 있었다. 내가 무슨 말이라도 잘못한 것일까? 돌연 정신을 차리고, 나는 순간적으로 무엇인가를 깨달았다. 나는 난처한 미소를 지으며 말했다.

"한가족이 영원히 함께할 수 없다는 게 안타깝네요."

내 말에 연희의 미간이 찌푸려졌다. 그가 손안의 눈덩이를 꽉 쥐니 눈이 녹아 그의 손끝으로 한 방울 한 방울 흘러내렸다. 그 기이한 분위기에 나는 등에서 식은땀이 날 정도였고, 결국 시선을 매화로 옮길 수밖에 없었다. 그때, 고요함 속에 희고 보드라운 매화 꽃잎이 바람결에 흩날려 나의 손 위로 떨어졌다.

"알고 있소? 나는 기분이 좋지 않다오. 그녀가 죽으면 나는 내가 즐거울 거라고 생각했소. 그러나 아니오. 그저 마음이 텅 빈 것만 같소."

그가 손을 펴자 단단히 뭉친 눈덩이가 바닥으로 떨어졌다.

"그 오랜 시간을 증오했고, 드디어 복수도 하였소. 그러나 막상 오늘이 되니, 나는 내가 생각했던 것만큼 즐겁지 않다는 것을 깨달았소. 게다가……, 내가 과연 무엇을 증오했는지조차 알 수가 없소! 우습지 않소?"

연희는 감정이 격해진 듯 호흡이 가빠졌고 눈이 충혈되어 있었다. 갑자기 그가 호탕하게 웃기 시작했다.

"그대가 내게 했던 말을 기억하오? 만약 내가 천하를 잘 돌본다면 다시는 납란기우를 위해 말하지 않겠다고 했소. 맞소?"

"네……."

오늘의 연희는 평소와 상당히 달랐다. 정신이 없는 것 같았고, 평소의 신중함과 냉정함을 잃은 듯했다. 정말 태후 때문인가?

그는 고개를 끄덕이며 다시 말을 이었다.

"내가 그대에게 했던 말도 기억하오? 욱나라가 천하를 통일한다면 그대 역시 욱나라와 함께 살 것이며, 만약 욱나라가 기나라에 멸하게 된다면 그대 역시 욱나라와 함께 매장될 것이라고 했었소."

"기억해요."

"좋소. 그대가 모두 기억한다니 나는 지금 당장 사람을 시켜 도전장을 보내겠소. 나는 전쟁터에서 납란기우와 정정당당하게 싸울 것이오. 승패를 막론하고 말이오!"

"뭐라고요?"

나는 내가 들은 말을 믿을 수가 없었으나 그의 눈을 통해 그의 굳은 결심과 진지함을 똑똑히 확인할 수 있었다.

연희는 돌연 고개를 돌려 눈사람들을 바라보며 조용히 읊조렸다.

"한가족이라……, 참으로 듣기 좋은 말이군."

감정의 기복이 심한 듯한 지금 상태의 그를, 나는 그를 어찌 대해야 할지 알 수가 없었다.

"연희, 당신 대체……?"

"지금 당장 편지 한 통을 써서 납란기우에게 알리시오. 한 달 후 내가 그와 전쟁터에서 우열을 가릴 것이라고 말이오. 또한 나는 연사를 봐야겠소. 반드시 털끝 하나 다치지 않은 모습이어야만 하오. 그 외의 내용은 그대가 잘 생각하여 쓰시오. 다 쓴 다음에는 나의 서재로 가져와 옥새를 찍으면 되오."

그는 몸을 천천히 일으켜 나를 내려다보았다. 그 눈빛은 처음의 난폭함에서 슬픔으로 변하였고, 마지막에는 맑고 투명하게 변하였다.

그렇게 깨끗한 연희의 눈빛은 처음 보는 것이었다. 그는 정말 개인적인 원한을 버리고 진정한 대장부의 전쟁을 하려 하고 있었다. 의심할 바 없이 연희는 모든 것을 제대로 보게 되었다. 도대체 무엇이 그를 깨닫게 하였는가? 태후의 죽음?

"초설에게는 어머니가 필요하니 그대가 그 아이에게 더욱 관심을 가져 주시오. 나와 그대 사이의 원한은 이번 전쟁이 끝나면 끝을 맺도록 합시다."

그는 웃었고, 손을 뻗어 나의 이마를 살짝 두드렸다. 마치……, 강아지를 어르는 것 같은 행동이었다.

등롱을 든 난란이 눈을 동그랗게 뜨고 넋이 나가 있는 나를 불렀을 때, 연희는 이미 종적을 감춘 뒤였고 나의 몸 위에는 눈꽃이 잔뜩 쌓여 있었다.

"마마, 눈보라가 거센데 이렇게 얇은 옷을 입고 눈사람을 만드시면 추위에 몸이 상하시게 됩니다."

난란이 들고 있던 우산으로 내 머리 위의 눈보라를 막아 주고, 고개를 돌려 내 곁의 눈사람들을 바라보았다. 그녀는 등롱을 들어 그것을 비춰 보더니 입술을 오므리고 웃으며 말하였다.

"모두 마마께서 만드신 것이지요? 정말 닮았습니다. 특히 이것, 마마와 참으로 닮았습니다."

"나?"

그녀의 말에 나는 깜짝 놀라 등불에 비친 눈사람을 바라보았다. 그제야 눈사람 세 개를 똑똑히 확인할 수 있었다. 입술은 움직이고 있었지만 나의 입에서는 어떤 말도 소리가 되어 나오지 않았다. 나는 그저 경직된 몸으로 그 자리에 멍하니 서서 그것들을 한참 동안 바라볼 뿐이었다.

연희는 약속을 지켰다. 그에게 편지를 건네줄 때만 해도 나는 그가 혹여 마음을 바꾸지는 않을까 걱정했었다. 그런데 그가 편지를 힐끔 바라보고는 그 자리에서 자신의 옥새를 찍어줄 것이라고는 생각도 하지 못했다. 그 옥새가 제왕의 약속을 뜻하는 것임을 나는 잘 알고 있었다. 나는 연희에게 수많은 말을 묻고 싶었으나 대체 무엇부터 물어야 할지 알 수가 없었다. 눈 내리던 그날 이후 뭔가가 이상하다고 생각되었지만 도대체 무엇이 이상한지는 설명할 수가 없었다. 어쩌면 내가 너무 의심이 많은 것일지도 모른다.

약 보름 동안 연희는 소양궁을 찾지 않았다. 궁녀들의 말을 들으니 연희는 기운을 급히 궁으로 불러들였고, 두 사람은 서재에서 기밀을 논하며 사흘 동안 나오지 않았다고 했다. 사흘 후 기운은 전국에서 군사를 모집한다는 군령을 발표했고, 삽시간에 변경卞京은 매우 시끌벅적해졌다. 거리 곳곳에서 한가로이 거닐고 있는 군사들을 볼 수 있었다. 전쟁의 전조였다. 변경 사람들의 마음은 불안해졌고 분위기는 몹시 긴장되었다.

이러한 광경은 오직 기나라와 맞서려고 할 때나 있을 수 있는 것이리라. 연희는 약속을 지켰다. 그는 정말로 기우와 제왕으로서 겨뤄 보려는 것이다.

나는……, 누가 이기길 바라고 있는 것일까?

아니다. 지금의 나는 더 이상 누가 이기고 질 것인지에 관심을 가져서는 안 된다. 나는 기나라가 내게 준 임무를 완수하였고, 남자들 사이의 일은 그들 스스로 해결할 것이다. 그 이상의 일에는 더 이상 개입하면 안 된다.

주변을 장식하고 있는 새로 핀 매화와 휘황찬란한 화려한 궁궐, 그리고 높게 걸려 있는 밝은 달이 나를 옥으로 만든 생황 소리에 취하게 했다.

오솔길에는 비가 내리고 차가운 바람도 불고 있었다. 이미 밤에 가까워진 시간, 주변에는 아무도 없었고 나는 여전히 바깥 침궁의 문밖에서 소양궁으로 이어지는 길을 바라보고 있었다. 나는 정오부터 이곳에 서서 초설이 오기를 기다리고 있었으나 어찌된 일인지 그녀는 그림자도 보이지 않았다.

매일같이 소양궁을 찾아오던 초설이 오늘은 어찌 오지 않는 것일까? 혹시 무슨 일이라도 있는 것일까?

"진비마마……."

사람은 아직 보이지 않는데 목소리가 먼저 들려왔다.

울먹이는 중년 여인의 목소리였다. 어릴 적부터 초설을 키워 온 소 유모였다.

나는 지금껏 이토록 당황하는 그녀를 본 적이 없었다. 초설에게 무슨 일이 벌어진 게 분명했다!

"마마, 저를 좀 살려 주십시오."

그녀는 내 앞에 도착하기도 전에 이미 바닥에 무릎을 꿇어 엎드렸다. 그녀의 머리는 산발이 되어 있었다.

나는 곧바로 침궁에서 달려 나와 그녀를 부축하여 일으켰다.

"소 유모, 무슨 일인가? 초설에게 무슨 일이 벌어진 것인가?"

"정오 이후, 공주님을 뵙지 못하였습니다. 처음에는 공주님께서 몰래 나가 노시는 걸로만 생각했었는데 저녁이 되도록 공

주님을 뵙지 못할 것이라고 어찌 생각이나 했겠습니까? 소양
궁의 시위에게 물어보니 그 역시 공주님이 오시는 걸 보지 못
하였다고 하였습니다. 공주님께 무슨 일이라도 벌어졌을까 두
려워 소인이 홀로 사방을 다니며 찾아보았으나……, 어찌해도
공주님을 찾을 수가 없어 소인, 마마를 찾아올 수밖에 없었습
니다."

그녀는 고개를 숙인 채 울고 있었다. 눈물이 이미 온 얼굴에
번져 있었고, 슬픔에 목이 메어 있었다.

나는 깜짝 놀랄 수밖에 없었다.

"초설이 없어진 지 그렇게나 오래되었는데 나에게 알리지
않다니 그대도 참으로 어리석군."

"소인은 폐하께서 죄를 물으실까 두려워……. 폐하께서
공주님을 얼마나 아끼시는지는 세상이 다 알고 있으니 만
일……."

"됐네! 그만 말하게. 어서 시위들을 모으세. 함께 찾는 것이
빠를 걸세."

"마마, 절대 안 됩니다! 만약 이 일이 폐하의 귀에 들어가면
소인은 죽은 목숨입니다. 마마, 소인이 지금까지 초설 공주님
을 보살핀 것을 봐서라도……."

겨우 울음을 멈추었던 그녀가 다시 울며 내게 간절히 애걸
하였다.

나는 한숨을 내쉬고는 그녀의 등을 토닥거렸다.

"소 유모, 울지 말게나. 우리가 먼저 초설을 찾아보세. 그러

고도 찾지 못하면 그때에는 반드시 폐하께 알려야 하네. 초설의 안위를 위해 지체할 수 없으니 말일세."

"감사합니다, 마마. 감사합니다, 마마!"

그녀는 기뻐 눈물을 흘리며 나를 향해 계속해서 고개를 조아렸고, 나는 그녀의 몸을 부축하며 말했다.

"됐네. 나와 초설이 함께 자주 놀러 가던 곳부터 찾아보도록 하세."

사실 이 순간, 나의 마음은 무척 조급하였고, 초설에게 무슨일이 생겼을까 싶어 무척 걱정이 되었다. 나는 나 자신에게 계속 타이르고 있었다. 이곳은 황궁이고, 초설은 연희가 아끼는 공주인데 설마 그녀에게 무슨 일이 있을 수 있겠는가? 분명 노느라 시간을 잊었을 것이다.

나는 마음을 다스리며 소 유모가 말했던 몇몇 장소에 가서 그녀를 찾아보았으나 여전히 초설의 그림자조차 찾을 수 없었다. 초조함 탓에 나의 손바닥은 땀으로 가득 찼고, 양팔은 조금씩 떨려 왔다.

비록 초설이 나의 친자식은 아니나 나는 그녀를 나의 친자식처럼 여기고 있었다. 그 영리한 아이에게 결코 무슨 일이 있을 리가 없었다.

밤이 깊었고, 하늘빛은 어두웠으며, 사방의 수비 역시 느슨했다. 소 유모는 나를 이끌고 사방의 시위 무리들을 피해 계속해서 초설을 찾아다녔다. 우리는 무척 빠른 속도로 달리며 길을 가는 내내 초설의 이름을 불렀다.

회랑 중앙문 앞에서 녹색 빛을 발하는 비취를 발견했을 때, 나는 이성을 잃고 급히 몸을 돌려 물었다.

"소 유모, 여기에 있는……."

내 뒤는 텅 비어 있었다. 언제 사라졌는지 소 유모는 더 이상 내 뒤에 없었다.

하지만 이때의 내게 소 유모를 신경 쓸 정신은 남아 있지 않았다. 내 머릿속에는 오직 초설의 안위뿐이었다. 나는 딱딱하게 굳은 발걸음으로 성큼성큼 걸어가 그 비취옥을 확인했다. 그것은 내가 며칠 전 초설에게 준 것이었다! 머릿속이 멍해졌고 아무것도 생각할 수 없었다. 나는 붉은 문을 밀어 열었다. 어두운 실내는 깜깜하다 못해 소름이 끼칠 정도였다.

"초설아, 초설아……."

나는 그녀의 이름을 계속해서 불렀다.

아무도 대답하지 않았다. 나는 손에 들고 있는 등롱으로 주변을 비춰 보았다. 그러다 불현듯 탁자 위에 올려진 물건을 보게 되었는데, 거기에는 '군사배치도'라는 글씨가 똑똑히 쓰여 있었다. 그 순간 정신이 번뜩 났다. 곧바로 경보가 울리기 시작했다. 나는 등롱을 들어 온 방 안을 비춰 보았다. 그제야 나는 이곳이 황제의 서재라는 것을 깨달았다!

서재 안에는 황제의 중요한 기밀이 있는데도 그 누구도 문밖을 지키고 있지 않았다.

이것은……, 함정이다!

내가 모든 것을 깨달았을 때, 문밖이 환해졌고 새하얀 창호

지를 통해 빛이 새어 들어왔다. 천천히 열리는 문을 바라보며 나는 웃음을 금할 수 없었다.

기나라든 욱나라든 그들은 수단을 가리지 않는구나. 내가 그토록 미운 것인가? 어디를 가도 나를 해하려는 사람이 있구나. 이번에는 참으로 대단한 수단을 이용했다. 내 마음속의 최대 약점, 초설을 이용하다니⋯⋯.

안으로 들어온 이는 연희였다. 그의 눈빛에는 분노와 분개가 담겨 있었고, 그의 두 주먹은 단단히 쥐어 있었다. 그는 매서운 눈빛으로, 얼굴 가득 비웃음을 짓고 있는 나를 똑바로 바라보았다.

"진비, 참으로 나를 실망시키는군."

"만약 누군가 초설이 실종되었다며 저를 이곳으로 이끌었다면, 믿으시겠어요?"

유난히 침착한 그의 모습을 마주하고, 나는 조금 전의 내 말이 그에게는 헛소리와 다를 바 없었다는 것을 깨달았다. 연희는 그 누구도 신뢰하지 않는 사람이고, 나에게는 오늘 밤 이 서재에 찾아와 기밀 문서인 군사배치도를 훔칠 만한 충분한 이유가 있었다.

그렇다. 몰래 정보를 훔쳐 내어 기나라에 건네준다는, 나에게는 완벽한 이유가 있는 것이다.

"초설이라⋯⋯."

연희가 코웃음을 쳤다.

"진비, 진비⋯⋯, 핑계가 필요하면 좀 더 그럴듯한 것을 찾지 그랬소?"

"공주마마는 지금껏 황후마마께서 돌보고 계셨는데 어찌 사라지셨다 하시는지요?"

소 유모가 사람들 틈에서 튀어나와 말했다. 나를 바라보는 눈빛이 마치 조금 전까지 아무 일도 없었던 것만 같았다.

"정오에 황후마마께서 공주마마를 황후전으로 데려가신 후, 소인이 소양궁으로 찾아가서 공주님은 오늘 소양궁에 가지 않을 것이라고 아뢰었는데 어찌 공주님께서 실종되셨다고 말씀하시는지요?"

나는 이마를 어루만지며 말했다.

"그래? 그렇다면 내가 제대로 기억을 하지 못한 것인가?"

"아직도 웃음이 나오시오?"

연희가 앞으로 걸어 나와 나의 목을 졸랐다.

"나는 그대의 마음이 여전히 남란기우에게 있다는 것을 알고 있었소. 내가 이곳에 사람을 숨겨 놓은 지도 이미 이레가 되었소. 결국 그대는 참지 못하고 군사배치도를 훔치러 왔군. 이것이 그대가 말하던 정정당당함이고, 입만 열면 읊어 대던 인의적이고 도덕적인 제왕들의 대결이오? 참으로 우습군!"

말을 마친 그가 팔에서 힘을 풀었으나 그의 양손에 목이 졸렸던 나의 몸은 무력했다. 나는 다리가 풀려 결국 바닥에 거칠게 쓰러지고 말았다.

"여봐라! 진비는 적과 내통하고 나라를 배반하였으니 어서 끌고 나가 옥에 가두어라."

연희는 더 이상 나를 바라보지 않고 오직 이 말만을 남기고 차가운 서재를 나섰다.

기나라.

기나라의 차디찬 옥 안, 여인의 머리는 마른 풀같이 엉망진 창이었고 머리카락은 다소 누런빛을 띠고 있었다. 그녀는 한마디 말만을 반복해서 읊조리고 있었다.

"나는 계속 그대 곁에 있었는데, 왜 그대 눈에는 오직 그녀뿐인가요?"

그녀를 아는 사람이라도 자세히 살펴본 후에야 그녀가 과거 오만함이 하늘을 찌르던 한 태후라는 것을 알 수 있었다. 그녀의 얼굴은 먼지로 얼룩져 있었고, 눈빛은 공허하고 흐리멍덩하였으며, 손에는 한 줌의 볏짚을 단단히 쥐고 있었다. 폭삭 늙어 버린 그녀의 얼굴에서는 더 이상 예전의 빼어났던 미모를 찾아볼 수 없었다.

옥 안의 사람들은 그녀가 미쳐 버렸다고 말했다.

그녀와 함께 갇혀 있는 연사는 살을 에는 듯이 차가운 벽에 몸을 기댄 채 멍하니 앉아 있었는데, 눈빛은 시종 옥문에 고정되어 있었다. 얼굴빛은 다소 창백하였으며 입술은 말라 있었다.

그녀는 옥문을 바라보며 종종 그칠 줄 모르고 울음을 터뜨렸는데, 그녀의 머릿속을 스쳐 가는 것은 모두 행복했던 옛 기억들이었다. 그녀는 여전히 포기하지 않았고, 여전히 기우가 자신을 이용했을 뿐이라는 사실을 받아들이지 못하고 있었다. 기우가 자신에게 그토록 무정했다는 것을 그녀는 믿을 수가 없었다.

갑자기 육중한 옥문 밖에서 자물쇠가 열리는 낭랑한 소리가 들려와, 옥 안의 두 사람을 깜짝 놀라게 했다. 그녀들의 눈빛이 돌연 또렷해졌다.

황금빛 비단옷을 입은 기우가 몸을 약간 숙이고 옥 안으로 걸어 들어왔다. 누구인지 똑똑히 확인한 연사는 곧바로 벽에서 몸을 일으키며 두 눈 가득 눈물을 흘리기 시작했다.

기우는 냉담하고 지친 눈빛으로 행색이 초라하기 그지없는 두 여인을 살펴보았고, 결국 그 시선을 연사의 몸에 고정하였다. 지금의 그녀는 매우 초췌하였다. 몇 년간 햇빛을 볼 수 없는 곳에 갇혀 있은 탓에 예전의 아름다웠던 모습은 사라지고 남아 있는 것이라고는 얼룩진 흔적뿐이었다.

연사는 기우를 향해 한 걸음 한 걸음 나아갔다. 가슴이 억누르기 힘들 정도로 뛰었고, 슬프고 괴로운 감정으로 인해 목이 메어 소리조차 낼 수 없었다. 그러나 결국 그녀는 참지 못하고 큰 소리로 울음을 터뜨리고 말았다.

"기우, 저를……, 저를 보러 와 주셨군요. 저는 폐하가 여전히 저를 버리지 못하고 계신 것을 알고 있어요. 그렇죠?"

감정이 격해진 그녀의 모습을 바라보며 기우는 앞으로 한 걸음을 내딛을 수밖에 없었다.

"연사……."

그의 말이 채 끝나기도 전에 연사가 기우의 품으로 달려와 그의 허리를 단단히 감싸 안고 그의 옷섶에 눈물을 적셨다.

"저는 알고 있어요. 폐하는 여전히 그 습관을 끊을 수 없으신 거예요. 그렇죠?"

연사를 밀쳐 내려던 손을 천천히 떨구고 그는 그녀가 자신의 품에 기대어 있도록 내버려 두었다.

그는 연사에게 죄책감을 느끼고 있었다. 그가 아무리 무정하다 해도 연사는 그의 곁을 삼 년이나 지켰다. 그녀가 비록 욱나라의 첩자이긴 하나 그녀는 그에게 해가 되는 일은 한 번도 하지 않았고, 오히려 그를 위해 연희와 혈육의 정까지 끊어 버렸다. 그 사실만으로도 그는 연사에게 죄책감을 느꼈다.

"욱나라에서 편지가 왔소."

기우는 그녀의 물음에는 답하지 않고 자신이 온 이유를 설명했다.

감격하여 목이 메었던 그녀는 깜짝 놀라 기우를 한참이나 멍하니 바라보았다. 그러고는 가만히 기우가 하는 말을 들었다.

"연희가 나와 정면 승부를 하려고 하오. 그는 전쟁터에서 그대의 무사한 모습을 보고 싶어 한다오."

연사는 곧바로 그의 품에서 벗어나 고개를 힘껏 가로저었다.

"싫어요! 저를 돌려보내지 마세요. 저는 폐하 곁에 있고 싶어요. 오직 폐하 곁에만 있고 싶어요."

"그대는 반드시 돌아가야 하오. 기나라에서 그대는 행복할 수 없소."

연사의 손이 미세하게 떨렸다.

"있어요. 폐하가 바로 저의 행복이에요."

기우가 옅은 미소를 지었다.

"연사, 나는 그대를 사랑한 적이 없소. 그대를 향한 습관, 나는 이미 끊은 지 오래요. 그대가 지금 존재하는 이유는 오직 이 전쟁 때문이오. 연희의 풍격으로 보건대 복아 역시 그가 이용할 만한 강력한 무기가 되었을 거요. 그리고 그대는 내가 연희를 제압할 수 있는 무기요."

기우의 무정한 말에 그녀는 머리가 어지러워져 결국 중심을 잃고 바닥에 쓰러지고 말았다. 어쩌면 일찌감치 꿈에서 깨었어야 했는지도 모른다. 납란기우의 눈에는 영원토록 복아 한 사람뿐이었다. 오직 그녀뿐이다.

연사를 바라보던 한 태후가 눈을 커다랗게 뜨고 큰 소리로 웃기 시작했다.

"고소하다. 아주 고소해."

그 목소리에 전혀 신경 쓰지 않고 옷자락을 가다듬으며 무거운 발걸음으로 음침한 옥을 나서는 기우의 눈빛에서 더 이상 제왕의 위엄이나 사나움은 찾아볼 수 없었다. 그 자리에는 수년간의 연마로 얻은 냉정함과 서글픔이 자리하고 있었다.

그는 지쳐 있었다. 지난 몇 년간 그는 권력 다툼에 사로잡혀 수없이 많은 이들을 이용하고 너무나도 많은 피를 손에 묻혔다. 그는 정말로 지쳐 있었다.

소경굉에 의해 복아가 욱나라로 보내졌을 때, 그는 이미 알고 있었다. 이 전쟁에서 그는 질 것이다. 그들은 복아가 연희에게 부탁할 것만 생각했지, 반대로 연희가 복아를 이용하여 기나라를 위협하리라는 생각은 하지 못했단 말인가?

보름 전 복아로부터 받은 편지에서 그녀는 연희가 이미 자신과 제왕 대 제왕으로서 겨루는 전쟁을 하기로 동의하였다고 전했다. 그 소식을 접한 그는 무엇보다 먼저 그녀가 무사히 살아 있다는 것에 감사했다. 그러나 곧 복아의 위험이 떠올랐다. 연희가 어떤 사람인가? 그가 복아를 이용할 수 있는 이 절호의 기회를 포기하겠는가?

그는 이 전쟁에서 틀림없이 복아의 모습을 볼 수 있으리라 확신했다. 그때, 연희는 복아를 이용하여 연사와 바꾸려 할 것인가?

욱나라.

연희는 서재에 홀로 서 있었다. 어두운 서재 안에는 오직 촛불 하나만이 켜져 있었고, 그 촛불 빛이 그의 두 눈에 비쳐 반짝이고 있었다. 그는 한 손을 힘껏 주먹 쥐고 있었는데, 한순간 머리끝까지 분노가 치솟은 듯 탁자 위의 책들을 모두 바닥으로 쓸어 버렸다.

초설은 소 유모와 함께 서재에 들어와 이 광경을 보고 깜짝 놀랐다.

"둘째 숙부……."

연희는 몸을 돌려 초설을 바라보았고, 이어서 매서운 눈빛을 소 유모에게 고정하였다. 그의 눈빛에 놀란 그녀의 가슴이 쿵쿵 뛰었다.

"말하라."

소 유모는 이 순간 몹시 위험해 보이는 황제를 바라보며, 튀어나올 것 같은 가슴을 애써 다스리며 말했다.

"소인……, 무슨 말씀을 드려야 할지 모르겠사옵니다."

연희의 입꼬리가 잔인한 빛을 띠며 올라갔다.

"초설아, 네가 말해 보아라. 오늘 대체 무슨 일이 있었느냐? 왜 갑자기 황후에게 갔던 것이냐?"

초설은 처음 보는 둘째 숙부의 냉혹한 모습에 겁에 잔뜩 질려 살짝 발걸음을 옮기며 말했다.

"황후마마께서 억지로 저를 끌고 가셨어요. 초설은 가기 싫었는데 소 유모가 자꾸 저한테 가라고 했어요. 초설은 거기에서 아주 맛있고 달콤한 연꽃떡을 먹었고, 그다음에는 잠이 들었어요."

연희의 주먹이 탁자를 한 번 또 한 번 내리쳤다. 유난히 적막한 서재에 오싹한 기운이 감돌았다. 한참 후, 그가 한마디를 내뱉었다.

"초설아, 먼저 나가 있어라. 둘째 숙부는 소 유모랑 할 말이 있단다."

초설은 소 유모와 둘째 숙부에게 시선을 한 번씩 고정한 후 서재를 나갔다.

초설이 떠나자마자 두 다리에 힘이 풀린 소 유모가 바닥에 무릎을 꿇었다.

"폐하, 살려 주시옵소서. 이 모든 것은 황후마마께서 시키신 것이옵니다. 황후마마께서는 이렇게 해야만 욱나라가 전쟁에서 승리할 수 있는 기회가 생긴다고 하셨습니다. 그렇게 하지 않으면 기나라와 욱나라의 전쟁은 매우 참혹해질 것이라고 하셨습니다."

연희는 소 유모를 등진 채 아무 말도 하지 않았다. 그는 탁자를 한 번 또 한 번 내리쳤고, 냉담하고 경직된 뒷모습 그대로 마치 조각처럼 꼼짝도 하지 않았다. 이러한 황제의 모습은 소 유모를 벌벌 떨게 하였으며, 그녀의 이마에서는 식은땀이 흘러내리고 있었다.

황제의 차가운 목소리가 들려왔다.

"계속하라."

전전긍긍하며 바닥에 엎드려 있던 소 유모가 사실대로 고하기 시작했다.

"황후마마께서는 얼핏 보면 경계가 느슨한 것 같은 서재에 폐하께서 수많은 시위들을 숨겨 놓으신 것을 알고 계셨습니다. 마마께서는 폐하께서 진비마마의 마음이 기나라를 향한 것인지 아니면 욱나라를 향한 것인지 시험하고 계시다는 것 역시 알고 계셨기에 이 연극을 준비하신 것입니다."

"그래? 짐이 이곳에 시위들을 숨겨 놓았다는 것을 뻔히 알면서도 황후가 감히 이런 한심한 연극을 준비했단 말이냐?"

그는 콧방귀를 뀌고 한참을 웃었다.

"마마께서는, 폐하께서 마마의 애쓰신 마음을 이해해 주실 것이라고 하셨습니다."

소 유모는 황후가 당초 자신에게 당부했던 말들을 낱낱이 고하고 있었다. 이 일을 도모할 때, 황후가 말했었다. 만약 폐하가 물으시면 솔직하게 대답하라고, 그러면 반드시 이 고비를 넘길 수 있을 거라고 했었다.

연희가 두 주먹을 더욱 단단히 쥐자 그의 손등에 푸른 핏줄이 돋아났다. 그의 얼굴은 겁이 날 정도로 차가워져 있었다. 그는 분노를 힘겹게 참으며 침착하게 말하였다.

"그만 물러가거라."

"성은이 망극하옵니다."

황제의 윤허를 받은 그녀는 마치 큰 재앙에서 벗어나기라도 한 듯, 재빨리 머리를 바닥에 대고 감사의 인사를 올리고는 황급히 서재를 나섰다.

황후마마의 말씀이 옳았다. 폐하께서는 사실을 알고도 죄를 묻지 않으셨다. 황후마마는 폐하를 정확히 파악하고 계신 듯했다. 하지만 그녀는 이해가 되지 않았다. 황후마마는 어떻게 폐하께서 죄를 묻지 않으시리라는 것을 아셨을까? 윗사람을 모함했으니 죽임을 당해 마땅할 터인데 도대체 무슨 이유로 폐하께서는 자신을 감싸 주신 것일까? 게다가 폐하께서는 진비가 억울하다는 것을 분명히 알고 계시면서 왜 진비를 옥에 가두신 것일까?

서재의 연희는 몸을 숙여 군사배치도를 주우며 자조의 미소를 지었다.

"진비, 나의 이기심을 용서하오. 내 동생이 납란기우의 손에 있으니 오직 그대만이 연사를 지켜줄 수 있소."

비록 동생은 사랑을 위해 그를 배신했으나 남매는 남매였고 피는 물보다 진했다. 그는 또다시 가족을 잃을 수는 없었다. 이 세상에 초설을 제외하고 그에게 남은 이는 연사뿐이었다. 그는 이십 년을 넘게 고독했고 이미 고독에 익숙했으나 여전히 고독이 두려웠다.

십 년이 흘러도

유초는 옆 칸의 옥에 갇혀 있었다. 내가 시위들에 의해 이곳에 끌려온 그 순간부터 그녀의 시선은 나에게 머물러 있었다. 그녀는 웃고 있었으나 그 눈에 담겨 있는 것은 처량함과 슬픔이었다. 나는 그녀를 보지 않았다. 그저 다리를 끌어안은 채 옥안의 음습한 벽에 기대어 앉아 있었다. 고개를 들어 창문을 바라보니 밝은 달빛이 내 얼굴을 비추고 있었고, 음침한 옥 안도 밝혀 주고 있었다.

한참 후, 고요한 옥 안에 유초의 목소리가 울렸다.

"참 불쌍한 사람이로군. 어디를 가도 모함하는 사람이 있으니 말이야."

재미있는 극이라도 즐기고 있는 듯한 말투였다. 이어서 옅은 웃음소리도 터져 나왔다.

"내가 모함을 당해 들어왔는지 네가 어찌 아느냐?"

나는 그녀에게로 시선을 돌렸다. 청초하던 유초의 얼굴에는 상처가 나 있었는데 마치 고문으로 인한 것 같았다. 설마 그녀가 옥에서 고문을 당한 것인가?

유초의 얼굴빛이 변하더니 그녀가 분노한 시선으로 나를 노려보았다.

"연민의 시선을 거두어라. 나는 너의 그 선량함을 가장 증오한다. 가장 증오해!"

그녀의 감정이 돌연 격해지기 시작했다.

"처음 보았을 때부터 그랬었지. 무슨 일을 겪어도 모두 포용하고, 너의 그 선량함으로 너그럽게 감싸 안았지. 너는 누구를 미워해도 그저 그 순간뿐이었어. 공주는 공주인 게야. 언제나 어떤 일로도 근심하지 않고, 그 누구도 미워하지 않지. 너 같은 여인이 이렇게 더러운 옥에 들어왔는데 누군가 함정에 빠뜨린 것이 아니면 또 무슨 이유가 있을 수 있겠느냐?"

나는 서글픈 미소를 지었다.

"너는 나를 참 잘 이해하고 있구나."

그녀는 점차 평온해졌고, 힘없이 차가운 철창에 기대었다. 먼 곳을 바라보는 듯한 깊은 눈빛은 마치 옛일을 떠올리고 있는 것 같았다. 잠시 후, 그녀가 무엇인가를 깨달은 듯 희미하고 무력한 미소를 지어 보였다.

"당초 내가 네게 충성하기로 마음먹은 것이 네가 선량하기 때문이 아니면 무엇 때문이었겠느냐? 그때, 영 황후靈皇后는 내게 네 음식에 독을 넣으라 명하였고, 목 태후穆太后는 너와 폐하의 관계를 이간질하라고 명하였으며, 난빈은 너의 일거수일투족을 감시하라고 명했었지. 그녀들 모두 내게 약속했었다, 내가 그녀들을 돕기만 하면 폐하께서 나를 후궁으로 들이게 해 주겠다고. 그러나 나는 거절했지. 지금 생각해 보면 나는 어찌 그리도 어리석었을까? 폐하를 그렇게나 깊이 사랑했으면서, 그렇게나 그의 여인이 되길 바랐으면서 그리 좋은 기회를 포기해 버리다니……."

나는 그녀의 한 마디 한 마디를 듣고 있었다. 그녀의 이야기에 나의 마음은 차분해져 갔다. 옛일은 덧없고 세상은 변했는데 그런 것을 따진들 무슨 소용이 있겠는가.

그녀의 눈에 눈물이 맺혀 눈가가 촉촉해지더니 그 눈물이 결국 뺨을 타고 흘러내렸다.

"예전에 나는 너에게서 고귀함을 보았다. 그것은 욕심 없는 신랑함이었지. 폐하께서 황위 찬탈을 도모하시며 너와 청우각에서 지내시던 그 두 해 동안, 너는 폐하와 바둑을 두고 세상과 병법에 대해 이야기를 나누었지. 그때, 나는 너와 폐하가 하늘이 맺어 준 한 쌍이라는 걸 깨달았다. 너를 바라보는 폐하의 눈빛도 집착에서 사랑으로 변해 갔지. 나중에서야 나는 깨달았다. 사랑이란 원래 조용히 노력하는 것이라는 걸……. 나는 폐하를 향한 애모의 마음을 정말로 끊어 냈었다. 복아 공주는 내가 가장 탄복하는 여인이었지. 그녀는 총명하고, 선량했으며, 세상에 물들지 않았었다. 그런데 네가 폐하를 죽인 거야! 네가

458

폐하를 죽였어!"

그녀의 목소리는 조용했으나 그녀의 주먹은 계속해서 철창을 내리쳐 이미 선혈로 물들어 있었다.

갑자기 나도 모르게 웃음이 터져 나왔다. 나는 실성한 듯 웃으며 눈물을 흘렸다.

"유초야, 네가 틀렸다. 나는 선량했던 적이 없어. 기나라에서 지낸 지난 몇 년간 내가 손에 얼마나 많은 이들의 피를 묻혔는지 알고 있느냐? 나조차 잊어버렸다. 나조차 잊어버렸어."

"그들이 죽을 만했기 때문이겠지. 그래서 네 손에 피가 묻은 거야."

정곡을 찌르는 유초의 말에 나의 웃음소리가 한순간에 멈추었다. 나는 그녀를 멍하니 바라보며 한참 동안 침묵을 지켰다.

"황제 폐하 납시오."

나는 그제야 정신을 차렸다.

연희의 어두운 눈빛과 쓸쓸한 표정을 바라보면서 나는 소맷자락으로 얼굴의 눈물자국을 닦아 냈다. 그가 한 걸음 한 걸음 옥 안으로 걸어 들어오는 것을 지켜보는 나의 마음은 놀라울 정도로 침착해져 있었다.

"폐하께서 이 불결한 옥까지 친히 행차해 주시다니, 신분에 어긋날까 두렵지 않으십니까?"

그는 높은 곳에 서서 나를 내려다보고 있었다. 나는 그와 눈을 똑바로 마주하는 것이 조금도 두렵지 않았다. 일이 일어난 후 몇 시진이 지나고 이성을 되찾은 나는 그가 이곳을 찾은 목적을 알 수 있었다. 그리고 어찌 된 상황인지 모든 것을 추측할 수 있었다.

황제의 서재가 어떤 곳인데 그리 쉽게 들어갈 수 있었겠는가? 그곳에는 분명 수많은 사람들이 숨어 있었을 것이다. 그렇다면 모든 것은 연희의 계획에 의한 것이리라. 소 유모가 내게 죄를 덮어씌운 것까지 포함해서 말이다. 연희와 소 유모는 함께 이 연극을 준비했을 것이다. 그게 아니라면……, 내가 모함을 당한 것을 뻔히 알면서 그가 어찌 나를 옥으로 보냈겠는가?

연희가 드디어 입을 열었다.

"내게 할 말이 없소?"

나는 코웃음을 쳤다.

"어찌 그런 말씀을 하시는지요? 그 말은 제가 폐하께 여쭈어야 할 말이 아닙니까?"

그는 미간을 찌푸리더니 긴 탄식을 내뱉으며 몸을 숙여 나와 눈을 마주했다.

"그대의 오해요."

"무엇이 오해라는 건가요?"

나는 일부러 영문을 알지 못하는 척하며 의심스럽다는 듯 그에게 물었다.

"나는 몰랐소."

그의 진지한 눈빛이 그저 우습기만 했다. 왜 세상 사람들은 자신의 잘못을 인정하지 않고 핑계만 찾을까? 왜 용감하게 자신의 잘못에 대한 책임을 지려 하지 않을까?

"어쩌면 정말 모르셨을 수도 있지요. 하지만 결국 모르는 척하기로 결정하셨지요. 좋은 기회이니까요. 전쟁에도 자신이 있고, 역사에 훌륭한 제왕으로 기록될 수도 있을 테니까요. 연희는 역시 연희군요. 저는 그대를 단 한 번도 얕본 적이 없었어요."

그는 웃고 있었다. 참으로 서글픈 미소였다.

"하나가 빠졌소. 게다가 연사를 데려올 수도 있지."

"그래요. 제가 그 부분을 놓쳤군요. 이 전쟁에서 그대는 기우의 수중에 있는 그대의 여동생 때문에 분명 고민스러웠을 테고, 그 때문에 계속 결정을 내리지 못하셨겠지요. 이제는 참 잘 되었군요. 명분이 정당한 기우의 약점을 잡았으니 말이에요. 그러나 그 약점은 진비죠. 그대 형님의 비 말이에요. 그대가 만약 나를 전쟁에서 인질로 이용한다면 천하 사람들이 그대를 어찌 보겠어요? 그러니 이번에 소 유모가 그대를 참으로 제대로 도왔네요. 그대를 위해 아주 훌륭한 핑계를 찾아 주었으니 말이에요."

그는 마치 나의 말을 듣고 있지 않은 듯이, 가늘고 긴 손가락을 들어 내 목 아래까지 흘러내린 머리카락을 한 줌 집어 들고는 한참 동안 바라보았다.

그가 아무 말도 하지 않는 것을 보고 나는 계속해서 말을 이었다.

"연희, 납란기우는 나를 욱나라로 보낸 사람이에요. 그대의 협박에 꿈쩍도 하지 않을 거예요."

"이 전쟁은 이제 공평해졌소. 그의 수중에는 연사가 있고, 나의 수중에는 그대가 있지. 어쩌면⋯⋯, 내 그대를 전쟁터로 데려가 보여 줄 수도 있소. 납란기우의 마음속에서 복아 공주가 대체 어떤 위치를 차지하고 있는지 말이오. 그에게 천하가 중요한지, 아니면 그대가 더 중요한지 말이오."

그의 손끝이 내 머리카락을 어루만졌다. 그의 목소리는 이상할 만큼 침착했다.

"내가 그를 대신해 대답할 수 있어요. 그의 대답은 바로 천하예요."

"아니, 그대는 그를 대신할 수 없소."

그가 손가락에서 힘을 빼자 한 줌의 머리카락이 다시 내 가슴 위로 돌아왔다. 그는 미소를 띠며 몸을 일으켰다.

"복아, 이번 전쟁은 기우를 시험하는 것일 뿐 아니라 나 자신 역시 시험하는 것이오. 결과가 어떨지는 그 누구도 알지 못하오. 그 누구도 알지 못해."

그는 웃으며 몸을 돌렸고, 그렇게 옥을 떠났다. 내게 남긴 것은 처량한 뒷모습뿐이었다.

유초가 가볍게 웃으며 천천히 한마디 말을 토해 냈다.

"냉정하고 무정한 그도 이제 보니 사랑에 흔들리는군."

그녀의 말을 이해할 수 없어 나는 그녀를 바라보았다.

"사랑?"

"모르겠어? 그 역시 권력과 사랑 사이에서 방황하고 있는 것을?"

유초는 의미심장한 웃음을 지었다. 그 웃음, 그것이 나를 놀라게 하였다.

보름 후, 나는 죄인의 수레에 갇힌 채 욱나라 대군의 물결 속에 있었다. 길고 긴 거마 행렬은 질서정연했다. 하늘에서는 눈발이 흩날리고 있었고, 차가운 바람이 매섭게 불어와 수많은 이들의 몸을 때렸다. 죄인의 수레에 몸을 웅크리고 있는 내 몸 위로 끊임없이 떨어지는 눈꽃이 나의 몸을 점차 마비시켰다. 나는 두 팔로 무릎을 감싸 안은 채 땅 위에 어지럽게 덮여 있는 눈이 수없이 많은 말발굽에 밟히고 또 바퀴에 깔리는 모습을 바라보았다.

전쟁은 시작되었고, 얼마 지나지 않아 그 끝에 다다를 것이다.

늠름한 적토색 천리마에 타고 있는 연희의 온몸은 하얀 안개에 휩싸여 있었다. 그는 이 전쟁에 얼마나 자신이 있는 걸까? 기우는 이 전쟁에서 승리할 수 있을까?

출발하기 전, 천궐문天闕門에서 의기양양하던 연희의 모습이 떠올랐다. 그는 눈이 펑펑 내리는 하늘을 가를 듯이 장검같이 우렁차고 맑은 목소리로 군사들의 용기를 북돋아 주며 외쳤었다.

"기나라에 승리하지 못하면 돌아오지 않겠다!"

이는 수많은 전사들의 마음에서 우러나는 소리였으며, 천하 백성들의 마음이기도 했다. 지금 그들은 이번 전쟁으로 승패가 결정되기를 바라고 있었고, 정의를 위해 피 흘려 바친 목숨을 천하의 안정과 바꿀 각오가 되어 있었다.

기우 쪽의 상황은 알 수 없으나 육나라는 기나라로부터 승리를 거두지 않으면 절대 그만두지 않을 맹렬한 기세였다.

기나라의 강력한 군사력은 천하에 소문이 자자하지만 군사가 아무리 많다 해도 양식이 없으면 소용이 없다. 지금은 그들의 양식이 충분히 준비되었을까? 이 전쟁을 치를 만큼 충분한 양이 있을까?

며칠 동안의 여정 끝에 군사들은 변방에 도착했고 기운의 군사와도 합류했다.

변방의 황야는 그 끝이 보이지 않았다. 며칠 동안 그치지 않던 큰눈은 드디어 내리기를 멈추었고, 하얀 구름이 하늘 멀리까지 계속 이어져 있었다. 대군이 도착하자 황량하던 주변이 다소 생기를 띠었다.

시위 하나가 수레의 문을 열고 두 손과 두 발이 쇠사슬에 묶여 있는 나를 내려 주었다. 나는 한 걸음 한 걸음 눈밭을 밟으며 변방의 성벽 위로 걸어갔다. 하얗고 깨끗한 눈이 도시를 덮어 얼음 도시처럼 보였다.

성루의 꼭대기에 오른 순간, 나는 기운이 가냘픈 몸매와 고운 얼굴을 한 병사를 성난 눈으로 쏘아보고 있는 것을 보았다. 매서운 목소리가 들릴 듯 말 듯 전해졌으나 그가 무슨 말을 하고 있는지는 정확히 들리지 않았다.

기운이 이토록 성을 내는 모습은 처음 보았기에 나는 이상

한 느낌이 들었다. 언제나 온화하고 고상하던 그가 아니던가? 도대체 누가 그를 이토록 분노하게 만든 것인가?

가까이 걸어가자 그들의 목소리가 더욱 또렷이 들려왔다.

"그 야만적인 무리들과 어울리지 말라고 몇 번이나 말했는데, 너는 어찌 나의 말을 듣지 않는 것이냐? 그 무리들은 모두 기골이 장대하고 거칠지 않느냐!"

기운은 줄곧 병사를 향해 소리치고 있었고, 그럴수록 상대방의 고개는 점점 숙여지고 있었다. 불쌍하기 짝이 없는 모습이었다.

그가 아무 말도 하지 않자 기운이 미간을 찌푸리며 그를 향해 더욱 고함쳤다.

"내 말을 제대로 알아들은 것이냐!"

"제가 그놈들과 어울리는 걸 신경이나 쓰십니까?"

목소리는 작고 낭랑하였으나 다소 울먹이고 있었다. 기운이 한참 동안 침묵하고 있자 놀랍게도 병사가 울음을 터뜨렸다. 그의 울음은 나를 무척 놀라게 만들었을 뿐만 아니라 노기등등하던 기운의 안색을 누그러뜨렸다.

기운이 작은 목소리로 위로하며 말하였다.

"울지 말아라."

그가 더욱 심하게 울기 시작했다.

기운은 어쩔 줄 몰라 하며 그를 바라보았고, 다시 한 번 그를 향해 소리쳤다.

"울지 말아라! 내가 울지 말라면 울지 말란 말이다."

그 말이 떨어지자 슬프게 울던 그의 울음소리가 곧바로 잦아들었다. 그는 초롱초롱한 두 눈을 크게 뜨고 기운을 바라보았다.

그 순간, 나를 발견한 기운의 눈빛에 돌연 혼란스러움과 난처함이 드러났다. 그는 재빨리 예전의 기품 있는 태도를 되찾았다.

"진비."

나는 옅은 웃음을 지으며 그들을 번갈아 바라보다가 눈물로 눈이 흐릿해진 아이에게로 시선을 고정하였다. 갑자기 무엇인가를 깨달은 나는 이해했다는 미소를 지었다.

"아직 어리니 그리 사납게 대하지 마세요."

기운이 넋을 놓고 있는 사이, 나는 이미 시위를 따라 그들 곁을 지나가고 있었다.

그 아이는 분명히 어린 아가씨였다. 기운은 분명 그녀가 여자라는 것을 알고 있으리라. 그리고 기운은 그녀를 좋아하는 듯했다. 그렇지 않다면 그녀가 다른 병사들과 함께 어울리는 것을 그토록 신경 쓰지는 않을 테니 말이다. 그러나 그는 자신의 감정이 남몰래 커져 가고 있는 것을 아직 깨닫지 못한 듯했다.

나는 그들이 부러웠다. 아무런 부담 없이 서로를 좋아할 수 있고, 그 감정이 조금씩 커져 갈 수 있는 그들의 관계가 부러웠다. 나는 달랐다. 나의 사랑은 이미 매장되어 버렸다. 기우와 함께 매장되었다.

옥에 갇혀 있을 때 유초가 내게 물었었다. 만약 연희가 나를 위해 천하를 포기하고 나와 먼 곳으로 떠나 살겠다고 하면, 내가 지금껏 꿈꿔 왔던 삶을 살게 해 주겠다고 하면 그와 함께 먼 곳으로 떠나 그곳에 머무르겠냐고…….

나는 부정하지 않았다. 그것은 내가 가장 바라던 삶이고, 누군가 나와 함께 여생을 보내기를 원한다면 나는 그것만으로도 만족할 수 있었다. 그러나 연희가 천하를 포기한다는 것 자체가 불가능하기도 하려니와 나는 여전히 그의 형수이며 기우의 비이다. 무엇보다도 나의 마음은 이미 저 깊은 곳에 매장되어 더 이상은 그 누구도 받아들일 힘이 남아 있지 않았다.

성벽 안으로 들어오니 쇠망치로 파내고 황토를 쌓아 만든……, 겨우 방이라고 부를 만한 곳이 있었다. 탁자 앞의 등불이 흔들리며 빛을 발하고 있었고, 연희는 고개를 숙인 채 손에 들려 있는 군사배치도를 보고 있었다. 붉은 빛에 비친 그의 옆얼굴이 불빛에 따라 깜빡이고 있었다. 나의 심장은 아무 이유 없이 거세게 뛰며 안정이 되지 않았다.

시위가 망가진 의자 하나를 찾아 와 내가 앉을 수 있게 해 주었다. 나는 여전히 고개를 숙인 채 내게 시선 한 번 주지 않는 연희를 바라보다가 자리에 앉았다. 두 손과 두 발이 묶인 채 나는 그와 멀지 않은 곳에 앉아 있었지만 그는 나를 투명인간으로 취급하고 있었다.

갑옷 입은 몇몇 고위 장수들이 들어오자 연희가 그제야 고개를 들고 무표정한 얼굴로 말하였다.

"기나라 쪽 군사 상황은 어떠한가?"

몇몇 장군들이 입을 열어 말을 하려다가 경계하는 시선으로 나를 바라보았다. 그들의 표정에는 경멸이 담겨 있었다. 그러나 연희는 여전히 나를 존재하지 않는 사람 취급하며 매서운 눈빛으로 그들을 노려보았다.

"다들 벙어리가 되었느냐? 기나라의 군대 상황이 어떠하냐?"

장군 하나가 황제의 질문에 곧바로 대답하였다.

"폐하께 아뢰옵니다. 이번 기나라 황제의 친정에는 그 좌우를 소경굉과 전모천 장군이 지키고 있습니다. 그 둘은 소문처럼 그렇게 으르렁대는 것 같지 않았습니다. 오히려……."

"짐이 너희들을 그들 곁에 심어 놓은 것은 그 둘의 관계를 이간질하기 위함이었는데, 지금 그들이 납란기우와 힘을 합하여 전쟁을 한다니! 이런 일조차 제대로 처리하지 못하면서 어찌 짐을 도와 대군을 통솔하고 출정을 하겠다는 것이냐?"

연희의 목소리가 돌연 높아졌고, 거기에는 분노가 담겨 있었다.

자리에 있던 몇몇 장수들은 긴장하였다.

"폐하, 진노를 거두시옵소서. 원래는 이간질에 성공했었습니다. 그런데, 어찌 된 일인지 그들이 갑자기 예전의 나쁜 감정을 모두 풀어 버렸습니다."

"시끄럽다! 짐은 더 이상 이 일을 논하고 싶지 않다. 지금 우리는 그들의 병력과 식량, 구체적인 위치 등을 파악하여 그들을 공격할 수 있는 방법을 찾아내야 한다."

연희가 손을 흔들자 장수들이 소가죽으로 만든 지형도를 에워싸고 다 함께 그것을 살펴보며 어찌 공격해야 할지에 대해 이야기하기 시작했다. 모두 옳은 말이었다.

연희, 그는 내가 그들이 논하고 있는 군사 정세를 듣는 것이 두렵지 않단 말인가? 하긴 지금의 나는 죄인이니 군사 비밀을 알게 되었다 한들 무슨 소용이 있겠는가?

나는 투명인간처럼 의자에 멍하니 앉아서 방 안의 소란스러운 소리를 듣는 체 마는 체하며 그윽한 눈빛으로 바깥의 설경만을 바라보고 있었다.

그 황야가 눈에 덮이니 이렇게나 깨끗하고 투명하게 변하는구나. 이 순간 기우는 나와 삼 리 안에 있을까? 삼십 리? 삼백 리? 나와 아무리 가까이 있다 해도 우리는 하늘의 양 끝에서 서로를 바라볼 수밖에 없었다.

연희는 나를 끌고 가서 기우가 천하를 더욱 아끼는지, 나를 더욱 아끼는지를 보여주려 한다. 나 역시 어느 정도 기대가 되었다. 기우의 마음속에서 내가 차지하고 있는 위치가 어디쯤인지 알고 싶었다. 그러나 한편으로는 겁이 나기도 했다. 만약 그에게 내가 더 중요하다면 나는 기나라를 멸망하게 할 화근이 되는 것이다. 만약 천하가 더 중요하다면 나의 마음은 또 얼마나 아플까?

순식간에 겨울의 어둠이 찾아오자 몇몇 시위들이 숯불 통을 들고 들어와 한없이 차가운 방 안을 따뜻하게 데워 주었다. 그러나 그 약간의 온기로는 이미 겨울의 한기에 얼어붙어 있는 내 몸의 한기를 녹일 수 없었고, 나는 아무리 애를 써도 빠져드는 깊은 잠을 이겨 낼 수가 없었다. 나의 정신을 그나마 붙잡아 주고 있는 것은 장수들의 거친 목소리였다.

하지만 더 이상은 냉기와 마비를 견뎌 낼 수 없었다. 눈꺼풀도 점점 더 무거워졌다. 그때 갑자기 따스함이 느껴졌다. 마치 여름날 시원한 냉수 한 잔을 얻은 것 같은, 겨울날 성냥 하나를 얻은 것 같은 느낌이었다. 온 힘을 다해 눈을 뜨자 차가운 얼굴 하나가 앞에 나타났다. 나의 온몸에는 이불이 둘둘 감겨 있었다.

입을 열어 말을 하고 싶었으나, 안타깝게도 아무 소리도 나오지 않았다.

연희는 나를 옆으로 안아 올려 방 안에 단 하나뿐인 침대 위에 내려놓았다. 그의 눈빛은 걱정스러운 것 같기도, 다급한 것 같기도, 기쁜 것 같기도 혹은 슬픈 것 같기도 했다. 나는 이해할 수 없어 하며 그의 표정을 바라보았다. 그가 왜 저러는 걸까? 왜 내게 저런 연민의 정을 드러내는 것일까?

"복아……."

그의 목소리는 무척 가라앉아 있었다. 그가 나의 이름을 부르자 나는 어찌해야 할지 알 수가 없었다.

불현듯 연희의 갑옷 가슴팍에 적지 않은 피가 묻어 있는 것을 발견하고 나는 입술에 침을 바르고 목소리를 내어 그에게 알려주려 하였으나, 그저 입안의 피비린내만이 느껴질 뿐이었다.

나는 돌연 깨달았다. 그것은 나의 피였다.

"저는 이렇게 죽는 건가요?"

들릴 듯 말 듯한 매우 작은 소리를 냈을 뿐인데, 또다시 목에서 피비린내가 솟구쳐 올라왔고 차가운 액체가 나의 입가로 천천히 번져 갔다.

"그대가 죽도록 놔두지 않을 것이오. 욱나라가 존재하는 한, 그대는 욱나라와 그 목숨을 함께해야 하오!"

그의 말에는 결연함이 담겨 있었고, 그의 눈빛은 내가 한 번도 본 적이 없는 것이었다. 그의 입술은 단단히 닫혀 있었고, 눈에는 노기가 담겨 있었다. 나는 힘없이 미소 지었다.

"그 누구도 하늘에 대항할 수는 없어요. 염라대왕이 제 목숨을 거두려 한다면 그 누가 막을 수 있겠어요?"

"만약 염라대왕이 그대를 원한다면 나는 반드시 염라대왕의 궁에서 그대를 되찾아 올 것이오."

그는 재빨리 몸을 일으킨 후, 또다시 이불 하나를 꺼내어 내 몸에 단단히 둘러 주었다. 내가 추위를 견뎌 내지 못할까 두려운 듯했다.

나는 연희의 행동이 참으로 모순적이라고 생각했다. 내가 죽기를 원치 않는다면 변방까지 오는 내내 왜 나를 죄인들이나 타는 수레에 가두어 한없이 내리는 눈보라를 맞게 하고 겉옷 하나 주지 않았던 것인가? 게다가 그는 초라한 나를 방 안에 내팽개쳐 장수들이 경멸의 시선으로 나를 주시하게 하지 않았는가? 나를 괴롭히려는 것이 아니라면 무엇이란 말인가? 이제 그는 뜻을 이룰 수 있게 되어, 어쩌면 잠시 후 나는 그의 앞에서 죽어 버릴지도 몰랐다. 그런데 이제 그는 내가 죽지 못하게 하고 있다. 이는 나를 계속 괴롭히기 위함인가? 만약 그렇다면 내게 굳이 마지막 숨을 지키며 살아남을 이유가 무엇일까? 여전히 외로운 초설을 위해서? 다시 한 번 기우를 만나기 위해서? 혹은 기우의 마음속에서 내가 천하보다 소중하다는 것을 직접 확인하기 위해서?

"복아, 잠들지 마시오!"

연희의 고함 소리가 점점 흐릿해져 가는 나의 정신을 되돌려 놓았다. 그가 양팔에 힘을 잔뜩 주고 나를 그의 건장한 품에 감싸 안았다.

"여봐라. 뜨거운 물을 가져오너라, 어서!"

고함치는 그의 목소리는 포효하는 사자 같았고, 밖을 지키던 사병들이 곧바로 대답하였다.

"예, 폐하."

사병들이 가득 담아 온 뜨거운 물 몇 통을 목욕통 안에 다급히 붓자 수증기가 온 방 안을 가득 채웠다. 연희는 이번에는 시위들에게 몇 가지 약초를 구해 오라고 명하였다. 하늘도 땅도 얼어붙어 구할 수 있는 약재의 종류가 많지 않았지만, 연희는 이 약초들이 모두 이 주변에서도 구할 수 있는 약초라고 말하였다. 연희는 마침내 시위들이 구해 온 약초들까지 목욕통 안에 넣었다. 약욕藥浴이었다.

그가 침대 가장자리에 앉아 두 손을 나의 목 근처에 댔다.

472

그가 내 옷을 벗기려는 것을 깨닫고 나는 온 힘을 다해 옷자락을 단단히 붙잡았다.

"뭐 하는……, 거예요?"

"지금 그대에게 움직일 힘이 남아 있다고 생각하오?"

연희는 손쉽게 나의 손을 치워 내고, 나의 반대는 신경도 쓰지 않은 채 단추를 풀기 시작했다.

나는 더 이상 발버둥치지 않았다. 나는 고개를 돌리고 눈을 감은 채 그가 나의 옷을 벗기는 대로 내버려 두었다. 바스락거리는 소리가 사방으로 퍼져 나갔고, 그 기묘한 분위기에 나는 숨조차 제대로 쉴 수가 없었다.

목숨을 건지기 위해서는 반드시 옷을 벗은 채 약욕을 해야 한다는 것을 나도 알고 있었다. 군대에는 여인이 없으니 오직 그만이 나의 옷을 벗길 수 있었다. 그때 갑자기 기운에게 혼이 나던 가련한 아이가 떠올랐다. 그녀는 남장한 여인이 아니던가. 그러나 나는 이를 연희에게 말할 수 없었다. 그렇게 되면 기운을 해하게 되고, 그녀 또한 해하게 되기 때문이었다.

연희에 의해 나의 옷이 오직 상의 한 벌과 하의의 속옷만이 남았을 때, 나의 몸은 공중에 떴다가 뜨거운 목욕통 안으로 들어가게 되었다. 약초 향기가 내 주변으로 퍼지며 나의 어지러운 생각을 자극하였으며, 경직된 몸은 뜨거운 약욕으로 천천히 편안해졌다. 약초의 효과인지 뜨거운 열기가 순식간에 발끝부터 머리끝까지 뚫고 지나갔고, 아랫배에도 열기가 점차 번져 가는 것이 느껴졌다.

"뭐 하는 거요? 아직도 부끄럽소?"

잠시의 고요함 후, 연희의 옅은 웃음소리가 내 귓가를 스쳤고 시종 두 눈을 감고 있던 나는 천천히 눈을 떴다. 그의 장난스러운 표정 가운데 안도가 드러나 있었다.

"두 손을 움직일 수 있나 보시오. 그리고 아직 입고 있는 옷은 직접 벗도록 하시오. 약욕을 할 때는 몸에 그 어떤 옷도 걸치고 있으면 안 되오."

약욕 때문인지 아니면 그가 앞에 있어서인지 나의 얼굴이 새빨갛게 달아올랐다. 나는 물 안에 몸을 잠시 더 담근 후에야 남은 옷을 모두 벗을 수 있었다.

그는 그런 나를 똑바로 바라보기만 할 뿐, 아무 말도 하지 않았다. 나는 이 난처한 분위기에서 도대체 어찌해야 할지 알 수 없어 이 기묘한 분위기를 깨뜨릴 수 있는 화제를 찾았다.

"왜 저를 구해 주신 건가요? 지난 며칠 동안은 저를 괴롭히셨잖아요?"

연희는 웃음 지었고, 그윽한 눈빛으로 나를 바라보았다. 그리고 잠시 후, 진지하게 이야기를 시작했다.

"나는 그대가 고생하는 모습을 보면 내가 즐거울 거라고 생각했소."

내가 물속에서 양손을 움직이자 출렁거리는 물소리가 유난히 또렷하게 들렸다. 나는 심호흡을 하며 그가 한 말의 의미를 곰곰이 생각해 보았다.

내가 입을 열기도 전에 그가 숙연한 모습으로 옅은 미소를 거두어들였고, 그의 얼굴 위에는 냉정함만이 남았다.

"그대의 몸이 나아지면 그대가 납란기우를 만날 수 있도록 해 주겠소."

"그를 만난다고요?"

나의 목소리는 흔들리고 있었다. 혹시 그는 수년 전 연운파에서처럼 암살을 계획하고 있는 것은 아닐까? 연성은 연운파에서 죽음을 맞이했다. 이번에는 누가 또 희생될 것인가? 만약 연희가 또다시 기우를 향해 독화살을 날린다면, 나는 이번에도 그때처럼 결연하게 그를 위해 화살을 막아 낼 수 있을까?

나의 염려를 알아채기라도 한 듯 그의 미간이 찌푸려졌다. 탁자 위의 등불은 깜빡이며 흔들렸으나 그의 그림자는 꼼짝도 하지 않고 점점 커져만 갔다.

"예전에 형님께서 납란기우를 만나러 가셨을 때, 나는 형님의 뒤에서 독화살 세 발을 준비했었소. 그러나 이번에 내가 납란기우를 만나러 갈 때에는 그 누구도 나를 위해 세 발의 독화살을 준비하지 않을 것이오."

그는 한참 동안 말을 멈추었다가 마치 혼잣말을 하듯 또 다른 말을 내뱉었다.

"누군가 독화살을 쏜다 해도, 그대는 여전히 그를 위해 화살을 막아서겠지. 그러나 이제 그 누구도 그대를 위해 화살을 막아 주지는 않을 것이오."

"그래요. 이 세상에 오직 연성 같은 바보만이 저를 위해 화살을 막아 줄 테니 말이에요."

나는 소리 없이 웃었으나 웃음소리는 흐느끼는 것 같았고 눈가는 시큰했다.

"연희, 그대는 황실의 형제들도 진정한 우애를 나눌 수 있다는 걸 제게 보여 주셨어요. 수년간 저는 형제들끼리 서로를 해치는 모습을 너무 많이 봐 왔어요. 비록 이복형제 간이지만 오직 그대와 연성만이 깊은 우애를 나누었지요. 만약 기우의 형제들이 그대들의 절반만이라도 닮았더라면 부친을 죽이고 황위를 찬탈하는 일은 발생하지 않았을 거예요. 그리고 저 또한 십 년 전, 둘째 숙부에 의해 영혼을 잃지 않았겠지요."

"십 년……."

그는 이 길고도 아득한 단어를 반복했다.

"작은 회랑은 우리 기억 가득한 곳, 달빛 맞으며 나 홀로 이곳에 서 있구나. 등불 숨기며 만났으나 달빛에 꽃그늘로 숨었었지. 십 년이 흘렀으나 그 정경 잊혀지지 않는구나."

"그대는 오히려 감격스러운가 보군."

내가 조용히 읊조린 시를 들은 그가 큰 소리로 웃으며 말했다. 하지만 호방하게 웃던 그의 얼굴이 곧바로 어두워졌고, 그 찰나의 변화가 나를 당황하게 만들었다.

"내가 했던 말을 기억하오? 나는 그대의 불임을 고쳐 줄 수 있소. 그대 몸의 고통을 제거하는 것은 내게는 식은 죽 먹기라오."

"물론 그렇겠지요. 이런 병 정도는 청출어람의 연희에게는 아무것도 아니겠지요. 그럼 그대의 조건은요?"

"역시 그대는 나를 잘 아는군."

그가 한 발자국 걸어 나와서 두 손으로 목욕통을 붙잡고, 허리를 굽혀 내게 다가왔다.

"영원히 초설을 보살펴 주고 그녀의 어머니가 되어 주시오."

그의 조건을 들은 나는 몹시 놀랐다.

"그렇게 간단한 건가요? 저는 이미 초설을 제 아이로 생각하고 있어요. 제 목숨이 붙어 있는 한 저는 제 모든 사랑을 그 아이에게 줄 거예요."

"아니오. 이 조건은 조금도 간단하지 않소."

연희가 갑자기 나의 아래턱을 쥐고 내 머리를 들어올려 그의 사악한 눈빛을 마주 보게 했다.

"만약 이번에 내가 진다면, 오직 그대만이 초설을 지켜 줄 수 있소."

"그대는 일찍이 욱나라가 멸하게 된다면 저 역시 함께 매장되어야 한다고 말했었어요."

"생각이 바뀌었소. 만약 내가 포로가 된다면 초설의 운명도 짐작할 수 있소. 그대가 살아 있어야만 초설이 잘 살아갈 수 있소."

손에 힘을 풀고 그는 유난히 슬픈 시선으로 몸을 돌려 나를 등졌다.

그가 내 앞에서 자신의 나약한 모습을 드러낸 것은 처음이었다. 이것은 이 전쟁을 준비하며 그가 생각한 최악의 계획일 것이다. 사람은 목석이 아닌데 그 누가 감정이 없을 수 있겠는가?

연희는 제왕으로서의 도리를 깨달은 듯했다. 전쟁의 목적은 양쪽 모두에 타격을 입히거나 파멸시키기 위해서가 아니라 천하를 안정시키기 위함이다. 천하를 통일하면 모든 이들의 제왕이 되는 것이니, 더욱 포용하며 관용을 베풀어야 한다.

지금의 연희는 연성을 해한 나에게 관용을 베푼 듯했다. 그렇다면 언젠가는 기우에 대한 증오도 옅어질 수 있을 것이다. 연성의 죽음에는 연희 자신도 분명 큰 책임이 있으니 말이다. 만약 그가 독화살을 쏘지만 않았어도, 우리가 어찌 지금의 이 지경에 이르렀겠는가?

북방의 변방에는 계속해서 눈이 내렸고, 날씨는 참으로 혹독하였으며, 얼음은 두껍게 얼어붙어 있었다.

함박눈이 북방의 광활한 대지 위에 흩날리고 있었다. 사방의 차가운 눈밭은 새하얀 눈으로 뒤덮여 있었으나 타향의 전쟁터에 묻힌 이들의 비애는 감출 수가 없었다. 나의 두 손은 여전히 쇠사슬에 단단히 매여 있었지만 발의 쇠사슬은 풀려 있었다. 처음과 비교해 보면 훨씬 나은 상황이었다. 연희는 내가 한기를 이기지 못해 또다시 예상치 못한 상황을 맞이할까 걱정하며 오늘은 내게 담비 외투를 걸쳐 주었다.

나와 그는 같은 말에 타고 있었다. 그는 단단한 팔로 나를 자신의 품 안에 꼭 끌어안았다. 그의 검은 옷이 바람결에 나부끼며 바스락거리는 소리를 만들어 내고 있었다. 그의 차가운

478

숨결이 느껴졌고, 그의 온몸에서 뿜어져 나오는 살기가 매우 위험하게 느껴졌다.

나는 우리의 뒤를 따르고 있는 군사들의 발소리 외에 또 다른 소리가 들려오지는 않는지 귀를 쫑긋 세웠다. 연운파에서의 그 상황이 또다시 내 눈앞에서 벌어질까 몹시 두려웠기 때문이다. 다행히 북풍이 윙윙거리며 몰아치는 소리 외에는 그 어떤 소리도 들리지 않았다.

산길은 험준하고 굴곡졌으며, 빙설은 태양을 가리고 있었다. 매섭게 부는 칼처럼 거친 바람이 내 뺨을 아프게 하였고, 바람결에 어지럽게 흩어진 머리카락이 춤을 추었다.

황량한 벌판, 나는 드디어 그를 만났다. 흰 깃발을 꽂은 금빛 투구를 쓰고, 똬리를 튼 용무늬 옷을 입은 그는 백마 위에 앉아 굳세고 당당한 모습으로 우리를 바라보고 있었다. 그리고 공허하고 흐리멍덩한 눈빛의 여인, 그녀 역시 그와 같은 말에 타고 있었다. 그 두 사람 사이에는 냉기가 가득하였고, 머리카락이 불어오는 바람에 서로 뒤엉켜 있었다.

그의 눈빛이 나를 주시하고 있었다.

두 해, 그는 전혀 변하지 않았다. 제왕의 위엄 있는 풍모는 여전히 보는 이를 두렵게 하였고, 그저 세월의 흔적이 그를 다소 지쳐 보이게 할 뿐이었다. 그의 나이도 이제 서른에 가까워졌으리라. 우리 모두 나이를 먹었고, 십 년이란 세월은 쏜살같이 흘러가고 말았다.

문득 생각해 보니 나와 그 사이에 발생한 모든 일이 고작 몇 년 동안의 일이었다. 나와 그의 사랑에는 참으로 많은 사건과 변화가 있었고, 언제나 권력의 소용돌이 한가운데에 있었다.

연희가 돌연 나의 허리를 감싸 나를 그의 몸에 더욱 밀착시켰고, 아래턱을 나의 이마 위에 가볍게 대었다. 따뜻한 호흡이 나의 얼굴을 스치자 간지러움이 느껴졌다. 나는 벗어나려 했지만 그는 나를 더 단단히 끌어안았다.

얼음장같이 차가운 기우의 눈빛을 바라보며 나는 연희의 목적을 깨달았다. 그는 기우를 자극하려는 것이었다.

그의 이런 행동에 나는 안타까움을 느꼈고, 작은 목소리로 말하였다.

"연희, 이런 행동은 어린아이 같아요."

이 말이 떨어지자마자 내 허리춤에 닿은 그의 손에 더욱 힘이 들어갔고, 나는 순간적으로 숨조차 제대로 쉴 수 없었다.

"나를 자극하지 마시오. 오늘 그대에게 보여 줄 것이오. 납란기우의 마음속에서 그대가 어느 정도의 자리를 차지하고 있는지 말이오."

그는 내 귓가에 귓속말을 한 후, 고개를 들어 기우를 바라보았다.

"납란기우, 네 여인을 원하느냐? 만약 원한다면 연사와 함께 너희 둘만 이곳으로 건너와 교환하도록 하자."

나는 경악을 금치 못했다. 이곳에 홀로 온다는 것은 죽음을 자처하는 일이 아닌가! 연희는 지금 무슨 헛소리를 하고 있는 것인가!

나는 분개하며 고개를 돌려 말했다.

"뭐 하려는 거예요?"

그는 눈을 살짝 내리깔았다.

"마음이 아프오? 그대가 그의 마음속에서 어떤 자리를 차지하고 있는지 알고 싶지 않은 거요?"

그의 목소리는 무척이나 위험하게 들렸다.

"이런 방법으로 증명할 필요는 없어요."

나의 말이 떨어지자마자 비수 하나가 나의 목을 겨누었다.

"납란기우, 말해 보아라. 감히 이쪽으로 올 수 있겠느냐?"

소경굉의 안색이 일순간 변하였고, 곧바로 손에 쥐고 있던 커다란 검을 들어 연희를 가리키며 비난했다.

"어찌 네가 아 부인을 데리고 와서 동생을 데려가지 않는 것이냐!"

연희는 거만한 웃음을 지었다.

"모든 무기에는 그 나름의 가치가 있는 법이지. 연사는 나를 배신한 동생이고, 복아는 기나라를 구하기 위해 자신을 희생한 여인이다. 누구의 가치가 더 클지, 너희도 잘 알고 있겠지?"

이 말을 들은 소경굉도 크게 웃더니, 한 손으로 말고삐를 당기며 말했다.

"우리가 아 부인을 보냈을 때는 그녀가 돌아올 수 없으리란 것까지 생각했었다는 것이다. 그런 필요 없는 사람을 이용하여 폐하와 담판을 지으려 하다니, 참으로 우습기 짝이 없구나."

"우습기 짝이 없는지 아닌지는 오직 납란기우에게 달려

있다."

연희가 얼굴을 굳히고 차가운 눈빛으로 기우를 노려보았다.

"너의 결정을 말하라."

기우의 눈빛은 시종 나의 몸에 고정되어 있었고, 다른 이의 행동을 관찰할 시간은 없어 보였다. 나는 그가 연희가 한 말을 듣고 있는지조차 의심스러웠다.

돌연 기우가 말고삐를 풀고 말에서 뛰어내렸고, 그 기세에 멍하니 있던 연사 역시 함께 이끌려 내려왔다.

"좋다. 내가 가겠다."

"폐하!"

"폐하!"

소경굉과 전모천이 동시에 외쳤다. 말발굽 소리가 온 황야에 울려 퍼졌다.

나는 믿을 수 없어 하며 연사를 붙잡고 기우가 나를 향해 한 걸음씩 다가오는 모습을 바라보았다. 기쁨은 없었다. 오직 놀라움뿐이었다.

"기우, 오지 말아요. 그는 나를 죽이지 않을 거예요!"

"닥치시오!"

연희는 나의 아래턱을 움켜쥐어 내가 더 이상 말을 잇지 못하도록 하였다. 그러나 나는 온 힘을 다해 발버둥 쳤고 그 바람에 연희의 손에 있던 칼이 나의 목을 살짝 베었다. 깜짝 놀란 그는 황급히 비수의 위치를 옮기고, 나의 몸을 단단히 고정시켜 내가 더 이상 발버둥 치지 못하도록 하였다.

기우의 발걸음이 멈추지 않고 계속해서 앞을 향해 전진하자, 소경꾕도 말에서 뛰어내렸다. 그는 팔을 들어 기우의 길을 막아서서 흥분한 모습으로 소리쳤다.

"폐하, 기나라의 장수와 백성들을 생각하셔야 합니다. 폐하께서는 한 나라를 짊어지고 계십니다. 결코 여인 하나를 위해 폐하의 나라를 포기하시면 아니 되옵니다!"

바람이 불어 눈 위에 발자국조차 남기지 않았다. 눈밭에 한참을 서 있던 그가 나를 그윽한 눈으로 바라보며 말했다.

"만약……, 예전의 나라면 여인 하나가 결코 천하보다 중요할 수는 없다고 생각했겠지만 지금의 나는 깨달았다. 여인과 천하 사이에는 별로 큰 차이가 없어. 그저 사람마다 중요하게 생각하는 것이 다를 뿐이지."

그의 말은 마치 자신에게 하는 것 같기도, 소경꾕에게 하는 것 같기도, 또는 나에게 하는 것 같기도 했다.

"연희는 욱나라의 황제이니 그가 몰래 독화살을 쓰는 일은 다시 없을 것이다. 이 결전은 그가 제안한 것이니……."

여인과 천하 사이에는 별로 큰 차이가 없다. 그저 사람마다 중요하게 생각하는 것이 다를 뿐…….

나는 더 이상 발버둥 치지 않았다. 그저 하염없이 눈물을 흘리며 아무 말 없이 그를 마주하고 있었다.

연사의 눈에서도 눈물이 흘러내렸고, 얼빠진 듯한 얼굴 위에 옅은 미소가 떠올랐다. 그 미소에는 깊은 조롱이 담겨 있었다.

소경꿍이 갑자기 대검을 치켜들더니 날카로운 검 끝을 자신의 목에 겨누고 두 무릎을 굽혀 바닥 위에 꿇어앉았다.

"폐하, 만약 폐하께서 가신다면 신은 폐하 앞에서 자결하겠습니다."

기우의 어조는 담담하였으나 단호했다.

"짐은 이미 결정하였다."

그의 협박에 꿈쩍도 하지 않고 기우가 한 걸음 한 걸음씩 나를 향해 걸어왔고, 소경꿍은 믿을 수 없다는 듯 자신을 지나쳐 가는 그를 바라보았다. 소경꿍의 손이 경미하게 떨리더니 결국 꿍음과 함께 대검을 바닥에 떨어뜨리고 말았다.

"하늘은 기나라가 망하기를 바라고 있구나!"

온몸에서 힘이 빠진 듯 그가 차가운 눈 위에 엎드려 목놓아 울었다.

전모천은 기우를 막지 않았다. 그는 밀에서 내려 소경꿍을 향해 걸어가 말하였다.

"소 장군, 폐하께서도 보통 사람이십니다. 폐하께도 목숨을 걸고 지켜 내고 싶은 것이 있으신 겁니다. 폐하께 아 부인은 그저 스쳐 가는 사랑이 아닙니다. 폐하께서는 아 부인께 십 년의 빚을 지고 있으십니다."

기우가 나를 향해 천천히 걸어오는 것을 바라보며, 나의 손을 단단히 붙잡고 있던 연희의 손에서도 힘이 점점 빠져나갔다. 그가 내 귓가에 대고 작은 목소리로 말하였다.

"기우가 이토록 사랑을 중시하는 사람일 줄은 몰랐군. 그대는 답을 보았겠지? 기우에게 그대는 천하보다 중요하고, 그의 목숨보다 소중하오. 어쩌면 그대조차 이러한 결말은 예상치 못했겠지. 지금 나의 한마디 명령이면 납란기우는 나의 포로가 될 것이며 나는 여인 하나만을 이용하여 이 천하를 통일하게 될 것이오. 병사 하나 죽지 않고, 피 한 방울 흘리지 않고 천하를 통일하는 것이오."

아래턱이 점차 편안해지자 나는 곧바로 발버둥 치며 그에게 애절하게 말했다.

"이렇게 부탁할게요. 그를 놓아줘요. 부탁이에요."

연희는 아무 말도 하지 않고 미소를 지으며 우리를 향해 다가오는 기우의 모습만을 바라보고 있었다. 갑자기 연희가 나를 놓고 나와 함께 말에서 내리더니 이미 지척에 와 있는 기우를 마주한 채 웃으며 말했다.

"예전부터 나는 항상 이상하게 생각했었지. 도대체 왜 이 여인은 어리석게도 매번 그대를 위해 희생하고 결국에는 그대에게 이용당하는지, 도대체 그대의 무엇이 그녀를 사로잡은 것인지 말이야. 그런데 이제 보니 그대는 역시 대장부로군! 만약 그대가 오늘 복아를 선택하지 않고 천하를 선택하였다면, 나는 분명 그대가 이 황야를 떠나지 못하도록 했을 것이다."

말을 잠시 멈춘 그가 쓸쓸한 미소를 지었다.

"내가 결투를 청하는 편지를 보냈으니, 나는 그대와 이 전쟁을 치러 우열을 가릴 것이다. 지금은 복아를 그대에게 돌려주지만 머지않아 다시 그대의 수중에서 그녀를 되찾아 올 것이야."

기우는 우리 앞에 선 채 줄곧 연희에게 시선을 고정하고 있었는데, 그 눈에는 탄복과 감탄이 어려 있었다. 나는 그가 그러한 눈빛으로 자신의 적수를 바라보는 것을 처음 보았다.

나 역시 믿을 수가 없었다. 연희가 이토록 대범하게 우리를 놓아주다니! 연희는 정말로 원한을 버리고 제왕으로서의 풍모를 갖춰 가고 있었다.

"그대와 실력을 겨룰 날을 기대하고 있겠네."

기우의 입가에 보일 듯 말 듯한 미소가 드러났다.

"그대의 여동생, 털끝 하나 상하지 않은 채로 그대에게 돌려주겠다."

지금까지 기우에게 통제되고 있던 연사가 돌연 고개를 돌려 그와 눈을 마주쳤다.

나는 연사의 표정은 제대로 볼 수 없었지만 그녀의 한마디 질책은 똑똑히 들을 수 있었다.

"복아에게는 미안하고, 제게는 미안하지 않은가요?"

기우는 아무 말도 하지 않았으나 그의 얼굴은 무척 고통스러워 보였다. 무엇인가 잘못되었다는 생각이 들어, 나는 연희의 품에서 벗어나 앞으로 달려나갔다. 그리고 보기만 해도 가슴 아픈 광경에 나는 완전히 넋을 잃고 말았다.

연사는 손에 비수 하나를 꼭 쥐고 있었는데 그 칼끝이 기우의 아랫배를 찌르고 있었다. 피가 한 방울 한 방울 새하얀 눈 위로 떨어졌다.

연사의 눈에는 비통함과 분함이 드러나 있었고, 능욕의 눈물이 흘러내리고 있었다.

"납란기우, 나는 그대를 위해 내 오라버니까지 배신했는데, 내게는 전혀 미안하다고 생각하지 않는 건가요? 그대의 눈에는 오직 이 여인뿐이지요? 내게는 미안하지 않나요!"

기우는 더 이상 버틸 수 없는지 힘없이 몇 걸음을 뒷걸음친 후, 두 다리에 힘이 풀린 듯 쓰러지고 말았다. 얼이 빠져 있던 나는 곧바로 달려 나가 그를 부축했다.

"기우, 기우!"

기나라의 시위들은 기우에게 변고가 발생한 것을 보고 순식간에 달려와 외쳐 댔다.

"어서 폐하를 구해라! 어서⋯⋯!"

그들은 우르르 달라붙어 그를 들어올렸고, 경계의 눈빛으로 연희와 연사를 바라보았다. 특히 소경굉은 이 순간 기우의 상황이 위급하지만 않았다면 당장이라도 연희와 목숨을 걸고 겨룰 듯했다.

앞으로 나아간 연희는 두려울 정도로 침착함을 유지하고 있는 연사를 잡아 끌었다.

"무슨 짓을 한 것이냐!"

"나는 그를 증오해요. 그를 증오한다고요!"

갑자기 격앙된 연사가 연희를 노려보았다.

"그리고 오라버니도! 오라버니, 도대체 왜 나를 기나라로 보낸 거예요? 왜 나의 아기를 죽였나요! 오라버니는 감정도 없는 사람이에요. 자기 친동생의 아기까지 죽이다니!"

"이제 만족하느냐?"

연희는 그녀를 붙잡아 말에 태우고, 고개를 돌려 나를 잠시 바라보았다.

"약속을 잊지 마시오!"

"고마워요."

나는 그를 깊이 응시하다가 이 한마디를 남기고는 재빨리 몸을 돌려 기나라 군사들을 뒤쫓았다. 기우의 부상이 나의 마음을 어지럽혔고, 나의 머릿속에는 단 한 가지 생각뿐이었다.

절대로 그에게 무슨 일이 있어서는 안 된다. 절대로……!

피로 되찾은 인연

　　나는 군 장막 밖에 서서, 내 곁을 지나 장막을 드나드는 시위들을 바라보고 있었다. 아무나 붙잡고 기우의 상태를 묻고 싶었으나, 그들 중 누구도 나를 거들떠보지 않았다. 안에 들어가서 기우를 보고 싶어도 소경굉의 병사들이 장막 밖에서 나를 제지하였다. 나는 그저 장막 밖을 계속 배회할 수밖에 없었다. 나의 손에는 여전히 쇠사슬이 묶여 있었고, 오가는 내 발걸음에 따라 그것이 낭랑한 소리를 내고 있었다.

　　계속해서 시뻘건 핏물이 가득 담긴 대야를 들고 나오는 시위들을 바라보는 나의 마음은 거세게 요동쳤다.

　　작은 소리로 이야기를 나누는 시위들의 말소리가 들려왔다.

　　"그 여인이 참으로 독하게 손을 썼더군. 거의 비수 전체가 폐하의 배로 들어갔으니……."

"군의의 표정을 보니, 폐하의 상태가 그다지 낙관적이지 않은 듯하네."

"만약 폐하께 무슨 일이 생기면 우리는 이 전쟁을 할 필요가 없는 것 아닌가?"

"허튼소리 말게! 폐하께서는 천자이시니 하늘이 지켜 주실 거야. 거의 삼 년이나 이어 온 전쟁이야. 맞서 보지도 못하고 패하다니, 나는 절대로 받아들일 수 없을 거네."

그들의 말을 듣자 나의 얼굴빛은 더욱 어두워졌다. 나는 휘장으로 단단히 닫힌 군 장막을 바라보며 눈이 빠지게 소식을 기다렸다.

겨울의 한기는 몹시 매서웠고, 하늘의 구름은 모두 흩어졌으며, 하늘빛은 점점 어두워지고 있었다.

얼굴에 피로가 가득한 군의와 소경쾽, 전모천이 나온 순간, 나는 기우의 안위를 묻기 위해 곧바로 그들에게 달려가려 했다. 그러나 채 두 걸음도 떼지 못했을 때, 밖을 지키고 있던 수많은 장수들이 먼저 몰려들어 그들을 에워쌌고, 너도 나도 질문을 쏟아붓기 시작했다. 나는 가장 끝자리로 밀려난 채 한 마디도 끼어들지 못하고 있었다.

"조용히 하시오. 폐하께서는 무사하십니다."

군의의 목소리는 시끄럽게 질문을 쏟아붓는 이들의 목소리에 묻혀 유난히 작고 무력했고, 그다지 큰 반향을 불러일으키지도 못하였다. 장수들이 모두 폐하를 뵙겠다고 소리치자 소경쾽이 벌컥 성을 냈다.

"모두들 닥치지 못할까!"

장수들이 입을 닫았다. 시끌벅적하던 주위가 한순간 쥐 죽은 듯 조용해졌고, 모두들 기대감이 가득한 눈으로 그를 바라보았다. 그는 목소리를 가다듬은 후, 매우 숙연한 표정으로 말하였다.

"폐하의 부상은 군의가 충분히 치료할 수 있는 정도이고, 지금 폐하께 가장 필요한 것은 바로 안정과 휴식이오. 모든 장수들은 안심하고 자신의 자리를 지키시오. 욱나라 군대가 언제든 공격할 수 있으니, 진지를 확실히 정비하여 적에 대비해야 하오. 약점을 드러내어 그들이 그 틈을 비집고 들어오는 일이 없도록 해야 하오."

전모천도 매우 단호하고 힘 있는 어조로 말하였다.

"폐하를 믿으십시오. 폐하께서는 분명 이 난관을 이겨 내실 것입니다. 우리가 지금 해야 할 일은 폐하께서 휴식을 취하실 이 며칠 동안 이 나라를 지켜 내는 것입니다!"

"예."

군사들은 반신반의하며 대답한 후 흩어졌다. 남은 이는 군의와 소경굉, 전모천 세 사람뿐이었고, 그들은 표정은 유난히 무거웠다.

그들의 표정을 바라보며 나는 불길한 예감이 고개를 들었다. 설마 기우의 부상이 심각한 것인가? 군의의 말은 그저 군심을 다스리기 위해서인가?

나는 재빨리 앞으로 나아갔다.

"기우는 도대체 어떠신가요? 괜찮으신 거예요? 그를 좀 봐야겠어요."

"안 되오."

소경굉이 나를 막아서며 매우 엄한 얼굴로 말하였다.

"만약 그대가 없었다면 폐하께서 어찌 이런 부상을 당하셨겠소!"

그의 한마디에 초조함과 걱정이 분노로 변하였다. 나는 차갑게 웃으며 말했다.

"소 장군, 그대의 간절한 부탁을 받고 제가 욱나라로 가지 않았다면 어찌 그대들이 연희와 정정당당하게 맞설 수 있었겠어요? 만약 그대가 아니었다면 오늘 제가 연희에게 붙잡혀 연사와 교환되었겠어요? 연사는 이용가치가 높은 인질이었는데, 저와 교환하는 데 써 버렸으니 무척 실망스럽겠군요. 결국 하나를 얻으려면 소중한 물건 하나는 버려야 하는 거예요. 그것이 세상의 이치예요."

"내가 한 일을 부인이 비판할 수는 없소. 부인에게는 자격이 없소."

소경굉의 얼굴이 분노로 시뻘겋게 달아올랐다.

"됐습니다. 그만 싸우십시오."

전모천이 더 이상 참을 수 없다는 듯 외쳤다.

"폐하의 목숨이 경각에 달려 있는데, 아직도 싸울 마음이 남아 있습니까?"

"목숨이 경각에 달려 있다고?"

나는 낮은 목소리로 전모천의 말을 반복하였고, 곧바로 질책하는 시선으로 군의를 바라보았다.

"그가 고비를 넘겼다고 말하지 않았는가?"

"그것은 그저 군심을 다스리기 위해서였습니다. 폐하를 찌른 칼에는 힘이 잔뜩 실려 있었습니다. 조금의 사정을 두지 않고 온전히 폐하의 목숨을 노린 것이었지요. 지금은 지혈을 하여 상처를 조금이나마 다스릴 수 있게 되었지만, 북방의 황야에는 약재가 극히 드물고 약초를 찾는 것은 더욱 어려운 일입니다. 기나라로 곧바로 사람을 보낸다 해도 오고 가는 데 최소한 열흘은 걸릴 것입니다. 그러나 폐하의 상태로는 그토록 오랜 시간을 버티실 수가 없는 상황입니다."

군의는 황제의 상태가 병사들의 귀에 들어갈까 두려운 듯, 목소리를 낮추어 말하였다. 만약 그렇게 된다면 또다시 큰 혼란이 일어날 것이었다.

나는 미간을 찌푸리며 물었다.

"다른 방법은 없는가?"

군의는 나를 바라본 후 그 시선을 다시 소경굉과 전모천에게로 옮기더니 하려던 말을 멈추었다.

"할 말이 있으면 빨리 하라, 우물쭈물하지 말고."

동요한 전모천이 짜증이 난다는 듯 그를 향해 소리를 질렀다.

군의가 집게손가락을 들어 오른쪽 끝을 가리켰고, 우리 모두의 시선이 그의 손가락 끝을 좇았다. 그의 손가락 끝이 가리

키는 곳은 다름 아닌 쌓인 눈이 얼어붙어 만들어진 몇 리 밖의
설산이었다.

"동지冬至 후, 입춘立春 전의 시기, 눈이 내리며 맺힌 새벽이
슬과 각시서덜취[21]. 이슬은 산꼭대기의 가장 순결하고 깨끗한
것이어야 합니다. 제 추측이 틀리지 않았다면 사철 겨울인 이
런 험한 곳에는 반드시 각시서덜취가 자라고 있을 것입니다.
오직 그런 곳에서만 이 두 가지를 구할 수 있습니다. 이슬은 약
효를 높이는 역할을 하고, 각시서덜취는 약으로 쓰입니다. 각
시서덜취를 가루로 만들어 이슬과 섞은 후, 절반은 복용하고
절반은 환부에 바르면 상처가 좋아질 것이며, 약재가 도착할
때까지 열흘을 버티실 수 있을 것입니다."

"좋소. 내가 지금 가겠소. 전 승상, 그대는 문학적 재능과 언
변이 뛰어나니 남아서 군심을 안정시키시오. 이 소가는 일개
무인이니 기꺼이 폐하를 위해 설산에 올라 약을 구하겠소. 구
하지 못하면 절대로 돌아오지 않을 것이오."

소경굉은 조금의 주저도 없이 검을 들고 출발하려 했다. 그
러나 내가 그의 앞을 재빨리 막아섰다.

"저도 가겠어요."

"번거롭기만 할 뿐이오."

소경굉의 눈에는 경멸의 기색이 가득했다.

"폐하의 부상이 심각하다는 사실은 결코 밖으로 새어 나가

---

21 국화과의 여러해살이풀로서, 길이는 30∼60센티미터로 보라색 꽃이 핀다.

면 안 되니, 오직 저만이 그대를 도울 수 있어요. 사람이 하나 더 늘면 그만큼의 힘이 더 생기는 거예요. 저는 설산에 오르는 것이 두렵지 않고, 매서운 추위도 겁나지 않아요. 결코 고되다는 말을 꺼내지도 않겠어요. 만약 제가 그런 말을 내뱉는다면 저를 버리고 홀로 가도 좋아요. 저는 그를 위해 무엇이라도 하고 싶을 뿐이에요. 정말 그것뿐이에요."

나의 어조는 거의 간청에 가까웠다. 위급한 상태의 기우를 위해 나는 무슨 일이라도 하고 싶었다. 여기서 무턱대고 기다리고 싶지는 않았다.

소경굉의 둥근 눈이 나를 위아래로 한참 훑더니 그가 가볍게 코웃음을 쳤다.

"따라오고 싶으면 따라오시오. 그러나 그대가 따라오지 못해도 이 소가는 그대를 잠시도 기다려 주지 않을 것이오."

소경굉의 승낙을 얻은 후, 나는 곧바로 출발하지 않고 적지 않은 양의 비상식량과 부싯돌을 챙겼다. 날씨가 점점 어두워지는데, 밝은 불빛 없이 어떻게 가파른 산을 오를 수 있겠는가. 또한 산꼭대기의 새벽이슬을 받으려는 산에서 밤을 보내야 할텐데 식량이 없다면 어찌 힘을 내어 계속 약재를 찾을 수 있겠는가.

모든 준비를 마친 나는 작은 보따리를 짊어지고 그와 함께 설산으로 향했다.

떠나기 전, 전모천은 내게 소경굉의 뒤를 잘 따르고, 절대로 그를 놓쳐서는 안 된다고 신신당부했다. 그는 소경굉을 잘 이해하고 있었다. 만약 내가 그를 따라잡지 못한다면 그는 나를 버려두고 신경조차 쓰지 않을 것이다. 내가 아 부인이건 아니건 그는 전혀 신경 쓰지 않을 것이다.

기우에게 소경꿍 같은 신하가 있다는 것은 그에게는 큰 복이었다. 소경꿍이 하는 일은 모두 조정을 위한 것이었고, 주군을 속이는 죄도 두려워하지 않고 기우를 위해서 나를 욱나라로 보내기까지 했었다. 만약 기우가 조금이라도 잘못된 일을 한다면, 의심할 것 없이 그는 자신의 원칙을 고수하며 기우와 맞설 것이다. 지금의 조정에서 이런 관원은 찾아보기 힘들었다.

그러나 소경꿍의 생각은 다소 고루하고 고지식했으며, 융통성 없이 완고하였기에 수많은 이들의 불만을 자아냈다. 바로 이 때문에 그가 조정의 그 누구와도 왕래를 하지 않고, 그 누구도 그와 친분 맺기를 원치 않았던 것이리라.

달빛 아래에서 눈이 서리로 변하고 있었다. 치가운 공기가 여우 털옷 안으로 파고들었고, 눈과 얼음이 장화 속으로 스며들었다.

나는 소경꿍의 뒤를 바짝 따르며 눈으로 뒤덮인 산봉우리를 오르고 있었다. 비록 오르는 길 자체는 그리 험하지 않았으나, 밤은 어두웠고 바람은 매서웠다. 눈이 길을 덮고 있었고, 우리는 오직 손에 들고 있는 등불 하나만을 의지하여 앞으로 나아갔다. 확실히 길을 걷기가 쉽지 않았다. 약 두 시진 정도 산을 오른 후에야 우리는 겨우 산 중턱에 도착할 수 있었다.

우리의 발이 차가운 눈을 밟을 때마다 사각거리는 소리가 났다. 체력이 점차 바닥나기 시작했고, 나는 점점 숨을 거칠게 몰아쉬었다. 소경꿍은 시종 나를 모른 체하고 거침없이 위를 향해 걸어 올라갔다. 나는 몹시 지쳐 있었으나 피곤하다는 말을 감히 꺼낼 수 없었다. 산에 오르기 전, 내가 했던 약속 때문이었다.

점점 멀어지는 소경꿍을 바라보며 나는 그를 따라잡고 싶었으나, 두 다리에 힘이 풀려 더 이상 앞으로 나아갈 수가 없었다. 결국 나는 비틀거리며 차디찬 눈바닥 위에 쓰러지고 말았다.

이제는 모든 것이 끝났다는 생각이 들었다. 소경꿍은 차가운 눈밭에 나를 내버려 둔 채 신경조차 쓰지 않을 것이 분명했다. 죽는 것은 두렵지 않았으나……, 적어도 기우가 무사한 것을 확인해야 안심하고 떠날 수 있을 것 같았다.

얼음같이 차가운 눈밭에 뺨이 닿았고, 한기가 뼛속까지 파고들어 나의 온몸을 마비시켰다. 그때, 누군가의 양손이 눈밭 위의 나를 끌어당겼다.

"산길을 잘 오르지도 못하면서 뭐 하러 고생을 사서 하시오?"

나는 소경꿍의 팔에 기대어 힘이 조금도 남아 있지 않은 몸을 간신히 지탱할 수 있었다.

"장군은 저를 신경 쓰지 않겠다고 하지 않았었나요?"

소경꿍이 코웃음을 쳤다.

"이 늙은이가 되돌아오고 싶어서 왔는 줄 아시오? 식량과 부싯돌이 전부 그대에게 있지만 않았어도 그대가 죽든 말든 이 늙은이는 조금도 상관하지 않았을 거요."

나는 기침을 몇 번 한 후, 처량한 미소를 지어 보였다.

"그렇다면 식량과 부싯돌이 제 목숨을 살린 셈이군요."

"됐소. 체력을 좀 아껴 두시오. 반 시진 후, 다시 산을 오를 것이오. 반드시 해가 뜨기 전에 산꼭대기에 도착하여 눈이 내릴 때의 가장 깨끗한 이슬을 받아야 하오. 그래야만 폐하를 살릴 수 있소."

나는 심호흡을 하며 체력을 보충하였고, 소경꿍은 더 이상 아무 말도 하지 않았다. 그저 아슬아슬해 보이는 나의 몸을 팔로 지탱해 주고 있을 뿐이었다.

사실 소경꿍은 경우를 모르는 거친 사람은 아니었다. 만약 그랬다면 그는 나를 버리고 홀로 이슬과 각시서덜취를 찾으러 떠났을 것이다. 식량……, 어쩌면 그는 그런 것을 단 한 번도 생각해 본 적이 없을지도 모른다.

반 시진 후, 체력이 천천히 회복되자 나는 식량을 먹고 체력을 보충하였다. 나는 곧바로 그와 함께 다시 산꼭대기를 향해 산을 오르기 시작했다. 산꼭대기에 거의 다다르자 산길은 한층 더 험준해졌고, 나의 체력은 또다시 바닥이 났다. 하마터면 산봉우리에서 굴러 떨어질 뻔한 것을 다행히 소경꿍이 나를 단단히 붙잡아 주어 위기를 넘길 수 있었다.

그의 따뜻하고 굳은살 박인 손이 갑자기 부황을 떠올리게 하였다. 부황의 손 역시 이러했다. 부황은 어린 시절부터 수차례 군사를 이끌고 출정하였고, 수없이 많은 전쟁을 통해 하나라를 안정시켰다. 소경꿩의 손에 박인 굳은살은 당시 부황의 손에 뒤지지 않았다. 마음속에 슬프고 괴로운 감정이 솟아났다.

드넓은 황야에는 흰 눈이 망망히 펼쳐져 있었고, 맹렬한 기세로 불어오는 바람에 옷자락이 나부꼈다.

동이 트는 그 순간, 나는 엎드려서 손에 든 새하얀 깃털로 눈 위에 고인 이슬을 받아 병 안에 담았다. 잠깐 사이에 큰 병 하나를 가득 채우고, 나는 그것을 품 안에 조심스럽게 집어넣었다.

"주변에 각시서덜취가 있는지 찾아봅시다. 군의 말로는 보통 눈 덮인 봉우리의 가파른 절벽 끝자락에서 자란다고 했소."

소경꿩은 내가 병을 잘 집어넣는 것을 보고 산꼭대기 이곳저곳을 천천히 살펴보았다.

나는 절벽의 가장자리를 조심조심 밟으며, 고개를 내밀어 아래쪽을 바라보았다. 이 산봉우리는 보통 높은 게 아니었다. 미끄러졌다가는 몸은 가루가 되고 뼈는 으스러질 것이 분명했다.

"아 부인, 조심하시오."

소경꿩이 돌연 고개를 돌려 소리쳤다. 다소 경직된 목소리에는 한 가닥 염려가 묻어 있었다.

"그럴게요."

나는 그를 향해 미소를 지어 보였다. 지금껏 내게 편견을 가지고 있던 소경꿩이 내게 이토록 관심을 가져줄 것이라고는 생각지도 못했었다. 그는 내가 죽기만을 바라지 않았던가. 그래야 기우가 온 마음으로 황제 노릇을 할 수 있을 테니 말이다.

갑자기 산봉우리 끝자락에 찬란하게 핀 흰 꽃이 보였다. 눈보라 속에서도 꿋꿋이 자라난, 아름다운 빛깔과 광택의 꽃, 각시서덜취가 아니면 무엇이겠는가!

나는 흥분을 감추지 못하였고, 곧바로 몸을 숙이고 손을 뻗어 그 꽃을 꺾으려 하였다.

"소 장군, 각시서덜취를 찾았어요!"

고개를 돌려 소경꿩에게 소리를 지르고, 온 힘을 다해 각시서덜취를 꺾어 보려 하였으나 너무 멀리 떨어져 있었다. 꽃을 꺾기에는 너무 먼 거리였다.

소경꿩이 흥분한 듯 재빨리 달려와 내 곁에서 고개를 내밀어 꽃을 바라보았다. 그러나 이내 미간을 깊이 찌푸렸다.

"너무 멀리 떨어져 있군. 아 부인, 비켜 보시오. 내려갈 수 있도록 칼집으로 발을 디딜 수 있는 눈 구덩이를 몇 개 만들겠소."

내가 비켜서자 그가 험준하고 가파른 절벽에 눈 구덩이를 하나씩 파기 시작했다. 상당한 힘을 들이고 있는 그의 모습을 바라보며, 나는 혹여 그의 발이 미끄러지지는 않을까 걱정이 되었다. 나는 그가 굴러 떨어지지 않도록 그의 팔을 재빨리 붙잡았다. 소경꿩은 나의 손이 닿자 몸이 딱딱하게 굳었으나 이내 평정을 되찾고는 계속해서 구덩이를 파기 시작했다.

잠시 후, 아래쪽으로 내려갈 수 있는 눈 계단이 완성되었다.

"됐습니다."

말을 마친 소경꿍이 손에 들고 있던 대검을 눈밭 위에 내리꽂았다.

"제가 가겠어요."

아래로 내려가려는 소경꿍을 막고, 나는 거절을 허용치 않겠다는 단호한 어조로 말했다. 다소 놀라워하는 소경꿍을 바라보며 나는 차가운 얼굴로 다시 말했다.

"장군은 기나라의 대장군으로서, 수많은 병사들을 호령하여 욱나라와 결전을 치러야 하니 장군에게 변이 생기면 안 됩니다. 나 복아는 화의 근원이니, 이 세상에 남아 있다 해도 그저 조정을 어지럽힐 뿐이에요. 내게 무슨 일이 생긴다면 이 세상의 화의 근원도 하나 줄어드는 셈이지요."

잠시 말을 멈춘 후, 나는 웃으며 말을 이었다.

"게다가 이곳은 미끄러워서 만약 장군이 미끄러지면 제 힘으로는 절대로 장군을 끌어올릴 수가 없어요. 그러나 제가 미끄러지면 장군의 힘으로 충분히 끌어올려 주실 수 있을 거예요."

"좋소."

그는 말을 질질 끌지 않고 곧바로 승낙하였다. 그는 영리했다. 일의 심각성을 잘 알고 있는 것이다. 역시 오랫동안 전장을 누빈 대장군다웠다.

내려가기 전, 나는 소경꿍의 눈에서 반짝이는 빛을 보았고,

그것은 내가 지금껏 단 한 번도 보지 못했던 것이었다.

나와 소경꽹이 힘겹게 각시서덜취를 꺾어 산을 내려왔을 때, 큰 눈이 또다시 내리기 시작했고, 분분히 내리는 눈이 푹푹 소리를 내며 우리의 옷깃 사이로 스며들었다.

소경꽹은 각시서덜취와 이슬을 군의에게 말없이 건네주었다. 나와 그는 장막 밖에서 기다렸고, 펄펄 내리는 눈이 우리의 온몸을 가득 덮었다.

우리가 돌아왔다는 소식을 들은 전모천은 곧바로 달려 나왔다. 그가 내 곁에 서서 조용히 물었다.

"장군이 누이를 어찌 하지는 않았지요?"

나는 옅은 웃음을 머금고 말했다.

"그러지 않았어."

"누이께서 안전하게 돌아오신 것을 보니 저도 안심이 됩니다."

그는 안도의 한숨을 내쉬고, 나의 머리 위에 내려앉은 눈을 세심하게 털어내 주었다.

나는 제자리에 서서 꼼짝도 하지 않고 시종 단단히 닫혀 있는 장막에 시선을 고정하고 있었으나, 머릿속에 떠오른 것은 눈 덮인 산봉우리에서의 장면이었다.

내가 각시서덜취를 꺾었을 때, 나는 소경꽹의 눈에서 빛을 발하고 있는 살기를 똑똑히 보았다. 사실 나는 산을 오르기 전부터 소경꽹이 나를 제거하려 할 것이라는 것을 알고 있었다.

그러나 나는 죽어도 여한이 없었기에 미소를 지으며 그에게 손에 쥐고 있던 각시서덜취를 건네주었다.

"반드시 기우를 구해야 해요."

소경꾱은 떨리는 손으로 각시서덜취를 받아 들었다. 그리고 나의 손을 아플 정도로 단단히 잡고 있던 그의 손에서 서서히 힘이 풀리는 것이 느껴졌다. 이대로 굴러 떨어지게 될 것이라고 생각하던 그때, 나의 손이 다시 단단히 잡혔다.

놀랍게도 그는 나를 눈밭으로 끌어올려 주었다. 그러고는 내게 단 한 번의 시선도 주지 않고, 홀로 그곳을 떠나갔다.

그의 모순된 뒷모습을 바라보며 나는 멍해졌다. 그가 나를 끌어올려 주었다.

조금 전의 그 살기는 분명 나를 죽음으로 밀어 넣으려는 것이었다. 그래서 그는 손에 힘을 풀었었다. 그런데 그가 다시 손에 힘을 준 것이다.

눈송이가 나의 뺨을 때려 정신을 차리게 해 주었다. 나는 고개를 돌려 내 옆에 서 있는 소경꾱을 바라보았다. 강인한 얼굴과 수염으로 가득한 뺨, 그는 반짝이는 냉정한 눈빛으로 장막을 똑바로 응시하고 있었다. 나는 입을 움직여 보았으나 아무 말도 흘러나오지 않았다.

우리 세 사람은 침묵하고 있었고, 천지간에는 오직 바람 소리와 떨어지는 눈 소리뿐이었다.

군의가 나오자 우리 셋은 약속이나 한 듯 눈을 반짝이며 그를 향해 달려갔다. 그러나 나는 절반 정도 달렸을 때 발걸음을 멈추고, 멍하니 그 자리에 서서 초조해하는 전모천과 소경굉이 기우의 상태를 물어보는 모습을 바라보았다.

군의가 안도의 한숨을 내쉬고, 미소 지으며 말하였다.

"폐하께서는 이제 고비를 넘기셨습니다. 이미 깨어나……."

그의 말이 끝나기도 전에 두 사람은 장막 안으로 달려 들어 갔다. 나도 그제야 마음을 놓을 수 있었다.

"아 부인께서는 들어가지 않으십니까?"

군의가 의아하다는 듯 나를 바라보았다.

"괜찮네. 폐하가 무사하시다니, 이제 안심이네."

나는 씁쓸한 미소를 지으며 천천히 발걸음을 옮겨 뒤로 물러났다.

전모천과 소경굉이 돌연 휘장을 걷고 밖으로 나왔다.

"누이, 폐하께서 누이를 보고 싶어 하십니다."

"나를 보고 싶어 하신다고?"

그 순간, 나의 생각은 어지러워졌고, 어떤 표정으로 기우를 마주해야 할지 알 수가 없었다.

그와 무슨 말을 해야 할까? 거절하려 했으나 나의 마음속에 서는 그와 만나기를, 그가 무사한 모습을 보기를 갈망하고 있었다.

휘장을 걷고 안으로 들어가자 눈가가 시큰해져 왔다. 쇠약한 모습으로 침대 위에 누워 있는 그는 상체에 아무것도 걸치지 않고 허리 부근에 붕대를 둘둘 감고 있었다. 그는 창백한 안색에 그 깊고 반짝이는 눈으로 나를 바라보고 있었다.

장막 안은 네 개의 화로가 놓여 있어 매우 따뜻하였지만, 나는 그가 추울까 걱정이 되어 화로 안에 숯 몇 개를 더 집어 넣었다.

"복아……."

그가 잠긴 목소리로 나를 불렀다. 온 힘을 다해 부른 듯했으나 그 목소리는 희미하기 그지없었다.

그가 끙 소리를 내는 것이 상처가 뒤틀린 듯했다. 나는 걱정스러운 마음에 곧바로 침대 곁으로 달려가 그를 바라보았다.

"왜 그러세요? 상처가 아프세요?"

"괜찮소."

그의 쓸쓸한 눈빛에는 다정함과 평온함이 담겨 있었다. 그가 나의 두 손을 단단히 붙잡아 내가 침대 끝자락에 앉도록 이끌었다.

그가 몸을 일으키려는 모습을 보고 나는 재빨리 그를 막았다.

"움직이지 마세요. 상처가 벌어지기라도 하면 어쩌시려고 그러세요?"

그는 내 말대로 더 이상 움직이지 않았다. 그의 입가에 옅은 미소가 번져 갔다.

"조금 전, 소경꿍이 내게 그러더군. 아 부인은 훌륭한 여인이라고……."

그가 손을 들어 나의 뺨을 가볍게 어루만지더니 나의 흐트러진 머리카락을 귀 뒤로 넘겨 주었다.

"그가 처음으로 짐 앞에서 여인을 칭찬하였소. 그것도 그가 반평생 동안 미워했던 여인을 말이오."

소경꿍이 기우에게 했다는 말에 나는 경악을 금치 못했으나 '반평생 동안 미워했던 여인'이라는 말에 웃음이 터져 나왔다.

"반평생이오? 그때는 제가 아직 태어나지도 않았을 때인데, 제가 어찌 그에게 반평생이나 미움을 받을 수가 있겠어요?"

그는 어처구니없다는 듯 웃었으나 그의 얼굴에는 그보다 사랑이 더욱 많이 묻어나고 있었다. 그는 나의 머리카락을 어루만지며 나를 한참 동안 바라보았다.

"앞으로……, 다시는 머리를 자르지 마시오. 내 약속하겠소. 다시는 그대가 다치게 하지 않을 것이오. 다시는 그러지 않겠소."

미소를 짓고 있던 나의 눈가가 그의 한마디에 시큰해졌다. 나를 바라보는 그의 그윽한 눈빛을 바라보고 있자니 마치 예전으로 돌아간 것만 같았다. 결국 나는 참지 못하고 그의 품에 기대었다. 한 방울 또 한 방울의 눈물이 그의 벌거벗은 가슴 위로 흘러내렸다.

"당신은 정말 바보예요. 연사를 직접 데리고 오시다니 정말로 천하가 필요 없으세요? 정말 미련 없이 포기할 수 있으세요?"

"미련이 있소."

그가 단호하게 내뱉은 후 다시 말을 이었다.

"연희가 그대의 목에 칼을 겨누었을 때, 나는 승부를 걸어

보고 싶었소. 그러나 나는 감히 도박을 할 수 없었소. 그대의 목숨을 건 도박이었기 때문이오. 나는 절대로 질 수 없었소."

그의 손은 계속 나의 등을 어루만지고 있었고, 그의 말은 나에게 지금껏 한 번도 느껴보지 못했던 위로를 안겨 주었다. 얼굴에 미소가 떠올랐다.

그는 자신의 품에 안겨 있는 나의 얼굴을 들어 내 눈물방울을 부드럽게 닦아 주었다. 그의 얼굴이 입가의 옅은 미소로 인해 부드럽게 변해 가는 것을 바라보며, 나는 놀라움을 감추지 못하였다. 오랫동안 이렇게 마음을 울리는 미소를 보지 못했었다. 오직 그만이 지을 수 있는 미소였다!

내가 여전히 놀라워하고 있는데 그의 창백하고 마른 입술이 나의 입술을 덮었다. 차가운 혀끝에 적응이 되지 않아 내가 뒤쪽으로 몸을 살짝 빼자, 그가 나의 목을 두르며 내가 도망가지 못하도록 하였다. 혀와 치아 사이의 유희는 내가 그를 거절할 수 없게 만들었고, 달콤한 술처럼 마시면 마실수록 나를 취하게 만들었다.

그의 단단한 손이 나의 허리를 감싸 안고 두툼한 옷 위에서 나의 희고 보드라운 가슴을 어루만졌다. 나는 곧바로 손을 뻗어 그가 계속하지 못하게 했다.

"기우……, 상처……, 당신에게는 상처가 있어요!"

빈틈을 이용하여 나는 간간이 이 몇 마디를 토해 냈다.

"그대가……, 정말 그리웠소."

나의 제지하는 손을 피하여 그의 입술이 천천히 나의 목 부근까지 미끄러져 내려왔다. 그의 입술은 샘물같이 부드럽고 소나기같이 격정적이어서 나는 닫힌 입술 사이로 신음 소리를 터뜨렸다. 호흡이 뒤엉켰고, 고요하지만 야릇함을 띤 숨결 사이로 점차 헝클어지고 있는 서로의 심장 소리가 들려왔다.

불타는 듯한 그의 몸은 점점 뜨거워져, 나는 두려워하며 그의 가슴에 대고 있던 손을 재빨리 거두어들였다. 그러나 나의 흐트러진 이성은 내게 그의 목을 잡아끌게 하였다. 그가 몸을 뒤집자 나와 그의 위치가 바뀌었다. 나는 그의 몸 아래 누워 있게 되었다.

그의 행동에 나는 불현듯 이성을 되찾고 깜짝 놀라며 소리를 질렀다.

"기우, 살고 싶지 않은 거예요? 상처가 이제야 좋아지기 시작했는데……."

그의 상처가 벌어질까 봐 나는 그를 천천히 밀어냈다.

"너 이상 움직이지 말고 가만히 누워 있어요."

그는 마치 어린아이처럼 손을 뻗어 나의 허리를 끌어당겨 나를 자신의 품에 단단히 감싸 안고는 놓아 주지 않았다. 나의 표정은 굳어질 수밖에 없었다.

"기우, 계속 이러시면 정말 화를 낼 거예요."

나는 내 몸을 누르고 있는 그의 몸을 천천히 뒤집어 그가 다시 침대에 누울 수 있게 하였다. 그의 아랫배 위로 배어 나온 핏자국을 보자 나는 갑자기 화가 치솟았다.

"다시 피가 흐르잖아요!"

나는 곧바로 침대에서 내려와 군의에게 붕대를 다시 감아 달라고 외치려 했다.

그러나 기우가 나의 손목을 단단히 붙잡았다.

"복아, 가지 마시오."

그의 눈은 매우 깨끗한 검은색을 띠고 있었다.

"내 곁에 남아서 내가 그대를 마음껏 안을 수 있도록 해 주시오. 그 누구도 우리를 방해하지 못하도록 해 주시오."

"하지만 상처가……."

나는 여전히 마음을 놓지 못한 채 이미 붕대 위로 번진 새빨간 피의 흔적을 바라보았다.

"가벼운 상처일 뿐이오. 이 정도는 견딜 수 있소."

그는 나를 자신의 품으로 이끌었고, 지친 듯 나의 가슴 위에 엎드려 눈을 감고 휴식을 취했다. 평온한 숨소리가 그가 잠이 들었다는 것을 알게 해 주었다.

혹여 그의 상처가 또다시 벌어질까 두려워, 나는 그의 상처에 최대한 몸을 밀착시키지 않으려 노력했다. 나는 손끝으로 그의 뺨을 살살 어루만지며 그윽한 시선으로 그의 얼굴을 바라보았다. 그가 내 앞에서 사라져 버릴까 봐 두려웠다.

내가 그를 어루만지자 그의 몸이 순간적으로 경직되었으나 이내 다시 편안함을 되찾았다. 나의 허리를 감싸고 있는 그의 손에 더욱 힘이 들어갔고, 그가 몇 번 심호흡을 하더니 얼굴에 깨끗한 미소를 지어 보였다.

"복아……, 사랑하오."

깜짝 놀라서 나는 조금 전 들은 말이 환청은 아닐까 의심하며 다시 물어보았다.

"뭐라고 하셨어요?"

"그대를 사랑한다고 말하였소."

여전히 눈을 감은 채 그가 미소를 지으며 말하였다.

오랜만이었다. 그에게서 '사랑한다'는 말을 들은 것은 그와의 대혼식 날 밤뿐이었다.

나의 미소는 점점 짙어졌고, 나는 진지하게 다시 한 번 물었다.

"뭐라고 하셨어요? 제대로 듣지 못했어요."

"나 납란기우는 그대를 사랑하며, 한평생 그대와 이별하지 않을 것이오!"

그는 참을성 있게 똑같은 말을 반복하며 자신의 머리를 내 가슴에 깊이 파묻었다. 입가에 미소를 띠고 있는 그는 그야말로……, 어린아이 같았다

나는 그런 그의 모습이 좋았다. 이 순간의 그야말로 진실한 그, 진정한 그이기 때문이다!

잠시 후, 놀라서 잠에서 깨어 보니 침대에는 아무도 없었다. 심장이 덜컹 내려앉았다.

기우는? 기우는?

정신없이 장막 안을 뒤지고 있을 때, 전모천이 기우를 부축하여 장막 안으로 들어오는 모습이 보였다. 깜짝 놀란 나는 침

대에서 맨발로 뛰어 내려와 기우의 또 다른 손을 붙잡으며 전모천에게 물었다.

"폐하의 상처가 아직 다 낫지 않으셨는데 어찌 함부로 밖에 나가 움직이시게 한 거니? 이것 좀 봐. 상처에서 또다시 피가 흐르고 있잖아."

"신 역시 나가지 마시라고 폐하를 설득하였으나 폐하께서 고집을 부리셨습니다. 신은 폐하의 뜻을 어길 수 없었습니다."

기우가 옅은 웃음을 지으며 말했다.

"군사들이 가장 걱정하는 것이 바로 짐의 부상이오. 만약 짐이 밖으로 나가지 않고 그들을 안심시켜 주지 않았다면 이번 전쟁은 반은 진 것과 마찬가지였을 것이오."

"그렇다고 자신의 생명을 가지고 도박을 하시면 안 되지요. 상처는 이제야 좋아지기 시작했고, 약재는 아직도 며칠은 더 지나야 도착해요. 만약 무슨 일이라도 생기시면 제가 또다시 눈 덮인 산에 올라 각시서덜취를 구해 와야 할 게 아니에요!"

순간적으로 나의 말투는 몹시 격해졌으나 여전히 매우 조심하며 그를 부축하고 있었다.

나와 전모천이 힘을 합하여 그를 흰늑대 모피가 깔린 의자 위에 앉혀 주자 그가 힘없이 의자에 기대어 앉아 미소 띤 눈으로 나를 바라보았다.

"짐은 괜찮소."

한숨이 새어 나왔다. 나는 화로의 불길이 예전만큼 거세지 않다는 걸 발견하고 몸을 숙여 숯을 더 채워 넣었다.

장막 안은 갑자기 적막에 휩싸였고, 전모천이 마치 무엇을 깨달은 듯 몸을 숙여 인사를 올렸다.

"신은 먼저 물러가 보겠습니다."

휘장이 걷히고 닫히는 바스락거리는 소리와 숯이 화로에서 타들어 가는 소리만이 들려왔다. 나는 몸을 일으켜 그의 곁으로 다가가 무척 걱정스러워하며 물었다.

"기우, 이번 전쟁에 자신이 있으세요?"

"없소."

그의 대답은 간단했으나 그 두 글자에는 놀라울 만큼의 무게가 실려 있었다.

"그렇게 자신이 없으세요? 우리의 군사력은 연희의 군대보다 훨씬 뛰어나잖아요."

나는 놀라움을 금할 수 없었다. 세상에 두려울 것 하나 없는 그가 이렇게 자신 없는 말을 하리라고는 생각지도 못했기 때문이다.

기우가 내가 늘어뜨린 왼쪽 손을 끌어 잡으며 말했다.

"나는 지쳤소."

지쳤다니! 기우를 알고 지낸 십 년 동안 나는 그로부터 '지쳤다'는 말을 단 한 번도 들어 보지 못하였고, 그의 입에서 그런 말이 나올 거라고는 상상해 본 적도 없었다.

그가 가늘고 긴 손가락으로 나의 손가락 하나하나를 부드럽게 어루만졌다. 그의 얇지만 날카로운 입꼬리는 여전히 예전처럼 위를 향해 있었다. 그러나 그 안에는 한 가닥 웃음과 기대가 담겨 있었다.

"복아, 우리도 한 번만 이기적이면 안 되겠소? 오십만의 대군을 버리고, 우리 멀고 먼 곳으로 떠나서 전쟁도 없고, 피비린내도 없고, 암투도 없는 곳에서 평범하게 삽시다."

나는 다시금 그의 말에 얼이 빠져 그를 한참 동안이나 멍하니 바라볼 수밖에 없었다.

기우는 변했다. 그는 정말로 이 궁 안의 암투와 황제로서의 덧없음에 권태를 느낀 것인가? 더 이상 강압도, 비정함도 없는 것인가?

지쳤다.

멀리 떠나자.

지금 내 앞에 있는 이가 황위를 얻기 위해 부친마저 죽인 그 기우가 맞는 것인가?

"복아, 대답해 주오."

나를 붙잡고 있는 기우의 손에 힘이 더해졌고 나는 그제야 정신을 차렸다. 나는 혼란스러운 눈빛으로 주변을 둘러보며, 감히 그를 똑바로 쳐다보지조차 못했다.

"기우, 농담하지 마세요."

내 목소리가 사라지기도 전에 그가 곧바로 나의 말을 이었다.

"나는 진지하오."

나는 씁쓸한 미소를 지었다. 그 순간, 나도 그의 말처럼 이번 한 번만큼은 이기적일 수 있기를 간절히 바랐다. 그러나 나는 그럴 수 없었고, 기우 역시 그럴 수 없었다.

"만약 당신이 정말로 기나라 백성들을 버리실 수 있다면 저도 함께 이기적이 될 수 있어요. 하지만 우리가 떠난 뒤에는요? 그래요. 평범한 생활은 무척 행복하겠지요. 하지만 진심으로 행복하실 수 있겠어요? 당신의 어깨 위에는 기나라 백성들에 대한 책임이 얹혀 있고, 천하를 통일하는 것은 당신의 평생 숙원이었어요. 이렇게 전쟁을 치르지도 않은 채 패하여 다른 이에게 천하를 바치고 나서도 정말로 분하지 않으시겠어요? 어쩌면 지금은 그러실 수 있을지 모르나 십 년 후, 이십 년 후에도 지금처럼 후회하지 않으실 수 있겠어요? 얻은 것은 평온한 생활이겠지만 잃은 것은 일생의 숙원일 거예요. 분명 평생토록 아쉬움을 갖고 살게 되실 거예요. 비록 원하던 평범한 나날을 보낸다 해도 즐겁지 않으실 거예요."

돌연 기우의 눈에 비친 고통, 갈등, 모순이 눈에 들어왔다. 그것을 보는 나의 마음도 아려 왔다. 나는 진지하게 말하였다.

"전쟁의 승패에 상관없이 저는 당신과 어깨를 나란히 하고 영원토록 함께하겠어요."

"복아……."

그는 감동한 듯 나의 이름을 부르며 나를 자신의 품 안에 꼭 안았다. 그러나 그는 더 이상 아무 말도 하지 못했다.

"전쟁의 승패는 중요하지 않아요. 중요한 것은 우리가 당신의 숙원을 위해 노력했고, 버텨 냈고, 희생했다는 것이에요. 그러면 전쟁터에서 죽음을 맞게 된다 해도 태산泰山보다 귀한 가치가 있을 거예요. 기우, 당신은 평범한 사람이 아니에요. 천하를 내려다볼 수 높은 곳이야말로 그대의 자리예요."

"그럼 그대는 어찌하오? 그대의 숙원은?"

기우가 나를 위해 천하도 버릴 수 있다면 내가 어찌 그를 위해 자신의 숙원을 포기하지 못하겠는가. 나는 빙그레 웃음을 지으며 그를 안아 주었다.

"수일 전의 제 숙원은 평온함을 얻는 것이었으나 지금 저의 숙원은 살아도 그대와 함께 살고 죽어도 그대와 함께 죽는 것이에요."

열흘 남짓한 기간 동안, 소경굉은 욱나라의 십 리 밖 변방으로 척후병을 보내어 그곳에 주둔하고 있는 적군의 상황을 파악했다. 사면이 눈으로 뒤덮여 있고 군대를 숨길 만한 지형도 파악하는 등 얻은 정보는 그 어느 것 하나 놓치지 않았다. 매일 밤, 소경굉과 전모천은 장막으로 찾아와 기우와 군대에 대하여 상의하였고, 가장 빠른 시간 안에 변방을 함락할 수 있는 방법을 모색했다. 그러나 그들은 여전히 식량에 큰 문제를 겪고 있는 듯했다.

그들이 전쟁에 대해 상의할 때면 나는 자리를 피하고 싶었다. 그 내용은 분명 내가 들으면 안 되는 군사 기밀이었기 때문이다. 그러나 기우는 밖은 춥다며 내가 떠나지 못하게 하였다. 소경굉과 전모천 역시 반대하지 않았다. 그들은 내 앞에서 이야기를 술술 이어 갔고, 밤을 새우고 그 다음 날이 되어서야 장막을 떠나고는 했다. 나는 기우의 몸이 버텨 낼 수 있을지 너무나도 걱정스러웠다.

만약 내가 연희라면 분명 기우가 부상을 당한 이 며칠을 틈타 교전을 벌였을 것이고, 그렇게 했다면 그는 쉬이 승리했을 것이다. 그러나 연희는 그렇게 하지 않았다.

연희의 행동을 이해하기는 어려웠다. 때때로 그는 목표를 위해 수단과 방법을 가리지 않다가도 때때로 제왕의 체통을 지키며 상대방이 위험하거나 어려움을 겪고 있을 때면 공격을 하지 않았다.

나는 두 다리를 끌어안고 화롯가에 앉아 간간이 화로 안에 숯을 집어넣어 장막 안을 따뜻하게 유지했다. 오늘 기나라로부터 약재가 도착하였고, 군의는 달인 약을 장막으로 보내 왔다. 그러나 기우는 그것을 탁자 한쪽에 놔둔 채 건드리지조차 않았고, 두 장군들과 어찌해야 철통 같은 성벽을 뚫고 변방을 함락할 수 있을지에 대해 토의하는 데만 집중하고 있었다. 나 역시 그가 큰 압박을 느끼고 있다는 것을 잘 알고 있었다. 확실히 기나라 군대는 욱나라 군대에 비할 바가 못 되었다. 우리에게는 양식이 턱없이 부족했기 때문이다.

기나라가 이기든 욱나라가 이기든 내게는 더 이상 중요하지 않았다. 누가 제왕이 되든 백성들을 행복하게 해 줄 것이기 때문이다. 한때는 연희에게는 삼국을 통일할 자격이 없다고 생각했었다. 그것은 그의 마음속에 깊은 증오심이 있기 때문이었으나, 지금의 그는 천하를 통일하여 제왕이 될 만한 충분한 자격을 갖추고 있었다.

지금 두 나라의 전쟁에서 중요한 것은 그저 과정일 뿐, 더이상 승패는 중요하지 않았다.

가끔씩 나는 생각했다. 두 사람 모두 뛰어난 주군들이니, 만약 전쟁을 하지 않고 통일을 이룬다면 이 천하에도 피비린내가 진동하지 않을 것이라고 말이다. 그러나 목까지 차오른 말을 나는 다시 삼킬 수밖에 없었다. 제왕은 오직 한 명뿐이다. 연희는 결코 기우의 신하가 되지 않을 것이며, 그에게는 기우에게서 아직 받지 못한 연성의 빚이 남아 있었다. 또한 세상에서 자신을 최고라고 여기는 기우, 그는 더더욱 연희에게 고개를 숙이지 않을 것이다.

두 사람 모두 이토록 도도하고 누구 하나 고개를 숙일 수 없으니, 지더라도 차라리 전쟁터에서 지는 것이 나을 것이다.

차가운 기운이 뺨을 스쳐 재빨리 두 눈을 뜨자 매의 것처럼 깊은 한 쌍의 눈이 눈앞에 있었다. 나는 깊은 생각에 빠져 있던 눈을 비비며 흐릿한 정신을 추스르고, 따뜻한 두 손으로 얼음 장같이 차가운 그의 손을 덮어 주었다.

"다들 갔나요?"

그의 입꼬리가 살짝 올라갔다. 그의 손이 그에게 온기를 주기 위해 잡은 나의 손을 감싸 쥐었다.

"몇 번이나 말하지 않았소. 전쟁에 대한 토의를 시작하면 한참이 걸리니 먼저 쉬라는데 왜 일찍 쉬지 않고 늘 나를 기다리는 것이오?"

"제가 기다리지 않으면 누가 화로의 불을 계속 지피겠어요? 제가 기다리지 않으면 누가 당신의 겉옷을 벗겨 드리고 침대로 부축해 드리겠어요? 제가 기다리지 않으면 누가 이미 식어 버린 약을 당신이 마시는지 안 마시는지 지켜보겠어요?"

내가 장황하게 말을 늘어놓자 그는 순간 놀라움을 금치 못하며 나를 바라보았고, 한동안 무슨 말을 해야 할지 알지 못했다.

나는 한 손을 내밀어 아래로 흘러내린 그의 귀밑머리를 어루만졌다.

"제가 가서 약을 데워 올게요."

"밤이 깊었소. 가지 마시오."

"이미 다 식어 버렸단 말이에요."

"그냥 가져오시오."

그의 단호한 말투를 들으니 나 역시 더 이상 고집할 수가 없었다. 나는 몸을 일으켜 탁자 한쪽에 놓여 있는 차갑게 식은 약을 가져와 그에게 건네주었다. 그러나 그는 그것을 받지 않고 눈썹을 치켜세우며 물었다.

"내게 먹여 주지 않을 거요?"

그의 표정에 웃음이 터져 나왔다. 나는 숟가락을 들어 새까만 약 한 숟가락을 그의 입안에 넣어 주었다.

"당신 정말 어린아이 같아요."

그는 대답 없이 약을 한 입 삼키더니 눈썹을 잔뜩 찌푸리며 말했다.

"너무 쓰오."

나는 코웃음을 치며 말하였다.

"그럼 꼬마 아이처럼 안에 설탕을 넣기라도 할까요?"

말을 마친 후, 나는 또다시 그의 입에 약 한 숟가락을 넣어 주었다.

그는 말없이 다시 그것을 삼켰다. 그의 뜨거운 눈빛 아래, 차가운 약은 바닥을 보였고 나의 양 뺨은 새빨갛게 달아올랐다. 나는 그를 감히 바라보지 못하고 제멋대로 뛰는 심장으로 재빨리 탁자에 그릇을 올려 놓은 후 그의 탄탄한 품으로 달려들었다. 바스락거리는 그의 옷에서는 익숙한 향기가 희미하게 풍기고 있었다.

"기우, 일찍 쉬세요."

그의 품에 안긴 채 나는 아쉬워하며 조용히 그의 주의를 환기시켰다. 충혈된 그의 눈을 보니, 그의 몸이 버텨 내지 못할까 겁이 났다.

"이렇게 훌륭한 아내를 얻었으니, 또 다른 것을 구할 필요가 있겠는가."

나지막하게 잠긴 그의 목소리가 내 귓가로 흘러들었다.

"얼마 후에는 육나라 군대와 정식으로 교전을 시작하게 될 것이오. 앞으로 그대를 이렇게 안지 못하게 될까 두렵소. 살아도 함께 살고, 죽어도 함께 죽는다. 그대는 이 말이 나에게 얼마나 무겁게 느껴지는지 알고 있을 것이오."

"무겁게 느끼실 필요 없어요. 당신은 하나만 아시면 돼요.

복아는 언제나 이곳에서 당신이 돌아오기만을 기다리고 있을
거예요."

나는 살짝 미소를 지으며 그의 품에 안겨 담담하지만 단호
한 말을 조용히 내뱉었다.

그는 나를 천천히 놓고, 나의 손을 붙잡은 채 휘장을 걷고
밖으로 나왔다. 그러고는 나와 함께 내리고 있는 눈송이 사이
를 걸어나갔다.

깨끗한 밝은 달이 새하얀 눈을 비추었고, 강한 바람이 우리
의 지난 세월을 날려 보냈으며, 펑펑 내리는 눈은 흔적조차 남
기지 않았다.

"십 년이 흘렀소. 그대와 나는 이제 더 이상 어리지 않고, 벌
써 중년에 접어들었지. 마음도 많이 편안해졌소."

그는 나의 손을 꼭 잡은 채 머리 위에 걸린 밝은 달을 바라
보며 조용히 말했다. 나는 그가 나와 이렇게 나란히 선 채 떨어
지는 눈송이를 맞고 있는 것이 무슨 말을 하기 위함인지 알지
못하였다.

그가 계속해서 말을 이었다.

"나는 그대에게 더 이상 그 어떤 약조도 해 줄 수 없소. 약조
라는 것을 나는 더 이상 줄 수도 없고, 감히 주지도 못하오. 그
러나 그대에게 한 가지만은 약속하겠소. 납란기우, 결코 그대
를 실망시키지 않겠소."

나는 조용히 숨을 내쉬며, 그와 함께 휘영청 밝은 달을 바라
보았다.

"저 역시 그 어떤 약조도 필요하지 않아요. 약조라는 것은 십여 세의 어린 아가씨들이나 원하는 거예요. 저는 당신이 건강하기만 하면 돼요. 그것이 당신이 제게 주실 수 있는 가장 큰 약조예요."

그가 갑자기 소리를 내어 웃었고, 높고 깨끗한 웃음소리가 고요한 설야에 퍼져 나갔다.

"복아, 나 기우는 이 생에서 그대를 만났으니 전쟁터에서 죽는다 해도 여한이 없소."

일월, 소란스러운 전고戰鼓[22] 소리와 나팔 소리가 광활한 변방의 황야에 울려 퍼졌고, 북풍이 내리는 눈을 끝없이 이어진 요새까지 이끌었다. 기나라 선제는 부상을 입은 채로 전쟁터에 나왔고, 이십만 정예군을 이끌고 길고 긴 사다리로 적군의 성을 오르며 공격을 지휘하였다. 남은 십만 명의 군사들은 사방에서 언제든지 공격에 가담할 준비를 하고 있었고, 또 다른 이십만 명의 군사들은 원조를 위해 후방을 지키고 있었다. 전쟁터의 말들이 사방을 누볐고 그 기세가 참으로 대단하였다. 그러나 기나라 선제는 겨우 한 시진만을 버텨 냈다. 부상은 더욱 심해졌고, 복부의 피가 멈추지 않고 흘러 수많은 병사들에게 둘러싸인 채 장막으로 돌아올 수밖에 없었다. 기나라 군사들의 사기는 한순간에 사그라지고 말았다.

---

22 과거 전투를 할 때 사용하던 북.

삼월, 육나라는 필사적으로 성벽을 수비하였다. 오랜 공격에도 함락되지 않았던 성에 불빛이 쉴 새 없이 깜빡였고, 화살이 비처럼 쏟아졌다. 기나라 군사들은 수많은 사망자와 부상자에도 불구하고 성을 수복하기 위해 잔혹한 공격을 이어 갔고, 성벽 주변은 파괴의 흔적과 연기로 가득 채워졌다.

사월, 성문이 절로 열렸고 육나라의 대장군인 이여풍李如風이 십오만 대군을 이끌고 기나라 군대와 격전을 벌였다. 사나운 말은 바람 같았고, 그 기세는 한없이 드높았다. 설산이 요동하였고, 폭설이 길을 막아 양군에는 수많은 사망자와 부상자가 생겨났다. 기나라의 소경핑 대장군은 손에 대검을 쥐고 출정하여 적들의 목숨을 빼앗았고, 그의 은빛 투구는 피로 붉게 물들었다. 그가 천여 명의 머리를 베고 친히 이여풍의 머리를 베어 버리자, 육나라 군대는 몹시 두려워하며 성안으로 후퇴하였다.

칠월, 붉은 무지개가 높은 하늘 위에 길게 걸려 있었고, 차가운 살기가 온 황야에 가득 서려 있었다. 부상에서 회복한 기나라 선제는 다시 갑옷과 투구를 입고 손에는 긴 창을 들고 직접 군대를 이끌고 나아가 육나라 군대를 압박하기 시작했다. 기나라 군대의 거침없는 기세는 하늘을 찌를 듯하여 막아 낼 수가 없었다.

시월, 전쟁은 계속되었고 기나라는 팔백 리나 떨어진 본국에서 군량미를 세 번이나 급히 조달하였다. 백성들은 굶주림과 추위에 허덕였고, 더 이상 걷을 양식도 남아 있지 않았다. 기나라의 사십만 대군은 이미 무척 곤궁한 상태에 빠져 있었다. 눈을 녹여 마시고 나무껍질을 먹는 생활은 결국 내란을 일으키게 하였다. 이성을 상실한 기나라 병사들은 서로를 죽여 피를 마시고 고기를 먹기 시작했다.

십일월, 속수무책의 상태에 처한 기나라는 전 승상을 욱나라로 보내어 담판을 짓게 하였다. 단 한 번의 결전으로 승부를 가리자는 것이었다. 욱나라는 응하였고, 두 나라의 모든 군사들이 출동하여 황야에서 결전을 벌였다. 군사들은 용맹하였고 강산은 요동쳤으며, 새하얀 눈 위의 핏자국과 시체가 온 황야에 가득 펼쳐졌다.

십이월, 기나라가 패하였다.

약 사 년여를 이어 온 기나라와 욱나라 간의 전쟁이 드디어 그 끝을 선포하였다.

옛일 떠올리며 서글피 울다

일 년, 나는 기우의 곁을 지키며 변방에서 꼬박 일 년을 보냈다. 나는 전쟁의 잔혹함을 목격하였고, 피비린내 니는 살육을 목격하였으며, 수많은 참상을 복격하였다. 나의 마음을 가장 아프게 한 것은 군대의 내란이었다. 식량이 없었기에, 배고픔을 참을 수가 없었기에 어깨를 나란히 하고 함께 싸우던 전우들이 서로를 죽였다. 약한 이는 펄펄 끓는 물속에서 익혀졌고, 십여 명의 병사들은 빙 둘러앉아 그것을 아주 맛있게 먹었다.

이 광경을 보고 가장 가슴 아파할 이가 기우라는 것을, 나는 잘 알고 있었다. 그러나 그는 자신의 품 안에 나를 안고 보호하며 내가 그 참혹한 광경을 보지 못하도록 하였다. 그의 단단하고 차가운 손이 나의 등을 어루만지는 게 느껴졌다. 그의 품에 안겨 소리 내어 엉엉 울고 싶었으나, 나는 차마 울 수 없었다. 나보다 기우의 마음이 더욱 아플 것이기 때문이었다. 그들 모두가 그의 백성들이었다.

막다른 골목에 다다른 상황에서 기우는 전모천을 보내어 연희와 담판을 짓게 하였고, 결전을 요구하였다. 연희는 잠시 고민한 후, 그 제안을 받아들였다. 그 역시 더 이상 전쟁이 길어지길 원치 않았다. 나는 욱나라의 국고와 식량 역시 조만간 텅 비어 버릴 것이라는 걸 알고 있었고, 이 전쟁에서 기나라가 패할 것이라는 것도 예측할 수 있었다.

기나라 병사들은 이미 한마음이 아니었고, 그들이 원하는 것은 그저 배부르고 따뜻한 생활이었다. 전투 의지는 배고픔과 추위가 길어지자 사라져 버리고 말았다. 기나라는 시작도 하기 전에 진 것과 다름없었고, 연희의 삼십만 대군은 기나라의 사십만 대군을 상대로 손쉬운 승리를 거두었다.

결국 우리는 포로가 되었고, 나와 기우, 전모천, 소경굉 네 사람은 삼엄한 경계 아래 욱나라로 압송되었다. 기나라 군사들 중 어떤 이는 도망쳤고, 어떤 이는 흩어졌으며, 어떤 이는 투항하였고, 어떤 이는 전쟁에서 목숨을 잃었다.

욱나라로 압송되어 온 우리 네 사람은 같은 옥 안에 갇혔다. 이 어둡고 습한 옥에 나는 두 번째로 발을 들여 놓는 것이었다. 처음과 다른 점은 내 곁에 기우가 있다는 것이었다. 그는 나의 손을 잡고 결코 놓지 않았다.

나는 그와 함께 차가운 벽에 기대어 앉아 있었다. 그는 놀라울 만큼 침착함을 유지하고 있었고, 출발할 때부터 지금까지 단 한 마디도 하지 않고 있었다. 나 역시 그의 탄탄한 가슴에 기댄 채 아무 말도 하지 않았다. 전모천과 소경굉은 옥의 다른 쪽 모퉁이에 앉아 있었는데, 그들의 머리는 산발이었고 얼굴은 수염으로 뒤덮여 있었다. 초췌하고 궁지에 몰렸다는 표현이 이 순간의 우리에게 딱 어울렸다.

옥에 갇힌 지 이틀이 지나도록 우리는 아무도 입을 열지 않았다. 죄인의 몸으로 옥에 갇혔으니, 아무리 많은 이야기를 한다 해도 다 부질없지 않은가. 우리가 할 수 있는 일은 다가올 죽음, 그 죽음을 마주하는 것뿐이었다.

전쟁에서 지고 말았다. 자부심이 강한 기우, 그가 이를 받아들일 수 있을까?

그가 받아들일 수 없으리라는 것을 나는 알고 있다. 그렇게 도도하고, 그렇게 강인하며, 전쟁이든 정치든 패해 본 적이 그였다. 오직 이번뿐이었다. 그런 그가 그냥 패한 것이 아니라 처참하게 패하고 만 것이다.

그의 허리를 단단히 감싸 안고 그의 품속으로 머리를 깊이 파묻자, 그의 몸이 차가운 것이 느껴졌다. 나는 그를 꼭 안아 그의 몸을 따뜻하게 데워 주고 싶었으나 어찌해도 그의 몸은 따뜻해지지 않았다.

돌연 소경굉이 큰 소리로 웃기 시작했다. 그 웃음소리는 참으로 호탕하였고 진실함이 담겨 있었다. 나는 멍하니 고개를 들고 큰 소리로 웃고 있는 그를 바라보았다.

"전 승상, 그대와 내가 조정에서 다툼을 한 지도 거의 사 년이나 되었군. 그런데 지금은 이렇게 함께 죄인이 되어 옥에 갇히다니……. 나는 자네 때문에 내 딸 소월과도 부녀 관계를 끊어 버렸지. 손녀딸이 태어나고 지금껏……. 아직 한 번도 본 적이 없는데 벌써 두 살이 되었겠군."

소경쾽이 전모천을 향해 거칠고 거리낌 없는 목소리로 말하였다.

전모천 역시 웃었다. 그의 영민한 얼굴에는 허무한 표정이 떠올랐으나 그는 소경쾽을 놀리듯이 말했다.

"소 노인, 죽는 게 두려워서 그러시는 건 아니겠지요?"

"이 늙은이, 근 이십여 년이나 전쟁에 출정하면서 그 어떤 전투에 피투성이가 될 각오를 하지 않고 나갔겠는가? 그저 손녀를 보지 못한 것이 안타까울 뿐이네. 이 늙은이, 한평생 안타까움을 느낀 일이 단 한 번도 없었는데 오직 그 일만은 안타깝군."

그의 눈빛에 비애의 기운이 끝없이 피어났다. 자신만만하고 안하무인인 소경쾽에게서 처음으로 보는 비애였다.

전모천 역시 살짝 웃음을 지어 보였다.

"소월이 이 말을 들었다면 분명 무척 기뻐했을 겁니다. 장군도 소월이 우리 사이의 다툼으로 인해 무척 난처해했다는 것을 알고 계시겠지요. 사실 장군은 소월에게는 언제나 훌륭한 부친이십니다. 소월은 그저 아이를 위해 장군과 갈라서는 것을 선택한 것뿐이지요. 장군 때문에 그녀가 몰래 눈물 흘리는 모습을 내가 얼마나 많이 보았는지 모릅니다. 나의 마음도 무척 아팠지요."

"됐네. 이제 와서 이런 이야기를 하는 것이 다 무슨 의미가 있겠나? 그저 예전에 우리가 더욱 소중히 여기지 못했던 것을 탓할 수밖에."

그는 전모천의 어깨를 토닥이며 유감의 미소를 지어 보였다.

"싸우긴 뭘 싸워! 밥이나 먹으라고!"

옥졸이 쇠도리깨로 옥문을 두드리며 성난 목소리로 말하였다. 그러고는 네 사람분의 밥과 반찬을 옥 밖에 놔두고 나갔다.

소경굉이 눈을 반짝이며 곧바로 몸을 일으켜 밥과 반찬 옆에 놓인 술 주전자를 집어 왔다.

"착한 놈, 이 옥졸이 우리의 식사에 술을 곁들어 넣어 주었군."

말을 마친 그가 고개를 들어 술을 마시려고 하자 전모천이 차가운 한마디를 뱉어 냈다.

"그 안에 독이 있을지도 모르는데 두렵지 않으신가 보군요."

소경굉이 큰 소리로 하하 웃음을 터뜨렸다.

"이 늙은이, 이미 이 지경에 이르렀는데 독을 두려워할 것 같은가? 죽어도 배부르게 마시고 죽어야지!"

그는 고개를 들고는 술 주전자를 기울여 입안에 쏟아부었다.

"늙은이, 혼자서 다 마시지 마십시오."

모천이 그의 손에서 주전자를 빼앗자 누렇게 시든 볏짚 위에 술이 조금 쏟아졌다.

기우는 여전히 얼음장같이 차가운 벽에 기댄 채 꼼짝도 하지 않고 그들에게는 신경도 쓰지 않고 있었다. 나는 그런 그의 모습이 걱정스러워 손을 뻗어 그의 뺨을 어루만졌다.

"기우, 뭐라도 드시겠어요? 연일 물 한 방울도 입에 대지 않으셨잖아요. 계속 이러시다가는 분명 무슨 일이 벌어지고 말 거예요."

그의 눈빛은 흐려져 있었고, 마치 자신의 생각 속에 깊이 빠져 있는 듯했다. 그리고 그의 머릿속에는 그 누구도 존재하지 않는 것 같았다. 이런 그의 모습을 보니, 나의 가슴은 찢어질 듯이 아팠다. 이번의 패배는 결코 그의 탓이 아니었고, 그가 제왕으로서의 능력이 없어서는 더더욱 아니었다. 그저 식량이 없어서일 뿐이었다.

기우의 손이 나의 뺨을 어루만지며 눈물을 닦아 주자 나는 그제야 내가 눈물을 흘리고 있음을 깨달았다.

"울지 마시오, 내 먹을 테니."

그의 목소리는 잠겨 있었으나 그의 눈빛에는 생기가 돌기 시작했다. 그는 간신히 미소를 지어 보였다. 나도 미소를 지으며 옥문에 놓인 밥그릇을 들고 와서 그에게 한 입 한 입 먹여 주었다. 억지로 밥과 반찬을 넘기는 그의 모습을 바라보며 나의 눈물은 더욱 거세게 흘러내렸다. 지금 그는 얼마나 큰 힘으로 이 밥을 넘기고 있는 것일까?

소경굉과 전모천의 담소가 돌연 종적을 감췄고, 그들은 멍한 눈빛으로 우리 둘을 바라보며 고개를 떨구고 비탄에 잠겼다.

가득 담겨 있던 밥이 바닥을 보이자 전모천이 술 주전자를 들고 기우 앞으로 다가왔다.

"폐하, 좀 드시지 않으시겠습니까?"

기우가 그것을 받아 들고는 고개를 들어 맹렬한 기세로 들이켰다. 입가를 타고 흘러내린 술이 그의 목을 타고 옷자락 안으로 흘러 들어갔다.

나는 술 주전자를 빼앗으며 담담하게 말했다.

"그만 마셔요."

그는 자조 섞인 미소를 지으며 나와 모천을 돌아보았다.

"말해 보아라. 나는 참으로 실패한 황제가 아니냐? 군사를 데리고 전쟁을 하는데 병사들이 서로 죽이고 인육을 먹는 지경에까지 이르게 하지 않았느냐."

전모천이 무릎을 꿇고 다급하게 말하였다.

"아닙니다. 제게 폐하는 가장 훌륭한 황제이십니다. 폐하께서는 개인의 사사로운 욕심 때문이 아니라 백성들을 전쟁의 고통에서 벗어나게 하기 위해 천하를 통일하려 하셨습니다. 폐하께서 성공하지 못하신 이유는 단지 재물이 밖으로 새어 나가욱나라에 기회를 주게 되었기 때문입니다."

"내가 졌소. 그대는 내게 무척 실망하였겠지. 그렇지 않소?"

고개를 돌린 기우가 처량한 미소를 지으며 나를 바라보았다.

"저는 당신이 강하기 때문에 사랑한 것이 아니에요. 당신을 사랑한 것과 당신의 신분은 전혀 상관이 없어요. 오직 당신이 납란기우이기 때문에, 복아의 남편이기 때문에 저는 당신을 사랑해요."

기우가 무슨 말을 하려는 듯하였으나 나는 미소를 지으며 말을 이었다.

"한평생 그대 손 잡고 행복하리. 함께 늙어 가며 결코 이별하지 않으리. 모든 것 과거 되어 평범한 삶 살지만, 백발 되어도 그대와 늘 함께하리라."

기우 역시 미소를 지었다. 그가 부드러운 손가락으로 나의 뺨을 어루만지며 감동한 듯 말하였다.

"복아……."

"모비!"

사람의 마음을 울리는 낭랑한 목소리가 이어지던 그의 말을 끊어 버렸다.

우리 모두는 소리가 난 곳을 바라보았다. 옥 밖에는 눈보다 더 새하얀 옷을 입은 초설이 서 있었고, 그녀의 뒤에는 기운이 서 있었다.

기우가 미간을 찌푸리며 나를 잠시 바라보더니 갑자기 웃음을 터뜨렸다.

"그대에게 언제 이렇게 큰 딸이 있었소?"

"아니에요."

나는 급히 해명하려 하다가 그의 눈에 담긴 옅은 미소를 보고 그 마음을 접었다. 그에게는 아직 나와 농담을 할 기운이 남아 있는 듯했다.

초설의 예쁜 두 눈이 우리 사이를 오갔으나 기운이 먼저 입을 열었다.

"진비, 폐하께서 뵙기를 원하십니다."

나는 미소를 띤 채 단칼에 거절하였다.

"싫습니다. 저는 기우의 곁을 지킬 것입니다."

"모비, 가서 둘째 숙부를 만나 보셔요. 모비……."

초설은 두 손으로 옥문을 잡고 가련한 눈빛으로 나를 바라
보았다. 눈에는 눈물이 맺혀 있었고, 계속해서 나를 부르고 있
었다.

"모비……."

나는 마음이 약해졌고, 연희에게 탄복하지 않을 수 없었다.
초설을 보내 나를 데려오게 하다니, 대체 무엇을 위해서란 말
인가?

"기우, 저는……."

난처해하며 기우를 바라보자 그가 서글픈 미소를 지었다.

"가시오."

나는 몸을 숙여 기우를 꼭 안아 주었다.

"다녀올게요."

그를 떠나려 하자 몸의 온기가 점점 사라져 허전함이 더욱
커졌다. 가고 싶지 않았지만 나는 알고 있었다. 내가 가고, 가
지 않는 것은 내가 선택할 수 있는 것이 아니라는 것을…….

봉궐전.

네 귀가 높이 들린 처마는 하늘을 향해 곡선을 그리고 있었

고, 황금빛 유리기와는 음침한 하늘빛에 둘러싸여 반짝이던 황금 빛깔을 잃고 있었다.

내가 봉궐전의 편당으로 이끌려 들어가자 환관 둘이 부드러운 거위 털이 덮인 의자를 짊어지고 들어와 조심스레 내 앞에 내려놓았다.

"진비마마, 앉으시지요."

가만히 앉아 연희가 오기를 기다리는 나의 마음속에 의혹이 고개를 들었다. 연희는 왜 나를 봉궐전에서 보자고 한 것일까?

연희가 궁녀들에게 둘러싸여 봉궐전에 들어오는 것을 보고, 나는 곧바로 몸을 일으켰다. 그러나 그의 뒤를 따르고 있는 수많은 관원들을 보고 다시 조용히 자리에 앉았다. 편당에 있는 나는 연희의 표정을 볼 수 있었고, 비판을 잇고 있는 관원들의 말도 들을 수 있었다. 하지만 관원들에게 나의 모습은 보이지 않았다.

"폐하, 기나라의 잔여 세력을 어서 참수하셔서 백성들에게 보여 주셔야 합니다."

"맞습니다. 폐하, 도대체 무엇을 망설이시는 것인지요?"

"설마 후환을 남기시려 하십니까? 화근은 뿌리째 뽑아야 합니다. 그러지 않으면 봄이 되면 또다시 돋아난다는 것을 폐하께서도 잘 알고 계시지 않습니까? 기반을 닦기까지도 쉽지 않았습니다. 폐하께서는 주저하지 마시고 그들을 모두 제거하셔야 합니다."

그들 모두가 연희에게 이구동성으로 기우 등을 참수하라 청하는 소리를 들으며, 나는 비웃음을 금할 수가 없었다. 설마 연희가 나를 이곳으로 부른 이유가 나에게 이 말을 듣게 하기 위함인가? 그는 내가 죽음을 두려워할 거라고 생각하는가? 기우와 함께 죽을 수 있다면 나는 이 생에 여한이 없었다.

"그만! 모두들 썩 꺼지지 못할까!"

분노에 찬 연희의 목소리가 온 대전을 가득 채우자 모든 관원들이 바스락거리는 소리를 내며 무릎을 꿇었다.

"폐하, 진노를 거두시옵소서."

연희는 차가운 숨을 천천히 내뱉으며, 온 힘을 다해 노기를 잠재웠다.

"그대들이 올린 상소문에 대해서는 짐이 심사숙고할 것이니, 모두들 나가 보라."

"예."

점점 멀어지는 발소리만이 들려올 때, 연희가 나를 향해 다가왔다. 그의 눈에는 오랜 전쟁으로 인해 가시지 않은 피로의 흔적이 남아 있었다.

나는 재빨리 몸을 일으키고 그를 향해 무릎을 꿇고 인사를 올렸다.

"폐하를 알현하옵니다!"

지금의 나는 옥에 갇힌 죄인이고, 연희는 천하를 통일한 제왕이다. 그러니 나는 그에게 예를 갖춰 인사를 올려야만 한다.

연희는 내 앞에 선 채 내게 몸을 일으키라는 말 없이 그저 질문 하나를 던졌다.

"그대는 이 상소문을 보았소?"

그의 손가락 끝이 가리키는 곳을 바라보니, 황금 탁자 위에 상소문이 산처럼 쌓여 있었다. 나는 아무 말 없이 이어질 그의 말을 기다렸다.

"전부 기나라의 잔여 세력을 참수하라는 상소요. 그대 생각에는 내가 어찌해야 할 것 같소?"

"폐하는 천자이시니 폐하께는 폐하만의 생각과 견해가 있으실 것입니다."

나는 그저 답을 피할 수밖에 없었다.

"왜 내게 그들을 풀어 달라 애원하지 않는 것이오? 어쩌면 내가 생각해 볼 수도 있는데…….."

나는 그의 말이 끝날 때까지 기다리지 않고 그의 말을 잘라 버렸다.

"폐하, 폐하께서 어떤 결정을 내리시든 저는 그 어떤 원망도 하지 않을 것입니다."

"나는 그대가 내게 애원할 줄 알았소."

그는 뒷짐을 지고 나를 내려다보았다. 그의 눈에는 보는 이를 압도하는 빛이 담겨 있었다.

나는 보일 듯 말 듯한 옅은 미소를 지으며, 그의 시선을 조금도 피하지 않고 똑바로 마주 보았다.

"납란기우는 절대로 비굴하게 적에게 생명을 구걸하지 않을 것이며, 그의 여인은 더더욱 그러지 않을 것입니다."

연희는 처음에는 놀란 듯하였으나 이내 큰 소리로 웃음을 터뜨렸다. 참으로 호탕한 웃음이었다.

"참으로 대단한 납란기우의 여인이로군! 내가 그대를 납란기우에게 보내 줄 때 말했었소. 그대를 다시 되찾아 올 것이라고 말이오. 그리고 우리 사이에는 약속한 것이 있지. 그대는 잊은 것이오? 지금 욱나라가 살았으니, 그대 역시 반드시 욱나라와 함께 살아야 하오."

그의 마지막 한마디에는 거부를 허용하지 않겠다는 단호함이 서려 있었고, 나의 심장은 제멋대로 뛰기 시작했다.

"아니요. 제가 죽겠다면 폐하도 절대 막으실 수 없습니다."

"또다시 납란기우를 위해서인가? 몇 해 전, 그는 자신의 권력을 위해 그대의 목숨마저 위태롭게 했소. 그런데 지금 그대는 그와 함께 죽겠다고 하니, 나는 이 세상에 그대같이 어……, 착한 여인이 있다니 믿을 수가 없소!"

그가 '어리석은'이라고 말하려던 것을 '착한'이라고 바꿔 말하는 것을 듣고 나는 웃음이 터져 나왔다. 사실 나는 어리석은 여인이 맞았다.

"이 전쟁을 시작하기 전, 저는 그에게 약속했습니다. 살아도 함께 살고, 죽어도 함께 죽겠다고요. 이제 기우에게는 이생에 남은 것이 아무것도 없으니, 저는 또다시 그를 버릴 수 없습니다."

그의 눈에 조롱의 빛이 비추었고, 입꼬리가 잔인함을 띠고 위로 향하였다.

"믿을 수 있겠소? 나는 그대가 내게 애걸하게 만들 것이오."

"소용없는 일입니다. 전쟁에서 패한 후, 비록 이야기를 나누지는 않았지만 저는 믿고 있습니다. 우리 두 사람은 마음속으로 이미 결정을 내렸다고요. 그와 함께 천하를 내려다볼 수 없게 되었으니, 그렇다면 함께 황천길을 가야지요."

"더 이상 아무 말도 마시오. 사흘, 내 그대에게 사흘의 시간을 주겠소. 만약 사흘 후에도 내게 부탁하지 않는다면 나도 그대가 기우와 함께 죽을 수 있도록 해 주겠소."

자신만만한 그의 모습을 보니 나는 가슴이 쿵쿵 뛰기 시작했다. 그는 또 무슨 꿍꿍이인 것일까? 아니, 연희가 무슨 짓을 한다 해도 내가 죽기로 결심한 이상 그도 어쩔 수 없을 것이다.

나는 불안한 마음과 무거운 발걸음으로 옥으로 돌아갔다. 돌아가는 내내 나는 봉궐전을 떠날 때 내 품에 안기던 초설을 생각하고 있었다.

초설은 나의 다리를 단단히 붙잡고 울며 말했다.

"모비, 가지 마세요. 초설은 모비와 그 남자가 함께 있는 게 싫어요. 안 가면 안 돼요? 초설이랑 둘째 숙부랑 함께 있으면 안 돼요?"

슬퍼하는 그녀의 모습을 보는 것은 견디기 힘들었지만 나는 초설을 밀어냈다.

"미안하다, 초설아. 모비가 사랑하는 남자가 모비를 기다리고 있단다."

나는 조금의 망설임도 없이 몸을 돌렸다. 애끓는 초설의 목소리가 들려왔지만 나는 고개를 돌리지 않았다. 눈물이 흘러내렸다.

연성, 미안해요. 그대에게 진 빚은 다음 생에 갚을게요.

옥 안에서 여자아이의 울음소리가 들려왔다.

초설? 아니다. 분명 초설의 울음소리는 아니다.

나는 의혹을 품고 옥 안으로 끌려 들어갔고, 눈앞에 펼쳐진 광경에 넋을 잃을 수밖에 없었다.

텅 비어 있던 옥 안이 수많은 사람들로 발 디딜 틈조차 없을 정도로 꽉 차 있었다.

여자아이의 울음소리는 소월이 안고 있는 아이의 것이었다. 아이의 눈물은 온 뺨에 얼룩져 있었고 목소리는 다소 쉬어 있었다.

나는 멍해졌다. 설마 모천의 딸, 소경굉의 손녀인가?

시선을 돌려 시방을 둘러보니 기호와 소요, 그들의 아들인 납란역범이 있었고, 그 외에도 수많은 관원들의 가족들이 자리하고 있었다. 어린아이들과 연로한 부모님들, 모두 초췌한 모습이 처참하기 그지없었다.

아, 나는 어찌 생각지 못하였을까? 기나라가 전쟁에서 패하면 수많은 조정 대신들이 욱나라의 포로가 되리라는 것을, 이 많은 사람들이 모두 죽음을 맞이하게 될 것이라는 것을 말이다. 그러나 연희가 어린아이와 노인들까지 놓아주지 않으리라고는 생각지 못했다. 그 순간, 나는 연희가 왜 그토록 자신만만하게 내가 그에게 구해 달라 애걸할 것이라고 했는지 깨달았다. 그러나 나는 다시는 마음이 약해지지 않을 것이다. 이번 한 번만큼은 나는 이기적이고 싶었다.

나는 다시 기우의 곁으로 돌아왔다. 그는 탄탄한 팔을 뻗어 나를 품으로 이끌어 안았다. 마치 손을 놓으면 나를 놓쳐 버리기라도 할 것처럼……. 나는 그가 연희가 나를 부른 이유를 물어볼 거라고 생각했지만 그는 묻지 않았다. 그저 나를 꼭 안아 줄 뿐이었다.

"저와 연희가 무슨 이야기를 했는지, 왜 묻지 않으세요?"

나는 고개를 살짝 들어 그를 바라본 후, 나의 이마를 그의 아래턱에 대었다. 그의 까칠한 수염이 살짝 아프기도 하도 간지럽기도 했다.

"그대가 돌아왔다는 것이 중요하오. 다른 것은 더 이상 중요하지 않소."

미소도 지을 수 있게 된 것이 그는 막 끌려왔을 때에 비해 훨씬 편안해진 것 같았다. 그러나 눈에 어린 쓸쓸함만은 숨길 수가 없었다.

나는 시선을 거둔 후 우묵하게 파인 그의 어깨에 몸을 기대고 눈을 감았다. 그 때, 소경굉의 서글픈 웃음소리가 들려왔다.

"이름이 전어석展語夕이라고? 좋은 이름이구나. 그런데 이 외할아비가 너희를 끌어들여 너희까지 함께 죽게 만들었구나."

"아버지, 그런 말씀 마셔요. 소씨 집안의 후손인 것이 저희는 자랑스럽습니다. 무장武將의 자손으로서, 죽음 앞에서 결코 한 가닥의 두려움도 드러내지 않을 것입니다."

소요의 목소리가 힘있게 울렸다. 그녀의 기세는 남자의 그 것에 뒤지지 않았다.

"그래도 우리는 죽고 싶지 않아요!"

갑자기 목소리 하나가 끼어들었다. 순식간에 옥 안은 소란스러워졌고, 흐느껴 우는 소리가 연이어 들려왔다.

"제 부친과 모친은 모두 연로하신데, 그분들이 무슨 죄가 있어 저와 함께 돌아가셔야 한단 말입니까?"

"제 아이는 겨우 네 살이에요. 아무것도 모르는 어린아이지요. 정말로 이 아이만은 살리고 싶어요."

"저는 죽고 싶지 않아요. 정말로 죽고 싶지 않아요."

나는 기우의 어깨에 몸을 더욱 깊숙이 파묻었다. 감히 눈을 뜨고 한없이 서글픈 이 광경을 바라볼 수가 없었다. 나의 손은 나도 모르게 기우의 옷섶을 단단히 쥐고 있었다. 돌연 두목杜牧[23]의 시 〈제오강정題烏江亭〉이 떠올라, 나는 아무 생각 없이 조용히 읊기 시작했다.

"전쟁의 승패는 예측할 수 없으나, 수치스러움 견뎌 내고 이겨 내야만 대장부이다. 강동의 자제들 가운데 뛰어난 인재 많으니, 권토중래捲土重來[24]하였다면 어떠했을지 알 수 없구나."

"복아, 그대가 지금 무슨 말을 하고 있는지 알고 있소?"

깜짝 놀란 기우의 목소리는 높아져 있었고, 옥 안의 울음 섞

---

23 당나라 만당 시기의 가장 뛰어난 시인. 두보와 비견해서 소두(小杜)라 불리운다.

24 어떤 일에 실패한 후, 후일을 도모하며 세력을 키워 다시 공격하는 것을 뜻한다. 항우가 한고조 유방에게 패한 뒤에 나온 고사성어이다.

인 소리들은 이상할 정도로 잦아들어 있었다.

나는 그의 말에 답하지 않고 작은 목소리로 웃으며 물었다.

"만약 이 난관을 벗어날 수 있다면 당신은 권토중래하시겠어요?"

"전쟁에 지친 장수들 비탄에 잠겼고, 잃어버린 중원은 되찾기 어렵구나. 강동의 자제들이 있다고는 하나, 그들이 주군을 위해 권토중래하겠는가?"

기우는 왕안석王安石의 〈오강정烏江亭〉으로 나의 질문에 답했다.

"복아, 내가 만약 항우項羽라면 나 역시 분명 오강烏江에서 자결하여 결코 강을 건너지 않았을 거요."

마침내 나는 두 눈을 뜨고 눈물 맺힌 눈으로 그를 바라보았다.

"그럼 저는 당신의 우희虞姬[25]겠네요?"

기우는 그윽한 시선으로 나를 바라보며 잠시 아무 말도 하지 않다가 돌연 고개를 저으며 말하였다.

"아니오. 만약 목숨을 부지할 수 있다면 그대는 살아남으시오. 내게는 그대까지 죽게 할 자격이 없소. 이 생에서 이미 그대에게 너무나 많은 빚을 졌는데, 마지막까지 그대에게 빚을 지고 싶지는 않소."

나는 슬퍼하며 고개를 떨구었고, 그의 차가운 손을 붙잡고

---

25 초패왕 항우의 애첩으로, 항우가 유방과 패권을 다투는 과정에서 패하자, 항우를 위해 자결하였다.

미소 지은 채 아무 말도 하지 않았다. 마음속에서 온갖 감정이 교차하고 있었다. 기우는 '살아도 함께 살고, 죽어도 함께 죽겠다'던 나의 말을 잊은 것일까? 만약 그가 죽는다면 나 홀로 이 세상을 어찌 살아간단 말인가?

"울긴 왜 우는가!"

소경꿩이 분노하여 고함을 질렀고, 핏대가 선 눈으로 사방에서 눈물을 흘리고 있는 남녀노소를 훑어보았다.

"나약하기 짝이 없는 자들, 그대들이 그러고도 기나라 백성이라 할 수 있는가?"

"아버님, 그만하십시오. 사람마다 각자의 선택이라는 것이 있으니 말입니다."

전모천의 '아버님'이라는 말이 소경꿩의 노기를 한순간에 누그러뜨렸다. 그의 눈에 눈물이 반짝였다.

"그대⋯⋯, 그대 지금 나를 아버님이라고 불렀는가?"

"아버님이라는 이 말을 오랫동안 미뤄 왔습니다. 이 지경에 이르고 나니, 더 이상 미루다가는 평생의 여한이 될 것 같습니다."

전모천은 감옥을 나누는 틈으로 소월의 손을 잡고 있었다. 그의 눈빛에는 깊은 다정함이 드러나 있었고, 한없는 사랑이 담겨 있었다.

얼굴 가득 눈물을 흘리고 있던 소월은 울음을 멈추고 웃음을 지어 보였고, 한 손으로는 모천의 손을 잡은 채 다른 한 손으로는 품 안의 아기를 더욱 세게 끌어안았다.

"아버지, 제가 말씀드렸었잖아요. 모천은 아버지가 생각하시는 것처럼 권력을 독점하거나 조정을 뒤흔들 생각이 없다고요. 이제는 믿으실 수 있으시겠지요?"

"어리석은 것, 이 아비도 이미 알고 있었다. 그저 체면 때문에 화해할 수 없었던 것뿐이지."

소경꿍은 탄식하며 드디어 전모천과 흉금을 털어놓았다. 소씨 집안 사람들은 갑자기 소리 내어 웃기 시작했고, 분위기는 화기애애하였다.

놀랍게도 옥 안에서 이런 광경을 보게 되다니……. 소경꿍은 진정 복이 많구나. 두 딸과 사위, 손자와 손녀. 죽기 전에 이런 위로를 받을 수 있다니 죽어도 여한이 없겠구나.

눈물이 소리 없이 흘러내렸다. 눈앞에 펼쳐진 광경에 부러움이 느껴졌다. 아니, 질투라고 하는 것이 옳을 것이다. 기우는 내가 왜 눈물을 흘리는지 알아채기라도 한 듯, 나의 머리카락을 쓰다듬으며 다정하게 말하였다.

"울지 마시오. 그대에게는 내가 있소."

힘겹게 참고 있던 지난 며칠간의 아픔과 눈물이 한꺼번에 쏟아져 나왔고, 나는 그의 품에 안겨 소리 내어 울기 시작했다. 그러나 나의 울음소리는 다른 사람들이 오열하는 소리에 묻혀 몹시 작게 들렸다. 이에 나는 다른 이들의 시선에 아랑곳하지 않고 더 큰 소리로 엉엉 울어 버렸다.

"왜 사람들은 매번 잃기 직전에야 소중한 것을 깨닫고 포기를 알게 될까요?"

이 말을 마지막으로 나는 입을 다물었다. 이후 나는 얼음장 같이 차가운 벽에 멍하니 기댄 채 입꼬리를 올리고 다른 이들은 알아챌 수 없을 조롱의 미소를 지었다. 나는 기우와 함께 침묵하며, 함께 옥 안의 참담한 광경을 바라보았다.

내가 다시 입을 연 것은 사흘 후였다.

"기우, 복아는 영원토록 오직 그대만의 사람이에요."

기우는 무엇인가를 깨달은 듯 흐릿하던 눈빛에 예전의 날카로움을 되찾았다. 나의 눈을 통해 나의 생각을 꿰뚫어 보려는 것 같았다. 나는 결연하게 차갑고 깊은 연못 같은, 무슨 생각을 하는지 헤아릴 수 없는 그의 눈빛을 똑바로 마주 보았다. 그는 마치 수많은 말을 하고 싶으나 대체 어디에서부터 이야기를 시작해야 할지 알 수 없는 듯했다.

짧은 침묵 후, 듣는 이를 절로 긴장시키는 발소리가 점점 가까워졌고 공기 속에 사람들의 가슴을 졸이게 하는 긴장된 분위기가 서렸다.

"진비마마, 폐하께서 신에게 마마를 모시고 오라고 명하셨습니다."

옥 안의 사람들이 모두 고개를 돌려 기운을 바라보았다. 기우를 포함해서…….

연희가 그에게 나를 모시고 오라고 했다는 기운의 말…….
그 말은 마치 내가 그에게 애원하러 갈 것이라고 확신하고 있는 것 같았다. 연희는 정말로 나를 잘 이해하고 있었다.

나는 모든 사람들을 마주한 채 몸을 일으켰다. 소경꿩에게서는 의혹을, 전모천에게서는 경악을, 소요에게서는 놀라움을, 기호에게서는 어리둥절함을, 소월에게서는 곤혹스러움을 읽어낼 수 있었다. 오직 기우의 얼굴만이 차가운 얼음장 같았고, 그의 눈빛에는 일말의 온기도 담겨 있지 않았다.

그의 냉담함이 나의 마음을 아프게 찔렀다. 그는 분명 나를 탓하고 있을 것이다. 살아도 함께 살고 죽어도 함께 죽겠다던 약속을 저버린 나를 탓하고 있을 것이다. 하지만 복아가 할 수 있는 일은 이것뿐이에요. 복아는 행복과는 어울리지 않고, 복아는 태어날 때부터 타인을 위해 살아갈 운명이니까요.

"그대는 그저 한 사람의 여인일 뿐이오. 나라가 망하고, 나라를 되찾고, 나라를 구하는 것을 감당했는데 또다시 무엇을 감당하려 하는 것이오?"

나의 마지막 한 걸음이 옥문을 나서려 할 때, 기우의 낮은 목소리가 들려왔다. 환청처럼 들려온 그의 목소리는 나를 그곳에서 꼼짝도 하지 못하게 만들었다. 옥문의 철 난간을 붙잡은 나의 왼손에 힘이 잔뜩 실렸다.

"복아의 운명이 이러하니, 그 누구도 탓할 수 없습니다."

"만약 그대가 옥 안의 사람들을 위해 떠나려는 것이라면 그러지 말라고 하고 싶소. 그 누구도 그대에게 감사하지 않을 테니 말이오."

옥 안의 사람들은 기우의 말을 듣고서야 내가 왜 떠나려 하는지 깨달았다. 그들은 철 난간 옆에 엎드려, 기대하고 애원하는 눈빛으로 나를 바라보며 소리쳤다.

"부인, 저희 일곱 가족을 살려만 주신다면 저희들은 부인께 감사드릴 것이옵니다."

그 한마디 간구가 옥 안 전체로 퍼져 나가 귀청이 떨어질 만큼의 소리가 되었다. 나는 천천히 고개를 돌려 어두운 얼굴의 기우를 바라보았고, 미소를 지으며 말하였다.

"이것 보세요. 이토록 많은 사람들이 제게 감사하고 있잖아요."

"아 부인, 비겁하게 죽음을 두려워하는 저 무리를 살려 주신다 한들 부인께 무슨 이득이 있겠습니까?"

돌연 안색을 바꾼 소경꾕이 나를 향해 고함쳤다. 그의 목소리는 애원하는 수많은 이들의 목소리를 덮을 정도였다.

"모두 입을 닥치지 못할까! 닥치시오!"

그는 나에게 간구하는 이들을 향해 소리를 질렀고, 그 모습은 마치 미친 사람 같았다.

"소 장군, 제가 그들을 살리면서 얻는 이득은 나 자신의 목숨을 지켜 내는 것입니다. 저 역시 죽고 싶지 않습니다."

나는 단호하게 말했다. 소경꾕과 전모천은 믿지 못하겠다는 눈빛으로 나를 바라보았다.

나는 빙긋 미소 지으며 눈을 돌려 기우의 차가운 눈빛을 바라보았다.

"복아는 우희가 될 수 없습니다. 용기가 없어 항우 앞에서 검을 들어 자결을 할 수가 없어요. 그러니 기우 당신도 항우가 되지 마세요. 패하였다고 하여 당신이 예전에 이룬 것들이 모두 헛수고가 되는 것은 아니에요. 평범한 사람들처럼 자신의 삶을 살아가세요."

결국 나는 천천히 몇 걸음을 물러서서 옥을 떠났다.

기우는 여전히 벽에 기대앉아 꼼짝도 하지 않은 채 내가 떠나는 모습만 바라보고 있었다. 그의 눈가에는 지친 흔적이 역력했고, 얼굴 윤곽은 더욱 날카로워져 있었으며, 눈동자는 차가웠다. 마치 내가 떠나는 것이 그와는 조금도 상관없는 일인 것처럼 보였다. 그러나 나는 그가 주먹을 불끈 쥐는 모습과 눈가에서 천천히 떨어지는 반짝이고 투명한 눈물을 보고 말았다.

나의 시선에서 그가 점점 흐려지고 멀어졌다. 하지만 그 흐릿함은 이상할 만큼 선명하여 나의 마음속에 한없이 깊은 아픔을 남겼다.

만약 그것이 이생에서 그와의 마지막 만남이라는 것을 알았더라면 나는 분명 그를 똑똑히 바라보고 가슴속에 깊이 새겨 영원히 잊지 않았을 것이다.

나는 소양궁으로 이끌려 왔다. 모든 것이 무척이나 익숙한 풍경이었다. 나는 유리기와 위에서 반짝반짝 빛나는 황금빛 물결 때문에 눈을 제대로 뜰 수가 없었다. 궁의 붉은 담벼락 사이에서 잠시 방향을 잃은 나는 제자리에 우두커니 서서 마치 무엇을 찾는 듯이 사방을 둘러보았다. 그러나 나는 내가 찾아야 하는 것이 무엇인지 알지 못했다.

나는 얼떨결에 매화 숲 안으로 걸어 들어갔다. 매화꽃이 갓 피어, 붉은 꽃이 나뭇잎을 장식하고 있었다. 사방에서 빙글빙글 돌며 풍기는 듯한 그윽한 향기와 녹색, 분홍색, 붉은색, 황금색 등의 여러 가지 고운 빛깔 때문에 금방이라도 의식을 잃고 쓰러질 것만 같았다.

"나는 그대가 내게 부탁할 것을 알고 있었소."

고요함을 깨고 목소리가 들려왔다.

그를 보니 비참함이 고개를 들었고, 조각이 되어 서글픈 내 가슴을 짓눌렀다.

선택의 여지가 없었다. 나는 매화 숲의 흙먼지와 돌멩이 위에 두 무릎을 꿇었다.

"제가 부탁하면 정말로 사람들을 놓아주실 건가요?"

천하가 이제야 안정되었으니, 지금 가장 중요한 것은 조정의 기강을 바로잡는 것일 테다. 그런데 기나라의 산여 세력을 제거하지 않았다가 그들이 언젠가 반기라도 든다면 욱나라에는 무척이나 골치 아픈 일이 아닐 수 없었다.

"그럴 것이오."

"어떻게 믿지요?"

"그대는 믿을 수밖에 없소."

그 짧은 대답에 나는 단 한 마디도 할 수 없었다. 지금은 내가 그에게 애원하고 있는 상황이니 나중에 그가 생각을 바꾼다 해도 나로서는 어쩔 수 없었다.

그는 몸을 숙였고, 그의 시선은 내 얼굴 위를 떠다니고 있었다. 그는 냉철한 눈빛을 감추고 천천히 온화함을 드러내며 말하였다.

"십 세 이하의 아이, 예순 이상의 노인은 모두 풀어 줄 것이오. 납란기우, 납란기호, 소경굉, 전모천 역시 풀어줄 것이나 그 외의 사람들은 모두 참수하여 백성들에게 보여 줄 것이오."

마음속 깊은 곳에서부터 안도의 한숨이 터져 나왔다. 그 정도만 해 준다면 내가 그에게 애원한 것이 헛수고는 아니리라. 옥 안의 노인, 부녀자와 아이들은 매우 가련하였으나, 지금까지 부귀영화를 마음껏 누리다가 이제 와서 비겁하게 죽음을 두려워하는 관리들은 몹시 괘씸하였다. 내가 연희에게 부탁하는 것도 오직 노인과 부녀자 그리고 아이들을 위해서였다. 그들이 전쟁의 희생물이 되어서는 안 되었다.

"저는 무엇을 하면 되나요?"

"초설의 모친이 되고, 연희의 진비가 되시오."

마치 큰 쇠망치로 머리를 호되게 얻어맞은 듯, 윙윙거리는 소리가 계속해서 들려왔다.

그가 지금 뭐라고 한 것인가? 연희의 진비?

분노가 치밀어 나는 벌떡 일어나 그곳을 떠나려 하였다.

내가 떠나려는 모습을 보고도 그는 나를 막지 않았고, 그저 용포를 털어 내며 몸을 일으키고 나를 향해 담담히 말하였다.

"아이들과 노인들을 구하고 싶지 않소? 내가 기억하는 복아는 그렇게 냉혹하고 매정한 사람이 아닌데……."

나는 차가운 시선으로 그를 똑바로 노려보았고, 목소리에는 냉기가 서려 있었다.

"연희, 이렇게까지 저를 궁지로 몰아넣어야겠어요?"

"모든 것은 그대의 선택에 달렸소. 나는 단 한 번도 그대를 궁지로 몰지 않았소."

맑은 하늘처럼 깨끗한 그의 눈은 따스함을 담고 있었다. 나의 격한 감정에도 전혀 흔들리지 않는 듯, 그는 매화 숲에 가만히 서서 나와 눈을 마주하고 있었다.

"내가 기우의 목숨을 살려 줄 수 있다는 것을 알아야 하오. 그대는 그를 위해서라면 무엇이든 희생할 수 있는 게 아니었소?"

기우를 살려 준다고? 연희는 기우가 정말로 그의 '호의'를 받아들일 거라고 생각하는 것인가?

그는 기우를 이해하지 못할지 몰라도 나는 그를 알고 있다. 지금 기우는 이미 죽을 준비를 마쳤다. 그렇기에 나는 단 한 마디도 하지 않고 기우의 곁에서 기다리고 있었던 것이다. 나 역시 그와 함께 죽음을 맞이할 결심을 하고 있었기 때문이다.

그런데 왜 연희는 또다시 나를 궁지로 몰아넣는가? 무고한 생명들을 담보로 왜 나를 궁지로 몰아넣는가?

나는 돌연 미소를 지었다.

"연희, 이렇게까지 하실 필요가 있나요?"

"나는 형님에게 약속했소. 나는 반드시 그대를 보살필 것이오."

나를 향해 천천히 다가오는 그의 깊은 눈빛을 보고 그의 속내를 헤아리기는 어려웠으나, 그의 입가에는 시종 있는 듯 없는 듯 옅은 미소가 떠올라 있었다.

"참 그럴듯한 이유로군요. 연성을 대신해서 저를 보살펴 주시겠다고요?"

몸을 일으킨 나는 조롱을 담아 웃어 보였다.

"입만 열면 모든 게 연성 때문이라고 하시는군요. 만약 이 순간 연성이 제 앞에 있었다면 그는 분명 저를 놓아주고 기우와 삶과 죽음을 함께하라고 하셨을 거예요. 결코 그대처럼 저를 위협하지는 않으셨을 거예요."

그가 한 발자국 앞으로 걸어 나오더니 갑자기 내 양어깨를 단단히 붙잡고 매화나무 아래로 끌고 가서 거칠게 입을 맞추었다. 매화나무 이파리가 우리 사이로 흩날리며 떨어졌다.

나는 온 힘을 다해 발버둥쳤으나 그는 나를 더욱 세게 붙잡았고 타는 듯이 뜨거운 입술이 내게 상처를 입혔다. 그는 몹시 흥분한 듯 거친 숨소리를 내뱉고 있었다.

절망하여 두 눈을 감자 눈물이 소리 없이 흘러내려 나의 입술을 적셨다.

만약 나의 운명이 이것이라면, 그렇다면 받아들일 수밖에……. 나의 희생으로 수많은 이들의 목숨을 살릴 수 있다면 그것 역시 매우 값지지 않겠는가.

한참 후, 알 수 없는 광기로부터 침착함을 되찾은 그가 나를 자신의 품으로 이끌었다.

"변명이라 해도 좋고, 사욕이라 해도 좋소. 만약 이것이 죄업이라면 나는 그대가 나와 함께 이것을 견뎌 내기를 바라오!"

잠긴 목소리가 내 귓가로 조용히 날아들었다.

"그대의 마음을 얻을 수 없다면 그대를 소양궁에 가두어 놓고 영원히 놓아주지 않을 것이오."

나는 갓 핀 매화꽃을 멍하니 바라보며, 눈물을 머금고 미소 지었다.

죄업, 내가 짊어져야 할 죄업이라면, 그렇다면 짊어질 것이다.

기우, 제왕의 가족으로 태어난 것이 원망스러우세요? 그대도 평범한 날들을 원하시겠지요! 앞으로는 평범한 삶을 사세요. 아내를 얻고 자식을 낳으세요. 복아는 평생 소양궁에 거하며 그대와 함께 살아가겠어요.

소양궁을 떠나간 영혼

대혼식 날, 내가 진비辰妃로 책봉되는 날, 밖에서는 눈이 내리고 있는 것 같았다. 그러나 나는 기쁘지 않았고 심지어 창문조차 열어 보지 않았다.

요 며칠 소양궁에는 시위들이 상당히 많아졌고, 궁녀들 역시 열 명 이상 더 늘었다. 혼례용 과자, 혼례용 초, 혼례용 휘장, 혼례용 손수건, 모든 것이 붉은색이었고, 이것이 나의 마음을 차갑게 만들었다.

탁자 위에 놓인 것은 보기만 해도 눈이 부신 금은 장신구, 황금 연꽃과 꽃게 모양의 비녀, 황금 연꽃 분재 모양의 비녀, 진주 목걸이, 황금 봉황 장신구, 보석 목걸이, 은 화장함 등이었다. 하나같이 아름답고 귀한 물건들은 보는 이들의 시선을 끌기에 충분했다.

연희는 나를 비로 봉하는 날 사람들을 풀어 줄 것이며, 기우, 기호, 모천, 소경굉은 그들이 준비한 곳에서 지내게 될 것이라고 말했다. 아마 연희는 이미 사람들을 풀어 주었으리라. 천하의 제왕인 그가 약속을 어기지는 않을 테니…….

연희는 확실히 세심하게 고려한 것이 분명했다. 노인과 부녀자, 어린아이 들이 그들만으로 반란을 일으킬 가능성은 없으니 우두머리 격인 이들만 골라 그들이 준비한 곳에 따로 머물게 한 것이다. 또한 위협이 되는, 능력 있는 조정의 관리들은 모두 참수해 버렸다. 이렇게 처리하고 나니 연희에게는 걱정할 만한 것이 아무것도 없었다.

난란과 다른 궁녀들의 시중을 받으며, 나는 넋을 놓은 채 봉황 혼례복을 입었고 화장대 앞에 서서 그들이 나를 단장하도록 내버려 두었다. 거울 속은 텅 비어 있었다. 심지어 나 자신의 얼굴조차 보이지 않았다. 나는 무엇을 그토록 열심히 찾으려는 것일까?

거울 속에 비친 것은 기우와의 대혼식 날이었다. 그때의 소봉궁 역시 이런 모습이었다. 그때의 소봉궁도 붉은 휘장으로 가득 장식되어 있었다. 그는 나를 체 황비로 봉하였고, 연희처럼 수많은 물건을 하사하였다. 보기만 해도 눈이 부셨었다.

세상 사람들은 여자는 두 남편을 섬겨서는 안 된다고 말한다. 어떤 여인들은 남편을 향한 절개를 드러내기 위해 열녀문을 세우기도 한다. 그렇다면 한 여인이 세 번이나 혼인을 하고, 그것도 모두 제왕에게 시집을 갔다면 그것이 아무리 높은 지위라 한들 세상 사람들은 이를 어찌 볼 것인가?

내 목숨을 보전하기 위해 옥에 갇힌 기우를 버리고 부귀영화를 좇았다 말할까?

아름다운 미모로 시동생을 유혹하여 비로 책봉하게 했다고 말할까?

참으로 복잡하다. 나조차도 이 얽히고설킨 관계를 정리할 수 없었다.

갑자기 기우와의 대혼식 장면이 산산조각 나고 곱게 꾸민 나의 모습이 눈에 들어왔다. 눈앞의 자신의 모습을 보니 마치 웃음거리를 보고 있는 것만 같았다.

"총사령관님, 들어가시면 안 됩니다! 총사령관님⋯⋯."

문밖을 지키고 있던 궁녀가 다급한 목소리로 하는 말이 나의 생각을 흐트러뜨렸다.

발소리는 점점 가까워졌고, 나는 의아해하며 화장대에서 몸을 일으켰다. 고개를 돌리자 육중한 침궁 문이 열리고 있었다. 겨울 눈이 몰고 온 차가운 바람이 내 얼굴을 세게 때렸고, 아직 올리지 않은 머리카락이 바람결에 흩날려 어지럽게 뒤엉켰다.

납란기우였다. 그의 표정은 무척이나 진지했으며, 눈빛 속에는 갈등의 빛이 담겨 있었다.

"반옥!"

그가 부르는 십일 년 전의 내 이름을 듣자 가슴이 턱 막히고 심장이 제멋대로 뛰기 시작했다.

"납란기우, 그가⋯⋯, 죽었소."

그의 한마디는 마른 하늘의 날벼락과도 같았고, 나는 넋을 잃고 기운을 바라보았다. 온 침궁을 가득 채우고 어지럽게 펄럭이는 붉은 휘장이 내 눈앞에서 시뻘건 핏빛으로 변하였고, 그 피로 바닥이 흥건해졌다.

두 다리가 풀려, 나는 차가운 의자 위에 털썩 주저앉아 버렸다.

궁문은 단단히 닫혀 있었고, 나는 화장대 앞에 홀로 앉아 거울 안을 멍하니 들여다보고 있었다. 반짝이는 눈에는 한 줄기 눈물도 보이지 않았다. 그저 얼굴에 옅은 미소를 짓고 있을 뿐이었다.

갑자기 떠오른 생각에 나는 곧바로 몸을 일으키고 붉은 창문을 밀어 열었다. 창을 통해 거위 털 같은 눈이 날아 들어와 나의 몸 위로, 얼굴 위로 떨어졌다. 나는 옅은 미소를 지으며 눈송이를 몇 개 받았다. 귓가에는 기운의 말이 떠돌고 있었다.

'폐하께서 일체의 소식을 막으셨소. 그대가 무슨 일을 저지를까 두려우셨기 때문이지.'

'내가 그대에게 이 소식을 알리는 것은, 옥 안에서 죽은 이가 바로 내 일곱째 동생이기 때문이오.'

'그대를 속일 수 없었소. 그대에게는 알 권리가 있소.'

저 멀리 마른 풀은 눈과 서리에 뒤덮여 있고, 무성했던 어린 풀은 모두 시들어 떨어졌다. 눈은 아직 녹지 않았고, 나는 고개를 들어 새하얀 눈이 끝없이 펼쳐진 하늘을 감싸며 내리는 모습을 바라보았다. 여전히 기억하고 있다. 기우와 대혼식을 올리던 그날, 그날도 눈이 내렸었다.

그때, 나를 업고 꽃가마에 태워 주었던 한명…….

지금은 누가 저를 업어 꽃가마에 태워 줄까요? 온 힘을 다해 걷는다 해도 결코 끝까지 걸어갈 수 없는 이 길을 누가 저와 함께 다시 걸어가 줄까요?

그때, 나의 모함으로 죽은 기성…….

그대는 제게 이 피비린내 나는 후궁에 물들지 않겠다는 약속을 해 달라고 하셨지요. 가능한 한 멀리 떠나라고 하셨지요. 그러나 십일 년이 지난 지금도 저는 여전히 이 자리에 머물러 있어요. 이 피도 눈물도 없는 궁 안에…….

기우, 그대는 역시 항우가 되는 것을 택했군요.

기우, 왜 먼저 떠나셨어요? 왜 저와 함께 살아가지 않기로 하신 건가요?

기우, 그대는 평범한 사람이 될 수 있었어요. 아내를 맞고 자식을 낳고 가족들과 행복하게 살아갈 수도 있었는데…….

기우, 우리는 멀리 떨어져 만날 수 없지만 마음만은 언제나 함께예요.

나는 창가 난간에 힘없이 기대어 눈앞에 펼쳐진 매화 숲을 바라보았다. 옅은 미소가 떠올랐다. 그것은 달콤함, 행복, 슬픔, 아픔이었다…….

매화, 나의 수많은 꿈을 짊어지고 있구나.

기우, 내 십일 년의 슬픔과 기쁨을 짊어지고 있구나.

옅은 매화 향기를 깊이 들이마시자 차가운 기운이 뒤섞였다. 천천히 눈을 감자 머릿속에 기우와 처음 만났던 때가 떠올랐다. 기우는 나를 위해 황위를 포기하겠다고 했었다. 나를 그의 유일한 아내로 만들어 주겠다고 했었다. 기우의 기만과 상처……, 기우의 미소와 분노…….

십일 년 동안의 모든 일이 마치 한바탕 꿈 같았다. 머릿속에서 순식간에 스쳐 가니 참으로 빠르기도 하다!

시간이 얼마나 흘렀는지, 결국 참지 못한 난란이 침궁 문을 열었다.

"마마, 더 이상 늦추실 수 없습니다. 폐하와 대신들께서 모두 정전正殿……."

문이 열렸고, 그녀의 맑은 목소리는 사라져 버렸다. 그녀는 그 자리에 얼어 붙은 채 나를 멍하니 바라보고 있었다.

그녀가 떨리는 목소리로 오열하며 외쳤다.

"마마, 마마의 머리카락이!"

나는 고개를 돌리고 그녀를 바라보며 가벼운 미소를 지어 보였다. 흔들리는 나의 목소리는 아득하여 비현실적으로 느껴졌고, 숨길 수 없는 자조를 담고 있었다.

"그가 죽었는데, 왜 아무도 내게 알리지 않은 것이냐? 그가 죽었는데, 나는 연희의 진비가 되기 위해 준비하고 있었다. 평생의 부귀영화를 누릴 준비를 하고 있었다."

난란이 눈물을 떨어뜨렸다. 그 눈물은 솟아나는 샘물처럼 어찌해도 막아 낼 수가 없었다.

북풍이 창문을 통해 들어와 내 머리카락을 춤추게 했다. 몇 움큼의 머리카락이 내 앞가슴으로 날아왔고, 나는 떨리는 손으로 어느새 하얗게 새어 버린 내 머리카락을 어루만지며 조용히 읊조렸다.

"고귀하던 여인 속세를 벗어났으니, 백발의 미녀로다."

세상이 어찌 변한다 해도 그 변치 않을 약속은 결국 이루어지고 마는구나.

어린 시절의 꿈은 세월의 흐름에 어느새 사라져 버렸고, 나의 숙원도 한 번 또 한 번 변해 갔다. 그리고 지금의 나는 더 이상 무엇을 좇으며 살아야 할지 알 수 없었다.

한순간 고통이 가슴에 전해졌고, 구역질 나는 피비린내가 목으로 솟구쳐 새빨간 피가 뿜어져 나왔다. 눈가를 뒤덮은 것은 어찌해도 씻어 낼 수 없는 피였다.

그 순간, 나는 텅 비어 버렸고 비틀거렸다. 마치 북풍에 휩쓸려 떨어진 매화처럼, 나는 그렇게 나풀나풀 춤을 추듯 바닥에 쓰러지고 말았다.

이 사랑은 추억이 되었고,

한 쌍의 원앙은 헤어지고 말았으며,

비가 그치자 한기가 찾아왔다.

십일 년 전의 꿈이여.[26]

---

26 청나라 문인 납란덕성의 〈채상자〉중 하나.

에필로그

십일 년 후.

한 해의 마지막 달, 온 황궁은 새하얀 눈에 뒤덮여 있었다. 한 마리의 은빛 용이 처마에 구불구불 누워 있는 듯한 모습은 길조였다. 뿌연 하늘에서는 이따금 흩날리는 하얀 눈과 안개가 뒤섞여 멀리 날려 갔고, 그 모습은 흡사 선경과도 같았다.

화려한 흰색 궁중 의상을 입은 여인이 가부좌를 틀고 침대 위에 앉아 있었다. 그녀는 자신을 등지고 앉은 부인의, 허리춤 까지 내려온 산발한 백발 한 줌을 손에 들고 조심스레 빗어 내 리고 있었다. 이 순간의 한없는 서글픔은 이상할 만큼 다정하 고 아름다워 보였다.

"모비, 십일 년이 흘렀는데도 여전히 깨어나고 싶지 않으 세요?"

마치 혼잣말을 하는 것 같기도, 백발의 부인에게 묻고 있는 것 같기도 했다.

백발의 부인은 조용히 고개를 돌리고 초점 없는 눈으로 그녀를 멍하니 바라보았으나 그녀의 입에서는 한 마디도 나오지 않았다. 그저 바라만 볼 뿐이었다.

여인은 손에 들고 있던 상아 빗을 내려놓고 부인의 눈가와 입가에 새겨진 세월의 흔적을 어루만졌다. 부인의 외모는 더 이상 십일 년 전의 절세의 미모가 아니었고, 그것을 대신하고 있는 것은 노쇠의 흔적, 특히 이 백발이었다. 십일 년이 흘렀다.

대혼식 날, 모비는 새빨간 피를 쏟아내며 모든 사람들 특히 둘째 숙부를 크게 놀라게 하였다. 이성을 잃은 둘째 숙부는 평소의 냉정함을 잃었고, 제왕으로서의 풍모도 잃어버렸다. 모비 앞에서 그는 그저 한 남자, 그저 연희일 뿐이었다.

둘째 숙부는 모든 방법을 동원하여 목숨이 위태롭던 모비를 살려 냈다. 하지만 살아난 모비는 영혼이 사라져 버린 듯 목석처럼 우리를 멍하니 바라볼 뿐이었다. 그녀는 모비가 미쳐 버렸다는 것을 알고 있었다. 모비가 가장 사랑하던 남자가 그녀의 곁을 떠나자 그녀의 마음 역시 그 남자를 따라 떠나 버린 것이다. 그저 둘째 숙부가 이기적이었을 뿐이다. 설령 껍데기일 망정 그는 모비를 자신의 곁에 두고 싶어 했다.

"모비, 오늘 저는 한 가지 일을 처리할 거예요. 이 일만 끝내면 모비께서도 벗어나실 수 있어요. 그리고 저……, 역시 그 짐을 내려놓을 수 있을 거예요."

부인의 뺨을 어루만지던 손을 거둔 그녀의 눈빛에 복수의 빛이 희미하게 서렸으나 순식간에 자취를 감추었다.

"모비, 예전에 제게 〈봉구황鳳求凰〉이라는 곡을 불러 주셨죠. 그때 저는 마음속으로 결심했었어요. 이 곡을 잘 배워서 나중에 모비께 불러 드리겠다고요. 오늘 제가 모비께 이 곡을 들려 드릴게요."

그녀가 침대에서 몸을 일으키고 움직이자 새하얀 비단 옷자락이 빙빙 돌며 춤이 시작되었다. 발걸음은 가벼웠고, 눈을 돌려 아름답게 미소 짓는 그녀의 모습은 마치 낙수洛水의 여신 같았다.

예전의 아이는 십일 년 동안의 서글픔을 견뎌 내고 아름다운 여인이 되었다. 아마도 성년成年이 되었으리라.

기쁨으로 서신 열어, 임의 그림 조심스레 살펴보니, 앵두 같은 임의 입술만이 보이는구나.

아름다운 눈썹 버들가지 같고, 촉촉한 두 눈 별님의 빛을 발하니, 임을 향한 깊은 사랑 형용할 수 없어라. 멀리 떨어진 임에게 어찌 사랑을 전할꼬?

가만히 동남쪽을 바라보며, 봉구황을 부를 수밖에.

목소리는 청아하고 낭랑했으며 매우 듣기 좋았다. 당시 납란헌운 앞에서 봉구황을 부르던 반옥과도 견줄 만하였고, 심지어 그녀보다 더 뛰어난 것 같았다.

눈앞에서 소매를 휘날리며 춤을 추고 작은 목소리로 아름다운 노래를 부르는 흰옷 입은 여인을 바라보던 백발 부인의 눈빛이 반짝였고 손이 경미하게 흔들렸다. 마치 이 곡이 그녀의 마음속 가장 깊은 곳의 추억을 불러일으킨 듯했다. 백발 부인의 시선이 눈앞의 소녀에게 고정되었다.

그 순간 노랫소리가 사라졌고, 여인은 그 자리에 얼어 붙은 채 깊은 숨을 들이쉬었다.

그 일, 그 일을 처리해야 할 때가 되었다.

그녀는 백발의 부인을 다시 바라보지 않고 천천히 몸을 돌려 처량한 대전을 떠나갔다.

만약 그녀가 고개를 돌려 시종 침대 위에 앉아 있는 백발 부인을 바라보았다면, 어쩌면 그녀는 부인의 눈가에서 천천히 흘러내리는 눈물을, 흐릿하던 눈빛이 점점 또렷해지는 모습을 볼 수 있었으리라.

봉궐전.

초설은 인삼제비집탕을 들고 안으로 걸어 들어갔다. 얼굴에는 언제나처럼 미소가 걸려 있었다. 그녀는 가볍게 뛰며 소리쳤다.

"둘째 숙부, 둘째 숙부, 제가 숙부를 위해 탕을 준비해 왔어요."

"매일 너의 탕을 기다리고 있단다."

사랑이 가득한 눈으로 오색나비처럼 날아드는 초설의 모습을 바라보는 연희의 입꼬리는 절로 위로 향하였다. 그는 오직 초설을 대할 때만 이렇게 진실한 자기 자신을 드러냈다.

"둘째 숙부, 어서 드셔요. 식으면 맛이 없어져요."

초설은 탕을 조심스럽게 건네주었다.

연희가 그것을 마시려는 순간, 환관 하나가 다급히 달려 들어왔다.

"폐하, 큰, 큰, 큰일이 났사옵니다. 진비마마……, 마마께서 목을 매셨습니다!"

연희와 초설은 이 말을 듣자마자 얼이 빠져 버렸다.

"복아……."

연희는 곧바로 손에 들고 있던 탕을 내려놓고 밖으로 달려 가려 하였으나 초설이 다급히 그의 팔을 붙잡으며 말했다.

"둘째 숙부, 제가 직접 숙부를 위해 준비한 탕……."

그는 눈물이 맺힌 초설의 눈을 바라보았다. 그 눈 속에는 인내와 갈등 그리고 모순이 담겨 있었다. 그 순간, 그는 탁자 위의 그릇을 들고 미소를 지으며 말하였다.

"초설이가 둘째 숙부를 위해 손수 끓인 탕을 이 숙부가 어찌 마시지 않을 수 있겠느냐?"

말을 마친 그는 그것을 한입에 모두 들이켰다.

"나는 복아를 보러 가야겠다."

그의 눈에는 희미한 슬픔이 담겨 있었다.

복아가……, 드디어 깨어났다. 십일 년 후에도 여전히 납란 기우를 따라 떠나길 원하다니, 그녀에게는 정녕 이 세상에 미련이 남는 사람도, 일도 없단 말인가?

초설이 연희의 뒷모습을 바라보며 조용히 말하였다.

"모비를 보러 가시나요? 잘되셨네요. 모비와 함께 천국에 가실 수 있을 테니⋯⋯."

놀랍게도 연희는 초설의 말에 아무런 반응을 보이지 않았고, 그저 계속해서 한 걸음 한 걸음 앞으로 나아갈 뿐이었다.

초설도 그를 따라 앞으로 걸어나갔다. 그녀의 아름다운 눈에 반짝이는 빛이 스쳐 지나갔다.

"이곳 안팎의 모든 사람들은 이미 태자 오라버니의 사람으로 바뀐 지 오래예요. 오직 이 순간만을 기다렸어요. 태자 오라버니께서 자연스럽게 황위를 물려받게 되실 이 순간을요. 그리고 둘째 숙부께서 급사하시게 될 이 순간을요."

"그랬느냐?"

고개를 돌린 연희는 자신이 십사 년을 아끼고 사랑했던 아이를 바라보았다. 그는 여전히 그녀를 자신의 친자식처럼 여기고 있었다.

그의 냉정함에 오히려 초설이 당황했다.

"이상하지 않으세요?"

"네가 말해 보아라."

"저는 둘째 숙부가 제 친어머니를 죽였다는 것을 알고 있었어요. 난빈, 저의 친어머니를요!"

감정이 격해진 초설은 그를 향해 소리를 질렀다. 시큰거리는 눈가가 견디기 힘들었지만 그녀는 억지로 눈물을 참아내고 있었다.

"사 년이에요. 저는 인삼제비집탕 안에 매일 소량의 독을 넣었어요. 신의인 둘째 숙부에게 들키지 않기 위해서였죠. 그것도 오늘이 마지막이에요. 둘째 숙부의 생명도 이제 끝났어요."

그녀는 웃었다. 그런데 마음이 왜 이렇게 아픈 것일까? 그녀는 차가운 시선으로 그를 바라보았다.

"다른 이의 독은 모두 해독할 수 있으시면서 자신의 독은 해독하지 못하시다니, 참으로 우습군요."

"내가 졌구나, 초설아."

그는 옅은 미소를 지으며 고통이 번지기 시작한 자신의 가슴 위에 가볍게 손을 댔다.

"죽기 전에 부탁하고 싶은 게 있단다. 나와 복아를 합장해다오. 꼭 약속해 주렴."

초설은 차가운 시선으로 그를 바라보았다.

"그러죠."

거절하려 했는데 생각지도 못하게 이 한마디가 터져 나왔다.

연희는 그제야 안심한 듯 미소를 지어 보였고, 점점 힘을 잃어 가는 자신의 몸을 간신히 지탱하며 한 걸음 한 걸음 밖으로 향하였다.

그는……, 그저 복아의 마지막 모습이 보고 싶었다. 그녀의 마지막 모습을…….

그러나 약효는 빠르게 번졌고, 그가 봉궐전을 나서는 것조차 허락하지 않았다. 그는 바닥에 쓰러지고 말았다.

　원화元和 십오 년, 욱昱 나라 태종太宗 서거, 원인 불명.

　태자 연운連雲이 황위에 올랐고, 초설 공주는 군장 공주郡長公主로 봉해져 욱나라 역사상 가장 큰 권세를 쥔 공주가 되었다.

　새로운 황제의 명에 의해 욱나라 태종과 진비는 합장되어 황릉에 안치되었다.

　초설은 영원히 모를 것이다. 연희가 인삼제비집탕에 독이 들어 있다는 것을 진작부터 알고 있었다는 것을…….

　초설은 영원히 모를 것이다. 연희가 자신의 독을 해독할 수 있었음을, 그저 복아의 자결 소식을 듣고 그 역시 죽음을 선택하였다는 것을…….

　초설은 영원히 모를 것이다. 그녀를 향한 연희의 사랑이 자기 자신을 사랑하는 마음마저 초월해 버렸다는 것을…….

『경세황비』 끝

경세황비 3

ⓒ 오정옥 2014

초판1쇄 인쇄	2014년 3월 25일
초판1쇄 발행	2014년 4월 1일

지은이	오정옥(吳靜玉)
옮긴이	문은주

펴낸이	박대일
편집	이문영 · 임유리 · 신지연
교정	문정
마케팅	송재진
표지디자인	김은희

펴낸곳	새파란상상(파란미디어)
출판등록	2004년 9월 14일 제313-2004-00214호

주소	121-886 서울시 마포구 성지1길 32-36 (합정동)
전화	02. 3141. 5589(영업부) 070. 4616. 2012(편집부)
팩스	02. 3141. 5590
전자우편	paranbook@gmail.com
카페	http://cafe.naver.com/paranmedia
트위터	@paranmedia

ISBN   978-89-6371-144-7(04820)
         978-89-6371-141-6(전3권)